READER'S DIGEST
AUSWAHLBÜCHER

Die Kurzfassungen in diesem Buch erscheinen
mit Genehmigung der Autoren und Verleger

4053 (260)
Printed in Germany
ISBN 3 89915 240 9

READER'S DIGEST AUSWAHLBÜCHER

Reader's Digest

DEUTSCHLAND · SCHWEIZ · ÖSTERREICH

INHALT

Seite 7

Als die Pferdezüchterin Miriam Strong auf ihrer entlegenen Farm im australischen Busch zufällig auf einen Opal stößt, fasst sie einen mutigen Entschluss. Mit dem Opal als Beweisstück will sie gegen den mächtigen Clan der Dempsters vorgehen, der sie um ihr rechtmäßiges Erbe betrogen hat. Während sich Miriam für die entscheidende Kraftprobe wappnet, werden all jene dramatischen Ereignisse wieder lebendig, die ihre Familie einst von Irland zum roten Kontinent geführt haben.

Seite 159

Zielstrebig, fast besessen treibt der Chemiker Henry Pierce ein sensationelles Projekt voran. Doch mit dem Umzug in eine neue Wohnung gerät seine Welt ins Wanken. Tag und Nacht erhält er Anrufe, die nicht ihm, sondern der Vorbesitzerin des Anschlusses gelten. Wer ist diese Lilly, und warum ist sie verschwunden? Immer tiefer wird Pierce in einen Strudel gezogen, der alles zu zerstören droht – sein Projekt, seine Firma, ja sogar sein Leben.

Die junge Kunstlehrerin Claire folgt der Einladung ihrer Malerfreundin Gertrude, sie in ihrem Landhaus in Frankreich zu besuchen. Dort wartet ein Haus wie aus einem Gemälde von Monet – und ein attraktiver Tierarzt, der in einer prekären Geschichte steckt. Damit nicht genug. Plötzlich steht Claires Bekannte aus Bonn, die Feinkosthändlerin Zilli, mit zwei Kindern vor der Tür des Landhauses. Sie ist auf der Flucht vor einem rachsüchtigen Kriminellen …

Als im Winter 1925 eine Diphtherieepidemie ausbricht, gerät die alte Goldgräberstadt Nome im Nordwesten Alaskas an den Rand des Abgrunds. Da das zugefrorene Beringmeer für Schiffe unpassierbar ist, gibt es nur einen Weg ein lebensrettendes Serum in die entlegene Stadt zu bringen: mit Hundeschlitten durch mehr als tausend Kilometer vereister Wildnis, in einem Wettlauf auf Leben und Tod.

Das Versprechen

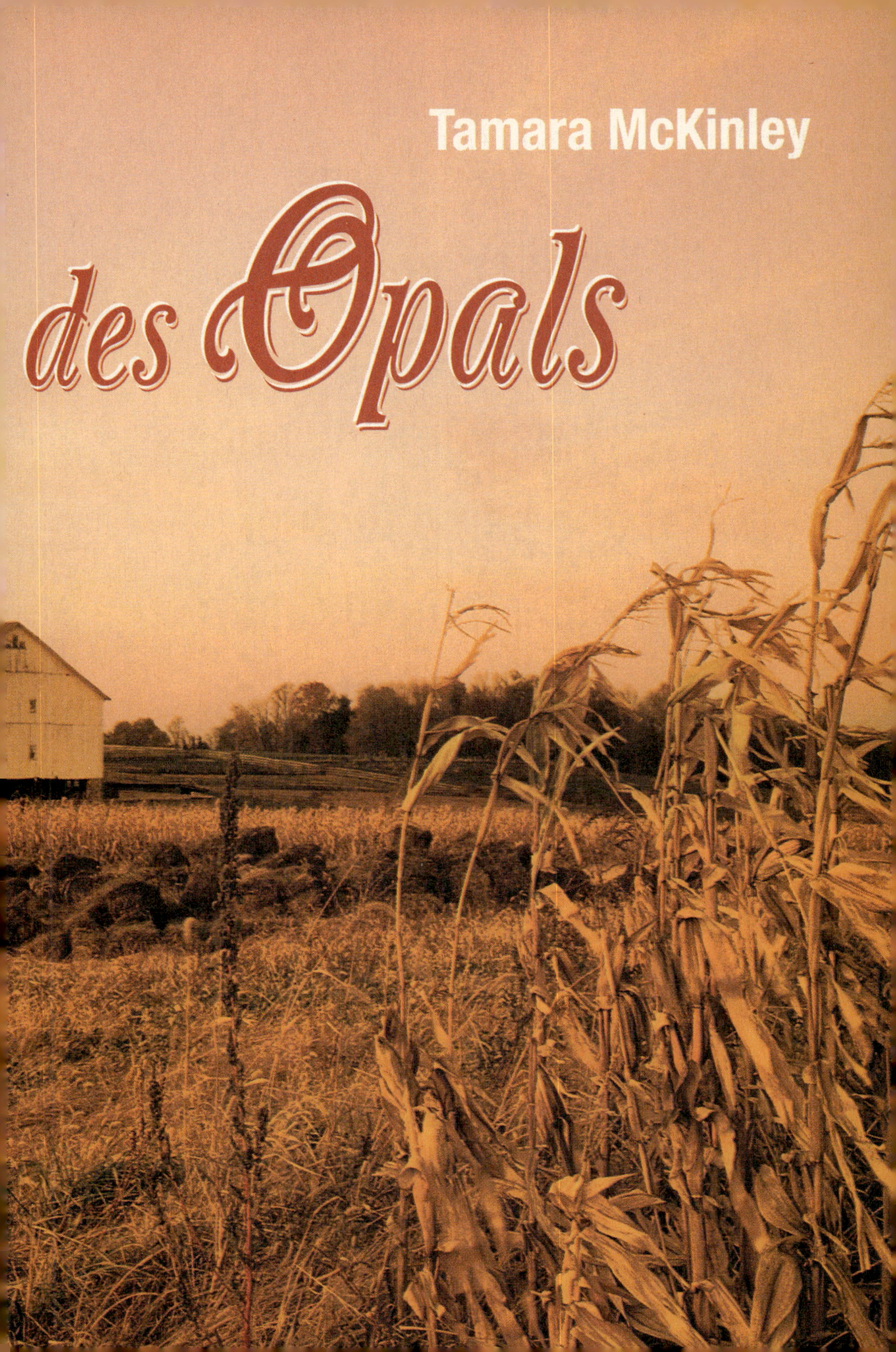
Tamara McKinley
des Opals

Miriams
Kindheit endet jäh,
als ihr Vater
spurlos verschwindet
und seine Tochter
allein in einem Camp
von Opalschürfern
zurücklässt –
ebenso wie die Frau,
die er liebt …

Prolog 1969

Miriam Strong trat hinaus auf die Veranda der Bellbird-Farm. Der Morgen würde erst in einer Stunde dämmern. Sie hatte eine ruhelose Nacht hinter sich, eine Nacht voller Bilder der Vergangenheit, heraufbeschworen von den Ereignissen des Tages. Als Miriam den frischen Duft des regennassen Grases und von guter roter Erde einatmete, spürte sie, wie ihre Tatkraft und Entschlossenheit zurückkehrten. Beide würde sie brauchen, denn der Kampf, der vor ihr lag, würde nicht angenehm werden.

Sie schloss die Augen und bemühte sich, die nächtlichen Bilder zu vertreiben, indem sie ihre glücklichen Stunden Revue passieren ließ. Ihr Leben hatte vor beinahe 75 Jahren zwar im kühleren Grün Südaustraliens begonnen, aber sie hatte doch das Gefühl, in diese heiße sepiafarbene Welt hineingeboren zu sein, mit dem Zirpen der Grillen, dem Gelächter des Kookaburra, dem Seufzen des warmen Windes in den Bäumen. Das war ihre Heimat, auf dieser Farm im Outback hatte sie die harten Unwägbarkeiten des Lebens kennen gelernt.

Bellbird lag in der entlegenen Nordwestecke von New South Wales, ein Queenslander-Haus mit sechs Zimmern, vor fast einem Jahrhundert erbaut. Es hatte eine Küche im hinteren Teil, ein Wohnzimmer und drei Schlafräume. Zwanzig Jahre zuvor war ein Badezimmer dazugekommen, und das alte Plumpsklo hinter dem Haus war bald den Termiten zum Opfer gefallen.

Das Wellblechdach senkte sich schräg über die breite Veranda, die rings um alle vier Seiten des Haupthauses reichte. Das Leben spielte sich zum größten Teil auf dieser Veranda ab, vor allem in der Hitze des Sommers, und Miriam hatte ein Schlafsofa mit Moskitonetz in der einen, einen Tisch mit Stühlen in der anderen Ecke aufgestellt. Etliche ramponierte Korbsessel standen hier und da zwischen Töpfen mit Grünpflanzen, die den kühlen Schatten der Bäume ringsum ergänzten. Die Bäume beherbergten Gallahs und Wellensittiche in allen Farben – und natürlich auch den winzigen Bellbird, den Glockenvogel, dessen eintöniges Flöten zu den reinsten Klängen im Busch gehörte.

Miriam setzte sich in einen der Korbsessel und stellte die Spieldose behutsam auf den Tisch. Darüber würde sie später nachdenken. Ihr Besucher würde bald eintreffen, und sie brauchte diesen Augenblick der Stille, um ihre Kräfte zu sammeln. Wie würde ihre Familie reagieren?

Chloe, ihre Tochter, würde wahrscheinlich sagen, sie solle nicht so viel Aufhebens machen. Unruhe konnte sie nicht ausstehen. Sie versteckte sich lieber mit ihren Bildern in dem großen, weitläufigen Strandhaus an der Byron Bay. Das Mädchen hat immer nur in seinen Träumen gelebt, dachte Miriam. Sie sah Chloe vor sich, das kleine Mädchen mit den kupferroten Haaren und grünen Augen, die nichts von ihrem Strahlen verloren hatten. Vermutlich war sie glücklich, aber wer wusste das schon? Sie und Leo waren zwar geschieden, aber Miriam hatte den Verdacht, dass sie sich besser verstanden, seit sie getrennt lebten.

Der Gedanke an ihre Enkelinnen entlockte ihr ein Lächeln. Die beiden unterschieden sich wie Feuer und Wasser. Fiona würde das Abenteuer der bevorstehenden Schlacht wahrscheinlich genießen, aber die unterdrückte, frustrierte Louise würde es nur als ein weiteres Problem in ihrem Leben betrachten.

Miriam schob die Gedanken an ihre Familie beiseite und quälte sich in ihre Stiefel. Sie schimpfte leise, als die Schnürsenkel sich nicht binden lassen wollten. Es war ein verdammtes Kreuz mit dem Altsein. Doch ihr Leben lang war sie eine Kämpferin gewesen, und sie wollte verdammt sein, wenn sie jetzt aufgab. Sie grunzte zufrieden, als es ihr endlich gelungen war, die Schnürsenkel zuzubinden.

Sie schaute hinaus über die Koppel. Der Himmel war heller geworden; die Vögel erwachten, und das scharfe Krächzen der Kakadus wurde gemildert durch das sinnliche Schettern der Elstern. Die Vögel erhoben sich zum ersten Flug des Tages, eine Wolke aus Rosa, Weiß und Grau, während die kleinen grünen und blauen Sittiche zwischen den Gallahs umherschwirrten und Kurs auf den Billabong nahmen. Miriam sah, dass die ersten Kleinen ihre Nester verlassen hatten. Eine neue Generation war flügge geworden.

Sie richtete ihre Aufmerksamkeit auf die Spieldose. Das Kirschholz war mit Perlmuttintarsien verziert und trug Zeichen des Alters, die den Zauber jedoch nur verstärkten, denn diese Kratzer erzählten von weiten Reisen durch die ganze Welt, von Zeiten, die sie in den rauesten Gegenden der Erde verbracht hatte. Als Kind hatte Miriam sich bemüht, die Menschen heraufzubeschwören, die diese Spieldose einst besessen und so gehütet hatten, dass sie heil geblieben war.

„Bis heute“, brummte sie verärgert und betrachtete den zerbrochenen Sockel. Ihre Unachtsamkeit hatte eine Kette von Ereignissen in Gang gesetzt. Denn durch das Zerbrechen der Spieldose war ein Geheimnis ans Licht gekommen. Vielleicht wäre es besser gewesen, die Geister der Vergangenheit ruhen zu lassen? Zu akzeptieren, was gefunden worden war, und es zu benutzen, um ihrer Familie zu helfen? Aber wie sollte sie den Fund ignorieren? Es war der erste echte Beweis dafür, dass ihr Verdacht zutreffend gewesen war – und es schrie danach, dass die Wahrheit offenbart wurde.

Ungelenk drehte sie den winzigen goldenen Schlüssel und klappte den Deckel auf. Der schwarze Harlekin tanzte mit seiner bleichen Kolombine vor den wolkigen Spiegeln zu den Klängen eines Strauß-Walzers.

Miriam betrachtete das schimmernde Kostüm des Harlekins und die zierlichen Rüschen am Kleid der Kolombine. Ein schwarzer Harlekin war ungewöhnlich. Die Musik erstarb, und die Tänzer kamen zum Stehen. Miriam schloss den Deckel und gab sich den Klängen und Düften einer Vergangenheit hin, die sie nur aus den Erzählungen ihrer Kindheit kannte. Es war eine Zeit, in der sie noch nicht geboren war. Aber sie war dennoch die stumme, unschuldige Zeugin eines Dramas gewesen, dessen letzter Akt 75 Jahre später stattfinden sollte.

1

Irland 1893. Fröstelnd zog Maureen O’Halloran den dünnen Mantel fester um die Schultern, während sie auf Henry wartete. So spät war er noch nie gekommen. Ob oben im großen Haus etwas passiert war, was ihn hinderte, sich hinauszuschleichen? Es war ein weiter Weg vom Dorf in den Wald; das lange dunkle Haar klebte regennass an ihrem Kopf, und eiskalte Tropfen liefen ihren Hals hinunter und in ihr Kleid. Aber nicht der schneidende Wind ließ sie frieren, sondern der Gedanke, dass sie vielleicht verraten worden waren – dass er vielleicht gar nicht mehr kommen würde.

In der Tür der verlassenen Jagdhüterhütte, in der Maureen Schutz gesucht hatte, lehnte sie sich an das raue Holz des Türpfostens und wischte sich den Regen aus dem Gesicht. Der Himmel war bleigrau, und es wurde zusehends dunkel. Bald würde sie gehen müssen, denn sonst würde man sie zu Hause vermissen, und Dad würde eine Erklärung verlangen. Aber sie und Henry hatten Dinge zu besprechen, die nicht warten konnten, wenn sie vor ihrem siebzehnten Geburtstag geklärt werden sollten.

„Maureen!“

Als sie die leise Stimme hörte, fuhr sie herum. Er sprang vom Pferd. Vor Erleichterung aufschluchzend, stürzte sie in seine ausgebreiteten Arme. „Ich dachte, du kommst nicht mehr“, keuchte sie.

Zusammen flüchteten sie sich unter das eingefallene Dach. „Ich wäre auch fast nicht gekommen“, sagte er grimmig. „Mein Bruder ist da, und mein Vater bestand darauf, dass wir die Verwaltung des Anwesens besprechen. Ich bin nur hier, weil eine der Stuten fohlt; ich habe mich erboten, Hilfe zu holen.“ Widerstrebend löste er sich von ihr. „Es tut mir Leid, Liebling. Aber ich kann nicht lange bleiben.“

Maureen schaute in sein hübsches Gesicht. Henry Beecham-Fford war 22. Sein blondes Haar klebte nass an seinem wohlgeformten Kopf. Er hatte blaue Augen mit dichten Wimpern, eine lange, gerade Nase und einen sinnlichen Mund, den ein adretter Schnurrbart zierte. Sie nahm seine Hand und drückte einen Kuss in die Handfläche. „Wir haben anscheinend nie Zeit, miteinander zu reden.“

Er küsste sie. „Wir treffen uns morgen nach der Jagd wieder hier“, sagte er. „Dann können wir reden. Was immer es ist, es kann ja nicht so wichtig sein, und wenn ich bei Vater etwas erreichen will, muss ich ein pflichtbewusster Sohn sein.“ Ein hastiger Kuss, dann wandte er sich ab und stieg in den Sattel. „Lauf nach Hause, und sieh zu, dass du wieder trocken wirst, ehe du dir den Tod holst. Und vergiss nicht, dass ich dich liebe. Vertrau mir, Liebling! Wir werden einen Weg finden, für immer zusammen zu sein. Das verspreche ich dir.“ Er galoppierte davon.

Maureen lauschte dem schwindenden Hufgetrappel. Die Gedanken, die ihr durch den Kopf gingen, gefielen ihr nicht. Henry entstammte einer Familie von reichen englischen Protestanten. Ihnen gehört das Land, das sich vom Hafen bergauf erstreckte, durchzogen von einem Netz aus steinernen Mauern. Land, das in Parzellen aufgeteilt war, die wenig größer waren als die Wohnstube der O'Hallorans. Land, das kaum genug hervorbrachte, um die Bauern zu ernähren, wenn sie die Pacht bezahlt hatten. Henrys Herkunft bedeutete, dass ihre Liebe verboten war. Würde Henry die Kraft haben, sich gegen seinen tyrannischen Vater zu stellen? Liebte er sie so sehr, dass er riskieren würde, alles zu verlieren? Würde er sie immer noch wollen, wenn die gesellschaftliche Saison mit den Jagden und Bällen im Herrenhaus begann?

Ein scharfer Wind schlug Maureen entgegen, als sie den Schutz des Waldes verließ und auf den Pfad gelangte, der sich zu dem Dorf am Ufer hinunterschlängelte. Sie stemmte sich ihm entgegen und presste das Kinn tief in den Kragen ihres Mantels. Möwen schrien über dem Hafen, die Fischerboote zerrten an ihren Leinen, die Atlantikwellen donnerten gegen die steinerne Mole, und der matte Lichtschein aus den Hüttenfenstern war ein willkommener Anblick. Die Frauen sah sie erst, als es bereits zu spät war.

HENRY ließ den von ihm herbeigeholten Tierarzt Dan Finnigan im Stall zurück, und als er dafür gesorgt hatte, dass sein Pferd trocken war und Futter und Wasser hatte, rannte er über das Kopfsteinpflaster zum Haupthaus. Der Regen peitschte beinahe waagerecht über den Hof. Hoffentlich war Maureen wohlbehalten zu Hause angekommen.

Bei dem Gedanken an Maureen musste er lächeln, während er die Treppe hinauf und in sein Zimmer stürmte. Er hatte Maureen schon als Kind geliebt. Er riss sich die nassen Sachen vom Leib und zog sich hastig zum Abendessen um. Die Kinderzeit war die beste gewesen; die gesellschaftliche Kluft zwischen ihnen war ihm zwar schon damals bewusst gewesen, aber sie hatten mehr Freiheiten gehabt. Mit dem Erwachsenwerden war die Kluft breiter geworden. Was hatte Irland nur an sich, dass es die Menschen zu solchem Hass anstachelte? Er war auf beiden Seiten nicht zu übersehen, weder in den protestantischen Enklaven noch in den katholischen Slums, aber es musste doch eine Möglichkeit geben, dieses arme, ungebildete Land von seinen jahrhundertealten Problemen zu erlösen?

Er schlüpfte in sein Jackett, betrachtete sich im Spiegel und zog spöttisch eine Augenbraue hoch. Was verstand er schon von irischer Politik? Er wusste nur, dass er Maureen liebte. Was kümmerte es ihn, dass sie katholisch war und dass ihr Vater zu den Unruhestiftern gehörte, die stimmgewaltig nach irischer Herrschaft riefen? Doch hatte er die Charakterstärke, Generationen von Beecham-Ffords die Stirn zu bieten und seinem Herzen zu folgen? Konnte Maureen mit der Tradition des Hasses auf die Engländer brechen und mit ihm davonlaufen? Er riss die Tür auf und marschierte die matt erleuchtete Galerie entlang.

Beecham Hall war ein quadratischer Steinbau, der fast ein Jahrhundert zuvor von einem reichen Vorfahren errichtet worden war. Die hohen Fenster boten einen Ausblick über den gepflegten Garten und die geschwungene, von Heckenskulpturen gesäumte Zufahrt. Das Haus war von Weideland für Rinder und Pferde umgeben, und in den Wäldern gab es ungezählte Fasane für die Jagdgesellschaften, die Henrys Vater jedes Jahr veranstaltete. Der Fluss, der von Lough zum Meer floss, war sehr fischreich, und die Rudel von

Rehen in der Parklandschaft boten frühmorgens einen anmutigen Anblick.

Henry hatte den größten Teil seines Lebens hier verbracht; das grüne Irland war ihm lieber als London mit seinem Getöse und dem Nebel. Die Burgruinen und baufälligen Hütten hatten etwas Mystisches an sich, das seine Künstlerseele ansprach. Und dann natürlich dieses Haus: Er liebte die hohen Decken mit ihren Stuckarbeiten und die gemütlichen Fensterbänke, auf denen er als Junge gesessen und gelesen hatte. Aber am meisten liebte er das Sommerhaus in einer entlegenen Ecke des Gartens, denn hier konnte er sich in seine Malerei vertiefen. Es war fast in Vergessenheit geraten, seit Vater neben dem Haus die Orangerie hatte bauen lassen. Henry durchquerte die Diele. Die Großvateruhr schlug acht, als er den Salon betrat.

„Wo hast du gesteckt?“, fuhr Sir Oswald ihn an. Er saß breitbeinig vor dem Kamin. Sein Haar glänzte silbern im Lampenschein. Das vorzüglich geschnittene Jackett betonte seine Gestalt, die er durch die Jagd schlank hielt.

„Ich war im Dorf, um Dan Finnigan zu holen“, antwortete Henry. „Und dann musste ich die nassen Kleider ausziehen.“

„Hast aber ziemlich lange gebraucht, alter Junge“, näselte sein älterer Bruder Thomas, und sein durchdringender Blick forschte in Henrys Miene nach einem Zeichen der Unaufrichtigkeit. „Du hast doch wohl nicht irgendwo eine appetitliche kleine Dirne versteckt, oder?“ Er lachte schnaubend.

Henry ballte die Fäuste und schluckte seine Erwiderung herunter. Thomas verstand es, ihn zu reizen.

„Hier sind Damen anwesend“, dröhnte Sir Oswald. „Halt den Mund, Junge!“

Thomas wandte sich ab und ging zu seiner Frau. Emma saß mit einer Handarbeit auf der Chaiselongue.

„Komm zum Feuer, mein Lieber, und wärme dich auf.“ Lady Miriam klopfte mit der flachen Hand neben sich auf die Couch. Sie und Henry wussten, wie leicht in dieser Familie Streitereien ausbrechen konnten, und sie war entschlossen, jede Konfrontation zu vermeiden. „Wie geht es der Stute?“

Henry nahm sich ein Glas Sherry von dem Silbertablett auf dem Beistelltisch und setzte sich zu seiner Mutter. „Finnigan glaubt, sie kommt durch“, sagte er. „Aber das sollte ihr letztes Fohlen sein. Sie ist zu alt.“

Lady Miriams Diamanten blitzten im Lampenlicht. „Danke, dass du dich an einem solchen Abend auf den Weg gemacht hast“, sagte sie leise. Ihre scharfen blauen Augen betrachteten ihn eine Weile. Dann schaute sie weg, aber Henry hatte die Frage in ihrem Blick gesehen, den Zweifel, und er fragte sich, wie lange er diesen lächerlichen Anschein noch würde wahren können. Vielleicht sollte er sich seinem Vater nach dem Abendessen stellen. Aber bei diesem Gedanken bekam er ein flaues Gefühl im Magen.

Das Essen schien eine Ewigkeit zu dauern, und die Atmosphäre war bedrückend. Sir Oswald arbeitete sich schweigend durch die fünf Gänge. Lady Miriam tat ihr Bestes, um das Schweigen mit Geplauder zu unterbrechen, und Thomas schwafelte von der bevorstehenden Wahl und seiner Zuversicht, dass er seinen Sitz im Parlament behalten werde.

Thomas' Frau Emma stocherte in ihrem Essen herum. Sie erinnerte Henry an eine kleine graue Maus, die er als Kind einmal gehabt hatte. Die arme Emma, dachte er. Ihre letzte Fehlgeburt war die dritte in ebenso vielen Jahren – wenn Thomas der armen Kleinen doch nur ein bisschen Zeit zu ihrer Erholung gewähren wollte. Aber das war typisch, Thomas dachte immer nur an sich.

Die Diener brachten Brandy und Zigarren. Lady Miriam rauschte aus dem Zimmer, und Emma huschte hinterher. Henry wünschte, er könne mitgehen. Er sehnte sich nach der Einsamkeit seines Schlafzimmers, nach einem Bleistift und Papier zum Zeichnen. Er wollte Maureens Gesicht einfangen – ihre wunderbaren Augen, die sanft geschwungenen Lippen und die spitzbübischen Grübchen, die erschienen, wenn sie lächelte.

Die Stimme seines Vaters riss ihn aus seinen Gedanken. „Habe heute Morgen einen Brief von Brigadier Collingwood bekommen", dröhnte er. „Hat für nächste Woche ein Vorstellungsgespräch in London für dich arrangiert. Wird Zeit, dass du etwas Nützliches tust, statt hier herumzulungern."

Henry zwang sich, ruhig zu bleiben. „Es ist nicht mein Wunsch, zur Armee zu gehen", sagte er tonlos. „Wir haben diese Diskussion schon öfter geführt, und ich …"

Sir Oswald explodierte. „Du wirst verdammt noch mal tun, was man dir sagt, du Grünschnabel!" Er schlug mit der Faust auf den Eichentisch. „Du bist es deiner Familie schuldig, eine Laufbahn einzuschlagen, und wenn du dich weigerst, dir selbst etwas auszusuchen, hast du dich meinen Wünschen zu fügen."

Henry erhob sich. „Ich weiß, dass ich dir und Mutter verpflichtet bin, aber ein Leben in der Armee oder in der Kirche ist nichts für mich. Ich habe ein Talent – und ich bin überzeugt, dass es mich zu etwas wirklich Lohnendem führen wird, wenn man mir erlaubt, es auszuüben."

„Talent! Du glaubst den Worten eines so genannten Künstlers und bildest dir tatsächlich ein, du könntest deinen Lebensunterhalt auf diese Weise bestreiten? Quatsch! Du bist zweiundzwanzig Jahre alt. Es wird Zeit, dass du erwachsen wirst.“

„Ich bin erwachsen genug, um zu wissen, dass ich niemals ein Soldat oder Geistlicher sein werde“, sagte Henry steif. „Und was den Künstler betrifft, den du so verächtlich abtust, so ist er soeben von Ihrer Majestät beauftragt worden, ihr Porträt zu malen. Thomas hat den Beruf des Politikers ergriffen; das war seine Entscheidung. Du hast dein Geld mit Baumwollspinnereien und Zechen verdient. Ich möchte meinen eigenen Weg gehen. All das hier“ – er deutete in den getäfelten Raum – „wird niemals mir gehören, und als jüngerer Sohn muss ich meinen eigenen Weg gehen dürfen. Warum kannst du mich nicht so akzeptieren, wie ich bin? Dies ist ein alter Streit, und ich habe ihn mehr als satt.“

„Wie kannst du es wagen?“ Sir Oswald war puterrot angelaufen. „Ich hätte gute Lust, dir eine Tracht Prügel zu verabreichen!“

„Ich bin kein Kind mehr, Vater“, sagte Henry eisig. „Du kannst mich nicht mehr durch Prügel gefügig machen.“

„Geh mir aus den Augen!“, brüllte Sir Oswald.

Henry verspürte einen Moment lang den Drang, seinem Vater von Maureen zu erzählen, aber Sir Oswald brannte auf einen Streit, und es hatte keinen Sinn, noch mehr Öl ins Feuer zu gießen. Henry verließ das Zimmer.

„SCHAFF deinen Arsch hier raus, Paddy Dempster, und komm erst wieder, wenn du nüchtern bist!“

Eine kräftige Hand versetzte Paddy einen Stoß in den Rücken, sodass er über die Türschwelle des Dubliner Pubs stolperte. Nur der Arm, den das Mädchen um seine Taille geschlungen hatte, bewahrte ihn vor einem Sturz in die Gosse. Es war nicht das erste Mal, dass er aus einer Wirtschaft hinausgeworfen wurde, und mit seinen 29 Jahren rechnete er nicht damit, dass es das letzte Mal sein würde. Er stand schwankend da und starrte die Tür an. „Ich bring ihn um“, knurrte er.

„Komm schon, Paddy! Du hast mir ein Abendessen versprochen.“ Das Mädchen zog ihn voran.

Paddy stierte auf sie hinunter und versuchte sich zu erinnern, wer sie war und warum er ihr ein Essen versprochen hatte. „Hau ab!“, knurrte er. „Lass mich in Ruhe!“ Er stieß sie von sich. Er war ein großer, starker Mann. Das Mädchen fiel gegen die Mauer der Schänke und rutschte in die Gosse. Paddy trabte schwerfällig davon.

„Du schuldest mir noch was!“, schrie das Mädchen und sprang ihm auf den Rücken. Ihre Beine umklammerten ihn wie eine Schraubzwinge. „Bezahl mich, du Schwein, oder ich rufe die Polizei!“

Er schüttelte die Zudringliche ab, und sie fiel wieder auf das harte Kopfsteinpflaster. „Gib mir mein Geld!“ Sie war gleich wieder auf den Beinen und sprang ihn von neuem an. „Hilfe! Polizei! Ich werde beraubt!“, schrie sie. „Haltet den Dieb!“

Paddy sah rot. Er musste sie zum Schweigen bringen, ehe die Polizei tatsächlich auftauchte. Er fuhr herum, und seine große Hand packte den dürren Hals. Und dann drückte er zu, drückte und drückte. Erst als sie aufhörte zu zappeln, wurde ihm klar, dass etwas schief gegangen war.

Verwirrt starrte er die Hure an, als ihr die Zunge aus dem Mund und die Augen aus den Höhlen quollen. Er spürte, wie sie erschlaffte, ließ sie los, und sie fiel zu Boden. Er stieß sie mit der Stiefelspitze an, und als sie sich nicht rührte, grunzte er in dumpfem Entsetzen. Jetzt war er geliefert. Die Polizei würde jeden Augenblick hier sein, und bei seinem Vorstrafenregister würden sie ihm diesmal sicher den Strick um den Hals legen.

Er warf einen kurzen Blick über die Schulter, als Polizeipfeifen und das Getrappel von schweren Stiefeln durch die Mietshausgassen hallten. Die Biernebel waren verflogen. Für einen großen Mann bewegte er sich sehr behände durch die Dunkelheit, ein Talent, das durch ein zwanzigjähriges Leben außerhalb der Gesetze geschärft worden war und das er schon in frühester Jugend hatte benutzen müssen, um auf der Straße zu überleben.

Paddy schlängelte sich durch das labyrinthische Gewirr von Häusern und Schänken, bis er zum Fluss kam. Der Liffey glänzte wie geschmolzenes Blei unter den jagenden Wolken. Flink kletterte Paddy über die niedrige Steinmauer und versteckte sich in einem Kanal unter einer Brücke. Er hockte in seinem klammen, stinkenden Versteck und schlang fröstelnd die Arme um sich. Seine Jacke war abgetragen, das Hemd darunter dünn und geflickt. Was würde er nicht geben für die elende kleine Kammer in den Welsh Valleys – für die Finsternis in einer Kohlenzeche, wo die Arbeit ihm Geld in die Taschen und Essen in den Magen brächte! Warum war er nach Irland zurückgekommen?

Er zog eine Grimasse. London hatte sich als zu gefährlich erwiesen, und er war dem Gesetz zu oft um Haaresbreite entronnen, als dass er sein Glück noch weiter auf die Probe hätte stellen wollen. Irland hatte seine Zuflucht werden sollen; er hatte zu den Menschen heimkehren wollen, denen etwas an ihm lag. Aber seine Mutter war tot, und seine Geschwister waren in alle

Himmelsrichtungen verschwunden. In ihrem alten Cottage wohnten Fremde, und niemand wusste, was aus Dad geworden war.

„Ich muss hier weg“, flüsterte er. „Muss einen Weg finden, irgendwas aus mir zu machen, ehe der Henker mich erwischt.“

KATE KELLY hielt das Baby fest im Arm, als sie dem Mann nachschaute, der die Gasse hinunterrannte. Ihr Herz hämmerte. Sie hatte sein Gesicht im Lichtschein des Pubs deutlich gesehen und wusste, dass sie es niemals vergessen würde.

Ein Schauder überlief sie, als sie den Blick der reglosen Gestalt zuwandte, die in der Gasse lag. Das Mädchen sah so jung aus. Seine schmutzigen Haare schwammen im Regenwasser der Gosse. Kate bekreuzigte sich, als Polizisten und Soldaten herbeigelaufen kamen. Das Mädchen war tot.

Kate fuhr zusammen, als einer der Männer aufblickte. Er hielt Ausschau nach Zeugen, und Kate wich in den Schatten zurück. Wenn sie ihnen erzählte, was sie gesehen hatte, würde die Familie Schwierigkeiten bekommen – und die konnte sie nicht gebrauchen.

Das Baby wimmerte im Schlaf, und sie murmelte tröstende Worte in das daunenweiche Haar. Ihr kleinster Bruder war ein Schatz, aber seine Ankunft hatte Mam erschöpft. Dad war aschgrau vor Müdigkeit, wenn er abends aus der Gerberei nach Hause kam, und so lastete die Verantwortung für die anderen neun Kinder auf Kates Schultern.

Sie legte das Baby auf die Matratze zu den anderen schlafenden Kindern und kehrte zum Fenster zurück. Die Tote war weggeschafft worden.

„Was siehst du da?“ Finola Kelly zog den dünnen Schal fester um die schmalen Schultern. „Was ist denn da unten vorgegangen? Wieder eine Balgerei unter Huren?“

Kate erzählte ihr, was sie gesehen hatte, ohne weiter auf den Mann einzugehen.

Finola Kelly packte ihre Tochter bei den Armen. „Pass auf, dass du nicht in die gleiche Falle tappst wie ich, Kate“, sagte sie. „Verschwinde von hier, bevor diese Stadt dich ins Verderben stürzt.“

„Ist es das, was wir alle für dich sind – eine Falle?“

„Ach, Kind, du bist alt genug, um zu verstehen, was ich meine. Du bist achtzehn – älter, als ich war, als ich dich geboren habe. Du darfst nicht den gleichen Fehler machen wie ich und glauben, dass das Leben nichts weiter zu bieten hat. Auf deinen Schultern sitzt ein kluger Kopf, Kate. Du musst

Irland verlassen. Fahr übers Meer – und weiter. Bleib nicht hier, denn für uns Katholiken wird es hier nicht besser."

Kate verspürte ein erregendes Kribbeln. Die Zimmerchen hier in dieser Dubliner Gasse waren alles, was sie kannte. Ihre Familie zu verlassen, übers Meer zu fahren und unter Fremden ein neues Leben zu beginnen, das war ein Gedanke, den sie nie ernsthaft in Betracht gezogen hatte – bis jetzt. Nun bekam ihre Fantasie Flügel. Von Amerika und von den neuen Kolonien in Australien hatte sie schon gehört; es gab Familien, deren Söhne und Töchter sich dort hingewagt hatten und Geld nach Hause schickten. In diesen fernen Gegenden hinderten Herkunft und Religion niemanden daran, sein Glück zu machen.

Kate betrachtete ihre Geschwister. Sie lagen dicht nebeneinander wie Heringe auf einer Platte, und sie wusste, dass die Matratze bis zum Morgen durchnässt sein würde. Zum ersten Mal bemerkte sie, wie feucht und verkommen die beiden Kammern unter dem Dach des dicht bevölkerten Hauses waren. „Aber wie –"

„Ich habe mit Father Pat gesprochen", sagte Finola, „und es gäbe da eine Pfarrstelle in Liverpool. Sie brauchen dort eine Haushälterin. Die Arbeit ist leichter als in der Gerberei, und du bekommst drei Mahlzeiten am Tag. Ein guter Anfang für ein neues Leben."

Kate wandte sich zu ihrer Mutter um und sah die Erschöpfung in ihren Augen und in den tiefen Falten um den Mund. Ja, entschied sie. Es war Zeit zu gehen, wenn sie noch etwas aus ihrem Leben machen wollte.

DIE FRAUEN waren durchnässt, die Säume ihrer Röcke schwer von dem Schlamm, in dem sie standen, während sie auf Maureen warteten. Ihre Blicke waren finster. In wortloser Eintracht umringten sie sie.

Maureen schrie gegen den Wind: „Was wollt ihr?" Das Tosen der Brandung an der Hafenmauer war das Einzige, was sie hörte, als die Frauen den Ring enger zogen. Verzweifelt schaute sie in die Gesichter dieser Frauen, die sie schon ihr ganzes Leben lang kannte. Sie suchte den Blick ihrer besten Freundin Regan, und sie wusste, welche Strafe sie erwartete.

In Regans Augen strahlte fanatische Selbstgerechtigkeit. „Als ob du das nicht wüsstest!", fauchte sie. „Wir haben dich mit diesem englischen Bastard gesehen. Hast dich hingelegt wie eine Hure, und das bist du auch. Du bist hier nicht mehr erwünscht, Maureen."

„Dann gehe ich", stammelte Maureen. „Lasst mich vorbei."

Wie Moorhexen drangen sie auf sie ein. Hände krallten sich in ihre Kleider, schmutzige Fingernägel zerkratzten sie, und schwere Stiefel traten auf sie ein, während sie ihr die Kleider vom Leib rissen.

Die Angst verlieh Maureen ungeahnte Kräfte, und sie kämpfte – aber sie waren zu viele, sie waren stark von der Arbeit auf dem Feld, und ihr Hunger nach dem, was sie für Gerechtigkeit hielten, machte sie noch stärker. Sie packten sie, warfen sie zu Boden und drückten ihr Gesicht in die Erde. Maureen strampelte und schlug um sich. Ein Fußtritt traf ihre Rippen.

„Halt still, du Biest!“, zischte Regan. Sie saß auf Maureens Rücken und riss an ihren Haaren. „Nimm deine Strafe entgegen.“

Maureens Flehen blieb ungehört, sie zückten Scheren und fingen an, ihr die Haare abzuschneiden. Bald rieselte Blut über Maureens Gesicht und Hals. Dann schmierten raue Hände ihr etwas auf den Kopf und über den Körper. Es brannte in Maureens Schnittwunden, und der Geruch verriet ihr, was es war: Teer.

„Feine Federn für eine Dame!“, schrie eine der Frauen und öffnete einen Jutesack. Hühnerfedern wirbelten herab. Hände schmierten sie in die verbliebenen Haarbüschel und bedeckten den misshandelten Leib von oben bis unten damit. Dann ließen die Frauen sie los, wandten sich ab und marschierten zum Dorf zurück.

Maureen blieb in Schlamm und Regen liegen. Sie war zu zerschunden, um sich zu bewegen, zu schockiert, um zu denken. Der Teer brannte sich in ihre Haut, und der Wind zerrte an den Federn. Der Gedanke daran, ins Dorf zurückzukehren, war grauenvoll, aber sie wusste, dass sie sich säubern musste, bevor der Teer unlösbar auf der Haut klebte. Schließlich richtete sie sich auf. Ihre Kleider lagen in Fetzen um sie herum. Sie raffte ihren Mantel auf, legte ihn um die Schultern und zog die Kapuze bis über die Augen. Der stechende Schmerz in ihren Rippen ließ sie zusammenfahren. Sie schlang den Mantel fest um sich und machte sich auf den Weg hinunter ins Dorf. Wie sollte sie ihren Eltern entgegentreten? Ihrem Vater?

Michael O'Halloran würde sich nicht hinter seine Tochter stellen. Er war ein stolzer Ire, und sein Hass auf die englischen Grundbesitzer färbte seine Sicht auf das Leben. Er würde seinen Gürtel abnehmen und die Lektion, die ihr heute erteilt worden war, vollenden. Maureen überlegte, ob sie sich irgendwie ins Haus schleichen könnte, ohne dass er sie sah. Aber die Hütte hatte nur zwei Zimmer, und sie schlief mit ihren drei jüngeren Schwestern im Alkoven. Selbst wenn Dad auf einer seiner geheimnisvollen Reisen in den Norden wäre, musste sie damit rechnen, dass ihre Mutter am Feuer saß und auf seine Rückkehr wartete.

Das Steinhäuschen war eines von fünfen in einer kurzen Gasse am Steilhang oberhalb des Hafens. Das Strohdach war reparaturbedürftig, aber die Fenster waren sauber, und die Tür war frisch gestrichen. Das leise Muhen der Milchkuh kam aus dem Stall neben dem größeren der beiden Zimmer, und die Hühner gackerten, als Maureen die Hinterpforte öffnete und den schlammigen Hof betrat. Der Lichtschein des Herdfeuers flackerte im Fenster, und sie spähte hinein.

Bridie O'Halloran saß zwischen trocknenden Wäschestücken am Kamin und hatte Nähzeug auf dem Schoß, während sie mit dem Fuß die Holzwiege schaukelte, in der das drei Monate alte Baby schlief. Ihre Augen waren dunkel vor Mattigkeit, und Falten durchzogen ihr schmales Gesicht, das nicht vermuten ließ, dass sie erst 33 Jahre alt war. Sie blickte von ihrer Handarbeit auf, als kalter Wind und Regen mit ihrer ältesten Tochter in die Stube drangen. Sie schrie auf. „Heilige Mutter Gottes! Was um alles in der Welt …?" Das Nähzeug fiel zu Boden, und sie sprang von ihrem Schaukelstuhl auf.

Maureen schloss die Tür und lief zum Kamin. Sie streckte die Hände der Wärme entgegen, doch sie konnte nicht aufhören zu zittern. „Mam, es tut mir Leid", brachte sie stockend hervor. „Ich wusste nicht, wohin ich sonst gehen sollte."

Bridie schlug die Kapuze zurück und riss entsetzt die Augen auf. „Was hast du getan?", flüsterte sie.

Hastig holte Maureen den Zuber, der an der Tür hing, und füllte ihn mit heißem Wasser aus dem Kessel über dem Herd. „Ich muss sauber sein, bevor Dad nach Hause kommt."

Angst blitzte in Bridies Augen auf. „Schnell, er wird bald wieder hier sein. Er ist nur auf ein Bier zu Donovan's gegangen."

Mit steifen Fingern legte Maureen den Mantel ab.

Bridies Augen wurden schmal. „Von wem ist es?", fauchte sie mit eisiger Verachtung.

Maureen fing an, die Federn aus der Schmiere zu zupfen, die ihren Körper bedeckte. „Von Henry", gestand sie.

„Weiß er es?"

„Noch nicht. Ich wollte es ihm heute Abend sagen." Maureen warf die Federn ins Feuer. „Aber er konnte nur einen Augenblick bleiben, und –"

Die Ohrfeige war ebenso unerwartet wie heftig. Maureens Wange glühte. „Du dummes Luder!", fuhr Bridie sie an. „Du bist ein dummes kleines Flittchen, das von ihm und seinesgleichen benutzt und weggeworfen wird.

Schöne Worte und feines Benehmen, das gefällt dir vielleicht, aber ihm liegt nichts an dir – du bist ein Spielzeug, mit dem er sich die Zeit vertreibt." Dann kamen ihr die Tränen. „Dein Dad wird dich umbringen", flüsterte sie. „Du musst fort. Auf der Stelle. Bevor er zurückkommt."

Maureen begann, sich den Schmutz vom Leib zu schrubben. „So kann ich nicht gehen", stieß sie hervor und biss die Zähne zusammen. Die Kombination aus Teer, Kratzwunden und Seifenlauge war fast unerträglich.

Bridie griff nach der Wurzelbürste und machte sich daran, Maureens Rücken zu reinigen. „Sei still!", zischte sie, als Maureen aufschrie. „Wer hat dir das angetan?", fragte sie.

„Jede Frau, die noch dazu fähig war, den Berg hinaufzusteigen", antwortete Maureen. „Sogar Regan Donovan war dabei."

„Du weißt, was das bedeutet, oder?" Grimmig raffte Bridie saubere Sachen von dem Stapel neben dem Herd. „Man wird uns meiden. Dabei ist es auch so schon schwer genug, Arbeit zu ergattern." Ihre abgearbeitete Hand ruhte kurz auf der schmalen Schulter ihrer Tochter. Die Berührung verriet Maureen, dass ihre Mutter sich um sie sorgte, aber auch, dass Bridie nicht wusste, wie sie mit diesem schrecklichen Geschehen umgehen sollte.

„Warum nur, Maureen? Warum bist du mit ihm gegangen? Du wusstest doch, welche Strafe dich erwartet, wenn du ertappt wirst."

„Es tut mir Leid, Mam", flüsterte Maureen. „Aber ich liebe ihn. Und er liebt mich. Er hat mir versprochen, dass wir immer zusammen sein werden."

„Wenn du das glaubst, bist du noch dümmer, als ich dachte."

Die Tür flog krachend gegen die Wand, und die beiden fuhren zusammen. Maureen packte das kleine Handtuch und versuchte damit ihre Nacktheit zu bedecken. Die Stille, die auf Michael O'Hallorans Erscheinen folgte, war von Angst erfüllt.

„Schaff diese dreckige kleine Hure aus meinem Haus!", brüllte Michael. „Und wenn du auch nur den Mund aufmachst, Bridie, dann kriegt ihr meinen Gürtel alle beide zu spüren."

Maureen und Bridie bewegten sich hastig. Maureen raffte die sauberen Kleider an sich und zog sie an, während Bridie zum Vorhang stürzte, um sich schützend vor die kleinen Mädchen zu stellen, die mit großen Augen durch den Spalt spähten.

„Hinaus mit euch!", schrie Michael. „Sonst setzt es was mit dem Riemen."

Die Kinder verschwanden blitzschnell. Maureen hatte sich inzwischen angezogen. „Du hast es auf mich abgesehen“, sagte sie eisig. „Lass sie in Frieden!“

Er funkelte sie an. Seine Augen waren gerötet von Alkohol und Wut, und seine Hand öffnete bereits die Gürtelschnalle. „Du wirst mir nicht vorschreiben, was ich in meinem eigenen Haus tun und lassen darf!“, brüllte er, als er durch das Zimmer auf sie zukam und langsam den Gürtel aus den Hosenschlaufen zog. „Du hast mich beschämt, Maureen. Von Regan Donovan muss ich mir anhören, was meine Tochter getrieben hat. Sie konnt's nicht erwarten, es allen im Pub zu erzählen. Dafür wirst du bezahlen, Mädchen.“

Maureen griff nach dem Schürhaken. Sie zitterte vor Angst, aber sie wusste, dass sie sich verteidigen musste – sich selbst und das Baby in ihrem Leib. „Rührst du mich an, schlage ich zurück“, sagte sie. „Du wirst dir den Gürtel wieder umschnallen und dich hinsetzen. Und wenn ich fort bin, wirst du weder Mam noch die Kleinen anrühren. Sie haben nichts damit zu tun.“

Benommen ließ Michael sich auf einen Stuhl fallen. Mit offenem Mund glotzte er seine älteste Tochter an. Er konnte nicht glauben, dass sie wagte, ihm die Stirn zu bieten.

Maureen rollte ihre restlichen Kleider zu einem Bündel zusammen. Dann drehte sie sich zu ihrer Mutter um und warf ihr einen Blick zu, der ihr Mut machen sollte. Sie ging hinaus und schlug die Tür hinter sich zu. Erst als sie die Höhe halb erklommen hatte, verließ sie der Mut, und sie sank an einer Steinmauer zu Boden und brach in Tränen aus.

DAS UNWETTER der vergangenen Nacht hatte sich verzogen, und ein heller, kalter Tag war angebrochen. In den Geruch von feuchter Erde und Gras mischten sich die salzige Meeresluft und die warmen Ausdünstungen von Pferden und Hunden. Ein gutes Jagdwetter.

Henry saß auf seinem Pferd und dachte an sein bevorstehendes Rendezvous mit Maureen, während er darauf wartete, dass der Hundeführer die Meute aufstellte. Das alte Steinhaus war eine perfekte Kulisse für die aufgeregt durcheinander wimmelnden Hunde, die scharlachroten Jagdröcke und die tänzelnden Pferde.

Sein Blick wanderte über die Gesellschaft und verweilte bei seiner Mutter. Lady Miriam saß im Damensitz auf ihrer grauen Stute. Sie bemerkte seinen Blick und lenkte ihre Stute an seine Seite. „Ich muss mit dir sprechen“, sagte sie leise. „Nach der Jagd, wenn dein Vater beschäftigt ist.“

„Nach der Jagd habe ich schon was vor“, antwortete er. „Das wird dann wohl warten müssen.“

Sie legte ihm die Hand auf den Arm. „Ich habe Augen im Kopf, mein Sohn“, sagte sie. „Über dein kleines Problem sprichst du doch besser mit mir als mit deinem Vater.“

Henrys äußere Ruhe stand im Gegensatz zu seinen wild durcheinander wirbelnden Gedanken. War seine Mutter den heimlichen Zusammenkünften mit Maureen auf die Spur gekommen, oder ging es um den Streit, den er am Abend zuvor mit seinem Vater gehabt hatte?

„Gestern Abend gab es Ärger im Dorf“, sagte sie düster. „Und wenn mein Verdacht zutrifft, werden wir deshalb etwas unternehmen müssen.“

Sein Pulsschlag raste. „Was für Ärger?“

„Maureen O’Halloran“, sagte seine Mutter.

„Was ist passiert?“, keuchte Henry.

„Ich hatte also Recht“, zischte Lady Miriam. „Du Narr! Nach der Jagd gehst du in mein Zimmer, und dann sage ich dir, was du tun wirst.“

„Ich werde Maureen suchen“, sagte er.

„Wenn du das tust, kann ich dir nicht helfen. Du weißt, wie dein Vater reagieren wird, wenn er erfährt, was du getrieben hast.“

„Aber ich muss wissen, dass ihr nichts passiert ist.“ Er sah das Gesicht seiner Mutter, und es überlief ihn eisig. „Was ist geschehen?“

„Ich habe immer schon gesagt, dass die Iren Barbaren sind, und was sie mit Maureen O’Halloran gemacht haben, ist der Beweis dafür. Ihre eigene Familie hat sie verstoßen.“

„Wo ist sie?“, flüsterte Henry.

„Ich habe keine Ahnung“, sagte Lady Miriam. „Vergiss sie, Henry! Um das Mädchen wird man sich kümmern, auch wenn dein Vater dir die Hölle heiß machen wird.“

„Woher weißt du das alles?“

„Ich habe meine Informanten.“

„Du hast es also die ganze Zeit gewusst?“

Sie nickte kurz. „Ich habe gehofft, du würdest zur Vernunft kommen. Jeder junge Mann muss sich die Hörner abstoßen. Aber anscheinend hast du den Verstand verloren.“ Sie ritt davon.

Noch nie hatte Henry sie so zornig erlebt. Er lenkte sein Pferd von der Gesellschaft weg und bemerkte, dass Lady Miriam seinen Vater in ein Gespräch verwickelte und ihn ablenkte.

Henry ritt durch den Torbogen in die Felder hinter dem Haus und galoppierte zur verlassenen Jagdhüterhütte. Er sprang aus dem Sattel und rief Maureens Namen. Niemand antwortete, und er stemmte die Tür auf. In der Hütte herrschte Dunkelheit. Henry zwängte sich durch die Tür hinaus, stapfte um die Hütte herum und suchte nach irgendeinem Anzeichen dafür, dass sie schon hier gewesen war. Aber er fand nichts.

Er stieg wieder in den Sattel und lenkte das Pferd in die Richtung, in der das Dorf lag. Er musste Maureen finden, musste sich vergewissern, dass sie unversehrt war. Denn „Ärger im Dorf" konnte nur eins bedeuten: Man hatte sie entdeckt. Und er wusste, was für eine schreckliche Strafe Maureen erleiden musste.

Henry ritt im Trab die einzige Straße entlang zum Cottage der O'Hallorans. Vor dem kleinen Haus stieg er vom Pferd, ging den schmalen Pfad hinauf zur Tür und klopfte an. Dann blieb er in aufrechter Haltung stehen und wartete.

„Diese Hure werden Sie nicht wiedersehen!", schrie eine Frau in der gaffenden Menge.

Henry drehte sich zu ihr um. „Wo ist sie?", fragte er.

Regan Donovan drängte sich nach vorn. Ihr rotes Haar leuchtete feurig im Sonnenlicht. Herausfordernd stemmte sie die Arme in die Seiten. „Sie ist weg", erklärte sie. „Geh zurück in dein feines Haus, Henry! Dich wollen wir hier auch nicht haben."

Henry packte sie beim Arm. „Wo ist sie hin?", fuhr er sie an. „Was habt ihr mit ihr gemacht?"

Ihr Blick war kalt. „Von mir wirst du das nie erfahren", zischte sie. „Von niemandem hier."

Henry ging zu seinem Pferd zurück und galoppierte in die Menge hinein, die sich vor ihm teilte. Zum ersten Mal teilte er den Hass seines Vaters auf die Iren.

2

Miriam kehrte widerwillig in die Gegenwart zurück. Sie brachte die Spieldose wieder in ihr Versteck in der Küche. Dann stülpte sie sich den Buschhut auf den Kopf und marschierte zu den Stallungen.

Die Bellbird-Farm hatte einmal tausende von Rindern beherbergt, und heute standen auf ihren Weiden einige der besten Zuchtpferde Australiens. Die Veränderung hatte ihr höchstes Renommee verschafft, als einer ihrer

Hengste den Melbourne Cup gewonnen hatte. Inzwischen kamen Käufer und Züchter aus der ganzen Welt hierher.

Sie war außer Atem, als ihr Verwalter sie eine halbe Stunde später beim Ausmisten der Ställe ertappte. „Ich finde nicht, dass Sie das machen sollten“, sagte er gedehnt.

Miriam richtete sich auf. „Vergiss nicht, wer hier der Boss ist, Frank!“

Frank war seit über fünfzig Jahren Miriams Verwalter und hätte sich mittlerweile an ihre Art gewöhnt haben müssen, aber sie wusste, dass er nie recht gelernt hatte, mit ihrem Trotz umzugehen.

Er trollte sich mit dem wiegenden Gang eines Mannes, der den größten Teil seines Lebens zu Pferde verbracht hat.

Miriam sah ihm nach. Sie war froh, dass er sich nach seiner Heirat entschieden hatte, auf Bellbird zu bleiben. Seine Kinder hatten Leben auf die Farm gebracht, nachdem Chloe nach Queensland gegangen war, und Miriam hatte sie sehr vermisst, als auch sie fortgezogen waren. Das Outback war zu einsam und zu rau für diese junge Generation von Australiern, die es nicht erwarten konnte, von hier fortzugehen, zu dem Getümmel der Städte.

Motorgeräusch riss sie aus ihren Gedanken. Sie sah einen schlammbespritzten Geländewagen, der auf der ausgefahrenen Piste herangedonnert kam und vor der Veranda bremste. Sie wischte sich die Hände am Hosenboden ab und ging hinaus, um den Besucher zu begrüßen.

Die Tür des Geländewagens öffnete sich. Der Fremde sah gut aus, aber er war viel zu jung: Der Besucher, den sie erwartete, konnte es nicht sein. „Kann ich Ihnen helfen?“, fragte sie.

„Jake Connor“, sagte er. „Sind Sie Mrs Strong?“

Miriam zog die dicken Arbeitshandschuhe aus und schüttelte die ausgestreckte Hand. „Was kann ich für Sie tun, Mr Jake Connor?“

„Die Frage ist eher, was ich für Sie tun kann. Sie haben in meinem Büro angerufen. Sie brauchen Hilfe bei irgendetwas?“

„Wenn ich die Hilfe eines Jungen brauchte, dann hätte ich einen verlangt“, sagte Miriam. „Sie haben die Fahrt umsonst gemacht, Mr Connor.“

Er lehnte sich an den Geländewagen und blickte lächelnd auf sie herab. „Nicht, wenn Sie mir eine Tasse Tee und ein Stück von Ihrer Schokoladentorte anbieten. In Galopprennkreisen ist Ihre Torte berühmt – und das sollte ich wissen, denn mein Dad ging schon zu Pferdeversteigerungen, als ich noch ein Dreikäsehoch war – und immer zuerst zum Teezelt der Bellbird-Farm.“

Sie musterte ihn von Kopf bis Fuß. Seine Stiefel waren abgenutzt, und das Gleiche galt für seine Moleskin-Hose und seinen Buschhut. Er mochte jung und aus der Großstadt sein, aber er hatte das Auftreten eines Mannes, der mit dem Staub und der Hitze des Outback vertraut war.

Der junge Mann gefiel ihr; aber es war lächerlich anzunehmen, dass er genug Erfahrung hatte, um zu tun, was getan werden musste. „Kommen Sie rein“, sagte sie brummig.

Er öffnete die Tür seines Wagens und nahm seinen Aktenkoffer heraus.

Miriam blieb der Mund offen stehen, als sie bemerkte, dass noch jemand im Wagen saß. „Was …?“

„Das ist Eric.“ Jake grinste. „Der beste, eigenwilligste Kater diesseits des Äquators.“ Er wandte sich an den rotgelben Kater, der majestätisch auf dem Beifahrersitz thronte. „Das ist Mrs Strong.“

Der Kater musterte Miriam geringschätzig und entschied offenbar, dass es unter seiner Würde sei, sie zu beachten, denn er streckte ein Bein in die Luft und krümmte sich, um sich das Hinterteil zu lecken.

Miriam lachte. „Danke sehr“, sagte sie. „Das Vergnügen ist ganz auf meiner Seite. Aber ist es nicht gefährlich, ihn ohne Box spazieren zu fahren?“

„Ungefährlicher, als ihn zu Hause zu lassen. Er stellt alles auf den Kopf, wenn ich ohne ihn wegfahre, und dann zieht er zu meiner Nachbarin, bis er wieder Lust hat, mit mir zu sprechen. Eric besteht darauf, im Hundekorb zu schlafen, und attackiert jeden, der ihn da rausholen will. Ihr Schäferhund hat eine Heidenangst vor ihm.“

„Vielleicht sollte er mal zum Psychiater“, brummte Miriam.

„Meine Frau hat es mit einem Katzentherapeuten versucht – aber es hat nicht geklappt. Darum habe ich nach der Scheidung das Sorgerecht bekommen.“

Lächelnd stieg Miriam vor ihm die Treppe zur Veranda hinauf. „Zeit für ein Häppchen“, brummte sie. „Setzen Sie sich. Ich mache Tee.“

Als sie mit einem voll beladenen Tablett auf die Veranda zurückkam, sprang er auf und nahm es ihr ab. Ehe sie protestieren konnte, hatte er Tee in die beiden Porzellanbecher gegossen und zwei Scheiben Kuchen abgeschnitten.

Miriam setzte sich in den Korbsessel und sah ihm zu. Er hatte schlanke Finger und sauber geschnittene Nägel. „Wilcox hatte nicht das Recht, einen jungen Mann zu schicken, der noch grün hinter den Ohren ist“, sagte sie unverblümt.

„Ich war der Einzige, der frei war", antwortete er gelassen. „Außerdem war ich schon mal in der Gegend. Ich sehe vielleicht zu jung aus, aber ich bin gut in meinem Job, und Sie sollten nicht so voreilig urteilen. Sagen Sie mir, was für ein Problem Sie haben, und ich werde mein Bestes tun, um es zu lösen."

„Aber es handelt sich um eine Familienangelegenheit. Ich habe Wilcox erwartet."

Ihr Benehmen schien ihn nicht zu kränken. Er betrachtete sie nachdenklich. Seine dunklen Augen blitzten humorvoll. „Wilcox hat mich vor Ihnen gewarnt. Sie sind ebenso stolz wie stur, sagt er."

Miriam dachte an Geoff Wilcox und erinnerte sich, wie humorlos er war. In seinem Beruf war er ausgezeichnet, aber es fehlte ihm an Persönlichkeit und an Witz. Jake Connor hingegen erinnerte sie an ihren verstorbenen Mann Edward; er hatte das gleiche Auftreten. „Woher soll ich wissen, dass Sie der Sache gewachsen sind?", fragte sie.

„Habe bisher keine Klagen bekommen", erwiderte er.

Ein wütendes Gejaule aus dem Geländewagen riss sie aus ihren Überlegungen. „Ihr Kater sieht das anders", stellte sie fest.

Jake erhob sich und lief zum Wagen. Eric ließ sich Zeit beim Aussteigen, bevor er mit steil aufgerichtetem Schwanz auf die Veranda marschierte. Er schaute Miriam hochmütig an, erwählte sich dann einen Sessel mit Kissen und sprang hinauf.

Jake wirkte betreten. „Entschuldigen Sie, aber glauben Sie, er könnte ein Schälchen Milch haben? Ich habe vergessen, welche mitzubringen."

Miriam hatte Mühe, nicht zu lachen, als sie Milch in eine Untertasse goss und sie zu dem Kater hinüberschob. Eric setzte sich aufrecht an den Tisch, legte die beiden Vorderpfoten säuberlich rechts und links neben das Schälchen und fing an, die Milch aufzuschlecken. „Frisst er immer am Tisch?", fragte sie.

„Meistens. Es ist unter seiner Würde, auf dem Fußboden zu essen – oder Vögel zu jagen."

„Das ist gut", erwiderte Miriam. „Die Kleinen sind nämlich eben flügge, und ein Massaker in meinem Vorgarten würde mir gar nicht gefallen." Sie betrachtete ihn eine Weile. „Ich habe gestern etwas gefunden", begann sie schließlich zögernd. „Etwas, was in dieser Familie einiges verändern könnte."

„Was denn?" Sein Gesicht war ernst geworden.

„Ich werde es Ihnen zeigen, aber Sie müssen mir versprechen, es für sich zu behalten, bis ich sicher bin, dass ich die Angelegenheit vorantreiben möchte.“

Jake nickte.

Miriam mühte sich aus dem Sessel und humpelte ins Haus, um die Spieldose zu holen. Sie hatte an diesem Vormittag zu viel gearbeitet; der Schmerz pochte in den Kniegelenken. Sie schlurfte in die Küche und schluckte rasch zwei von den Tabletten, die der Arzt ihr verschrieben hatte.

Als sie auf die Veranda zurückkehrte, lehnte Jake am Geländer.

„Da“, sagte sie und stellte die Spieldose auf den Tisch. „Der Beweis dafür, dass man mich um mein rechtmäßiges Erbe betrogen hat.“ Sie verfolgte, wie er den Schlüssel drehte und den Deckel aufklappte. Sah, wie sein Blick den tanzenden Figuren folgte. Als die Musik aufhörte und das Tanzpaar stehen blieb, zog Miriam das geheime Schubfach auf, das all die Jahre verborgen und jetzt zerbrochen war. „Ich habe sie fallen lassen“, erklärte sie. „Sonst hätte ich überhaupt nicht bemerkt, dass es da ist.“

Jake machte große Augen, als er erkannte, was darin versteckt lag. „Mein Gott“, flüsterte er, „haben Sie eine Ahnung, was das ist? Und was es wert ist?“

„Oh ja“, sagte sie leise. „Ich weiß genau, was das ist.“

„Aber woher kommt es? Und warum war es versteckt?“

„Das ist eine sehr lange Geschichte“, sagte sie. „Wenn ich sie Ihnen erzähle, ergibt sich hoffentlich ein klareres Bild, wie mein Problem gelöst werden kann.“

FIONA WOLFF nahm den Sturzhelm ab, zog die Lederjacke aus und verstaute beides in den Packtaschen der Kawasaki. Sie fuhr sich mit den Fingern durchs Haar, um es ein wenig zu ordnen, und trug hastig Lippenstift auf. Ein kurzer Blick in den Handspiegel: Das musste genügen, denn sie hatte sich bereits verspätet, und Leo, ihr Vater, würde aus der Haut fahren.

Leos Skulpturenausstellung fand in der führenden Galerie von Brisbane statt. Fiona nahm dem Kellner ein Glas Champagner ab und schaute sich um. Auf dem schwarzen Marmorboden wirkten Leos Skulpturen prachtvoll, und die Beleuchtung betonte die sinnlichen Kurven dessen, was die Familie „seinen Harem“ nannte. Denn Leo machte ausschließlich Frauenfiguren. Sie waren seine Leidenschaft – und der Grund, weshalb er und Mum sich hatten scheiden lassen.

Vergnügt spazierte sie in dem Gewimmel umher und machte sich von neuem mit seinen Frauen vertraut. Da war Charlotte mit ihrer kühlen, alabasternen Eleganz, hier Naomi, schwarz und arrogant, Sara mit ihrer elfenhaften Anziehungskraft. Dort waren die üppige Roseanne und die mütterliche Kim, und drüben in der Ecke bei dem Wasserbecken stand Beth, die trotz Leos Fürsorge den Kampf gegen die Sucht verloren hatte.

Fiona seufzte. Diese Frauenparade war die Chronik eines ausschweifenden Lebensstils, der letztlich seine Ehe zerstört hatte. Fiona war es damals schwer gefallen, ihm zu verzeihen.

Sie stellte das Glas auf ein Fenstersims und zog sich hinter die Grünpflanzen zurück. Ihr Vater war ganz in der Nähe, und da es sechs Monate her war, dass sie ihn zuletzt gesehen hatte, wollte sie ihn zunächst ein Weilchen beobachten. Leo sah blendend aus in seinem rotsamtenen Smokingjackett. Er unterhielt sich mit einer statuenhaften Blondine, die aussah, als habe man sie aus dem antiken Rom herbeigeschafft. Fiona hätte wetten können, dass er sein nächstes Modell und seine nächste Geliebte gefunden hatte. Aber warum nicht? Ihr Vater war ein gut aussehender Mann. Mit seiner silbernen Löwenmähne, seinen blauen Augen und einer Figur, die noch nicht von zu viel Alkohol ruiniert war, zog er die Blicke immer noch auf sich.

„Was treibst du denn hier, so versteckt?"

Fiona drehte sich um. „Hallo, Mum. Stellst du auch aus?"

Chloe schüttelte das kastanienbraune Haar, das ihren Kopf wie eine Wolke umgab. Der Blick ihrer grünen Augen wanderte zu Leo. „Meine Bilder werden nächsten Monat gezeigt. Ich bin nur hier, um auf diesen alten Halunken aufzupassen", sagte sie leise. „Sonst tritt er bei nächster Gelegenheit dem Falschen auf die Füße."

„Sprichst du von der Blondine?"

Chloe nickte. „Sie ist natürlich verheiratet – mit Brendt."

Brendt entstammte einer wohlhabenden und einflussreichen Familie, die ihre Finger sowohl in der Politik als auch am Puls der Börse hatte. Nach dem Tod seines Großvaters Patrick Dempster hatte er das Vermögen der Familie nicht nur in Speditionen und Immobilienfirmen investiert, sondern auch in Medien- und Bergbauunternehmen, und es hieß, er sei ebenso skrupellos ehrgeizig wie der Alte.

Chloe legte ihrer Tochter den Arm um die Schultern. „Es ist schön, dich zu sehen. Ich habe nicht geglaubt, dass du rechtzeitig zu Mims Geburtstag wieder da sein würdest – von dieser Ausstellung ganz zu schweigen."

Fiona lächelte, als sie den familiären Kosenamen ihrer Großmutter hörte. Miriam hatte ihn selbst erfunden, als sie noch klein war und ihren Namen nicht aussprechen konnte. „Ich wollte beides nicht verpassen", sagte sie.

„Die Sommer auf Bellbird sind immer noch etwas Besonderes für mich. Außerdem waren die Fotoaufnahmen in Brasilien erledigt, und ich musste nach Hause kommen, um die Filme entwickeln zu lassen."

„Hoffentlich zahlt *National Geographic* dir genug dafür", sagte Chloe. „Ich kriege dich ja kaum noch zu sehen."

Fiona nickte. „Du wolltest Dad retten", erinnerte sie ihre Mutter und setzte sich in Bewegung.

„Ihr Lieben", dröhnte Leo und breitete zur Begrüßung die Arme aus, „kommt und gebt mir einen Kuss!"

Fiona küsste ihn auf die Wange, und er drückte sie wie ein Bär an seine Brust. „Hallo, Dad."

„Leo, Darling", flüsterte er ihr ins Ohr. „Dad klingt so alt."

Fiona trat zurück, als er Chloe umarmte und küsste. Sie waren ein schönes Paar. Chloes Haarkaskaden hoben sich leuchtend von seiner silbrigen Mähne ab, und ihre Kurven schmiegten sich geschmeidig an seine Gestalt.

„Wo ist denn deine Schwester Louise mit ihrem grässlichen Ehemann?", fragte er.

„In der Bar, glaube ich." Chloe sah sich um. „Ralph ist ein Bankkollege über den Weg gelaufen."

„Ohne Zweifel redet er übers Geschäft", murrte Leo. „Hat der Mann eigentlich keine Seele? Ich schwitze Blut und Wasser, um diese Ausstellung auf die Beine zu stellen, und er redet lieber über die Bank. Geh deine Schwester holen, und wir machen noch eine Flasche Champagner auf."

Fiona sah, dass Chloe sich bei ihm unterhakte. Ihre Eltern schienen jetzt glücklicher und einander näher zu sein als früher. Die Scheidung war keineswegs grausam gewesen. Seither hatten die beiden eine freundschaftliche Beziehung aufgebaut. Sie sehen sich jetzt wahrscheinlich öfter als früher, dachte Fiona, während sie das Atrium durchquerte.

Die Bar war von Stahl und Glas beherrscht, sodass helles Sonnenlicht hereinflutete. Farbenprächtige Gemälde hingen an den Wänden, und rings um die niedrigen Tische hatte man Ledersofas und Sessel aufgestellt. Fiona entdeckte Louise sofort und war erschrocken, wie blass und schmal sie war. Dieses schwarze Kleid ist unvorteilhaft, dachte sie, und der jungenhafte Haarschnitt auch – er betonte die scharfen Wangenknochen und die dunklen Schatten unter den Augen.

Sie trat an den Tisch. Ralph redete auf einen rotgesichtigen Mann in einer grellen Weste und einem teuer aussehenden Anzug ein. „Da seid ihr ja", sagte Fiona. „Leo hat nach euch gefragt."

„Siehst du nicht, dass Ralph beschäftigt ist, Fiona? Leo wird warten müssen“, zischte Louise.

„Aber das braucht dich doch nicht zu kümmern. Komm, Louise. Dad will noch eine Flasche Champagner aufmachen.“

Nervös schaute Louise zu ihrem Mann hinüber, aber der ignorierte sie; er stand auf und schüttelte seinem Kollegen die Hand. Erst als der Mann außer Hörweite war, drehte er sich zu Fiona um und fauchte: „Es wäre mir lieb, wenn du Louise nicht zum Trinken ermuntern würdest – sie ist auf Diät.“

Fiona sah ihre Schwester an. „Auf Diät?“, fragte sie erstaunt. „Du warst doch schon dünn genug.“

„Sie hat zwölf Kilo abgenommen“, sagte Ralph. „Ich finde, sie sieht wunderbar aus.“

Fiona begriff, dass es keinen Sinn hatte, den beiden zu sagen, was sie dachte: dass Louise halb tot aussah. „Und wie fühlst du dich, nachdem du so viel abgenommen hast?“, fragte sie sanft.

„Großartig.“ Louise stand auf und versuchte die Falten in ihrem kurzen schwarzen Kleid glatt zu streichen.

„Ich habe doch gesagt, dass es Falten kriegt“, knurrte Ralph. „Du hättest das Mary-Quant-Modell anziehen sollen, das ich aus London habe kommen lassen.“

„Die gehen weg, wenn ich mich bewege“, sagte Louise nervös. „Das Kleid, das du gekauft hast, war zu eng.“

Er nahm ihren Arm. „Wenn du dich nicht mit Schokolade gemästet hättest, wäre es nicht zu eng.“

„Es waren nur zwei winzige Stückchen, Ralph“, protestierte sie leise. „Ich dachte, ich hätte eine Belohnung verdient, nachdem ich so brav gewesen war.“

Er bugsierte sie aus der Bar. „Du wolltest abnehmen, und ich versuche dir zu helfen – aber wenn du hartnäckig gegen deine Diät verstößt, bist du selbst schuld, wenn deine Kleider nicht passen.“

Fiona merkte, dass ihr Mund offen stand, und machte ihn hastig zu. Ralph wurde allmählich zum Despoten. Arme Louise!, dachte sie. Warum verlässt sie ihn nicht? Kinder haben sie nicht, und das protzige Haus am Fluss würde so viel einbringen, dass Louise sich eine passendere Wohnung kaufen könnte.

„Ich werde mich mal ausführlich mit Louise unterhalten müssen“, brummte sie, während sie den beiden folgte. Aber bald musste sie feststellen, dass sie Louise nicht allein zu fassen bekam. Ralph blieb unbeirrt an ihrer Seite, er arbeitete die Galerie ab und knüpfte Verbindungen mit zukünftigen Geschäftspartnern seiner Handelsbank, während er sich um Louises Familie kaum kümmerte. Die beiden gingen eine Stunde später, nachdem Louise versprochen hatte, sich am Wochenende auf Bellbird einzufinden.

Leo sah ihnen nach. „Was hat dieser grässliche Kerl aus meinem hübschen kleinen Mädchen gemacht?“, klagte er. „Ich habe versucht, mit ihr zu reden, aber sie sieht nicht, was für ein Mensch er ist.“

„Mim wird ihn schon zurechtstutzen.“ Chloe zog ihren langen violetten Samtmantel über den smaragdgrünen Kaftan. „Sie ist eine Verfechterin von drei Mahlzeiten am Tag – Widerspruch zwecklos.“ Sie umarmte Fiona. „Wir sehen uns auf Bellbird, Darling.“

MIRIAM verstummte, und Echos der Vergangenheit hallten durch die Stille.

Jake betrachtete die Frau, die ihm gegenübersaß. Miriam Strong war ein passender Name. Sie war stark, auch wenn sie zart wie ein Vogel aussah. Unter dem zierlichen Äußeren lag ein Kern aus stählerner Entschlossenheit, der ihr in der Welt des Pferderennens großes Ansehen eingebracht hatte. Aber etwas in ihrem Blick verriet ihm, dass nicht alles in Ordnung war, und er fragte sich, ob das, was sie in dem Geheimfach entdeckt hatte, nicht nur ein Teil dessen war, was sie bedrückte.

Er warf einen Blick auf die Uhr.

„Haben Sie es eilig?“

„Ich habe mich nur gerade gefragt, ob es hier einen Gasthof gibt.“

Sie winkte ab. „Sie können hier bleiben. Bis zum Wochenende habe ich ein freies Zimmer. Dann kommt die Familie zu meinem Geburtstag her.“

„Ich muss vorläufig nicht zurück ins Büro, also – vielen Dank. Es wird zur Abwechslung ganz angenehm sein, die Stadt hinter sich zu lassen.“

„Wenn Sie so tüchtig sind, wieso können Sie dann aus dem Büro verschwinden, wann immer Sie Lust haben?“

„Ich bin Partner in der Kanzlei, und mir steht ein bisschen Urlaub zu. Deshalb habe ich angeboten, hierher zu fahren.“

„Sie sind auf dem Land aufgewachsen, oder?“, fragte sie.

Er nickte. „Dad hat eine Farm bei Ballarat. Meine Schwester und ihr Mann wohnen immer noch da.“

„Und warum sind Sie fortgegangen?“

Er zuckte die Achseln. „Ich fand das Leben im Outback irgendwann erstickend.“ Er wechselte das Thema. „Ihnen ist doch klar, dass das, was Sie da planen, den finanziellen Ruin bedeuten könnte, nicht wahr?“

„Ich habe befürchtet, dass Sie das sagen würden.“ Sie schaute die Spieldose an. „Aber ich dachte, wenn ich Ihnen die Geschichte erzähle, wird das ein Licht auf Dinge werfen, die bisher nicht erklärt worden sind.“

Er hatte keine Ahnung, wovon sie sprach. „Hat Henry Maureen denn jemals gefunden?“

Die Nebel der Erinnerung verschleierten Miriams Augen. Es war, als habe die Entdeckung des Geheimfachs Henrys Geist freigesetzt, und er gab ihr Kraft. Denn dieser Teil der Geschichte gehörte ihrem Vater.

3

Maureen hatte in der verlassenen Hütte Zuflucht gesucht und war in einen unruhigen Schlaf gesunken, als ihre Mutter erschien. „Wach auf!“, befahl sie. „Du kannst hier nicht bleiben.“

„Ich warte auf Henry“, antwortete Maureen.

„Der wird nicht kommen“, sagte Bridie erbost. „Steh auf und komm mit! Henry wird dich jetzt nicht mehr wollen – und seine Familie auch nicht. Am besten, du verschwindest, bevor wir alle noch mehr Ärger kriegen. Beweg dich, Kind!“

Widerstrebend folgte Maureen ihrer Mutter in die kalte, stille Nacht hinaus. Der Vollmond beleuchtete ihren Weg durch den Wald. Jenseits der Anhöhe, ein ganzes Stück weit vom Dorf entfernt, traten sie heraus.

„Wohin gehen wir?“

„Ich kenne einen Ort, wo niemand dich suchen wird“, antwortete Bridie.

Maureens Gedanken waren in Aufruhr. Wenn sie fortginge, ohne mit Henry zu sprechen, würde sie niemals wissen, ob er sie verraten hatte. Aber wenn sie sich ihrer Mutter widersetzte, wäre nicht abzusehen, welche Demütigungen sie noch würde hinnehmen müssen. Fast eine Stunde lang gingen sie schweigend weiter, bis sie zu einem kleinen Steinhaus kamen, das zwischen den Felsen auf dem steilen Hang fast nicht zu erkennen war.

„Was ist das?“

„Eine Schäferhütte“, sagte Bridie. „Hier bleibst du, bis ich wiederkomme.“ Sie schob Maureen durch die Tür und gab ihr ein Paket mit Brot und Käse. „Ich bin bald zurück.“

Maureen sah ihr nach, wie sie den steinigen Hügel hinaufstieg und verschwand. Sie ließ sich auf den Lehmboden sinken und lehnte sich an die Mauer. Erschöpfung, Angst und Liebeskummer wurden in der Stille übermächtig, und bevor sie zwei Bissen von ihrem Proviant genommen hatte, war sie bereits eingeschlafen.

Die Sonne stand hoch am Himmel, als Bridie zurückkehrte. „Es ist Zeit zu gehen", sagte sie. „Hier. Nimm das! Damit kannst du die Postkutsche und die Schiffspassage bezahlen, und das ist die Adresse des Klosters, das dich aufnehmen wird, wenn es so weit ist."

Maureen schaute die kleine Lederbörse an, die Bridie ihr in die Hand gedrückt hatte. Sie fühlte, wie schwer sie war, und wusste, was es war. Tränen flossen ihr über die Wangen.

„Ruhig, meine *acushla*, meine *mavourneen*", flüsterte Bridie und nahm Maureen in die Arme. „Er verdient es nicht, dass du ihm nachweinst."

Die beiden Frauen nahmen Abschied voneinander. Bridie kehrte zurück in das winzige Fischerdorf, und Maureen ließ alles hinter sich, was sie je gekannt hatte, und wanderte einer ungewissen Zukunft entgegen.

NUR ZWEI Straßen gab es aus dem Dorf hinaus. Die eine führte in die nächste Siedlung an der Küste, die andere ostwärts nach Dublin. Henry spornte sein Pferd zum Galopp.

Ein paar Stunden später machte er auf einer Hügelkuppe Halt. Er richtete sich in den Steigbügeln auf und suchte die Umgebung ab. Sattgrüne Hügel und Täler erstreckten sich vor ihm. Keine Staubwolke, die ein rollendes Fuhrwerk angezeigt hätte, keine einsame Gestalt, die auf der Straße dahinwanderte. Schweren Herzens ritt er zurück nach Beecham Hall.

„Du hast dich also entschlossen, doch noch nach Hause zu kommen." Sir Oswalds Stimme war bedrohlich ruhig, als Henry das Morgenzimmer betrat. „Ich weiß alles über die kleine O'Halloran. Verschone mich daher mit deinen Lügen!"

„Hast du sie gesehen? Wo ist sie?"

„Ich habe die Sache erledigt", gab Sir Oswald zurück. „Es braucht dich nicht mehr zu bekümmern."

„Aber sie bekümmert mich, Vater. Ich liebe sie."

„Sie ist eine irische Schlampe, die glaubt, sie kann dir eine Falle stellen, indem sie sich in andere Umstände bringen lässt."

Henry wurde bleich. „In andere Umstände?" Der Schreck über die Eröffnung brachte seine Gedanken ins Trudeln. Warum hatte Maureen ihm nichts davon gesagt?

Sir Oswald schenkte sich einen Whiskey ein. „Ihre Mutter war hier. Hat mich angebettelt, ich sollte ihr helfen, ihre Tochter aus der Patsche zu retten, in die ihr euch beide gebracht habt.“

„Wann war das?“

„Ungefähr zehn Minuten nachdem du dich davongeschlichen hast!“, schrie Sir Oswald. „Das verdammte Weib hat die Jagd unterbrochen; ich musste zurückkommen und deinen Schlamassel in Ordnung bringen.“

„Du brauchst nichts in Ordnung zu bringen!“, fuhr Henry ihn an. „Wenn Maureen ein Kind von mir bekommt, werden wir sofort heiraten.“

„Nur über meine Leiche!“, brüllte Sir Oswald. „Sie wird nach England abgeschoben, und der Bastard wird zur Adoption freigegeben.“

„Es ist mein Kind, und es steht nicht zur Adoption“, erklärte Henry in eisigem Ton.

„Geld wirkt Wunder, Junge“, schnarrte sein Vater. „Ich möchte wetten, sie ist schon halb in England – mit meinem Gold in der Tasche und ohne einen Gedanken an dich zu verschwenden.“

Henry funkelte seinen Vater an. „Ich werde sie finden. Sie wird nirgendwo hingehen – es sei denn mit mir.“

„Henry.“ Lady Miriam meldete sich zu Wort. „Ich bewundere deine Treue zu diesem Mädchen und deine ehrenhafte Absicht, zu ihr zu stehen. Ist dir klar, was ein solcher Skandal für Thomas und seine Karriere bedeuten würde? Und für das Ansehen deines Vaters im Geschäftsleben?“ Sie stand auf und kam auf ihn zu. „Willst du, dass unser guter Name in den Schmutz gezerrt wird? Dieses Mädchen ist nicht nur katholisch, es gehört zur Arbeiterklasse. Und es weiß – anders als du –, wo sein Platz ist, und akzeptiert sein Los.“ Sie legte ihm sanft die Hand auf den Arm. „Ich bitte dich, überlege es dir, Henry.“

„Es braucht keinen Skandal zu geben“, sagte Henry rau. „Maureen und ich werden heiraten, und wenn der Staub sich gelegt hat, können wir nach Hause zurückkehren.“

„Wenn du jetzt fortgehst, kannst du dir jede Hilfe von mir aus dem Kopf schlagen“, schnaubte Sir Oswald. „Allein der Gedanke daran, dass du diese irische Hure in mein Haus bringen könntest – von ihrem Bastard ganz zu schweigen!“ Er ging zur Tür. Dort drehte er sich noch einmal um. „Du bist nicht mehr willkommen in diesem Hause“, sagte er kalt.

Henry tat einen Schritt auf ihn zu. „Vater!“, sagte er flehentlich. „Bitte …“

„Nur ein Sohn darf mich so nennen“, unterbrach ihn Sir Oswald. „Du hast dieses Privileg nicht mehr." Die Tür schloss sich hinter ihm, und seine Schritte verhallten. Lady Miriam blieb eine Weile stehen, und der Widerstreit der Gefühle war ihr anzusehen. „Ach, Henry", flüsterte sie schließlich, „was hast du getan? Ich hoffe, sie ist es wert, mein Junge."

Henry war entschlossen, seine Mutter nicht merken zu lassen, welche Qualen er litt, und als sie ihm etwas in die Hand drückte, erkannte er kaum, was es war, so sehr kämpfte er mit den Tränen.

„Viel ist es nicht, aber es wird dir einen neuen Anfang ermöglichen, falls du sie findest", murmelte sie. „Wenn du weit genug fortgehst, wird dein Vater sich vielleicht irgendwann erweichen lassen – aber erwarte nicht zu viel von ihm. Er wird niemals eine Katholikin in der Familie akzeptieren."

Sie gab ihm einen Kuss, und Henry klammerte sich an sie, denn er wusste, dass er sie nicht wiedersehen würde.

„Leb wohl, mein Sohn", sagte sie unter Tränen. „Gott sei mit dir!"

DER ABEND dämmerte, und noch immer wanderte Maureen über die Hügel zur Poststation, wo sie die weite Fahrt mit der Kutsche nach Dublin antreten würde. Alles tat ihr weh, aber der körperliche Schmerz war nichts im Vergleich zu den Qualen ihres Herzens. Sie verließ ihr Elternhaus und alles, was ihr vertraut war, ihr Ruf war ruiniert, und in ihrer Tasche klimperte der Judaslohn von den Beecham-Ffords. Es war dumm gewesen zu glauben, dass Henry sie liebte und in der Not zu ihr stehen würde.

Sie hörte galoppierende Hufe und ratternde Räder. Müde trat sie vom Pfad beiseite und zog sich die Kapuze ihres Mantels ins Gesicht.

„Maureen? Maureen!"

Ungläubig sah sie, wie Henry aus dem Zweispänner sprang und sie in die Arme schloss.

„Gott sei Dank, ich habe dich gefunden", flüsterte er. „Warum bist du weggelaufen? Warum hast du mir nichts von dem Kind erzählt?"

Reglos stand sie da. „Was willst du hier?"

„Ich habe dich den ganzen Tag gesucht", stammelte er. „Ich war halb von Sinnen vor Sorge."

Die Liebe zu ihm drängte Maureen danach, ihm zu verzeihen, aber sie wusste, dass sie stark bleiben musste. „Und warum wolltest du mich finden? Unser Geschäft ist abgeschlossen." Sie zog die Börse hervor und schüttelte sie.

„Warum behandelst du mich so? Mit dem Geld habe ich nichts zu tun. Mein Vater …"

Maureen riss die Kapuze vom Kopf. „Das ist der Preis, den ich dafür bezahlt habe, dass ich dich liebe", sagte sie tonlos.

Entsetzt erblickte er ihre gemarterte Kopfhaut mit den übrig gebliebenen Haarbüscheln, die Kratzer und Blutergüsse am Hals und im Gesicht. Ihre Entschlossenheit geriet ins Wanken, als sie merkte, dass er den Tränen nahe war, aber sie wusste, dass Schwäche nur Unheil bringen würde. „Und was ist mit unserem Kind? Ist auch das für eine Hand voll Silber zu verkaufen?"

„Ihr seid beide kostbarer als jeder Diamant!", rief er. „Ich würde lieber sterben als dich verlieren."

„Schöne Worte, Henry. Dann wirst du also mit mir nach England fahren? Deine Familie, dein Geld und alles andere hinter dir lassen?"

Henry umschlang sie. Seine Stimme war sanft und von Liebe und Schmerz erfüllt. „Komm, leb mit mir und lass dich lieben, und uns wird alle Lust beschieden, die Hain und Hügel, Berg und Feld und Wald gewährt auf dieser Welt."

Tränen rannen ihr über das Gesicht. „Das ist schön", flüsterte sie. „Ich wünschte, auch ich könnte solche Worte aneinander fügen."

Er küsste ihr die Tränen weg. „Das Gedicht heißt ‚Der verliebte Schäfer an seinen Schatz' und ist von Christopher Marlowe. Ich verspreche dir, ich werde es dir eines Tages vorlesen."

Maureen verlor sich in seinen Armen, und die Wärme seiner Liebe spendete ihr Mut und neue Kraft. Schließlich lösten sie sich voneinander und er half ihr in die Kutsche.

MIRIAM blinzelte im Sonnenlicht. „Sie nahmen das Postschiff nach England", fuhr sie fort. „Sie glaubten sich am Anfang eines schönen neuen Lebens."

Jake sah Schatten der Müdigkeit unter ihren Augen. „Sie sind erschöpft", stellte er sanft fest. „Vielleicht sollten wir den Rest der Geschichte für ein andermal aufheben."

Sie schüttelte den Kopf. „Zeit ist der einzige Luxus, den ich nicht habe. Wenn ich noch Gelegenheit haben soll zu zeigen, wie mein Vater betrogen und für dieses Ding in der Spieldose zweifellos ermordet wurde, dann habe ich keine Zeit zum Ausruhen."

„Ermordet? Von Mord haben Sie bisher nicht gesprochen."

„Ich weiß", sagte sie verbittert. „Aber je mehr ich darüber nachdenke, desto sicherer bin ich, dass Kate Recht hatte."

„Meinen Sie Kate Kelly? Was hat sie denn damit zu tun?“

Miriam schaute in den Hof hinaus. Frank war dabei, den abendlichen Ausritt zu organisieren, und die Pferde wimmelten durcheinander. „Das werden Sie schon sehen“, sagte sie.

Jake holte seine Reisetasche aus dem Wagen und brachte sie in eines der freien Zimmer. Er zog ein frisches Hemd aus seiner Tasche.

Miriam war in der Küche; sie war dabei, dicke Scheiben von einer Hammelkeule abzuschneiden und auf eine Platte zu legen. Eric hatte sich im leeren Holzkorb breit gemacht.

„Kann ich helfen?“, fragte Jake schüchtern, während er eine Dose Katzenfutter öffnete, die er aus seiner Reisetasche geholt hatte.

„Gibt nicht viel zu tun“, sagte Miriam. „Kalter Hammelbraten, Stampfkartoffeln und Rote Bete – da muss man nicht viel nachdenken.“ Sie schaute den Kater an. „Ich glaube, der erwartet mehr als nur Dosenfutter“, bemerkte sie.

Eric schnupperte an dem Katzenfutter. Dann setzte er sich zu Miriams Füßen auf den Boden, und seine gelben Augen fixierten sie entschlossen. Miriam warf ein paar Stückchen Hammelfleisch in das Schälchen.

„Seine Gesellschaft ist angenehm“, sagte Jake. „Etwas Warmes, Lebendiges, wenn man abends nach Hause kommt.“

„Seit wann sind Sie geschieden?“

„Seit fünf Jahren.“ Sie setzten sich an den Tisch, und er nahm sich eine Portion Stampfkartoffeln.

„Dann wird’s Zeit, dass Sie wieder jemanden finden“, brummte Miriam. „Es ist nicht gut, wenn man zu lange allein ist. Man wird eigenbrötlerisch – selbstsüchtig. Wie alt sind Sie?“

„Zweiunddreißig“, sagte er.

„Mögen Sie Pferde?“, fragte Miriam.

„Ich schaue sie gern an“, sagte er. „Und ich gehe gern mit Dad zum Rennen, wenn ich Zeit habe.“

„Dann kommen Sie mit. Ich führe Sie herum.“

Sie standen auf, zogen Stiefel an und gingen hinaus, quer über den Hof. Miriam führte ihn durch die riesigen Stallungen und zeigte ihm Zuchtstuten, die erfolgreiche Fohlen hervorgebracht hatten.

Jake war beeindruckt. Der Hof war makellos sauber, und das Stroh war frisch. Und was die Pferde anging – sie waren prächtig.

Miriam war am Ende der Boxenreihe angekommen und beugte sich über die untere Türhälfte. „Das ist Pagan“, sagte sie stolz. „Wir können seinen

Stammbaum bis zu Archer zurückverfolgen. Archer war das erste Pferd, das den Melbourne Cup gewonnen hat."

Jake sah das Shetlandpony, das im Schatten des großen Hengstes stand. „Was tut das Pony hier?"

„Snapper leistet Pagan Gesellschaft. Sie sind unzertrennlich."

„Snapper?" Jake betrachtete das Pony. Es war ein reinrassiges Thelwell: Mähne und Schweif lang und hell, das braune Fell struppig.

„Halten Sie ihm die Hand hin, und Sie werden sehen, wie er schnappt. Sie sehen niedlich aus, aber es sind niederträchtige kleine Halunken, wenn sie schlechte Laune haben."

Sie kehrten ins Farmhaus zurück, nachdem Miriam ihn mit Frank bekannt gemacht hatte. Sie kochte Tee, und sie ließen sich wieder am Küchentisch nieder.

Eric hatte sich in den Holzkorb zurückbegeben, und Miriam bückte sich, um ihn zu streicheln.

„Tun Sie das nicht", sagte Jake warnend. „Er beißt."

Miriam nickte und setzte sich. „Noch ein Snapper", stellte sie fest. „Anscheinend haben wir den gleichen Geschmack, was Tiere angeht, Mr Connor."

„Bitte nennen Sie mich Jake."

„Meine Familie nennt mich Mim", sagte sie. „Vermutlich macht's nichts, wenn Sie das auch tun, nachdem Sie nun mal in meine Geheimnisse eingeweiht sind. Aber was ich Ihnen in den nächsten zwei Tagen erzähle, bleibt unter uns, verstanden? Meine Familie wird es erfahren, wenn ich dazu bereit bin – und nicht vorher. Geben Sie mir Ihr Wort?"

Jake nickte.

Nach kurzem Schweigen nahm sie ihre Erzählung wieder auf. „Henry und Maureen heirateten und ließen sich in London nieder. Sie mieteten zwei Zimmer über einem Laden in Fulham, und Henry begab sich auf Arbeitssuche. Aber Maureen war die Erste, die eine Anstellung fand, und mit ihrer Arbeit in einer Wäscherei sorgte sie dafür, dass sie ein Dach über dem Kopf hatten."

Miriam seufzte. „Mein armer Vater war mit seinem Latein am Ende. Sein Akzent und seine Herkunft schreckten die Leute davon ab, ihn einzustellen. Sein niederträchtiger Vater hatte ihn bei allen angeschwärzt, die ihm Arbeit in ihren Fabriken hätten geben können. Das alles wirkte sich natürlich auf seine Malerei aus. Die meisten seiner Bilder hatte er aus Irland mitgenommen, aber er fand niemanden, der sie kaufen wollte. Von der Highsociety wurde er geschnitten, und auch die vornehme Mittelklasse missbilligte sein Verhalten."

„Was war denn mit dem Geld von seiner Mutter?", fragte Jake. „Das muss doch genügt haben, um sie fürs Erste zu versorgen?"

Miriam nickte. „Es waren vierhundert Pfund – ein Vermögen in jenen Tagen. Aber sie konnten sich nicht leisten, es einfach auszugeben. Am Ende war es ihre einzige Möglichkeit zu entkommen. Henry benutzte das, was seine Mutter ihm gegeben hatte, um eine Passage nach Australien zu buchen. Leider waren er und Maureen nicht die Einzigen auf dem Schiff, die ein neues Leben anfangen wollten."

Auf dem Kai herrschte lärmendes Getriebe. Fuhrwerke mit schwankender Last wurden von schwerfälligen Zugpferden über das Kopfsteinpflaster gezogen; Möwen kreisten schreiend am Himmel; Gepäckträger wuchteten schwitzend die Koffer und Truhen der Erste-Klasse-Passagiere über die Gangway; Taschendiebe hielten Ausschau nach Opfern; Kutschen rumpelten heran und spien ihre Fahrgäste auf den Kai; die Rufe der Händler und Matrosen hallten durch das Stimmengewirr der Passagiere, die darauf warteten, an Bord der *SS Swallow* zu gehen. Turmhoch ragte sie mit ihren drei Masten und zwei Schloten über den Docks empor. Die stählerne Schiffswand scheuerte sich an den Fendern der Kaimauer, und die Takelage knatterte im Wind. Die *Swallow* war zehn Jahre zuvor in Glasgow gebaut worden, ihre vier Decks fassten nahezu fünfzehnhundert Passagiere.

„Es ist schrecklich groß", flüsterte Maureen. „Ist es wirklich nicht gefährlich?"

Henry lächelte. „Sie hat die Reise schon ein paarmal gemacht, ohne dass etwas passiert ist. All diese Leute würden ja nicht an Bord gehen, wenn sie dächten, es könnte gefährlich werden."

Eine Parade fein gekleideter Erste-Klasse-Passagiere stieg die Gangway hinauf. „Da oben werden wir aber nicht sein, oder?"

„Wir fahren in der dritten Klasse", antwortete er wehmütig. „Das Geld reicht sonst nicht."

Maureen zupfte an den Bändern ihrer neuen Haube, mit der Henry sie an diesem Morgen überrascht hatte. Ihr Haar war immer noch ziemlich kurz, aber sie hatte schon wieder einen entzückenden schwarzen Lockenkopf.

Henry betrachtete das Gewimmel der irischen Männer und Frauen, die mit Kind und Kegel die Gangway zur dritten Klasse hinaufpolterten. Diese Reise würde ganz anders werden als seine früheren. Er gehörte nicht mehr zur Elite, sondern war ein Teil der Masse. Aber er bereute seine Entscheidung nicht. Die schrecklichen Erlebnisse in London konnte er jetzt vergessen, und in den sechs Monaten, die die Reise nach Australien dauern würde, könnte er Pläne für ihre Zukunft schmieden. „Lass uns an Bord gehen“, sagte er.

KATE zupfte an ihrer eng anliegenden Jacke und rückte ihre Haube zurecht. Den neuen Rock und die Bluse hatte sie sich von ihrem letzten Lohn gekauft. Sie umklammerte die Tasche, die ihre Habe enthielt, und bemühte sich, ruhig und gelassen zu bleiben.

„Bist du sicher, dass du das wirklich willst, Kate?“

Sie blickte zu dem gütigen Gesicht auf. „Ja, Father.“

„Wir alle werden dich vermissen“, sagte er betrübt.

Kate dachte an die vielen Stunden in dem zugigen, kalten Pfarrhaus, wo sie Böden geschrubbt und für die sechs Priester das Essen gekocht hatte, und sie dachte auch an die unwillkommene Aufmerksamkeit, die einer von ihnen ihr hatte zukommen lassen. Es fröstelte sie, als sie sich daran erinnerte, wie erschrocken sie gewesen war, als er plötzlich an ihrem Bett auftauchte, wie entsetzt, als er sich zu ihr hatte legen wollen. Sie hatte ihm einen Tritt versetzen können, und danach hatte sie abends ihr Zimmer verbarrikadiert. Aber er hatte sich angewöhnt, tagsüber ganz unverhofft zu erscheinen, wenn sie sich allein glaubte.

Sie wusste, dass man ihr nicht glauben würde, und so hatte sie geschwiegen und angefangen, Fluchtpläne zu schmieden. Als Father Pat erzählt hatte, dass er nach Rom zu einer Konferenz reisen werde, hatte sie erkannt, dass sich eine bessere Gelegenheit nicht bieten würde. Auf der langen Fahrt nach Süden hatte sie ihm ihre Träume von fernen Gestaden anvertraut, von der Chance, etwas aus sich zu machen – und zu ihrer Überraschung hatte er eine neue Anstellung für sie gefunden.

Ihre Schiffspassage würde Mr Reed übernehmen, ein Witwer, der nach Australien zurück-kehrte und sie engagiert hatte, damit sie sich um seine beiden kleinen Kinder kümmerte. Und nun würde sie an Bord der *SS Swallow* gehen.

„Danke, dass Sie mir diese Stellung verschafft haben, Father“, sagte sie. „Ich weiß nicht, wie ich Ihnen das je vergelten kann.“

„Du hast dir das Recht auf einen neuen Anfang verdient, Kate“, erwiderte er ernst. „In den letzten beiden Monaten hast du es sicher nicht leicht gehabt.“

Sie riss die Augen auf. „Wenn Sie davon gewusst haben, warum haben Sie dann nicht …“

„Es gibt Regeln und Vorschriften, denen wir in den Augen der Öffentlichkeit zu folgen haben, Kate. Aber die Kirche wird alles in Ordnung bringen. Ich werde dafür sorgen, dass deine Briefe den Seelsorger deiner Familie erreichen, damit er sie vorlesen kann. Und wenn du dich in deiner neuen Heimat eingerichtet hast, wirst du hoffentlich weiter lernen.“

In der kurzen Zeit des Unterrichts bei Father Pat hatte Kate rasch Fortschritte im Lesen und Schreiben gemacht. „Es war gütig von Ihnen, mir so viel Zeit zu schenken“, murmelte sie.

„Es hat mir Freude gemacht, Kate.“ Er spähte über sie hinweg und winkte. „Ich sehe, dass Mr Reed dich an der Gangway erwartet.“

Nachdem er sie gesegnet hatte, schlängelte Kate sich durch die Menge auf die Gangway der ersten Klasse zu. Bange Erregung erfüllte sie, aber die neuen Horizonte, die sich vor ihr auftaten, waren verlockend, und mit federndem Schritt ging sie auf den hoch gewachsenen, sonnengebräunten Mann zu, der ihr Arbeitgeber war.

PATRICK DEMPSTER war der Polizei entkommen und nach London zurückgekehrt. Dort hatte er genug Geld zusammengekratzt, um einen Platz auf dem Zwischendeck der *SS Swallow* zu buchen. Jetzt stand er am Kai und brannte darauf, ein neues Leben zu beginnen, denn er wusste, dies war seine letzte Chance, und er war neugierig auf die andere Seite der Welt.

Er hatte gehört, dass Gold und Edelsteine dort nur so herumlagen, wenn man Mumm genug hatte, danach zu suchen. Hatte von Ländereien gehört, die sich bis weit hinter den Horizont erstreckten und die man für ein paar Pence pro Morgen kaufen konnte. Diese schöne neue Welt war ein Geschenk für Männer wie ihn. Männer, die ungebunden und an Strapazen gewöhnt waren. Männer, die sich vor keiner Herausforderung fürchteten.

Er lehnte sich an ein paar Wollballen, die abholbereit auf dem Kai standen, ließ den Blick über die Menge schweifen und verweilte bei einem jungen Paar.

Er kannte die beiden nicht, aber seine Fähigkeit zu wittern, wenn etwas nicht in Ordnung war, weckte sein Interesse. Der Frau schien es unbehaglich zu sein; sie nestelte dauernd an ihrer Haube herum und klammerte sich nervös an den Arm des Mannes. Er war bemüht, sie zu beruhigen. Es bestand kaum ein Zweifel daran, dass der Mann ein Gentleman war. Man sah es an seiner Haltung, und als die beiden an ihm vorübergingen, hörte er die runden Vokale einer kostspieligen englischen Erziehung und bemerkte das Blinken einer goldenen Uhrkette. Dem Akzent der Frau war anzuhören, dass sie aus Kerry stammte.

Patrick griff nach seiner Tasche und folgte ihnen. Wie kam ein Mädchen aus Kerry an einen solchen Mann? War sie seine Geliebte – und dies war der Abschied für sie, bevor er in See stach?

Plötzlich fiel ihm eine schnelle Bewegung in der Menge ins Auge. Zwei junge Burschen tauchten aus dem Gedränge auf. Sogleich erkannte Patrick die geübten Bewegungen.

Der erste Junge rempelte den Mann, den Patrick beobachtete, in vollem Lauf an und erleichterte ihn unter überschwänglichen Entschuldigungen um seine goldene Uhr mitsamt Kette. Im nächsten Moment hatte er sie an den zweiten Burschen weitergereicht, der im Gedränge verschwand.

Patrick folgte dem Kerl. Wenn er eine solche Uhr zurückbrächte, würde er dafür sicher eine Belohnung bekommen – und außerdem konnte es nicht schaden, einen reichen Gönner an Bord zu haben.

Der Dieb lief in den Schatten eines Gebäudes, das wie ein verlassener Speicher aussah. Patrick versteckte seine Tasche hinter einem Stapel Hühnerkörbe und schlich sich in die Dunkelheit. Er folgte dem Keuchen des Jungen.

Der Bursche schrie vor Schreck und Schmerz auf, als Patrick ihn bei der Gurgel packte und an die Wand drückte. „Her damit!", knurrte er. „Die Taschenuhr. Wo ist sie?"

„In meiner Tasche", krächzte der Junge.

Patrick presste ihn an die Wand und durchwühlte die schmutzigen Hosentaschen. Der Junge war fleißig gewesen; er zog mehrere Brieftaschen hervor, eine Armbanduhr und eine Uhrtasche, etliche feine Batisttaschentücher und die goldene Uhr mit Kette. Er lockerte seinen Griff, während er die Beute inspizierte.

„Das Zeug hier kannst du behalten", sagte er. „Ich nehme nur die Uhr und das Geld. Und jetzt hau ab und such dir eine andere Gegend für deine Tricks!"

Der Junge rannte davon. Patrick steckte das Geld ein und behielt die Uhr in der Hand, als er seine Tasche holte und zum Schiff zurückging.

Das Paar stand an der Gangway, und er trat an die beiden heran. „Ich bitte um Vergebung, Sir, aber ich glaube, das hier gehört Ihnen", sagte er unterwürfig. „Hab einen jungen Taschendieb erwischt, wie er sich damit davonmachte."

Die Hand des jungen Mannes fuhr zu seiner Westentasche. „Guter Gott!“, flüsterte er. „Und ich habe nichts davon bemerkt.“

Patrick warf einen Blick zu der Frau hinüber; sie beäugte ihn argwöhnisch. Rasch überreichte er dem Mann die Uhr.

„Ich danke Ihnen, Mr …?“

„Patrick Dempster, Sir. Zu Ihren Diensten.“

„Henry Beecham, und das ist meine Frau Maureen. Es ist mir peinlich, aber ich habe im Augenblick kein Kleingeld“, erklärte Henry mit rotem Gesicht. „Aber ich bin Ihnen äußerst dankbar – und bewundere Ihre Ehrlichkeit.“

Patrick starrte ihn an. Der knauserige Mistkerl würde ihm keinen Penny geben! Jetzt bereute er, dass er die Uhr nicht behalten hatte.

Dann verrauchte sein Zorn. Er schaute zwischen dem Mädchen und dem Mann hin und her, und plötzlich wurde ihm klar, was er zuvor gespürt hatte. Dieser Mann war von seiner Familie in die Verbannung geschickt worden, und zwar wegen des irischen Mädchens an seiner Seite. Er entspannte sich. Hier würde er mit Bedacht vorgehen. Denn wenn der Mann auch kein Geld bei sich hatte – die Reichen versorgten ihre ungeratenen Söhne immer mit genügend Geld, um ihnen ein behagliches Leben zu ermöglichen. „Werden Sie heute abfahren, Sir, oder bringen Sie nur jemanden zum Schiff?“, fragte er.

„Wir fahren heute ab, Mr Dempster. Sie auch?“

Patrick nickte. „Aber ich erwarte nicht, dass wir uns wiedersehen. Ich reise auf dem Zwischendeck. Ich wünsche Ihnen und Ihrer Frau alles Gute.“ Er wollte sich abwenden.

Henrys Stimme ließ ihn innehalten. „Meine Frau und ich wären entzückt, wenn Sie mit uns zu Abend essen wollten, Mr Dempster. Wie es scheint, reisen wir unter ähnlichen Bedingungen.“

Patrick bemerkte den entsetzten Ausdruck der Frau; mit gesenktem Blick nahm er das Angebot an und schüttelte dem Mann die Hand.

Noch einmal warf er einen Blick zu Beechams Frau, bevor er sich nach seiner Tasche bückte. Er würde auf der Hut sein müssen, wenn er sie überzeugen wollte.

Die Frau war offensichtlich gescheit, und er musste befürchten, dass sein noch unvollkommener Plan scheitern würde, wenn er sie nicht auf seine Seite brächte. Aber er hatte sechs Monate Zeit, um die Idee, die ihm gekommen war, zu vervollkommnen – und dann würde er sie Beecham vortragen.

4

Fiona stieg aus dem Pool und schlang sich das Badetuch um die Hüften. Die Sonne sank schnell, und der Abend verhieß nach der Hitze des Tages eine willkommene Kühle. Sie frottierte sich das Haar, während sie barfuß zu ihrem Apartment im Erdgeschoss zurücktappte. Sie wollte die Fotomappe noch einmal durchsehen, bevor sie sie in der Redaktion ablieferte.

Der zweigeschossige Apartmentblock stand auf einer Anhöhe, die einen Ausblick auf den Fluss und die Stadt Brisbane bot, und verfügte über einen Swimmingpool, einen Fitnessraum, zwei Whirlpools und eine Kinderkrippe. Es war Fiona bewusst, dass sie großes Glück gehabt hatte, das Apartment kaufen zu können, bevor die Immobilienpreise ins Uferlose gestiegen waren.

Sie ging hinein und schloss die Tür hinter sich. Es war schön, wieder zu Hause zu sein, Platz für sich allein und für vertraute Dinge zu haben, nachdem sie so lange in den feuchten Regenwäldern Brasiliens kampiert hatte. Und es war eine Erleichterung zu wissen, dass sie tun und lassen konnte, was sie wollte, und nicht ständig hinter einem Mann herlaufen musste.

Sie lächelte liebevoll, als sie an Barney dachte. Er war ein guter Kumpel und ein guter Gesprächspartner – aber eine Katastrophe, was Beziehungen anging. Als er zu einem Wochenende, das sie gemeinsam geplant hatten, nicht aufgekreuzt war, hatte sie seine Sachen gepackt und sie in die Redaktion getragen.

Fiona schob den Gedanken an Barney beiseite. Sie streifte den nassen Bikini ab, ließ sich auf das Doppelbett fallen und trocknete sich das Haar weiter ab. Wenn sie es schaffte, ihre Arbeit bis heute Abend zu beenden, könnte sie gleich morgen früh nach Bellbird aufbrechen. Dann hätte sie Mim eine Weile für sich allein. Sie freute sich auf das, was sie ihren Bellbird-Sommer nannte: die zwei Wochen, die alle Mitglieder der Familie gemeinsam auf der Farm im Outback verbrachten.

LOUISE wartete, während Ralph die Tür aufschloss, und tat ihr Bestes, entspannt zu wirken. Ralph war den ganzen Abend über sehr distanziert gewesen, und die Heimfahrt war schweigend verlaufen. Kein gutes Zeichen. Wenn Ralph in dieser Stimmung war, konnte es tagelang dauern, bis er wieder mit ihr sprach, und wie immer hatte sie keine Ahnung, was sie falsch gemacht hatte.

Ihre Gedanken waren in Aufruhr. Vielleicht hatte es ihm nicht gepasst, dass sie sich auf der Cocktailparty so lange mit dem Theatermann unterhalten hatte – aber Ed war so interessant gewesen, dass sie die Zeit vergessen hatte. Außerdem hatte Ralph selbst vorgeschlagen, dass sie den Finanzdirektor bei Laune halten solle, während er sich mit jemandem aus einer anderen Firma unterhielt.

Ungeschickt hantierte sie mit dem Wasserkessel. „Kaffee?", fragte sie.

Er nahm eine Packung Orangensaft aus dem Kühlschrank und warf ihr einen eisigen Blick zu, ehe er wieder hinausging.

„Ich halte das nicht aus", murmelte sie. „Ich mache das nicht mehr mit." Sie verließ die Küche und stieg die Treppe hinauf.

Das Haus war riesig. Es stand auf einem vier Hektar großen Ufergrundstück und hatte fünf Schlafzimmer und Bäder, drei Wohn- und Empfangsräume sowie ein Spielzimmer. Zwei Hausmädchen, die zweimal wöchentlich kamen, hielten alles in Ordnung. Im Garten gab es ein Schwimmbecken und einen Whirlpool.

In Augenblicken wie diesem verabscheute Louise das alles. Zu Hause hatte sie sich hier noch nie gefühlt. Wenn sie Kinder hätten, verhielte sich vielleicht alles anders, aber Ralph hatte ihr erklärt, wie wenig das zu ihrem Lebensstil passen würde, und Louise hatte widerwillig akzeptiert, dass er vielleicht Recht hatte.

Sie zögerte kurz, ehe sie die Schlafzimmertür öffnete. Im Bad rauschte die Dusche. Rasch zog sie sich aus, schlüpfte in ihr Nachthemd und hüllte sich in einen Bademantel. Als Ralph eintrat, saß sie an der Frisierkommode. „Ich wünschte, du würdest mit mir reden", sagte sie bemüht unbekümmert, während sie sich abschminkte. „Wenn du mir nicht erklärst, was los ist, wie kann ich es dann in Ordnung bringen?"

„Ich weiß, was du treibst, Louise", antwortete er kalt. „Ich weiß, dass du eine Affäre mit dem Mann hast, mit dem du heute Abend geredet hast."

Die Farbe wich aus ihrem Gesicht. „Sei nicht albern. Ich habe ihn heute Abend zum ersten Mal gesehen."

„Ich? Albern? Du solltest dir dein eigenes Benehmen ansehen, ehe du mir so etwas vorwirfst, Louise. Weißt du, wie peinlich es ist, wenn die eigene Ehefrau mit jedem flirtet, der Hosen anhat?"

„Das habe ich nicht getan." Aber sie verspürte leise Gewissensbisse. Hatte sie vielleicht doch mit Ed geflirtet, ohne es zu merken? Er hatte sie zum Lachen gebracht, und das hatte gut getan.

Ralph öffnete die Schlafzimmertür. „Wir werden übrigens nicht zu Mim fahren. Ich habe ein geschäftliches Meeting." Er ging hinaus und schloss die Tür mit Nachdruck.

Louise war wie gelähmt vor Schreck. Ralph war schon immer eifersüchtig gewesen. Sie hätte wissen müssen, wie er reagieren würde. Er war ein guter Ehemann, und sie wusste nicht, wie sie ohne ihn überleben sollte. Er hatte ihr gezeigt, wie man sich kleidete und in der Highsociety benahm. Er bot ihr einen Lebensstil, für den andere Frauen alles gegeben hätten. Und er war großzügig, unterstützte sie bei ihrer Diät und sagte ihr immer wieder, wie wunderbar sie aussehe. Wie oft hatte er ihr gesagt, seine Eifersucht sei lediglich seine Art, ihr zu zeigen, wie sehr er sie liebe? Sie hatte sich idiotisch benommen.

Aber es war grausam von ihm, die jährliche Reise nach Bellbird abzusagen, obwohl er wusste, wie sehr sie sich darauf gefreut hatte. Die erste Träne rollte ihr über die Wange, und sie vergrub das Gesicht im Kopfkissen.

MIRIAM sagte Jake gute Nacht und verschwand in ihrem Schlafzimmer. Der Drache des Schmerzes breitete schon wieder seine Flügel aus, und sie war froh, dass sie sich gleich ins Bett fallen lassen und die Wirkung der Tabletten abwarten konnte. Sie warf die Arbeitskleidung über die Stuhllehne, stellte die Spieldose auf die Frisierkommode und zog sie auf. Leise Walzerklänge wehten durch das Zimmer, während sie ihr Nachthemd anzog und ins Bett stieg.

Sie kuschelte sich in die Kissen, und als ihre Schmerzen gelindert waren, konnte sie sich auf den nächsten Teil der Geschichte konzentrieren. Sie schloss die Augen, eingelullt von den rhythmischen Bewegungen eines Geisterschiffs, das durch den Ozean pflügte.

MAUREEN umklammerte die Reling und hielt das Gesicht in den Wind. Nach der stickigen Luft in ihrem Quartier unter Deck tat es gut, hier oben zu sein. Vielleicht würde die kalte Salzluft die Übelkeit vertreiben, die sie schon so lange begleitete.

Sie versuchte den bohrenden Zweifel zu ignorieren, während sie auf das weite graue Meer hinausschaute. Alle schwangeren Frauen haben diese morgendliche Übelkeit, sagte sie sich. Bei dir ist es wegen der Seereise nur ein bisschen schlimmer. Die Schmerzen sind wahrscheinlich eine Folge der Tritte, die du in Irland bekommen hast. Das Kind war jedenfalls lebendig; es zappelte und trat. Diese Unpässlichkeit würde bald verschwinden.

Sie schaute sich nach Henry um. Sein blondes Haar wehte im Wind; er saß auf einem Segeltuchstuhl und konzentrierte sich auf die Skizze eines Passagiers. Seine künstlerische Aktivität hatte sich herumgesprochen, und es gab eine lange Liste von Leuten, die zum Andenken an diese Reise ihr Konterfei zeichnen lassen wollten.

Ein stechender Schmerz durchfuhr sie. Unwillkürlich schrie sie auf, schloss die Augen und unterdrückte ein Stöhnen.

„Ist alles in Ordnung?“ Henrys Stimme ließ sie zusammenschrecken.

Sie lächelte ihm beruhigend zu. „Nur ein wenig Magenschmerzen“, sagte sie leichthin. „Ich werde mich ein Weilchen hinlegen.“

„Soll ich mitkommen? Ich bin hier fast fertig.“

„Nein, nein“, sagte sie rasch. „Ich bin jetzt besser allein. Wahrscheinlich werde ich im Handumdrehen eingeschlafen sein.“ Sie küsste ihn auf die Wange und war sich bewusst, dass sie nicht ehrlich zu ihm war. Aber sie tröstete sich mit dem Gedanken, dass es ihr gelungen war, ihre Unpässlichkeit fast fünf Monate lang vor ihm zu verbergen.

Maureen begab sich über die schmale Treppe hinunter in die Schlafquartiere der dritten Klasse. Sie und Henry waren in der Abteilung für Ehepaare untergebracht. Weiter vorn in Richtung Bug befanden sich die Kojen der Frauen. Männer und junge Burschen hausten im Heck, und von dort kam der meiste Lärm. Lange Tische und Bänke standen zwischen den beiden Sektionen; dort wurden die Mahlzeiten eingenommen, und man versammelte sich, um zu plaudern, um Fiedel und Trommel zu spielen und die alten irischen Lieder zu singen.

Sie ließ sich auf die klumpige Matratze sinken. Der Schmerz ließ allmählich nach, aber ihr war schwindlig und flau. Sie legte sich die raue Decke über die Schultern und zog die Knie an.

Kate lief die Treppe hinunter; sie hatte es eilig, von den Kabinen der ersten Klasse in die dritte hinunterzukommen. Ihre Wangen brannten, als sie die letzten beiden Stufen heruntersprang und auf Maureens Abteil zusteuerte. Sie hatte nur eine Stunde Zeit, bis sie sich wieder um die Kinder kümmern musste, und wollte wissen, ob es ihrer Freundin besser ging.

Maureen verzog das Gesicht, als sie sich aufrichtete. Sie versuchte, es durch ein Gähnen zu tarnen. „Ich muss eingeschlafen sein“, murmelte sie.

Kate ließ sich nicht täuschen. Maureen war blass. „Sind die Schmerzen sehr schlimm?“, fragte sie sanft.

„Ach, es ist nichts.“

„Meinst du nicht, du solltest es Henry sagen?“

„Nein. Er hat schon genug Sorgen. Lass es gut sein, Kate.“

Maureen ließ sich zurücksinken und schloss die Augen, und Kate blieb sitzen und hielt ihre Hand.

Sie hatten sich kurz nach der Abfahrt der *Swallow* kennen gelernt; Kate war mit ihrem Koffer in die dritte Klasse hinuntergeeilt, nachdem sie Mr Reed geholfen hatte, die Kinder ins Bett zu bringen, und war gegen Henry und Maureen gestolpert, als das Schiff sich in der Dünung unverhofft auf die Seite gelegt hatte. Kate hatte es übernommen, sich um Maureen zu kümmern. Bald war Kate für beide zu einer Vertrauten geworden. Maureen hatte ihr erzählt, warum sie aus Irland geflohen waren. Henry hatte ihr seine Hoffnungen und Träume anvertraut: dass er seinem Vater zum Trotz ein berühmter Maler werden wolle. Kate bewunderte den Mut der beiden, und sie hoffte, eines Tages auch einen Mann wie Henry zu finden, der sie liebte.

Sie erhob sich, lief den Korridor hinunter und stürmte die Treppe hinauf, ohne die Gestalt zu sehen, die vor ihr auftauchte. Wie ein Ball prallte sie gegen die Brust des Mannes. Sie ruderte mit den Armen, um das Gleichgewicht nicht zu verlieren. Starke Hände hielten sie fest.

Kate erstarrte. Dieses Gesicht hatte sie schon einmal gesehen. Es war ein Gesicht, das sie niemals vergessen würde. „Ich … ich …“, stammelte sie.

„Ich heiße Patrick Dempster, aber meine Freunde nennen mich Paddy“, sagte er. Er streckte die Hand aus. „Freut mich, Ihre Bekanntschaft zu machen.“

Er wusste nicht, was sie mit angesehen hatte; aber der Schock des Wiedersehens und die Erkenntnis, dass sie noch zwei Monate zusammen reisen würden, verschlugen ihr die Sprache. „Kate“, murmelte sie. „Ich muss weiter. Ich verspäte mich sonst.“

Sie raffte den Rocksaum hoch und eilte davon. Sie musste weg von ihm. Musste sich in der sauberen Salzluft von der Berührung seiner Hände reinigen.

Aber sie hörte, wie er ihr nachrief: „Wir sehen uns noch, Kate!“

5

Fiona hatte nicht gut geschlafen. Sie schrieb es dem Jetlag zu. Als sie die Motorradtaschen für die bevorstehende Reise packte, wurde ihr jedoch klar, dass es wohl auch an ihrer Sorge um Louise lag.

Sie sah auf die Uhr. Viel Zeit hatte sie nicht mehr; die Fahrt nach Bellbird würde mindestens anderthalb Tage dauern, aber wenn sie sich beeilte, konnte sie noch vor dem Berufsverkehr losfahren und in einer halben Stunde bei Louise sein.

Ein paar Minuten später donnerte sie auf ihrem Motorrad die Schnellstraße hinunter in Richtung Story Bridge. Die Sonne stand kaum über dem Horizont, als sie vor dem imposanten Tor anhielt. Sie drückte auf den Knopf der Sprechanlage.

„Wer ist da?“, fragte eine gedämpfte Stimme.

„Ich bin’s. Fiona. Lass mich rein, Louise.“

Der Summer ertönte, und das Tor öffnete sich. Fiona ließ das Motorrad hindurchrollen und fuhr die kiesbedeckte Zufahrt hinauf.

Mit seinem weißen Stuck und den eleganten Balkonen stank das Haus förmlich nach Geld. Fiona stellte den Motor ab und klappte den Ständer herunter. Sie nahm den Helm ab, schüttelte ihr Haar und stieg die weiße Marmortreppe zur Eingangsveranda hinauf.

„Warum kommst du so früh? Was ist denn los?“ Louise war noch im Morgenmantel.

Fiona schob sich an ihr vorbei in den Eingangsflur. „Wo ist Ralph?“, fragte sie.

„Er ist schon in die Stadt gefahren. Wolltest du etwas von ihm?“

„Nein.“ Fiona ging in die Küche, bediente sich an der Kaffeemaschine und nahm sich Sahne und Zucker. „Ich wollte zu dir“, sagte sie. „Ich wollte bloß nicht, dass Ralph seine Nase hineinsteckt.“

„Wir sind heute Nacht ziemlich spät von einer Cocktailparty zurückgekommen. Ich hätte dich nachher angerufen.“

Fiona betrachtete sie. Sie kannte Louise und hätte jede Wette darauf abgeschlossen, dass ihre Schwester geweint hatte.

„Wollen wir nicht zusammen frühstücken?“, schlug sie vor. „Wir könnten in das kleine Café unten am Fluss gehen. Erinnerst du dich an die Schinkensandwiches, die sie da machen?“

„Du weißt doch, dass ich auf Diät bin“, sagte Louise schroff. „Und du hast diesen weiten Weg bestimmt nicht gemacht, um übers Frühstücken zu reden.“

„Doch. Ich fürchte nämlich, dass du Raubbau mit dir treibst. Findest du nicht, dass es allmählich genug ist?“, fragte Fiona sanft.

„Wenn du weiter nichts zu sagen hast, kannst du gleich wieder umkehren“, fauchte Louise.

Fiona rutschte vom Hocker, packte ihre erschrockene Schwester beim

Arm und zerrte sie ins Garderobenzimmer. „Zieh ihn aus!“, befahl sie und zerrte an dem Morgenmantel.

Louise wollte sich losreißen, aber Fiona zog den Mantel herunter und musste einen Entsetzensschrei unterdrücken. Louises Rippen standen hervor wie die Spanten eines alten Kriegsschiffs, die Hüften standen spitz über dem Bund ihres Spitzenhöschens, und ihre Brüste waren verschwunden.

„Was machst du mit dir?“, flüsterte sie. „Louise!“

Louise zog sich den Morgenmantel wieder über die knochigen Schultern. „Wieso kümmerst du dich nicht um deinen eigenen Kram?“

„Aber du hungerst dich ja förmlich zu Tode. Wenn Mim sieht, was du mit dir anstellst –“

„Zu Mims Geburtstagsfeier schaffen wir es nicht“, sagte Louise trotzig. „Ralph hat eine wichtige Konferenz, die das ganze Wochenende dauert.“

„Das hindert dich doch nicht daran zu fahren“, sagte Fiona.

„Ralph braucht mich hier, damit ich die Leute bewirte. Ich hab keine Zeit, Mim zu besuchen.“

„Blödsinn! Dein Ehemann ist ein Scheißkerl! Siehst du nicht, dass er dieses Meeting absichtlich organisiert hat, damit du nicht zu Mim fahren kannst? Merkst du nicht, wie klein er dich macht und wie er dich manipuliert? Er hat dich in dieses Marmormausoleum gesetzt und von der Welt isoliert. Als Erstes hat er sich über deine Schauspielerei lustig gemacht, bis du sie aufgegeben hast. Dann hat er deine Freunde aus dem Haus geekelt. Und jetzt ist deine Familie an der Reihe.“

Louises Gesicht war aschfahl. „Was verstehst du denn davon? Du warst doch noch nie verheiratet. Du treibst dich in der ganzen Welt herum, ohne dich um irgendjemanden zu kümmern außer um dich selbst – und schon gar nicht um deine Familie.“

„Es geht hier nicht um dich und mich. Nicht mal um die Familie. Es geht um deine Selbstachtung.“ Fiona wandte sich zur Tür. „Du brauchst nicht in seinem Schatten zu leben, Louise. Du bist gescheit und hübsch. Die Familie erwartet dich auf Bellbird. Wenn du nicht kommst, sorge ich dafür, dass alle erfahren, warum.“

„Raus mit dir!“ Louises Stimme wurde schrill. „Raus! Raus!“

Fiona schlug die Tür hinter sich zu, lief die Treppe hinunter, stülpte sich den Helm über und ließ den Motor aufjaulen. Der Kies spritzte unter dem Hinterrad auf, und sie raste die Zufahrt hinunter. Komme, was da wolle, gelobte sie sich: Sie würde Louise zur Vernunft bringen. Selbst wenn das bedeutete, dass sie sich Ralph persönlich vorknöpfen müsste.

JAKE hatte einen wirren Traum. Er war auf einem Segelschiff nach Australien unterwegs, aber ihm war, als höre er das hartnäckige Klingeln eines Telefons. Er kämpfte sich durch die Schichten der Dunkelheit ans Tageslicht und starrte in Erics gelbe Augen.

Der Kater hockte auf seiner Schulter, und sein tiefes, rhythmisches Schnurren ließ die Bettdecke vibrieren. Er tappte mit den Pfoten auf den Wollstoff. „Runter mit dir!“, knurrte Jake. Er rang mit Kater und Wolldecke, wälzte sich aus dem Bett und ging in die Küche. Das Telefon klingelte immer noch. Er nahm den Hörer ab. „Hallo?“

„Wer ist da?“, fragte eine Frauenstimme.

„Jake Connor. Und wer sind Sie?“

„Wo ist Mim?“

Jake spähte aus dem Fenster. „Nicht zu sehen“, sagte er. „Vielleicht im Stall. Kann ich ihr was ausrichten?“

„Wer sind Sie? Was machen Sie in Mims Küche?“

„Ich bin hier zu Besuch“, sagte er knapp. „Also, wer sind Sie, und was wollen Sie?“

Ein leises Kichern kam durch die Leitung. „Ich bin Fiona – sagt Ihnen das was?“

„Sie sind Mims jüngste Enkelin. Chloes Tochter.“

„Nicht schlecht. Und vergessen Sie auch nicht, was Sie ausrichten sollen?“

Er zog eine Braue hoch. „An guten Tagen behalte ich das meiste“, sagte er. „Nur bei Vollmond bin ich manchmal ein bisschen benebelt.“

Wieder hörte er ein Kichern. „Richten Sie Mim aus, dass Louise und Ralph vielleicht nicht zu ihrem Geburtstag kommen. Das sollte reichen, um sie ans Telefon zu treiben, damit sie ihn herzitiert.“

„Sie verraten mir vermutlich nicht, worum es hier geht, oder?“

„Nein, da haben Sie Recht. Sagen Sie Mim, ich bin unterwegs und treffe morgen auf Bellbird ein – wahrscheinlich am frühen Abend.“

„Okay“, sagte er fröhlich. „Dann sehen wir uns später.“

„Wie lange bleiben Sie denn?“, fragte sie.

„Bis ich abreise.“

„Was soll das heißen?“, fauchte sie. „Wer sind Sie eigentlich, und was tun Sie bei Mim?“

„Das verrate ich Ihnen nicht“, sagte er und lachte.

Am anderen Ende wurde der Hörer auf die Gabel geknallt.

MIRIAM hatte fast zwei Stunden in den Stallungen gearbeitet und war müde. Sie stapfte durch das hohe Gras zu ihrem Lieblingsbaum und setzte sich dort auf die Holzbank. Sie hatte eine unruhige Nacht hinter sich; die Bilder der Vergangenheit waren so lebendig gewesen, dass sie ihre Anwesenheit immer noch spürte.

„Alles okay, Mim?“, fragte eine leise Stimme.

Sie blickte auf. Sie hatte ihn nicht kommen hören. „Geister“, sagte sie müde. „Sie lassen sich nie wirklich vertreiben.“

Jake setzte sich zu ihr auf die Bank und streckte die langen Beine von sich. „Da war ein Anruf für Sie“, sagte er. „Von Fiona. Louise und Ralph werden nicht kommen.“

„Was hat er diesmal für eine Ausrede?“

Jake zuckte die Achseln. „Das hat Fiona nicht gesagt.“

Er überragte sie turmhoch, als sie zur Farm zurückgingen. Miriam polterte die Stufen hinauf und stürmte durch die Fliegentür. „Machen Sie sich nützlich, während ich die Sache kläre. Da drüben steht der Kessel.“ Sie wählte die Nummer von Ralphs Büro, sprach mit seiner Sekretärin und wartete. „Ralph“, sagte sie, bevor er sie begrüßen konnte, „ich hoffe, du und Louise, ihr kommt wie geplant nach Bellbird.“

„Ich bin hier leider beschäftigt. Kann die Reise deshalb nicht machen.“

„Schade“, sagte Miriam. „Ich hatte gehofft, du könntest mich in einem netten kleinen Fall beraten, auf den ich gestoßen bin. Aber macht nichts – dann rufe ich eben Baxter an.“ Sie wartete. Baxter war der Chef von Ralphs ärgster Konkurrenz.

„Vielleicht kann ich doch umdisponieren“, sagte er mit bemühter Nonchalance. „Ich werde sehen, was sich machen lässt. Aber ich kann dir nichts versprechen, ehe ich mit meinen Leuten geredet habe.“

Miriam legte auf. „Aufgeblasener Trottel!“, schimpfte sie. Sie nahm Jake den Teebecher ab und ließ sich auf einen Küchenstuhl fallen.

„Keinen Erfolg gehabt?“ Jake lehnte am Schrank und hielt einen dampfenden Becher in der Hand.

Miriam lachte. „Wetten doch? Der wird kommen. Wenn Ralph Geld wittert, ist er nicht zu halten.“

„Fiona hat gesagt, sie wird morgen hier eintreffen, wahrscheinlich am späten Nachmittag. Ich ziehe wohl besser aus und überlasse Sie Ihrer Familie.“

Miriam verbarg ihre Freude über die Nachricht von Fionas Ankunft hinter der gewohnten Schroffheit. „Sie werden nichts dergleichen tun! Ich habe Ihnen die Geschichte meiner Eltern noch nicht zu Ende erzählt. Und Sie müssen sie vollständig kennen, wenn wir eine Chance haben wollen, etwas aus alldem zu machen.“

Sein Gesicht war ernst. „Ich würde mir keine allzu großen Hoffnungen machen, Mim. Wir können auch auf die Nase fallen.“

„Sie glauben also nicht, dass ich eine Chance habe?“

„Nicht nach dem, was Sie mir bis jetzt erzählt haben.“

„Dann wird es Zeit, dass ich Ihnen den nächsten Teil der Geschichte erzähle. Mal sehen, was Sie dann sagen.“

Sie stemmte sich vom Stuhl hoch und holte ein Röhrchen vom Regal neben dem Herd. Sie entnahm zwei Tabletten und schluckte sie mit Wasser hinunter.

Er folgte ihr ins Wohnzimmer. Es erstreckte sich über die ganze Seite des Hauses und bot einen Ausblick auf den Hof und die hintere Koppel. Die Sessel waren mit Chintz bezogen, ein dicker Teppich bedeckte den Holzfußboden, und die altmodischen Möbel glänzten liebevoll gepflegt. Die beherrschende Attraktion des Zimmers bildeten jedoch der steinerne Kamin und das Gemälde, das darüber hing.

Jake blieb vor dem Bild stehen. „Hat Ihr Vater das gemalt?“

„Ja. Es war sein letztes.“

„Ich bin kein Fachmann“, murmelte er, „aber die Qualität ist erstaunlich. Solche Bilder sind zurzeit sehr in Mode. Wenn Sie es reinigen lassen, können Sie ein Vermögen dafür bekommen. Es ist hoffentlich versichert.“

„Es ist nicht zu verkaufen“, sagte sie und ließ sich in einen Sessel sinken. „Aber versichert ist es, ja.“ Sie seufzte. „Es ist praktisch das letzte Erinnerungsstück, das ich von ihm habe.“

„Was ist denn aus seinen anderen Bildern geworden?“

„Sie mussten verkauft werden.“

„Warum?“

„Alles zu seiner Zeit“, antwortete sie. „Wenn Sie verstehen wollen, warum gerade dieses Bild mir so viel bedeutet, müssen Sie die Geschichte kennen, die sich dahinter verbirgt – und den Preis, der bezahlt wurde, um es zu behalten.“

ZUM ERSTEN Mal im Leben hatte Paddy Dempster das Gefühl, irgendwo dazuzugehören. Henry Beecham und er hatten sich in den letzten vier Monaten angefreundet, und Paddy stellte fest, dass er den Mann mochte – trotz dessen Herkunft. Mit Maureen lag die Sache anders. Obgleich er sein

Bestes getan hatte, um ihre Sympathie zu gewinnen, musste er sich mit ihrer kühlen Höflichkeit begnügen. Aber Henry war der, auf den es ankam. Henry würde ihm helfen, ein Vermögen zu machen.

Paddy gefiel es in der Enge des Zwischendecks; ihm gefiel die Kameradschaft, die zwischen den unverheirateten Männern entstanden war. Ledige Frauen waren auch an Bord – jung und entschlossen, sich einen Mann zu angeln, ehe sie in Australien landeten. Aber Paddy hatte nur Augen für Kate.

Er saß an seinem gewohnten Platz an Deck, rauchte seine Pfeife und beobachtete Henry beim Zeichnen, als er Kate herankommen sah. Henry hielt in der Arbeit inne. „Wie ich sehe, hat unsere Kate dich verzaubert, Paddy“, sagte er vergnügt. „Aber sei vorsichtig. Sie wird einem Mann ganz schön zu schaffen machen.“

„Sie ist ein Prachtweib“, sagte Paddy. „Wer es da nicht wenigstens versucht, ist ein Dummkopf.“

„Ich werde ein Wort für dich einlegen“, versetzte Henry augenzwinkernd. „Aber allzu viel Hoffnung würde ich mir nicht machen.“

Kate errötete, als sie Paddys Blicke bemerkte, und wandte sich rasch Henry zu. „Ich habe gerade ein paar Minuten Zeit“, sagte sie. „Ich wollte mit Maureen plaudern, aber ich finde sie nicht.“

„Sie kann nicht weit weg sein. Setz dich doch ein Weilchen zu Paddy, und plaudere mit ihm. Maureen wird sicher bald kommen.“

Paddy sah, dass sie zögerte. Es war, als habe sie Angst vor ihm. Er rückte auf der Bank zur Seite. „Komm schon, Kate“, sagte er. „Ich beiße nicht.“

Kate setzte sich auf die Kante der Holzbank. Sie wechselten ein paar förmliche Worte, während Henry sich wieder dem Porträt einer Witwe zuwandte. Paddy atmete Kates Duft ein und bemerkte, dass ihre Haut sich in der heißen Sonne gebräunt hatte und das dünne Baumwollmieder sich über ihren Brüsten spannte. Sie war eine reife Frau, die auf Eroberung wartete.

„Ich muss gehen.“ Sie stand auf. „Richtet Maureen aus, dass ich heute Abend zu ihr komme.“

DAS ABENDESSEN war vorüber, und Maureen wartete, bis Paddy aufgestanden und zu einem Kartenspiel mit den anderen Männern hinübergegangen war. Dann langte sie über den Tisch und nahm Henrys Hand. „Ich wünschte, du würdest ihn nicht so ermutigen.“

„Aber er ist ein braver Kerl“, sagte Henry. „Wir hätten es nicht halb so bequem, wenn Paddy uns nicht die Extradecken besorgt hätte. Und die Milch und das Gemüse.“

Fröstelnd zog Maureen das Tuch fester um die Schultern. Die Nächte waren bitterkalt, obwohl es tagsüber so heiß war, und Paddys ständige Anwesenheit bereitete ihr Unbehagen. „Ich traue ihm nicht", erklärte sie. „Und Kate geht es genauso."

Henry tätschelte ihr die Hand. „Dummes Mädchen", sagte er leise. „Paddy hat eine raue Art, aber ein gutes Herz. Er meint es gut."

„Ich habe solche Leute schon öfter erlebt", sagte Maureen. „Er ist kein wahrer Freund, Henry. Er hält sich an uns, weil er glaubt, dass er von dir profitieren kann."

Henry schaute sie verständnislos an. „Ich habe nichts, was Paddy begehren könnte", sagte er. „Ich bin durchaus in der Lage, auf uns Acht zu geben. Also zerbrich du dir nicht dein hübsches Köpfchen über Paddy."

Maureen riss ihre Hand weg und stand auf. „Rede nicht so herablassend mit mir, Henry!", fuhr sie ihn an. „Ich habe vielleicht nicht deine Bildung oder Erfahrung, aber trau mir wenigstens zu, dass ich merke, wenn einer meinesgleichen Böses im Schilde führt."

„Ich habe genug davon, Maureen", sagte er steif. „Paddy hätte am Kai meine Taschenuhr mühelos einstecken können, und mit keinem Wort hat er angedeutet, dass er mehr verlangt als meine Freundschaft. Das Thema ist erledigt."

Maureen marschierte empört davon. Sie liebte Henry leidenschaftlich, aber warum sah er nicht, was sie sah? Die Rückgabe der Uhr war ein raffinierter Trick gewesen, und Paddys ständige Anwesenheit, seine hilfreichen Ratschläge, die Extraration Milch und Wolldecken – das alles gehörte zu seinem Plan. Was das allerdings für ein Plan war, das wusste Maureen auch nicht. Sie wusste nur, dass sie Paddy Dempster misstraute.

KATE schloss die Tür, als die Kinder eingeschlafen waren. „Ich gehe dann jetzt, Sir", sagte sie zu Peter Reed und machte einen Knicks. „Maureen erwartet ihr erstes Kind, und ich habe versprochen, ihr heute Abend Gesellschaft zu leisten."

„Bleib hier, und trink ein Glas mit mir, Kate", lud Peter Reed sie ein.

„Das wäre nicht recht, Sir." Aber sie zögerte. Peter Reed war ein gut aussehender Mann. „Im Salon der ersten Klasse gibt es sicher eine Menge junger Damen, die sich für Sie besser als Gesellschaft eignen."

„Aber die haben nicht deine Energie, deine Neugier und deine Lebenslust." Er betrachtete sie nachdenklich. „Du wirst es in Australien zu etwas bringen", sagte er. „Du hast die richtigen Eigenschaften." Als er merkte, dass er ihr mit seinen Komplimenten Unbehagen bereitete, stellte er sein Glas ab und öffnete ihr die Tür. „Geh nur, Kate. Ich wünsche dir einen schönen Abend."

Kate verließ die Kabine und eilte den Korridor hinunter zu der Treppe, die zu den unteren Decks hinabführte. Sie mochte Peter Reed. Er war ein freundlicher und höflicher Arbeitgeber, der sich für ihre Träume und Wünsche interessierte, ohne je die Grenze zu überschreiten.

Um wieder zu Atem zu kommen, blieb sie an der Reling stehen und blickte über das Wasser hinaus. Der Mond stand hoch an einem wolkenlosen Himmel, der von hellen Sternen übersät war. Ein Leuchten schimmerte in der rollenden See.

„Die Seeleute nennen es Phosphoreszenz", sagte eine Stimme hinter ihr.

Kate fuhr herum. „Was tun Sie hier oben?"

Paddy kratzte sich am Kinn. „Ich komme abends oft hier herauf. Man hat mehr Platz zum Spazierengehen und zum Nachdenken."

Kate wollte sich von der Reling entfernen, aber Paddy versperrte ihr den Weg. „Ich habe Maureen versprochen, noch vorbeizuschauen", sagte sie.

Paddy reichte ihr seinen Arm. „Dann begleite ich dich."

Sie sah sich hastig um. Sie waren ganz allein.

Paddy nahm ihre Hand, bettete sie in seine Armbeuge und lächelte auf sie herab. „So ist es doch besser", sagte er leise.

Kate hielt widerstrebend Schritt mit ihm. Wenn sie wegliefe, würde das töricht aussehen.

Schweigend wanderten sie über das verwitterte Deck. Kate spürte Paddys Anspannung, als sie sich der Treppe zum Zwischendeck näherten. Sie war ebenso angespannt, denn sie hörte seine flachen, rauen Atemzüge, und ihr war bewusst, wie tief die Schatten der Kisten waren, die an Deck fest gezurrt und mit Persenningen verhüllt waren.

Sein Arm spannte sich unter ihrer Hand. Er packte sie bei der Schulter und schleuderte sie tief in diesen Schatten, und bevor sie aufschreien konnte, presste er sie hart gegen eine Holzkiste, und sein Mund erstickte sie.

Kate trommelte mit den Fäusten auf ihn ein und trat mit ihren Stiefeln um sich, verzweifelt bemüht, diesem alles umschließenden Mund und der Zunge zu entkommen, die sich zwischen ihre Lippen schob.

Paddy drängte sich an sie, und seine erregte Männlichkeit bohrte sich in ihren Bauch. Er zog ihre Röcke hoch und zwang ihre Beine auseinander. Verzweifelt tastete sie hinter sich nach Halt, plötzlich fühlten ihre Finger etwas Kaltes, Glattes. Sie packte es, und das Entsetzen verlieh ihr neue Kräfte, als sie zuschlug – und ihr Ziel traf.

Paddy riss den Mund auf, als die Eisenstange seinen Kopf traf. Seine Hände fielen von ihr ab, und er stürzte schwer auf die Planken. Kate sah, wie sein blutender Kopf mit einem dumpfen Geräusch auf das Deck schlug und Paddy zu ihren Füßen liegen blieb.

Sie ließ die Brechstange fallen, rannte zur Treppe, stürmte hinunter, als gehe es um ihr Leben, und weiter zur nächsten Treppe, die zu den Schlafquartieren führte. Sie eilte durch den Gemeinschaftsraum und weiter zur Dunkelheit ihrer Koje.

Sie zog den Vorhang zu und ließ sich auf die Matratze sinken, rollte sich zusammen und vergrub das Gesicht im Kissen. Als ihre Tränen versiegt waren, fasste sie einen stillen Entschluss. Sie würde Maureen nichts erzählen; Maureen hatte Sorgen genug, aber mit Henry würde sie gleich morgen früh reden.

EINE raue Hand riss sie jäh aus unruhigen Träumen und presste sich auf ihren Mund.

Sein Gewicht drückte die Matratze herunter, als er sich über sie beugte. „Du wirst den Mund halten über das, was diese Nacht geschehen ist“, zischte Paddy. „Sonst lasse ich dich einsperren, weil du versucht hast, mich umzubringen. Es kann unser kleines Geheimnis bleiben. Wenn du es wagst, davon zu erzählen, werde ich allen sagen, dass du mehr als willig warst und die Sache nur aus dem Ruder gelaufen ist. Kein achtbarer Mann wird dich mehr beschäftigen, damit du dich um seine Gören kümmerst. Es gibt nur noch ein Gewerbe, das ein Mädchen wie du ergreifen kann, wenn es keinen Gönner hat. Und ich würde nicht gern sehen, dass das geschieht – nicht bei einer, die eines Tages meine Frau sein wird.“

Kate starrte ihn entsetzt an.

„Ich kriege dich, Kate“, murmelte er. „Dessen kannst du sicher sein.“

AM 15. APRIL 1895 erreichte die *Swallow* Port Philip. In den sechs Monaten auf hoher See waren acht Kinder zur Welt gekommen, vier Passagiere gestorben, und ein Matrose war in einem Sturm vor Kap Hoorn über Bord gegangen. Es hatte drei Hochzeiten und zahllose Verlobungen gegeben.

Die dröhnende Sirene der *Swallow* untermalte die aufgeregte Stimmung, und Maureen und Henry drängten sich mit den anderen Auswanderern an der Reling.

„Unsere neue Heimat!“, rief Henry durch den Lärm. „Sieh doch, Maureen, wie schön es dort ist!“

Maureen beschirmte die Augen mit der Hand und spähte zum Ufer. Die *Swallow* glitt durch eine hufeisenförmige Bucht, gewaltige rote Klippen ragten über einem hellgelben Sandstrand empor, der von Wellen wie von zarter Spitze gesäumt war. Das Land dahinter war grün wie Irland. Ihr Heimweh war ein Schmerz tief in ihrem Innern.

„Wir sind zu Hause, Liebling.“ Henry sprach sanft in ihr Haar. „Wir wollen jede Gelegenheit, die uns dieses wundervolle Land bietet, nach besten Kräften nutzen.“

Maureen umschlang ihn fest. „Wir haben uns“, sagte sie leise. „Das ist genug.“

„Ihr werdet es nicht glauben“, sagte eine atemlose Stimme hinter ihnen. Es war Kate, die sich durch das Gedränge zur Reling vorkämpfte. „Mr Reed hat mich gefragt, ob ich ihn heiraten will!“

„Herzlichen Glückwunsch.“

Kate schüttelte den Kopf. „Ich habe ihn abgewiesen.“

Maureen war verblüfft. „Warum? Ich dachte, du hast ihn gern – und er ist ebenso reich wie gut aussehend.“

„Ich habe ihn gern, ja, aber nicht gern genug, um ihn zu heiraten.“ Kate zuckte die Achseln. „Außerdem will er eigentlich nur eine Mutter für seine Kleinen, und ich bin noch nicht bereit, mich zu binden.“

Maureen legte ihr den Arm um die Schultern. Es war eine Ewigkeit her, dass sie Gelegenheit gehabt hatten, sich zu unterhalten, denn irgendwann hatte Kate plötzlich ihre Sachen gepackt und war ohne eine richtige Erklärung auf das Oberdeck gezogen. „Du hast uns gefehlt. Aber vermutlich brauchte Mr Reed dich in der Nähe, als die Kinder fieberten.“

Maureen betrachtete ihre Freundin forschend. Sie hatte sich verändert – sie wirkte verschlossen, und Maureen hatte den Verdacht, dass Paddy dahinter steckte. Kate wechselte das Thema, wenn man sie zu eingehend befragte, und Paddy hatte mürrisch reagiert, als er von Kates Umzug in eine Kabine der ersten Klasse erfahren hatte.

In Kates Augen schimmerten plötzlich Tränen. „Ich werde euch beide vermissen“, schniefte sie. „Aber meine Rechtschreibung ist schon viel besser geworden, und ich verspreche, dass ich jeden Monat schreiben werde.“

Maureen umarmte sie, und die beiden Frauen hielten einander fest umschlungen. Der Abschiedsschmerz war beinahe unerträglich. Denn wie Mr Reed und seine Kinder würden auch sie und Henry in Port Philip von

Bord der *Swallow* gehen. Kate würde weiter nach Sydney fahren, wo man ihr eine Stellung als Haushälterin angeboten hatte.

Sie lösten sich voneinander, und Maureen wollte etwas sagen, als der bohrende Schmerz in ihrem Rücken plötzlich aufflammte. Sie griff mit beiden Händen an ihren geschwollenen Leib.

„Maureen, was ist?“, fragte Henry erschrocken.

„Schnell, hilf mir, sie nach unten zu bringen!“, befahl Kate. „Das Baby kommt.“

Maureen keuchte. „Aber es hat noch zwei Wochen Zeit!“ Sie ließ sich ohne Widerspruch von Henry hinunter zu ihrer Koje tragen.

„Hol den Arzt!“, befahl Kate. „Das Kind kommt vor der Zeit, und ich habe so etwas noch nie allein gemacht.“

Henry rannte die Treppe hinauf, und Maureen umklammerte Kates Hand, als der Schmerz von neuem einsetzte. „Es kommt!“, schrie sie. „Oh mein Gott, Kate! Hilf mir!“

„Du musst die Knie anziehen und pressen.“ Kate schob Maureen den Stiel eines Malpinsels aus Henrys Farbkasten zwischen die Zähne. „Beiß darauf und presse!“

Maureen biss auf den Pinselstiel. Sie nahm all ihre Kraft zusammen und presste, so fest sie konnte. Sie war schweißnass und außer Atem, der Schmerz flutete durch ihren ganzen Körper.

Endlich glitt das Baby aus ihr hervor, und der Schmerz bohrte sich wie ein Messer in ihre Seite und zog sich mit solcher Intensität durch ihre Lunge, dass es ihr die Luft abschnitt. Maureen griff nach ihrer Kehle. Sie konnte nicht atmen.

„Was ist denn?“ Kates angstvolle Stimme kam aus weiter Ferne. Maureens Finger zerrten an ihrem Kragen, ihre Fersen trommelten auf die Matratze.

Henry stolperte hinter dem Arzt die Treppe hinunter. Sie liefen den schmalen Gang entlang. Kate stürzte ihnen entgegen und packte den Arzt am Arm. „Sie müssen ihr helfen!“, schrie sie. „Sie atmet nicht mehr.“

Henry sank vor der Koje auf die Knie. Maureens Mund war zu einem stummen Schrei aufgerissen. Ihre Haut war um den Mund herum bläulich gefärbt. Der Arzt untersuchte sie hastig.

Henry war nur halb bewusst, dass Kate neben ihm stand, und auch das Wimmern des neugeborenen Kindes drang kaum zu ihm durch. Er hatte nur Augen für Maureen.

Der Arzt stand auf. Sein Gesicht war ernst. „Ihre Frau ist tot“, sagte er.

„Sie hatte sich kürzlich eine Rippe gebrochen, und das könnte die Ursache sein. Es tut mir Leid.“

„Nein“, murmelte Henry. „Sie kann nicht tot sein. Wir haben doch eben noch miteinander gesprochen. Wieso eine Rippe gebrochen?“

Der Arzt packte die Instrumente in die Tasche. „Die Rippenfraktur ist eine ziemlich frische Verletzung, die nicht behandelt wurde und deshalb nicht gut verheilt ist. Sie muss Schmerzen gehabt haben, aber zweifellos wollte sie Sie nicht beunruhigen“, sagte er nüchtern. „Die Strapazen der Entbindung waren der entscheidende Faktor in diesem tragischen Fall. Niemand hätte irgendetwas tun können. Ich werde dafür sorgen, dass Ihre Frau zurechtgemacht wird, ehe man sie an Land bringt, Mr Beecham.“

Henry hörte, wie die Schritte des Arztes verhallten. Dann brach die entsetzliche Wirklichkeit über ihn herein: Maureen war tot. Er nahm ihre Hand. Sie war schon kalt und leblos. Er streichelte ihr Gesicht. Sie hatte ihn verlassen. Hatte ihn allein gelassen an den Gestaden dessen, was ihre neue Heimat hatte sein sollen, ihr neues gemeinsames Leben. Tränen strömten ihm über das Gesicht. Er zog sie an sich und hielt sie in den Armen. Dass er nicht gemerkt hatte, wie krank sie gewesen war, erfüllte ihn mit unerträglicher Reue.

Er wusste nicht, wie lange er da kniete und seine tote Maureen in den Armen hielt. Die leichte Berührung an seiner Schulter schüttelte er ab.

„Henry“, sagte Kate sanft. „Henry, du musst sie gehen lassen. Die Leute sind hier, die sie vorbereiten werden, damit man sie an Land bringen kann.“

Er küsste Maureen zum letzten Mal, ehe er sie widerstrebend auf die Matratze sinken ließ. „Leb wohl, mein Liebling, meine *mavourneen*“, wisperte er in ihre dunklen Locken. „Ich liebe dich. Ich werde dich immer lieben.“

Kate nahm ihn beim Arm und führte ihn weg, den Korridor hinunter in die verlassene Messe. Er ließ sich auf die Bank fallen, legte den Kopf auf die Arme und weinte.

„Ich werde mich zu ihm setzen“, sagte eine barsche Stimme.

Kate blickte auf und sah Paddy Dempster, und dunkle Vorahnungen ließen sie frösteln.

Paddy setzte sich neben Henry und legte ihm einen Arm um die Schultern. Kate fühlte sich ausgeschlossen. Auch wenn sie Henry nicht gern verließ, hatte sie doch noch einiges zu erledigen. Sie nahm das Baby, wickelte es in eine Decke, die sie aus einer anderen Koje zog, und lief die Treppe hinauf an Deck. Peter Reed würde wissen, was zu tun war.

Peter Reed erwies sich als Fels in der Brandung. Er sorgte dafür, dass Maureens Leichnam mit einer Kutsche zu einem Bestatter am Ort gebracht wurde. Er verschaffte Kate und Henry eine Unterkunft in einem billigen, aber sauberen Hotel am Hafen und bezahlte dafür, dass täglich frische Milch für das Baby geliefert wurde.

„Ich weiß nicht, wie ich Ihnen das jemals vergelten kann“, sagte Kate zwei Tage später. Sie stand vor dem Hotel. Maureen war am Morgen auf dem Friedhof zur ewigen Ruhe gebettet worden. Paddy war gottlob nirgends zu sehen.

Peter Reed lächelte. „Du könntest meinen Heiratsantrag noch einmal überdenken“, schlug er vor.

Kate schüttelte den Kopf. „Das wäre nicht richtig“, sagte sie leise. „Es würde nicht funktionieren – nicht ohne Liebe.“

Er zuckte die Achseln. „Den Versuch kann man keinem verdenken“, sagte er. „Irgendein Mann wird jedenfalls einen guten Fang mit dir machen, Kate.“

Er stieg auf sein Pferd. Er ist ein guter Mann, dachte Kate. Reich und gut aussehend – und an seiner Wärme und Großzügigkeit war nichts auszusetzen. Vermutlich ließ sie sich da eine goldene Gelegenheit entgehen.

Er legte noch einmal einen Finger an den Hut, ritt davon und verschwand in dem roten Staub, den die Hufe seines Pferdes aufwirbelten.

Kate kehrte in die kleine Suite zurück, die sie im Obergeschoss des Hotels gemietet hatten. Die Hitze war nahezu unerträglich. Kate öffnete ein Fenster und schloss es rasch wieder. Der heiße Wind wirbelte den roten Staub von der Straße auf.

Kate seufzte und wandte sich vom Fenster ab. Sie hatte Angst vor der Zukunft. Ihre Pläne waren zunichte. Peter Reed war zu seinem Besitz gereist, und Henry hatte kaum ein Wort mit ihr gesprochen, seit sie an Land waren. Aber es wurde Zeit, dass sie sich über ihre Lage klar wurde.

Das Wimmern des Babys riss sie aus ihren düsteren Gedanken, und sie trat an den Korb, den sie auf einen Stuhl gestellt hatte. Behutsam nahm sie das Kind aus dem Korb und machte sich auf die Suche nach Henry.

Er lag ausgestreckt auf seinem Bett, das Gesicht geschwollen von Müdigkeit und Tränen. Er hatte sich nicht mehr rasiert, seit sie von Bord gegangen waren, und sein Haar war ungekämmt. „Lass mich allein!“, befahl er. „Siehst du nicht, dass ich trauere?“

„Ich dachte, du findest vielleicht ein bisschen Trost in eurem Kind“, sagte Kate.

„Ich will es nicht sehen. Nimm es weg!“, schrie er sie an. „Wenn es nicht gewesen wäre, dann wäre Maureen jetzt noch da.“

„Das ist nicht wahr!“, rief Kate. „Das arme Würmchen hatte nichts mit den Tritten zu tun, die Maureen die Rippen gebrochen haben. Du kannst der Kleinen nicht die Schuld geben an dem, was geschehen ist.“

„Das kann ich, und das tue ich. Ich will nichts mit ihr zu tun haben.“

6

Miriam lehnte sich zurück. „Mein Vater wollte mich nicht“, murmelte sie.

„Ich nehme an, er hat sich schuldig gefühlt“, sagte Jake. „Er hatte von Maureens Leiden keine Notiz genommen.“

„Sie haben Recht“, sagte Miriam. „Er konnte den Gedanken nicht ertragen, dass er auf irgendeine Weise für ihren Tod verantwortlich war, und ich erinnerte ihn ständig an seinen Verlust.“

Jake nickte. „Für Kate kann das auch nicht einfach gewesen sein. Gestrandet in einem fremden Land mit einem trauernden Mann und einem ungeliebten Kind.“

„Kate wusste sich zu helfen“, sagte Mim. „Es war nicht ihre Art, untätig herumzusitzen und zu warten, dass von irgendwoher Hilfe kam. Sie hat Arbeit in dem Hotel gefunden, und damit konnte sie für Kost und Logis aufkommen.“

KATE hatte den Esstisch abgeräumt und half der Köchin, das Gemüse für den nächsten Tag zu putzen. Das Hotel war voll wie immer; vor ihrem langen Treck ins Outback stiegen die Passagiere der großen Schiffe gern für eine Weile dort ab.

Paddy Dempster war vor zwei Tagen wieder aufgetaucht. Seitdem hockten Henry und er stundenlang zusammen und saßen abends in der Bar. Kate war es bisher nicht gelungen, ihm aus dem Weg zu gehen. Nachts schloss sie sich in ihrem Zimmer ein, und tagsüber achtete sie darauf, dass immer Leute in ihrer Nähe waren. Sie war sicher, dass Paddy irgendetwas plante.

Seit Maureens Tod waren fast drei Monate vergangen, und noch immer war das Kind nicht getauft – noch immer hatte der Vater es nicht zur Kenntnis genommen. Wie konnte sie Henry nur klar machen, welches Unheil er anrichtete, nicht nur für sich selbst, sondern auch für das Kind: Mit seiner Trinkerei bis tief in die Nacht hinein, mit seiner zweifelhaften Kumpanei mit Paddy und mit jedem Tag, den er voller Selbstmitleid im Bett verbrachte? Kates Geduld war zu Ende; der Wunsch, der Plackerei in der Gluthitze der Hotelküche zu entkommen, war allmählich zu einer brennenden Sehnsucht geworden.

Kate trocknete sich die Hände ab und ging das Baby holen. Sie hatte den Korb mit einem Netz bedeckt, um die Kleine vor Fliegen und Moskitos zu schützen, und dann auf einen Stuhl auf die hintere Veranda gestellt, wo sie ein wenig Kühlung durch den Wind finden würde, der vom Meer heranwehte.

„Sie sieht ja ganz gesund aus", stellte die Köchin fest, als sie mit ihr die Küche durchquerte. „Aber du darfst sie nicht zu lieb gewinnen. Ihr Dad wird sie wahrscheinlich nach England zurückschicken."

Die Befürchtung, dass genau das geschehen könnte, brachte Kate nachts um den Schlaf, und ihr einziger Trost war der Gedanke, dass Henrys Familie Maureens Baby ebenso wenig aufnehmen würde wie einen verwaisten Straßenköter. Sie schüttelte den Kopf. „Wohl kaum", erklärte sie. „Er wird sie behalten müssen, ob es ihm passt oder nicht."

„Willst ihn dir wohl selbst schnappen, was?" Die Köchin lachte.

Kate wurde rot. Waren ihre Gefühle für Henry so offensichtlich? Sie nahm das Baby auf; es weinte und brauchte frische Windeln. „Da ist die Mutter dieses armen Würmchens kaum unter der Erde, und schon kommst du mit solchen Ideen", sagte sie.

„Ich hab Augen im Kopf, Schätzchen. Aber er denkt nicht an euch – nicht jetzt, wo ihn das Fieber gepackt hat."

Kate nagte an ihrer Unterlippe. Das Gerede über Gold und Edelsteine war alles, was sie in der Bar und im Speiseraum zu hören bekam, und das „Fieber" wütete unter den Neuankömmlingen, die auf der Suche nach unvorstellbaren Reichtümern von den Schiffen strömten. Hatte Henry sich von diesem Wahnsinn anstecken lassen? War Paddy vielleicht deshalb zurückgekommen?

Kate lief die Treppe zum oberen Stockwerk hinauf. Henry verstand nichts vom Schürfen nach Gold und Edelsteinen, und Paddy war hinterlistig wie eine Schlange. Diese Kombination konnte tödlich sein für sie alle – besonders für dieses kleine, namenlose Baby. Es war Zeit, Henry mit seiner Verantwortung zu konfrontieren.

Paddy war eben gegangen, und Henry starrte gedankenverloren aus dem Fenster. Draußen rollten elegante Kutschen mit stolzen Pferden vorbei, und Ochsengespanne zogen schwere Fuhrwerke.

Er dachte an Kate. Ohne ihre unerschütterliche Treue wäre er nicht zurechtgekommen, und er war froh, sie seine Freundin nennen zu dürfen – aber früher oder später würde er Ordnung in sein Leben bringen müssen.

Seufzend wandte er sich vom Fenster ab. Sein Blick fiel auf den Stapel von Landkarten und Papieren auf dem Tisch. Paddys Begeisterung war verführerisch, und zum ersten Mal spürte er wieder eine andere Regung als Trauer. Eine Gelegenheit war es schon, das musste er zugeben. Aber echte Begeisterung konnte er für das Schürfen nicht aufbringen, auch wenn es ihm möglicherweise ein Vermögen einbringen würde. Das Bedürfnis zu malen war wieder erwacht.

Aufgewühlt bedachte er seine Notlage und Paddys Angebot. Er brauchte Geld, um in diesem fremden Land zu überleben, doch zugleich wollte er nichts anderes als Maler sein. Ohne Maureen hatte er kein Ziel mehr im Leben – keinen wirklichen Grund, hier zu bleiben. Aber wie sollte er in die Heimat zurückkehren, ohne seinen Stolz zu verlieren? Und was sollte aus dem Kind werden?

Er setzte sich an den Tisch und nahm ein Blatt Papier aus seiner Briefmappe. Mama würde am besten wissen, was zu tun war.

Da kam Kate herein und riss ihn aus seinen Gedanken. „Es wird Zeit, dass wir über die Zukunft sprechen, Henry“, sagte sie. „Ich muss wissen, was du mit der Kleinen vorhast.“

Henry sah das Kind auf ihrem Arm und wandte sich ab. „Du bist doch gut imstande, für sie zu sorgen“, sagte er. „Ich weiß nicht, warum du es nicht weiterhin tun solltest.“

„Ich habe andere Pläne“, erklärte Kate. „Es ist dein Kind. Du musst dich darum kümmern.“

Er starrte sie entsetzt an, als sie ihm das Kind auf den Schoß legte. Unwillkürlich griff er nach der Kleinen, ehe sie herunterfallen konnte. „Kate, nimm es weg!“, befahl er, als das Baby zu schreien anfing. „Ich weiß nicht, was ich damit machen soll.“

„Das wirst du schon lernen. Und du kannst dir auch gleich einen Namen für sie einfallen lassen. Sie kann nicht ihr Leben lang *es* heißen.“ Damit stürmte sie hinaus, und er hörte, wie sie die Treppe hinunterpolterte.

Henry betrachtete das rote Gesicht des schreienden Säuglings und wippte die Kleine versuchsweise auf dem Knie. „Pst!“, machte er. „Hör auf!“

Zu seinem Erstaunen gehorchte das Kind und musterte ihn mit ernsten, sehr grünen Augen. Sie schauten einander eine Weile schweigend an. Dann lächelte das Kind.

Das Gefühl, das in ihm aufbrandete, erwärmte sein Herz und erweckte seine Seele wieder zum Leben. Denn das Baby hatte Maureens Grübchen in der Wange.

Wie kam es nur, dass er nie bemerkt hatte, wie ähnlich sie Maureen sah? Ihr Haar war schwarz wie Ebenholz, ihre Augen waren smaragdgrün, und sogar ihre Brauen hatten den gleichen Schwung wie die von Maureen. Eisige Finger strichen über seine Wirbelsäule, wenn er daran dachte, dass er sich bis jetzt geweigert hatte, das Mädchen auch nur anzuschauen.

Tränen der Reue machten ihn blind, als die kleine Hand seinen Finger umfasste, und der Damm aus Schmerz und Liebe brach. Denn dies war sein Kind. Maureen hatte ihr Leben geopfert, um ihm dieses kostbarste aller Geschenke zu machen, und er hätte es beinahe verloren. „Nie wieder will ich dich abweisen“, flüsterte er. Sanft berührten seine Lippen den flaumigen Kopf. „Ich werde dich Miriam nennen. Denn in dieser neuen Welt wirst du stark sein müssen – stark wie deine Großmutter.“

„KATE war nicht weit weggegangen, nur ein Stück die Straße hinunter bis zur Ecke und wieder zurück“, erzählte Mim. „Sie hatte zu Recht vermutet, dass nur ein Schock bei meinem Vater etwas bewirken würde. Sie schlich die Treppe hinauf und spähte durch das Schlüsselloch. Was sie sah, erfreute ihr Herz und machte sie zugleich traurig. Denn nun, da mein Vater und ich zueinander gefunden hatten, war sie frei und konnte fortgehen.“

„Warum soll sie das traurig gemacht haben? Sie hat Henry doch nur gezwungen, Sie zu akzeptieren, weil sie das eigene Leben in die Hand nehmen wollte, oder?“

„Kate liebte Henry“, sagte Miriam. „Sie wusste, dass Henry sie nur als Freundin betrachtete. Aber sie wusste auch, dass sie ihn eines Tages wiederfinden und ihm sagen würde, was sie für ihn empfand. Denn er war der Mann, zu dem sie gehörte.“

„Und was hat sie getan?“

„Sie hat ihre Sachen gepackt, sich verabschiedet und ist fortgezogen.“ Miriam dachte an Kates Erzählung und daran, wie schwer es Kate gefallen war, sich an jenem Morgen von Henry zu verabschieden, denn der Abschied war frostig gewesen.

„DAS GEHT dich überhaupt nichts an!“, fauchte Henry. „Lass es gut sein, Kate, bevor wir Dinge sagen, die wir beide bereuen.“

„Ich werde es eher bereuen, wenn ich nichts sage.“ Kates Gesicht glühte von unterdrücktem Zorn. „Paddy wird dich betrügen. Wenn du dumm genug bist, ihm Geld zu geben, kannst du es in den Wind schreiben, denn er wird es dir niemals zurückzahlen."

„Was geht es dich an, wie ich mein Geld investiere?"

Sie starrte ihn entsetzt an. „Du hast ihm doch noch nichts gegeben, oder?"

„Ich habe in einen Claim investiert", erklärte Henry steif. „Paddy und ich sind Partner."

„Jesus, Maria und Josef!", flüsterte sie. „Sag ihm, dass du es dir anders überlegt hast und dein Geld wiederhaben willst. Du kannst etwas Besseres damit anfangen, als es für Projekte auszugeben, von denen Paddy sich schnellen Reichtum verspricht."

„Es ist zu spät, es lässt sich nicht mehr ändern. Paddy ist gestern Abend nach New South Wales abgereist, um unseren Claim abzustecken. Miriam und ich sollen in ein paar Tagen nachkommen, wenn ich die restliche Ausrüstung besorgt habe."

„Ach, Henry!" Sie schluchzte. „Was hast du bloß getan?"

„Ich habe für Miriam einen Anteil an der Zukunft dieses reichen Landes gesichert", erklärte er. „Paddy versteht etwas vom Bergbau, denn er hat in Wales auf der Zeche gearbeitet, und er ist bereit, es mir beizubringen. Ich habe Geld, um das Unternehmen zu finanzieren, und so haben wir beschlossen, eine Partnerschaft einzugehen." Er nahm einen Stapel Dokumente zur Hand. „Hier sind die Urkunden für den Claim und die Schürflizenzen. Ich habe die Vereinbarung der Partnerschaft von einem Rechtsanwalt aufsetzen lassen; es ist also alles legal und korrekt."

Kate war lange genug in diesem rauen Land, um zu wissen, dass juristische Dokumente in der Hitze des Goldrauschs wenig bedeuteten. Aber als sie in Henrys Gesicht schaute, blieben ihr die Worte im Hals stecken. Zum ersten Mal sah sie Hoffnung in seinen Augen. „Ich wünsche dir Glück", murmelte sie. „Du wirst es brauchen."

Miriam war müde, und die nagenden Schmerzen machten es ihr schwer, sich zu konzentrieren. Aber es war notwendig, denn bald würde die Familie kommen. Sie betrachtete den Mann, der ihr gegenübersaß. Jake hatte die langen Beine ausgestreckt, und seine Ellbogen ruhten auf der geschnitzten Lehne des zierlichen Stuhls. „Danke, dass Sie nicht fragen, warum ich Ihnen das alles erzählen muss, ehe die anderen hier sind", sagte sie. „Ich habe meine Gründe, wie Sie bald verstehen werden." Miriam griff zum Glas und nahm einen großen Schluck, um ihre Nerven zu beruhigen.

„Mein Vater, Paddy und ich reisten endlose, staubige Meilen weit, nachdem wir Port Philip verlassen hatten“, begann sie wieder. „Wir zogen von einem Prospektorencamp zum nächsten, immer auf der Suche nach Gold und Edelsteinen.“

Sie erinnerte sich daran, wie sie, eingehüllt in Staubwolken, durch den Busch gerumpelt waren. Der schaukelnde Wagen war ihre Wiege gewesen, und ihr Vater hatte jeden freien Augenblick genutzt, um das außergewöhnliche Licht des Outback in Gemälden einzufangen.

„Ich war ein Kind der Goldgräberlager“, fuhr sie fort. „Es war ein einsames Leben, denn die meisten Prospektoren hatten ihre Familien in den Städten zurückgelassen. Aber ich kannte nichts anderes, und so nahm ich die Dinge hin, wie sie waren.“

„Wie hat sich denn Ihr Vater um ein Baby kümmern können, wenn er den ganzen Tag in der Mine gearbeitet hat?“

Miriam zuckte die Achseln. „Als ich klein war, engagierte er die Frau eines Werkzeughändlers, damit sie mich versorgte, und als wir zur nächsten Schürfstätte weiterzogen, fand er die Frau eines Edelsteinschürfers, die bereit war, tagsüber auf mich Acht zu geben, während er arbeitete. Als ich älter wurde, wurde ich selbstständiger und verdiente mir meinen Unterhalt damit, dass ich die Abraumhalden nach allem durchstöberte, was die Schürfer übersehen hatten. Die Halden waren mein Spielplatz, mein Spielzeug war weggeworfener Plunder, und meine Freunde waren die bärtigen, misstrauischen Männer, die dort arbeiteten. Aber ich war zufrieden.“ Sie seufzte. „Doch 1905 kam es dann zur Katastrophe. Niemand von uns ahnte, was für eine Tragödie bevorstand.“

KATE steuerte ihr Maultiergespann in die Minensiedlung Wallangulla. Die Maultiere stapften an Abraumhalden und tiefen Schächten vorbei, die senkrecht in die rote Erde hineinführten. Ihr war bewusst, dass man sie neugierig anstarrte, aber sie war gewöhnt an diese Blicke, denn sie bereiste diese Camps bereits seit fünf Jahren.

Wallangulla war eine ungeordnete Ansammlung von Rindenhütten, Segeltuchzelten und kleinen Behausungen aus Lehm und Ästen auf den Graten der Erzberge, die sich über die schwarze Ebene des nördlichen New South Wales erhoben. Maultiere und Pferde dösten unter Holzdächern, die nur wenig Schutz vor der Hitze boten, und ein paar zerlumpte Frauen und Kinder siebten den Schutt der Abraumhaufen, die überall zu sehen waren.

Auch wenn dieser Ort nicht danach aussah, wusste Kate doch, dass der

Stamm der Aborigines, der in dieser Gegend lebte, ihn als heilige Stätte betrachtete, denn Wallangulla bedeutete im lokalen Dialekt „verborgener Feuerstab“ und verwies auf die wütenden Unwetter, die auf diesen Höhenzügen häufig vorkamen.

Kate lenkte ihre Maultiere durch die schäbige Siedlung. Der Platz, für den sie sich entschied, lag auf einem ebenen Stück Tafelland im Schatten einiger Buchs- und Eukalyptusbäume. Die Aussicht war spektakulär, der Horizont unter dem bleichen Himmel dunstig vor Hitze.

Nur ein schmaler Pfad verband den Platz mit dem Camp, was Diskretion ermöglichte – eine der wichtigsten Voraussetzungen ihres Geschäfts.

Die Sonne brannte vom Himmel, als Kate schließlich vor ihrem Zelt stand. Der Wagen war entladen, die Maultiere weideten im spärlichen, harten Gras. Ihre Vorräte lagerten säuberlich gestapelt in dem großen Segeltuchzelt, und das Wasser im Teekessel über dem Lagerfeuer kochte bereits. Ihr Schild hatte sie an einen Baum am Endes des Pfades genagelt. Jetzt brauchte sie sich nur noch zurechtzumachen und auf den ersten Kunden zu warten.

Mit zufriedenem Lächeln trat sie ins Zelt. In der Mitte ragte die Leinwand knapp zwei Meter hoch und spannte sich über einen weiten Innenraum, der durch Zwischenwände in drei Bereiche geteilt war. Einer diente als Lager, einer zum Schlafen – und einer für ihr Geschäft.

Sie räumte das Gewehr aus dem Blickfeld und überprüfte die Patronen in der kleinen Pistole, die sie immer bei sich trug. Dann sah sie sich im Hauptbereich um. Der Raum war eingerichtet wie ein Salon; es gab zwei bequeme Stühle, einen Tisch und einen Phonographen. Auf den Tisch hatte sie eine Öllampe gestellt.

Sie nahm den Hut vom Kopf und fächelte sich damit das Gesicht. Sie sehnte sich nach dem Luxus eines kühlen Bades. Seufzend betrat sie das Schlafabteil. Das einzige Wasser hier oben war das in den Schwefelteichen, und es war heiß und eignete sich nur zum Waschen und zum Tränken der Tiere. Trinkwasser musste man aus dem Tank der nächstgelegenen Schafzuchtfarm kaufen und über hundert Kilometer weit herantransportieren.

Sie hatte unterwegs Wasser aus einem Teich geschöpft, und damit wusch sie sich jetzt. Wehmütig dachte sie daran, wie anders es doch in Sydney gewesen war, wo ein kühler Wind vom Meer herwehte. Trotz der Jahre des Reisens hatte sie sich nie an die erstickende Atmosphäre in den Schürfercamps gewöhnt.

Sie fragte sich, wie gut das Geschäft in Wallangulla wohl gehen würde.

Sie hatte Gerüchte über diesen Ort gehört und aus Neugier den Umweg von White Cliffs hierher gemacht.

Kate steckte die kleine Pistole ein und frisierte sich das Haar hoch. Es war immer noch lang und widerspenstig, und schon oft hatte sie sich versucht gefühlt, es abzuschneiden, aber Isaac hatte sie davon abgehalten. Der liebe, kluge Isaac hatte verstanden, dass sie ihre Weiblichkeit bewahren musste, auch wenn sie monatelang auf staubigen Pisten unterwegs war und wie eine Zigeunerin lebte.

Sie wandte sich vom Wasserkrug zu ihrem Bett – dem einzigen Luxusgegenstand, den sie überallhin mitnahm. Das schmiedeeiserne Gestell ließ sich leicht auseinander nehmen und auf dem Wagen stapeln. Der Rahmen quietschte, als sie sich setzte. Ihre Finger strichen über den tiefroten Samt der Bettdecke. Auf dem kleinen Frisiertisch lagen Haarbürsten und Puderdosen, und das Licht funkelte in den Goldfäden eines indischen Seidenschals, den sie über einen Stapel Kisten drapiert hatte.

Kate griff nach der Spieldose, die auf einem niedrigen Stuhl neben dem Bett stand. Sie war ein Geschenk von Isaac; er hatte sie auf der Flucht vor einem Pogrom über die Grenzen Russlands mitgenommen. Sie zog die Spieluhr auf und öffnete den Deckel. Der schwarze Harlekin und seine Kolombine tanzten gemächlich zu der Musik.

Hätte sie Isaacs Liebe doch nur erwidern und ihn glücklich machen können! Sie klappte den Deckel zu, als die Musik verklungen war. Armer Isaac!, dachte sie. Du verdienst viel mehr, als ich dir geben konnte. Ich hoffe, du findest eines Tages die richtige Frau.

Eine rufende Stimme riss sie aus ihren Gedanken. Hastig stellte sie die Spieldose weg und schaute auf die Taschenuhr. Es war ungewöhnlich, dass ihre Kunden vor Sonnenuntergang erschienen. Sie trat hinter der Trennwand hervor.

Der Mann sah aus wie tausend andere, die in den Minencamps lebten, groß, struppig und bärtig – aber sie hätte ihn überall wieder erkannt.

Paddy schluckte. Sein Herz hämmerte gegen die Rippen, als die alten Gelüste wieder erwachten. Kate war zu einer schönen Frau herangereift, und sein leidenschaftliches Verlangen nach ihr war im Laufe der Jahre nicht vergangen. „Ich habe mich also nicht geirrt“, sagte er schließlich.

„Wenn du nichts Geschäftliches von mir willst, kannst du gleich wieder gehen“, antwortete sie kalt.

„Ach, Kate“, sagte er leise. „Hast du nach all der Zeit keinen Kuss für mich übrig?“

Ihr Ton war hart wie ihr Blick. „Geh zurück zu deiner Frau und deiner Tochter! Verschwinde!"

Es bestürzte ihn, dass sie von Teresa wusste, aber er tat trotzdem einen Schritt nach vorn, schlang den Arm um ihre Taille und zog sie an sich. „Wir haben noch etwas zu erledigen, Kate", murmelte er. „Und diesmal kriege ich, was ich will."

Etwas Hartes bohrte sich in das Fleisch unterhalb seiner Rippen. „Hinaus!"

Paddy erstarrte. „Das wagst du nicht!", zischte er.

Die Pistole bohrte sich tiefer. „In dieser Gegend gibt es kein Gesetz, Paddy. Ich bin eine schutzlose Frau – ich muss mich verteidigen."

Er ließ sie los und wich zurück. Sie sah prachtvoll aus in ihrer trotzigen Haltung. „Ich wette, Henry würdest du nicht wegschicken", knurrte er.

„Henry ist ein Gentleman. Er würde sich niemals solche Freiheiten herausnehmen."

Eifersucht durchzuckte ihn. „Henry ist ein Narr", stieß er hervor.

„Narr oder nicht, ich ziehe es vor, in Zukunft alle Geschäfte mit ihm zu machen. Lass dich hier nicht wieder blicken, Paddy."

Er hatte keine Chance, diese Frau je zu bekommen. „Das wird dir noch Leid tun, Kate Kelly", grollte er. „Niemand springt so mit Paddy Dempster um."

HENRY konnte sich nicht erklären, warum Paddy so schlecht gelaunt war. Dann hörte er, dass Kate da war, und er begriff, dass Paddy wieder nicht zum Ziel gekommen war. Eilig lief er zu dem Zelt am Rand der Mine und rief ihren Namen.

Kate erschien zwischen den Zeltbahnen, und Henry fühlte, dass sein Mund trocken wurde.

So standen sie im schwindenden Tageslicht und verschlangen einander schweigend mit den Augen.

Sie ist schön, dachte er. Aber was muss sie von mir denken? Seine Kleider waren schmutzig und zerlumpt und seine Hände hässlich vom Schmutz der Arbeit in der Mine. Er befühlte seinen struppigen Bart und strich sich nervös über die schulterlangen Haare.

„Henry, bist das wirklich du unter all den Haaren?"

Er versuchte unbekümmert zu lächeln, spürte jedoch, dass die Scham ihm heiß ins Gesicht stieg. „Zu deinen Diensten, Kate", sagte er mit einer Verbeugung. „Ich bitte um Entschuldigung für mein Äußeres."

„Ach, da habe ich schon Schlimmeres gesehen." Sie schlang ihm den Arm um den Hals. „Es ist so schön, dich wiederzusehen", sagte sie.

Sie lösten sich voneinander und waren plötzlich beide verlegen. „Das Teewasser kocht", erklärte Kate. „Setz dich und erzähl mir alles. Wie geht es Miriam? Hast du noch Zeit zum Malen? Hast du schon einen Topf voll Gold gefunden?"

Henry lächelte. Kate hatte sich nicht verändert – trotz ihrer eleganten Frisur und der feinen Kleider. Sie war immer noch voller Tatkraft und Lebensfreude. Als sie den Kessel vom Haken über dem Feuer nahm, bemerkte er, dass sie keinen Ehering trug. Er rechnete kurz: Sie musste inzwischen 29 oder sogar 30 sein. Warum hatte sie sich für dieses Leben entschieden und nie geheiratet?

Ihre Blicke trafen sich über den dampfenden Tassen. „Ich sehe die Fragen in deinen Augen, Henry, aber ich werde dir nichts erzählen, ehe du mir geantwortet hast. Wie geht es Miriam?"

„Frag sie doch selbst. Sie ist drüben und streichelt deine Maultiere."

MIRIAM trank ihren zweiten Brandy aus und lehnte sich im Sessel zurück. „Ich erinnere mich noch genau an diesen Tag", sagte sie. „Es war am Vorabend meines zwölften Geburtstags."

Sie dachte an die rostbraune Erde und die sepiafarbenen Zelthütten unter staubigen Bäumen, deren Zweige in der Hitze welkten. In der Luft hing der Schwefelgeruch der geheimnisvollen grünen Tümpel, die man überall in den Mulden des schwarzbraunen Höhenzugs fand, und sie erinnerte sich, wie beeindruckt sie von dem Ausblick gewesen war: eine Ebene, die sich in alle Himmelsrichtungen zum Horizont erstreckte, gesprenkelt von Bäumen und Büschen, die Schlangen und Kängurus und Myriaden bunter Vögel beherbergten. Und über all das spannte sich ein ungeheurer Himmel.

Sie fuhr mit ihrer Erzählung fort. „Mein Vater hatte mir erzählt, dass Kate mich als Baby versorgt hatte, aber ich erinnere mich natürlich erst seit diesem Tag an sie. Und ich hatte sie sofort gern. Ihr Gesicht strahlte eine Wärme aus, die mich auf der Stelle anzog. Sie nahm mich sanft bei der Hand, führte mich zu einem Stuhl und gab mir einen Becher Tee. Es war faszinierend, Kate zuzuhören. Sie war so weit umhergereist und hatte viel mehr gesehen als Dad und ich."

„War sie eine Prospektorin?"

Miriam schüttelte den Kopf. „In Port Philip buchte sie eine Passage nach Sydney. Dort arbeitete sie als Haushälterin bei einem reichen Juden. Isaac

Levinsky handelte mit Edelsteinen. Er hatte bei den russischen Pogromen seine ganze Familie verloren. Er war mit einem Auswandererschiff aus Deutschland nach Australien gekommen und hatte dort sein Glück gemacht wie so viele.“ Miriam knipste die Lampe an. „Isaac war tief religiös und verbrachte die meisten Abende in der Synagoge oder studierte den Talmud. Er war ein angesehener Schriftgelehrter. Als Kate ihre Stellung bei ihm antrat, musste sie zunächst die Gebräuche eines jüdischen Haushalts kennen lernen. Isaac merkte schnell, wie gescheit Kate war. Er machte sie mit den Edelsteinen vertraut, die er in einem Tresor verwahrte. Er zeigte ihr, wie man Unreinheiten erkannte und wie man sie schliff und polierte. Aber er lehrte sie auch, sich zu kleiden, mit Käufern und Verkäufern umzugehen und über die neuesten Theaterstücke und Bücher zu plaudern. Er wollte, dass sie sich in der gehobenen Gesellschaft wohl fühlte, denn er wusste, dass sie eines Tages eine reiche Frau sein würde.“

„Woher wusste er das?“, fragte Jake verwundert.

„Nun, er erkannte, wozu sie fähig war“, erklärte Miriam. „Kate war fast sieben Jahre bei ihm, und als sie genug wusste, um auf Reisen zu gehen, war sie für ihre Zukunft tadellos gerüstet.“

„Isaac hat sie geliebt, nicht wahr?“

Miriam nickte. „Oh ja, ohne Zweifel. Er hat ihr sogar einen Heiratsantrag gemacht. Sie wies ihn ab. Sie hat meinen Vater geliebt, und sie vertraute unerschütterlich darauf, dass sie ihn wiedersehen würde.“

„Also fing sie an, die Minen zu bereisen?“

„Sie hatte bald einen beachtlichen Ruf als Einkäuferin. Sie zog von Camp zu Camp und kaufte unmittelbar bei den Schürfern. Das war damals ungewöhnlich, denn die Prospektoren wanderten oft hunderte von Meilen weit zu Fuß, um ihre Pakete mit Edelsteinen in den Städten zu verkaufen. Kate und Isaac erkannten, dass dies eine Menge Zeit und Energie erforderte – die Männer mussten die Minen lange Zeit brachliegen lassen –, und verlagerten das Geschäft deshalb in die Camps.“

„Aber das klingt nach einem riskanten Unternehmen“, sagte Jake. „Es waren gesetzlose Zeiten damals.“

„Darum hatte Kate immer eine Pistole und ein Gewehr bei sich. Manchmal heuerte sie auch jemanden an, der sie begleitete.“

Jake nickte. Sie saßen jetzt seit über einer Stunde da und waren beide müde. Eric stolzierte zur Tür herein, den Schwanz steil emporgerichtet. Er sprang auf die Armlehne von Miriams Sessel, beäugte sie nachdenklich und machte es sich dann auf ihrem Schoß bequem.

„Was sagt man dazu?“, entfuhr es Jake. „Das hat er noch nie getan. Anscheinend mag er Sie.“ Sein Blick wanderte von dem dösenden Kater zu dem Bild über dem Kamin. „Sie wollten mir noch erzählen, warum Ihnen dieses Bild so viel bedeutet.“

„Es war sein letztes Geschenk für Kate“, sagte Miriam leise. „Er hat es ihr an dem Morgen geschenkt, an dem er verschwand.“

7

Louise saß neben Ralph in dem Taxi, das sie durch den Abendverkehr nach Fortitude Valley zum Flughafen brachte. Sie wollte nicht nach dem Grund für seinen plötzlichen Sinneswandel fragen, denn er war in den letzten zwölf Stunden so liebevoll und freundlich zu ihr gewesen, dass es ihr ungehörig erschienen wäre. Dennoch wurde sie den Gedanken nicht los, dass irgendetwas geschehen sein musste, was ihn umgestimmt hatte.

Brisbane sah prachtvoll aus; die Glastürme glitzerten blau und grün unter dem Sternenhimmel.

Mit einem Seufzer der Zufriedenheit ließ Louise sich in die weichen Lederpolster sinken. Ralph erleichterte die Mühsal des Reisens: dieser Wagen, der sie zum Flughafen brachte, die Privatmaschine, mit der sie nach Burke fliegen würden, wo ein Geländewagen auf sie wartete, mit dem sie zur Bellbird-Farm weiterfahren würden.

„Hast du kürzlich mit Mim gesprochen?“ Ralph legte den Aktenkoffer zwischen ihnen auf den Sitz.

„In den letzten Wochen nicht“, gestand sie.

„Du würdest es mir doch erzählen, wenn Mim dir etwas anvertraut hätte, oder, Louise?“

„Natürlich“, sagte sie. „Aber Mim vertraut mir nichts an. Das hat sie noch nie getan. Fiona ist Mims Liebling.“

„Du weißt also nichts über ihren kleinen Glücksfall?“

Louise schüttelte den Kopf. „Ich höre zum ersten Mal davon.“

„Wir werden es erfahren, wenn wir auf Bellbird sind“, erklärte er.

„Danke, dass du es dir anders überlegt hast“, sagte Louise. „Ich hätte ihre Geburtstagsfeier nicht gern versäumt.“

Sein Lächeln war vorwurfsvoll. „Wann habe ich dir je etwas abgeschlagen, Louise? Ganz gleich, wie ungünstig es gerade sein mag. Ich stehe mitten in einer heiklen Verhandlung. Shamrock Holdings haben sich an meine

Bank gewandt, und eigentlich kann ich es mir nicht leisten, jetzt nicht im Büro zu sein."

„Shamrock? Aber gehören die nicht zu Brendts Unternehmensgruppe?"

„Na und? Brendt hat seinen Konzern zu einem der reichsten der Welt gemacht. Ich werde mich doch nicht weigern, mit ihm Geschäfte zu tätigen, nur weil deine Großmutter darauf empfindlich reagieren könnte."

Louise schwieg. Mims lebenslanger Hass auf Brendts Familie war ihnen allen von Kindesbeinen an bekannt, und es beunruhigte sie, dass Ralph daran dachte, mit diesen Leuten Geschäfte zu machen. „Warum hat er sich an deine Bank gewandt?"

„Weil wir ihm die günstigsten Konditionen anbieten." Er tätschelte ihr die Hand. „Zerbrich dir nicht den Kopf über das Geschäft! Ich weiß schon, was ich tue."

Louise schaute aus dem Fenster. Sie war seit zwölf Jahren mit einem Geschäftsmann verheiratet und hatte in dieser Zeit viel darüber gelernt, wie Geschäfte gemacht wurden, und sie wusste, was man über die Strippenzieher in der Welt der Banken erzählte. Sie hatte genug über Brendt und seine Familie gehört, um zu wissen, dass man ihnen nicht trauen konnte. Brendt war wie seine Vorfahren: ungefähr so geradlinig wie eine zusammengerollte Schlange.

MIRIAMS Gedanken waren erfüllt von den Gerüchen und Klängen einer anderen Zeit. Sie rutschte im Sessel hin und her und wünschte, sie hätte eine Decke, die sie sich um die Schultern legen könnte.

„Es war das, was die Aborigines in jener entlegenen Gegend ‚Three Dog Night' nannten – so kalt, dass man drei Hunde braucht, um sich daran zu wärmen. Aber ich fror, obwohl die Tiere sich an meinen Rücken schmiegten. Ich lag da und starrte in die Dunkelheit. Das Schnarchen meines Vaters drang aus den Tiefen seiner Wolldecken. Meine Gedanken schweiften umher, während ich auf den ersten Schimmer des Morgengrauens wartete: Dann würde ich auch dieses bisschen Komfort aufgeben und dem Wintermorgen im Outback entgegentreten müssen.

Obwohl Dad und Paddy bis zur Erschöpfung unter Tage schufteten, hatten sie immer noch nichts Nennenswertes gefunden, und jetzt waren unsere Vorräte auf den letzten Sack Mehl und den letzten Beutel Tee zusammengeschrumpft."

„Das muss hart gewesen sein", sagte Jake.

Miriam zuckte die Achseln. „Ich habe mein Leben mit all den Strapazen mit Gleichmut hingenommen. Aber ich habe Kate um das Messingbett und die Samtdecke beneidet! Ich dachte mir: Sie muss sehr reich sein, wenn sie so herrliche Dinge besitzt."

„Das war sie wahrscheinlich auch", mutmaßte Jake. „Die Einkäufer sind meist die Einzigen, die im Minengeschäft wirklich Geld verdienen."

„Aber ich war ein Kind. Was wusste ich schon? Was mich viel mehr interessierte, waren meine Gefühle für Kate und die Zuneigung zwischen Dad und ihr. Seit ihrer Ankunft achtete Dad wieder mehr auf sein Äußeres. Er hatte sich den Bart gestutzt und die Haare geschnitten, und er hielt immer ein sauberes Hemd für den Fall bereit, dass wir Kate in ihrem Zelt besuchten." Miriam lächelte. „Er nahm mich bei diesen Besuchen nicht immer mit. Dachte wohl, ich hätte keine Ahnung, wie lange er abends bei Kate war, wenn er mich schlafend glaubte. Aber im Camp gab es nur wenig Privatsphäre, und ich hätte blind sein müssen, um nicht zu merken, was zwischen ihnen vorging."

Endlich dämmerte der Morgen durch die geflickte Zeltleinwand und erfüllte das enge, behelfsmäßige Heim mit einem goldenen Glanz. Es war Zeit aufzustehen, das Feuer neu anzufachen und den Teekessel darüber zu hängen. Aber es widerstrebte Miriam, die Wärme der Hunde und der Wolldecke zu verlassen.

Der Gedanke, dass ihr Vater wieder heiraten könnte, hatte sie an ihre verstorbene Mutter erinnert. Dad litt noch immer unter dem Verlust, da war sie sicher, denn sie hatte gesehen, wie er die Miniatur anschaute, die er von ihr gemalt hatte, bevor sie England verlassen hatten. Miriam hatte nur diese Miniatur und die Erzählungen ihres Vaters als Andenken an eine Mutter, die gestorben war, um ihr das Leben zu schenken, und beide waren ihr lieb und teuer. Würden sie das Andenken an Maureen verraten, wenn sie eine andere liebten?

Miriam schob die Hunde zur Seite, schlug die Decke zurück und kroch durch die Zeltklappe hinaus. Obwohl sie in Kleidern geschlafen hatte, fröstelte sie, als sie die Eisschicht auf dem Wassereimer zerbrach, um sich zu waschen. Zähneklappernd trocknete sie sich mit einem Handtuchfetzen ab und rollte die Ärmel herunter. Sie zerrte ihren fast zahnlosen Kamm durch die schwarzen Locken.

Hätte sie doch nur so glattes und leicht kämmbares Haar wie Bridie Dempster! Seufzend schaute Miriam hinüber zu dem niedrigen Segeltuchzelt, das Bridie mit ihren Eltern teilte.

Paddy gehörte zu ihrem Leben, seit sie denken konnte. Miriam hatte früh gelernt, ihm aus dem Weg zu gehen, wenn er getrunken hatte, aber sie hörte gern die Geschichten, die er erzählte, wenn er nüchtern war.

Paddy hatte Teresa geheiratet, kurz nachdem sie alle aus Port Philip fortgegangen waren. Bridie war ihr erstes Kind gewesen und das einzige von vieren, das am Leben geblieben war. Sie war zwei Jahre jünger als Miriam, und in der Erwachsenenwelt der Minencamps waren die Mädchen Freundinnen geworden. Bridie hatte langes rotes Haar und nussbraune Augen, und Miriam fand sie wunderschön. Aber Bridie verstand es, sie immer wieder zu irgendwelchem Unfug zu verleiten, und mehr als einmal hatten sie schon Teresas Hand zu spüren bekommen.

Teresa trug nach Paddys Trinkgelagen nicht selten ein blaues Auge davon, aber das ganze Camp kannte ihr legendäres Temperament, und alle wussten, dass Paddy seinen Kopf nicht immer durchsetzen konnte. Es hieß, Teresa habe ihn einmal mit einem eisernen Kochtopf attackiert und für mehrere Stunden k. o. geschlagen.

Miriam hatte Feuerholz zusammengetragen und backte gerade vom letzten Rest Mehl ein Brot, als ihr Vater aus dem Zelt trat und sich neben sie ans Feuer hockte. Er strich ihr mit seiner rauen Hand über das Haar. „Guten Morgen, mein kleiner Engel." Sein Blick huschte zu dem Pfad, der zu Kates Zelt führte. „Ich habe mich gefragt, ob du wohl etwas dagegen hättest …" Er zögerte, als er die Heiterkeit in ihren Augen sah. „Ich habe ein Geschenk für Kate. Das Bild, das ich neulich fertig gemalt habe."

„Ich dachte, du hättest einen Käufer dafür. Dad, wir brauchen das Geld. Das hier sind unsere letzten Vorräte."

„Ich weiß, aber ich kann ja noch eins malen", murmelte er. „Ich möchte Kate etwas Besonderes schenken. Du weißt, dass mir etwas an ihr liegt, oder?"

Miriam reichte ihm den Blechbecher. „Natürlich, Dad. Ich mag sie doch auch. Sie wäre eine gute Mutter."

Henrys Augen leuchteten auf. „Du hast nichts dagegen, wenn ich sie frage?"

Miriam schüttelte den Kopf. „Iss dein Brot, und trink den Tee. Dann kannst du Kate das Bild bringen."

MIRIAM kehrte in die Gegenwart zurück. Sie hatte Tränen in den Augen. „Er tat, was ich sagte. Ich gab ihm einen Abschiedskuss und schaute ihm nach, als er mit dem Bild unter dem Arm beschwingt davonging. Es war das letzte Mal, dass ich ihn gesehen habe."

DIE VILLA stand auf einer Anhöhe oberhalb von Sunrise Beach an der Sunshine Coast von Queensland. Die Lichter des expandierenden Badeorts Noosa funkelten zwischen den Bäumen, aber dem gleißenden Licht, das aus allen Fenstern in der weißen Stuckfassade strömte, waren sie nicht gewachsen. Chauffeure warteten neben eleganten Limousinen, und im Torhaus saß ein Wachmann und behielt den Monitor im Auge, während die Familie drinnen die Gäste empfing.

Der Dinnersaal war von glitzernden Kristalllüstern erleuchtet; ein exquisiter Perserteppich, der den Marmorboden zum größten Teil bedeckte, und die wertvollen Gemälde an den Wänden setzten warme Akzente.

Brendt saß am Kopfende des langen Eichentisches mit seinen Gästen, hob das Champagnerglas an den Mund und trank einen Schluck. Großvater wäre stolz auf ihn gewesen, denn unter seinen Gästen waren mehrere Politiker und ein paar der größten Finanzmagnate der Welt. Mit Genugtuung registrierte er, welch hohen Stellenwert seine Dinnerpartys im Terminkalender der Highsociety besaßen.

Er sah, wie seine Frau mit den Gästen plauderte. Arabella war die Tochter eines englischen Earls. Als er sie kennen lernte, arbeitete sie in einer exklusiven Londoner Kunstgalerie. Arabella hatte alle Vorzüge, die seine Ehefrau haben musste, aber er machte sich keine Illusionen über sie, denn sie war ebenso ehrgeizig und skrupellos wie er selbst.

Seine Mutter war in ein Gespräch mit einem Minister vertieft. Mit ihren 73 Jahren war sie eine vollendete Gastgeberin; sie besaß die Haltung und die erlesenen Manieren einer Matriarchin. Smaragde funkelten an ihrem Hals, und das cremefarbene Seidenkleid betonte eine Figur, um die sie von zehn Jahre jüngeren Frauen beneidet wurde. Niemand würde vermuten, dass sie als Kind solche Strapazen erlitten hatte. Sie war ganz die Tochter ihres Vaters. Hinter sanfter Entschlossenheit und Hartnäckigkeit verbarg sich skrupelloser Ehrgeiz. Sie ließ sich bei ihren Entscheidungen niemals von Emotionen leiten. Schon vor dem Tod des Alten war sie Brendts Mentorin geworden, die ihn angeleitet hatte – der Fels, auf den die Dynastie gegründet war. In ihm, ihrem ältesten Sohn, hatte sie gesehen, was ihren anderen Kindern fehlte, nämlich ihren eigenen Siegeswillen.

Brendt nippte an seinem Champagner, während er sie beobachtete. Mutter hatte jung geheiratet. Vater war ein reicher Grundstücks- und Immobilienunternehmer gewesen, der zahlreiche Eisen im Feuer gehabt hatte, als er mit 32 Jahren einem Herzinfarkt erlag. Seine Mutter hatte nicht wieder geheiratet. Sie hatte Vaters Imperium übernommen und zu weiterer Blüte gebracht. Sie war eine reiche Frau und hätte sich schon vor Jahren zur Ruhe setzen können. Aber die harten Bandagen des Geschäftslebens reizten sie noch immer.

Der Butler riss Brendt aus seinen Gedanken. „Was ist, Morris?“

„Mr Black hat soeben seinen Bericht abgeliefert. Nichts Außergewöhnliches, aber man hat mich gebeten, Ihnen die letzten beiden Abschnitte unverzüglich zur Kenntnis zu bringen.“

Brendt nahm die Seiten in Empfang und überflog den Bericht. Black war ein guter Mann, schnell und effizient. Der ehemalige Polizist und Armeeoffizier verstand es, detaillierte Charakterschilderungen über jede beliebige Person zu liefern – innerhalb von Stunden und ohne Skrupel hinsichtlich seiner Methoden der Informationsbeschaffung.

Was Ralph angeht, hat er seine Hausaufgaben jedenfalls wieder gemacht, dachte Brendt, aber leider stand da kaum mehr, als er ohnehin schon wusste. Etwas mehr Dreck am Stecken musste der Mann doch haben. Black würde noch ein bisschen tiefer graben müssen.

Seine Hände fingen an zu zittern, als er zu den letzten beiden Absätzen kam. Miriam Strong war der einzige Mensch, den er nicht einschüchtern konnte – der Mensch, den er und seine ganze Familie am meisten fürchteten. Und nun schickte sie sich an, sie zu vernichten. Miriam wollte Geheimnisse ans Licht bringen, die sie so viele Jahre lang verborgen gehalten hatten. Er musste sie daran hindern.

8

Jake wälzte sich unruhig im Bett hin und her und versuchte einzuschlafen. Aber die Bilder wollten nicht weichen, und er sah sich mit den harten Erinnerungen an seine Kindheit konfrontiert – an seine gescheiterte Ehe und an seine Einsamkeit. Seit er Mims Geschichten gehört hatte, verfolgten sie ihn mehr denn je.

Er gab den Gedanken an Schlaf auf und zog sich an. Mit den Stiefeln in der Hand schlich er sich durch den Flur. Leise trat er auf den Hof hinaus und steuerte auf die Koppel zu, die im Mondschein lag.

Er war sieben gewesen, als seine Mutter gestorben war. Das Haus war leer gewesen ohne sie, die Schafzuchtfarm voll trauriger Erinnerungen. Seine Großmutter hatte ihn und seine Geschwister zu sich genommen, bis Dad den Kampf gegen die Depressionen und die Flasche gewonnen hatte, aber bald darauf war Jake von zu Hause ausgezogen. Dad war enttäuscht gewesen, weil er den Betrieb der Familie nicht hatte weiterführen wollen, aber es war nicht schwer gewesen, ihn davon zu überzeugen, dass er eine richtige Schulbildung benötigte, wenn er je etwas anderes als ein Farmer und Schafzüchter sein wollte. Wie tausende vor ihm war er von der isolierten Farm im Outback in die Großstadt geflohen.

In einer Nacht wie dieser war er Rachel begegnet; bis zum Morgengrauen hatten sie getanzt. Die schöne Rachel mit den schwarzen Haaren und Augen und ihrer olivfarbenen Haut. Sie hatte ihn zum Lachen gebracht und ihm das Gefühl gegeben, er sei der reichste und privilegierteste Mann der Welt. Bis er ihr das Herz gebrochen hatte.

Atemlos blieb er unter einem Baum stehen. Die uralten Äste senkten sich über den langsam dahinfließenden Bach. Er setzte sich auf einen Baumstumpf, schlug den Kragen hoch und vergrub die Hände in den Taschen. Die Erinnerung an ihren Hochzeitstag stieg in ihm auf.

Rachel und ihre Mutter hatten akzeptiert, dass er nicht zum Judentum konvertieren wollte, ihr Vater hingegen nicht. Da sie nicht in der Synagoge hatten heiraten dürfen, wurde die Zeremonie vor einem Gericht in Sydney vollzogen. Rachels Eltern waren nicht dabei gewesen, aber im Laufe der Jahre hatte Rachels Mutter ihren Mann dazu bewegen können, sich mit dem Unabänderlichen abzufinden. Und mit der Geburt des ersten Enkelkindes war der Zwist endgültig begraben worden.

Jake starrte auf seine Stiefelspitzen. Sie hieß Esther, aber sie nannten sie Sunny, denn sie hatte ein sonniges Gemüt und brachte ihnen lauter Freude. Mit 18 Monaten bekam sie hohes Fieber, und sie lag schlaff in seinen Armen, als sie mit Sirenengeheul ins Krankenhaus gefahren wurden. Ein paar Stunden später war Sunny an Meningitis gestorben.

Rachel hatte sich an ihn geklammert und um Trost gefleht. Aber er war so schockiert gewesen, so tief in der eigenen Trauer versunken, dass er nicht die Kraft gehabt hatte, sich um sie zu kümmern. Er hatte sich vor Rachel verschlossen. Hatte sich in seiner Arbeit vergraben, war spät nach Hause gekommen und schon früh gegangen, wenn Rachel noch schlief, und so hatte jeder sein eigenes Leben geführt. Denn er konnte das leere Kinderzimmer nicht ertragen, konnte nicht akzeptieren, dass das Schicksal ihm noch einmal einen geliebten Menschen genommen hatte. Er war blind für den Schaden, den er in ihrer Ehe anrichtete, und unfähig, den eigenen Schmerz zum Ausdruck zu bringen. Ein Jahr später verließ Rachel ihn.

Jake stand auf. Die Ähnlichkeit zwischen ihm und dem unglücklichen Henry war nur allzu deutlich. Im Rückblick war es leicht, die Fehler zu erkennen, die er begangen hatte – und leicht zu verstehen, warum sie ihn verlassen hatte. Aber damals hatte er ihren Fortgang als Verrat empfunden – ein weiteres Zeichen dafür, dass es ihm bestimmt war, einsam durchs Leben zu gehen. Er hatte alle verloren, die er geliebt hatte.

MIRIAM hatte gehört, wie er aus dem Haus geschlichen war, und ihm nachgeschaut, als er auf die Weide hinauswanderte. Es war klar, dass ihn etwas beunruhigte, aber das ging sie nichts an.

Sie zog sich eine Hose und einen Pullover an, schlüpfte in ihre alten Hausschuhe, nahm die Spieldose und ging in die Küche. Sie machte sich Tee, setzte sich an den Tisch und schaute sich in der Küche um. Als sie sie das erste Mal erblickt hatte, hatte sie ganz anders ausgesehen …

MIRIAM und Bridie durchwühlten den Abraum nach allem, was der Aufmerksamkeit ihrer Väter vielleicht entgangen war. „Ich hab keine Lust mehr“, maulte Bridie. „Wollen wir nicht sehen, ob’s im Laden was zu klauen gibt?“

Miriam schüttelte den Kopf. „Beim letzten Mal wären wir beinahe erwischt worden. Und dein Dad würde dich halb tot schlagen, wenn er wüsste, was du da treibst.“

Bridie lachte. „Würde er nicht. Mein Dad sagt, der alte Wiseman ist ein Gauner, der uns arme Schürfer nur ausnimmt. Komm schon, Mim. Ich brauch dich – zum Schmierestehen.“

„Nein“, sagte Mim, „es ist nicht richtig. Er muss seinen Lebensunterhalt verdienen wie alle anderen auch.“

„Du kriegst einen Anteil von allem, was ich erwische.“

Miriam schüttelte den Kopf. Sie hatte sich beim letzten Mal überlisten lassen und war mitgegangen. Mit Entsetzen sah sie, was ihre Freundin gestohlen hatte, während sie unschuldig mit dem Ladenbesitzer geplaudert hatte. Miriam ließ sich nicht gern benutzen. Bridie würde wütend werden, wenn sie hörte, dass Mim alles zurückgelegt hatte, als Wiseman ihr den Rücken zugewandt hatte. „Ich komme nicht mit“, erklärte sie.

„Angsthase!“, höhnte Bridie. „Genau wie dein Dad. Du wirst es zu nichts bringen, wenn du immer nur artig bist. Ich will nicht mehr deine Freundin sein.“ Sie wandte sich ab und hüpfte barfuß über Schotter und welkes Gras.

Miriam hatte Mühe, die Tränen zurückzuhalten. Bridie war ihre einzige Freundin. Sie waren Spielkameradinnen, seit sie zwei Jahre alt war. Sie rappelte sich auf und wanderte zu den Kaninchenfallen, die sie am Tag zuvor aufgestellt hatten. Dad würde bald zurückkommen, und sie hatte keine Ahnung, was sie zum Abendessen machen sollte, wenn die Fallen leer wären.

Ein Waran und ein Kaninchen waren in die Fallen gegangen. Miriam spannte die Drähte neu und trug ihre Jagdbeute ins Camp. Heute Abend würden sie gut essen. Sie häutete das Kaninchen und kochte ein dünnes Ragout daraus. Dann rieb sie den Waran mit Salz ein und hängte ihn für den nächsten Tag in den Kasten aus Fliegendraht. Nachdem sie aufgeräumt und sich gewaschen hatte, setzte sie sich ans Lagerfeuer und wartete auf ihren Vater.

„Ist dein Dad noch nicht da?“, fragte Paddy, als er eine Stunde später ins Camp schlenderte.

Miriam schüttelte den Kopf. „Ist er nicht bei dir?“

„Er ist vor drei Stunden gegangen. Wahrscheinlich ist er auf Brautwerbung.“ Er lachte rau. „Ich schätze, Kate macht ihm mehr Freude, als in diesem schwarzen Loch herumzuwühlen.“ Er nahm den Sack von der Schulter, ließ seinen Spaten fallen und verschwand in seinem Zelt. Vielleicht hat er Recht, dachte sie. Aber es ist nicht Dads Art, nicht zu sagen, dass er sich verspäten wird. Sie nahm den Topf mit dem Kaninchenragout vom Feuer und stellte ihn beiseite. Das Essen würde noch heiß genug sein, wenn sie von Kate zurück wären.

Kate trat aus dem Zelt und lächelte strahlend. „Hallo“, sagte sie. „Was verschafft mir das Vergnügen?“

„Ich wollte Dad sagen, dass das Abendessen wartet“, antwortete Miriam. „Ist er im Zelt?“

Kate runzelte die Stirn. „Nein. Ich habe ihn seit heute Morgen nicht mehr gesehen. Ist er denn nicht im Schacht, Mim? Hast du Paddy gefragt?“

„Er sagt, Dad sei vor drei Stunden dort weggegangen. Aber er ist nicht beim Zelt angekommen, Kate.“

„Nur ruhig. Mach dir keine Sorgen, Liebling! Wir finden ihn schon.“ Sie nahm Miriam bei der Hand, und zusammen machten sie sich auf die Suche nach Henry.

JAKE war überrascht, als er Mim bei seiner Rückkehr in der Küche antraf, aber er konnte verstehen, warum auch sie nicht hatte schlafen können. Wenn man die alten Geister einmal heraufbeschworen hatte, wurde man sie so schnell nicht wieder los. „Ich mache uns Frühstück“, sagte er.

„Haben Sie die Geister bezwungen da draußen?“, fragte sie lächelnd.

Er lächelte ebenfalls. „Bezwungen – was für ein gutes Wort.“ Er hatte eine Bratpfanne gefunden und begann Speck mit etwas Butter zu braten. Ein köstlicher Duft zog durch die Küche, während er Brot und Tomaten und Zwiebeln schnitt. „Haben Sie Ihre Geister bezwungen?“, fragte er leise.

„Noch nicht.“ Ihr fester Ton passte nicht zu den dunklen Ringen unter ihren Augen. „Aber allmählich glaube ich zu wissen, wie wir unser Ziel erreichen werden.“

Er wandte sich vom Herd ab. „Wie denn? Sie haben gesagt, Sie hätten eine Idee.“

„Alles zu seiner Zeit“, erklärte Mim. „Lassen Sie uns frühstücken, und dann erzähle ich Ihnen von dem letzten Tag in der Mine.“

Miriam sah zu, wie Jake die Reste seines Frühstücks mit der letzten Scheibe Röstbrot aufwischte. Es tat gut, wieder einmal einen Mann am Tisch zu haben.

Sie räumten das Geschirr ab und gingen ins Wohnzimmer.

„Mir ist wohler, wenn ich Ihnen meine Geheimnisse hier anvertraue. Wahrscheinlich liegt es an dem Bild meines Vaters.“ Sie betrachtete das Gemälde einen Augenblick lang. „Sein Geist ist darin.“

„Haben Sie selbst nie Lust verspürt zu malen?“

Miriam schüttelte den Kopf. „Eine so ungewöhnliche Begabung vererbt sich nicht unbedingt an jede Generation“, sagt sie. „Meine Tochter Chloe ist Malerin und ihre Tochter, Fiona, eine sehr talentierte Fotografin. Louise könnte eine gute Schauspielerin werden, wenn sie sich nur von Ralph trennen wollte.“ Sie machte es sich im Sessel bequem. Ein Kissen und zwei Tabletten linderten ihre Beschwerden, und sie nahm Jake mit zurück in die Vergangenheit.

KATE schaute auf Miriam hinunter. Sie war erst zwölf, und schon brach ihre Welt entzwei. Sie hatten den ganzen restlichen Tag nach Henry gesucht, ohne eine Spur von ihm zu finden, und Kate machte sich ernsthaft Sorgen. Irgendetwas Schreckliches musste ihm zugestoßen sein.

„Wir müssen eine Suche organisieren!“, rief sie über das Stimmengewirr hinweg. Sie stand auf einer Kiste und versuchte sich Gehör zu verschaffen. „Henry muss in einen Schacht gefallen sein. Ich möchte, dass jeder in seinem eigenen Schacht nachsieht, und dann nehmen wir uns die anderen vor.“

Die Schürfer scharten sich um Kate und Miriam, und die Flammen ihrer Fackeln tanzten in dem kühlen Wind. „Wo sollen wir anfangen?“

„Wir müssen uns in Vierer- oder Fünfergruppen aufteilen, und dann übernimmt jede Gruppe einen Teil des Geländes. Sucht in allen Schächten – in den benutzten, den verlassenen und auch in denen, die teilweise eingestürzt sind. Irgendwo muss er doch sein."

Mit flackernden Fackeln schwärmten die Leute aus. Kate befürchtete, dass man Henry nicht finden würde. Es gab zu viele Schächte, und wer da hineinfiel, konnte leicht für immer verschwunden bleiben. „Ich bringe dich in mein Zelt, Schatz", sagte sie sanft. „Du kannst in meinem Bett schlafen, wenn du möchtest."

„Ich will meinen Daddy", schluchzte Miriam. „Wo ist mein Daddy, Kate?"

„Ich weiß es nicht, *acushla*. Komm, du musst etwas essen, und wenn du ein bisschen geschlafen hast, wissen wir vielleicht schon mehr."

Kate streute ein Schlafpulver in die warme Suppe, und bald hatte sie Miriam auf die Federmatratze gebettet und mit der Samtdecke zugedeckt. Sie betrachtete sie einen Moment und erinnerte sich an das Baby, das sie so oft hatte schlafen sehen. Die Jahre und die Armut hatten dem Gesicht die kindliche Rundheit noch nicht genommen, und auch in der Faust mit dem Grübchen, die geballt auf der Samtdecke lag, war das Baby noch zu erkennen.

Kate wandte sich vom Bett ab und drehte den Lampendocht herunter, ehe sie das Zelt verließ. Sie hatte noch etwas zu tun. Henrys Zelt lag im Dunkeln; Kate zündete einen trockenen Ast an einem nahen Lagerfeuer an. Dann schlug sie die Zeltklappe beiseite.

Henrys Habseligkeiten waren gründlich durchwühlt worden. Seine Malsachen waren auf dem Boden verstreut, Kissen und Matratzen zerfetzt, die Kleider in eine Ecke geworfen. Ein unvollendetes Gemälde war zerschlitzt, die Staffelei zerbrochen worden. Leere, ausgewaschene Kerosinkanister, die als Schrankfächer gedient hatten, hatte man ausgekippt; ihr Inhalt lag im Zelt verstreut. Henrys Satteltaschen waren ausgeleert, und die letzten Reste seiner Vorräte waren verschwunden, ebenso seine Hacke und seine Schaufel.

Kate bückte sich und hob die Miniatur von Maureen auf, die er vor so vielen Jahren gemalt hatte. Sie war in den Boden getreten worden und so zertrampelt, dass man sie kaum noch erkannte. Kate steckte sie in die Tasche und wurde immer wütender. Ehrlichkeit war in den Minen eine seltene Eigenschaft – aber das hier war barbarisch. Warum willkürlich alles zerstören, was Miriam lieb und teuer war? Zumal an einem so schrecklichen Tag wie heute?

Und wenn jemand zum Stehlen hergekommen war, warum zerfetzte er dann die Matratzen? Die Miniatur war wertvoll – warum zertrat er sie und ließ sie liegen? Die Fragen überschlugen sich in ihrem Kopf. War der Diebstahl vielleicht nur die Tarnung für eine sehr viel schlimmere Absicht?

Kate schaute durch die Zeltklappe hinüber zu Paddys Zelt. Im Flackerlicht der Lampe erkannte sie seinen dunklen Schatten auf der Zeltleinwand; er saß bei seiner Frau und seiner Tochter. Warum suchte er nicht mit den anderen nach Henry?

Es überlief sie eiskalt. Henry würde nicht zurückkommen, und nur ein einziger Mensch hatte durch sein Verschwinden etwas zu gewinnen. Nur ein einziger Mensch war fähig zu solcher Gewalttätigkeit. Aber wie sollte sie das beweisen? Sie wusste, dass sie selbst mit der Pistole die Wahrheit nicht aus Paddy herausbringen würde. Wenn sie ihn jetzt befragte, würde sie Miriam in Gefahr bringen.

Rasch sammelte Kate die wenigen Kleidungsstücke und anderen Habseligkeiten zusammen, die heil geblieben waren, und stopfte alles in die Satteltaschen. Das Malzeug rollte sie in die Leinwand, dann schaute sie sich noch einmal kurz um und lief hinaus zu dem Pferd. Sie warf ihm die Satteltasche über den Rücken, löste die Fußfesseln und führte es eilends zu ihrem Zelt.

Erleichtert sah sie, dass Miriam noch schlief. Kate machte sich ans Packen. Leise bewegte sie sich im Zelt umher, um Miriam nicht zu wecken, und lud ihre Besitztümer auf den Wagen. Der Morgen dämmerte, als sie Henrys Pferd hinten an den Wagen band und ihre Maultiere anschirrte.

„Ist Daddy wieder da?", rief eine schlaftrunkene Stimme aus dem Bett.

Kate nahm das Mädchen in die Arme. „Noch nicht, *acushla*. Komm, wir frühstücken."

Sie setzten sich ans Lagerfeuer, aber sie stocherten beide eher pflichtschuldig in den Eiern mit Speck. Eine Gruppe nach der anderen kehrte von der Suche zurück. Sie hatten keine Spur von Henry gefunden.

„Er kommt zurück", beharrte Miriam. „Wir können nicht fortziehen."

„Wir müssen." Kate stand auf. „Du bist hier nicht mehr sicher."

„Aber wenn wir wegfahren, kann Daddy uns nicht finden." Die Tränen rollten Miriam übers Gesicht.

Kate tat das Herz weh. Wie konnte sie ihr sagen, dass sie Angst vor Paddy hatte? Dass er fähig war, einen Mord zu begehen, und dass ihr Vater nicht wiederkommen würde?

Paddy erschien. „Geh ins Zelt und bleib da!", flüsterte Kate.

Miriam versteckte sich im Dunkel des großen Zelts.

„Wo sind die Papiere, du Miststück?“, brüllte Paddy. „Ich weiß, dass ihr beiden Diebe unter einer Decke steckt. Er muss sie dir gegeben haben.“

„Der einzige Dieb hier bist du, Patrick Dempster!“, schrie Kate. „Auch wenn ich sie hätte, würdest du nur über meine Leiche an diese Dokumente kommen. Aber ich habe sie nicht. Und wenn du mich anrührst, schieße ich.“

„Gib mir die Urkunden, oder ich hetze dir die Polizei auf den Hals!“

Kate war bleich, aber ihre Hand zitterte nicht, und die Pistole zielte auf Patricks Herz. „Was die Polizei angeht – hier gibt es keinen Polizisten im Umkreis von hunderten von Meilen. In den Minen gelten unsere eigenen Gesetze, das weißt du genauso gut wie ich.“

Offenbar bemerkte Patrick die bedrohliche Haltung der Schürfer, die ihnen zuschauten. „Glaube nicht, dass du mir entwischen kannst, wenn du wegläufst, du Miststück!“, fauchte er. „Eines Tages werde ich dich finden, und dann nehme ich mir, was mir gehört.“

MIRIAM schloss die Augen und versuchte den Klang seiner Stimme zu verdrängen. „Kurz danach haben Kate und ich die Mine verlassen und sind nach Sydney zu Isaac gefahren. Ich weiß nicht mehr, wie lange wir für die Reise gebraucht haben. Die meiste Zeit habe ich geschlafen oder geweint. Immer wieder sah ich meinen Vater in einem finsteren Schacht, verletzt und außerstande, um Hilfe zu rufen.“

Miriam öffnete die Augen wieder. „Als wir in Sydney eintrafen, erfuhren wir, dass Isaac mit einer Lungenentzündung ins Krankenhaus gebracht worden war. Ich habe ihn nie zu Gesicht bekommen. Er ist kurz nach unserer Ankunft gestorben, aber er hinterließ ein Testament, in dem er Kate alles vermachte – das Haus, das Geschäft, die Bestände an Gold und Edelsteinen in seinem Tresor. Kate war plötzlich eine steinreiche Frau.“

FIONA lenkte das Motorrad durch die lang gezogenen Kurven der Landstraße. Meilenweit erstreckte sich grünes Grasland in alle Richtungen. Hügel und Täler waren gesprenkelt von Schafen, Rindern und Pferden. Es war gutes Weideland mit reichlich Wasser, vorzüglich geeignet für Mims Pferdezucht.

Schließlich erreichte sie das schmiedeeiserne Tor des Anwesens. Statt des Drahtzauns flankierten nun hübsche Ziegelmauern die Durchfahrt, und auf einer Steintafel stand der Name BELLBIRD. Jakarandabäume säumten die breite Zufahrt.

Langsam fuhr sie weiter und genoss die Umgebung. Als sie auf einem der Hügel ankam, kam die Farm endlich in Sicht. Das Farmhaus stand kantig an der einen Seite des Hofes; die weiß gestrichenen Wände und das rote Wellblechdach leuchteten vor dem Hintergrund der blassgrünen Pfeffer- und Eukalyptusbäume.

Fiona gab Gas und donnerte den Hügel hinunter. Neben einem staubigen Geländewagen mit Nummernschildern aus Brisbane brachte sie die Maschine zum Stehen. Mims Besuch war demnach noch da.

Fiona nahm den Helm ab, schüttelte ihr Haar und stieg vom Motorrad. Könnte interessant sein, der Telefonstimme ein Gesicht zu geben, dachte sie, stieß die Fliegentür auf und rief: „Hallo? Jemand zu Hause?"

„Im Wohnzimmer, Fiona", war die Antwort.

Fiona schob die Tür auf und tat ihr Bestes, um sich den Schreck nicht anmerken zu lassen, als Mim zur Begrüßung aufstand. Mim war immer klein gewesen, aber nun wirkte sie geschrumpft und plötzlich sehr viel älter. „Geht's dir gut?", fragte sie bang.

Miriam lächelte. „Besser denn je – jetzt, wo du da bist. Und das, meine Liebe, ist Jake Connor."

„Wir haben telefoniert", brachte Fiona hervor, während sie Jake die Hand schüttelte. „Sie haben mir nicht erklärt, warum Sie hier sind."

„Alles zu seiner Zeit, Liebes", sagte Miriam. „Setz dich, Fiona, und leiste Jake Gesellschaft, während ich frischen Tee aufbrühe."

„Ich will keinen Tee", sagte Fiona unnachgiebig. „Ich will wissen, was hier los ist."

Mim seufzte. „Jake ist aus Brisbane. Er ist hier, um mir in einer bestimmten Angelegenheit zu helfen. Du wirst beizeiten alles erfahren, aber du musst dich gedulden, bis die anderen hier sind." Damit ging sie hinaus.

Fiona schaute Jake an. „Und Sie verraten mir vermutlich auch nicht, worum es geht, was?"

Er schüttelte den Kopf, und seine Augen funkelten amüsiert. „Das würde ich nicht wagen. Mim mag klein sein, aber ein Blick von ihr genügt, um einem rasenden Stier Einhalt zu gebieten."

Fiona ließ sich kichernd auf die Couch fallen. „Das ist wahr. Der Einzige, den das nicht beeindruckt, ist Frank."

Sie schaute aus dem Fenster und sah, dass der Verwalter soeben den Hof überquerte. Vielleicht hat Frank eine Ahnung von dem, was hier vorgeht, dachte sie. Ich werde ihn zum Reden bringen.

FRANKS Cottage stand auf der anderen Seite des Hofes, wo ein sanfter Abhang hinunter zum Billabong führte. Auf der von Bäumen überschatteten Veranda saß es sich abends angenehm, und Frank beobachtete gern, wie Enten und Sittiche zum Wasserloch flogen, um vor Einbruch der Nacht ein letztes Mal zu trinken. Der Rauch seiner Pfeife hielt die Stechmücken ab.

„Hallo, Frank. Wie geht's?“ Fiona setzte sich in einen Korbsessel.

„Gut“, brummte er. „Hab einen neuen Mann, der für mich arbeitet.“

„Wurde auch Zeit, dass du ein bisschen Arbeit abgibst.“

Fiona erforschte das wettergegerbte Gesicht unter dem zerknautschten Buschhut und fragte sich, wie alt Frank eigentlich war. Sie kannte ihn seit ihrer Kindheit, und schon damals war er ihr wie ein alter Mann erschienen, aber trotz der verflossenen Jahre wirkte er kaum verändert. „Mim sieht nicht gut aus“, begann sie. „Ich war erschrocken, wie gebrechlich sie ist.“

„Ihr fehlt nichts“, sagte er gedehnt. „Sie wird bloß alt – wie wir alle.“

„Fünfundsiebzig ist noch nicht richtig alt“, widersprach sie.

„Doch – wenn man diese fünfundsiebzig Jahre hier draußen im Busch verbracht hat“, sagte er. „Und Mim ist nicht die Frau, die es langsamer angehen lässt.“

„Wissen Sie irgendwas über diesen Jake Connor?“

„'n netter Kerl“, brummte Frank. „Hab ihn ein- oder zweimal im Stall gesehen. In seiner Gesellschaft ist Mim aufgeblüht.“

„Hat Mim dir irgendwas über ihn erzählt?“, fragte Fiona. „Sie verstehen sich anscheinend ausgezeichnet. Er nennt sie schon Mim.“

Frank schüttelte den Kopf. „Mir sagt sie doch nichts. Aber vielleicht hat's was mit der Spieldose zu tun. Sie hat sich mächtig aufgeregt, als sie sie kaputtgemacht hat.“

„Wieso lässt Mim jemanden den weiten Weg von Brisbane hierher machen, nur damit er sich eine kaputte Spieldose ansieht?“

„Keine Ahnung.“

Fiona wünschte, Franks Frau wäre noch am Leben. Gladys hätte man wenigstens ein paar vernünftige Worte entlocken können. „Vielleicht ist es ein antikes Stück?“

„Erstklassige Arbeit, mit Figuren und so“, sinnierte Frank. „Aber nicht mehr viel wert, nachdem sie sie zerbrochen hat, schätze ich.“

„Wie hat sie sie denn zerbrochen?“

„Ist von der Leiter gefallen“, knurrte er. „Sie hat mir nicht erzählt, dass sie unters Dach klettern wollte. Ich hab's krachen hören, und als ich kam, lag sie in der Diele.“

„Du hättest mich anrufen müssen. War sie verletzt?“

Er schüttelte den Kopf. „Nein. Nur ihr Stolz. Aber ich hab sie erst allein gelassen, als ich sicher war, dass alles okay ist.“

Fiona zündete sich eine Zigarette an. Die Spieldose musste Miriam etwas bedeuten, wenn sie der Grund für Jakes Erscheinen auf Bellbird war. Aber das alles erklärte nicht Mims Gebrechlichkeit. „War der Arzt da?“, fragte sie.

„Zweimal in den letzten Monaten. Aber sie hat mir gesagt, es war nur ’ne Routineuntersuchung. Anscheinend fehlt ihr nichts.“

MIRIAM zog die Vorhänge vor und lächelte. Armer Frank, dachte sie. Ich hätte mir denken können, dass Fiona ihn mit Fragen löchern würde. „Macht nichts“, murmelte sie, schlug die Decke zurück und stieg ins Bett. Die Schmerzen waren nun immer da, trotz der Tabletten, und mit einem Seufzer der Erleichterung ließ sie sich ins Kissen sinken. Je eher sie das Rätsel der Spieldose löste, desto besser, denn die Zeit wurde immer knapper.

Miriam schloss die Augen. Ihre Gedanken kehrten zurück zu den Jahren in Sydney, und wieder war sie in ihrer Jugend. In der Zeit des Wiedersehens mit Bridie Dempster.

DIE JAHRE in Sydney hatten den Schmerz abgestumpft. Irgendwann hatte Miriam sich damit abgefunden, dass ihr Vater nicht zurückkehren würde. Aber vergessen hatte sie ihn nicht. In den stillen Stunden der Nacht zog sie oft die Spieldose auf, und während die kleinen Figuren sich drehten, war er ihr nah, und die Musik spendete ihr Trost.

Sie hatten sich in Isaacs Haus niedergelassen. Es war zu Anfang des 19. Jahrhunderts erbaut worden, eines der ersten Backsteinhäuser von Sydney, mit Blick auf das Wasser. Miriam streifte gern durch die Zimmer und betrachtete die Antiquitäten und die wertvollen Bücher, oder sie saß am Fenster und beobachtete die Schiffe auf dem Fluss.

Kate reiste nicht mehr umher; sie führte das Geschäft von Isaacs Büro aus. Sie hatte dafür gesorgt, dass Miriam Schreiben und Lesen übte, und ihr beigebracht, wie man sich in der vornehmen Gesellschaft bewegt. Als angesehene, reiche Frau wurde Kate oft zu vornehmen Zusammenkünften geladen.

Als Miriam 15 wurde, 1909, meldete Kate sie in einer Schule für junge Damen an. Das Institut wurde von zwei ältlichen Schwestern geführt, die aus England gekommen waren. Miriam verabscheute jede Minute dieser aufgezwungenen Erziehung, und sie konnte es nicht erwarten, dass das Jahr zu Ende war.

Miriam stieg aus der Kutsche. Ihr war heiß und unbehaglich in der engen Jacke und dem schmalen Rock. Der breitkrempige Panamahut thronte wacklig auf ihrem dichten, widerspenstigen Haar. Sie fuhr sich mit dem Finger unter den Kragen der hochgeschlossenen Bluse, doch ihre Hand erstarrte, als sie Bridie Dempster bemerkte, die soeben von einem Diener aus einer Kutsche gehoben wurde. Der Mann trug die gleiche grün-goldene Livree wie der Kutscher, und die Kutsche war offensichtlich ein privates Gefährt.

Sie hatten einander seit vier Jahren nicht gesehen, aber noch immer schmerzte die Kränkung darüber, dass Bridie es nach Henrys tragischem Verschwinden nicht für nötig gehalten hatte, Miriam zu besuchen.

Bridie erkannte Miriam mit einem Blick, wandte sich ab und rauschte mit Seidengeraschel an ihr vorüber. Miriams Erleichterung war nicht frei von Traurigkeit. Sie hatten einander so nahe gestanden – und jetzt würden sie Fremde bleiben. Bridie trug eine reich bestickte Jacke und den dazu passenden Rock. Paddy musste einen Topf voll Gold gefunden haben, denn wie sonst war dieser auffällige Reichtum zu erklären?

Miriam folgte ihr in die Empfangsdiele, wo Bridie von Miss Prudence willkommen geheißen wurde. Es war offensichtlich der erste Morgen für sie – aber Miriam begriff nicht, warum Bridie überhaupt da war. Sie war erst 13, doch schon jetzt eine so kultivierte Erscheinung, wie Miriam es nie sein würde.

„Junge Damen, alle mal herhören!“, rief Miss Prudence. „Ich möchte Ihnen Miss Bridget Dempster vorstellen. Miss Dempster wird den Rest des Semesters bei uns verbringen, und ich bin sicher, Sie alle möchten sich mir anschließen und für die prächtige Orangerie danken, die ihr Vater der Schule gestiftet hat.“

Miriam schloss sich dem höflichen Beifall an. Bridies Blick wanderte durch den Raum und verharrte auf Miriams Gesicht. Sie hatte die wortlose Botschaft verstanden. Sie würde mit Klauen und Zähnen kämpfen, um ihre niedere Herkunft geheim zu halten.

Miriam begab sich in ihre Klasse. Sie würde mit niemandem über Bridies Vergangenheit reden, und sie würde Kate nicht erzählen, dass Bridie hier war – oder dass Paddy der Schule etwas geschenkt hatte. Die Dempsters waren für Kate in den letzten Jahren ein ständiger Stein des Anstoßes gewesen; Miriam wusste nicht, warum, aber sie würde nur Öl ins Feuer gießen, wenn sie von ihnen etwas erzählte. Bis zum Ende des Semesters waren es nur noch ein paar Wochen.

Nur drei Tage später sollte Miriam erfahren, wie gefährlich Bridie sein konnte. Miss Prudence und Miss Faith standen auf ihrem kleinen Podest. Sie hatten die Mädchen aus dem Nachmittagsunterricht zusammengerufen. „Ich habe die traurige Pflicht, einen Diebstahl bekannt zu geben“, sagte Miss Prudence.

Aufgeregtes Raunen unter den dreißig Mädchen. Miriam wollte sich ihrer Freundin Amy zuwenden, als sie merkte, dass Bridie sie anstarrte. In der Haltung ihres Kopfes lag etwas Triumphierendes.

„Eine Diamantbrosche ist verschwunden. Sie werden alle hier bleiben, bis eine gründliche Suche erfolgt ist.“

„Das muss Bridgets Brosche sein“, flüsterte Amy. „Ich hab sie damit gesehen.“

„Wann war das?“, fragte Miriam leise.

„Nach dem Lunch“, sagte Amy. „Als wir die Tanzschuhe anzogen.“

Eine gute halbe Stunde später erschienen die beiden alten Jungfern wieder in der Diele. Die Mädchen standen in kleinen Gruppen in den Ecken und plauderten. „Da Sie sich ohne Zweifel noch auf den heutigen Gouverneursball vorbereiten möchten, dürfen Sie heute vor der Zeit nach Hause gehen“, erklärte Miss Prudence. „Die Brosche ist gefunden.“

Miriam sammelte ihre Sachen ein. Der Ball würde ihr erster formeller Auftritt in der Öffentlichkeit sein, und Kate würde sie endlich mit George Armitage bekannt machen, der sie begleiten sollte. George, ein Witwer mit dreißigtausend Hektar Land im nördlichen New South Wales, hatte Kate in den letzten Monaten zu mehreren Gesellschaften begleitet.

„Miss Beecham, würden Sie bitte mit mir kommen?“

Miriam wurde blass, als sie das säuerliche Gesicht der Rektorin sah. „Ja, natürlich“, stammelte sie.

Miss Prudence ging voraus, und Miss Faith folgte ihnen. Sie führten Miriam in ihr Arbeitszimmer und schlossen die Tür. „Welche Erklärung haben Sie dafür?“, fragte Miss Prudence und legte die Brosche auf den Schreibtisch.

„Gar keine“, sagte Miriam wahrheitsgemäß.

„Man hat sie zwischen Ihren Notenblättern gefunden.“

Miriam wurde rot vor Empörung. „Aber ich habe sie da nicht hingetan.“

„Sie werden von der Schule verwiesen“, erklärte Miss Prudence. „Ihre … Tante ist bereits unterwegs, um Sie abzuholen.“

„Ich habe das verdammte Ding nicht gestohlen!“, schrie Miriam. „Amy hat Bridie vor der Tanzstunde damit gesehen, und ich war heute nicht mal in der Nähe des Musikzimmers.“

„Schweigen Sie! Miss Dempster war sehr bestürzt, als sie beim Lunch feststellte, dass die Brosche verschwunden war. Sie hat mich angefleht, den Namen der Täterin nicht bekannt zu geben. Sie wusste, wie sehr es den Ruf der Schule beeinträchtigen würde. Sie müssen sich bei ihr dafür bedanken, dass ich nicht die Polizei gerufen habe.“

„Die P…? Was soll ich mit ihrer Brosche? Kate hat einen ganzen Panzerschrank voller Diamanten und Edelsteine.“

Da stürmte Kate herein. Sie schleifte eine tränenüberströmte Amy am Arm hinter sich her. Sie nahm die Brosche vom Schreibtisch, drehte sie im Licht und inspizierte sie gründlich. „Dachte ich's mir doch!“, fauchte sie. „Das sind ebenso wenig Diamanten wie Ihre Fensterscheibe. Eine Imitation aus Glas.“

Die beiden Jungfern saßen starr da, aschgrau und mit offenem Mund. Kate setzte sich auf einen Stuhl.

„Sie sollten sich überlegen, was Sie sagen, wenn Sie Miriam des Diebstahls bezichtigen“, sagte sie bedrohlich leise. „Amy, erzähle ihnen, was du gesehen hast.“

Mit gesenktem Blick erzählte Amy, dass sie beobachtet hatte, wie Bridget sich ins Musikzimmer geschlichen hatte. Sie war ihr gefolgt, weil es sie neugierig gemacht hatte, dass Bridget sich so verstohlen benahm, und hatte gesehen, wie Bridget sich an einem Notenkoffer zu schaffen gemacht hatte, der nicht ihr gehörte, denn ihr eigener war aus weißem Ziegenleder. Amy hatte angenommen, dass Bridget irgendjemandem einen Streich spielen wollte, und bis zum Nachmittag nicht mehr an den Vorfall gedacht.

„Warum hast du das nicht gleich gesagt?“, fragte Miriam.

„Es tut mir Leid, Mim, wirklich. Ich habe Kate getroffen, als ich noch einmal zurückkam, um ein Buch zu holen, das ich vergessen hatte, und erst von ihr erfahren, was man dir vorwirft. Da ist mir klar geworden, was Bridget im Musikzimmer getrieben hat.“

Kate stand auf. „Miriam wird nicht in Ihr Etablissement zurückkehren, meine Damen. Ich wünsche nicht, dass sie Umgang mit Bridie Dempster und ihresgleichen hat. Und wenn auch nur ein Wort über diese Geschichte nach außen dringt, dann werden Sie sich vor Gericht wiederfinden. Eine Verleumdungsklage kann Sie sehr viel teurer zu stehen kommen als eine

Orangerie. Ich schlage vor, Sie überreden Miss Dempster, mit ihren niederträchtigen Gewohnheiten wieder in die Slums zurückzugehen, aus denen sie gekommen ist."

9

Miriam war früh aufgestanden. Die Gästebetten wurden frisch bezogen, und Fiona überzog auch das Bett auf der Veranda neu, während Jake seine Sachen und den Kater in die leere Viehtreiberhütte hinüberschaffte.

Das Farmhaus war erfüllt vom Duft der frischen Blumen, die am Morgen mit Lebensmitteln und Post eingeflogen worden waren. Die Frauen hatten gewienert, bis die alten Holzmöbel und die verschrammten Bodendielen blitzten. Nun setzten sie sich auf die Veranda und warteten auf die Ankunft der anderen. Miriam ließ sich in die Polsterkissen zurücksinken. Unter dem kühlen Grün der schützenden Bäume war die Hitze erträglich, und die leichte Brise war eine Erholung nach der Hektik des Hausputzes.

Miriam dachte an ihre Familie und an die bevorstehende Geburtstagsfeier. Wie würden sie auf ihre Enthüllungen reagieren? Sie drehte den Ehering am Finger und schickte ein stilles Stoßgebet zu Edward, damit er ihr half, einen Tag zu überstehen, der anstrengend und traumatisch werden könnte. Fiona sieht hübsch aus in ihrem Kleid, auch wenn es zu kurz ist. Schade, dass sie diese blöden Jeans nicht öfter mal ablegt, dachte sie, als sie plötzlich ein Auto kommen hörte. „Da sind sie", sagte sie fröhlich.

Leo hatte darauf bestanden zu fahren, denn obwohl Chloe hier zu Hause war, hatte man schon erlebt, dass sie sich verirrt hatte. Chloe achtete beim Fahren kaum auf die Straße, sie hörte lieber Radio und ließ ihren Gedanken freien Lauf.

Miriam umarmte ihre Tochter und ertrank dabei fast in einer Wolke aus Chanel No. 5 und scharlachrotem Chiffon. Chloe war ein bisschen runder geworden, aber das stand ihr gut – und wie dem auch sei, dachte sie, Chloe war immer noch ihr kleines Mädchen, auch wenn sie schon über fünfzig war.

Leo stellte Gepäck und Champagnerkisten auf der Veranda ab und breitete die Arme aus, um Mim an seine Brust zu drücken. „Wie geht's meiner kleinen Liebsten?", flüsterte er ihr ins Ohr. „Ich höre, du wirst schon wieder einundzwanzig. Herzlichen Glückwunsch zum Geburtstag."

Miriam gab ihm einen scherzhaften Klaps auf den Arm, ehe sie sich aus seiner Umschlingung befreite. Sie hatte den Mann ihrer Tochter immer gern gehabt, und in diesem Augenblick erkannte sie, dass Jake vieles mit ihm gemeinsam hatte. Beide waren Männer, die die Frauen aufrichtig liebten, und sie fühlte sich mit beiden wohl. Nachdem sie sie miteinander bekannt gemacht hatte, machte sie sich daran, das erste Geschenk auszupacken.

Es war ein Seidenschal, von Chloe handbemalt. Sie küsste sie dankbar und bewunderte die zarten Schmetterlinge und Pfirsichblüten, die über die blassgrüne Seide wehten.

Fiona schenkte ihr ein Fotoalbum, in geprägtes Leder gebunden, und als Miriam darin blätterte, wollten ihr fast die Tränen kommen. Hier war sepiafarben ihr Vater; steif und ungelenk posierte er neben dem Bergbauamt in White Cliffs. Auf ihrem Hochzeitsfoto saß Kate in förmlicher Haltung neben George. Edward lehnte lässig an einem Zaunpfahl. Chloe auf ihrem ersten Pony, strahlend unter einem sommerlichen Strohhut; Louise und Fiona, zwei kleine Mädchen in gestrickten Badeanzügen, die lachend am Ufer des Billabong standen.

Miriam gab Fiona einen Kuss und hielt sie lange im Arm. „Danke", flüsterte sie.

Jake brachte ihr ein kleines Päckchen mit einem goldenen Band. „Wilcox hat mich darauf aufmerksam gemacht", sagte er. „Ich hoffe, es gefällt Ihnen."

Sie zog die Schleife auf und schlug das Papier auseinander. Es war ein Gedichtband – Byron, ihr Lieblingsdichter. „Sie haben meinen Geschmack erahnt", sagte sie und lächelte dankbar.

Kurz darauf trafen auch Louise und Ralph ein, und nachdem Jake auch ihnen vorgestellt worden war und Miriam eine teure Handtasche und Handschuhe ausgepackt hatte – Dinge, die sie niemals tragen würde –, setzten sie sich zum Lunch.

Der Tisch war unter den Bäumen hinter dem Haus gedeckt. Silber und Kristall funkelten auf einer schneeweißen Leinendecke; der Blumenkorb in der Mitte sorgte für einen fröhlichen Farbklecks.

Die Unterhaltung beim Essen war heiter. Danach nippte Miriam an ihrem Champagner, während die Teller zur Seite gestellt wurden und der Rauch von Zigaretten und Pfeifen durch die Luft wehte. Ihr Blick wanderte um den Tisch.

Fiona unterhielt sich lebhaft mit Jake. Miriam fragte sich, ob diese aufblühende Zuneigung wohl Bestand haben würde. Louise plauderte mit

Frank, der sich die Haare mit Wasser an den Kopf geklebt und zu diesem feierlichen Anlass ein sauberes Hemd angezogen hatte.

Leo paffte eine Zigarre und bemühte sich, Ralph zu ignorieren. Ralph spielte nervös mit seinem Glas herum; er fühlte sich in seinem Straßenanzug sichtlich unwohl. Er hatte vor dem Essen versucht, Miriam nach ihrem „Glücksfall" zu befragen, aber sie hatte ihn mit dem Versprechen abgewimmelt, sie werde später alles erzählen. Er konnte es anscheinend nicht erwarten, dass die Feier zu Ende war, damit er zum Geschäftlichen kommen konnte. Miriam machte es Spaß, Ralph ein Weilchen schmoren zu lassen, und sie lächelte, als Leo noch eine Flasche Champagner entkorkte.

„Ich möchte einen Toast ausbringen." Leo schaute vom anderen Ende des Tisches zu ihr herunter. „Die Franzosen haben ein besseres Wort für Schwiegermutter, und auf Mim passt es tadellos: *belle-mère*. Wir gratulieren dir zum Fünfundsiebzigsten."

Unter zustimmendem Jubel wurden die Gläser erhoben, und dann wollten alle, dass sie auch sprach.

Miriam schob ihren Stuhl zurück und stand auf. „Auf meine Familie", sagte sie schlicht. „Möge sie mich weiterhin lieben."

Es wurde still. „Aber natürlich tun wir das", stammelte Louise. „Wie kannst du denn so was sagen?"

„Trinkt euren Champagner!", befahl Miriam. „Ihr werdet euch stärken müssen."

Besorgtes Gemurmel wanderte um den Tisch. Die gelöste Stimmung des Nachmittags war dahin, die Atmosphäre war plötzlich angespannt.

„Ich habe euch zwei Dinge mitzuteilen", begann Miriam. „Beides wird ein Schock für euch sein, und es tut mir Leid, dass ich diese hübsche Geburtstagsfeier verderben muss. Aber es kommt selten vor, dass wir alle zusammen sind." Sie sah, dass Frank seinen Stuhl zurückschob. „Geh nicht, Frank", bat sie hastig. „Du gehörst ebenso zur Familie wie alle anderen."

„Aber wenn das eine Familienangelegenheit ist, sollte dein Gast sich zurückziehen", erklärte Ralph.

„Jake bleibt hier", erwiderte sie. „Ihr werdet gleich verstehen, warum." Sie holte tief Luft. „Ich habe Krebs", sagte sie unumwunden. „Er sitzt in meinem Rücken, breitet sich aus und ist inoperabel. Ich habe die Diagnose akzeptiert. Und ich habe nicht den Wunsch, meine Würde und meine Lebensqualität aufzugeben, indem ich mich in ein verdammtes Krankenhaus stecken und da verstrahlen lasse. Versucht also bitte nicht, mit mir zu diskutieren."

Sie schaute ihre Tochter und ihre Enkelinnen an und gewahrte ihre Fassungslosigkeit und ihren Schmerz. „Es tut mir Leid, dass ich es euch so sagen muss, aber ich dachte, es ist besser, wenn ich nicht drum herum rede."

Sie traten zu ihr, knieten an ihrem Stuhl nieder und streckten ihr die Hände entgegen, und sie nahm sie alle. „Ich habe Tabletten gegen die Schmerzen, und wie ihr seht, bin ich zufrieden", erklärte sie tröstend. „Hier bin ich zu Hause, und hier möchte ich bleiben, bei den Menschen, die ich gern habe. Und wenn ich nicht mehr da bin, möchte ich neben Edward begraben werden."

Diese Bekanntmachung rief Tränen hervor. Sie flehten sie an, eine zweite ärztliche Meinung einzuholen, und schlugen ihr vor, sich im besten Krankenhaus, das Australien zu bieten hatte, einer radikalen Behandlung zu unterziehen.

„Nein", sagte sie fest. „Bitte setzt euch wieder. Ich habe noch etwas mit euch zu besprechen."

Miriam wartete, bis alle wieder am Tisch saßen. Sie sah, wie Fiona und Louise einander in den Armen hielten und nur mühsam die Fassung wahrten. Sah, dass Chloe sich in ihrer Not automatisch wieder Leo zuwandte und ihr tränennasses Gesicht an seiner Jacke vergrub. Sah auch das spekulative Funkeln in Ralphs Augen. Franks Hände umklammerten die Tischkante.

Miriam räusperte sich. „Ihr habt euch alle nach Jake erkundigt", sagte sie. „Ich war zwar nicht ganz ehrlich zu euch, aber er ist doch schnell ein Freund geworden." Sie lächelte ihn an. „Ein guter Freund, der mich ehrlich beraten hat. Es tut mir nur Leid, dass ich Ihren Rat nicht annehmen kann, Jake. Aber ich habe noch nie gut auf andere hören können." Sie blickte in die Runde. „Jake ist Anwalt. Er ist hier, weil ich beschlossen habe, Brendt Dempster-Flytte und Shamrock Holdings zu verklagen."

Alle schwiegen wie vom Donner gerührt.

„Mum, das kannst du nicht", beschwor Chloe sie schließlich. „Du bist krank und nicht mehr kräftig genug, um alte Familienfehden auszugraben. Lass es auf sich beruhen."

„Jake kann kein guter Anwalt sein, wenn er dir geraten hat, dich mit dieser Bande anzulegen!", fauchte Louise.

„Jake hat mir abgeraten. Aber die Dempsters haben mein Erbe gestohlen – euer Erbe –, und ich muss dafür sorgen, dass sie damit nicht davonkommen."

„Das ist doch lächerlich." Ralphs kläffende Stimme übertönte das Stimmengewirr.

Miriam schaute ihn an. „Warum ist das lächerlich?“

„Weil du nicht gewinnen wirst!“, fauchte er. „Sie haben Geld, Ansehen und Einfluss. Du hättest keine Chance. Warum alles riskieren, nur um einer uralten Fehde willen, die zusammen mit deinem Vater hätte begraben werden sollen? Ein solcher Prozess könnte nicht nur dich ruinieren, sondern mich noch dazu.“

Miriam verspürte Abscheu. „Ob ich gewinne oder verliere, Dempster wird der Wahrheit ins Auge sehen müssen und als Lügner dastehen. Aber es interessiert mich doch, wieso es dich betreffen sollte, wenn ich die Dempsters verklage. Es sei denn, du steckst mit ihnen unter einer Decke.“

Es war totenstill, und alle Augen richteten sich auf Ralph.

„Ist es so?“, fragte Miriam.

„Ich verhandle in einer geschäftlichen Angelegenheit mit Shamrock Holdings“, gestand er schroff. „Wir befinden uns noch in einem heiklen Anfangsstadium. Wir investieren da eine Menge Geld, und das ist auch so schon hochriskant, ohne dass du Schwierigkeiten machst.“

„Wer mit den Hunden heult, kriegt auch Flöhe“, erklärte Miriam kühl.

„Du musst aber sehr handfeste Beweise haben.“ Fiona hatte geschwiegen. „Was hat dich nach all den Jahren zu diesem Entschluss gebracht? Und warum jetzt, wo du so krank bist?“

„Darüber muss ich mit euch reden“, sagte Miriam. „Ich habe vielleicht nicht so viel Material, wie ich haben müsste, aber …“

„Um Himmels willen“, schäumte Ralph. „Willst du etwa sagen, du zerrst Dempster ohne jeden Beweis vor Gericht?“

„Ich hatte auf Unterstützung gehofft“, sagte Miriam leise. „Aber anscheinend muss ich es allein tun.“

„Ohne Beweise kannst du nicht klagen“, erklärte Fiona ruhig.

„Ich habe Beweise“, sagte Miriam. „Aber ich weiß, dass ich mehr brauche, wenn ich die Dempsters wirklich zur Strecke bringen will. Wir müssen die Urkunden finden. Wenn wir sie haben, ist der Prozess gewonnen.“

„Urkunden? Was für Urkunden?“ Ralph war blass geworden.

„Die Besitzurkunden über die Mine. Sie werden beweisen, dass mein Vater und Patrick Partner waren und dass Patrick diese Familie um ihren rechtmäßigen Anteil betrogen hat.“

Fiona klatschte in die Hände. „Eine Schatzsuche. Wie aufregend! Wann fangen wir an?“

„Nicht so hastig, Fiona“, sagte Chloe. „Mum wird sterben. Das ist nicht die richtige Zeit, um etwas zu suchen, das wahrscheinlich schon vor Jahren verloren gegangen oder vernichtet worden ist. Sie sollte sich jetzt ausruhen und die Zeit genießen, die ihr mit uns noch bleibt."

„Aber Mum – das ist doch genau das, was Mim jetzt noch munter hält. Und wenn wir die Urkunden finden – denk doch, wie froh sie sein wird, endlich zu ihrem Recht zu kommen."

„Chloe hat Recht", knurrte Ralph. „Diese Urkunden existieren wahrscheinlich gar nicht mehr, und die ganze Sache ist reine Zeitverschwendung." Er wandte sich an Miriam. „Wenn du meine Meinung hören willst –"

„Die wäre das Letzte, was wir hier brauchen", fuhr Fiona ihn an. „Geh zurück in deine Bank, Ralph. Wir brauchen dich nicht."

Ralph stand auf. „Louise, verabschiede dich. Ich warte im Wagen."

„Ich komme nicht mit", erwiderte Louise. „Ich möchte hier bei Mim bleiben."

„Gut so", sagte Miriam. „Ich brauche Louise hier, damit sie mir beim Suchen hilft. Also fahr du nur, Ralph."

Ralph stand da und kochte vor Wut. „Du wirst diesen Tag bereuen, Miriam", sagte er leise und drohend.

10

Schweigend saß die Familie im Schatten der Bäume. Sie hörten das Aufheulen des Motors und das Kreischen der Servolenkung, als Ralph den gemieteten Geländewagen wendete und mit Vollgas davonraste.

Überraschenderweise war Frank der Erste, der das Schweigen brach. „Sie sind 'n stures altes Mädchen, Mim. Aber wenn es Ihnen so viel bedeutet, werd ich Ihnen helfen."

„Danke", sagte Miriam. „Ich wusste, dass ich mich auf dich verlassen kann."

„Auf mich und Leo kannst du auch zählen", erklärte Chloe. „Wir haben es nicht eilig, nach Brisbane zurückzufahren, und notfalls kann ich die Ausstellung absagen. Aber ich möchte nicht, dass dieser Wirbel dich belastet. Die Fehde zwischen Großvater und Paddy ist doch längst vorbei. Warum schlafende Hunde wecken?"

„Ich muss", antwortete Miriam. „Nachdem ich das erste Beweisstück entdeckt habe, würde ich meinen Vater im Stich lassen, wenn ich die Sache nicht zu Ende brächte. Er hat Gerechtigkeit verdient."

„Was ist das für ein Beweisstück?"

„An sich ist es nur ein Indiz“, gestand Miriam. „Aber zusammen mit den Urkunden wäre es Dynamit. Darum ist es so wichtig, dass wir die Urkunden finden.“

„Und wenn sie nicht mehr existieren?“ Louise ließ nicht locker.

„Dann benutze ich das, was ich habe“, erklärte Miriam.

„Das ist nicht genug“, sagte Jake. „Ein Gericht würde die Klage gar nicht zulassen.“

Fiona sah ihn forschend an. „Sie scheinen mehr über diese Sache zu wissen als wir alle“, sagte sie. „Was ist denn das für ein Beweisstück?“

„Versucht nicht, Jake zu löchern. Er hat mir versprochen, nichts zu sagen.“

„Aber warum nicht?“ Fiona war frustriert.

Miriam zögerte. Ihr Instinkt und ihre Erfahrung warnten sie davor, den anderen ihr Geheimnis anzuvertrauen. Sie könnten darüber plaudern, und man wusste nie, wer zuhörte. Ralph hatte bereits Flagge gezeigt, und Louise war eingeschüchtert genug, um ihm alles zu erzählen, was sie wusste. Und das bedeutete, dass sie es niemandem anvertrauen konnte, denn es wäre unfair gewesen, Louise auszuschließen. Und wenn Dempster von ihrem Fund erfahren sollte, wäre nicht abzusehen, was passieren würde. Sie blickte in die Runde. „Findet die Urkunden, und ich sage es euch“, versprach sie schließlich. „Auf dem Dachboden stehen eine Menge Kisten und Kästen. Ich schlage vor, ihr versucht es da zuerst. Das meiste hat Kate gehört.“

KATE heiratete George Armitage an einem Sommernachmittag im Jahre 1909. Sie trug einen weißen Rock und eine Bluse aus feinem Batist und hielt ein Orchideensträußchen in der Hand. Die gleichen zarten Blüten steckten auch in ihrem dunklen Haar. Miriam zweifelte nicht daran, dass es eine Liebesheirat war. Sie hatte zur Feier ein zitronengelbes Kleid angezogen und sich ein Hibiskussträußchen an die Taille und ein zweites ins Haar gesteckt. Der Bräutigam sah stattlich aus in seinem neuen Anzug, aber er war sichtlich nervös.

George war ein wortkarger Mann von gewinnender Schüchternheit, wie sie unter den Bewohnern der entlegenen Farmen verbreitet war. Er war hoch gewachsen und schlank, hatte braune Augen und einen Seehundsschnäuzer; seine wettergegerbte Haut war sonnengebräunt von den ungezählten Stunden, die er im Sattel bei seinen Rindern verbracht hatte. Hinter seiner langsamen, gedehnten Queenslander-Sprache verbarg sich ein flinker Verstand. Er hatte Kate mit einer Zielstrebigkeit den Hof gemacht, die sie beide überrascht hatte.

Als sie aus der Kirche kamen und in den Buggy stiegen, vertraute er Miriam an, wie verblüfft er immer noch war, denn er hätte niemals erwartet, dass eine so schöne und lebhafte Frau wie Kate seinen Antrag annehmen würde. Miriam hatte ihn von Anfang an gemocht. Er erinnerte sie an ihren Vater, denn er war von der gleichen Bedächtigkeit und störrischen Entschlossenheit.

Gern ließen Miriam und Kate die Großstadt hinter sich, dankbar vertauschten sie die eleganten Kleider gegen Sachen, die besser für das Outback geeignet waren. Sie würden mehrere Wochen unterwegs sein, bis sie Georges Besitz zu Gesicht bekämen.

Auf dem Gipfel der letzten Anhöhe hielt der Buggy an. „Willkommen auf Bellbird“, sagte George. „Nicht so eindrucksvoll wie das feine Haus in Sydney, aber es ist ein Zuhause.“

„Zu Hause ist man da, wo das Herz wohnt“, sagte Kate. „Und meins wohnt hier, bei dir und Mim.“ Kate hatte endlich die Liebe gefunden – sie hatte die Vergangenheit hinter sich gelassen und fing ein neues Leben an.

Miriam sah beeindruckt, welche Schönheit sich vor ihnen ausbreitete. Es war spät am Nachmittag. Zinnoberrote Streifen zogen sich über den Himmel, und die untergehende Sonne erfüllte das Tal unter ihnen mit ätherischem Glanz. Die Bellbird-Farm schmiegte sich in den Schutz der Bäume. Außengebäude verteilten sich um den Hof, und eine Rauchfahne stieg federzart aus dem Kamin. Rinder weideten auf den Hügeln ringsum. Stille erfüllte die Landschaft, das Gefühl, dass sich hier nichts geändert hatte, seit der erste Siedler in diesem entlegenen Winkel von New South Wales angekommen war, und Miriam wusste, dass sie endlich zu Hause war.

George klatschte mit den Zügeln, und das Pferd begann den gemächlichen Abstieg ins Tal. Bei näherem Hinsehen zeigte sich, dass das Farmhaus ziemlich baufällig war. Als George Kate beim Aussteigen half und sie die von Termiten zerfressene Treppe hinaufführte, wusste Miriam, dass Kate bereits Renovierungspläne schmiedete.

Die Küche, die keine weibliche Hand mehr gesehen hatte, seit Georges erste Frau zehn Jahre zuvor gestorben war, bot ein Bild der Verwüstung. Der Herd war schmutzig, und die Wand dahinter und der Balken waren rauchgeschwärzt. Stühle und Tische waren übersät mit landwirtschaftlichen Handbüchern und Pferdedecken, und der Spülstein war seit einem Jahrzehnt nicht mehr geschrubbt worden.

George scheuchte zwei Hühner hinaus, die ihre Eier in die Feuerholzkiste gelegt hatten, und kniete sich hin, um seinen steinalten Hund zu streicheln, der vor dem Herd döste. „Tut mir Leid, dieses Durcheinander", sagte er schüchtern. „Ich hab eine der Lubras gebeten, hier sauber zu machen, aber sie hatte offensichtlich keine Lust dazu."

Kate krempelte die Ärmel hoch. „Ich werde hier nicht kochen, ehe alles sauber ist", erklärte sie. „Besorg mir Wasser, eine Wurzelbürste und einen Eimer!" Sie wandte sich an Miriam. „Pack nichts aus!", befahl sie. „Wir schlafen vorläufig im Zelt."

Sie brauchten Wochen, um das heruntergekommene Haus in ein Heim zu verwandeln. Kate und Miriam schrubbten und scheuerten. Der Herd erstrahlte in einer neuen schwarzen Lackschicht. Mithilfe von zwei eingeborenen *Jackaroos* reparierte George das Dach und das Verandageländer, und sie besserten auch die Stufen und die Fliegentüren aus. Die Fenster bekamen neue Vorhänge, Bilder wurden aufgehängt, und auf den Böden lagen Kates feine Teppiche.

Als ein paar Monate später der Fuhrunternehmer eintraf, wurde er mit Freudengeheul begrüßt, denn jetzt konnte Kate ihr Porzellan in der Vitrine aufstellen und das Wohnzimmer mit den Sesseln und Samtvorhängen ausstatten, die aus Sydney mitgekommen waren. Ihr Kristall wurde auf die Kommode gestellt, und die paar Nippesstücke, die sie nach dem Verkauf des Hauses in Sydney behalten hatte, verteilten sie auf kleine Tischchen. Der Flügel erhielt einen Ehrenplatz unter dem Fenster. Den letzten Schliff bekam das Zimmer, als sie Henrys Gemälde neben den neuen Kamin hängten. Dann stießen sie mit Champagner auf ihren Erfolg an.

IM JAHR 1910 feierte Miriam ihren sechzehnten Geburtstag auf Bellbird. Sie konnte inzwischen ebenso gut reiten wie die Männer der Farm und hatte sich einen Ruf als Wildfang erworben. Aber sie spürte auch die Veränderungen, die in ihr vorgingen, und sie war sich der Seitenblicke bewusst, die die jungen Männer ihr zuwarfen, mit denen sie auf den Scheunenbällen tanzte.

Aber obwohl sie jeden Liebesroman verschlang, den sie in die Hände bekam, hatte sie selbst den Rausch der Gefühle, wie er darin dargestellt wurde, noch nicht erlebt.

Edward Strong war 22, als er nach Bellbird kam. Miriam stand im Scheunentor und beobachtete, wie der Fremde im karierten Hemd auf den Hof geritten kam. Lässig schwang er sich aus dem Sattel und führte sein

Pferd zum Wassertrog. Sein braunes Haar glänzte in der Sonne, als er den seltsamen Hut zog und sich den Schweiß aus dem Gesicht wischte.

Sie lehnte sich an den Türpfosten und betrachtete ihn, als George aus dem Werkzeugschuppen trat und ihn begrüßte. Er war nicht besonders groß, aber wohlproportioniert und gut aussehend und hatte den ruhigen Gang eines Mannes, der den größten Teil seines Lebens im Sattel verbracht hatte. Die silbernen Sporen seiner Stiefel und die Gürtelschnalle blinkten in der Sonne.

Miriam blieb im Schatten stehen, während die beiden Männer die Arbeit besprachen, und war fasziniert – nicht nur von der Kleidung des Fremden, sondern auch von seinem Akzent. Sie war zwar noch nie einem Amerikaner begegnet, aber sie war sicher, dass er einer war.

George führte ihn über den Hof zur Schlafbaracke und machte ihn mit den Viehtreibern bekannt, und Miriam wandte sich wieder ihrer Arbeit zu.

Die Trockenheit hatte zwei Jahre gedauert und war erst vor einem Monat zu Ende gegangen. Das Gras war wieder üppig grün, und das Rinnsal des Billabong war angeschwollen. Miriam wusste, dieses Jahr würde es schwierig werden, die Wildpferde zu finden; nachdem der Regen eingesetzt hatte, konnten sie überall sein.

„Wer ist das?“ Kate kam aus dem Stall. George und der Fremde schlenderten hinüber zum Kochhaus.

„Der Zureiter, nehme ich an“, antwortete Miriam. „George hat gesagt, dass er diese Woche kommt.“

„Hoffentlich lässt George mich dieses Jahr mitreiten.“ Kate strich sich eine Haarsträhne aus dem Gesicht. „Ich reite inzwischen ganz gut, und die Hausarbeit ist langweilig.“

Miriam teilte diese Hoffnung, aber das behielt sie für sich. Es war unwahrscheinlich, dass George Kate beim Einfangen der Wildpferde mitreiten ließ – seine erste Frau war ums Leben gekommen, weil sie inmitten einer durchgehenden Rinderherde vom Pferd gestürzt war.

Miriam spähte über den Hof. Der Zureiter stand vor dem Kochhaus und drehte sich eine Zigarette. Mit seinen breiten Schultern und schmalen Hüften lehnte er lässig am Türpfosten und plauderte mit zwei Männern. Er schien sich ganz zu Hause zu fühlen, obwohl er eben erst angekommen war.

„George wird dich beim Auftrieb nicht mitreiten lassen, wenn du den Zureiter weiter so anglotzt. Er sieht sehr gut aus, aber er ist aus Texas“, sagte Kate, als ob damit alles erklärt sei. „Ich habe gehört, dass Edward Strong eine Zigeunerseele hat. Er ist ein Wanderarbeiter – er kommt, reitet die frisch gefangenen Brumbys zu und geht, und er würde jedem jungen Mädchen den Kopf verdrehen. Also häng dein Herz nicht an ihn.“ Sie raffte die Röcke hoch und ging davon.

Miriam zuckte die Schultern und überlegte, wie sie George dazu bringen könnte, ihr zu erlauben, beim Auftrieb der Brumbys dabei zu sein.

Sie wartete, bis sie zu Abend gegessen hatten und Kate mit dem Abwasch beschäftigt war. George saß auf der Veranda und genoss seine abendliche Pfeife. Das war ihre einzige Chance, mit ihm unter vier Augen zu reden. „Ich würde dieses Jahr gern mit den Wildpferden reiten“, fing sie an.

„Viel zu gefährlich“, brummelte er. „Beim Wildpferdeauftrieb haben Frauen nichts zu suchen. Die Brumbys treten und beißen, vor allem die Hengste.“

Miriam setzte sich neben ihn. „Ich reite, seit ich hier bin“, sagte sie. „Ich helfe beim Rinderauftrieb, bei den Desinfektionsbädern und auf den Koppeln. Du weißt genau, dass Frauen hier draußen genauso hart sind wie Männer.“

Er musterte sie eine ganze Weile. „Kate hat mich schon vorgewarnt, dass du nicht lockerlassen würdest“, brummte er. „Wahrscheinlich hast du Recht. Aber ich will kein Geplärre hören, und wenn du dem Zureiter in die Quere kommst, wirst du nie wieder mitreiten. Ich zahle dem Mann mehr als jedem andern hier, und ich kann mir nicht leisten, dass er seine Zeit damit verschwendet, auf dich aufzupassen.“

Sie warf ihm die Arme um den Hals und küsste ihn auf die Wange. „Danke, George. Ich werde dich nicht enttäuschen.“

„Kein Wort zu Kate!“, warnte er sie. „Die zieht mir das Fell über die Ohren, wenn ich dich mitreiten lasse und sie nicht.“

„Dann lass sie doch auch mitkommen“, bettelte sie.

George schüttelte den Kopf. „Wir kommen dieses Jahr beide nicht mit, Mim“, sagte er. „Ich werde allmählich zu alt, und Kate ist nicht so gewandt, wie sie glaubt. Und ich möchte sie nicht verlieren.“

MIRIAM war schon vor dem Morgengrauen auf den Beinen, hatte bald gepackt und war bereit für das Abenteuer.

Edward kam aus der Scheune; er trug Sattelzeug und Pferdedecke. „Sie müssen Miriam sein“, sagte er mit seiner dunklen Stimme. „Freut mich, Sie dabeizuhaben, Ma’am.“

Miriams Hand verschwand in der seinen, und sie schaute in dunkel bewimperte Augen, so blau wie wilde Veilchen. „Tag“, brachte sie hervor.

Er wartete, während auch sie ihren Sattel holte, und ging dann mit ihr zur Pferdekoppel.

„Das ist ein sehr merkwürdiger Hut“, stellte sie fest, als sie am Zaun angekommen waren.

Grinsend zog er sich die breite Krempe tiefer in die Stirn. „Es ist ein Stetson, Ma'am“, sagte er gedehnt. „Kein Texaner, der was auf sich hält, würde ohne ihn aus dem Haus gehen.“

Miriam wurde wütend, als sie merkte, dass sie rot wurde. Sein Lächeln sandte Schockwellen bis in ihre Zehen, und endlich verstand sie die atemlose Prosa in den Groschenromanen, die sie verschlungen hatte.

Als die Pferde von der Koppel geholt und beschlagen waren und alles Gepäck aufgeladen war, stieg die Gruppe auf. Zwei Lasttiere trugen Äxte, Schaufeln, Stemmeisen, Zaundraht und Kalikoballen. Einen Koch nahmen sie nicht mit; jeder Reiter musste sich selbst versorgen. Sie würden drei Tage bis zum Twelve Mile Creek brauchen.

Edward Strong ritt mit langem Steigbügel wie die Viehtreiber, aber damit war die Ähnlichkeit auch zu Ende.

In das Leder seiner Stiefel waren Verzierungen geprägt, und sie hatten hohe Absätze, anders als die australischen Stiefel, die schlicht und flach waren. Statt der Moleskins trug er lederne Chaps und Jeans mit einem verschnörkelten Ledergürtel, auf dessen Silberschnalle ein dicker Türkis prangte. In seinem Hutband aus Schlangenhaut steckte eine Adlerfeder. Er saß auf seinem großen Wallach und hielt die Zügel locker in der behandschuhten Hand.

Es ist, als seien Mann und Pferd aus demselben Holz, dachte sie, als sie am dritten Tag das Lager aufschlugen. Beide hatten einen geschmeidigen, kräftigen Körperbau und eine edle Kopfhaltung.

Twelve Mile Creek war ein flacher, klarer Wasserlauf, der sich durch ein sandiges Bett wand, allmählich versickerte und im Busch verschwand. Auch für das unerfahrene Auge waren die Pferdespuren zwischen denen von Emus, Kängurus und Waranen nicht zu übersehen.

Edward Strong schob den Stetson in den Nacken und schaute zum bleigrauen Himmel hinauf. In den letzten drei Tagen hatte es nicht geregnet. „Ich schätze, sie werden nicht mehr viel länger herkommen. Sie werden weiterziehen, irgendwohin, wo es reichlich Wasser gibt. Den Bach hier wird's nicht mehr lange geben.“

„Wie viele, glauben Sie, kommen her?“, flüsterte Miriam.

„Fünfzig bis hundert Stück, schätze ich. Schwer zu sagen bei diesem zerwühlten Boden. Schlafen Sie jetzt lieber ein bisschen. Morgen müssen wir früh raus, Ma'am."

Das Frühstück bestand aus Brot, das in der Glut gebacken wurde, und Tee, der heiß heruntergestürzt wurde, ehe die Sonne aufging. Dann wurden die Pferde gesattelt, und die Gruppe brach auf. Sie näherten sich dem entlegensten Wasserloch der Farm, als Edward sie anhalten ließ.

„Da", flüsterte er und zügelte sein Pferd. „Da drüben."

Miriam unterdrückte einen Freudenschrei. Fünfzehn oder zwanzig junge Pferde drängten sich am sandigen Flussufer und senkten die Mäuler ins Wasser. Die muskulösen Tiere sahen prachtvoll aus.

„Fangen wir sie jetzt ein?", flüsterte sie.

Edward schüttelte den Kopf. „Hätte keinen Sinn. Wir haben keinen Korral vorbereitet, und wir würden sie niemals kriegen."

Der Leithengst hob den Kopf vom Wasser und schnupperte. Er war ein prächtiger Palomino mit karamellfarbenem Fell; Mähne und Schweif leuchteten wie Platin. Mit schrillem Wiehern warnte er die anderen, wendete und trieb seinen Harem zusammen, bevor die ganze Herde davonjagte.

„Wie sollen wir sie je einfangen?"

„Wird nicht leicht werden", gab Edward zu. „Mustangs halten nicht viel davon, sich fangen zu lassen. Aber Pferde müssen saufen. Ich schätze, die kommen zurück, Ma'am."

Sein Lächeln brachte ihren Puls zum Rasen, und sie schaute weg. Bei diesem Mann musste sie auf der Hut sein. Er wusste genau, welche Verwirrung er bei ihr anrichtete.

Sie brauchten den ganzen nächsten Tag, um unterhalb eines Höhenkamms einen Korral anzulegen. Die nächste Wasserstelle war nur fünf Meilen entfernt, und das offene, ebene Land bot sich zum Galoppieren an. Zugleich gab es genug Bäume, die ihnen Deckung boten. Am Ende hatten sie einen großen Pferch, der an einer Seite mit verschiebbaren Balken geschlossen werden konnte. Auf die beiden äußeren Seiten des Korrals zulaufend, wurden Zaunpfähle in den Boden gerammt, an die Streifen eines Baumwollgewebes genagelt wurden.

Am nächsten Morgen brachen sie zwei Stunden vor Sonnenaufgang das Lager ab. Edward Strong hatte alle sorgfältig instruiert, und als der Himmel heller wurde, waren sie über mehrere hundert Meter ausgeschwärmt, gegen einen leichten Wind. In der Deckung eines spärlichen Gehölzes warteten sie.

Da kamen sie, eins nach dem anderen in einer ordentlichen Reihe. Mehrere hübsche Fohlen waren dabei, ein paar Stuten und der Palominohengst. Sie tranken durstig, und immer mehr Gruppen gesellten sich dazu. Als sie sich satt getrunken hatten, rupften sie am Laubwerk, ohne etwas von ihrem Publikum zu ahnen.

Plötzlich knallte Edwards Peitsche. „Jiii-haah!“, schrie er.

Erschrocken donnerten die Wildpferde davon. Die anderen Treiber stimmten in Edwards Rufe ein und knallten mit den Peitschen. Die Jagd war im Gange. Der Hengst galoppierte in eine andere Richtung, als die Männer es haben wollten, und der Treiber auf der entsprechenden Seite spornte sein Pferd zu einem rasenden Galopp, um ihm den Weg abzuschneiden. Er ritt nun Kopf an Kopf mit dem Hengst und drängte das Pferd in die richtige Richtung ab. Schnell näherten sie sich dem Kamm, und mit Geschrei und Peitschenknall wurden die Pferde vorangetrieben. Mit angelegten Ohren, geblähten Nüstern und weit aufgerissenen Augen flogen die prächtigen Tiere über das offene Gelände.

Miriam stimmte in das Gebrüll der Männer ein, als rechts und links die weißen Kalikostreifen in Sicht kamen. Edward hatte ihnen erklärt, dass man den Tieren eine Heidenangst einjagen müsse, damit sie zusammenblieben und zwischen diesen mit Stoff markierten Flügeln in den Korral galoppierten.

Sie hatten den Korral fast erreicht, als die Wildpferde merkten, dass sie in eine Falle liefen. Sie versuchten, aus der Herde auszubrechen und zurückzulaufen. Aber zu viele Pferde drängten sich zwischen den Pfosten, zu viele Männer machten zu viel Lärm, und es gab kein Entrinnen.

Der Druck der Massen schob die Tiere voran, und eins nach dem anderen lief in den Pferch, wo die Boys bereitstanden. Sie schoben die Balken vor und sicherten sie mit ledernen Schlaufen.

„Reitet außen herum, und versucht sie von der Umzäunung fern zu halten!“, brüllte Edward. „Sonst reißen sie sie noch nieder, und dann sind sie weg.“

Als die Brumbys nun zu allen Seiten von menschlichen Feinden umzingelt waren, beruhigten sie sich irgendwann, und Miriam ließ sich müde aus dem Sattel gleiten.

Edward kam herangeritten und brüllte auf sie herab. „Nicht ausruhen! Steigen Sie wieder auf, bis die Mustangs sich an Sie gewöhnt haben. Sprechen Sie mit ihnen, und sorgen Sie dafür, dass sie Sie sehen. Es ist wichtig, dass sie sich an den Anblick von Reitern gewöhnen, bevor wir sie zur Ranch treiben.“

Miriam kletterte wieder in den Sattel und nahm sich zusammen. Aber sie mussten noch mehr als eine Stunde lang um den Korral herumreiten, ehe die Brumbys sich völlig beruhigt hatten.

Der Auftrieb dauerte drei Tage. Miriam klammerte sich an den Sattel, entschlossen durchzuhalten. Zum Flirten oder Tagträumen fehlte ihr bald die Kraft, und wenn sie abends unter ihre Wolldecke gekrochen war, schlief sie auf der Stelle ein.

Die Hengste wurden von der Herde abgesondert, um Kämpfe zu verhindern, und bis auf zwei freigelassen. Miriam und die Männer rollten ihre Decken zusammen, packten ihre Provianttaschen und bereiteten sich auf den langen Rückweg zur Bellbird-Farm vor. Nachdem die Arbeitspferde als Trainer in die Herde eingeschleust worden waren, ließen die Brumbys sich halbwegs fügsam nach Süden treiben.

Nach zwei Tagen ununterbrochenen Reitens trafen Miriam und die anderen wieder auf Bellbird ein. Sie fielen bald aus dem Sattel vor Müdigkeit. Keiner von ihnen hatte ein Auge zugetan, denn es war unmöglich, ohne Korral mit zweihundert Brumbys ein Lager aufzuschlagen.

Miriam ließ den blechernen Badezuber voll laufen und wusch sich den Staub und Schweiß ab, plauderte aufgeregt mit Kate über die spannende Jagd und erzählte, wie clever Edward die Pferde mit den Kalikostreifen eingefangen hatte.

Aber das Abenteuer war noch nicht zu Ende. Edward würde noch fünf oder sechs Wochen bleiben. Neben dem üblichen Treiberlohn von drei Pfund erhielt er 25 Shilling für jedes zugerittene Pferd. George begrenzte die Zahl der Zugerittenen auf vier pro Woche; mehr war nicht zu leisten.

Die runde Koppel, in der zugeritten wurde, war durch mehrere Tore mit weiteren Koppeln verbunden, auf denen die Wildpferde standen. Die Pferde wurden in Gruppen von etwa zwanzig Tieren hereingetrieben, damit der junge Texaner sie inspizieren konnte. Einige waren krank oder lahmten, andere noch zu jung; sie würden dieses Jahr nicht mehr zugeritten werden.

Ein paar der Brumbys trugen bereits das Brandzeichen von Bellbird, das Doppel-B. Sie waren als Fohlen eingefangen und dann laufen gelassen worden, bis sie alt genug wären, um geritten zu werden. Diese Jungpferde waren nervös; die Erinnerung an das sengende Brandeisen war offenbar immer noch lebendig, sie sträubten sich heftig gegen die schwere Trense im Maul. Andere hatten die weißen Haare auf dem Widerrist, ein Zeichen dafür, dass sie schon einmal gesattelt und geritten worden waren; diese kamen als Erste an die Reihe.

Miriam hatte ihre täglichen Pflichten erledigt und hockte auf dem obersten Zaunbalken, während Edward sich mit dem zweiten der beiden Hengste befasste, den sie mitgebracht hatten. Es war der feurig aussehende Palomino. Der Hengst galoppierte wütend im Korral herum, während ein Helfer sich bemühte, an seiner Seite zu reiten. Der Helfer wendete sein Pferd hin und her, während der Hengst versuchte, vom Zaun loszukommen. Als der Palomino endlich in die Enge getrieben war, blieb er zitternd stehen. Edward näherte sich ihm. Miriam hielt den Atem an, als der Helfer den Hengst näher an den Zaun drängte, damit Edward ihm flink das Zaumzeug überstreifen konnte.

Der Palomino bäumte sich auf, aber Edward hielt die Zügel fest und stemmte die Absätze in den Boden. „Ho, mein Junge. Brav, brav. Ich tu dir nichts", sagte er leise.

Breitbeinig und mit gesenktem Kopf stand der Hengst da und atmete schwer, als der leichte Treibersattel behutsam auf seinen Rücken gelegt wurde. Er verdrehte die Augen, als Edward den Sattelknauf packte und das Bein über den zitternden Rücken schwang. Der Palomino schoss in die Höhe, er bockte und keilte, senkte den Kopf und drehte sich in engem Kreis erbost um sich selbst.

„Macht das Außentor auf!", schrie Edward. Irgendwie gelang es ihm, im Sattel zu bleiben, und er lockerte die Zügel. Der Hengst begriff seine Chance, und mit einem gigantischen Satz stürmte er auf das offene Tor und die Freiheit zu.

Miriam schlug das Herz bis zum Hals, als die anderen Männer hinterhergaloppierten. Sie würden versuchen, den Hengst mit schnellen Richtungswechseln zu bremsen. Aber der Hengst war offensichtlich rasend vor Wut, und Miriam betete, dass Edward stark und erfahren genug sein möge, um diese wüste Jagd über die Ebene zu überstehen. Sie stellte sich auf den obersten Querbalken, aber die Staubwolke, die von den Hufen aufgewirbelt wurde, nahm ihr die Sicht. Ihr Herz hämmerte. Als in der Ferne wieder Staubwolken aufstiegen, durchströmte sie eine Woge der Dankbarkeit. Am Horizont erschien die unverkennbare Silhouette: Edward und der Hengst.

Der Palomino mochte erschöpft sein, aber sein Freiheitswille war immer noch ungebrochen. Er bockte und schlug mit den Hinterhufen aus, wann immer er spürte, dass der Mann auf seinem Rücken schwächer wurde. So kamen sie zurückgeritten, der eine so halsstarrig wie der andere.

Miriam beobachtete, wie Mann und Hengst des Spiels schließlich müde wurden. Der Palomino ließ den Kopf hängen und stolperte um die Koppel herum, und Edward stieg ab und führte das Pferd auf den Hof. Der Hengst senkte den Kopf über den Trog, um mit tiefen Zügen zu trinken, und es schien ihn nicht zu stören, dass Edward den Sattelgurt löste, den Sattel abnahm und ihn abrieb.

Miriam trat auf der anderen Seite des Zauns heran, und Edward kletterte hinüber. „Das ist ein prächtiger Mustang, Ma'am", sagte er und warf einen Blick zurück auf das Pferd. Dann schaute er Miriam an. „Aber wir sollten nicht zu hart mit ihm umspringen. Wollen ihm das Temperament ja nicht ganz austreiben."

Ihre Blicke trafen sich, und in dieser Sekunde geschah etwas Magisches. Wie der Palomino stand auch Miriam plötzlich ganz in Edwards Bann.

11

Fiona lag neben ihrer Schwester und starrte an die Decke ihres alten Schlafzimmers. Es war ein merkwürdiges Gefühl, nach so vielen Jahren wieder das Bett mit ihr zu teilen, aber nachdem Ralph abgereist war, brauchte sie ja nicht auf der Veranda zu schlafen. „Glaubst du, wir werden die Dokumente finden?", fragte sie.

„Wer weiß?", murmelte Louise. „Mim hat schon immer einen Groll gegen die Dempsters gehabt. Aber wir wissen nicht, wie viel von all dem wirklich wahr ist. Eigentlich hat sie nichts als die Geschichten, die ihr Kate erzählt hat. Aber ich hoffe, es gibt diese Urkunden irgendwo."

„Wir haben 'ne Menge Kram zu durchsuchen, und wenn Mim so krank ist, reicht die Zeit vielleicht nicht mehr." Aber Fiona wollte nicht mehr an den Tod ihrer Großmutter denken. „Das war ziemlich tapfer von dir heute", stellte sie fest. „Ralph war stinksauer."

„Ich wollte einfach hier bleiben", erwiderte Louise. „Daran ist nichts Tapferes."

„Ich habe deine Augen gesehen, als dir klar wurde, was du gesagt hattest. Warum hast du solche Angst vor ihm? Er schlägt dich doch nicht, oder?", flüsterte Fiona.

„Nein. Er hat mir noch nie ein Haar gekrümmt. Ralph ist ein guter Ehemann. Er hat mir so viel gegeben, mir so viel beigebracht. Ich habe Angst davor, ihn zu verlassen. Er ist der einzige Mensch, dem ich wirklich vertraue und der mich niemals im Stich lassen wird. Er hat mal gesagt, wenn ich ihn je betrügen sollte, würde er mich umbringen – und dann sich selbst. Das ist echte Liebe, Fiona."

Fiona behielt ihre Meinung für sich. Ralph wusste offenbar, welche Register er zu ziehen hatte, aber sie bezweifelte, dass hinter dieser Drohung irgendetwas steckte. Er mochte ein cleverer Manipulant sein, aber als Kandidat für Mord und Selbstmord kam er nicht infrage. Im Grunde seines Wesens war er ein Feigling – wie alle Tyrannen.

„Solange du hier auf Bellbird bist, hast du Gelegenheit zu einer Bestandsaufnahme. Eine Gelegenheit, außerhalb seines Schattens zu leben. Du wirst feststellen, dass das Leben ohne ihn so kompliziert nun auch wieder nicht ist – nicht, wenn die Familie hinter dir steht."

Louise rollte sich auf die Seite. „Gute Nacht", murmelte sie.

DIE SCHLEIER des frühen Morgennebels wehten über die Farm, als Jake aus der Holzhütte trat. Er reckte die Arme und atmete die frische, saubere Luft ein. Es war Zeit, dass er abreiste. Die Suche nach den Urkunden konnte eine Weile dauern, und wenn man sie finden sollte, hätte er keine Bedenken, den Fall vor Gericht zu bringen. Aber Miriam erwartete, dass er so oder so Klage einreichte, und die dazu nötigen Schriftsätze konnte er nur in Brisbane vorbereiten.

Er strich sich über das Kinn. Er musste duschen und sich rasieren. Mit Handtuch und Kulturbeutel bewaffnet, nahm er Kurs auf die Männerduschen an der Rückseite des Kochhauses, stellte sich unter den heißen Wasserstrahl und ließ sich von seinem Prasseln erfrischen. Aber seine Gedanken ließen nicht zu, dass er sich entspannte. Schließlich drehte er den Hahn zu und schlang sich das Badelaken um die Hüften.

Er fing an, sich zu rasieren. Der kurze Aufenthalt auf Bellbird hatte Erinnerungen an seine Jugend geweckt, vor allem an seine Mutter und seine Großmutter. Miriam hatte sich in sein Herz geschlichen, und die Neuigkeit von ihrer Erkrankung war ein schrecklicher Schlag. Er starrte sein Spiegelbild an. Wieso lag ihm so viel an einer Fremden? Wieso verkomplizierten Mim und ihre Familie sein Leben? Es hatte ihm gefallen, wie es war, bevor er hierher gekommen war. Seine Karriere machte gute Fortschritte, und erst ein Jahr zuvor war er zum Partner in der Kanzlei geworden. Und jetzt stand er im Begriff, etwas zu tun, womit er all das ruinieren konnte.

Miriam ist nicht die Einzige, die dir fehlen wird, durchfuhr es ihn, als er zur Tür hinaustrat und sah, dass Fiona auf ihn wartete. „Morgen", sagte er fröhlich und umklammerte das Handtuch um seine Hüften. „Schon was gefunden?" Er jonglierte mit Toilettenbeutel, Handtuch und Pyjamahose. Wieso hatte er die verflixte Pyjamahose nicht wieder angezogen?

Fiona versperrte ihm den Weg, sichtlich bemüht, über sein Unbehagen nicht zu lachen. „Nichts, was Mim helfen könnte“, sagte sie mit dieser kehligen Stimme, die ihm Stromschläge durch die Glieder jagte. „Mim will Sie sehen. Aber ich schlage vor, Sie ziehen vorher eine Hose an.“

Jake lief rot an. Er hielt das Handtuch fest und marschierte zurück in seine Hütte. „Verdammte Weiber!“, knurrte er, während er sich ankleidete. „Wie kriegen sie es bloß hin, dass man sich komplett bescheuert vorkommt, obwohl man sich eigentlich nur waschen wollte?“ Erst als er Stiefel angezogen hatte und auf halbem Weg zum Farmhaus war, erkannte er, dass die Situation auch eine erheiternde Seite hatte. Lächelnd stieg er die Stufen zur Veranda hinauf.

Die Familie saß in der Küche beim Frühstück. Als er hereinkam, wurde es still. „Ich muss unter vier Augen mit Ihnen sprechen“, sagte Miriam. „Wenn Sie gefrühstückt haben, kommen Sie nach nebenan.“

Eine Stunde später hatte Jake seine Sachen in den Geländewagen gepackt und war unterwegs. Als er das letzte Tor hinter sich schloss und wieder in den Wagen stieg, fiel sein Blick auf das Päckchen, das neben Eric auf dem Sitz lag.

Miriam hatte ihm eine furchtbare Verantwortung auferlegt.

DIE GANZE nächste Woche verbrachten sie damit, die zahllosen Kisten zu durchstöbern. Miriam hatte Briefe und Fotos gefunden, die sie vergessen hatte, und verschwendete einige Zeit damit, sie anzuschauen, der Familie alles zu erklären und sich in Erinnerungen zu versenken. Hier war ein altes Fotoalbum mit Szenen aus den Schürfercamps. Da waren die Tagebücher, die sie in den ersten Tagen in Sydney geführt hatte, und die, die sie in den dunklen Zeiten zweier Weltkriege hier auf Bellbird gefüllt hatte. Sie legte sie beiseite, um sie später zu lesen.

Chloe faltete verträumt die Babysachen auseinander, die zwischen Lagen von Seidenpapier in einer Truhe lagerten. Leo saß inmitten des Chaos, hatte ein Glas Brandy neben sich stehen und blätterte in alten Zeitungen. „Die Chronik eines ganzen Jahrhunderts“, murmelte er. „Die solltest du ordentlich lagern, Mim. Sie könnten eines Tages noch was wert sein.“

Miriam zuckte die Achseln. „Nimm sie mit, wenn du willst“, erklärte sie. „Seht mal, was ich gefunden habe.“ Sie hob eine Schachtel vom Boden einer Kiste. Sie erkannte die Schachtel. Es war einmal Schokolade darin gewesen.

„Mach schon auf!“, rief Fiona.

Miriam zog den Deckel ab, und Trauer erfüllte sie. Die Briefe waren noch da, mit Bändern verschnürt und im Laufe der Jahre vergilbt.

„Was ist sonst noch drin?“ Louise kniete sich neben sie.

Miriam wandte sich wieder der Schachtel zu und nahm das kleinere Päckchen heraus. Das Band war verblichen, und das Pergament der Umschläge fühlte sich spröde an. „Sei vorsichtig, die sind sehr empfindlich“, warnte sie, als Louise nach dem Bündel griff.

„Verflucht“, hauchte Fiona, als der Inhalt der Umschläge ans Licht kam. „Die müssen ein kleines Vermögen wert sein, Mim. Auf Auktionen gehen solche Sachen für hunderttausende Dollars weg.“

Miriam nahm sie ihr ab und legte sie zu den Briefen. „Der Höchstpreis dafür ist bereits bezahlt worden“, sagte sie leise. Sanft strich sie mit den Fingerspitzen über die brüchigen Überbleibsel einer Zeit, in der das Leben ihr endlos vorgekommen war. Sie war so jung gewesen, so glücklich – aber nur zu bald war die Nacht über ihre Welt gekommen.

EDWARD blieb fast acht Wochen auf Bellbird. Von ein paar beiläufigen Unterhaltungen und gelegentlichen Blickwechseln bei der Arbeit abgesehen, hatten sie keine Gelegenheit, miteinander allein zu sein. Nun war sein Vertrag abgelaufen, und am nächsten Morgen würde er fortreiten.

Miriam wartete, bis Kate in der Küche beschäftigt war und George auf der Veranda saß und seine Abendpfeife rauchte. Sie kletterte aus dem Fenster und rannte barfuß zur Koppel hinter den Stallungen.

Edward saß unter einem Coolibahbaum. Er hatte sich den Hut in den Nacken geschoben, rauchte ein Zigarillo und schaute den grasenden Pferden zu. Als Miriam um die Ecke des Stallgebäudes kam, rappelte er sich auf. „’n Abend, Ma’am“, sagte er gedehnt.

Miriam zögerte. Sie entschied, dass sie nichts zu verlieren hatte außer ihrem Stolz. Es war besser, die Wahrheit zu wissen. „Ich wollte Auf Wiedersehen sagen“, erklärte sie.

„Das ist mächtig nett von Ihnen, kleine Lady“, antwortete er. „Setzen wir uns, und plaudern wir ein Weilchen“, lud er sie ein.

Sie setzten sich unter den Baum. „Wir hatten nicht viel Gelegenheit, miteinander zu reden“, sagte er. „Das ist schade. Finden Sie nicht auch?“

„Ja“, murmelte sie. „Kommen Sie mal wieder?“

Er betrachtete sie mit seltsamer Eindringlichkeit. „Ich bin ein Herumtreiber, Miriam“, sagte er. „Nichts weiter als ein nichtsnutziger alter Knabe, der sich mit Mustangs auskennt. Es ist besser, wir lassen es dabei.“

„Sie wissen, was ich fühle, nicht wahr?“ Miriam kämpfte mit den Tränen. „Tut mir Leid, dass ich so albern bin, aber ich dachte, Sie fühlen das Gleiche.“

„Ich hab nichts anderes gesagt“, antwortete er sanft. „Aber ich bin nicht gerade das, was man zuverlässig nennen kann. Ich bin ein Mann, der nichts lieber tut, als frei durch das Land zu reiten. Deine Familie hat andere Pläne für eine Lady wie dich.“

Er fasste ihr Kinn mit Daumen und Zeigefinger und zog sie zu sich heran. Miriam sah die winzigen Sommersprossen, mit denen seine Nase gesprenkelt war. „Es ist mir egal, welche Pläne sie haben“, flüsterte sie. „Ich will bei dir sein.“

Er gab ihr einen federleichten Kuss und wich zurück. Dann stand er auf. „Aber mir ist es nicht egal“, sagte er. „Ich bin noch nicht bereit, mich niederzulassen.“

„Du fühlst also etwas?“, fragte sie beharrlich.

„Oh ja“, flüsterte er. Dann nahm er ihre Hände und zog sie hoch. „Aber wir werden beide darüber hinwegkommen“, sagte er fest und ging davon.

SECHS Monate waren vergangen. Kate saß auf der Veranda und schrieb die letzten Briefe, damit sie rechtzeitig vor Weihnachten ankamen. Sie blieb mit ihrer weit verstreuten Familie in Verbindung. Alle ihre Geschwister waren inzwischen verheiratet, nur ihr kleiner Bruder war Priester geworden.

Sie lehnte sich zurück und dachte an die Jahre, die vergangen waren, seit sie ihr Elternhaus verlassen hatte, und an die Veränderungen, die diese Jahre mit sich gebracht hatten. Vom Hausmädchen zur Partnerin in einem Geschäft, vom ledigen Mädchen zur Ehefrau und Herrin über die Bellbird-Farm – das Leben hatte ihr so viel geschenkt.

Der Reichtum hatte vieles leichter gemacht, nachdem Isaac gestorben war und ihr alles hinterlassen hatte, aber die Einsamkeit hatte er nicht vertrieben, und nach Henrys Verschwinden hatte sie ihre ganze Liebe Miriam geschenkt. Dann war George in ihr Leben getreten, und sie erkannte, dass sie bis dahin nie wirklich geliebt hatte. Nur eins betrübte sie: dass sie keine gemeinsamen Kinder hatten.

Ihr Blick wanderte über die Weiden, die Stallungen und Koppeln. Bellbird war ihre Zuflucht geworden, ihre Heimat, aber so geordnet und glücklich ihr Leben auch war, sie spürte noch immer den Lockruf des Abenteuers. In den letzten Wochen hatte sie begriffen, dass Bellbird zu einem Gefängnis zu werden drohte. Also hatte sie begonnen, geheime Pläne zu schmieden. Sie lächelte. Wie überrascht George sein würde, wenn sie ihm zeigte, was sie sich ausgedacht hatte.

Aus dem Augenwinkel gewahrte sie eine Bewegung. Es war Mim; sie schleppte Wassereimer zu den Stallungen. Kate seufzte. Wenn die Liebe in diesem Alter doch nur nicht so schmerzhaft wäre!, dachte sie. Sechs qualvolle Monate lagen hinter dem Mädchen. Edward war weit über seine Jahre hinaus vernünftig gewesen, als er sie abgewiesen hatte, und obwohl es ihr für Mim Leid tat, war sie dankbar, dass der junge Amerikaner weitergezogen war. Nächstes Jahr würden sie einen anderen Zureiter engagieren – einen älteren Mann mit Ehefrau.

Kate verließ die schattige Veranda. Sie war mit Miriam im Gemüsegarten beim Unkrautjäten, als sie einen Reiter kommen hörten. Miriam beschirmte die Augen vor der Sonne und sah, dass der Besucher sein Pferd zum Trab und dann zum Schritt zügelte. Aber erst, als er sich aus dem wässrigen Luftflimmern löste, erkannte sie ihn.

„Edward“, sagte Kate höflich. „Wir haben Sie nicht erwartet.“

Er stieg vom Pferd und nahm den Hut ab. „Ich musste zurückkommen, Ma'am“, sagte er. Er blickte Mim an. „Wissen Sie, ich hab hier etwas Wertvolles zurückgelassen!“

„Wir sehen regelmäßig in der Schlafbaracke nach“, sagte Miriam. „Da war nichts Wertvolles.“

„Ich hab es schon gefunden“, sagte er leise. „Es steht vor mir.“

„Oh“, war alles, was Miriam hervorbrachte.

„Miriam Beecham, ich bin deinetwegen zurückgekommen. Ich kann dir nicht versprechen, dass das Leben mit mir einfach sein wird, aber ich werde dich lieben und achten, bis ich sterbe.“ Er nahm ihre Hände. „Willst du mich heiraten, Miriam?“

Miriam bekam weiche Knie. „Ja, oh ja“, hauchte sie.

Als die beiden jungen Leute einander umarmten, zog Kate sich zurück. Sie werden mich nicht vermissen, dachte sie und eilte zurück zum Farmhaus. „Edward ist wieder da“, keuchte sie, als sie bei ihrem Mann auf der Veranda anlangte. „Er hat Mim einen Heiratsantrag gemacht, und jetzt schmusen sie draußen im Gemüsegarten.“

George lachte. „Recht so!“, sagte er. „Ich wusste, der Junge hat Verstand.“ Er ließ die Zeitung fallen und stand auf. „Das muss gefeiert werden. Hol den Champagner heraus, Kate.“

„Ist das nicht ein bisschen voreilig?“, fragte sie. „Edward ist Zureiter. Mim wird entweder allein sein, während er von Job zu Job wandert, oder sie geht mit ihm und wird zur Zigeunerin. Das ist kein Leben für das Kind – außerdem ist sie noch zu jung. Ich hatte mir so viel mehr für sie erhofft. Aber mein Mädchen will einen texanischen Nomaden heiraten."

„Wenn sie das will, dann müssen wir unseren Segen dazu geben. Sie ist inzwischen auch meine Tochter, und ich will sie nicht so unglücklich wissen, wie sie in den letzten Monaten gewesen ist. Jetzt komm. Lass uns eine Weihnachtshochzeit planen."

Zu Kates Enttäuschung wollten die beiden jungen Leute keine prunkvolle Hochzeitsfeier in der Stadt. Der Priester sollte nach Bellbird kommen und sie auf der Farm trauen. Edwards Eltern wollten nicht dabei sein; die weite Reise sei ihnen zu mühsam, erklärten sie, aber sie entschädigten das Hochzeitspaar für ihre Abwesenheit mit einem großen Paket. Darin waren zwei handgefertigte mexikanische Sättel mit silbernen Knäufen, die bei den Treibern große Bewunderung hervorriefen.

Die Veranda wurde mit Blumen und Girlanden geschmückt und mit einem roten Teppich ausgelegt. An dem einen Ende war ein Tisch in einen kleinen Altar verwandelt worden, und auf der anderen Seite standen Stühle für die Gäste. Das Hochzeitsfrühstück würde auf der Wiese unter dem ausladenden Flammenbaum stattfinden, und man würde in einem Pavillonzelt tanzen.

Miriam stand in bräutlichem Weiß an Edwards Seite, als sie die Gelübde austauschten und Edward ihr den Trauring auf den Finger schob. Sie wiederholte das Eheversprechen in dem Bewusstsein, dass dies der Mann war, mit dem sie alt werden würde.

Als der Champagner getrunken und der Kuchen aufgeschnitten war, ließ Miriam sich von Edward auf den Tanzboden unter dem Pavillonzelt führen. Bald hatten die Musiker alles auf die Beine gebracht, und es war fast vier Uhr morgens, als Kate endlich ihre Überraschung verkünden konnte.

„Da Mr und Mrs Strong beschlossen haben, nicht in die Flitterwochen zu fahren", begann sie, „habe ich mir gedacht, wir sollten sie ein Weilchen hier in Ruhe lassen. Und deshalb will ich meinen Mann jetzt in ein kleines Geheimnis einweihen." Sie wandte sich an George, der neben ihr saß. „Wir werden Bellbird für zwei Jahre verlassen. Mim und Edward werden sich in unserer Abwesenheit gut um alles kümmern."

„Bellbird verlassen?", prustete George. „Wo sollen wir denn für zwei Jahre hin?"

„Das wirst du gleich hören, George. Ich finde, dass ich meine Familie lange genug nicht gesehen habe. In drei Wochen werden wir in Sydney in

See stechen, und dann fahren wir nach Singapur, Ceylon, Aden, Port Said und Lissabon, wo wir von Bord gehen, um in den Orientexpress zu steigen. Wir werden Südfrankreich und Venedig besuchen, bevor es nach London zu meinen Brüdern geht. Von da aus werden wir einen kurzen Abstecher nach Irland machen, ehe wir zu einer ganz besonderen Unternehmung nach London zurückkehren. Wir fahren nach Amerika und besuchen dort nicht nur meine, sondern auch Edwards Familie.“ Sie hob ihr Glas. „Auf die Zukunft!“, sagte sie in das verdatterte Schweigen.

„Wann hast du denn das alles geplant?“, fragte Miriam erstaunt.

„Schon lange bevor Edward dir einen Heiratsantrag machte. Mir war plötzlich klar, dass ich noch nicht alles gesehen habe, was ich sehen, und noch nicht alles getan habe, was ich tun will.“

„Aber …“, protestierte George, „das muss doch ein Vermögen kosten.“

Kate zuckte die Achseln. „Warum sollen wir uns nicht amüsieren, solange wir es noch können? Man weiß doch nie, was morgen kommt.“

„Was ist denn das für eine besondere Unternehmung in London, Kate?“, fragte Miriam.

Kate öffnete eine perlenbesetzte Abendhandtasche, die an ihrem Handgelenk baumelte, und zog einen Brief und zwei verzierte Tickets daraus hervor. „Ich habe die Passage nach Amerika auf einem ganz besonderen Schiff gebucht“, sagte sie. „Es heißt *Titanic*.“

12

Miriam legte die Briefe und Postkarten, die Kate und George von ihrer Weltreise nach Hause geschickt hatten, wieder in die Schokoladenschachtel und schloss den Deckel. „Ich weiß noch, wie aufgeregt Edward und ich immer waren, wenn wir Post bekamen“, sagte sie. „Kate und George hatten auf ihrer langen Reise so viele Orte besucht, so viel gesehen, dass diese Erinnerungsstücke unersetzlich sind.“

„Aber die Bögen mit dem Briefkopf der *Titanic* sind ein Vermögen wert, Mim!“, rief Louise. „Wenn du sie nicht verkaufen willst, musst du wenigstens dafür sorgen, dass sie versichert und gut aufgehoben sind.“

Miriam stellte die Schachtel neben sich auf den Tisch. „Sie sind durch die Hausratversicherung gedeckt, und da niemand weiß, dass ich sie besitze, und wir außerdem mitten im Busch wohnen, werde ich wohl kaum mit Einbrechern rechnen müssen. Ich schlage vor, wir packen die Sachen wieder in diese Truhe und stellen sie zurück auf den Dachboden. Wenn ihr nichts Spezielles haben wollt, kann alles bleiben, wo es ist."

Louise zog einen verschlissenen Teddy heraus, und Fiona nahm sich zwei Bücher. Leo packte die alten Zeitungen in braunes Papier. Dann wurde die Truhe in die Diele geschoben, wo sie stehen blieb, bis Frank käme und Leo helfen könnte, sie die steile Leiter hinauf auf den Dachboden zu schaffen.

„So", sagte Mim. „Und jetzt könnt ihr alle verschwinden. Ich brauche ein bisschen Ruhe."

Chloe war sofort besorgt. „Ist dir nicht gut, Mum?"

„Mir geht es bestens. Es ist ein wunderschöner Tag; warum macht ihr beide nicht einen Spaziergang, du und Leo?" Sie wandte sich den Mädchen zu. „Und da wären zwei Pferde, die ein bisschen Bewegung brauchen. Na los, verschwindet schon."

Als sie gegangen waren, spülte Miriam noch einmal zwei Tabletten mit einem Glas Whisky hinunter. Die Kombination ist wahrscheinlich mörderisch, dachte sie, aber was soll's, ich sterbe ja sowieso.

Ihr Schlafzimmer leuchtete in dem diffusen Licht, das durch die Musselingardinen hereinfiel. Miriam legte die Schokoladenschachtel neben die Spieldose auf die Kommode und ließ sich auf das Bett fallen. Sie schloss die Augen und wartete darauf, dass die Tabletten wirkten.

Seufzend dachte sie an die Briefe von Kate. Sie waren erst angekommen, nachdem der Priester längst die schreckliche Nachricht überbracht hatte, dass keiner der beiden überlebt hatte.

Kate hatte in diesen Briefen so glücklich geklungen, so aufgeregt und so beeindruckt von diesem unsinkbaren schwimmenden Palast. Sie hatte ihre Kabine beschrieben und den prunkvollen Ballsaal und freute sich auf das Dinner am Kapitänstisch. Wie tragisch, dass das alles in einem eisigen Ozean hatte enden müssen. Der einzige Trost lag darin, dass sie und George zusammen gestorben waren. Aber dieses Wissen hatte den Schmerz nicht gelindert und die Leere nicht gefüllt, die sie hinterlassen hatten.

Edward hatte ihr in jenen dunklen Tagen Halt gegeben. Er hatte sich um die Banken und um Anwälte gekümmert und Frank als Verwalter nach Bellbird geholt. Aber seine Tage als wandernder Zureiter waren zu Ende gewesen.

Vor der Abreise aus Sydney hatten Kate und George ihr Testament gemacht. Miriam erbte die Farm und Kates Vermögen, aber in ihrem Schmerz hatte sie die Bedeutung der alten Spieldose nicht begriffen, ebenso wenig wie den Brief, den sie in Kates Schreibtisch gefunden hatte. Darin stand, sie habe ein Überraschungsgeschenk zu Miriams 21. Geburtstag, den sie nach ihrer Heimkehr feiern wollten. Sie sagte nicht, was es war, aber sie deutete an, dass die Spieldose etwas damit zu tun habe.

Miriam fand nichts in der Spieldose, und weil sie annahm, dass Kate wegen dieses Geburtstags noch nichts unternommen hatte, schaffte sie den Brief mit Kates anderen Sachen auf den Dachboden, wo sie aus den Augen waren. Miriam musste lernen, ihr Leben weiterzuführen, und das konnte sie nur, wenn sie sich auf die Zukunft und auf Edward konzentrierte.

Miriam döste nur ein wenig, denn ihre Erinnerungen waren übermächtig. Als die Schmerzen schließlich nachließen, stand sie auf, holte Hut und Stiefel und griff nach ihrem Gewehr.

Vielleicht könnte sie ein Känguru erwischen. Sie war schon lange nicht mehr auf der Jagd gewesen. Als sie in den Hof hinaustrat, wäre sie beinahe mit Frank zusammengestoßen, der aus der Sattelkammer kam. „Spann mir Old Blue ein!“, befahl sie. „Ich hole den Buggy.“

Frank hielt einen vorübergehenden Stallknecht fest. „Hol den Buggy für Mrs Strong raus.“

Old Blue war ein kastanienbrauner Traber, der seinerzeit zahlreiche Rennen gewonnen hatte. Jetzt gehörte er zu den vielen alten Pferden, bei denen Miriam es nicht übers Herz brachte, sie zu verkaufen oder einschläfern zu lassen. Er schüttelte den Kopf und bleckte die Zähne, als Miriam mit dem Zaumzeug in der Hand darauf wartete, dass der Boy ihm das Geschirr anlegte und den Buggy anspannte.

Miriam kletterte auf den Bock. „In welche Richtung sind die anderen gegangen?“

„Chloe und ihr Mann sind da rübergegangen, und die Mädchen sind mit den beiden Stuten zum Billabong runter.“

„Dann fahre ich dort hinüber.“ Sie fuhr vom Hof und auf die Weide hinaus. Das Gras unter Blues Hufen raschelte im Takt mit den Rädern der Kutsche. Miriam lehnte sich an das Lederpolster. Es war ein prachtvoller Tag; die Sonne schien hell, aber nicht zu heiß, und der Wind war angenehm kühl. Sie trieb das alte Pferd an und genoss das Gefühl von Sonne und Wind in ihrem Gesicht und den Duft des Grases.

Miriam hielt die Zügel locker und schaute sich um. Der Regen hatte das Grün zurückgebracht, die Weiden waren ein Meer von Farben, denn jetzt blühten die Blumen. So war es jedes Jahr nach dem Regen, und Miriam wurde nicht müde, die gelben und weißen Tausendschöne, den rosafarbenen Portulak und die zarten Spinnenorchideen zu betrachten. Unter den schlanken Gummibäumen leuchteten hier und da kleine blaue Sternhyazinthen.

Gemächlich fuhr sie zurück nach Bellbird. Sie freute sich auf eine Tasse Tee. Danach würde sie sich bis zum Abendessen noch einmal hinlegen. Erst als sie den Buggy in den Hof steuerte, wurde ihr klar, wie lange sie fort gewesen war. Still und verlassen lag der Hof da; die Männer waren auf dem letzten Ausritt des Tages. Selbst die *Jackaroos*, die schwarzen Helfer, waren verschwunden, bemerkte sie erzürnt. Also plagte sie sich selbst mit dem Geschirr, bis sie Blue schließlich ausgespannt hatte. Sie rieb ihn flüchtig ab und führte ihn auf die Koppel.

Mit dem Gewehr in der Hand stand sie einen Augenblick lang da, lehnte sich an den Koppelzaun und betrachtete ihre Umgebung. Das Farmhaus war zu Ehren ihres Geburtstagsfestes frisch gestrichen worden, und auch das Wellblechdach leuchtete in einem neuen Rot. Zitronenpfefferbäume fächelten das Dach mit ihren Wedeln, und die amethystfarbenen Juwelen eines Jakaranda hüllten die Veranda in Schatten. Das Summen der Bienen bildete einen sanften Hintergrund für das Zirpen der Grillen und das Gezwitscher der Wellensittiche.

Miriam wollte gerade die Stufen zur Veranda hinaufsteigen, als sie einen unbekannten Geländewagen entdeckte, der zwischen den Bäumen am anderen Ende der Koppel parkte. Sie hatte Besuch. Ungebetenen Besuch – denn wer in ehrlichen Geschäften kam, versteckte sich nicht.

Zögernd schaute sie sich um. Die Männer waren noch nicht wieder da, und auch von ihrer Familie war nichts zu sehen. Sie würde sich allein darum kümmern müssen. Miriam entsicherte das Gewehr und spannte den Hahn.

Sie betrat die Veranda, das Gewehr auf die Fliegentür gerichtet. Angespannt blieb sie stehen und lauschte einen Augenblick, doch das Einzige, was sie hörte, war ihr eigener Herzschlag. Sie stellte sich neben die Fliegentür. „Kommt heraus!“, befahl sie. „Zeigt euch, oder ich schieße!“

Für einen Moment blieb es still. Dann hörte sie hastige Stiefelschritte im Haus. Die Fliegentür flog auf und schlug gegen die Hauswand. Miriams Finger zuckte am Abzug. Eine stämmige Gestalt erschien aus dem Halbdunkel und stieß sie rückwärts gegen das Geländer. Der Gewehrschuss hallte über den Hof. Miriam fiel zu Boden.

Die Kugel traf einen Ast – ein scharfes Krachen, und Vögel flatterten erschrocken auf. Miriam hörte polternde Schritte; die Männer rannten die Stufen hinunter und über den Hof. Sie lag auf dem Rücken – benommen und empört. Wütend rollte sie sich auf die Seite, lud das Gewehr nach und feuerte einen zweiten Schuss ab. Der Rückstoß prallte gegen ihre Schulter, und sie schrie vor Schmerz auf. Die Schweine würden entkommen, und sie konnte nichts tun, als zu schießen, bis das Magazin leer war. Sie fluchte, als der Geländewagen in einer Staubwolke vom Hof raste. Ihre Kugeln prallten schwirrend von ihm ab, und bald war er außer Schussweite und nahm Kurs auf das offene Land.

Miriam rang nach Atem. Mit letzter Kraft packte sie den alten Korbsessel, zog sich daran hoch und ließ sich hineinfallen. Der Schock setzte ein. Der Schmerz im Rücken erwachte wieder und erfasste die Rippen, die Schulter und den Bluterguss an ihrer Hüfte. Die Ungeheuerlichkeit dessen, was soeben passiert war, trieb ihr die Tränen in die Augen, und mit zitternder Hand wischte sie sie weg.

Die Hitze ließ nach, als die Sonne unterging und Miriam auf die Veranda zurückkehrte, nachdem sie die Polizei angerufen hatte. So etwas war hier noch nie vorgekommen – aber sie hatte auch noch nie einen Prozess gegen Dempster führen wollen. Das eine musste mit dem anderen zusammenhängen.

JAKE saß in seinem Büro und starrte aus dem Fenster im 16. Stock des Hochhauses am Fluss. Brisbane funkelte im ersterbenden Sonnenlicht, und während in den Häusern am südlichen Ufer die Lichter angingen, wanderten seine Gedanken zur Bellbird-Farm. Bei seiner Ankunft dort war es gewesen, als sei er nach Hause gekommen, und nachdem er nun in den Kreis der Familie einbezogen worden war, musste er immer wieder an sie denken.

Lächelnd begriff er, dass er sich etwas vormachte. Es war Fiona, die ihn in seinen Gedanken und Träumen verfolgte. Er hörte ihr leises, sinnliches Lachen, das merkwürdige Dinge in seinem Innern wachrief. Er seufzte. Seine Arbeit litt darunter, aber Fiona ging ihm einfach nicht aus dem Kopf.

Er drehte sich mit seinem Schreibtischsessel wieder zum Tisch. Die Schriftsätze mussten verfasst und bei Gericht eingereicht werden, und er musste Vorladungen versenden. Wegen Miriams Gebrechlichkeit hatte der Richter einer vorläufigen Anhörung zugestimmt, die in einer Woche stattfinden sollte. Wenn die Urkunden bis dahin nicht auftauchten, würde die Klage wahrscheinlich gar nicht angenommen werden.

Schließlich beschloss er, Feierabend zu machen, klappte die Aktendeckel zu und stellte die Fachbücher an ihren Platz in den Regalen. Seine Sekretärin war schon gegangen. Er würde nach Hause fahren, ein einsames Abendessen zu sich nehmen und dann ein Bier trinken gehen.

Als er eben die Tür hinter sich schließen wollte, klingelte das Telefon. Er zögerte. Sollte er abheben oder nicht? Es war ein langer Tag gewesen, er war abgespannt. Aber das Klingeln hörte sich dringlich an, und beim zehnten Läuten nahm er schließlich den Hörer ab. „Jake Connor."

„Hier ist Fiona. Wir hatten einen Einbruch. Mim ist verletzt, und die Banditen sind entkommen."

„Was haben sie mit Mim gemacht? Ist es schlimm?"

„Von ein paar Blutergüssen abgesehen fehlt ihr nichts, sagt sie. Aber wir haben trotzdem den Arzt gerufen. Er ist unterwegs. Mim hat mit ihrem alten Jagdgewehr auf sie geschossen. Leider hat sie die Schweine nicht getroffen, und das verdammte Ding hat einen Rückstoß wie ein Maultier."

„Haben sie etwas gestohlen?"

„Das können wir noch nicht sagen. Es sieht aus, als wäre ein Tornado durch das Haus gefahren. Alles ist durcheinander geworfen."

„Haben Sie die Urkunden gefunden – oder sonst etwas, was mit dem Fall zu tun hat?"

„Nein. Aber wir suchen ja erst seit einer Woche."

„Ich habe den Schriftsatz erst heute Morgen bei Gericht eingereicht", sagte er. „Damit kann es also nichts zu tun haben. Außer uns wusste ja niemand, was Mim plant." Er dachte an das Päckchen, das Mim ihm anvertraut hatte, und war dankbar für ihre weise Voraussicht.

„Einbrüche sind hier draußen äußerst ungewöhnlich", sagte sie. „Wir sind meilenweit ganz allein, und kein Dieb, der bei Verstand ist, würde ein solches Haus überfallen, denn das Risiko, dabei erwischt zu werden, ist groß. An normalen Tagen sind mindestens dreißig Leute in der Nähe, und fast immer ist jemand im Haus."

„So gesehen scheint es allerdings so zu sein, dass das Haus beobachtet wurde, damit sie im geeigneten Augenblick zuschlagen konnten", räumte er ein.

„Wenn diese Banditen irgendwelches Beweismaterial gefunden haben, werden wir das nie erfahren, denn dann haben sie es vernichtet."

Jake berichtete ihr von der Anhörung, die in einer Woche stattfinden sollte. „Ich kann mir nicht vorstellen, wie jemand von Miriams Vorhaben erfahren haben sollte – aber wenn es so sein sollte, dann beweist dieser Raub, dass noch jemand glaubt, dass es Beweismaterial gegen die Dempsters geben muss, und dass die Einbrecher beauftragt waren, es zu finden."

„Sie müssen wieder herkommen, Jake. Wir brauchen Hilfe, und Sie sind der Einzige, der wirklich beurteilen kann, ob das Material brauchbar ist."

Er blätterte bereits in seinem Kalender und überlegte, welche Termine er verlegen könnte. Zum Glück brauchte er in den nächsten Tagen nicht ins Gericht. Es könnte also klappen.

Bridget Dempster-Flytte saß auf der Stuhlkante, das Kinn herrisch erhoben, und hörte Brendt beim Telefonieren zu. „Sie haben versagt", stellte sie nüchtern fest, als Brendt den Hörer auflegte.

„Ja, verdammt! Miriam hat sie überrascht, und sie hatten keine Zeit für eine gründliche Durchsuchung."

„Warum haben sie sie nicht einfach gefesselt und weitergesucht?"

Brendt lachte auf. „Miriam hat auf sie geschossen", sagte er. „Hat einen von ihnen am Oberschenkel erwischt und ein Loch in den Kühler geschossen. Sie hatten Glück, dass sie es in die nächste Stadt geschafft haben."

Bridget interessierte sich nicht für die beiden Männer. Sie waren gut bezahlt worden und hatten das Risiko gekannt. „Ich habe dich gewarnt", erklärte sie steif. „Jetzt haben wir die Karten auf den Tisch gelegt, und niemand kann sagen, was sie als Nächstes tun werden. Und den Urkunden sind wir nicht einen Schritt näher gekommen. Aber vielleicht hat sie die schon ihrem Anwalt übergeben. Und vielleicht sind die Urkunden gar nicht das, was wir suchen. Aber irgendeinen Beweis für ihre Eigentümerschaft muss sie haben, denn warum sollte sie sonst vor Gericht gehen? Black soll sich darum kümmern."

Brendts Gesicht war finster. „Das habe ich ihm schon gesagt. Aber ich habe bereits einen neuen Plan."

„Es könnte klappen", flüsterte Bridget, als er zu Ende gesprochen hatte. „Und ich würde zu gern sehen, was dieses Luder für ein Gesicht macht, wenn sie erfährt, wie es zustande gekommen ist."

„Ich wusste, dass meine Pläne dir gefallen, Mutter." Er tätschelte ihr die Hand, stand auf und verließ das Zimmer.

Bridget schaute zu dem Porträt ihres Vaters hinauf. Wie Teresa, ihre Mutter, hatte sie nie Angst vor ihm gehabt, denn sie hatte gewusst, was in seinem Kopf vorging, und war ihm bei all seinen Schlichen eine willige Komplizin gewesen. Aber Paddy war nicht so raffiniert gewesen, wie sie dachte. Die Beweise hätten schon vor Jahren gefunden und vernichtet werden müssen.

Sie dachte daran, wie sie Kate und Miriam das letzte Mal im Minencamp gesehen hatte. Wenn sie die Urkunden doch nur gefunden hätte, als sie Miriams Zelt durchsuchte. Und wenn sie nur Zeit genug gehabt hätte, Kates

Sachen gründlich zu durchwühlen – aber das verdammte Weib hatte nach Henrys Tod gepackt und war so schnell verschwunden, dass sie nur oberflächlich hatte nachsehen können.

Paddy hatte getobt, aber als dann die Jahre vergangen waren und von Kate keine Forderung nach Miriams Anteil am Vermögen der Dempsters kam, da hatten sie angenommen, dass die Dokumente verloren gegangen waren. Kate und Miriam waren aus Sydney verschwunden, und erst viele Jahre später erkannte Bridget die frühere Freundin auf einem Zeitungsfoto wieder, als über Miriams Triumph beim Melbourne Cup berichtet wurde.

Aber irgendetwas hatte sie zu dieser Klage veranlasst – und wenn es nicht die Urkunden waren, was zum Teufel konnte es dann sein?

MIRIAM gestattete dem Arzt, sie zu untersuchen, aber sie blieb stumm, als er ihr einen Vortrag darüber hielt, wie töricht es sei, sich allein mit Einbrechern anzulegen, wie gefährlich, Alkohol und starke Schmerzmittel zu kombinieren, und wie irrsinnig, mit einem Buggy durch die Gegend zu kutschieren.

Als er sich verabschiedet hatte, ließ sie sich jedoch in die Kissen sinken und ergab sich der Müdigkeit, dem Schock und den Schmerzen. Sie hatte akzeptiert, dass sie einen Gang zurückschalten musste, wenn sie das Gerichtsverfahren durchstehen wollte.

„Aber nachgeben werde ich nicht", knurrte sie und griff zu der Schachtel mit den Briefen. Das Papier war vergilbt, die Tinte zu Ocker verblasst, und die Seiten drohten beim Auseinanderfalten zu zerfallen. Sie ließ die Briefe in der Schachtel. Mit geschlossenen Augen versetzte Miriam sich in eine Zeit zurück, in der die Schatten des drohenden Krieges die Sonne verfinsterten.

AUF BELLBIRD hatte sich vieles verändert, seit Miriam und Edward das Kommando führten. Noch immer weideten riesige Rinderherden draußen, noch immer gab es den Trubel des alljährlichen Auftriebs und den langen Treck der Rinder zum Markt. Aber Edward hatte etwas Neues begonnen: Er hatte sich daran gemacht, Pferde auszubilden.

Natürlich wurden die meisten frisch zugerittenen Tiere an Farmer und Viehtreiber verkauft, aber einige blieben auf Bellbird und wurden zu Rennpferden ausgebildet. Ihre Erfolge sprachen sich herum, und Miriam und Edward entwickelten ein Zuchtprogramm.

Frank heiratete Gladys, die er 1912 beim Picknickrennen kennen gelernt hatte, und ihr erstes Kind kam in dem kleinen Holzhaus zur Welt, das Edward abseits der Farmgebäude hatte bauen lassen. Dieses Häuschen erhielt einen Anbau, als dann die Zwillinge geboren wurden, und Miriam fragte sich, wann sie selbst endlich ein Baby bekommen würde. Nach zwei Fehlgeburten wurde Chloe im Februar 1914 geboren. Aber schon dräuten die Schatten über dem Paradies des Outback, denn in Europa herrschte große Unruhe.

Edward saß am Küchentisch und brütete über den Zeitungen, die an diesem Morgen endlich mit der Post eingetroffen waren. Wie die Briefe waren sie schon ein paar Wochen alt, denn sie kamen mit dem Pferdefuhrwerk von der nächsten Poststation, die mehr als 250 Meilen weit entfernt war.

„Sieht aus, als ob die ganze Welt in Aufruhr wäre“, sagte er.

Miriam saß am Herd und stillte Chloe. Das Saugen des winzigen Mündchens an ihrer Brust erfüllte sie mit Liebe und Zärtlichkeit. „Mach dir keine Sorgen, Liebster“, sagte sie. „Europa ist weit weg von Bellbird. Wir sind hier in Sicherheit.“

„Nicht, wenn die Briten beschließen, sich einzuschalten.“

„Aber du bist Amerikaner. Großbritannien hat nichts zu befehlen.“

Er lächelte. „Schätze, da hast du Recht, Honey“, sagte er. „Aber wenn es Krieg gibt, werde ich nicht hier sitzen bleiben. Ich lebe schon zu lange in Australien, um es nicht als meine Heimat, mein Land zu betrachten.“

Miriam sah das Leuchten in seinem Blick, und dunkle Vorahnungen ließen sie frösteln. Dieses Frösteln verstärkte sich kurz nach ihrem zwanzigsten Geburtstag.

Am 28. Juni 1914 wurde der österreichische Thronerbe Franz Ferdinand in Sarajevo erschossen, und vier Wochen später wurde Serbien der Krieg erklärt. Als Österreich-Ungarn mobilmachte, tat es auch Russland. Deutschland erklärte erst Russland den Krieg und im August auch Frankreich. Der deutsche Einmarsch in das neutrale Belgien bewirkte eine Rückzugsforderung Großbritanniens, und als diese ignoriert wurde, erklärte Großbritannien am 4. August Deutschland den Krieg.

Miriam saß mit düsterer Miene im Wohnzimmer und verfolgte die Neuigkeiten, die über das Funkgerät gemeldet wurden. „Du kannst nicht gehen“, sagte sie. „Warum sollen wir in einem britischen Krieg kämpfen? Wir sind ein junger Staat, wir haben erst seit achtundfünfzig Jahren eine demokratische Regierung. Großbritannien erwartet zu viel.“

„Deutschland ist eine Bedrohung für den Weltfrieden, Honey“, sagte Edward. „Großbritannien und Australien haben ein Verteidigungsbündnis. Die Briten haben unsere Armee und unsere Marine ausgebildet, und wenn

Großbritannien besiegt wird, verlieren wir den Schutz der Royal Navy. Australien wäre für jeden eine leichte Beute.“

Miriam wollte sich nicht überzeugen lassen. „Du hast hier eine wichtige Aufgabe“, erwiderte sie störrisch.

„Mim, mein amerikanisches Erbe ist hier so lebendig wie in Texas. Unser Kredo ist, dass ein Mann seinen Kameraden beistehen und für die Schwachen eintreten muss.“

„England ist nicht mein ‚Mutterland‘“, fauchte Miriam. „Und deins auch nicht. Geh nicht, Edward!“

„Soll ich hier bleiben, während meine Freunde in Europa kämpfen? Würdest du den anderen Frauen in die Augen sehen können, wenn sie mich einen Feigling nennen? Ich werde nicht lange wegbleiben. Man rechnet damit, dass der Krieg bis Weihnachten vorbei ist.“

„Wie kannst du da so sicher sein?“, fragte sie.

„Unsere Welt hat sich in den letzten zehn Jahren rapide verändert. Waffentechnik, das Telegrafensystem, die Eisenbahn – mit alldem ist ein Krieg ein kurzer Prozess.“

Fiona schlich sich ins Zimmer und betrachtete die zierliche Gestalt auf dem Bett. Mim schien zu schlafen. Sie wollte wieder hinausgehen, als Mims Stimme sie innehalten ließ.

„Komm herein, Liebling. Ich bin wach und kann ein bisschen Gesellschaft gebrauchen.“

Fiona hockte sich auf das Fußende. „Wie geht’s dir, Mim?“

„Hab mich schon besser gefühlt“, gestand Miriam. „Habt ihr die Urkunden inzwischen gefunden?“

Fiona schüttelte den Kopf. „Wir haben noch fünf Kisten und mehrere Koffer durchsucht. Da war nichts, was nur entfernt mit Urgroßvater zu tun hätte. Nur ein paar alte Fotos und Briefe. Nicht gerade nette Briefe. Ich weiß nicht, warum er sie aufbewahrt hat.“

„Um sich daran zu erinnern, dass er hier in Australien besser aufgehoben war.“

„Ralph hat angerufen“, fiel Fiona plötzlich ein. „Er wollte wissen, ob die Suche erfolgreich war und wann Louise nach Brisbane zurückkehrt. Das mit der Suche hab ich ignoriert und ihm gesagt, dass sie nächste Woche zur gerichtlichen Anhörung kommt.“

„Das Mädchen ist zu mager“, sagte Mim. „Wird ihr gut tun, Landluft zu schnuppern und anständiges Essen in den Bauch zu kriegen. Und dass sie mal für eine Weile Abstand von Ralph hat, wird ihr auch nicht schaden." Sie schaute Fiona stirnrunzelnd an. „Und was ist mit dir? Wartet in Brisbane ein bestimmter junger Mann auf dich?"

Fiona schüttelte den Kopf. „Immer noch jung und frei. Und das soll vorerst auch so bleiben. Aber ich hab vergessen, dir zu erzählen, dass ich gestern Abend mit Jake gesprochen hab. Er kommt her, um uns beim Suchen zu helfen. Müsste morgen früh hier sein."

„Das ist schön, Schatz."

Fiona nahm die Spieldose vom Nachttisch. „Wo kommt die denn her?"

Miriam erzählte ihr von Isaac. „Sie ist hübsch", sagte sie dann. „Und wahrscheinlich sehr selten. Ein schwarzer Harlekin ist ziemlich ungewöhnlich. Sie hat mich zu sehr an die alten Zeiten erinnert, deshalb habe ich sie weggeräumt. Ich hatte fast vergessen, dass sie da war, bis es mir neulich wieder eingefallen ist. Schade, dass ich sie zerbrochen habe."

Fiona beobachtete, wie die Figuren zur Musik tanzten. „Also hier hast du den verborgenen Hinweis gefunden", murmelte sie.

„So leicht überrumpelst du mich nicht, mein Schatz", sagte Miriam.

Fiona kam plötzlich ein schrecklicher Gedanke, und sie klappte die Spieluhr zu. „Wo hast du den Hinweis versteckt?", fragte sie. „Die Einbrecher haben ihn doch nicht etwa gefunden?"

„So dumm bin ich nicht", sagte Miriam gelassen. „Er ist in Sicherheit. Jake hat ihn."

Fiona stellte die Spieldose wieder auf die Kommode. „Du hast großes Vertrauen zu ihm", bemerkte sie. „Warum bist du so sicher, dass er dich nicht enttäuscht?"

„Weil ich seinen Vater und seinen Großvater kannte."

„Ich dachte, er ist ein Fremder?"

„Das war er zuerst auch", sagte Miriam. „Aber als wir uns unterhielten, wurde mir klar, warum er mich so sehr an jemanden erinnerte. Ich dachte erst, es wäre dein Großvater, aber es war *sein* Großvater. Jakes Eltern waren regelmäßig Gäste bei den Scheunenbällen und Partys in der Gegend, und es war ein Schock, als wir hörten, dass die Mutter gestorben war. Sie war kaum über dreißig, als sie die drei Kinder mutterlos zurückließ."

„Armer Jake!", murmelte Fiona.

„Gib mir meine Tabletten, Schatz", bat Miriam. „Ich glaube, ich möchte jetzt schlafen."

Fiona hielt ihrer Großmutter ein Glas Wasser an die Lippen, damit sie die Medizin schluckte, schüttelte ihr die Kissen auf und deckte sie zu.

Miriam ließ den Kopf auf das Kissen sinken. Sie war erschöpft, aber es hatte gut getan, mit Fiona zu sprechen. Als der Schlaf sie überwältigte, spürte sie Edwards Gegenwart und hörte seine Stimme, und sie wusste, er wartete darauf, dass sie zu ihm kam.

DER BUGGY war poliert, der Ledersitz glänzend gewachst worden. Das Pferd hatte man gestriegelt, und Miriam hörte das Klirren des Geschirrs bis ins Schlafzimmer. Sie stand vor dem Spiegel und betrachtete sich. Der lange Rock und die adrette kurze Jacke waren hellgrau – eine katastrophale Farbe für die weite, staubige Reise, die vor ihr lag, aber es war ihr bestes Kostüm, und sie wollte für Edward hübsch aussehen.

Edward erschien hinter ihr und küsste sie aufs Ohr. „Du siehst schöner aus als an unserem Hochzeitstag", flüsterte er.

Miriam wollte nicht weinen. Der Abschied fiel ihm schwer genug. „Du wirst mir fehlen", antwortete sie leise. „Versprich mir, dass du auf dich Acht gibst und so schnell wie möglich zurückkommst."

Er drehte sich um und schaute ihr in die Augen. „Ich verspreche dir, dass ich niemals aufhören werde, dich zu lieben. Aber jetzt komm, sonst sind wir niemals rechtzeitig in Baringun."

Miriam nahm Chloe auf den Arm, und sie gingen aus dem Haus. Das Pferd stampfte und schnaubte in der Morgenkühle, und Frank hielt es fest am Zügel. „Morgen", brummte er. „Schätze, es wird trocken bleiben unterwegs."

Miriam nahm seine Hand. Auch Frank würde bald fortgehen, und abgesehen von ein paar älteren Männern wären dann nur noch Frauen und Kinder auf Bellbird, bis der Krieg zu Ende war. „Wann gehst *du*, Frank?"

„Schätze, nächste Woche. Ich und die Missis fahren für 'n paar Tage runter nach Burke zu ihrer Familie, und dann mach ich mich allein auf nach Baringun."

Miriam kletterte auf den Buggy. Sie legte Chloe in den großen Korb auf dem Boden und schaute unter Tränen zu, wie die beiden Männer einander die Hand schüttelten.

„Bis bald", brummte Frank.

Franks Frau Gladys trat aus dem Haus, ein Baby auf jeder Hüfte, und die Älteste spähte hinter ihrem Rock hervor. Sie winkte und verschwand wieder.

Edward stieg zu Miriam auf den Bock und nahm die Zügel. Eine Weile betrachtete er das Haus, den Hof, die Koppeln und Stallungen, bevor er wortlos mit den Zügeln klatschte, und schon waren sie unterwegs. Die Fahrt nach Baringun würde den ganzen Tag dauern.

Die Sonne ging schon unter, als sie schließlich auf die unbefestigte Straße zum Hotel einbogen. Zu beiden Seiten der Straße brannten Fackeln und warfen ein gespenstisch tanzendes Licht über die wimmelnde Menschenmenge. Girlanden flatterten im Wind. In jedem Fenster stand ein Bild des Königs.

Edward lenkte das Pferd um das Hotel herum zum Stall, und sie stiegen ab. Ein Knecht spannte das Tier aus und ließ es aus einem Eimer Wasser saufen. Edward klopfte ihm den Hals zum Abschied. Er gab dem Pferdeknecht einen Shilling und schärfte ihm ein, das Pferd gründlich abzureiben und ihm nur den besten Hafer zu fressen zu geben. Dann wandte er sich ab, hob den Korb mit Chloe aus dem Wagen, nahm Miriam bei der Hand und führte sie ins Hotel.

In dieser Nacht liebten sie einander sanft und zärtlich, bis die Morgendämmerung graue Schatten in die Ecken des Zimmers warf. Ihr Flüstern verstummte.

Der Lärm, der von der Straße heraufschallte, sagte ihnen, dass es Zeit wurde, dem schrecklichen Tag ins Auge zu sehen.

Widerstrebend zog Edward den Arm unter Miriams Kopf hervor und schlug die Decke zurück. Nackt stand er auf und nahm Chloe aus ihrem Korb neben dem Bett. Er schmiegte sie an seine Brust, atmete ihren warmen Duft ein und genoss den Griff ihrer kleinen Finger an seinem Daumen. Er küsste den flaumigen Kopf und murmelte liebevolle Worte.

Miriam saß im Bett, die Tränen strömten über ihre Wangen. Seit ihrer Hochzeit waren sie nie voneinander getrennt gewesen. Wie sollte sie ohne ihn leben, wenn es doch Monate dauern konnte, bis er wieder nach Hause kam? Es erforderte ihre ganze Willenskraft, ihn nicht anzuflehen, er möge es sich noch einmal überlegen.

Edward übergab ihr Chloe und goss Wasser aus dem Krug in die Schüssel. Er schäumte den Pinsel ein und fing an, sich zu rasieren. Miriam sah zu, wie er sich anzog, und stillte das Baby.

Sie wollte eben aufstehen, als Edward die Hand hob. „Bitte geh nicht mit mir hinunter“, bat er. „Ich will dir nicht vor hundert anderen Auf Wiedersehen sagen.“

Miriam schlang ihm die Arme um den Hals, und er küsste sie. Doch nur zu bald löste er sich von ihr. Gleich darauf stand er in seiner schmucken Uniform vor ihr. Miriam sprang aus dem Bett. Er umfasste ihr Gesicht mit beiden Händen und küsste sie nochmals. Dann war er fort. Miriam hörte das Poltern seiner Stiefel auf der Treppe.

Sie zog sich an, nahm Chloe vom Bett und öffnete die Lamellentür. Edward hatte sie gebeten, nicht mit ihm hinunterzugehen, aber dass sie nicht auf die Veranda gehen sollte, hatte er nicht gesagt. Hier oben, hoch über der Hauptstraße, hatte sie einen guten Blick auf das Geschehen. Sie stand mit Chloe auf dem Arm am Geländer. Eine Blaskapelle spielte einen Marsch, Pferde zerrten schnaubend am Zaumzeug, Männer riefen Abschiedsworte, Frauen standen in einsamem Jammer in der Menge, Kinder klammerten sich an ihre Röcke. Offiziere erteilten Befehle, gaben Rationen aus und deuteten auf die Lastwagen, die die Soldaten aus der Stadt bringen würden.

Miriams Blick suchte nach Edward. Aber von hier oben sah sie nur ein Meer von Kakibraun und ein wirbelndes Kaleidoskop aus bunten Hüten, Fahnen und Transparenten. Tränenblind ließ sie das Kinn auf Chloes Köpfchen sinken und beobachtete, wie ein Lastwagen nach dem anderen in einer Staubwolke davonfuhr.

Die Straße wurde still, die Leute kehrten nach Hause zurück. „Und das müssen wir auch tun", sagte sie zu Chloe. „Wir müssen wieder nach Hause fahren und dafür sorgen, dass alles tadellos ist, wenn Daddy zurückkommt."

13

Jake war nach Hause geeilt, hatte ein paar Sachen in die Tasche geworfen, sich Eric geschnappt und die Alarmanlage eingeschaltet. Dann war er die Nacht hindurch gefahren. Ein paarmal hatte er angehalten, um Kaffee zu trinken, etwas zu essen und Eric die Erledigung seiner Bedürfnisse zu ermöglichen. Zwei Stunden lang hatte er sich auf einem Hotelparkplatz ausgeruht. Es wurde Abend, als die Bellbird-Farm in Sicht kam. Die ersterbende Sonne warf einen goldenen Dunst über Hügel und Täler.

Vor dem imposanten Tor hielt er kurz an, um den Anblick in sich aufzunehmen, und seine Müdigkeit verflog. Er fuhr die lange Zufahrt hinauf, dann auf den Hof und parkte vor der Veranda.

Miriam erteilte Frank gerade Anweisungen. Von Kissen umgeben, saß sie in dem alten Korbsessel und blätterte in Katalogen und Akten. Als Jake aus dem Wagen stieg, begrüßte sie ihn winkend und mit strahlendem Lächeln.

„Schön, Sie wiederzusehen, Jake", sagte Miriam.

Er zog den Hut und ließ sich in einen Sessel fallen. „Junge, bin ich erledigt!“, seufzte er. „Das ist eine weite Reise.“

Fiona trat mit einem Teetablett aus dem Haus. „Hallo, schön, dass Sie kommen konnten“, sagte sie und stellte das Tablett auf den Tisch. „Da hat jemand für Sie angerufen.“ Sie machte ein ernstes Gesicht. „Bei Ihnen ist eingebrochen worden.“

„Wann?“ Jake fuhr erschrocken hoch.

„Gestern Abend.“ Sie schenkte Tee ein. „Anscheinend sind unsere Freunde entschlossen, etwas zu finden.“

„Warum sollten sie glauben, dass ich etwas habe, was sie haben wollen? Ich werde ja wohl kaum wichtiges Material in einer leeren Wohnung rumliegen lassen.“ Jake nahm die Tasse, die sie ihm anbot. „Meine Alarmanlage ist auf dem neuesten Stand der Technik – wie haben sie die ausschalten können?“

„Ihre Nachbarin hat Licht gesehen, und weil sie wusste, dass Sie verreist sind, hat sie die Polizei gerufen. Gehört hat sie nichts, also ist Ihre Anlage vermutlich nicht so gut, wie Sie glauben.“

Jake wusste, dass es sich anders verhielt, schwieg jedoch. Nur ein hoch spezialisierter Profi mit Insiderwissen konnte diese Alarmanlage ausschalten. Jemand musste dem Einbrecher einen Tipp gegeben haben. „Anscheinend wird Dempster nervös“, sagte er schließlich. „Wundert mich, dass das Büro nicht auch schon durchwühlt worden ist.“

„Das wurde es“, gestand Fiona. „Eine Stunde nach dem Einbruch in Ihrer Wohnung. Die Polizei wurde eingeschaltet, aber Ihre Partner können nicht feststellen, dass etwas fehlt.“

„Verdammter Mist!“, fluchte er leise. „Ich muss morgen früh Bill anrufen.“

„Ich hoffe, Sie haben nichts dagelassen, was sie hätten finden können“, sagte Miriam.

„Sehe ich etwa so aus?“, fuhr er sie an. *„Sorry“,* fügte er hastig hinzu. „Ich wollte nicht grob sein. Wie läuft die Suche nach den Urkunden?“

„Nicht gut.“ Louise kam zur Tür heraus, gefolgt von ihren Eltern. „Wir haben alles durchsucht. Da ist nichts als ein Haufen Trödel und Erinnerungsstücke.“

„Und was nun?“ Fiona sah Jake an.

Er merkte plötzlich, dass fünf Augenpaare auf ihn gerichtet waren. „Wir suchen weiter, bis wir sicher sind, dass die Urkunden nicht existieren“, erklärte er. „Dempsters Reaktion lässt mich vermuten, dass es sie gibt. Zumindest scheint *er* davon überzeugt zu sein. Wenn die Urkunden da sind, müssen wir sie vor ihm finden. Ich habe mich beim Bergbauministerium erkundigt, weil ich hoffte, dass da vielleicht noch eine Kopie der Originalurkunden vergraben liegt. Aber in den Anfangstagen sind viele Unterlagen verloren gegangen. Sie wurden meistens am jeweiligen Ort aufbewahrt; die Behörden haben erst sehr viel später angefangen, die Schürflizenzen zentral zu sammeln."

„Was ist mit Tagebüchern und Kalendern?", fragte Chloe.

„Kates Tagebücher!" Mims Aufschrei ließ alle zusammenschrecken. „Jetzt erinnere ich mich, ich habe sie in die Hutschachtel getan."

„In welche Hutschachtel?", fragte Louise. „Wir haben den ganzen Dachboden abgesucht, und da ist keine Hutschachtel."

„Habt ihr auch hinter dem Kamin nachgesehen? Das war immer mein Lieblingsversteck. Ich bin sicher, ich habe sie dort abgestellt."

Jake stand auf und folgte den beiden Schwestern in die Diele. Fiona reichte ihm eine Taschenlampe.

Die Leiter zum Dachboden war beiseite gestellt worden; er schleppte sie zurück an die Speicherluke und kletterte hinauf. Es war finster und beinahe unerträglich heiß unter dem niedrigen Dach, obwohl es bereits Nacht wurde. Er leuchtete mit der Taschenlampe an die hintere Wand und den gemauerten Kamin.

Die Taschenlampe flackerte und erlosch, gerade als er den dunklen Gegenstand in der Ecke entdeckt hatte.

Er kroch auf dem Bauch voran, bis er die Hutschachtel erreicht hatte. „Ich habe sie!", rief er triumphierend. Erleichtert tastete er sich zurück zur Luke und stieg die Leiter hinunter.

Sie gingen hinaus auf die Veranda, und Jake stellte die Schachtel vor Mim auf den Tisch.

Schweigend beobachteten sie, wie Mim mit den Fingerspitzen über das morsche Leder strich. „Das ist eins von nur zwei Gepäckstücken von Kate, die nach dem Untergang der *Titanic* gefunden wurden. Der Inhalt war natürlich verdorben, aber ich wollte sie nicht wegwerfen. Also habe ich sie benutzt, um Kates Tagebücher und Journale aufzubewahren."

Aller Augen waren auf sie gerichtet, als sie an den Schließen nestelte. Sie waren eingerostet und wollten sich nicht öffnen lassen, bis Jake sie mit einem Taschenmesser aufhebelte. Alle starrten auf die Kollektion von Tagebüchern, Notizheften und Briefen. „Wir fangen gleich an", sagte Miriam. „Wir haben nur noch fünf Tage Zeit."

CHLOE half ihrer Mutter ins Bett. Als sie sich abwandte, das Licht ausknipste und die Tür schloss, überkam sie eine unerträgliche Traurigkeit. Mim war ein solcher Fels, eine treibende Kraft in ihrem Leben – wie sollte sie ohne sie zurechtkommen? Fünfundsiebzig – das war doch kein Alter.

„Schläft sie?“ Als sie Leos vertraute Stimme hörte, drehte sie sich in der Tür zu ihrem Zimmer um und schaute ihren Ehemann an. Sie mochten geschieden sein, aber sie liebte ihn immer noch. „Glaubst du, wir werden die Urkunden jemals finden?“, fragte sie.

Er küsste sie sanft auf die Stirn. „Wer weiß? Aber sie haben uns alle wieder zusammengeführt, und das kann ja nichts Schlechtes sein, oder?“

Sie erwiderte sein Lächeln. „Wir waren immer eine einträchtige Familie, aber das hier hat unser Zusammengehörigkeitsgefühl noch verstärkt. Wir reden miteinander, statt zu streiten, Louise isst wieder, und Fiona ist dabei, sich zu verlieben.“

Seine Augen funkelten vergnügt. „Wurde auch Zeit, dass sie jemanden findet. Man sollte nicht allein leben. Einsamkeit ist nichts für Leute wie uns.“

„Du bist nie einsam gewesen“, erwiderte sie, „nicht bei den vielen Frauen, die du gehabt hast.“

Er lehnte sich an den Rahmen, sodass sie die Tür nicht zuziehen konnte. „Ich bin einsam ohne dich“, sagte er. „Die anderen Frauen waren nur eine Ablenkung von dem, was wirklich wichtig war. Sie haben mir sehr wenig bedeutet.“

„Spiel nicht den treuen Husaren. Das nehme ich dir nicht ab. Gute Nacht, Leo“, sagte sie und drückte die Tür ins Schloss.

„Ich habe mich geändert!“, rief er durch die Tür. „Ich habe eingesehen, was ich falsch gemacht habe, und ich möchte, dass du mir verzeihst. Lass mich zurückkommen, Chloe, bitte! Das Leben ist so leer ohne dich.“

Chloe lehnte sich an die Tür und kämpfte mit den Tränen. Leo war ihre große und einzige Liebe, aber er verstand es, ihr das Herz zu brechen – nicht nur einmal, sondern immer wieder. Sie musste das Verlangen, in seinen Armen zu liegen, unterdrücken. „Geh in dein eigenes Bett, Leo“, sagte sie durch die geschlossene Tür. „Morgen geht's dir wieder besser.“

Seine Schritte entfernten sich; er ging hinaus zu seinem Feldbett auf der Veranda. Sie musste sich immer wieder sagen, dass Leo sich niemals ändern würde und sein flehentlicher Wunsch nach Versöhnung nur zum Teil etwas mit seiner Zuneigung zu ihr zu tun hatte, sondern sehr viel mit dem Wissen, dass er alt wurde und die jungen Mädchen sich nicht mehr für ihn, sondern nur noch für seinen Namen und sein Geld interessierten.

Armer Leo!, dachte sie und fing an, sich auszuziehen. Er hat eine Midlifecrisis, aber ich kann nicht riskieren, weiterhin mein Herz und meinen Verstand für ihn zu opfern. Aber als sie dann in dem schmalen Einzelbett lag und an die Decke starrte, musste sie zugeben, dass es ihm nicht schwer fallen würde, sie umzustimmen. Die Jahre der Trennung hatten die Einsamkeit nicht gemildert, die sie erfüllte, wenn er nicht neben ihr lag, und noch immer fror sie, wenn er sie nicht in seinen Armen hielt.

FIONA blickte von dem Tagebuch auf und lächelte. Jake war eingeschlafen; das Journal lag auf seinem Schoß. Sie betrachtete ihn und sah, wie dunkel und dicht sein Haar war. Bartstoppeln verdunkelten sein Kinn, das auf die Brust gesunken war, und verliehen dem Kiefer schärfere Konturen. Er ist schön, dachte sie – aber das weiß er vermutlich auch. Sie klappte das Tagebuch zu, und Eric sprang erschrocken von ihrem Schoß.

„Was …?“ Jake riss schlaftrunken die Augen auf.

„Es ist spät“, sagte sie. „Alle anderen sind schon zu Bett gegangen, und Sie haben geschnarcht.“

„Ich schnarche nicht“, sagte er. „Nicht mal meine Frau hat sich je darüber beklagt.“

„Frau? Welche Frau?“ Fiona hatte plötzlich ein Gefühl, als springe sie mit dem Fallschirm über dem Dschungel ab.

Er blickte sie lange an, und seine verschlafenen Augen verliehen ihm ein sinnliches, ja beinahe verwundbares Aussehen. „Es ist schon spät“, sagte er schließlich und gähnte. „Komm, Eric. Schlafenszeit.“

„Welche Frau?“, wiederholte Fiona.

Er lächelte sie an. „Die Frau, die ich vor fast zehn Jahren geheiratet habe“, antwortete er. „Gute Nacht.“

Fiona hörte das Quietschen der Fliegentür und leises Gemurmel, als er und Leo einander gute Nacht wünschten. Dann war es still.

„Tja“, flüsterte sie, „das hat gesessen, verdammt!“ Sie knipste wütend das Licht aus. „Mistkerl!“, zischte sie. „Macht mir schöne Augen und führt mich aufs Glatteis. Für wen hält er sich?“

„Was ist los mit dir?“, maulte Louise, als ihre Schwester ins Bett kam. „Ich hab geschlafen!“

„Männer!“, sagte Fiona erbost. „Verfluchte Männer!“

„Oh, du meinst wohl Jake?“ Louise kicherte. „Was hat er denn jetzt wieder getan?“

„Er ist verheiratet, Lou. Der Mistkerl ist verheiratet.“

„Er war verheiratet“, sagte Louise lachend. „Aber Mim hat mir erzählt, dass er schon seit einer Ewigkeit geschieden ist.“

Fiona setzte sich auf. „Geschieden? Wieso lässt er mich dann glauben, er wäre noch verheiratet?“

„Keine Ahnung. Der arme Kerl weiß wahrscheinlich nicht, woran er bei dir ist. Du kannst manchmal ein bisschen … überwältigend sein.“

Fiona lag noch lange wach, als Louise eingeschlafen war. Wenn Jake Connor glaubte, er könne Spielchen mit ihr spielen, dann hatte er sich geschnitten. Sie würde ihn lehren, nicht mit ihr zu spielen.

Miriam lag im Dunkeln und lauschte den Geräuschen der anderen, als sie zu Bett gingen. Wie schön es war, wieder einmal ein volles Haus zu haben!

Aber es war das letzte Mal, dass sie alle zusammen auf Bellbird waren. Das letzte Mal, dass sie den Geist von Jugend und Vitalität atmen konnte, der sie in den letzten Tagen aufrechterhalten hatte.

Während sie darauf wartete, dass die Schmerztablette ihre Wirkung tat, dachte sie an das Leben und den Tod und die Fähigkeit der menschlichen Psyche, mit allem zurechtzukommen. Der Schmerz ließ nach, und eines Tages überstand man 24 Stunden, ohne an den Menschen zu denken, den man verloren hatte. Die Erinnerung lebte im Herzen weiter, aber die Züge verblichen wie auf alten Fotos.

FRANK kehrte mit Gladys und den Kindern aus Burke zurück und ritt dann allein nach Baringun, um sich bei den Streitkräften zu melden.

Die beiden Frauen schauten der verwehenden Staubwolke nach. Als sie verschwunden war, wandten sie sich ab und kehrten ins Haus zurück. Blass und mit tränenlosen Augen saßen sie beim Tee, und die Kinder spielten zu ihren Füßen. An diesem Tag wurde eine Freundschaft begründet, die bestehen sollte, bis Gladys fünfzig Jahre später starb.

Bellbird schmorte in der Hitze des Sommers 1914, und als Weihnachten kam und ging, wurde ihnen klar, dass ihre Männer nicht so bald nach Hause zurückkehren würden. Durch Zeitungen und Rundfunkberichte erfuhren sie, dass dieser Krieg anders war als alle zuvor. Maschinengewehre, Panzer, Giftgas, Flugzeuge und U-Boote waren die neuen Werkzeuge des Todes, und eine einzige Schlacht konnte hunderttausende von Opfern auf beiden Seiten fordern. Zum ersten Mal in der Geschichte wurde auch die Zivilbevölkerung zum Angriffsziel. Die britische Blockade versuchte die Deutschen und ihre Verbündeten auszuhungern und zur Kapitulation zu zwingen, und die deutschen Unterseeboote taten das Gleiche mit den Briten.

Die Frauen und Kinder im Outback pflanzten Weizen an und züchteten Rinder und Schafe für die Fleischmärkte. Wolle war so teuer wie nie.

„Dieser Krieg wird für uns Frauen alles verändern“, sagte Miriam. Die beiden Freundinnen saßen auf der Veranda und strickten. Es war im Mai 1915, und auf dem Tisch neben ihnen stapelten sich Socken, Westen, Fausthandschuhe und Schals, die an die Front geschickt werden sollten.

„Inwiefern?“, fragte Gladys.

„Wir haben gelernt, wie es ist, unabhängig zu sein“, antwortete Miriam. Sie ließ das Strickzeug sinken und strich über die Rundung ihres schwangeren Bauches. Trotz aller Angst, dass Edward vielleicht nicht mehr heimkehren würde, erfüllte sie mit tiefer Genugtuung, was sie, die Frauen, geleistet hatten, seit die Männer fortgegangen waren. „Frauen arbeiten in Fabriken und Werkstätten, in Schulen und sogar in Büros. Wir haben gelernt, selbst für uns zu sorgen, und wissen nun, wie es ist, Lohn in der Tasche zu haben.“

In der Ferne erhob sich eine Staubwolke. Gladys beschirmte die Augen mit der Hand. „Hoffentlich ist das der Viehtreiber.“

„Das ist ein Auto“, sagte Miriam, als sich die Staubwolke näherte. „Wen kennen wir denn, der ein Auto besitzt?“

„Der Priester hat ein Auto. Du glaubst doch nicht ...?“

Die beiden Frauen standen auf und warteten. Die Angst stand ihnen im Gesicht geschrieben. Father McFarlaine war ein Mann mit wenig Mitgefühl. Seine Ankunft konnte nur eines bedeuten.

Der Wagen kam knirschend zum Stehen. Die Tür öffnete sich, und der Priester kletterte heraus.

Miriam spürte, wie eine kalte Hand nach ihrem Herzen griff. Ihre Hände fuhren zu ihrem Leib, denn das Ungeborene begann zu strampeln. „Sie bringen ein Telegramm?“

Er nickte, kam herauf und blieb neben Gladys stehen. Aber Miriam sah, dass seine Aufmerksamkeit ihr galt.

„Ich habe die traurige Aufgabe, Sie davon in Kenntnis zu setzen, dass Ihr Ehemann in der Schlacht von Gallipoli gefallen ist“, erklärte er steif. „Er hat Mut über alle Pflichterfüllung hinaus bewiesen und eine Auszeichnung erhalten. Die ersten *Australian Imperial Forces* waren glorreich in ihrer Niederlage, und sie haben ihr Leben mutig und brüderlich hingegeben. Australien hat bewiesen, dass es endlich eine große Nation ist. Sie müssen sehr stolz sein.“

Die Welt kippte. Miriam fühlte, dass Hände sie packten, sie zu dem Tagesbett am Ende der Veranda führten und ihr ein kaltes Tuch auf die Stirn legten. Die Stimme des Priesters drang aus weiter Ferne zu ihr. „Ich wäre nicht gekommen, wenn ich von Ihrem Zustand gewusst hätte“, sagte er. „Wann wird es …?“

„In vier Wochen, vielleicht eher, nach diesem Schock“, fuhr Gladys ihn an. „Sie hätten wirklich behutsamer sein können. Was ist mit Frank, Father? Ist er wohlauf?“

„Keine Nachrichten sind gute Nachrichten, meine Liebe“, antwortete McFarlaine. „Ich habe nichts gehört.“

Edwards Sohn wurde auf dem Tagesbett geboren, während die Staubwolke hinter dem Auto des Priesters in der Ferne verwehte. Er lebte gerade so lange, dass Miriam ihn küssen und beim Namen nennen konnte. Edward Henry Strong wurde auf dem Friedhof auf dem Hügel hinter dem Haus begraben.

Miriam und Gladys standen schweigend am Grab und hielten einander bei der Hand. Es war früh am Morgen des folgenden Tages, und das kleine weiße Kreuz leuchtete vor der roten Erde auf dem hellgrünen Gras.

Miriam fiel auf die Knie; der Schmerz flutete aus ihr hervor: ein langer, qualvoller Schrei, der von den Hügeln ringsum widerhallte und das Tal von Bellbird erfüllte. Es sollte das letzte Mal sein, dass sie weinte.

MIRIAM öffnete die Augen und sah verwundert, dass es immer noch dunkel war. Die Erinnerungen erschienen immer noch real; es war, als fühle sie die Wärme der Sonne und die Brise, die an diesem furchtbaren Tag ihr Gesicht liebkost hatte.

Sie hatte nur ihren Sohn begraben können, und es gab keinen greifbaren Beweis für die Existenz der anderen, nur Erinnerungen. Vater war verschwunden, Kate und George waren im Meer versunken, und Edward war nie nach Hause gekommen.

Bald, dachte sie, werde ich sie wiedersehen.

14

Jake hatte gut geschlafen und sogar das nächste von Kates Tagebüchern fast ganz gelesen, als die Sonne aufging. Als er geduscht und sich angezogen hatte, ging er über den Hof zum Haus.

„Ich muss Sie sprechen.“ Miriam erschien unter den herabhängenden Wedeln des Pfefferbaums. „Rasch, kommen Sie hier herein.“

Jake schob den Laubvorhang beiseite und trat in den Schatten. „Was gibt's denn?“, flüsterte er. „Haben Sie etwas gefunden?“

„Lesen Sie das, und sagen Sie mir, was Sie davon halten.“

Jake nahm das Notizbuch und überflog die Seite. Es war ein Verzeichnis von An- und Verkäufen, die Kate auf ihrer Rundreise durch die Schürfercamps getätigt hatte.

„Ich sehe, was Sie meinen“, sagte er nachdenklich. „Das hier sind ausgezeichnete Hintergrundinformationen, und im Zusammenhang mit ein oder zwei Tagebucheinträgen, die ich gerade lese, werde ich es bei Gericht wohl verwenden können. Die Verteidigung wird es zweifellos als unzulässig betrachten und beantragen, dass es als Beweismaterial abgelehnt wird. Aber wir werden sehen.“ Er klappte das Buch zu. „Mehr kann ich Ihnen leider nicht versprechen.“

„Sie sind ein guter Mann, Jake“, sagte sie leise. „Ich bin froh, dass ich Sie auf meiner Seite habe.“ Sie tätschelte seinen Arm und ging dann durch die Zweige hinaus.

Jake blieb noch einen Augenblick stehen. Seine Gedanken kreisten um die Aufzeichnungen. Zusammen mit dem einzigen anderen Beweisstück konnte dieses Journal beachtliches Gewicht bekommen.

Fiona beobachtete, wie ihre Schwester einen Teller Rührei mit Speck vertilgte und mit Tee hinunterspülte. Das verkniffene Aussehen einer halb Verhungerten hatte Louise bereits verloren, und auch ihre Laune hatte sich gebessert. Fiona aß ihren Toast und schob den Teller beiseite. Sie würde Mim sagen müssen, dass sie abreiste. Sie konnte sich nicht leisten, das Vorstellungsgespräch in Brisbane zu versäumen. Aber ihr graute davor, es ihrer Großmutter zu sagen.

Für den Augenblick rettete sie Jakes Erscheinen. „Was ist das?“, fragte sie, als sie sah, wie er das Journal in seinen Aktenkoffer einschloss.

„Nichts weiter – Mim dachte, es könnte mich interessieren“, antwortete er unverbindlich.

Fiona wollte etwas erwidern, als das Telefon klingelte. „Bellbird“, blaffte sie.

„Ralph hier. Gib mir Louise.“

Fiona reichte Louise widerstrebend den Hörer. Louise trug das Telefon in die Diele und schloss die Tür.

Chloe und Fiona wechselten einen Blick. „Hoffentlich hat er nicht vor, wieder herzukommen“, flüsterte Chloe. „Louise sieht so viel besser aus. Er tut ihr nicht gut.“

Es wurde still in der Küche, als alle sich wieder in die Lektüre der Tagebücher vertieften. Louise kam herein, stellte das Telefon auf das Bord und setzte sich. Ihre Augen waren verquollen, und ihr Gesicht war fleckig.

„Was hat er gesagt, Louise? Hat er dich wieder tyrannisiert?“, fragte Fiona in ihrer unverblümten Art.

Louise nahm das Tagebuch, in dem sie gelesen hatte, und schob ihren Stuhl zurück. „Es geht dich einen Dreck an!“, fauchte sie. „Ich lese auf der Veranda weiter, wo ich meine Ruhe habe. Und lass dir ja nicht einfallen, mir nachzukommen. Ich bin nicht bereit, mit dir zu diskutieren.“

Das Telefon läutete wieder, als sie daran vorbeiging. Sie riss den Hörer von der Gabel, lauschte, und ihre Miene verdüsterte sich. „Es ist für Sie“, sagte sie und hielt Jake den Hörer hin. „Jemand namens Bill.“

Jake lauschte dem Mann am anderen Ende der Leitung. Als er schließlich auflegte, sagte er: „Es tut mir Leid, Mim. Das war mein Partner. Dempster hat Gegenklage erhoben, und zwar wegen übler Nachrede. Seine Anwälte verlangen zwei Millionen Dollar Schmerzensgeld plus Erstattung der Anwaltskosten.“

Miriams Herz schlug schmerzhaft in ihrer Brust. Zwei Millionen Dollar konnte sie unmöglich auftreiben, selbst wenn sie Bellbird verkaufte – und das würde sie niemals tun. „Oh Gott!“, stöhnte sie. „Was habe ich getan?“

„Es ist noch nicht zu spät, Mim.“ Jake setzte sich zu ihr und nahm ihre Hand. „Wenn Sie die Klage zurückziehen und einen formellen Entschuldigungsbrief schreiben, werden die Dempsters auf ihre Forderung verzichten.“

Sie schrie auf. „Niemals! Nie werde ich mich bei einem von denen entschuldigen.“

„Mum!“ Chloes Ton war ungewohnt scharf. „Du kannst so nicht weitermachen. Es ist zu einer Obsession geworden. Gib dem Mann, was er will, und vergiss diesen albernen Prozess.“

„Chloe hat Recht“, sagte Leo. „Die Sache ist zu weit gegangen. Du bist nicht gesund genug, um mit alldem fertig zu werden.“

Miriam wandte sich an Fiona. „Und was meinst du?“

Fiona überlegte. „Ich schätze, Dempster blufft“, sagte sie schließlich. „Dass die Geschichte vor Gericht kommt, ist das Allerletzte, was er gebrauchen kann. Bei einer Schlammschlacht bleibt immer etwas hängen, egal, wer gewinnt.“

Miriam verspürte neue Hoffnung. Wie clever ihre Enkelin doch war – wie analytisch sie vorging.

„Diese Gegenklage und die 2-Millionen-Dollar-Forderung sollen dir Angst einjagen“, erklärte Fiona. „Und die Forderung nach einer Entschuldigung soll dich auf bösartige Weise demütigen.“

Miriam nickte. „Aber wie kann er sicher sein, dass wir keine Beweise gegen ihn haben?“

„Männer wie Dempster leben vom Risiko“, sagte Fiona. „Nur so können sie ein solches Vermögen zusammenraffen. Kleine Leute wie wir sind leicht einzuschüchtern, wenn die ihr Geld in die Waagschale werfen.“

Jake räusperte sich. „Haben Sie die Möglichkeit in Betracht gezogen, dass Dempster gefunden hat, was er suchte? Nicht mal er ist arrogant genug, um ein Gerichtsverfahren zu riskieren, wenn er nicht einigermaßen sicher sein kann zu gewinnen.“

„Jake hat Recht“, flüsterte Chloe. „Gib auf, Mum, bevor wir alles verlieren.“

„Nein“, sagte Miriam. „Ich ziehe Fionas Auffassung vor. Dempster hat Angst bekommen. Diese Gegenklage soll mich daran hindern, noch weiterzugehen.“

„Es tut mir Leid“, kam es schluchzend von der Tür. „Es ist alles meine Schuld. Ich habe euch im Stich gelassen.“

Chloe stand auf und ging zu ihrer Tochter. Sie legte Louise den Arm um die Schultern. „Beruhige dich und sag mir, wieso du uns im Stich gelassen hast.“

Louise wischte sich die Tränen ab. „Ich wollte nichts sagen. Es ist mir einfach rausgerutscht.“

Miriam war entgeistert. „Du hast mit Ralph gesprochen.“

Louise nickte. „Wir haben uns unterhalten, und ich hab ihm von der Suche nach den Urkunden erzählt. Er wusste natürlich, was wir tun; er war ja hier, als wir beschlossen haben, sie zu suchen. Aber ich dachte, es macht nichts, wenn ich ihm sage, dass wir nichts gefunden haben, aber dass Mim Jake etwas gegeben hat, was er nach Brisbane mitnehmen sollte.“ Louise schaute zu Jake hinüber. „Es tut mir Leid, Jake.“

„Ralph hat dich also benutzt, um an Informationen zu kommen, mit denen er sich bei Dempster lieb Kind machen konnte.“ Fionas Gesicht verfinsterte sich. „Kein Wunder, dass man bei uns einbricht. Was für ein Scheißkerl!“

„Es tut mir so Leid!“, heulte Louise. „Aber Ralph versteht es, mich dazu zu bringen, dass ich Sachen ausplaudere, obwohl ich weiß, dass sie geheim bleiben sollen. Ich hab nicht einen Augenblick daran gedacht, dass er damit zu Dempster gehen könnte – das heißt, bis heute Morgen.“

„Warum? Was war heute Morgen?“

„Er hat sich verplappert und gesagt, dass er von dem Einbruch bei Jake wusste“, schluchzte Louise. „Dann wollte er es vertuschen, indem er mich beschuldigte, ich hätte ein Verhältnis mit ihm. Er hat mir so schreckliche Dinge vorgeworfen. Ich würde gegen ihn arbeiten, damit er den Vertrag mit Shamrock Holdings nicht kriegt, und mich mit meiner Familie gegen ihn verschwören.“

Miriam nahm liebevoll die Hand ihrer Enkelin. „Im Grunde gab es doch nicht viel zu erzählen, Kind. Ich glaube nicht, dass Dempster jetzt viel klüger ist. Setz dich wieder. Wir haben eine Menge zu besprechen.“

Louise hockte in dumpfem Jammer da, während alle auf einmal zu reden anfingen. Ideen und Vorschläge wurden erörtert. Aber Louise hörte nur mit halbem Ohr zu, denn in Gedanken war sie bei ihrer Ehe und dem Mann, der sich plötzlich als Fremder entpuppt hatte.

Rückblickend erkannte sie, dass Ralph sie zu einem Schatten ihrer wahren Persönlichkeit gemacht hatte.

Ralph hatte ihre Kleider ausgewählt, er hatte das Haus gekauft, hatte entschieden, dass sie keine Kinder bekommen würden. Er erlaubte ihr nicht, zu arbeiten, er heuerte und feuerte das Hauspersonal und erwartete, dass sie ihm dankbar war.

Und sie war es gewesen – bis vor ein paar Tagen.

Jetzt, mit klarem Blick auf ihre Ehe, wusste sie, dass Ralph sie nie geliebt hatte. Er hatte sie benutzt, und es hatte ihm Spaß gemacht, sie zu beherrschen.

Das Leben auf Bellbird hatte ihr gezeigt, was wahre Liebe bedeutete, und sie hatte gesehen, wie viel ihr entgangen war, weil sie die Eintracht der Familie zugunsten ihrer Ehe mit Ralph geopfert hatte.

Wieder stiegen ihr die Tränen in die Augen. Aber für Selbstmitleid war es zu spät. Sie musste einen Weg finden, aus seinem Schatten hinauszutreten und in der Familie, die sie liebte, wieder gutzumachen, was sie angerichtet hatte.

„Wenn du entschlossen bist, diesen Irrsinn weiterzutreiben, Mim, dann werde ich nach Hause fahren müssen, um zu sehen, was ich tun kann“, erklärte Leo. „Zwei Millionen sind eine Menge Geld, aber ein paar Leute schulden mir noch einen Gefallen.“

„Ich fahre mit“, sagte Chloe. „Ich hab ein bisschen auf der hohen Kante, aber es wird ein Weilchen dauern, es flüssig zu machen.“

„Ich will auf keinen Fall, dass ihr euch wegen dieser Geschichte ruiniert“, sagte Miriam. „Wenn alle Stricke reißen, kann ich immer noch Bellbird verkaufen."

„Nur über meine Leiche!", rief Fiona empört. „Bellbird gehört uns."

„Wir wollen nicht übertreiben", sagte Jake ruhig. „Dempster muss erst einmal den Nachweis für üble Nachrede erbringen. Der Fall würde wahrscheinlich vor einem Geschworenengericht verhandelt werden, und die Geschworenen müssten zu einer Mehrheitsentscheidung gelangen. Wenn nur der geringste Verdacht bestehen bleibt, dass er Ihre Familie betrogen hat, dann wird er verlieren – oder schlimmer: Es könnte sein, dass das Schmerzensgeld auf einen Dollar reduziert wird. Das würde einen Schatten auf seine Glaubwürdigkeit werfen."

Miriam nickte. „Und das wird er nicht wollen."

„Trotzdem", knurrte Leo. „Chloe und ich fahren nach Hause, um das Finanzielle zu regeln – für alle Fälle." Er sah Louise an. „Und was wirst du tun?"

„Ich bleibe hier", entgegnete Louise.

„Ich muss leider auch zurück", sagte Fiona. „Ich habe übermorgen ein wichtiges Vorstellungsgespräch. Es könnte ein wirklich guter Job sein. Es tut mir Leid, Mim."

Miriam tätschelte ihre Hand. „Wenn es wichtig ist, musst du fahren, Liebling. Solange du nicht vergisst, am Montag ins Gericht zu kommen und mich zu unterstützen."

Jake griff nach seinem Aktenkoffer. „Und ich werde im Büro gebraucht", sagte er. „Nachdem Dempster Gegenklage eingereicht hat, gibt es eine Menge Papierkram zu erledigen."

Eine Stunde später stand Miriam auf der Veranda und verabschiedete ihre Familie. Leo fuhr gemächlich vom Hof, und Chloe winkte betrübt aus dem Fenster. Fiona startete ihr lärmendes Motorrad, warf Miriam eine Kusshand zu und donnerte dem Wagen hinterher. Jeder hatte ein Tagebuch mitgenommen.

„DU HAST einen Fehler gemacht", sagte Bridget und nahm das Glas Wein, das ihr Sohn ihr reichte. „Man legt seine Karten nicht vor der letzten Runde auf den Tisch."

„Zumindest könnte es die alte Hexe einschüchtern", knurrte Brendt.

„Miriam kann man nicht einschüchtern", sagte seine Mutter. „Wir dürfen nicht zulassen, dass sie mit ihrer Klage vor Gericht geht. Unser Ruf würde beschädigt werden. Deshalb war es so wichtig, dass wir uns bedeckt halten, bis wir genau wissen, dass sie wirklich nicht genug Material hat, um vor Gericht zu gehen."

„Und wenn es doch welches gibt?" Sein Gesicht war aschfahl.

„Das halte ich für höchst unwahrscheinlich. Ralph hätte es uns gesagt, und wir hätten bei unserer Suche etwas gefunden."

„Aber er sagt, der Anwalt hat etwas mit nach Brisbane genommen", beharrte Brendt. „Und ich habe nicht die leiseste Ahnung, was oder wo es ist. Ich wünschte, Großvater hätte Miriam zusammen mit ihrem Vater in den Schacht geworfen. Das hätte uns eine Menge Ärger erspart."

Es war ein Morgen, wie er vollkommener nicht sein konnte. Der Brisbane River floss funkelnd unter der Victoria Bridge hin. Nicht einmal der dichte Verkehr, der sich auf dem North Quay in die Stadt wälzte, konnte von der Schönheit der blühenden Bäume auf der kleinen Grünfläche am Fluss ablenken.

Fiona traf an diesem Montagmorgen als Erste ein, und als sie auf dem Rasen stand und den Verkehrsstrom auf der Brücke betrachtete, fragte sie sich, wie dieser Tag wohl enden würde. Bei ihrem letzten Telefonat mit Mim hatte sie nur erfahren, dass Mim beschlossen hatte, Bellbird früher als geplant zu verlassen und bei Chloe zu wohnen. Louise war wieder zu Ralph gezogen.

Fiona zupfte an ihrer Jacke. In dem Kostüm wurde ihr jetzt schon heiß, aber es war das einzige respektable Kleidungsstück, das sie besaß. Sie nahm auf der Kante einer Bank Platz. Sie hatte noch fast eine Stunde Zeit, ehe sie die kühlen Hallen des Obersten Gerichts betreten musste.

„Sie sind früh da", sagte Jake und setzte sich neben sie.

Erschrocken fuhr sie herum. „Junge", hauchte sie, „Sie haben sich aber rausgeputzt."

Jake zog das Revers seines Jacketts zurecht. „Warten Sie, bis Sie mich in Robe und Perücke sehen", antwortete er. „Ich bin einfach hinreißend so kostümiert."

Sie kicherte, aber dann bemerkte sie das nervöse Zucken seiner Wange und begriff, dass er genauso angespannt war wie sie. „Ich wünschte, wir könnten es bleiben lassen", sagte sie, als sie die Presseleute sah, die sich vor dem Gerichtsgebäude versammelten.

„Ich auch", gestand er. „Aber Mim hat eine Chance, und wir dürfen uns nicht von unseren Zweifeln ins Bockshorn jagen lassen."

„Erklären Sie mir bitte, was jetzt passiert", sagte sie.

Jake stellte seinen Aktenkoffer auf den Boden. „Miriam ist die Klägerin, und Patrick Dempsters Erben sind die Beklagten, denen vorgeworfen wird, Mims Erbansprüche verletzt zu haben. Dempster kann den Forderungen stattgeben oder sie zurückweisen – und dann kann er Gegenklage einreichen."

„Was er getan hat", stellte Fiona erbittert fest. „Hat Mim ohne die Urkunden genug Material für eine Klage?"

„Als Klägerin wird sie als Erste angehört. Dempster kommt an die Reihe, wenn sie fertig ist. Mim muss genug Beweismaterial vorlegen, um ihre Klage gegenüber Dempsters Argumenten begründet erscheinen zu lassen. Dazu können wir auch Zeugenaussagen verwenden. Aber alle Zeugen sind leider längst tot. Mim wird es schwer haben, so ganz allein."

„Es gibt eine Zeugin."

„Daran habe ich schon gedacht", sagte Jake. „Aber sie ist eine feindselige Zeugin, und der Beklagte hat sie bereits benannt."

„Sie wird lügen, was das Zeug hält!", zischte Fiona.

„Dann ist es meine Aufgabe, die Wahrheit herauszufinden." Er lächelte und legte ihr sanft die Hand auf den Arm. „Vertrauen Sie mir, Fiona."

BRIDGET atmete tief durch, als sie aus der Limousine stieg und der Presse entgegentrat. Die Reporter schrien ihr Fragen zu und eröffneten ein Blitzlichtgewitter. Sie schob die Hand in Brendts Armbeuge und schritt durch das Gewimmel über den Platz, ohne einen Kommentar abzugeben.

In der Eingangshalle passierten sie die Sicherheitskontrolle. Brendt sah sich im Saal um. „Wie ich sehe, haben wir die volle Unterstützung unserer Familie – wie immer", stellte er säuerlich fest.

„Was hast du erwartet, Brendt? Du hast die Familie im Laufe der Jahre immer wieder vor den Kopf gestoßen."

„Ich kämpfe um die Existenz des Unternehmens!", fauchte er.

Bridget zuckte die Achseln. Wie alle anderen Verwandten besaß sie einen großen Treuhandfonds. Das Ergebnis dieses Prozesses würde keinem von ihnen schaden – außer Brendt, der sein ganzes Vermögen in Shamrock Holdings gesteckt hatte. „Arabella hat offensichtlich eine andere Verpflichtung", sagte sie. „Ich bin enttäuscht."

„Meine Frau wird kommen", knurrte er gereizt. „Sie wenigstens weiß, wem ihre Loyalität gehört."

Bridget schwieg. Arabella war eine Frau nach ihrem Herzen, eine Frau, die im Laufe ihrer Ehe ein Vermögen beiseite geschafft und es klug investiert hatte. Brendt wäre schockiert, wenn er wüsste, wie reich und unabhängig seine Frau inzwischen war. Und loyal war sie nur gegen sich selbst und ihre Kinder. Wenn dieser Prozess zum Zusammenbruch von Shamrock Holdings führen sollte, wäre Arabella die erste Ratte, die das sinkende Schiff verließ.

Als plötzlich alles den Hals reckte, erstarrte Bridget. Der Gegner war eingetroffen.

Miriam quittierte Bridgets musternden Blick gleichmütig und empfand Genugtuung, als die andere die Augen niederschlug. Sie schaute zu Jake auf. Gut sah er aus mit der Perücke und der fließenden Robe.

„Wo sind Leo und Ihre Tochter?“, fragte er. „Ich dachte, wenn Sie bei ihnen wohnen, fahren Sie gemeinsam her.“

„Ich habe im Hotel übernachtet. Vermutlich hat Chloe wieder die Zeit vergessen“, sagte sie. „Sie werden schon noch kommen.“

Der Gerichtsschreiber befahl Ruhe. „Alle Beteiligten in der Sache Strong gegen Dempster-Flytte, bitte nehmen Sie Platz.“

Miriam setzte sich neben Jake. Der Gerichtssaal füllte sich, und sie registrierte, wie viele Reporter sich in die Presseloge drängten. Freude durchströmte sie, als Louise sich hinter Fiona in die Sitzreihe hinter den Anwaltstischen schob. Ihre Enkelin war ohne Ehemann gekommen.

Die Richterin erschien, eine große, schmale Frau von unbestimmbarem Alter, und alle erhoben sich, bis sie ihren Platz eingenommen hatte. Sie musterte die Versammlung. „Wenn Sie dann beginnen wollen, Mr Connor …? Ich höre, Ihre Mandantin ist gesundheitlich beeinträchtigt. Ich habe entsprechende Vorkehrungen veranlasst.“

Jake führte Miriam in den Zeugenstand, wo sie sich setzen konnte. Es war seine Idee gewesen, ihre Gebrechlichkeit hervorzuheben; sie hatte zunächst abgelehnt, aber dann hatte sie eingesehen, dass es ein kluger Schachzug war – und nun war sie dankbar, dass sie ihre Aussage nicht im Stehen zu machen brauchte. Sie legte den Eid ab.

Jakes klare dunkle Stimme hallte durch den Gerichtssaal. „Mrs Strong, würden Sie bitte dem Gericht sagen, warum Sie hier sind?“

Miriam schaute zu Bridget und ihrem Sohn hinüber. Sie saßen mit versteinerten Mienen da, umgeben von ihren Anwälten. „Ich bin hier, um zu beweisen, dass ich ein Anrecht auf die Hälfte des Dempsterschen Familienvermögens habe“, erklärte sie mit fester Stimme.

Jake wartete, bis das aufgeregte Gemurmel sich wieder gelegt hatte. „Vielleicht können Sie diese Behauptung ein wenig erhellen, indem Sie die Geschichte darlegen, die hinter Ihrem Anspruch steht?“

Miriam begann zu sprechen. Sie erzählte von ihren Kindheitsjahren, von den Entbehrungen und davon, wie man Funde, Proviant und Unterkunft geteilt hatte. Sie erzählte von der Beziehung zu Patrick und seiner Familie und von Kate.

„Und die Partnerschaft zwischen Patrick Dempster und Ihrem Vater war bekannt unter den Schürfern?"

Miriam nickte. „Keiner von beiden hat je ein Geheimnis daraus gemacht."

Jake legte Kates Tagebuch als Beweisstück Nummer eins vor. „Würden Sie uns bitte den Eintrag vom Juli 1894 vorlesen?"

Miriam spürte Kates Gegenwart, als sie das abgegriffene Tagebuch in die Hand nahm.

> *„Ich habe heute erfahren, dass Henry eine Partnerschaft mit Paddy Dempster eingegangen ist. Er hat mir sogar die amtlichen Dokumente gezeigt, die diese Partnerschaft besiegeln, und die Besitzurkunden über ihren Claim; er ist überzeugt, dass diese Papiere ihn schützen werden, sollte etwas geschehen. Ich bin verzweifelt, aber was kann ich schon tun? Er will eine Zukunft für sich und die kleine Miriam schaffen. Ich bete zum Himmel, dass Patrick ein ehrlicher Partner sein möge, doch was ich über ihn weiß, lässt mich das Schlimmste befürchten."*

„Warum musste Kate das Schlimmste befürchten?", fragte Jake.

„Ein Jahr vor ihrer Abreise nach Amerika war Kate in Dublin. Patrick ebenfalls. Sie war Zeugin, als Patrick einen Mord beging", antwortete Miriam.

Die Anwälte der Beklagten sprangen auf und erhoben Einspruch. Brendt fuchtelte brüllend mit den Armen, und die Reporter kritzelten in ihre Notizblocks. Die Richterin ließ den Hammer auf ihr Pult niederfahren.

„Haben Sie irgendeinen Beweis für diese Beschuldigung?", fragte sie.

„Nein", gab Miriam zu. „Aber Kate hat es mir erzählt, und sie war keine Lügnerin."

Die Richterin funkelte Jake an. „Bitte sorgen Sie dafür, dass Ihre Mandantin Beweise vorlegt, Mr Connor. Sie wissen, dass Hörensagen unzulässig ist."

Jake nickte. „Mrs Strong, bitte sagen Sie dem Gericht, was kurz nach Ihrem zwölften Geburtstag geschah."

Miriam blickte starr in den Saal, während sie die Ereignisse jenes schrecklichen Tages schilderte. „Der Leichnam meines Vaters wurde nie gefunden“, endete sie. „Kate packte ihre Sachen, und früh am nächsten Morgen fuhren wir weg.“

„Und warum?“, fragte Jake.

„Wegen ihres Verdachts und weil Paddy schon früher gewalttätig gegen sie geworden war. Kate fürchtete um meine Sicherheit.“ Miriam erzählte dem Gericht, wie Patrick versucht hatte, Kate zu vergewaltigen, und Jake legte das Tagebuch vor, in dem Kate von der schrecklichen Nacht an Bord der *Swallow* berichtete. „Patrick muss gemerkt haben, dass sie und mein Vater sich verliebten. Bei der Suche nach meinem Vater half er nicht, und er zeigte auch keinerlei Bestürzung über sein Verschwinden. Aber ich war dabei, als er Kate wegen der Besitzurkunden über die Mine bedrohte. Er behauptete, sie gehörten ihm, und er hatte den Verdacht, dass Henry sie Kate in Verwahrung gegeben hatte. Aber Kate wusste nichts über den Verbleib der Urkunden. Das Zelt meines Vaters war durchwühlt worden. Wir konnten Dempsters Behauptung, dass die Mine ihm gehöre, nicht widerlegen, und wenn Kates Vermutungen über das Verschwinden meines Vaters zutrafen, war auch ich in Gefahr. Deshalb gingen wir fort.“

„Warum haben Sie Kontakt mit mir aufgenommen, Mrs Strong?“, fragte Jake. „Warum sind Sie nach so vielen Jahren plötzlich sicher, dass Sie Ihr Anrecht auf einen Teil des Dempsterschen Vermögens beweisen können?“

„Ich habe etwas gefunden, was nur aus dieser letzten Mine stammen kann. Etwas, was Dempster ein weiteres Motiv für einen Mord gegeben haben könnte.“

Jake nahm die Spieldose aus dem Karton unter dem Tisch und hielt sie in die Höhe. „Ist es das, was Sie gefunden haben?“

„Ja“, sagte Miriam. „Aber was mich veranlasst hat, Sie anzurufen, war das, was ich in dem Geheimfach entdeckt habe.“

„Vielleicht sollten Sie uns das erklären.“

„Bevor ich das tue“, sagte Miriam, „sollte ich noch etwas aus einem Tagebuch vorlesen, das Kate 1911 verfasst hat.“ Sie schlug das Tagebuch auf und las:

„Ich habe entdeckt, was Henrys Vermächtnis in Wahrheit wert ist, und nachdem ich lange in meinem Herzen geforscht habe, werde ich nichts weiter tun, als es Miriam an ihrem einundzwanzigsten Geburtstag zu übergeben. Bis jetzt habe ich wie so viele andere geglaubt, dass solche

Stücke nicht mehr als ein paar Pennys wert sind. Vielleicht wird sie es mir nicht danken, dass ich das Geheimnis so lange für mich behalten habe. Doch ich hoffe, dass sie mir verzeihen wird.“

Jake stellte die Spieldose auf den Tisch vor dem Zeugenstand. „Wollen Sie dem Gericht bitte zeigen, was Sie in der Spieldose gefunden haben, Mrs Strong?“

Mit zitternden Händen löste Miriam die Verriegelung am Sockel der Spieldose und ließ das Schubfach herausgleiten. Sie nahm den Gegenstand, der da auf rotem Samt lag, und hielt ihn in die Höhe.

Die Zuschauer schnappten nach Luft; es klang wie das Seufzen des Windes in einem Maisfeld.

Miriam schaute zu den Dempsters hinüber. Sie wussten, was es war und was es bedeutete – sie sah den Schock in ihren Augen.

Sie ließ den Edelstein an der Goldkette hin und her schwingen, ehe sie ihn mit Daumen und Zeigefinger ergriff. Er war mindestens 15 Zentimeter lang und acht bis zehn Zentimeter breit, geschliffen und poliert. „Das ist ein schwarzer Opal, wie er nur an einem Ort gefunden wurde, den ich als Wallangulla kenne. Ihnen wird er unter dem Namen ‚Lightning Ridge‘ bekannt sein“, erklärte sie. „Aber es ist kein gewöhnlicher schwarzer Opal.“ Sie drehte den Opal im Licht und ließ seine Farben schillern. „Man findet alle Farben des Regenbogens in diesem schwarzen Stein. Sogar rosa Flecke sind dabei – die seltenste Farbe von allen –, aber das ist nicht der einzige Grund, weshalb dieser Opal so wertvoll ist. Er ist so selten, dass nur wenige Menschen das Glück hatten, ihn zu Gesicht zu bekommen.“

Sie schaute hinüber zu ihren Enkelinnen, die mit erstaunten Gesichtern dasaßen, und sah, dass Chloe inzwischen eingetroffen war. Aus Bridgets starrem Blick sprach blanker Hass. Miriam erwiderte ihn ungerührt und sprach weiter. „Die Farben sind in dem gleichen Muster angeordnet wie die Farben an den Kostümen der kleinen Tanzfiguren.“

Sie klappte die Spieldose auf, und die Figuren drehten sich zu den Klängen der Musik. Als die Musik zu Ende war, hob sie den Kopf. „Dies, meine Damen und Herren, ist ein schwarzer Harlekin.“

„Das beweist gar nichts!“, schrie Brendt. „Wahrscheinlich hat Ihr Vater ihn aus der Mine gestohlen.“

„Ruhe!“ Die Richterin schlug mit dem Hammer auf den Tisch. Der Saal war in Aufruhr, und die Reporter drängten zu den Türen, um ein Telefon zu erreichen.

Brendt ließ sich nicht beirren. „Dieser Harlekin kann auch aus Kates Geschäften mit anderen Schürfern in Lightning Ridge stammen. Wo ist der Beweis dafür, dass er aus meiner Mine stammt?“

„Ruhe im Gerichtssaal!“, rief die Richterin und schlug mehrmals mit dem Hammer auf den Tisch, bis Stille eingetreten war. „Mr Connor, fahren Sie fort.“

„Danke, Ma’am“, sagte er und bat Mim zu erklären, weshalb sie so sicher sei, dass der schwarze Harlekin aus der Mine ihres Vaters stammte.

„Ich habe Kates Geschäftsbücher hier.“ Sie wählte eins aus und hielt es in die Höhe. „Kate hat gewissenhaft Buch über die Edelsteine geführt, die sie gekauft hat, und es gab ein Buch für jedes Minencamp, das sie besucht hat. Sie führte den Namen des Schürfers auf, die Anzahl der Steine, ihre Qualität und den Preis, den sie dafür bezahlt hatte. Dazu kamen detaillierte Kostenaufstellungen für das Schleifen und Polieren und manchmal auch für Fassungen aus Silber oder Gold. Sie registrierte den Verkauf der Steine und den Namen der Käufer.“

„Und Sie haben eine Eintragung über diesen schwarzen Harlekin?“

„Nicht direkt“, gab sie zu. „Aber es gibt eine Eintragung darüber, dass mein Vater ihr am Abend vor seinem Verschwinden ein Päckchen mit schwarzen Opalen übergeben hat.“

Sie öffnete das Buch, auf dessen Umschlag der Name LIGHTNING RIDGE geprägt war, und deutete auf einen Eintrag in der Mitte der Seite. *„Paket mit zwölf Rohopalen. Henry Beecham, 12. Mai 1906. Qualität unbekannt, vermutlich wertlos.“*

„Wie konnte eine Frau mit Kates Erfahrung diesen unbezahlbaren Stein für wertlos halten?“, fragte Jake. „Einen Stein, der auf dem heutigen Markt mehrere hunderttausend Dollar pro Karat einbringen würde?“

„Sie müssen bedenken, dass das alles sich zu Beginn des Jahrhunderts zutrug. Die Schürfer hatten in White Cliffs und in Cober Peddy den gewöhnlicheren Opal entdeckt. Der schwarze Opal war unbekannt, bis er in Lightning Ridge zum ersten Mal gefunden wurde. Weil es keinen Markt dafür gab, gingen die Käufer damit ein Risiko ein. Nachdem ich Kates Tagebücher gelesen habe, nehme ich an, Kate hat sie für mich aufbewahrt. Sie sind das einzige Erbe, das mein Vater mir hinterlassen hat. Erst viel später wurde ihr klar, was diese Steine wert sind, und da ließ sie sie schleifen und polieren, um sie mir zu meinem einundzwanzigsten Geburtstag zu schenken.“

„Haben Sie auch die anderen Opale, Mrs Strong?“

Miriam griff in das Fach der Spieldose und holte sie hervor. „Kate hat ein Paar Ohrringe daraus fertigen lassen, ein Armband und einen Ring. Diese Stücke allein sind soeben auf einen Wert von zwei Millionen Dollar geschätzt worden."

Fiona und Louise starrten einander fassungslos an.

„Diese Steine sind bereits ein Vermögen wert, Mrs Strong. Warum verklagen Sie die Dempsters auf einen Anteil an ihrem Reichtum?"

Miriam legte die Schmuckstücke auf den Tisch. „Diese Opale wurden in Shamrock Flats gefunden, in dem Claim, den mein Vater und Patrick Dempster im Jahr 1904 registrieren ließen. Mein Vater verschwand, bevor dieser Claim sich als einer der ertragreichsten von Lightning Ridge erwies. 1914 waren die schwarzen Opale von Lightning Ridge weithin berühmt und galten wegen ihrer Seltenheit als praktisch unbezahlbar. Shamrock Flats wurde weiterhin von Patrick Dempster ausgebeutet, und was er dort fand, war der Grundstock für sein heutiges Vermögen. Das hier ist nur ein winziger Teil des Reichtums, den Patrick Dempster und seine Familie mir gestohlen haben, und ich bin heute hier, um mein rechtmäßiges Erbe zu fordern. Ich fordere Gerechtigkeit."

Fiona hatte den Eindruck, dass Mim sich verstellte – dass sie irgendetwas plante.

Jake schien es auch zu bemerken, denn er trat an den Zeugenstand und sprach leise mit ihr, ehe er sich wieder dem Gerichtssaal zuwandte. „Mrs Strong, Sie haben dem Gericht erklärt, dass Ihr Vater und Patrick Dempster Partner waren und dass dies durch die Besitzurkunden über Shamrock Flats bestätigt wurde." Sein Blick ging durch den Saal. Es war totenstill. „Haben Sie diese Urkunden?"

Miriam war aschfahl. Sie schwankte, als sie aufstehen wollte, und sank dann zu Boden.

„Die Verhandlung ist vertagt", verkündete die Richterin, als Jake zu Miriam eilte. „Informieren Sie mich, wenn Mrs Strong so weit wiederhergestellt ist, dass wir fortfahren können." Sie rauschte hinaus.

Fiona und die anderen hasteten zu Jake, der Miriam aufhob und durch eine Nebentür hinaustrug. Sie folgten ihm durch einen Gang zu einem Aufenthaltsraum für Geschworene. Miriam wurde auf ein Sofa gelegt und bekam ein Kissen unter den Kopf. Alle drängten sich um sie.

Miriam schlug die Augen auf und trank aus dem Glas, das Chloe ihr an die Lippen hielt. „Gib mir meine Tabletten!", befahl sie. „Und hört auf mit dem Getue. Ich bin nur in Ohnmacht gefallen."

„Sie haben sich jedenfalls den richtigen Augenblick ausgesucht", sagte Jake. „Sie sollten zum Theater gehen – mit diesem Gefühl für Timing."

„Ich falle nicht auf Bestellung in Ohnmacht!", fauchte Miriam. „Lasst mich jetzt allein. Ich muss mich ausruhen. Du kannst hier bleiben, Chloe. Aber ihr anderen verschwindet!"

Fiona hatte wieder das Gefühl, dass hier etwas nicht stimmte, doch ihr Vater bugsierte sie sanft zur Tür hinaus. „Kommt, Kinder, ich lade euch zum Essen ein."

„Nicht nötig", sagte Jake und führte sie zu einem anderen Zimmer weiter hinten auf dem Gang. „Ich habe dafür gesorgt, dass uns Lunch gebracht wird."

Der Raum war sonnendurchflutet, und Silber und Kristall blitzten. Jake öffnete eine Flasche Chardonnay, und alle bedienten sich an dem köstlichen Meeresfrüchtebüfett und nahmen dann am Tisch Platz.

„Danke, dass Sie Mim da draußen gerettet haben", sagte Fiona und setzte sich neben Jake. „Und auch dafür." Sie deutete auf das Büfett. „Sie denken anscheinend an alles. Oder gibt es etwas, was Sie nicht können?"

Er lächelte. „Da gibt's eine Menge", sagte er. „Vielleicht können wir uns eines Tages darüber unterhalten."

„Ich reise bald ab", sagte Fiona.

„Wo fahren Sie hin?"

„Ich habe einen neuen Vertrag mit *National Geographic*", sagte sie. „Ich soll eine Artikelserie über die verschwindenden Korallenriffe machen. Bald fängt mein Tauchkurs an, und dann muss ich lernen, wie man mit einer Unterwasserkamera umgeht."

Seine Augen verrieten Enttäuschung. „Wo ist denn dieser Tauchkurs?"

„Nördlich von Cairns. Im ersten Artikel berichte ich über das Great Barrier Reef." Und plötzlich wusste sie, dass sie den Schein nicht länger wahren konnte, dass sie verrückt war nach diesem Mann und ihre Gefühle nicht länger verleugnen konnte. Was war überhaupt so wunderbar daran, Single zu sein? „Es ist nicht so weit. Warum kommen Sie mich nicht besuchen?"

„Vielleicht tue ich das", sagte er leise.

BRENDT ging im Büro seines Anwalts auf und ab. „Sie hat die Urkunden nicht", bellte er. „Sie schindet Zeit, das ist alles."

Arabella, die wenige Augenblicke vor Miriams Ohnmachtsanfall ins Gericht gekommen war, schlug die schlanken Beine übereinander. „Beruhige dich, Darling. Du bekommst sonst noch einen Herzanfall."

„Wo zum Teufel warst du heute Morgen?", fuhr er sie an. „Ich hätte gedacht, deine Loyalität mir und dem Unternehmen gegenüber wäre wichtiger als alles andere."

„Ich hatte zu tun. Jetzt bin ich ja hier."

Brendt drehte sich zu Bridget um. „Miriam blufft doch, oder?"

Bridget zuckte die Achseln. „Es war ein ziemlich überzeugender Kollaps", sagte sie nachdenklich. „Ich glaube, wenn wir wieder in die Verhandlung gehen, ist alles in einer Minute zu Ende. Die Richterin wird zu unseren Gunsten befinden, und damit hat die Sache ein Ende."

„Nein, hat sie nicht!", wütete Brendt. „Für das, was sie heute getan hat, werde ich die alte Hexe in Grund und Boden klagen und ihr den letzten Penny abnehmen."

Bridget musterte ihren Sohn angewidert. Brendt war immer schon ein schlechter Verlierer gewesen – das hatte er von seinem Großvater Patrick geerbt. Sie hatte kein Verlangen danach, ihren Namen weiter durch den Schmutz ziehen zu lassen. „Wenn du diese Verleumdungsklage wirklich einreichen willst, wirst du das allein tun müssen", sagte sie eisig. „Ich bin aus dem Vorstand zurückgetreten. Seit heute Morgen bin ich im Ruhestand."

LOUISES Versuch, ihre Ehe zu retten, war anfangs nicht schlecht gelaufen, aber inzwischen war alles wieder im alten Gleis. Um sich von ihren Eheproblemen abzulenken, nahm sie ein Exemplar des *Australian*, das auf einem Beistelltisch lag. „Oh mein Gott!", flüsterte sie. „Seht euch das an!"

Erschrocken versammelten sich die anderen um sie. Louise drehte die Zeitung herum, sodass alle die Fotos von Ralph und seiner Geliebten sehen konnten. „Dieses Schwein!", stöhnte sie, als sie den Artikel gelesen hatte. „Hier steht, dass er seit mehreren Monaten mit diesem Flittchen zusammen ist, und da sind noch Bilder von anderen Frauen, mit denen er ein Verhältnis hatte." Sie zerknüllte die Zeitung, tränenblind vor Wut. „Und all die Jahre hat er mir gedroht, er werde mich umbringen, wenn er mich mit einem anderen Mann erwischt. Ich will ihn nie wieder sehen. Was für ein Dummkopf bin ich doch gewesen, Fiona!"

Fiona nahm sie in den Arm. „Behalte die Zeitung, Louise. Und jedes Mal wenn du die Bilder siehst, wirst du dich daran erinnern, was für ein Trottel er ist. Ich meine", sie fing an zu kichern, „lohnt es sich wirklich, um einen Mann zu weinen, der beim Sex Schuhe und Socken anbehält?"

„Du hast Recht", sagte Louise kichernd. „Er sieht lächerlich aus." Tränen strömten ihr über die Wangen, aber es waren Tränen der Befreiung und des Lachens. Sie würde nie bereuen, dass sie Ralph verlassen hatte – und nie wieder würde sie etwas anderes sein als sie selbst.

DER GERICHTSSAAL füllte sich schnell, und als die Richterin eintrat, erhob sich ein erwartungsvolles Raunen. Miriam bemerkte sofort, dass Bridget nicht anwesend war. Ihre alte Widersacherin tat das, was sie immer getan hatte – sie schützte sich.

„Fühlen Sie sich wohl genug, um fortzufahren, Mrs Strong?“, fragte die Richterin.

„Ja“, sagte sie. „Danke.“

Die Richterin forderte Jake auf zu beginnen, und Miriam saß gefasst im Zeugenstand. „Mrs Strong“, sagte Jake, „würden Sie dem Gericht bitte mitteilen, ob die Urkunden über Shamrock Flats in Ihrem Besitz sind?“

„Ja, das sind sie“, antwortete sie.

Alles schnappte verblüfft nach Luft. Jake war entgeistert. Ihre Familie machte große Augen.

„Möchten Sie sie sehen?“, fragte Miriam unschuldig.

Jake lächelte. „Wenn Sie so nett sein wollen …“

Miriam wühlte in ihrer Handtasche und zog drei vergilbte Papierbogen heraus. Sie wählte ein Blatt aus und reichte es Jake. „Das ist die Partnerschaftsvereinbarung, die ein Anwalt in Port Philip aufgesetzt hat, unterschrieben von Patrick Dempster und meinem Vater. Sie datiert vom 3. Juli 1894.“

Sie beobachtete Jake, als er das Blatt studierte, und sie lächelte, als er schließlich den Kopf hob und Bewunderung erkennen ließ. Brendt war bleich.

Miriam nahm das zweite Papier. „Das ist der Claim, den die beiden Männer für eine Mine namens ‚Dove Field‘ in White Cliffs registriert haben. Und das“, verkündete sie triumphierend, „ist der Claim für Shamrock Flats in Lightning Ridge. Er trägt die Unterschrift von Patrick Dempster und seinem Partner Henry Beecham.“

Es wurde totenstill. Brendt stand mit aschgrauem Gesicht im Saal. Die Richterin nahm die Urkunden an sich. „Die Verhandlung wird vertagt auf morgen früh.“

MIRIAM hatte es sich mit einem großen Whisky in ihrer Hotelsuite bequem gemacht. Sie schaute in die Runde. Meine Familie ist viel kostbarer als jeder schwarze Harlekin, erkannte sie.

„Jetzt komm schon, Mim", ächzte Fiona. „Raus damit! Wo hast du die Urkunden gefunden?"

„Eigentlich habe ich sie nicht gefunden, sondern deine Mutter."

„Mum?" Fiona und Louise starrten Chloe an. „Aber du bist doch nach Byron Bay zurückgefahren."

Chloe nickte. „Das bin ich auch, aber natürlich war ich in Gedanken immer noch bei den Urkunden. Als ich in meinem Atelier saß, wurde mir plötzlich klar, dass es eine Stelle gab, an die noch keiner von uns gedacht hatte."

Miriam fiel ihr ins Wort. „Chloe hat mich angerufen, und ich habe gleich nachgesehen. Und da waren sie tatsächlich. Sie haben uns die ganze Zeit ins Gesicht gestarrt. Mein Vater hatte selbst einen Wegweiser zu dem Versteck hinterlassen."

„Mum", sagte Chloe sanft, „findest du nicht, dass du übers Ziel hinausschießt – ein kleines bisschen?" Ihre grünen Augen funkelten vergnügt, und ihr rotes Haar leuchtete.

Sie hat nie hübscher ausgesehen – dachte Miriam – und auch niemals glücklicher als jetzt, da sie und Leo wieder ein Liebespaar sind. „Kann sein", brummte sie und griff nach Chloes Grafikmappe. Es war eine einfache Mappe aus zwei großen Vierecken aus dickem Karton, die mit scharlachroten Bändern zusammengehalten wurden. Sie nahm behutsam das letzte Gemälde ihres Vaters heraus.

Miriam hielt das Bild ins Licht. „Er hat diesen Blick auf Lightning Ridge in den frühen Morgenstunden und in der gedämpften Stimmung des Abends gemalt. Dieses Bild war das letzte in einer Serie von Gemälden über die Minen von White Cliffs und Lightning Ridge. Es ist das Bild, das er Kate am Morgen seines Verschwindens gebracht hat. Es war sein letztes Geschenk, und er wusste, dass es niemals verkauft werden würde. Und darum hat er einen Hinweis auf die Urkunden auf der Rückseite hinterlassen, für den Fall, dass ihm etwas zustoßen sollte."

Miriam drehte das Bild um. Die Tinte war zu Ocker verblasst, aber noch lesbar. Sie reichte es Jake. „Lesen Sie vor."

„Das ist Shakespeare", sagte Jake. „Und ausgerechnet aus ‚Ende gut, alles gut'. Ihr Vater war ein sehr kluger Mann, Mim – und offenbar nicht ohne Humor."

„Aber was steht denn nun da?", stöhnte Fiona.

Jake lächelte und gab Fiona die Leinwand. *„‚Da Ihr den König vor mir sehen werdet, gebt dies Papier in seine gnäd'ge Hand.'"*

Epilog

Drei Monate waren seit dem Prozess vergangen. Die Richterin hatte zu ihren Gunsten befunden, und ihrer Familie würde es nie mehr an irgendetwas fehlen. Nicht, dass das Geld etwas bedeutet hätte – es ging um das Prinzip, denn für Geld konnte man kein Glück kaufen.

Miriam dachte an ihre Familie, als Frank sie nach Norden hinauffuhr. Fiona weilte im nördlichen Queensland, ohne Zweifel mit Jake, denn die beiden waren seit dem Prozess unzertrennlich. Louise hatte in Sydney eine Therapie und einen Schauspielkurs begonnen. Und sie hatte jemanden kennen gelernt, einen netten Kerl namens Ed, der mit dem Theater zu tun hatte.

Vergnügt dachte Miriam an Chloe und ihren Mann, wie sie sich fröhlich darüber zankten, in welchem Haus sie nun wohnen würden. Es war so schön, dass am Ende noch alles gut ausgegangen war.

Miriam hatte einen toten Punkt überwunden, aber sie wusste, dass es nicht mehr viel länger dauern konnte. Irgendwie hatte sie noch einmal die Kraft zu dieser langen, staubigen Reise nach Lightning Ridge gefunden, und sie wusste, dass es ihre letzte sein würde. Aber es war wichtig, dass sie hinfuhr, denn sie hatte noch etwas zu tun, bevor ihr Leben vollendet war.

Lightning Ridge hat sich seit dem Beginn des Jahrhunderts nicht sehr verändert, dachte sie, als Frank sie die Hauptstraße entlangfuhr. Inzwischen gab es natürlich Geschäfte, ein paar Hotels und sogar eine Neubausiedlung am Stadtrand. Aber die Hitze war immer noch unerträglich, und die Schürfer sahen aus, als wären sie alten Sepiafotos entstiegen, mit abgewetzten Stiefeln, zerlumpten Kleidern und struppigen Bärten. Miriam fühlte sich in die Vergangenheit zurückversetzt.

Noch immer ragten überall Abraumhalden aus dem Busch, blutrote Erde inmitten von Salzbüschen, Buchsbaum, unechtem Sandelholz, Wilga- und Orangenbäumen. Graue Wallabys und Kängurus beobachteten sie fluchtbereit aus dem Schutz der Büsche. Rostige Wellblechhütten lehnten baufällig an Felsblöcken neben ausrangierten Maschinen und Förderrädern. Lightning Ridge war einzigartig, weil kein Großunternehmen das Ganze in seinen Besitz bringen durfte. Jeder Claim hatte in Privatbesitz zu bleiben.

Miriam sah die kaputten Wohnwagen, die Holzbaracken und zerlöcherten Zelte. Geländewagen waren an die Stelle der Maultiere und Pferde getreten. Der Geist des Ortes jedoch hat sich nicht verändert, erkannte sie, als sie eine Schar zerlumpter Kinder in einem Haufen Abraum wühlen sah. Fast war es, als sehe sie sich selbst und Bridget.

„Lass uns durch die Stadt zurückfahren“, sagte sie. „Du weißt, wohin ich muss.“

Der Friedhof erstreckte sich hinter einem rostenden weißen Zaun auf einem Plateau oberhalb der Stadt. Es gab nur wenige Bäume hier, und es gab weder eine Kirche noch Grabsteine – nur ein paar Holzkreuze auf roten Erdhügeln.

Miriam stieß das Tor auf. Trostlosigkeit herrschte an diesem stillen, verlassenen Ort. Hier und da war eine Grabinschrift noch lesbar. Miriam wanderte weiter zu dem einzelnen Erdhügel, der halb im Gestrüpp verborgen war. Frank nahm den Hut ab, als er die Grabinschrift las.

Miriam schaute lächelnd auf den Grabstein aus blassem Marmor, der unter einem Schleier aus Blumen und Efeu hervorschimmerte. Sie legte ihren Blumenstrauß darauf. Lange stand sie da und sprach mit dem Mann, der hier in der Erde lag. Die Gebeine waren vor einigen Jahren gefunden worden, und sie stellte sich gern vor, dass er es war.

„Du wärest stolz auf Chloe gewesen“, flüsterte sie. „Die Urkunden waren beinahe zu Staub zerfallen. Aber das übrige Papier war noch in gutem Zustand, sodass sie ausgezeichnete Fälschungen herstellen konnte.“

Die Schmerzen kamen zurück. Es wurde Zeit, dass sie nach Hause fuhr und ihren letzten Sommer auf Bellbird verbrachte. Sie küsste ihre Fingerspitzen und berührte dann den Grabstein. „Bis bald, Dad!“

Eine Reise von achtzehntausend Kilometern

Foto: Joseph Mick, Köln

Lightning Ridge im australischen Outback, der Fundort von Miriam Strongs schwarzem Opal, gilt heute als Hauptstadt der weltweiten Opalindustrie und als beliebtes Reiseziel für Australientouristen. Nach wie vor wird hier in Minen, die bis in eine Tiefe von 25 Metern reichen, nach den begehrten und sehr seltenen schwarzen Opalen geschürft. Und neben den großen Bergbauunternehmen, die dafür Sorge tragen, dass Australien heute 96 Prozent des Weltbedarfs an Edelopalen liefert, gibt es hier immer noch einzelne Schürfer, die jahrelang auf der Jagd nach dem einen großen Fund die Erde durchwühlen. Bei den Recherchen zu ihrem Buch hat die in Australien geborene und im Outback aufgewachsene Tamara McKinley diese und andere Bergbaustädte besucht, um sich mithilfe der lokalen Geschichtsvereine und deren Zeitzeugnissen ein möglichst genaues Bild von den Schürfercamps der Pioniertage zu machen. Da die Autorin heute an der Südküste Englands lebt, erstreckte sich ihre Reise zu den Romanschauplätzen im australischen Hinterland über sage und schreibe 18 000 Kilometer – zweifellos eine außergewöhnliche Strapaze und doch auch die Erfüllung eines Herzenswunsches. Denn wie Tamara McKinley betont, treibt die Sehnsucht sie immer wieder in jenes weite, wilde Land des fünften Kontinents, von dessen Schönheit sie bereits in ihren Romanen *Matildas letzter Walzer*, *Der Duft des Jacaranda* und *Anemonen im Wind* so eindringlich zu erzählen wusste.

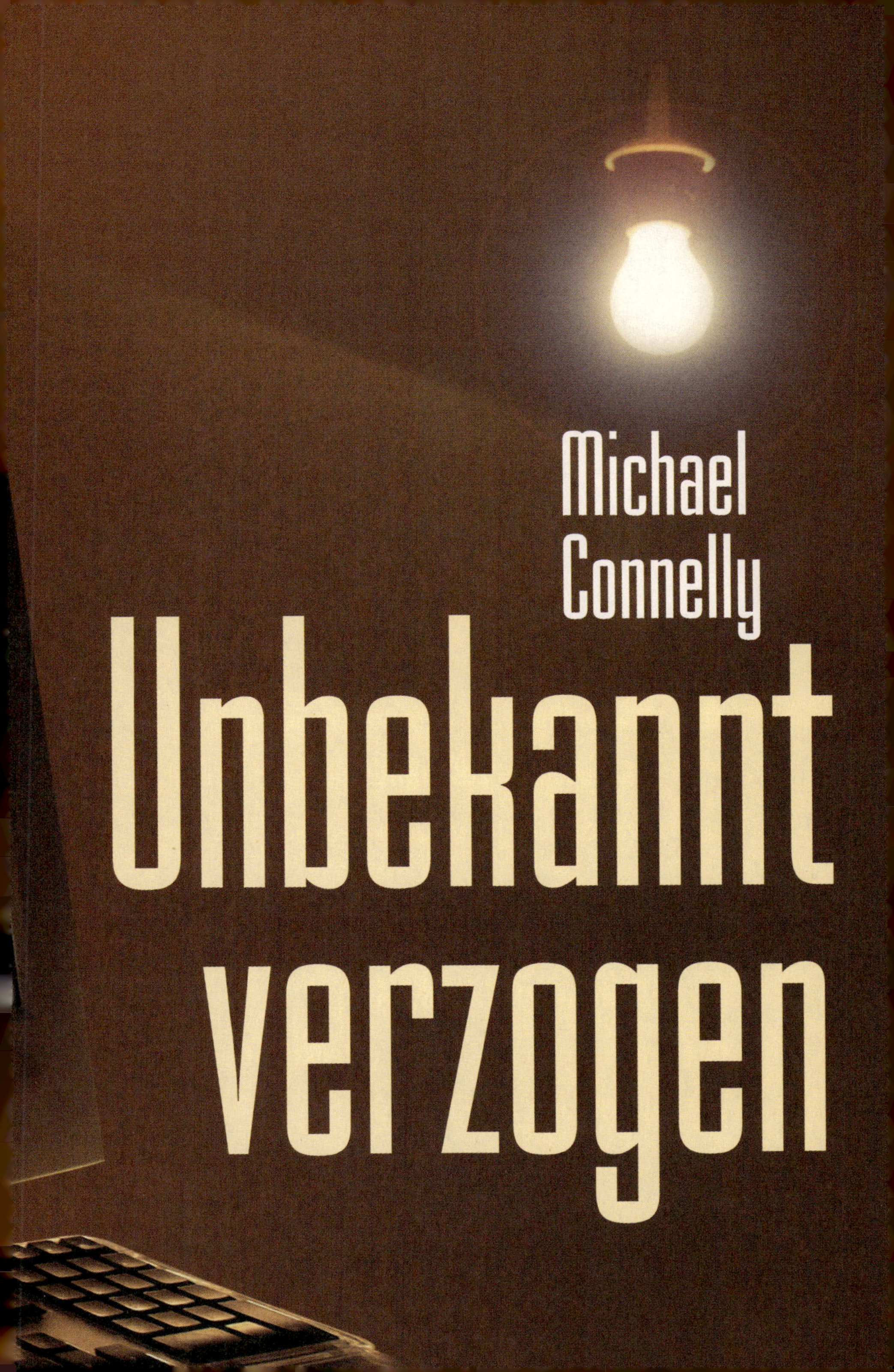
Michael
Connelly
Unbekannt
verzogen

Am liebsten hätte er sich
einfach auf den Boden gelegt,
in derselben zusammengekauerten Haltung
wie die Leiche in dem Versteck.
Aber ihm war klar,
dass dies sein sicherer Untergang wäre.
Er musste herausfinden,
wer ihn in diese Falle gelockt hatte.
Und dann musste er sich
einen Plan ausdenken,
der ihm das Leben rettete.

Die Stimme am Telefon war ein Flüstern. Sie hatte etwas Eindringliches, fast Verzweifeltes. Als Henry Pierce dem Anrufer sagte, er habe sich verwählt, wurde die Stimme penetrant.

„Wo ist sie?“, fragte der Mann.

„Das weiß ich nicht“, sagte Pierce. „Ich weiß nichts über sie.“

„Aber das ist ihre Nummer. Sie steht in der Website.“

„Nein, Sie haben eine falsche Nummer gewählt. Hier gibt es keine Lilly. Und von einer Website weiß ich auch nichts, okay?“

Der Anrufer legte auf.

Pierce war verärgert. Er hatte das neue Telefon erst fünfzehn Minuten zuvor eingesteckt und schon zwei Anrufe für diese Lilly erhalten.

Schlecht gelaunt sah er sich in der fast leeren Wohnung um: Alles, was er hatte, waren die Couch, auf der er saß, die sechs Schachteln mit seiner Kleidung und das neue Telefon.

Nicole hatte alles behalten: die Möbel, die Bücher, die CDs und das Haus am Amalfi Drive. Das heißt, eigentlich hatte er ihr alles gegeben. Das war der Preis dafür, dass er es so weit hatte kommen lassen. Die neue Wohnung war in puncto Komfort und Sicherheit top, die Apartmentanlage The Sands war eine erstklassige Adresse in Santa Monica. Aber das Haus am Amalfi Drive würde ihm fehlen – ebenso wie die Frau, die noch darin wohnte.

Pierce griff nach seinem Rucksack und holte den Notizblock heraus, auf den seine Assistentin die Bedienungsanleitung für die Mailbox geschrieben hatte. Monica Purl hatte das neue Telefon für ihn bestellt, weil er im Labor die ganze Woche lang zu sehr damit beschäftigt gewesen war, die Präsentation für nächste Woche vorzubereiten. Monica hatte auch bereits die neue Nummer den Leuten in seinem VIP-Adressenverzeichnis gemailt. Auf dieser Liste standen fast achtzig Personen – Leute, für die er jederzeit erreichbar sein wollte, fast ausnahmslos Geschäftspartner.

Pierce drückte auf die Gesprächstaste und wählte die Nummer zur Einrichtung seiner Mailbox. Danach befolgte er die Anweisungen einer elektronischen Stimme.

Er verzichtete darauf, eine persönliche Begrüßung auf Band zu sprechen, und beschloss, sich stattdessen hinter der elektronischen Stimme zu verstecken, die die Nummer ansagte und den Anrufer aufforderte, eine Nachricht zu hinterlassen.

Als er mit der Einrichtung der Mailbox fertig war, teilte ihm eine andere elektronische Stimme mit, dass er neun neue Nachrichten habe. Die Zahl überraschte Pierce – sein Anschluss war erst am Morgen eingerichtet worden –, aber nur eine der Nachrichten war für ihn: ein Willkommensgruß des Mailboxservice, überbracht von der inzwischen vertrauten elektronischen Stimme.

Die anderen acht Nachrichten waren alle für Lilly, die Frau, für die er bereits zwei Anrufe abgewimmelt hatte. Ihr Nachname fiel nie. Alle Nachrichten waren von Männern. Die meisten gaben zwecks Rückruf Hotelnamen und -telefonnummern an, einige nannten eine Handynummer oder eine direkte Bürodurchwahl. Zwei oder drei erwähnten, Lillys Nummer von der Website zu haben.

Pierce löschte alle Nachrichten. Dann blätterte er auf die nächste Seite seines Notizblocks und schrieb den Namen Lilly darauf. Lilly – wer auch immer sie war – hatte offensichtlich aufgehört, die Telefonnummer zu benutzen. Die Nummer war von der Telefongesellschaft wieder in Umlauf gebracht und dann ihm zugeteilt worden. Aus der rein männlichen Anruferliste, aus der Anzahl der Anrufe, die aus Hotels kamen, und aus dem beklommenen und erwartungsvollen Ton der Stimmen, die er gehört hatte, schloss Pierce, dass Lilly möglicherweise eine Prostituierte war. Er spürte einen schwachen Kitzel aus Neugier und Faszination, als ob er ein Geheimnis entdeckt hätte, das er nicht erfahren sollte.

Er blätterte zurück und überflog die Informationen, die Monica ihm aufgeschrieben hatte. Die Kundenservicenummer der Telefongesellschaft stand auch dabei. An sich wäre es eine Kleinigkeit gewesen, dort anzurufen und die Nummer ändern zu lassen. Andererseits war es ihm lästig, all seinen Geschäftspartnern noch einmal eine Änderung mitzuteilen.

Und da war noch etwas, was ihn zögern ließ, die Nummer ändern zu lassen: Die Sache reizte ihn. Wer war Lilly? Wo war sie? Warum gab sie ihre Telefonnummer auf, ließ sie aber in der Website stehen? Darin lag ein logischer Fehler, und das war es vielleicht, was ihn nicht losließ. Wie konnte Lilly ihrer Arbeit nachgehen, wenn die Website ihren Kunden eine falsche Nummer übermittelte? Die Antwort lautete, dass sie ihr *nicht* nachgehen konnte. Irgendetwas stimmte da nicht, und Pierce wollte wissen, was und warum.

Es war Freitagabend. Er beschloss, bis Montag zu warten. Dann konnte er immer noch anrufen, um die Nummer ändern zu lassen.

Pierce stand auf und ging ins Schlafzimmer, wo er an einer Wand seinen Schlafsack ausgerollt hatte. Er hatte den Schlafsack fast drei Jahre lang nicht mehr benutzt – seit einem Ausflug mit Nicole in den Yosemite National Park. Damals, als er noch genügend Zeit hatte, um etwas zu unternehmen. Damals, bevor die Jagd begann, bevor sich sein Leben nur noch um eine einzige Sache drehte.

Er trat auf den Balkon und blickte auf den Ozean hinaus. Die Sonne war bereits untergegangen, und hier oben im zwölften Stock wirkte der Wind vom Meer kalt und belebend. Pierce schob die Hände in die Hosentaschen. Die Finger seiner linken Hand schlossen sich um eine Münze, und er holte sie heraus. Es war ein Dime, ein Zehncentstück. Ein weiterer Hinweis darauf, was aus seinem Leben geworden war.

Er legte sich den Dime auf den Daumennagel, schnippte ihn hoch und beobachtete, wie er im Dunkeln verschwand. Unter ihm lag ein Park, ein Streifen Grün zwischen dem Haus und dem Strand. Er hatte bereits mitbekommen, dass sich dort nachts Obdachlose einschlichen und unter den Bäumen schliefen. Vielleicht würde einer von ihnen das hinuntergefallene Geldstück finden.

Das Telefon läutete wieder. Pierce ging ins Wohnzimmer zurück und sah das winzige Display im Dunkeln leuchten. Der Anruf kam vom Century Plaza Hotel.

Er nahm ab und fragte, ohne sich zu melden: „Wollen Sie Lilly sprechen?"

Der Anrufer hängte auf. Pierce wollte den Hörer gerade in die Basisstation zurücklegen, als es erneut läutete. Ohne auf die Rufnummeranzeige zu schauen, drückte er die Gesprächstaste.

„Sie sind falsch verbunden", sagte er.

„Augenblick, Einstein, bist du das?"

Pierce erkannte die Stimme. Sie gehörte Cody Zeller, der ebenfalls auf seiner VIP-Liste stand. Zeller nannte ihn häufig Einstein, einer der erträglicheren Spitznamen aus seiner Collegezeit. Zeller war in erster Linie sein Freund und erst in zweiter Linie ein Geschäftspartner. Als Spezialist für Datensicherheit hatte er im Lauf der Jahre, in denen Pierces Firma wuchs und in immer größere Räumlichkeiten umzog, zahlreiche Systeme für ihn konzipiert.

„Entschuldige, Code", sagte Pierce. „Unter dieser Nummer gehen die ganze Zeit Anrufe für jemand anders ein."

„Neue Nummer, neue Wohnung – heißt das, du bist wieder Single?"

„Ich glaube schon."

„Mann, was ist mit Nicki passiert?"

„Darüber will ich nicht reden."

„Dann werde ich dir sagen, was passiert ist", fuhr Zeller ungerührt fort. „Zu viel Zeit im Labor und zu wenig im Bett. Hab ich dich nicht davor gewarnt, Mann?" Zeller lachte. Er hatte schon immer die Fähigkeit gehabt, beim Analysieren einer Situation oder bestimmter Fakten direkt zum Kern der Sache vorzudringen. Und sein Lachen sagte Pierce, dass Cody nicht sonderlich viel Mitgefühl für seine missliche Lage aufbrachte.

Zeller war unverheiratet, und Pierce konnte sich nicht erinnern, dass er mal eine längere Beziehung gehabt hätte. Schon auf dem College hatte er Pierce und seinen Freunden geschworen, nie im Leben monogam zu werden. Cody kannte auch die Frau, um die es hier ging. In seiner Funktion als Sicherheitsexperte war er unter anderem dafür zuständig, über das Internet Nachforschungen über potenzielle Mitarbeiter und Investoren anzustellen. Dabei hatte er manchmal eng mit Nicole James zusammengearbeitet, der Leiterin des firmeneigenen Nachrichtendienstes – der ehemaligen Leiterin des firmeneigenen Nachrichtendienstes.

„Ja, ich weiß", sagte Pierce, obwohl er darüber nicht mit Zeller sprechen wollte. „Ich hätte auf dich hören sollen."

„Na ja, vielleicht heißt das ja, du denkst hin und wieder auch noch an was anderes als an deine Rente und triffst dich demnächst mal morgens draußen in Zuma mit mir."

Zeller wohnte in Malibu und ging jeden Morgen surfen. Es war fast zehn Jahre her, dass Pierce regelmäßig mit ihm auf den Wellen geritten war. Im Übrigen hatte er beim Auszug aus dem Haus am Amalfi Drive nicht einmal sein Surfbrett mitgenommen. Es lag noch in der Garage.

„Ich weiß nicht, Code. Ich habe ja immer noch das Projekt. Ich glaube nicht, dass sich an meiner Zeiteinteilung viel ändern wird, bloß weil Nicole …"

„Genau, sie war schließlich nur deine Verlobte, nicht das Projekt."

„So habe ich es nicht gemeint. Ich glaube nur nicht, dass ich …"

„Was ist mit heute Abend? Ich komme bei dir vorbei. Wir ziehen wieder los wie in alten Zeiten." Zeller lachte aufmunternd, Pierce nicht. Solche alten Zeiten hatte es nie gegeben. Pierce war nie ein Aufreißertyp gewesen. Lieber verbrachte er den Abend im Labor, als sich in einem Klub zu betrinken und sexuelle Abenteuer zu suchen.

„Da muss ich dich leider enttäuschen, Code. Ich muss heute Abend noch mal ins Labor."

„Hank, Mann, du musst den Molekülen auch mal eine Pause gönnen. Wenigstens einen Abend wirst du doch einen draufmachen können. Komm schon, bring deine eigenen Moleküle mal wieder auf Vordermann!"

Zeller war der einzige Mensch auf Erden, der ihn Hank nannte, ein Name, den Pierce nicht ausstehen konnte. Allerdings wusste er nur zu gut, dass es keinen Sinn hatte, Zeller zu sagen, er solle damit aufhören, weil es bloß zur Folge hätte, dass ihn sein Freund ständig so nennen würde.

„Ruf mich ein andermal an, okay?"

Erst als Pierce ihm versprach, sich nächstes Wochenende einen Abend freizuhalten, gab Zeller widerstrebend auf. Pierce legte den Hörer auf, nahm seinen Rucksack und verließ die Wohnung.

ER BENUTZTE seine Chipkarte, um ins Parkhaus von Amedeo Technologies zu fahren, und parkte den 540er BMW auf seinem Stellplatz. Als er auf den Eingang des Firmengebäudes zuging, öffnete sich die Isolierglastür, sobald ihn der Wachmann am Schalter dahinter erkannt hatte.

„Danke, Rudolpho", sagte Pierce, während er an ihm vorbeiging.

Er nahm den Aufzug, um in die zweite Etage zu fahren, wo sich die Verwaltungsbüros befanden, betätigte das elektronische Zahlenschloss an der Tür seines Büros und trat ein.

Auf dem Weg zu seinem Schreibtisch sagte er: „Licht!", und die Deckenbeleuchtung ging an. Er startete seinen Computer und steckte das Telefonkabel ein, um noch kurz nach seinen E-Mails zu sehen, bevor er sich an die Arbeit machte. Er arbeitete gern nachts, wenn er das Labor für sich allein hatte.

Aus Sicherheitsgründen ließ er nie den Computer eingeschaltet oder an die Telefonleitung angeschlossen, wenn er nicht daran arbeitete. Aus dem gleichen Grund besaß er kein Handy. Pierce war nicht nur von Natur aus vorsichtig – als Forscher hatte er einen besonders scharfen Blick für mögliche Risiken. Er wusste, dass es genauso gefährlich war, eine nach außen führende Leitung in seinen Computer zu stecken oder eine Funkverbindung herzustellen, wie, sich eine Injektionsnadel in den Arm zu stechen: Man konnte nie wissen, was man sich dabei einfing.

Er hatte mehrere neue Nachrichten, aber nur drei, die er an diesem Abend zu lesen beschloss. Die erste war von Nicole – knapp, sachlich und rein beruflich. Der Text enthielt keinerlei Anspielung auf ihre gescheiterte

Beziehung. Es war lediglich die endgültige Abmeldung einer ehemaligen Mitarbeiterin, die sich größeren und interessanteren Aufgaben zuwandte:

> Hallo Hewlett,
> ich bin hier fertig. Es ist alles archiviert. (Übrigens, die Medien haben endlich vom Bronson-Deal Wind bekommen – die SJMN hat es als Erste erfahren.)
> Danke für alles und viel Glück!
> Nicki

Pierce stellte fest, dass die Nachricht um 16.55 Uhr abgeschickt worden war, nur wenige Stunden zuvor. Es hatte keinen Sinn zu antworten, weil Nickis Mailadresse um 17 Uhr, als sie ihre Chipkarte abgegeben hatte, sofort aus dem System gelöscht worden sein dürfte.

Früher, in besseren Zeiten, hatte sie ihn Hewlett genannt, als Zeichen ihrer Zuneigung. Ein Kosename, der auf seine Initialen zurückging – HP wie Hewlett-Packard, der große Computerhersteller, gegenwärtig einer der Goliaths für Pierces David. Nur Nicki konnte es sich erlauben, ihm den Namen eines Konkurrenzunternehmens als Spitznamen zu verpassen. Aber was hatte es zu bedeuten, dass sie ihn in ihrer letzten Nachricht verwendete? Überlegte sie es sich doch noch einmal anders? Gab es eine Chance? Konnte er auf Vergebung hoffen?

Pierce war es noch nie gelungen, Nicole James' Motive zu durchschauen, so auch jetzt nicht. Er speicherte die Nachricht in einer Datei, in der alle E-Mails abgelegt waren, die er im Lauf ihrer dreijährigen Beziehung von ihr erhalten hatte. An diesen Nachrichten ließ sich die Geschichte ihrer gemeinsamen Zeit ablesen – die langsame Entwicklung von Arbeitskollegen zum Liebespaar.

Er scrollte durch die Mailliste in der Nicole-James-Datei und las die Einträge in den Betreffzeilen, etwa so, wie sich jemand anders vielleicht Fotos einer alten Freundin angesehen hätte. Bei einigen musste er unwillkürlich grinsen. Nicole war immer schon eine Meisterin im Formulieren witziger oder sarkastischer Betreffzeilen gewesen. Beim Scrollen stach ihm eine davon ins Auge – „Wo wohnst du?“ –, und er öffnete die Mail. Sie war vier Monate alt und ein treffender Hinweis darauf, was aus ihnen werden sollte.

> Ich würde nur gern wissen, wo du wohnst, weil ich dich schon vier Nächte lang nicht mehr hier am Amalfi Drive gesehen habe.

So kann es nicht weitergehen, Henry. Wir müssen reden, aber du bist nie zu Hause. Muss ich etwa ins Labor kommen, um mit dir über uns zu sprechen? Denkst du nicht auch, dass das traurig wäre?

Er erinnerte sich, dass er nach dieser E-Mail nach Hause gegangen war, um mit Nicole zu reden. Es folgten aufrichtige Bemühungen seinerseits: Mindestens eine Woche lang war er jeden Abend spätestens um acht zu Hause. Doch dann wurde er rückfällig, und seine Laboraufenthalte begannen sich erneut bis in die frühen Morgenstunden hinzuziehen.

Pierce kehrte zum aktuellen Posteingang zurück, und die nächste Nachricht, die er las, war von seinem Partner Charlie Condon, der ihn an die für nächste Woche geplante Präsentation erinnerte. Als ob Pierce daran erinnert werden müsste! In der Betreffzeile stand: „Re: Proteus".

Mit God ist alles abgemacht. Er reist am Mittwoch an, die Präsentation findet am Donnerstag statt. Die Harpune ist gewetzt und wurfbereit. Dass du bloß da bist!
CC

Pierce hielt es nicht für nötig, darauf zu antworten. Es war eine Selbstverständlichkeit, dass er da sein würde. Davon hing eine Menge ab. Nein, davon hing alles ab. Der God in der E-Mail war Maurice Goddard, ein New Yorker Investor, von dem Charlie hoffte, dass er ihr „Wal", ihr Hauptgeldgeber, werden würde. Er kam an die Westküste, um sich vor Ort über das Proteus-Projekt zu informieren, bevor er eine endgültige Entscheidung traf. In der Hoffnung, seine letzten Zweifel auszuräumen, würden sie ihm erste Einblicke in Proteus gewähren. Am darauf folgenden Montag würden sie es zum Patent anmelden – und sich auf die Suche nach anderen Investoren machen, falls Goddard nicht bei ihnen einstieg.

Die letzte E-Mail, die Pierce las, war von Clyde Vernon, dem Sicherheitschef von Amedeo.

Versuche Sie schon die ganze Zeit zu erreichen. Wir müssen über Nicole James sprechen. Bitte rufen Sie mich baldmöglichst an.
Clyde Vernon

Es war klar, dass Vernon in Erfahrung bringen wollte, wie viel Nicole wusste und wie es zu ihrem abrupten Ausscheiden gekommen war. Er brauchte diese Informationen, um zu entscheiden, welche Maßnahmen er treffen musste.

Pierce schaltete den Computer ab, trennte ihn von der Telefonleitung, verließ das Büro und ging den Flur entlang zu Nicoles Büro – zu ihrem ehemaligen Büro. Mit der zentralen Zahlenkombination für alle Schlösser öffnete er die Tür und betrat den Raum. „Licht!“, sagte er, aber die Deckenbeleuchtung reagierte nicht. Der Regler war noch auf Nicoles Stimme eingestellt – das würde am Montag geändert werden. Pierce ging zum Wandschalter und machte das Licht an.

Dann trat er zu den Aktenschränken an der Wand, zog ein Schubfach auf und nahm den blauen Ordner mit der Aufschrift BRONSON heraus. Er öffnete den Ordner und überflog die Kopie eines Zeitungsausschnitts aus der San Jose Mercury News.

> Das in Santa Cruz ansässige Unternehmen Bronson Technologies ist eine Partnerschaft mit der japanischen Tagawa Corporation eingegangen, die das molekularelektronische Forschungsprojekt von Bronson Tech finanziell unterstützen wird.
>
> Tagawa hat sich vertraglich verpflichtet, in den nächsten vier Jahren zwölf Millionen Dollar an Forschungsgeldern für das Projekt zur Verfügung zu stellen, wofür das japanische Unternehmen einen zwanzigprozentigen Anteil an Bronson erhält.
>
> Laut Aussagen von Elliot Bronson, dem Vorstandsvorsitzenden des vor sechs Jahren gegründeten Unternehmens, wird seine Firma dank dieses Kapitals im Wettrennen um die Entwicklung des ersten Molekularcomputers die Führung übernehmen. Neben Bronson Tech und einer Reihe weiterer privater Unternehmen arbeiten auch Universitäten und Regierungsbehörden fieberhaft daran, einen Arbeitsspeicher auf Molekularbasis zu entwickeln. „Von diagnostischen Computern, die in den Blutkreislauf eingeführt werden können, bis hin zu ‚intelligenten Straßen‘, in deren Asphalt winzige Computer eingelassen sind, werden molekulare Computer die Welt verändern“, erklärte Bronson.
>
> Zu Bronsons größten Konkurrenten im privatwirtschaftlichen Bereich gehören Amedeo Technologies in Los Angeles und Midas Molecular in Raleigh, North Carolina. In den letzten fünf Jahren gab es einige wichtige Fortschritte bei der Entwicklung molekularer Computertechnik, wobei Amedeo Tech die Führungsrolle innehatte.
>
> Amedeo ist das älteste Unternehmen in diesem Wettstreit. Der Che-

miker Henry Pierce, 34, der die Firma ein Jahr nach seiner Promotion in Stanford gründete, besitzt zahlreiche Patente für molekulare Schaltkreise und die Herstellung molekularer Speicherelemente.

Bei den kleineren Unternehmen zeichnet sich gegenwärtig der Trend ab, sich um einen großen, finanzkräftigen Geldgeber zu bemühen – einen „Wal", wie es im Branchenjargon heißt. So folgt Bronson jetzt dem Beispiel von Midas Molecular, an dem sich schon zu einem früheren Zeitpunkt dieses Jahres ein kanadischer Investor mit zehn Millionen Dollar beteiligt hat.

„Man braucht das Geld, um wettbewerbsfähig zu bleiben", sagte Bronson. „Das handwerkliche Rüstzeug für diesen Forschungsbereich ist sehr teuer. Bevor man überhaupt mit der Arbeit beginnen kann, muss man erst einmal mindestens eine Million für die Einrichtung eines Labors aufbringen."

Henry Pierce von Amedeo stand für Anfragen nicht zur Verfügung, doch laut Aussagen von Branchenkennern bemüht sich auch sein Unternehmen um einen finanzkräftigen Investor.

„Alle sind auf der Jagd nach Walen", sagte Daniel F. Daly, Teilhaber von Daly & Mills, einer Investmentfirma. „Das Kapital eines 100000-Dollar-Investors ist zu schnell aufgebraucht, weshalb sich heute niemand mehr mit halben Sachen abgeben will – alle suchen einen Investor, der das Projekt bis zu Ende begleitet."

DIE AUFZUGTÜR ging auf, und Pierce stieg im Kellergeschoss aus. Mit seiner Chipkarte öffnete er die erste Tür der Schleuse. Sobald er die Schleuse betreten hatte, gab er an der zweiten Tür die aktuelle Zahlenkombination ein. Die Tür öffnete sich, und er betrat das Labor.

Eigentlich bestand das Labor aus mehreren kleineren Labors, die um den Hauptraum herum angeordnet waren. Alle Räume waren fensterlos. Die Wände waren mit einer Dämmschicht versehen, die Kupferspäne enthielt, um zu verhindern, dass von außen elektronische Störfelder oder Funkwellen eindrangen.

Zu den angrenzenden Labors gehörte das Chemielabor auf der linken Seite, ein keimfreier Raum, in dem die chemischen Lösungen für molekulare Schalter hergestellt und gekühlt wurden. Dort stand auch ein Brutschrank für das Proteus-Projekt, den sie als „Zellenfarm" bezeichneten.

Rechts vom Hauptlabor war das Leiterlabor beziehungsweise der Kocherraum, wie er bei den meisten Laborratten hieß, und daneben befand sich das Bildgebungslabor, in dem das Elektronenmikroskop stand. Ganz hinten war das Laserlabor.

Die Labors schienen leer, die Computer waren ausgeschaltet, die Arbeitsplätze nicht besetzt. Aber Pierce roch den vertrauten Geruch von kochendem Karbon. Er warf einen Blick ins Logbuch und sah, dass sich Grooms ein- und nicht wieder ausgetragen hatte. Pierce ging zum Leiterlabor und schaute durch das kleine Fenster in der Tür, sah aber niemanden. Als er das Labor betrat, schlugen ihm sofort die Hitze und der bekannte Geruch entgegen. Der Vakuumofen war in Betrieb, es wurde eine neue Ladung Karbonleiter gebacken. Wahrscheinlich hatte Grooms den Ofen angemacht und legte jetzt außerhalb des Labors eine Pause ein.

Pierce verließ den Kocherraum und schloss die Tür. Er ging zum Computer des Hauptlabors, schaltete ihn an und gab die Passwörter ein.

Plötzlich fiel hinter ihm mit lautem Knall eine Tür ins Schloss. Als er sich umdrehte, in der Annahme, Grooms komme zurück, sah er stattdessen Clyde Vernon durch die Schleuse treten. Vernon war ein breiter, stämmiger Mann mit einem schmalen Haarkranz um den Hinterkopf. Seine von Natur aus rote Gesichtsfarbe verlieh ihm einen Ausdruck ständiger Bestürzung. Mit Mitte fünfzig war Vernon der älteste Mitarbeiter der Firma. Nach ihm kam wahrscheinlich Charlie Condon mit seinen vierzig Jahren.

Diesmal war die Bestürzung in Vernons Miene echt.

„Hallo, Clyde", sagte Pierce. „Haben Sie mir einen Schrecken eingejagt! Lassen Sie mich mal raten: Sie haben Anweisung erteilt, nach mir Ausschau zu halten, und Rudolpho hat Ihnen sofort Bescheid gegeben, als ich herkam. Deshalb sind Sie extra von Ihrer Wohnung hierher gefahren."

Vernon ging nicht auf Pierces Schlussfolgerungen ein. „Wir müssen reden", sagte er knapp. „Haben Sie meine E-Mail bekommen?"

Die beiden kannten sich noch nicht allzu lange. Vernon war zwar der älteste Mitarbeiter von Amedeo, zugleich war er aber auch am kürzesten bei der Firma. Pierce war nicht entgangen, dass Vernon Probleme damit hatte, dass sich hier alle mit Vornamen anredeten. Vielleicht hatte es mit dem Alter zu tun. Pierce, als Vorstandsvorsitzender der Firma, war mindestens zwanzig Jahre jünger als Vernon, der nach 25 Jahren beim FBI zu Amedeo gekommen war.

„Ich habe Ihre E-Mail vor einer Viertelstunde gelesen", sagte Pierce. „Ich hätte Sie vermutlich angerufen, sobald ich hier fertig gewesen wäre. Möchten Sie über Nicole reden?"

„Genau. Was ist passiert?"

Pierce zuckte hilflos mit den Schultern. „Sie hat ihre Stelle aufgegeben, und sie hat, äh, mich aufgegeben. Ich glaube, man kann sagen, sie hat zuerst mich aufgegeben."

„Wann war das?"

„Schwer zu sagen, Clyde. Es hat sich einige Zeit hingezogen. Aber vor zwei Wochen hat es dann richtig gekracht. Sie hat sich bereit erklärt, bis heute zu bleiben."

„Warum habe ich davon nichts erfahren?", schimpfte Vernon.

„Mir ist durchaus klar, dass Sie in so einem Fall informiert werden müssten, aber da es sich hier um eine persönliche Angelegenheit handelte ... Ich hatte einfach keine Lust, darüber zu sprechen. Und, um ganz ehrlich zu sein, ich hätte Sie wahrscheinlich auch heute Abend nicht angerufen, weil ich immer noch nicht darüber sprechen will."

„Aber wir müssen darüber sprechen. Sie war die Leiterin unseres Nachrichtendienstes. Man hätte ihr nicht gestatten dürfen, an ihrem letzten Arbeitstag einfach so zur Tür rauszugehen."

„Alle Akten sind noch da. Ich habe es nachgeprüft, obwohl es nicht nötig gewesen wäre. Nicki würde nie etwas Unlauteres tun."

„Ich denke gar nicht an irgendwelche konkreten Verstöße. Ich bemühe mich nur, gründlich und vorsichtig zu sein, mehr nicht. Hat sie bereits eine andere Stelle angenommen?"

„Als wir das letzte Mal miteinander gesprochen haben, noch nicht. Außerdem hat sie sich bei ihrer Einstellung verpflichtet, hinterher nicht zu einem Konkurrenzunternehmen zu gehen. Deswegen müssen wir uns wirklich keine Sorgen machen, Clyde."

„Wie wurde die Auflösung des Arbeitsverhältnisses finanziell geregelt?"

„Warum sollte Sie das etwas angehen?"

„Weil jemand, der dringend Geld braucht, korrumpierbar ist. Es ist meine Aufgabe, darüber informiert zu sein, ob ein Mitarbeiter, der in allen Einzelheiten über das Projekt Bescheid weiß, bestechlich ist."

„Ihr Wissen über das Projekt war begrenzt. Sie hat Informationen über die Konkurrenz gesammelt, nicht über uns. Ich glaube nicht, dass sie sich ein genaueres Bild davon machen konnte, was wir hier tun oder wo wir mit unseren Projekten stehen. Und ich werde Ihre nächste Frage beantworten, bevor Sie sie stellen: Nein, auch privat habe ich ihr nicht genauer erzählt, was wir hier tun. Darüber haben wir nie gesprochen. Ich glaube, es hat sie auch gar nicht interessiert. Für sie war der Job einfach ein Job, und das war wahrscheinlich unser Hauptproblem. Für mich ist der Job nicht bloß ein

Job, für mich ist er mein Leben. Haben Sie sonst noch Fragen, Clyde? Ich habe nämlich noch zu tun.“ Er hoffte, die eine Lüge an Vernon vorbeischmuggeln zu können, indem er sie hinter Wortgeklingel und Entrüstung versteckte.

„Hat sie eine Abfindung erhalten?“, fragte Vernon.

„Ja. Sechs Monate Gehalt. Außerdem verkauft sie das Haus und behält den gesamten Erlös. Ich glaube kaum, dass sie käuflich ist.“

„Es tut mir Leid, wenn Ihnen diese Fragen nicht gefallen“, sagte Vernon. „Aber es ist mein Job, für die Sicherheit der Firma zu sorgen. Da sind eine ganze Reihe von Personen und Unternehmen, deren Investitionen geschützt werden müssen.“

Damit spielte er auf den Grund seiner Anwesenheit an. Charlie Condon hatte Vernon als Schaustück eingestellt. Er war da, um potenzielle Investoren zu beruhigen, die natürlich Gewissheit haben wollten, dass die Projekte des Unternehmens und somit auch ihre Investitionen in guten Händen waren. Der beeindruckende Lebenslauf, den Vernon vorzuweisen hatte, war für Amedeo von größerer Bedeutung als das, was er als Sicherheitschef des Betriebs konkret für dessen Schutz unternahm.

„Ich kann Ihre Besorgnis gut verstehen, Clyde. Aber ich werde mich jetzt mal wieder an die Arbeit machen. Diese Investoren zählen schließlich alle auf uns, nicht wahr?“

„Sicher“, sagte Vernon. „Dann will ich Sie nicht länger aufhalten.“

Sobald sich der Sicherheitschef durch die Schleuse entfernt hatte, wurde Pierce bewusst, dass er heute nicht mehr arbeiten würde. Zum ersten Mal seit drei Jahren gab es keine außerhalb des Labors liegenden Interessen, die ihn daran gehindert hätten, ungestört seine Arbeit zu tun. Aber zum ersten Mal seit drei Jahren wollte er das nicht.

Er schaltete den Computer aus, stand auf und folgte Vernon durch die Schleuse.

Als Pierce in sein Büro zurückkehrte, machte er das Licht von Hand an. Der Stimmerkennungsschalter war ein Schnickschnack, der vor allem eingebaut worden war, um bei den potenziellen Investoren, die Charlie Condon alle paar Wochen durch den Betrieb führte, Eindruck zu schinden. Ein Schaustück, genau wie Vernon.

Pierce setzte sich an seinen Schreibtisch, holte den Block aus seinem Rucksack und wählte die Fernabfragenummer seiner Mailbox. Er bekam von einer elektronischen Stimme mitgeteilt, dass er eine neue Nachricht hatte. Als er sie abrief, hörte er die nervöse Stimme eines fremden Mannes.

„Äh, ja, hallo, hier ist Frank Behmer. Ich wollte eigentlich Lilly sprechen. Ich habe diese Nummer aus dem Internet und wollte nur mal sehen, ob du heute Abend frei bist. Ich bin im Peninsula, Zimmer vierhundertzehn. Ruf mich doch bitte an, wenn du kannst."

Pierce löschte die Nachricht, verspürte aber wieder den seltsamen Kitzel, in der geheimen Welt von jemand anders zu sein. Er überlegte eine Weile und rief schließlich die Auskunft an, um sich die Nummer des Peninsula geben zu lassen. Vor lauter Aufregung hatte Frank Behmer keine Nummer hinterlassen, unter der er zurückgerufen werden konnte.

Pierce rief im Hotel an und verlangte Behmer in Zimmer 410. Nach dem fünften Läuten wurde abgenommen.

„Hallo?"

„Mr Behmer?"

„Ja?"

„Guten Tag. Haben Sie wegen Lilly angerufen?"

Behmer zögerte, bevor er antwortete. „Wer ist bitte am Apparat?"

Pierce hatte mit der Frage gerechnet. „Ich bin Hank. Ich kümmere mich um Lillys Anrufe. Sie ist im Moment ziemlich beschäftigt, aber ich versuche, sie zu erreichen, um was für Sie zu arrangieren."

„Gut. Ich habe es auch schon unter ihrer Handynummer versucht, aber sie hat nicht zurückgerufen."

„Unter ihrer Handynummer?"

„Die von der Website."

„Ach so. Wissen Sie, sie ist in mehreren Websites. Darf ich Sie fragen, von welcher Sie ihre Nummer haben? Wir würden nämlich gern wissen, welche am meisten bringt – wenn Sie wissen, was ich meine."

„Ich habe sie von der L.-A.-Darlings-Seite."

„Aha, von L. A. Darlings. Okay, ich sehe zu, dass sie Sie zurückruft, sobald ich sie erreichen kann. Aber wenn Sie innerhalb der nächsten Stunde nichts von Lilly hören, wird nichts mehr aus der Sache."

„Wirklich?" Die Stimme klang enttäuscht.

„Sie ist sehr beschäftigt, Mr Behmer. Aber ich sehe, was ich tun kann. Wiederhören."

Pierce legte auf. Er wusste nicht, was er tat oder warum, aber irgendetwas zog ihn in eine ganz bestimmte Richtung. Er machte seinen Computer wieder an und steckte den Telefonanschluss ein. Dann ging er online und versuchte eine Reihe von Internetadressen, bis er auf www.la-darlings.com stieß und mit einer Website verbunden wurde.

Die erste Seite bestand nur aus einem Hinweis, dass die Internetseite Material enthalte, das ausschließlich für Erwachsene bestimmt sei. Durch das Anklicken eines Buttons bestätigte der Besucher, dass er oder sie über achtzehn Jahre alt war und keinen Anstoß an Nacktheit oder nur für Erwachsene bestimmten Inhalten nahm. Pierce klickte auf den Button, worauf die Startseite auf dem Bildschirm erschien. Den linken Rand nahm das Foto einer nackten Frau ein, die ihren Finger in einer Nichts-verraten-Geste an die Lippen hielt. Daneben stand in großer violetter Schrift:

L. A. Darlings

UNTERHALTUNGS- UND DIENSTLEISTUNGSANGEBOTE FÜR ERWACHSENE

EIN KOSTENLOSER WEGWEISER

Darunter befand sich eine Reihe roter Schaltflächen, die zum gesamten Angebot von L. A. Darlings führten. Es reichte von Callgirls – aufgegliedert nach Rasse und Haarfarbe – bis zu Masseusen und Fetischexperten jeglicher Geschlechtszugehörigkeit und sexuellen Ausrichtung.

Pierce wusste, dass es im Internet jede Menge solcher Seiten gab, hatte sich jedoch noch nie die Zeit genommen, sich eine solche Website anzusehen. Als er nun den Button mit dem Schriftzug BLONDE BEGLEITERINNEN anklickte, tat er das nur, weil es ein Weg war, um mit der Suche nach Lilly zu beginnen. Es öffnete sich eine in der Mitte geteilte Seite. Links gab es eine Auswahlliste mit daumennagelgroßen Fotos der blonden Begleiterinnen, unter denen jeweils der Vorname stand. Klickte er eins der kleinen Fotos an, wurde in der rechten Hälfte die Seite des betreffenden Mädchens geöffnet, wo das Foto zur besseren Begutachtung vergrößert war.

Pierce verschob die linke Bildschirmhälfte nach oben und überflog die Namen. Es waren mindestens vierzig Mädchen, aber keine hieß Lilly. Er ging zurück und klickte als Nächstes die Liste mit den Brünetten an. Etwa nach der Hälfte der Fotos stieß er auf ein Mädchen, das Lilly hieß. Er öffnete ihre Seite und sah nach der Telefonnummer. Sie stimmte! Er hatte die Lilly gefunden, deren Nummer jetzt zu seinem Telefonanschluss führte.

Auf dem Foto war eine Frau Mitte zwanzig zu sehen, stark gebräunt, mit schulterlangem dunklem Haar und braunen Augen. Nackt – bis auf ein schwarzes Netznegligee – kniete sie auf einem Messingbett und schaute direkt in die Kamera. Ihre vollen Lippen formten etwas, was offenbar ein einladender Schmollmund sein sollte.

Wenn das Foto nicht manipuliert war und wirklich Lilly darstellte, sah sie sehr gut aus. Pierce verstand, warum sein Telefon nicht mehr stillstand, seit er es eingesteckt hatte.

Sein Blick wanderte zum Text unter dem Foto.

> Hallo, meine Herren! Ich heiße Lilly und bin 23 Jahre alt, 85–63–85 (alles echt), 155 cm groß, 47 kg schwer. Ich bin halb Spanierin, halb Italienerin und eine ganze Amerikanerin! Wenn du dich also mal richtig amüsieren willst, ruf mich an und komm mich in meinem Stadthaus am Strand besuchen. Ich habe jede Menge Zeit für dich, du wirst garantiert auf deine Kosten kommen!
>
> Und wenn du doppelten Spaß haben willst, solltest du unter „Blonde Begleiterinnen" die Seite meiner Freundin Robin aufsuchen. Wir arbeiten im Team. Ruf einfach an!

Unter dem Text standen die Telefonnummer, die jetzt Pierces Apartment zugeteilt war, sowie eine Mobilfunknummer. Pierce griff nach dem Telefon und wählte die Handynummer. Dreimal hörte er das Freizeichen, dann ihre Stimme: „*Hi,* hier ist Lilly. Wenn du deinen Namen und deine Telefonnummer hinterlässt, rufe ich dich umgehend zurück. Falls du dich in einem Hotel aufhältst, vergiss nicht, mir deinen vollständigen Namen zu nennen, sonst stellen sie mich nicht durch. Ich hoffe, wir sehen uns bald. Ciao!"

Pierce hatte die Nummer gewählt, noch bevor er sich richtig klar darüber war, was er eigentlich sagen wollte. Als nun der Pfeifton ertönte, fühlte er sich überrumpelt. „Äh, ja, Lilly, hier spricht Henry. Ich habe da ein kleines Problem … Die Telefongesellschaft hat mir Ihre alte Rufnummer zugeteilt … für meine Wohnung, und … Na ja, ich würde deswegen gern mit Ihnen reden."

Als er auflegte, war ihm klar, dass er sich wie ein Vollidiot angehört haben musste. Was tat er da überhaupt? Eigentlich sollte er den Computer abschalten, sich am Montag eine neue Telefonnummer zulegen, um sich dann wieder auf seine Arbeit zu konzentrieren und das Ganze zu vergessen. Aber das konnte er nicht.

Er schloss Lillys Seite und kehrte zur Startseite zurück. Dort klickte er wieder BLONDE BEGLEITERINNEN an und verschob die erscheinenden Fotos nach oben, bis er das mit dem Namen Robin darunter fand.

Er öffnete die dazugehörige Seite. Robin war blond, wie angekündigt, und nackt. Sie lag auf dem Rücken auf einem Bett. Auf ihrem Bauch waren eine Menge rote Rosenblätter so platziert, dass sie ihre Brüste und ihr Geschlecht teilweise verdeckten. Pierce las den Begleittext:

> Hallo, meine Herren! Ich heiße Robin und bin ein naturblondes, blauäugiges American Girl. Ich bin 24 Jahre alt, 95–75–90, und fast 1,80 m groß. Ich kann zu dir kommen, oder du kannst mich besuchen. Es ist egal, weil ich dich so oder so nicht zur Eile drängen werde. Und wenn du doppelten Spaß haben möchtest, solltest du unter „Brünette“ die Seite meiner Freundin Lilly aufrufen. Wir beide arbeiten im Team.
>
> Ruf einfach an!

Unter dem Text standen eine Festnetz- und eine Handynummer, die Pierce, ohne lange nachzudenken, auf seinen Notizblock schrieb. Dann scrollte er zum Foto zurück. Robin war attraktiv, aber nicht so unwiderstehlich wie Lilly. Sie hatte einen harten Zug um ihr rotes Lippenstiftlächeln und einen kälteren Blick. Alles in allem entsprach sie etwa dem, was Pierce auf einer solchen Internetseite erwartet hätte – Lilly nicht.

Beim Betrachten des Fotos fiel ihm auf, dass auf beiden Bildern dasselbe Messingbett zu sehen war. Um es nachzuprüfen, ging er noch einmal auf Lillys Seite. Ja, es war dasselbe Bett. Er wusste nicht, was das bedeutete – außer dass es bestätigte, dass die beiden Frauen zusammenarbeiteten.

Er sah auf die Uhr: Es war fast elf. Kurz entschlossen griff er nach dem Telefon und wählte, mit einem Blick auf seine Notizen, die Nummer, die er von Robins Seite hatte. Als er nach dem vierten Läuten gerade auflegen wollte, meldete sich eine Frau mit einer rauchigen, schläfrigen Stimme.

„Äh, spreche ich mit Robin?“

„Ja.“

„Entschuldigung, habe ich dich geweckt?“

„Nein, ich bin wach. Wer ist am Apparat?“

„Äh, ich bin Hank. Ich, äh, habe auf L. A. Darlings deine Seite entdeckt. Rufe ich zu spät an?“

„Nein, überhaupt kein Problem. Was ist Amedeo Techno?“

Sie hatte eine Anruferidentifizierung! Einen Moment lang war Pierce geschockt vor Angst – Angst vor einem Skandal, Angst davor, dass Leute wie Vernon von diesem Telefonat erfahren könnten.

„Eigentlich heißt es Amedeo Technologies. Dein Display zeigt wahrscheinlich nicht den ganzen Namen an.“

„Arbeitest du dort?“

„Ja."

„Bist du Mr Amedeo?"

Pierce lächelte. „Nein, einen Mr Amedeo gibt es nicht. Nicht mehr."

„Was ist aus ihm geworden?"

„Amedeo steht für Amedeo Avogadro. Er war der Chemiker, der vor etwa zweihundert Jahren als Erster den Unterschied zwischen Molekülen und Atomen erkannte. Er war seiner Zeit weit voraus, wurde aber bis nach seinem Tod nicht ernst genommen. Die Firma ist nach ihm benannt."

„Was macht ihr dort? Mit Atomen und Molekülen spielen?"

„Gewissermaßen. Wir bauen einen Computer aus Molekülen."

„Echt? Cool." Er hörte sie gähnen.

„Jedenfalls … Ich rufe an, weil ich gesehen habe, dass du mit Lilly zusammenarbeitest, mit der Brünetten."

„Ich habe mit ihr zusammengearbeitet. Jetzt nicht mehr."

„Was ist passiert? Ich versuche schon eine ganze Weile, sie anzurufen, aber …"

„Wie kommst du darauf, dass ich mit dir über Lilly reden könnte? Ich kenne dich doch gar nicht!" Ihre Stimme hatte sich verändert, hatte einen schärferen Ton bekommen. Instinktiv spürte Pierce, dass Robin jeden Moment aufhängen würde, wenn er es nicht richtig anpackte.

„Okay, Entschuldigung. Ich habe nur gefragt, weil ich sie mochte."

„Warst du mit ihr zusammen?"

„Ja, ein paarmal. Ich fand sie nett, deshalb hätte ich gern gewusst, was aus ihr geworden ist. Das letzte Mal hat sie vorgeschlagen, dass wir vielleicht mal was zu dritt machen sollten. Richtest du ihr etwas von mir aus?"

„Nein. Sie ist schon lange nicht mehr hier, und was mit ihr passiert ist … ist einfach passiert. Das ist alles."

„Was soll das heißen? Was genau ist geschehen?"

„Wissen Sie was, Mister? Sie gehen mir langsam auf die Nerven mit Ihrer Fragerei. Wieso sollte ich stundenlang mit Ihnen reden? Verbringen Sie die Nacht doch lieber mit Ihren Molekülen!" Damit legte sie auf.

Pierce betrachtete Lillys Foto, das immer noch auf seinem Bildschirm war, und dachte über Robins seltsame Bemerkung nach.

„Was ist mit dir passiert?", murmelte er.

Er ging zur Startseite zurück, klickte ein Feld mit der Aufschrift ANNONCIEREN SIE BEI UNS an und gelangte auf eine Seite mit Anweisungen, wie man eine Anzeige auf die Website setzen konnte. Das war online möglich, aber es gab auch eine Adresse am Sunset Boulevard in Hollywood. Den Angaben zufolge war das Büro dort montags bis freitags von neun bis fünf und samstags von zehn bis drei Uhr geöffnet.

Pierce notierte sich die Adresse auf seinem Block. Er wollte die Homepage schon schließen, beschloss dann aber, noch einmal Lillys Seite aufzurufen. Er druckte ihr Foto in Farbe aus und schaltete erst dann den Computer ab. Wieder sagte ihm eine innere Stimme, dass er in dieser Sache nicht mehr weiter gehen sollte. Es wurde höchste Zeit, seine Telefonnummer zu ändern und das Ganze zu vergessen. Doch eine zweite Stimme – eine Stimme aus der Vergangenheit – sagte ihm etwas anderes.

IM TREPPENHAUS war es dunkel, und der Junge hatte Angst. Er schaute auf die Straße zurück und sah das wartende Auto. Sein Stiefvater, der sein Zögern bemerkte, streckte die Hand durchs Autofenster und winkte den Jungen weiter, bedeutete ihm, ins Haus hineinzugehen. Der Junge drehte sich wieder um und schaute ins Dunkel. Er machte die Taschenlampe an.

Da er seine Ankunft nicht ankündigen wollte, indem er in den Raum am Ende der Treppe leuchtete, hielt er die Lampe auf die Stufen gerichtet. Auf halbem Weg knarrte eine von ihnen laut unter seinem Fuß. Er blieb wie angewurzelt stehen. Er konnte das Herz in seiner Brust hämmern hören. Er dachte an Isabelle und die Angst, die sie wahrscheinlich jeden Tag und jede Nacht in ihrer Brust trug. Das gab ihm Entschlossenheit, und er ging weiter nach oben.

Auf der drittletzten Stufe knipste er die Lampe aus und wartete, bis sich seine Augen an die Dunkelheit gewöhnt hatten. Wenige Augenblicke später glaubte er aus dem Raum oben ein schwaches Licht dringen zu sehen. Es war Kerzenlicht. Endlich stieg er die letzten drei Stufen hinauf.

Der Raum war groß und voll mit Menschen. Der Junge konnte die behelfsmäßigen Schlafplätze erkennen, die an den beiden Längswänden aufgereiht waren. Auf allen lagen schlafende Gestalten, reglos, wie Kleiderhaufen auf Wühltischen. Am Ende des Raums brannte eine einzelne Kerze, über deren Flamme ein Mädchen einen Kronkorken erhitzte. Das Mädchen war ein paar Jahre älter als er, aber es war nicht Isabelle.

Der Junge begann den Gang zwischen den Schlafsäcken und Matratzen aus Zeitungspapier entlangzugehen. Auf der Suche nach dem vertrauten Gesicht schaute er von einer Seite auf die andere, bis er hinten bei dem Mädchen mit dem Kronkorken ankam. Und Isabelle war nicht da.

„Wen suchst du?“, fragte das Mädchen. Sie zog den Kolben einer Spritze zurück und sog die braunschwarze Flüssigkeit aus dem Kronkorken durch den Filter einer Kippe.

„Niemanden, den du kennst", sagte er.

Sie blickte auf. „Du bist aber noch jung", sagte sie. „Verzieh dich lieber, bevor der Hausmann zurückkommt."

Der Junge wusste, was sie meinte. Alle besetzten Häuser in Hollywood hatten einen Vorsteher, den so genannten Hausmann. Er kassierte eine Gebühr in Form von Geld, Drogen oder Fleisch.

„Wenn er dich findet, reißt er dir den Arsch auf und wirft dich ..."

Plötzlich verstummte sie und blies die Kerze aus. Er drehte sich zur Treppe um, und alle seine Ängste ballten sich in ihm zusammen wie eine Faust, die eine Blüte zerquetscht. An der Treppe war die Silhouette eines Mannes aufgetaucht, eines großen Mannes mit wild abstehendem Haar. Der Hausmann! Unwillkürlich wich der Junge einen Schritt zurück. Er stolperte über irgendein Bein, stürzte, und die Taschenlampe fiel scheppernd zu Boden.

Der Mann kam auf ihn zu. „Hankyboy!", brüllte er. „Komm her, Hank!"

PIERCE wachte im Morgengrauen auf. Die Sonne rettete ihn aus seinem Traum, in dem er vor einem Mann davonlief, dessen Gesicht er nicht sehen konnte. Durch die Fenster, an denen noch keine Vorhänge hingen, strömte das Licht in die Wohnung. Er kroch aus dem Schlafsack und ging unter die Dusche. Weil er vergessen hatte, Handtücher zu kaufen, musste er sich mit zwei T-Shirts abtrocknen, die er aus einer der Kleiderschachteln fischte.

Er schlenderte zur Main Street, um die Samstagszeitung zu kaufen und einen Kaffee zu trinken. Er las und trank langsam und hatte deswegen fast ein schlechtes Gewissen. Normalerweise war er samstags schon bei Tagesanbruch im Labor.

Als er die Zeitung gelesen hatte, war es fast neun. Er ging zum Sands zurück und stieg in sein Auto, fuhr aber nicht wie sonst ins Labor.

Um Viertel vor zehn hielt er in Hollywood vor dem Gebäude, in dem das Büro von L. A. Darlings lag, ein mehrgeschossiger Gewerbebau. L. A. Darlings befand sich in Suite 310. An der Milchglastür prangte in großen Lettern der Schriftzug ENTREPRENEURIAL CONCEPTS UNLIMITED. Darunter standen in kleinerer Schrift die Namen zehn verschiedener Websites, die anscheinend unter dem Dach von Entrepreneurial Concepts vereint waren, darunter L. A. Darlings. Aus den Internetadressen schloss Pierce, dass die Websites alle vom Geschäft mit dem Sex lebten.

Er drehte sich um, als eine Frau mit einem Schlüssel in der Hand auf die Tür zukam. Sie war Mitte zwanzig und hatte fast weiß blondiertes Haar, das in alle Richtungen zu stehen schien. Sie trug abgeschnittene Jeans und Sandalen, ihr kurzes T-Shirt ließ den gepiercten Nabel frei.

„Sie sind aber früh dran“, meinte sie.

„Ich weiß“, sagte Pierce. „Ich komme aus der Westside und dachte, es wäre mehr Verkehr.“

Er folgte ihr nach drinnen in den Wartebereich, wo ein Empfangsschalter den Zugang zu einem Flur bewachte. Auf der rechten Seite und unbewacht war eine Tür, auf der PRIVAT stand. Pierce sah zu, wie sich die Frau hinter dem Schalter einrichtete.

„Sie werden sich noch ein paar Minuten gedulden müssen, bis ich hier alles vorbereitet habe. Ich bin heute allein hier.“

„Und wer kümmert sich um die Technik, wenn Sie ganz allein sind?“

„Ach so, nein, hinten ist natürlich immer jemand. Damit habe ich nur gemeint, dass ich heute hier vorn allein bin.“

Sie glitt in den Bürostuhl hinter dem Schalter. Pierce fiel der Silberring an ihrem Bauchnabel ins Auge. Er erinnerte ihn an Nicole …

Sie hatte schon über ein Jahr bei Amedeo gearbeitet, als er ihr an einem Sonntagnachmittag zufällig in einem Bistro begegnet war. Sie kam gerade vom Sport und trug nur eine graue Jogginghose und ein kurzes Top, sodass der Goldring in ihrem Nabel zu sehen war. Es war, als würde ein Geheimnis gelüftet über jemanden, den er lange kannte. Nicole war in Pierces Augen immer eine attraktive Frau gewesen, aber nach dieser Begegnung wurde alles anders. Sie hatte plötzlich eine erotische Ausstrahlung für ihn, und er wollte alle ihre Geheimnisse entdecken.

Pierce ging im Wartebereich auf und ab, während die Frau hinter dem Schalter mit ihrer Arbeit begann. Er hörte, wie ein Computer gestartet wurde und mehrere Schubladen auf- und zugingen. Als er sich nach der Frau umschaute und sah, dass sie mit ihrem Computerbildschirm beschäftigt war, versuchte er die Tür mit der Aufschrift PRIVAT zu öffnen. Sie war nicht abgeschlossen. Dahinter lag ein Flur, von dem drei Flügeltüren abgingen …

„Äh, Entschuldigung“, sagte die Frau hinter ihm, „aber Sie dürfen da nicht rein.“

Pierce warf noch einen raschen Blick in den Flur: Vor den drei Türen hingen Schilder mit der Aufschrift STUDIO A, STUDIO B und STUDIO C von der Decke. Er schloss die Tür, drehte sich um und kehrte an den Schalter zurück. Die Frau trug jetzt einen Anstecker mit ihrem Namen.

„Entschuldigen Sie, Wendy, ich dachte, dort gehe es zur Toilette. Was ist denn dahinten?"

„Das sind die Fotostudios. Wir haben hier keine Toilette. Also, was kann ich für Sie tun?"

„Ich habe folgendes Problem, Wendy: Eine Ihrer Anzeigenkundinnen bei L. A. Darlings, eine gewisse Lilly, hat meine Telefonnummer. Anrufe, die für sie bestimmt sind, gehen stattdessen bei mir ein."

„Warum beantragen Sie nicht einfach eine neue Nummer?"

„Weil ich bereits Visitenkarten drucken und verschicken ließ. Es wäre sehr teuer, das alles noch mal mit einer anderen Nummer zu machen."

„Na schön." Sie wandte sich dem Computer zu und ging auf L. A. Darlings und in die Liste mit brünetten Callgirls. Dort klickte sie das Bild von Lilly an und scrollte dann zur Telefonnummer. „Sie sagen also, das ist jetzt Ihre Rufnummer?"

„Genau."

„Aber warum sollte unsere Kundin es uns nicht mitteilen, wenn sich ihre Nummer ändert?"

„Das weiß ich nicht. Könnten Sie vielleicht mal nachsehen, ob Sie nicht noch eine andere Nummer haben, unter der Sie sie erreichen können? Dann rufen Sie sie an und weisen sie auf das Problem hin."

„Was ist mit dieser Handynummer?"

„Unter der habe ich es bereits versucht. Man kann dort nur etwas auf Band sprechen. Ich habe schon drei Nachrichten hinterlassen, aber Lilly hat sich nicht gemeldet. Ich glaube, sie erhält diese Anrufe gar nicht."

Wendy schob ihren Stuhl zurück und stand auf. „Ich sehe kurz was nach. Bin gleich zurück." Damit verschwand sie im hinteren Flur. Gleich darauf kam sie mit einem dünnen Ordner zurück. „Also, zum Teil wäre das Problem bereits gelöst", sagte sie, während sie sich setzte. „Das Mädchen hat seine Gebühren nicht mehr bezahlt."

„Seit wann?"

„Im Juni hat sie noch bis Ende August gezahlt, für September dann nichts mehr."

„Warum steht ihre Anzeige dann noch auf Ihrer Website?"

„Weil es manchmal eine Weile dauert, die ganzen Karteileichen rauszuwerfen – vor allem, wenn sie so aussehen wie dieses Mädchen. Es würde mich nicht wundern, wenn Mr Wentz sie sogar drinlassen würde, obwohl sie nicht bezahlt. Wenn die Typen solche Mädchen in der Site sehen, gehen sie immer wieder rein."

Pierce nickte. „Ist Mr Wentz da? Ich würde gern mit ihm sprechen."

„Nein, heute ist Samstag. Sie können von Glück reden, wenn Sie ihn unter der Woche antreffen, aber samstags habe ich ihn hier noch nie gesehen."

„Tja, was sollen wir da machen? Bei mir läuft das Telefon heiß."

„Na ja, ich könnte einen Zettel schreiben, und vielleicht nimmt sich dann am Montag jemand der Sache …"

„Bis Montag will ich aber nicht warten, Wendy. Wenn Mr Wentz nicht hier ist, dann holen Sie den Kerl, der für die Server zuständig ist, damit er Lillys Seite rausnehmen kann."

„Ich glaube nicht, dass er das tun darf. Außerdem hat er … na ja, er hat geschlafen, als ich bei ihm reinschaute."

Pierce beugte sich über den Schalter und legte deutlichen Nachdruck in seine Stimme. „Wendy, jetzt hören Sie mal zu: Ich bestehe darauf, dass Sie ihn aufwecken. Sie müssen sich über eines klar werden: Sie befinden sich in einer rechtlich prekären Lage. Ich habe Sie darauf aufmerksam gemacht, dass meine Telefonnummer in Ihrer Website steht. Infolge dieses Versehens erhalte ich ständig – für mein Empfinden – anstößige und beleidigende Anrufe. Und das in einem solchen Maß, dass ich heute Morgen, schon bevor Sie überhaupt geöffnet hatten, zu Ihrem Geschäftssitz gekommen bin. Ich möchte das geregelt kriegen. Wenn Sie damit bis Montag warten, verklage ich Sie, diese Firma und Mr Wentz. Haben Sie mich verstanden?"

„Sie können mich nicht verklagen. Ich arbeite nur hier."

„Wendy, man kann auf dieser Welt jeden verklagen."

Mit einem wütenden Blick stand sie auf und verschwand wortlos im hinteren Flur. Pierce interessierte nicht, ob sie wütend war. Ihn interessierte, dass sie den Ordner auf dem Schreibtisch hatte liegen lassen. Sobald das Geräusch ihrer Sandalen nicht mehr zu hören war, beugte er sich über die Theke und schlug den Ordner auf, der neben einer Kopie von Lillys Foto einen Ausdruck ihrer Anzeige und ein Formular mit ihren persönlichen Daten enthielt.

Sie hieß Lilly Quinlan. Die Telefon- und die Handynummer waren dieselben wie auf der Internetseite, aber daneben stand eine Adresse in Santa Monica samt einer Wohnungsnummer. Pierce las die Angaben und war gerade dabei, den Ordner zurückzulegen, als er die Sandalen und ein anderes Paar Schuhe den Flur entlangkommen hörte.

PIERCE ließ den Motor an und fuhr nach Santa Monica zurück. Auf dem Anmeldeformular hatte Lilly eine Adresse am Wilshire Boulevard angegeben. Als Pierce vor dem Gebäude hielt, stellte er fest, dass es sich um eine private Postfachagentur handelte, die sich All American Mail nannte. Die vermeintliche Wohnungsnummer auf Lilly Quinlans Anmeldeformular war in Wirklichkeit die Nummer eines Postfachs.

Pierce betrat die Agentur und ging an den Schalter. Ein junger Mann mit Pickeln im Gesicht und einem Namensschild mit der Aufschrift CURT fragte ihn, was er für ihn tun könne.

„Ich brauche ein Postfach und hätte gern eine ganz bestimmte Nummer", erklärte Pierce. „Sie soll zum Namen meiner Firma passen: Drei-hoch-drei Productions."

Der Junge sah ihn etwas ratlos an. „Und an welche Nummer hätten Sie dabei gedacht?"

„Drei, drei, drei. Ist das Postfach zu haben?"

Curt holte einen blauen Ordner hervor und blätterte zu den Seiten, auf denen die Fächer nach Nummer und Verfügbarkeit aufgelistet waren. Sein Finger fuhr eine Zahlenspalte hinunter und hielt an. „Also, im Moment ist es noch belegt, aber es wird vielleicht bald frei."

„Was heißt das genau?"

„Das heißt, dieses Fach hat zurzeit noch jemand gemietet, aber sie hat diesen Monat nicht bezahlt. Der Vertrag läuft im Moment auf Kulanz. Wenn die Kundin zahlt, kann sie das Fach behalten. Meldet sie sich nicht bis zum Monatsende, fliegt sie raus, und Sie können es haben."

Pierce setzte eine nachdenkliche Miene auf. „Das ist ein bisschen lang. Ich wollte eigentlich sofort ein Fach. Haben Sie vielleicht die Telefonnummer oder Adresse dieser Frau? Damit Sie sich mit ihr in Verbindung setzen und sie fragen können, ob sie das Postfach überhaupt noch will?"

„Ich habe ihr zwei Zahlungsaufforderungen geschickt und eine ins Fach gelegt."

Pierce versuchte sich seine Aufregung nicht anmerken zu lassen. Was Curt eben gesagt hatte, bedeutete, dass Lilly Quinlan eine zweite Adresse hatte.

„Haben Sie denn ihre Telefonnummer? Wenn Sie diese Frau jetzt gleich anrufen und fragen, was sie mit dem Fach vorhat, bin ich bereit, es sofort zu mieten. Und ich würde für ein Jahr im Voraus bezahlen."

„Da müsste ich mal nachsehen. Das dauert aber einen Moment."

„Macht nichts. Mir ist es lieber, ich kann das alles jetzt gleich erledigen, als dass ich noch mal herkommen muss."

Curt ging zu einem Schreibtisch, der an der Wand hinter dem Schalter stand, und nahm einen dicken Hängeordner heraus. Er fuhr mit dem Finger eine Seite hinunter und ließ ihn dann auf einer bestimmten Stelle liegen. Mit der anderen Hand griff er nach dem Telefon auf dem Schreibtisch und tippte eine Nummer ein. Pierce beobachtete seine Finger, um vielleicht so die Nummer herauszubekommen, aber es ging zu schnell. Curt wartete ziemlich lange, bevor er endlich in den Hörer sprach.

„Hier ist eine Nachricht für Lilly Quinlan. Könnten Sie bitte bei All American Mail anrufen? Die Miete für Ihr Postfach ist fällig, und wenn wir nichts von Ihnen hören, vermieten wir es weiter. Mein Name ist Curt. Vielen Dank!"

Er legte auf und kam zu Pierce an den Schalter zurück.

„Es war nur ihr Anrufbeantworter. Solange ich nichts von ihr höre und der Monat nicht um ist, kann ich Ihnen leider nicht helfen."

„Klar, das verstehe ich. Trotzdem danke, dass Sie es versucht haben."

„Möchten Sie mir Ihre Nummer dalassen – falls ich von ihr höre?"

„Ich werde mich einfach morgen wieder bei Ihnen melden." Pierce nahm ein Visitenkärtchen aus dem Plastikhalter auf dem Schalter und ging in Richtung Ausgang.

Curt rief ihm hinterher: „Wie wär's mit siebenundzwanzig? Dieses Fach wäre frei. Ist das nicht, was drei hoch drei ergibt?"

Pierce nickte bedächtig. Curt war cleverer, als er aussah. „Ich werde es mir überlegen", sagte er im Hinausgehen.

Im Auto sah er auf die Uhr: Es war fast Mittag. Er musste in seine Wohnung zurück, um sich dort mit seiner Assistentin Monica Purl zu treffen. Sie hatte sich bereit erklärt, in seiner Wohnung auf die bestellten Möbel zu warten. Das Einrichtungshaus hatte ihm mitgeteilt, die Lieferung könne zwischen zwölf und vier eintreffen, und Pierce hatte beschlossen, jemand anders fürs Warten zu bezahlen, damit er die Zeit dafür verwenden konnte, im Labor die Präsentation für Goddard vorzubereiten. Inzwischen bezweifelte er, dass er ins Labor fahren würde, aber er würde Monica trotzdem auf die Möbel warten lassen. Außerdem hatte er jetzt auch noch etwas anderes für sie zu tun.

Als er im Sands eintraf, wartete sie bereits in der Eingangshalle. Ohne Genehmigung des Hausbewohners, den sie besuchen wollte, hatte der Wachmann am Eingang sie nicht hinaufgelassen.

„Entschuldigung", sagte Pierce. „Warten Sie schon lange?"

Sie hatte einen Packen Zeitschriften dabei, die sie lesen wollte, während sie auf die Möbel wartete. „Nur ein paar Minuten", sagte sie.

Monica Purl war eine große, dünne Blondine mit einer Haut, die so blass war, dass vermutlich jede Berührung einen Fleck darauf hinterlassen hätte. Sie war Mitte zwanzig und arbeitete schon für Amedeo, seit sie zwanzig war. Pierces Chefsekretärin war sie jedoch erst seit sechs Monaten.

Als die Lifttür aufging, stiegen sie ein. Im zwölften Stock glitt die Tür wieder auf, und sie gingen den Flur hinunter zu Pierces Apartment.

„Wo soll ich die ganzen Sachen hinstellen lassen?“, fragte Monica.

„Da, wo es Ihnen gefällt. Außerdem möchte ich Sie noch um einen weiteren Gefallen bitten, bevor ich wieder wegmuss.“ Er öffnete die Tür.

„Um was für einen?“, fragte Monica vorsichtig.

„Nur um einen Anruf.“ Er ging ins Wohnzimmer und nahm das Telefon ab. „Könnten Sie für mich unter dieser Nummer anrufen und sagen, Sie seien Lilly Quinlan? Fragen Sie nach Curt, und sagen Sie ihm, Sie hätten seine Nachricht erhalten. Erklären Sie ihm, Sie hätten erst durch seinen Anruf erfahren, dass Sie mit der Zahlung im Rückstand seien, und fragen Sie ihn, warum er Sie nicht schriftlich benachrichtigt habe. Okay?“

„Warum? Wozu soll das gut sein?“

„Das kann ich Ihnen jetzt nicht alles erklären, aber es ist wichtig.“

„Ich weiß nicht, ob ich mich als jemand anders ausgeben sollte. Das ist nicht …“

„Was Sie tun sollen, ist absolut harmlos. Curt wird Ihnen sagen, dass er Ihnen eine Benachrichtigung geschickt hat. Dann sagen Sie: ‚Wirklich? An welche Adresse haben Sie die geschickt?‘ Wenn er Ihnen dann die Adresse nennt, schreiben Sie sie auf. Das ist alles, was ich brauche: die Adresse. Sobald Sie die haben, können Sie das Gespräch beenden.“

„Dr. Pierce, das hört sich nicht …“

„Nennen Sie mich nicht Dr. Pierce! Sie nennen mich doch sonst auch nie so.“

„Dann eben Henry. Ich will das nicht tun. Jedenfalls nicht, ohne zu wissen, was ich da genau mache.“

„Also schön, dann sage ich es Ihnen: Sie erinnern sich doch an die neue Telefonnummer, die Sie mir besorgt haben? Also, sie hat vorher einer Frau gehört, die verschwunden ist. Möglicherweise ist ihr etwas zugestoßen. Ich bekomme ständig Anrufe für sie, und ich versuche herauszufinden, was aus ihr geworden ist. Und durch diesen Anruf, den Sie für mich erledigen sollen, bekomme ich vielleicht ihre Adresse heraus. Ich will hinfahren und mich vergewissern, dass alles in Ordnung ist. Sonst nichts. Würden Sie also jetzt bitte für mich anrufen?“

Sie schüttelte den Kopf. „Das ist verrückt. Wie sind Sie denn in diese

Geschichte reingeraten? Kennen Sie die Frau? Woher wollen Sie wissen, dass sie verschwunden ist?“

„Nein, ich kenne sie nicht. Das Ganze ist ein Zufall. Aber inzwischen weiß ich, dass ich herausfinden muss, was passiert ist – oder mich zumindest davon überzeugen muss, dass ihr nichts zugestoßen ist.“

„Warum beantragen Sie nicht einfach eine andere Nummer?“

„Das werde ich tun. Ich möchte, dass Sie sie gleich Montag früh ändern lassen.“

„Und bis dahin sollten Sie vielleicht am besten die Polizei anrufen.“

„Dafür habe ich noch nicht genügend Informationen beisammen. Was sollte ich den Polizisten erzählen? Sie würden mich für verrückt halten.“

„Womit sie vielleicht nicht ganz Unrecht hätten.“

„Also, machen Sie es jetzt oder nicht?“

Sie nickte resigniert. „Wenn Sie es unbedingt möchten und wenn ich meinen Job nicht verliere …“

„Moment, Moment! Ich drohe Ihnen nicht mit einer Kündigung. Wenn Sie es nicht tun wollen, kein Problem, dann suche ich mir jemand anders dafür. Auf Ihren Job hat das keinerlei Auswirkung. Haben wir uns da verstanden?“

„Ja, okay. Bringen wir es einfach hinter uns.“

Er wählte die Nummer von All American Mail und reichte ihr das Telefon. Sie verlangte nach Curt, und dann zog sie den Anruf mit nur wenigen Momenten der Unsicherheit wie besprochen durch.

Pierce beobachtete, wie sie eine Adresse aufschrieb. Nachdem sie aufgelegt hatte, reichte sie ihm den Block und das Telefon. Pierce las die Adresse – sie war in Venice –, dann riss er das Blatt ab, faltete es und steckte es ein.

Das Telefon läutete, aber als er dranging, legte der Anrufer auf. Pierce schaute auf die Rufnummernanzeige. Der Anruf war aus dem Ritz Carlton in der Marina gekommen.

„Noch was“, sagte er zu Monica. „Sie müssen das Telefon eingesteckt lassen, damit der Wachmann anrufen kann, wenn die Möbel kommen. Bis dahin werden Sie aber wahrscheinlich einige Anrufe für Lilly bekommen. Dann sagen Sie am besten gleich zu Beginn etwas in der Art wie: ‚Ich bin nicht Lilly, Sie haben sich verwählt.‘ Sonst …“

„Wäre es nicht besser, wenn ich mich für sie ausgeben würde? Dann könnte ich vielleicht noch mehr über sie herausfinden?“

„Nein, ich glaube, das sollten Sie lieber bleiben lassen.“ Pierce öffnete seinen Rucksack und holte den Ausdruck von Lillys Foto heraus. „Das ist Lilly.“

„Oh Gott!“, entfuhr es Monica. „Ist sie eine Prostituierte oder so was?“

„Ich glaube, ja.“

„Aber wieso versuchen Sie, eine Prostituierte zu finden, wo es doch viel wichtiger wäre, dass Sie …“ Sie verstummte abrupt.

Pierce sah sie an. Er wartete darauf, dass sie weitersprach, doch das tat sie nicht.

„Was?“, fragte er. „Was wäre wichtiger?“

„Ach, nichts. Das geht mich nichts an.“

„Haben Sie mit Nicki über mich geredet?“

„Nein. Ich finde es nur eigenartig, dass Sie Himmel und Hölle in Bewegung setzen, um herauszufinden, ob dieser Prostituierten etwas zugestoßen ist.“

Pierce spürte, dass sie ihm, was Nicole anging, nicht die Wahrheit gesagt hatte. Abgesehen davon war ihm klar, dass sie mit ihrer Einschätzung Recht hatte. Doch ohne seinen Hang zur Neugier wären sein Leben und seine Karriere nicht so verlaufen, wie sie verlaufen waren.

In seinem letzten Jahr in Stanford hatte er eine Vorlesung über die nächste Generation von Mikrochips besucht. Der Professor hatte von Nanochips gesprochen, so klein, dass damit Supercomputer von der Größe eines Dime, eines Zehncentstücks, gebaut werden könnten und würden. Pierce war von dieser Idee fasziniert gewesen und hatte sich von da an von seiner Neugier leiten lassen. Seither jagte er dem „Dime-Computer“ nach.

„Ich fahre jetzt nach Venice“, sagte er zu Monica, „nur um kurz nachzusehen, ob dort alles in Ordnung ist. Danach lasse ich die Finger von der Sache.“ Er stand auf und warf sich den Rucksack über die Schulter. „Und wenn Sie mit Nicki reden, erzählen Sie ihr bitte nichts davon, ja?“

„Natürlich nicht, Henry.“

Er wusste, darauf konnte er sich nicht verlassen, aber im Moment musste es ihm genügen.

Irgendetwas an der Adresse kam ihm sonderbar vor. Pierce konnte nicht sagen, was es war, obwohl er die ganze Fahrt nach Venice darüber nachdachte.

Die Adresse, die Lilly Quinlan bei All American Mail angegeben hatte, war ein kleiner weißer Bungalow in der Altair Avenue. Im Vorgarten machte sich eine fette Königspalme breit. Pierce parkte auf der anderen Straßenseite und musterte das Anwesen, um zu erkennen, ob das Haus in letzter Zeit bewohnt worden war. Der Garten war sorgfältig gepflegt. Falls das Haus vermietet war, könnte das allerdings auch der Besitzer veranlasst haben. In der Einfahrt stand zwar kein Auto, aber vor der Haustür türmten sich auch keine Zeitungen. Von außen war nichts Ungewöhnliches zu bemerken.

Pierce stieg aus seinem BMW, überquerte die Straße und ging auf die Eingangstür zu. Er drückte auf den Klingelknopf und wartete.

Nichts.

Er klingelte noch einmal, dann klopfte er an die Tür.

Wieder nichts.

Er sah sich um. Die Rollos hinter den Fenstern waren zu. Pierce wandte sich von der Tür ab und ging zur Einfahrt, die an der linken Seite des Hauses entlang zu einer Garage führte, deren Tor offen stand. Das Garagentor war aus Holz, das sich mit der Zeit verzogen hatte. Es sah aus, als stünde es dauernd offen. Die Garage selbst war bis auf ein paar an der Rückwand aufgereihte Farbdosen leer. Rechts von der Garage befand sich ein winziges Fleckchen Garten, von einer hohen Hecke umgeben. Auf dem Rasen standen zwei Liegestühle.

Pierce ging zur Hintertür und klopfte wieder. In die obere Türhälfte war ein Fenster eingelassen. Er legte die Hände um die Augen und spähte durch die Scheibe nach drinnen, offensichtlich in die Küche, die einen aufgeräumten, sauberen Eindruck machte. Der kleine Tisch an der linken Längswand war leer. Auf einem der beiden Stühle lag eine ordentlich gefaltete Zeitung. Auf der Arbeitsplatte stand neben dem Toaster eine große Schale mit undefinierbaren dunklen Gegenständen, bei denen es sich wohl um verdorbene Früchte handelte.

Er hatte etwas gefunden! Ein Anzeichen dafür, dass hier irgendwas nicht stimmte. Instinktiv legte er die Hand um den Türknauf und drehte ihn. Die Tür war nicht abgeschlossen.

Pierce drückte gegen die Tür und erwartete, dass eine Alarmanlage ertönte, aber sein Eindringen wurde nur von Stille begrüßt. Er roch den ekelhaft süßlichen Geruch der verfaulten Früchte, schob die Tür weiter auf, beugte sich nach drinnen und rief: „Lilly? Ich bin's, Henry!“

Er wusste nicht, ob er es für die Nachbarn oder für sich selbst tat, aber er rief ihren Namen zwei weitere Male, ohne eine Antwort zu erwarten oder zu bekommen. Dann setzte er sich auf die Eingangstreppe und überlegte, ob er reingehen sollte oder nicht. Er dachte an Monicas Reaktion auf sein Verhalten und an ihren Rat, die Polizei zu rufen. Jetzt war der Zeitpunkt gekommen, das zu tun. Irgendetwas stimmte hier nicht, und er hatte eindeutig einen Grund, zur Polizei zu gehen.

Tatsache war jedoch, dass er nicht bereit war, die Sache aus den Händen zu geben. Noch nicht. Egal, worum es sich hier handelte, es war seine Sache, und er wollte sie weiter verfolgen. Das hing nicht nur mit Lilly Quinlan zusammen. Seine Beweggründe reichten weiter zurück, waren in der Vergangenheit verwurzelt. Er versuchte, jetzt zu tun, was er damals nicht hatte tun können.

Nachdenklich erhob er sich von den Stufen, öffnete die Tür ganz, betrat die Küche und schloss die Tür hinter sich. Er machte den Kühlschrank auf und sah einen Karton Orangensaft und eine Plastikflasche mit fettarmer Milch. Das Haltbarkeitsdatum der Milch war der 18. August, das des Safts der 16. August, beide also über einen Monat abgelaufen.

Pierce ging zum Tisch und zog den Stuhl heraus, auf dem die Zeitung lag. Es war die *Los Angeles Times* vom 1. August.

Als er den Flur betrat, sah er den Berg Post, der sich unter dem Briefschlitz in der Eingangstür türmte. Eine Tür führte ins Bad, wo jede waagerechte Fläche mit Parfums und Kosmetika voll gestellt war. Er griff sich ein grünes Fläschchen heraus, öffnete es und roch daran. Es war derselbe Duft, den Nicole benutzte – er hatte die Flasche wieder erkannt.

Zurück im Flur, ging er durch die zweite Tür in ein Schlafzimmer mit zwei Schränken, die beide offen standen und gerammelt voll mit Kleidern auf Holzbügeln waren. Das dritte Zimmer schien als Fitnessraum zu dienen. Hier gab es einen Stepper und einen Ruderapparat. Pierce öffnete den einzigen Schrank und fand weitere Kleider, aber die waren anders. Etwa ein halber Meter der Stange war kleinen Sachen vorbehalten – Negligees und Gymnastikanzügen. Er entdeckte etwas Bekanntes und griff nach dem Bügel, an dem es hing: das schwarze Netznegligee, in dem Lilly auf dem Foto im Internet posiert hatte.

Das erinnerte ihn an etwas. Er hängte den Kleiderbügel wieder an seinen Platz und kehrte ins Schlafzimmer zurück. Das Bett stimmte nicht! Es hatte kein Messinggestell wie das auf dem Foto. Und in diesem Moment wurde ihm auch klar, was ihn an der Adresse in Venice gestört hatte: In Lillys Anzeige hatte gestanden, sie empfange ihre Kunden in einem Stadthaus in der Westside. Das hier war kein Stadthaus – und es war das falsche Bett. Das hieß, es musste in Verbindung mit Lilly Quinlan noch eine weitere Adresse geben, die es herauszufinden galt.

Pierce ging in den vorderen Teil des Hauses. Das Wohnzimmer war mit soliden Holzmöbeln eingerichtet, die zum Charakter des Hauses passten. Was nicht dazu passte, war das Regal mit Unterhaltungselektronik unter dem an der Wand hängenden Plasmafernsehschirm. Lilly Quinlan besaß eine Heimkinoanlage, die sie gut und gern 25 Riesen gekostet haben dürfte.

Als Nächstes ging Pierce zur Eingangstür und hockte sich vor dem Postberg nieder, der zum größten Teil aus Werbesendungen bestand. Zwei Briefe waren von All American Mail – die Zahlungsaufforderungen. Es gab Kreditkartenrechnungen und Kontoauszüge. Ein großer Umschlag kam von der University of Southern California. Pierce hielt nach Rechnungen von der Telefongesellschaft Ausschau, entdeckte aber keine. Das fand er eigenartig, erklärte es sich aber rasch damit, dass Lillys Telefonrechnungen möglicherweise an das Postfach bei All American Mail geschickt worden waren. Ohne lange zu überlegen, steckte er einen der Kontoauszüge und eine Visa-Rechnung in die Gesäßtasche seiner Jeans. Ihm war bewusst, dass er dem Straftatbestand des Einbruchs damit noch den des Postdiebstahls hinzufügte.

An der Rückwand des Esszimmers stand ein Schreibtisch. Pierce zog sich einen Stuhl heran und setzte sich. Er öffnete die Schubladen und stellte fest, dass Lilly hier ihren Finanzkram erledigt haben musste. In der mittleren Schublade lagen Scheckhefte, Briefmarken und Stifte, die seitlichen enthielten Briefe von Kreditkarteninstituten und Versorgungsbetrieben sowie weitere Rechnungen. Eigenartigerweise gab es auch hier keine Telefonrechnungen.

Er wandte sich wieder der mittleren Schublade zu und sah rasch die Register der Scheckhefte durch. Seit Ende Juli hatte es auf keinem Konto mehr Bewegungen gegeben. Als er in einem der Hefte zurückblätterte, entdeckte er, dass die Zahlungen an die Telefongesellschaft Ende Juni endeten. Folglich hatte Lilly die Telefongebühren mit dem Scheckheft bezahlt, das er in der Hand hielt, und aller Wahrscheinlichkeit nach an dem Schreibtisch, an dem er saß. Aber er konnte im ganzen Schreibtisch nicht eine einzige Telefonrechnung finden.

Er gab es auf, sich über diesen Widerspruch den Kopf zu zerbrechen. Als er die Schublade wieder schließen wollte, fiel sein Blick auf ein Büchlein, das ganz hinten steckte. Er zog es heraus und stellte fest, dass es ein kleines Adressbuch war. Als er es mit dem Daumen durchblätterte, sah er, dass es voll mit handschriftlichen Einträgen war. Er steckte das Büchlein zu den beiden Briefen in seiner Hosentasche.

Er schloss die Schublade, stand auf und blickte sich ein letztes Mal in den beiden vorderen Zimmern um. Dabei bemerkte er, wie sich hinter dem geschlossenen Rollo des Wohnzimmerfensters ein Schatten bewegte. Jemand kam auf die Haustür zu.

Pierce durchfuhr nackte Panik. Er wusste nicht, ob er sich verstecken oder durch den Hintereingang verdrücken sollte. Aber er konnte sowieso nichts tun, denn er stand wie angewurzelt da, als er auf den gefliesten Stufen vor der Eingangstür Schritte hörte.

Ein metallisches Klicken ließ ihn zusammenfahren. Durch den Schlitz in der Tür wurden einige Briefe geschoben, die auf die andere Post fielen. Pierce hielt den Atem an. Der Schatten bewegte sich in die andere Richtung über das Wohnzimmerrollo, dann war er verschwunden.

Pierce ging zur Tür und betrachtete die neuen Briefe – ein paar weitere Rechnungen, aber hauptsächlich Reklamesendungen. Als er, um nichts zu übersehen, die Umschläge mit der Fußspitze auseinander schob, fiel sein Blick auf einen von Hand beschrifteten kleinen Umschlag. Er hob ihn auf. In der linken oberen Ecke stand V. QUINLAN, aber keine Adresse. Der Poststempel war zum Teil verschmiert, Pierce konnte nur PA, FLA. entziffern. Diesen offensichtlich persönlichen Brief zu öffnen erschien ihm irgendwie indiskreter und krimineller als alles, was er bisher getan hatte. Aber seine Skrupel waren nicht von langer Dauer. Er öffnete das Kuvert mit einem Finger und zog ein kleines zusammengefaltetes Blatt Papier heraus. Der Brief war vier Tage zuvor datiert.

> Liebe Lilly,
> ich mache mir schreckliche Sorgen um dich. Bitte ruf mich an, und gib mir Bescheid, wie es dir geht, wenn du diesen Brief erhältst. Bitte, Schatz! Seit du aufgehört hast, mich anzurufen, mache ich mir deinetwegen und wegen deines Jobs große Sorgen. Hier ist nicht alles so optimal gelaufen, und ich weiß, ich habe Fehler gemacht. Trotzdem finde ich, dass du mir sagen solltest, ob es dir gut geht. Bitte ruf mich an, sobald du diesen Brief erhältst!
>
> In Liebe, Mom

Pierce faltete den Brief wieder und steckte ihn in den Umschlag zurück, den er, so gut es ging, verschloss und in dem Haufen Post auf dem Fußboden verbarg. Rasch drehte er sich um und ging den Flur entlang in die Küche. Nachdem er das Haus durch die Hintertür verlassen hatte, schlenderte er, so lässig wie ein Amateureinbrecher nur konnte, um die Ecke des Hauses und die Einfahrt zur Straße hinunter.

„LICHT!“

Pierce trat hinter seinen Schreibtisch und setzte sich. Aus dem Rucksack holte er die Dinge, die er aus Lilly Quinlans Haus mitgenommen hatte: eine Visa-Rechnung, einen Kontoauszug und das Adressbuch.

Zuerst blätterte er das Adressbuch durch. Es enthielt Telefonnummern von Männern, die nur mit dem Vornamen oder dem Vornamen und einem Anfangsbuchstaben verzeichnet waren. Eine ganze Skala von Vorwahlnummern war vertreten – auch einige Nummern aus Los Angeles, aber der größte Teil von auswärts. Außerdem standen in dem Adressbuch eine Reihe lokaler Hotels und Restaurants, und Pierce entdeckte unter den Einträgen *Robin* und *ECU*, wobei es sich vermutlich um Entrepreneurial Concepts Unlimited handelte.

Unter *Vivian Quinlan* fand er eine Telefonnummer und eine Adresse in Tampa, Florida. Ziemlich am Ende des Büchleins entdeckte er einen Eintrag für einen gewissen Wainwright, bei dem neben der Telefonnummer auch eine Adresse in Venice stand, die, wie Pierce wusste, nicht weit von dem Haus in der Altair Avenue lag.

Er wählte Vivian Quinlans Nummer. Nach dem zweiten Läuten meldete sich eine Frau, deren Stimme sich anhörte wie ein Besen, mit dem man den Bürgersteig fegt. „Hallo?“

„Mrs Quinlan?“

„Ja?“

„Guten Tag, mein Name ist Henry Pierce. Ich rufe aus Los Angeles an und …“

„Geht es um Lilly?“ Die Stimme bekam einen verzweifelten Unterton.

„Ja. Ich versuche, sie zu finden, und dachte, dass Sie mir vielleicht helfen könnten.“

„Gott sei Dank! Sind Sie von der Polizei?“

„Äh, nein, Ma’am, bin ich nicht.“

„Das macht nichts. Endlich jemand, der sich der Sache annimmt!“

„Mrs Quinlan, ich versuche nur, sie zu finden. Haben Sie in letzter Zeit etwas von ihr gehört?“

„Schon über sechs Wochen nicht mehr, und das ist gar nicht ihre Art. Sie hat sich immer regelmäßig bei mir gemeldet. Ich mache mir große Sorgen.“

„Waren Sie schon bei der Polizei?“

„Ja, ich hab mit den Leuten geredet, die für Vermisste zuständig sind. Sie waren nicht sehr interessiert – weil Lilly volljährig ist und vermutlich auch wegen der Art, wie sie ihr Geld verdient.“

„Womit verdient sie denn ihr Geld, Mrs Quinlan?“

Ein kurzes Zögern. „Ich dachte, Sie kennen sie?“

„Ich bin nur ein Bekannter.“

„Sie arbeitet als Begleiterin.“

„Verstehe.“

„Nein, kein Sex oder so was. Sie hat mir erzählt, sie geht meistens mit Männern im Smoking essen.“

Pierce ließ das als Reaktion einer Mutter durchgehen, die ihre Augen vor dem Offensichtlichen verschloss. Ähnliches hatte er in seiner eigenen Familie erlebt. „Was hat man Ihnen bei der Polizei gesagt?“

„Nur, dass sie bestimmt mit einem dieser Männer durchgebrannt ist und dass ich wahrscheinlich bald von ihr hören werde.“

„Wann war das?“

„Vor einem Monat. Wissen Sie, Lilly hat jeden Samstag mit mir telefoniert. Als sie sich zwei Wochen lang nicht gemeldet hatte, rief ich bei der Polizei an. Sie haben nicht zurückgerufen. Nach der dritten Woche bin ich hingegangen und hab mit den Leuten von der Vermisstenabteilung geredet. Sie nahmen nicht mal eine Anzeige auf oder so was, sondern sagten mir nur, ich solle weiter warten. Sie haben keinerlei Interesse an der Sache.“

In Pierces Kopf schlich sich ein Bild, das ihn ablenkte. Es war der Abend, an dem er aus Stanford nach Hause gekommen war. Seine Mutter hatte in der Küche auf ihn gewartet. Sie hatte einfach nur im Dunkeln gesessen und gewartet, um ihm die Sache mit seiner Schwester Isabelle zu erzählen.

Als Lillys Mutter wieder zu sprechen begann, erschien sie ihm wie seine eigene Mutter. „Ich habe einen Privatdetektiv engagiert, aber er kann sie auch nicht finden.“

Die Bedeutung dessen, was sie gerade sagte, riss Pierce schließlich aus seinen Gedanken. „Mrs Quinlan, ist Lillys Vater da? Kann ich mal mit ihm sprechen?“

„Nein, er ist schon lange nicht mehr hier. Er ist vor zwölf Jahren verschwunden – an dem Tag, an dem ich ihn mit ihr erwischt habe.“

„Wo haben Sie den Privatdetektiv engagiert, bei Ihnen in Tampa oder hier in L. A.?“

„In L. A. Der Polizist in der Vermisstenabteilung hat mir eine Liste mit Detektiven gegeben. Davon habe ich einen ausgesucht.“

„Sind Sie auch selbst nach L. A. gekommen, um nach Ihrer Tochter zu suchen, Mrs Quinlan?“

„Wissen Sie, es geht mir gesundheitlich nicht besonders gut. Ich habe ein

Emphysem und muss regelmäßig ans Sauerstoffgerät angeschlossen werden. Ich hätte nicht viel tun können, wenn ich nach L. A. gekommen wäre."

„Lilly hat mir erzählt, dass sie Ihnen Geld schickt." Es war nur eine Vermutung. Es schien zu dieser Art von Mutter-Tochter-Beziehung zu passen.

„Ja, und wenn Sie sie finden, sagen Sie ihr, ich habe kaum noch was. Ich bin fast pleite, weil ich Mr Glass eine ganze Menge geben musste."

„Wer ist Mr Glass?"

„Der Privatdetektiv. Er lässt nichts mehr von sich hören, seit ich ihn nicht mehr bezahlen kann."

„Können Sie mir seine Telefonnummer geben?"

„Da müsste ich mal nachsehen." Sie legte den Hörer beiseite, und es dauerte zwei Minuten, bis sie zurückkam und Pierce die Rufnummer nannte.

„Mrs Quinlan, kennen Sie sonst noch irgendwelche Leute, mit denen Lilly hier zu tun hat? Freunde oder sonst irgendjemanden?"

„Nein, sie hat nie von irgendwelchen Freunden erzählt. Nur eine Robin, mit der sie ab und zu zusammenarbeitet, hat sie mal erwähnt. Sie hätten viel gemeinsam, hat sie gesagt."

„Hat sie Ihnen auch gesagt, was sie mit Robin gemeinsam hat?"

„Ich glaube, sie hatten beide die gleiche Art von Ärger mit Männern in ihrer Familie, als sie jung waren. Das hat sie wahrscheinlich gemeint."

„Okay, Mrs Quinlan. Ich werde weiter versuchen, Lilly zu finden, und wenn ich sie finde, werde ich ihr sagen, sie soll Sie anrufen."

„Das wäre wirklich nett. Und vergessen Sie nicht, ihr das mit dem Geld zu sagen! Es wird langsam ganz schön knapp."

„Sicher, mach ich." Er legte auf und dachte eine Weile über das nach, was er erfahren hatte. Wahrscheinlich zu viel über Lilly. Es machte ihn deprimiert und traurig. Er hoffte, einer ihrer Kunden hätte sie mit der Aussicht auf Reichtümer und Luxus mitgenommen, aber das bezweifelte er.

„Männer im Smoking", sagte er laut vor sich hin.

„Was?"

Er schaute auf. Charlie Condon stand in der Tür. Pierce hatte sie offen gelassen.

„Ach, nichts. Ich hab nur mit mir selbst gesprochen. Was machst du denn hier?" Ihm wurde bewusst, dass Lilly Quinlans Adressbuch und ihre Post vor ihm ausgebreitet lagen. Beiläufig griff er nach dem Tagesplaner, den er immer auf dem Schreibtisch liegen hatte, als wollte er einen Termin nachsehen, und legte ihn dann auf die Umschläge mit Lillys Namen.

„Als ich dich vorhin unter deiner neuen Nummer anrufen wollte, ging

Monica dran. Sie sagte, sie warte auf die Lieferung deiner Möbel und du müsstest eigentlich hier sein. Als dann im Labor und in deinem Büro niemand abnahm, bin ich hergekommen."

Charlie lehnte sich gegen den Türrahmen. Er war ein gut aussehender Mann mit einer, wie es schien, immer gleich intensiven Bräune. Er hatte in New York mehrere Jahre als Model gearbeitet und dann Betriebswirtschaft studiert. Pierce hatte ihn über einen Investmentbanker kennen gelernt, der wusste, dass Condon es hervorragend verstand, unterfinanzierte Hightechfirmen mit geeigneten Investoren zusammenzubringen. Pierce hatte sich mit ihm zusammengetan, weil Condon ihm versprochen hatte, das auch für Amedeo Technologies zu tun, ohne dass Pierce seine Anteilsmehrheit an die Investoren abtreten müsse. Als Gegenleistung hatte Charlie einen zehnprozentigen Anteil an der Firma erhalten.

„Ich war unterwegs", sagte Pierce. „Hatte noch was zu erledigen."

Charlie nickte. „Ich dachte, du wärst im Labor."

Das sollte nichts anderes heißen als: Warum bist du nicht im Labor? Es gibt jede Menge Arbeit. Wir stehen gewaltig unter Druck. Wir müssen eine Präsentation für einen Wal vorbereiten.

„Ja, ich gehe gleich runter. Ich wollte nur noch rasch die Post durchsehen. Bist du tatsächlich den weiten Weg hierher gekommen, um nach mir zu sehen?"

„Nicht wirklich. Ich wollte mich lediglich vergewissern, dass alles in Ordnung ist. Wir haben nur bis Donnerstag Zeit, um für Maurice alles vorzubereiten."

„Mach dir deswegen mal keine Sorgen", sagte Pierce. „Wir werden schon fertig. Wird Jacob auch kommen?"

„Auf jeden Fall."

Jacob Kaz war der Patentanwalt der Firma. Sie hatten bereits 58 Patente erhalten oder angemeldet, und am Montag nach der Präsentation würde er neun weitere Anmeldungen einreichen.

„Hast du dir die Patentanmeldungen schon angesehen?", fragte Condon.

Pierce musste die Anmeldungen stets noch mal durchsehen, bevor sie eingereicht wurden. „Ich wollte sie mir nachher vornehmen oder morgen noch mal reinkommen."

„Na, dann ist ja alles bestens. Und sonst? Auch alles okay? Kommst du klar?"

„Meinst du wegen Nicki und allem?"

Charlie nickte.

„Es geht so. Ich versuche mich auf andere Dinge zu konzentrieren."

„Vor allem auf das Labor, hoffe ich."

Pierce lehnte sich in seinen Sessel zurück, breitete die Hände aus und lächelte. Er hätte gern gewusst, was Monica Charlie Condon alles am Telefon erzählt hatte. „Wie du siehst, bin ich hier."

„Na, wunderbar!"

„Übrigens, Nicole hat uns noch eine neue Zeitungsmeldung über den Tagawa-Deal in die Bronson-Akte gelegt. Die Medien haben offenbar inzwischen Wind davon bekommen."

„Irgendwas Neues?"

„Nicht wirklich. Elliot hat auch das Biothema angeschnitten. Sehr allgemein zwar, aber man weiß ja nie. Vielleicht hat er etwas von Proteus mitgekriegt."

Während er redete, schaute Pierce an Condon vorbei auf das gerahmte Filmplakat an der Wand neben der Tür. Es war das Plakat zu dem Film „Die fantastische Reise" aus dem Jahr 1966, auf dem das weiße Unterseeboot *Proteus* auf seiner Fahrt durch ein buntes Meer aus Körperflüssigkeiten abgebildet war. Pierce hatte das Plakat von Cody Zeller bekommen, der es bei einer Internetauktion ersteigert hatte.

„Elliot redet bekanntlich gern", sagte Condon. „Ich kann mir nicht vorstellen, dass er etwas über Proteus weiß. Wie auch immer – sag mir Bescheid, wenn du etwas brauchst. Ich werde mich darum kümmern."

„Danke, Charlie. Fährst du jetzt wieder nach Hause?"

„Wahrscheinlich. Melissa und ich gehen heute Abend essen. Möchtest du mitkommen? Ich könnte anrufen und einen dritten Platz reservieren lassen."

„Das ist sehr nett, aber nein, danke. Ich bekomme heute meine Möbel und werde vermutlich die Wohnung einrichten."

Charlie nickte und zögerte kurz, bevor er die nächste Frage stellte. „Du wirst eine neue Telefonnummer beantragen?"

„Ja, das wird sich nicht vermeiden lassen. Gleich Montagmorgen. Hat Monica dir alles erzählt, was?"

„Sie sagte nur, du hättest die alte Nummer einer Prostituierten gekriegt und deshalb würden jetzt ständig irgendwelche Typen bei dir anrufen."

„So ist es. Wenn wir uns Montag sehen, gebe ich dir die neue Nummer, ja?"

„Alles klar. Dann bis Montag." Condon nickte ihm zu und ging.

Als Pierce sicher war, dass er am Ende des Flurs angelangt war, stand er auf und schloss die Tür. Er fragte sich, wie viel Monica Charlie von seinen sonderbaren Aktivitäten erzählt hatte.

Schließlich nahm er sich wieder Lillys Adressbuch vor und begann darin zu blättern. Ganz hinten stieß er auf einen Eintrag, der ihm vorher nicht aufgefallen war. Er bestand aus der Abkürzung USC und einer Nummer. Pierce dachte an das Schreiben, das er in ihrem Haus gesehen hatte, griff nach dem Telefon und wählte die Nummer. Der automatische Anrufbeantworter der Einschreibungsstelle der University of Southern California teilte ihm mit, dass das Büro am Wochenende geschlossen sei.

Pierce legte auf. Er überlegte, ob Lilly vorgehabt hatte, sich an der USC einzuschreiben. Vielleicht hatte sie versucht, aus ihrem Job als Callgirl auszusteigen. War das der Grund, weshalb sie verschwunden war?

Er legte das Adressbuch beiseite und sah sich die Abrechnung für die Visa-Karte an. Sie enthielt für August keinerlei Abbuchungen, aber einen Hinweis auf eine Überziehung in Höhe von 354,26 Dollar. Der Betrag wäre am 15. August fällig gewesen.

Als Nächstes nahm er sich die Kontoauszüge von der Washington Savings & Loan vor. Lilly hatte im August zwar nicht auf ihr Konto eingezahlt, aber sie war auch nicht in Geldnot. Auf dem Girokonto hatte sie 9240 Dollar, auf dem Sparkonto 54 542 Dollar. Für vier Jahre an der USC hätte das zwar nicht gereicht, aber es war ein gutes Startkapital, falls Lilly sich umorientieren wollte.

Pierce sah die Auszüge und die ausgestellten Schecks durch, die die Bank an sie zurückgeschickt hatte. Ihm fiel ein Scheck über 2000 Dollar an Vivian Quinlan auf, von dem er annahm, dass es sich um die monatliche Unterhaltszahlung an die Mutter handelte. Ein anderer Scheck, über 4000 Dollar, war auf einen James Wainwright ausgestellt, und unter Verwendungszweck hatte Lilly „Miete“ angegeben.

Der Kopierraum lag nur ein Stück den Flur hinunter. Außer dem Kopiergerät gab es dort auch einen Aktenvernichter. Pierce betrat die Kammer und steckte Lilly Quinlans geöffnete Post in das Gerät.

Als er damit fertig war, öffnete er den Schrank, in dem das Kopierpapier gelagert wurde, und ließ Lillys Adressbuch hinter einen der Papierstapel fallen. Er nahm an, dass es dort mindestens einen Monat unentdeckt bliebe.

Pierce fuhr mit dem Aufzug in den Keller und ging durch die Schleuse ins Labor. Am Computer gab er die drei Passwörter für Samstag in der richtigen Reihenfolge ein, rief die Testprotokolle für das Proteus-Projekt auf und begann die Zusammenfassung der jüngsten Messungen zellulärer Energieumwandlungsraten zu lesen.

Doch schon bald hörte er damit wieder auf. Er war nicht bei der Sache, konnte sich nicht konzentrieren. Ihn beschäftigte etwas anderes, und aus Erfahrung wusste er, dass er erst die Sache, die ihn beschäftigte, zu Ende bringen musste, bevor er an seine Arbeit zurückkehren konnte. Also machte er den Computer aus und verließ das Labor.

Oben in seinem Büro nahm er seinen Notizblock aus dem Rucksack und wählte die Nummer des Privatdetektivs Philip Glass. Er bekam den Anrufbeantworter dran und hinterließ eine Nachricht: „Mr Glass, mein Name ist Henry Pierce. Ich würde gern so bald wie möglich mit Ihnen über Lilly Quinlan sprechen. Ich habe Ihren Namen und Ihre Telefonnummer von Lillys Mutter. Sie können mich jederzeit zurückrufen.“ Er hinterließ die Nummer seiner Wohnung und seine Bürodurchwahl und legte auf.

Nervös trommelte er mit den Fingern auf die Schreibtischkante, während er über seinen nächsten Schritt nachdachte. Schließlich beschloss er, nach Malibu hinauszufahren, um mit Cody Zeller zu reden.

Als Pierce die Küstenstadt erreichte und ihm die am Strand aneinander gedrängten Häuser den Blick aufs Meer verstellten, ging er vom Gas und hielt nach Zellers Haus Ausschau. Er hatte die Adresse nicht im Kopf, und an diesem Strandabschnitt sahen die Häuser, die extrem eng beisammenstanden, alle gleich aus – kein Rasen, direkt an den Gehsteig gebaut, eintönig wie Schuhkartons. Außerdem war Pierce über ein Jahr nicht mehr hier gewesen.

Schließlich kam ihm der Anblick von Zellers schwarzem Jaguar XKR zu Hilfe, der vor der geschlossenen Garage seines Hauses stand. Zeller hatte seine Garage schon vor langer Zeit ohne Genehmigung in ein Arbeitszimmer umgebaut und deshalb für den 90 000 Dollar teuren Wagen die Garage eines Nachbarn gemietet. Dass das Auto draußen stand, bedeutete, dass sein Besitzer entweder gerade nach Hause gekommen oder im Begriff war wegzufahren. Pierce hatte Glück gehabt.

Er wendete und parkte hinter dem schwarzen Sportwagen.

Die Haustür ging auf, bevor Pierce sie erreichte. Entweder hatte er einen Bewegungsmelder aktiviert, oder Zeller hatte ihn über die Überwachungskamera bemerkt, die unter dem Dachvorsprung montiert war. Zeller war der einzige Mensch, den Pierce kannte, der noch vorsichtiger war als er selbst. Vielleicht hatte sie das in Stanford zusammengeschweißt.

Die beiden begrüßten sich, wie es sich die Doomsters – so hatte sich ihre Clique auf dem College genannt – ausgedacht hatten: Sie verhakten ihre

Finger wie Eisenbahnkupplungen ineinander und drückten dann dreimal kurz zu, als hätten sie einen Gummiball in der Hand.

Pierce hatte Zeller vor Monaten zum letzten Mal gesehen, und offenbar hatte Code sich seither die Haare nicht mehr schneiden lassen. Sonnengebleicht und ungekämmt, waren sie im Nacken lose zusammengebunden. Er trug ein T-Shirt, eine weite Baumwollhose und Ledersandalen. Seine Haut hatte den Kupferton versmogter Sonnenuntergänge. Von allen Doomsters hatte er immer am lässigsten ausgesehen. Inzwischen war er allerdings etwas über dieses Alter hinaus. Mit 35 wirkte er allmählich wie ein alternder Surfer, der es nicht lassen konnte, und das machte ihn Pierce nur noch sympathischer. Pierce, der sich selbst inzwischen in vieler Hinsicht zu angepasst fand, bewunderte Zeller wegen des Lebenswegs, den er eingeschlagen hatte.

„Sieh mal einer an – Dr. Pierce lässt sich höchstpersönlich bei seinem alten Kumpel blicken. Mann, du hast deinen Neoprenanzug nicht dabei, und ein Board kann ich auch nicht entdecken. Welchem Umstand habe ich also dieses unerwartete Vergnügen zu verdanken?"

Er winkte Pierce herein, und sie betraten das geräumige Haus, das in einen Wohnbereich auf der rechten und einen Arbeitsbereich auf der linken Seite aufgeteilt war. Zwischen diesen Bereichen gab es ein riesiges Panoramafenster mit Blick auf die Terrasse und das Meer dahinter. Das stete Stampfen der Wellen war der Herzschlag des Hauses.

„Ich hatte einfach Lust, einen Ausflug zu machen und mich hier ein bisschen umzusehen."

Pierce ging über den Buchenparkettboden zum Fenster, wie magnetisch angezogen von der Aussicht auf das blauschwarze Wasser des Pazifik. Als er näher herankam, konnte er durch das Geländer der Terrasse die Brecher anrollen sehen. Einige Surfer in bunten Neoprenanzügen saßen auf ihren Boards und warteten den richtigen Augenblick ab.

Pierce spürte ein sehnsüchtiges Ziehen in seinem Innern.

„Ich bin immer wieder überrascht, wie schön du es hier draußen hast, Code."

„Für einen, der das Studium geschmissen hat, ist es ganz ordentlich, ja. Bierchen gefällig?"

„Klar, gern."

Als Zeller in der Küche verschwand, ging Pierce hinüber in den Arbeitsbereich. Ein bis zur Decke reichendes Regal mit elektronischen Geräten diente dazu, das Licht von außen abzuhalten und den Bereich abzuteilen, in dem Zeller seinen Lebensunterhalt verdiente. Es gab zwei Schreibtische und eine weitere Regalwand, voll mit Handbüchern. Pierce trat durch den Plastikvorhang, der sich an der Stelle befand, wo früher die Tür zur Garage gewesen war, und stand in einem klimatisierten Computerraum. Auf beiden Seiten befand sich je eine komplette Rechneranlage, jede mit Mehrfachbildschirmen ausgestattet. Beide Systeme schienen in Betrieb zu sein, denn über alle Bildschirme wanderten langsam sich abspulende Datenreihen – wie digitale Raupen, die durch Zellers aktuelles Projekt krochen.

Um Außengeräusche abzuhalten, waren die Wände mit schwarzem Schaumgummi gepolstert. An der Rückwand war eine Reihe von Stickern mit weithin geläufigen Firmenlogos und Markennamen befestigt. Pierce wusste, dass Zeller immer dann ein neues Logo anbrachte, wenn er mit Erfolg in das Computersystem der betreffenden Firma eingedrungen war. Die Sticker waren die Kerben in seinem Gewehrkolben.

Zeller verdiente als Hacker 500 Dollar die Stunde. Er war der Beste der Besten und wurde regelmäßig von einer der großen Beraterfirmen engagiert, um bei ihren Kunden Sicherheitstests durchzuführen. In gewisser Weise war das nichts als Schwindel, denn das System, das Zeller nicht knacken konnte, gab es eigentlich nicht. Trotzdem erhielt sein Auftraggeber in der Regel von dem Klienten, in dessen System Zeller erfolgreich eingedrungen war, einen lukrativen Datensicherheitsvertrag, und für Zeller fiel dabei eine anständige Provision ab.

Er bekam ständig lukrative Angebote, fest bei einem Großunternehmen einzusteigen, die er jedoch stets mit der Begründung ablehnte, er wolle lieber sein eigener Herr bleiben.

Zeller kam mit zwei Flaschen Bier in den Reinraum, und sie stießen an, bevor sie tranken. Pierce deutete mit der Flasche auf die Bildschirme.

„Arbeitest du gerade an was? Deine Rechner scheinen ja auf Hochtouren zu laufen."

„Nein, nicht richtig. Ich bin nur ein bisschen auf der Pirsch. Auf der Suche nach jemandem, von dem ich weiß, dass er sich irgendwo da draußen versteckt."

„Und wer ist das?"

Zeller grinste. „Wenn ich dir das verraten würde, müsste ich dich anschließend umbringen, um dich mundtot zu machen."

Sie waren Freunde, die sich aus guten Zeiten und einer – zumindest für Pierce – richtig schlimmen Zeit im College kannten. Aber Geschäft war Geschäft, und Diskretion gehörte zu den Dingen, die Zeller verkaufte.

„Verstehe", sagte Pierce. „Ich will dich auch gar nicht lange aufhalten, deshalb komme ich gleich zur Sache: Hast du gerade zu viel anderes am Hals, um noch was anzunehmen?"

„Wann müsste ich anfangen?"

„Am besten gestern."

„Ein Quickie? Ich stehe auf Quickies. Und ich stehe drauf, für Amedeo zu arbeiten."

„Nicht für die Firma – für mich persönlich. Aber ich bezahle dich natürlich."

„Noch besser. Was brauchst du?"

„Ich möchte ein paar Leute und Firmen durchleuchtet haben … Einfach mal sehen, was da so alles zum Vorschein kommt."

Zeller nickte nachdenklich. „Gefährliche Leute?"

„Das weiß ich nicht genau, aber ich wäre auf jeden Fall vorsichtig. Es handelt sich um die so genannte Unterhaltungsindustrie für Erwachsene."

Jetzt grinste Zeller breit, und in die sonnenverbrannte Haut um seine Augen gruben sich zahlreiche Fältchen. „Mann, erzähl mir bloß nicht, du hast dir irgendwo den Schwanz eingeklemmt."

„Nein, nichts dergleichen."

„Was dann?"

„Setzen wir uns erst mal. Aber hol dir vorher noch Papier und Bleistift, damit du dir Notizen machen kannst."

Im Wohnbereich gab Pierce Zeller dann alle Informationen über Lilly Quinlan, die er besaß, allerdings ohne zu erklären, woher er sie hatte. Außerdem bat er den Freund, so viel wie möglich über Entrepreneurial Concepts Unlimited herauszufinden und über Wentz, den Kopf der Organisation.

„Kennst du auch seinen Vornamen?"

„Nein. Ich weiß nur, dass er Wentz heißt. Aber davon dürfte es in dieser Branche nicht allzu viele geben."

„Vermutlich hast du Recht. Soll ich innerhalb des Rahmens arbeiten?"

Pierce zögerte. Zeller wollte wissen, ob er bei seinen Nachforschungen innerhalb der Grenzen des rechtlich Zulässigen bleiben sollte. Aus Erfahrung wusste Pierce, dass viel mehr herauszufinden war, wenn man diese Grenzen überschritt – also in Systeme eindrang, in die man nicht eindringen durfte. Und Zeller war darauf spezialisiert, sie zu überschreiten.

Die Doomsters hatten sich in ihrem zweiten Jahr am College formiert. Damals war Hacken bei ihrer Generation gerade in Mode gekommen, und die Mitglieder der Clique mischten kräftig dabei mit, meistens unter Zellers Anleitung. Fast immer begingen sie harmlose Streiche. So hatte ihr

Meisterstück darin bestanden, dass sie sich Zugang zur Datenbank der lokalen Telefongesellschaft verschafften und die Nummer eines Pizzalieferdienstes mit der Privatnummer des Dekans des Informatikinstituts vertauschten.

Doch ihr größter Erfolg wurde zugleich ihre schlimmste Niederlage, denn die Polizei kam ihnen auf die Schliche. Die Doomsters wurden festgenommen und angeklagt, worauf das College alle Beteiligten für ein Semester vom Studium ausschloss. Das Gericht erlegte jedem von ihnen vierzig Stunden Sozialdienst auf – und sagte ihnen zu, dass ihre Vergehen nach sechs Monaten einwandfreier Führung aus dem Vorstrafenregister gestrichen würden.

Als Pierce das Sperrsemester und den Sozialdienst hinter sich gebracht hatte, kehrte er ans College zurück, wo er unter dem strengen Blick der Polizei und der Collegeleitung von Informatik auf Chemie umsattelte und die Vergangenheit Vergangenheit sein ließ.

Auch Zeller ließ die Vergangenheit Vergangenheit sein. Er kehrte nicht nach Stanford zurück, sondern wurde von einer Firma für Datensicherheit angeworben, mit einem stattlichen Gehalt.

„Beschaff dir, was du kriegen kannst", antwortete Pierce schließlich.

„Und wann brauchst du die Informationen nun tatsächlich?"

„So schnell wie möglich." Pierce trank sein Bier aus und stand auf. Er wollte nicht länger bleiben, damit sich Zeller sofort an die Arbeit machen konnte.

Aber Zeller schien es nicht eilig zu haben. „Trinkst du nicht noch ein Bier mit mir?"

„Nein, danke, ich muss nach Hause zurück. Meine Assistentin spielt in meiner Wohnung den Babysitter für die Möbelpacker. Außerdem gehst du doch gleich an die Arbeit, oder nicht?"

„Na klar, Mann." Zeller deutete in Richtung Arbeitsbereich. „Im Moment sind meine Maschinen zwar alle belegt, aber heute Abend geht es los. Du hörst demnächst von mir."

„In Ordnung, Code. Vielen Dank!"

ALS PIERCE in seine Wohnung kam, waren die Möbelpacker schon weg. Monica dagegen hatte auf ihn gewartet. Die Möbel waren auf akzeptable Weise aufgestellt – wenn die Einrichtung auch nicht viel Rücksicht auf den Blick aus den beiden großen Panoramafenstern im Wohn- und Esszimmer nahm. Aber das störte Pierce nicht weiter. Er würde sowieso nur wenig Zeit in der Wohnung verbringen.

„Sieht gut aus“, sagte er. „Danke.“

„Keine Ursache. Ich wollte gerade gehen.“

„Warum sind Sie überhaupt so lange geblieben?“

Sie hielt mit beiden Händen ihre Zeitschriften hoch. „Ich wollte die eine Illustrierte noch zu Ende lesen.“

Pierce verstand nicht ganz, warum sie dazu in der Wohnung bleiben musste, ging aber nicht weiter darauf ein.

„Monica, da ist noch ein Punkt, über den ich mit Ihnen sprechen möchte, bevor Sie gehen: Wie lautet die genaue Bezeichnung Ihres Postens bei Amedeo Technologies?“

„Wie meinen Sie das? Das wissen Sie doch.“

„Ich will aber sehen, ob Sie es auch wissen.“

„Persönliche Assistentin des Firmenchefs, wieso?“

„Ich wollte bloß sicher sein, dass Sie nicht vergessen haben, dass es persönliche Assistentin heißt, nicht nur Assistentin.“

Sie blinzelte und sah ihm lange in die Augen, bevor sie erwiderte: „Worauf wollen Sie hinaus, Henry?“

„Ich will darauf hinaus, dass es mich nicht begeistert, wenn Sie Charlie Condon ausführlich über die Probleme mit meiner Telefonnummer informieren und über alles, was ich deswegen unternehme.“

„Ich hab ihm nur erzählt, dass Sie die frühere Nummer einer Prostituierten bekommen haben und jetzt ständig irgendwelche Anrufe kriegen. Irgendetwas musste ich ihm doch sagen. Als er anrief, habe ich seine Stimme nicht sofort erkannt und er meine auch nicht. Deshalb fragte er: ‚Mit wem spreche ich, bitte?‘, und da wurde ich etwas unfreundlich, weil ich dachte, er rufe wegen Lilly an. Sie wissen schon.“

„Haben Sie ihm nicht erzählt, wie Sie mir Lillys Adresse beschafft haben und dass ich zu ihrem Haus gefahren bin?“

„Nein, habe ich nicht. Außerdem – was soll daran so schlimm sein? Ich dachte, Sie beide wären Partner.“

„Das Schlimme daran ist, dass ein paar unbedachte Worte oft ungeahnte Folgen haben können. Das ist Ihnen doch wohl klar?“

Sie zuckte mit den Schultern und wich seinem Blick aus.

„Alles, was ich tue, hat Auswirkungen auf die Firma“, erklärte Pierce, „vor allem jetzt. Und das gilt auch für alles, was ich privat mache. Wenn das falsch oder übertrieben dargestellt wird, kann es der Firma ernsthaft schaden. Im Moment macht unsere Firma keinen Gewinn, Monica. Wir sind darauf angewiesen, dass Investoren unsere Forschungsprojekte unterstützen, damit wir die Miete und die Gehälter zahlen können und sonst alles. Wenn die Investoren den Eindruck gewinnen, wir seien unseriös, haben wir ein Problem. Wenn die falschen Informationen über mich – ob wahr oder nicht – an die falschen Leute geraten, können wir einen Riesenärger bekommen."

„Ich wusste nicht, dass Charlie zu den falschen Leuten gehört."

„Tut er auch nicht. Er gehört zu den richtigen Leuten. Deshalb ist es auch nicht schlimm, dass Sie ihm das erzählt haben. Aber ich möchte nicht, dass Sie jemand anders erzählen, was ich mache. Und zwar egal, wem, Monica, sowohl innerhalb wie außerhalb der Firma." Er hoffte, sie verstand, dass er damit Nicole meinte und alle anderen Personen, mit denen sie privat zu tun hatte.

„Ich werde niemandem etwas erzählen, keiner Menschenseele. Aber ich möchte auch nicht mehr in Ihr Privatleben hineingezogen werden. Ich möchte keine Lieferungen mehr für Sie entgegennehmen und auch sonst nichts für Sie erledigen, was nicht mit der Firma zusammenhängt."

„Gut, ich werde Sie nicht mehr darum bitten. Das Ganze war mein Fehler. Ich habe nicht gedacht, dass es ein Problem werden könnte. Ich dachte nur daran, dass Sie mir erzählt hatten, Sie könnten ein paar Überstunden gut gebrauchen."

„Ich würde durchaus gern Überstunden machen, aber ich mag all diese Verwicklungen nicht."

Pierce wartete eine Weile, ließ sie aber nicht aus den Augen. „Monica, wissen Sie eigentlich, was wir bei Amedeo machen? Ich meine, wissen Sie, worum es bei dem Projekt geht?"

„Nur ungefähr. Ich weiß, dass es was mit Molekularcomputern zu tun hat. Es gab ein paar Artikel in der Zeitung, die ich gelesen habe. Sie waren allerdings sehr wissenschaftlich. Außerdem ist alles so geheim, dass ich lieber keine Fragen stelle. Ich versuche nur, meine Arbeit zu tun."

„Das Projekt selbst ist nicht geheim. Geheim sind nur die Verfahren, die wir erfinden. Das ist ein Unterschied." Er beugte sich vor und überlegte, wie er es ihr am besten erklären könnte. „Im Moment werden Mikrochips auf der ganzen Welt aus Silizium hergestellt. Wir bei Amedeo versuchen nun, völlig neuartige Computerchips aus organischen Molekülen zu entwickeln, eine komplette Schaltung daraus zu bauen – und irgendwann einen Computer, der sich in einem Fass mit Chemikalien selbst zusammenbaut, wenn man die Stoffe nur nach dem richtigen Rezept in das Fass gibt. Ich meine einen Computer ohne Silizium oder magnetische Teilchen, erheblich billiger in der Herstellung und unermesslich viel leistungsfähiger.

Ein Teelöffel voll Moleküle könnte dann mehr Daten speichern als der größte heute existierende Computer."

„Wow", sagte sie, aber es klang nicht sehr begeistert.

Pierce lächelte. „Glauben Sie mir, Monica, derjenige, dem das als Erstem gelingt, wird die Welt verändern. Es ist durchaus vorstellbar, dass wir eines Tages Computer bauen werden, die kleiner sind als ein Siliziumchip. Nehmen Sie einen Computer, der heute ein ganzes Zimmer ausfüllt, und reduzieren Sie ihn auf die Größe eines Dime. Das ist unser Ziel. Deshalb sprechen wir im Labor immer von der Jagd nach dem Dime. Das haben Sie doch sicher schon ab und zu gehört."

Sie schüttelte den Kopf. „Aber was will man mit einem Computer von der Größe eines Zehncentstücks?"

„Überlegen Sie mal, was für ein Fortschritt das wäre, wenn Ihr Computer in einem Blusenknopf oder in Ihrem Brillengestell steckte! Wenn der Desktop in Ihrem Büro nicht auf Ihrem Schreibtisch, sondern in der Farbe an den Bürowänden untergebracht wäre. Wenn Sie mit den Wänden sprechen und diese antworten könnten!"

„Ja, nicht schlecht."

Als er sah, dass er sie immer noch nicht beeindruckt hatte, beschloss er, es bleiben zu lassen und zum Punkt zu kommen. „Monica, die Sache ist die: Der Konkurrenzkampf auf diesem Gebiet ist extrem hart. Es gibt eine ganze Reihe privater Unternehmen wie Amedeo Technologies. Viele von ihnen sind größer als wir, verfügen über deutlich mehr Kapital und sitzen fest im Sattel – was man von uns nicht gerade behaupten kann. Damit wir überhaupt weitermachen können, darf der Geldfluss nicht zum Erliegen kommen. Wir dürfen nichts tun, was diesen Fluss versiegen lässt, sonst fliegen wir aus dem Rennen, und es gibt kein Amedeo Technologies mehr. Ist das klar?"

„Ja, schon. Aber wenn das alles so wichtig ist, sollten Sie sich vielleicht auch mal überlegen, was Sie da tun. Sie sind es doch, der zum Haus dieser Prostituierten gefahren ist und merkwürdige Dinge unternimmt. Ich habe es nur weitererzählt."

„Monica, ich war neugierig und wollte mich vergewissern, dass dieser Frau nichts zugestoßen ist. Aber damit ist jetzt Schluss. Ich möchte, dass Sie am Montag eine neue Nummer für mich beantragen, und dann ist die Sache vom Tisch."

„Gut. Kann ich jetzt gehen?"

Pierce spürte, dass er wütend wurde, weil es ihm nicht gelang, sie auf seine Seite zu bringen. Er nickte. „Ja, Sie können gehen. Danke, dass Sie auf die Möbel gewartet haben, und ein schönes Wochenende noch! Wir sehen uns dann am Montag."

Insgeheim beschloss er, sich nach einer anderen persönlichen Assistentin umzusehen, sobald sich der Staub etwas gelegt hätte. Monica könnte dann wieder als normale Sekretärin in der Firma arbeiten.

Als sie eine Weile weg war, griff er zum Telefon und rief die Auskunft an, um sich die Nummer von James Wainwright in Venice geben zu lassen, die er gleich darauf wählte. Am anderen Ende meldete sich ein Mann.

„Ich hätte gern Lilly Quinlans Vermieter gesprochen", sagte Pierce. „Es geht um das Haus in der Altair Avenue in Venice."

„Ich bin der Vermieter."

„Mein Name ist Pierce. Ich versuche, Lilly zu finden, und würde gern wissen, ob Sie in letzter Zeit Kontakt mit ihr hatten."

„Mr Pierce, ich beantworte grundsätzlich keine Fragen über meine Mieter, es sei denn, Sie erklären mir, worum es geht, und können mich davon überzeugen, dass ich das tun sollte."

„Finde ich völlig in Ordnung, Mr Wainwright. Es würde mir auch nichts ausmachen, persönlich bei Ihnen vorbeizukommen, falls Ihnen das lieber ist. Ich bin ein Freund der Familie. Lillys Mutter, Vivian Quinlan, macht sich Sorgen um ihre Tochter, weil sie sich schon sechs Wochen nicht mehr bei ihr gemeldet hat. Mrs Quinlan hat mich gebeten, mich ein wenig umzuhören. Ich kann Ihnen gern ihre Nummer in Florida geben, wenn Sie sie anrufen und sich nach mir erkundigen möchten."

Das war ein gewisses Risiko, aber Pierce musste es eingehen, um Wainwright zum Reden zu bringen. Außerdem war das, was er da erzählte, gar nicht so weit von der Wahrheit entfernt.

„Die Nummer der Mutter habe ich selbst – sie steht auf dem Mietvertrag. Allerdings gibt es keinen Grund, sie anzurufen, weil ich nichts weiß, was Ihnen weiterhelfen könnte. Lilly Quinlan hat ihre Miete bis zum Monatsende bezahlt. Solange es keine Probleme gibt, sehe ich meine Mieter normalerweise nicht. Ich habe schon ein paar Monate lang nicht mehr mit Lilly Quinlan gesprochen."

„Bis zum Monatsende? Sind Sie sicher?" Das stand im Widerspruch zu den Bankunterlagen, die Pierce gesehen hatte.

„Ja, ganz sicher."

„Wie hat sie ihre letzte Miete bezahlt, per Scheck oder bar?"

„Das geht Sie nichts an."

„Mr Wainwright, es geht mich sehr wohl etwas an. Lilly wird vermisst, und ihre Mutter hat mich gebeten, nach ihr zu suchen."

„Behaupten Sie."

„Fragen Sie sie selbst!"

„Ich habe nicht die Zeit, sie anzurufen. Mir gehören zweiunddreißig Wohnungen. Meinen Sie, ich kann …"

„Gibt es jemanden, der sich um den Garten in der Altair Avenue kümmert? Vielleicht könnte ich mit demjenigen sprechen?"

„Sie sprechen bereits mit ihm."

„Dann haben Sie Lilly also nicht gesehen, als Sie dort waren?"

„Die letzten paar Male war sie nicht da. Ich habe mir nichts dabei gedacht. Jeder führt sein eigenes Leben, wissen Sie." Damit legte er auf.

Pierce öffnete seinen Rucksack und holte den Block heraus, auf dem er die Nummer von Lillys Partnerin Robin notiert hatte. Damit sie seine Stimme nicht wieder erkannte, versuchte er, tiefer zu sprechen, als sie sich meldete.

„Ich wollte mal fragen, ob wir uns heute Abend treffen könnten."

„Also, ich bin frei, Schatz. Waren wir beide schon mal miteinander aus? Irgendwie hörst du dich bekannt an."

„Äh, nein. Bisher nicht."

„Was hast du dir denn so vorgestellt?"

„Äh, vielleicht ein gemeinsames Abendessen und hinterher zu dir? Ich weiß auch nicht."

„Also, Süßer, ich nehme vierhundert die Stunde. Die meisten Typen lassen das Essen lieber ausfallen und kommen mich einfach besuchen. Oder ich besuche sie."

„Dann würde ich gern zu dir kommen."

„In Ordnung. Wie heißt du?"

Er wusste, sie hatte eine Anruferidentifizierung, sodass er ihr nichts vormachen konnte.

„Henry Pierce."

„Und wann passt es dir?"

Er sah auf die Uhr. Es war sechs.

„Wie wär's um sieben?" So bliebe ihm genügend Zeit, um zu einem Geldautomaten zu fahren. Er hatte zwar etwas Bargeld in der Tasche, aber nicht genug.

„Sieben ist okay", sagte sie.

„Und wo finde ich dich?"

Sie nannte ihm einen Schnellimbiss an der Lincoln Street in Marina del Rey und sagte ihm, er solle dort um fünf vor sieben einen Erdbeer-Shake kaufen, mit dem Shake zum Münztelefon vor dem Laden gehen und sie anrufen. Als er wissen wollte, wozu das gut sei, meinte sie: „Reine Vorsichtsmaßnahme. Ich möchte dich erst ein bisschen genauer anschauen, bevor ich dich zu mir hinauflasse. Außerdem stehe ich auf Erdbeer-Shakes."

Als er auflegte, merkte er, dass ihm ziemlich mulmig zumute war. Er dachte an den Vortrag, den er Monica gehalten hatte, und wie sie ihm völlig zu Recht Kontra gegeben hatte.

„Du bist ein Idiot", sagte er zu sich selbst.

ZUM VEREINBARTEN Zeitpunkt nahm Pierce den Hörer des Münztelefons ab und wählte Robins Nummer. Als er sich umdrehte, sah er, dass auf der anderen Seite der Lincoln Street ein großer Wohnblock stand, der sich Marina Executive Towers nannte. Allerdings hatte das Gebäude nicht viel mit einem Turm oder Türmen zu tun. Es war niedrig und breit – drei Stockwerke mit Wohnungen über einer Garage. Ein vom Dachvorsprung hängendes Transparent bot Luxusapartments mit kostenlosem Zimmerservice kurzfristig zur Miete an. Das Haus war so groß und die Fluktuation unter den Mietern vermutlich so hoch, dass es den Bewohnern wohl kaum auffiel, wenn dort ständig wechselnde Männer ein und aus gingen.

Nach dem dritten Läuten nahm Robin ab.

„Hier Henry. Ich habe vorhin …"

„*Hi,* Baby. Lass dich mal anschauen!"

Pierce ließ den Blick über die Fenster des Wohnblocks wandern, um nach jemandem Ausschau zu halten, der zu ihm herübersah. Er konnte niemanden entdecken, auch keinen Vorhang, der sich bewegte, aber ihm fiel auf, dass die Fenster einiger Wohnungen verspiegelt waren.

„Okay. Ich sehe, du hast meinen Shake. Du scheinst in Ordnung zu sein. Geh über die Straße zu dem Wohnblock. Am Haupteingang klingelst du bei Apartment zweinulldrei. Bis gleich!"

Er hängte auf und tat, was sie gesagt hatte. Als er klingelte, ertönte gleich darauf der Türöffner. Im Haus konnte er die Treppe nicht finden, sodass er mit dem Lift hinauffuhr.

Robins Wohnung war zwei Türen vom Aufzug entfernt. Bevor er dazu kam zu klopfen, öffnete sie die Tür. Anscheinend hatte sie durch den Spion ins Treppenhaus geschaut. Sie nahm ihm den Shake aus der Hand und bat ihn herein.

Die Wohnung war spärlich möbliert und schien keinerlei persönliche Dinge zu enthalten. Es gab nur eine Couch, einen Sessel, einen Couchtisch und eine Stehlampe.

Beim Betreten des Zimmers fiel Pierce sofort das mit Spiegelfolie beklebte Schiebefenster zum Balkon auf, durch das man fast direkt auf das Café gegenüber blickte.

„Komm, setz dich“, sagte Robin. Sie ließ sich auf die Couch nieder und deutete auf den Platz neben sich.

Er setzte sich zu ihr und schaute sich um. Die Wohnung erinnerte ihn an ein Hotelzimmer. Persönliche Atmosphäre war bei dem Geschäft, das hier normalerweise abgewickelt wurde, offenbar nicht so wichtig.

Nach einer Weile fasste sie ihn am Kinn und drehte sein Gesicht zu sich her. „Und? Gefalle ich dir?“, fragte sie.

Sie war barfuß und trug ein hellblaues Top zu roten Shorts, die so kurz waren, dass ein Badeanzug mehr verhüllt hätte. Sie hatte keinen BH an, und ihre Brüste waren riesig, wahrscheinlich das Ergebnis von Implantaten. Ihr blondes Haar, das in der Mitte gescheitelt war, fiel in üppigen Ringellöckchen auf ihre Schultern.

„Ja, du gefällst mir“, antwortete er.

„Die Leute sagen, ich würde Meg Ryan ähnlich sehen.“

Pierce nickte, obwohl er diese Auffassung nicht teilte. Der Filmstar war älter, hatte aber keinen annähernd so harten Blick.

„Hast du mir was mitgebracht?“

Zuerst dachte er, sie meinte den Shake, aber dann fiel ihm das Geld ein. „Ja, hier.“ Er lehnte sich auf der Couch zurück, um in seine Hosentasche zu greifen und die vierhundert Dollar herauszuholen, einen dicken Packen Zwanziger, frisch aus dem Geldautomaten. Jetzt kam der Teil der Szene, den er sich vorher zurechtgelegt hatte. Es machte ihm nichts aus, die vierhundert Dollar zu verlieren, aber er wollte sie ihr nicht geben und dann rausgeworfen werden, sobald er ihr den wahren Grund seines Besuches nannte. Deshalb behielt er das Geld in der Hand.

„Danke“, sagte sie und griff nach dem Bündel, aber Pierce zog seine Hand zurück.

„Bevor ich dir das Geld gebe, muss ich dir was sagen: Ich möchte gar keinen Sex mit dir. Du bist sehr attraktiv, aber ich will nur ein paar Auskünfte.“

„Was soll der Mist?“

„Ich will Lilly Quinlan finden, und du kannst mir dabei helfen.“

„Wer ist Lilly Quinlan?“

„Komm schon, du hast sie auf deiner Internetseite stehen. ‚Wir arbeiten im Team.‘ Du weißt genau, was ich meine.“

„Ach, du bist dieser Typ von gestern Abend? Du hast gestern schon mal angerufen.“

Er nickte.

„Dann sieh zu, dass du hier verschwindest, aber schnell!“ Sie stand auf und ging zur Tür.

„Lass die Tür bitte zu, Robin. Wenn du mit mir nicht reden magst, vielleicht unterhältst du dich dann lieber mit der Polizei? Dorthin werde ich nämlich als Nächstes gehen.“

Sie drehte sich um. „Na, das wird die Bullen bestimmt mächtig interessieren“, zischte sie, öffnete die Tür jedoch nicht. Sie stand bloß da, wütend und abwartend, eine Hand am Knauf.

„Im Augenblick vielleicht noch nicht, aber wenn ich erst mal dort war, interessiert es sie garantiert.“

„Wieso?“

„Ich weiß ein paar interessante Dinge“, log er. „Wenn ich damit zur Polizei gehe, kommen die Bullen zu dir. Sie werden allerdings nicht so nett sein wie ich – und sie werden dir sicherlich keine vierhundert Dollar für das Gespräch zahlen.“ Er legte das Geld an der Stelle, wo sie gesessen hatte, auf die Couch und beobachtete, wie ihr Blick in diese Richtung wanderte. „Nur ein paar Auskünfte, mehr will ich nicht. Und ich erzähle es niemandem weiter.“

Er wartete, bis sie nach längerem Schweigen zur Couch zurückkam und das Geld an sich nahm. Irgendwie fand sie in ihren winzigen Shorts Platz dafür. Sie verschränkte die Arme und blieb stehen.

„Was für Auskünfte? Ich kannte sie kaum.“

„Irgendetwas weißt du über sie. Du sprichst in der Vergangenheitsform von ihr.“

„Alles, was ich weiß, ist, dass sie einfach verschwunden ist.“

„Wann war das?“

„Vor über einem Monat. Plötzlich hatte sie sich in Luft aufgelöst.“

„Und warum hast du ihren Namen noch auf deiner Internetseite stehen, wenn sie schon so lange weg ist?“

„Du hast doch ihr Foto gesehen, oder? Das bringt Kunden. Manchmal begnügen sie sich auch mit mir.“

„Okay. Aber was kommt dir an ihrem Verschwinden so merkwürdig vor?

Könnte es nicht sein, dass sie einfach ihre Sachen gepackt hat und verreist ist?“

„Nein, das kann nicht sein, weil ich kurz vorher noch mit ihr telefoniert habe. Und dann ist sie nicht erschienen.“

„Was heißt das, sie ist nicht erschienen?“

„Wir hatten einen Termin für einen Dreier vereinbart. Sie hatte den Typen an Land gezogen und mich angerufen – aber sie war nicht da. Der Kunde war natürlich nicht begeistert. Erst war der Parkplatz vor ihrem Haus besetzt, den sie immer für die Kunden freihält, und dann war Lilly nicht da, und ich musste auf die Schnelle ein anderes Mädchen organisieren, das hierher kommen sollte, zu mir. Leider gibt es keine anderen Mädchen wie Lilly, und der Kunde wollte unbedingt sie. Es war die totale Katastrophe.“

„Wo wart ihr verabredet?“

„In ihrer Wohnung. Woanders hat sie nicht gearbeitet. Sie hat keine Hausbesuche gemacht, nicht mal bei mir. Ich musste immer zu ihr kommen. Selbst wenn es meine Kunden waren, die den Dreier wollten, musste das Ganze bei ihr stattfinden, sonst wurde nichts aus der Sache.“

„Hattest du einen Schlüssel für ihre Wohnung?“

„Nein.“ Sie verdrehte ungeduldig die Augen. „Hör zu, du hast für deine vierhundert genug gekriegt. Das war's.“

Pierce griff in seine Hosentasche und zog sein restliches Bargeld heraus. Es waren 230 Dollar, er hatte es im Auto gezählt. „Dann nimm das auch noch. Ich bin nämlich noch nicht fertig. Lilly ist etwas zugestoßen, und ich werde herausfinden, was.“

Sie riss ihm das Geld aus der Hand und ließ es verschwinden. „Warum willst du das wissen?“

„Vielleicht weil es sonst niemanden interessiert. Also, wenn du keinen Schlüssel für ihre Wohnung hast, woher weißt du dann, dass sie an diesem Abend nicht da war?“

„Weil ich eine Viertelstunde lang an ihrer Tür geklopft habe, und danach haben der Typ und ich noch mal zwanzig Minuten gewartet. Ich sag dir, sie war nicht da.“

„Weißt du, ob sie vor dem Termin mit dir noch einen anderen Job hatte?“

Robin überlegte eine Weile, bevor sie antwortete. „Sie sagte, sie habe noch was zu tun, aber ich weiß nicht, ob sie einen Kunden hatte. Ich wollte es nämlich früher machen, aber da ging es bei ihr nicht. Deshalb einigten wir uns auf die Zeit, die sie vorschlug, und sie hätte eigentlich da sein sollen – aber sie war's nicht.“

„Demnach könnte sie mit einem anderen Kunden in der Wohnung gewesen sein, als du dort aufgekreuzt bist und geklopft hast, und sie hat vielleicht nur nicht aufgemacht."

„Schon möglich, aber sie hätte bis dahin fertig sein müssen. Es war alles abgesprochen. Ich glaube nicht, dass ein Kunde bei ihr war."

„Vielleicht durfte sie auch nicht aufmachen. Vielleicht *konnte* sie nicht zur Tür kommen."

Robin schien zu erstarren, als würde ihr bewusst, wie knapp sie dem Schicksal entgangen war, das Lilly möglicherweise ereilt hatte.

„Wo ist diese Wohnung? Lillys Apartment?"

„Drüben in Venice, nicht weit von der Schnellstraße."

„Wie lautet die genaue Adresse?"

„Die weiß ich nicht. Ich weiß nur, wie man hinkommt."

Pierce nickte. „Wie habt ihr euch überhaupt kennen gelernt?"

„Bei Fotoaufnahmen. Irgendwie hatten wir gleich einen Draht zueinander. Alles Weitere hat sich einfach so ergeben."

„Bei Fotoaufnahmen? Fotos für ein Magazin?"

„Nein, für eine Website."

„Für eine dieser Websites von Entrepreneurial Concepts?"

„Es ist doch vollkommen egal, was für …"

„Wo war dieser Fototermin? Bei Entrepreneurial Concepts?"

„Ja. In den Studios."

„Dann bist du also über L. A. Darlings und Mr Wentz in diesem Job gelandet, stimmt's?"

Bei der Erwähnung des Namens sah er ihre Augen aufblitzen, aber sie sagte nichts.

„Wie heißt er mit Vornamen?"

„Über ihn rede ich nicht mit dir. Du darfst ihm auf keinen Fall sagen, dass ich dir irgendwas erzählt habe, ist das klar?"

„Ich habe dir gesagt, ich behandle alles, was du mir hier erzählst, vertraulich."

„Sieh mal, er hat Beziehungen, und einige der Leute, die für ihn arbeiten, sind richtig schlimm. *Er* ist schlimm. Ich will nicht über ihn reden."

„Sag mir nur seinen Namen, dann gebe ich Ruhe, okay?"

„Billy. Billy Wentz. Zufrieden?"

„Danke." Er stand auf, sah sich in dem Zimmer um und schaute in einen Flur, von dem er annahm, dass er zum Schlafzimmer führte.

„Du lebst nicht hier, stimmt's?"

„Ja. Hier arbeite ich nur."

„Hast du irgendwelche Kleider hier?"

„Wie meinst du das?"

„Hast du Klamotten da außer denen?" Er zeigte auf die Sachen, die sie anhatte. „Und wo sind deine Schuhe?"

„Klar hab ich Klamotten und Schuhe da. Ich hab mich umgezogen, als ich hierher gekommen bin. So gehe ich nicht auf die Straße."

„Gut. Dann zieh dich wieder um, und komm mit!"

„Wie bitte? Wohin?"

„Ich möchte, dass du mir zeigst, wo Lillys Wohnung ist."

„Nee, Mann. Ich hab dir gesagt, was du wissen wolltest, und jetzt ist Schluss."

Pierce sah auf die Uhr. „Hör zu, du hast gesagt, vierhundert die Stunde. Ich bin jetzt höchstens zwanzig Minuten hier. Das heißt, du stehst mir noch vierzig Minuten zur Verfügung, oder du gibst mir zwei Drittel von meinem Geld zurück."

„So läuft das nicht."

„So läuft es aber diesmal."

Sie starrte ihn eine Weile wütend an, dann ging sie schweigend an ihm vorbei ins Schlafzimmer, um sich umzuziehen.

Pierce stellte sich an die Schiebetür zum Balkon und schaute auf die andere Straßenseite. Am Münzapparat vor dem Schnellimbiss sah er einen Mann stehen, der einen Shake in der Hand hielt und zu den Fenstern des Wohnblocks hinaufsah. Noch ein Shake, noch ein Kunde. Pierce fragte sich, wie viele Frauen wohl in dem Haus arbeiteten.

Als Robin aus dem Schlafzimmer kam, trug sie enge verwaschene Jeans und ein weißes T-Shirt. Sie schlüpfte in ein Paar Sandalen, das sie unter dem Couchtisch hervorzog.

Dann ging sie an ihm vorbei zur Kochnische, öffnete den Schrank über der Spüle und nahm eine kleine schwarze Handtasche heraus. „Gehen wir! Du hast noch fünfunddreißig Minuten." Sie öffnete die Wohnungstür und trat auf den Flur hinaus.

„Willst du deinen Shake nicht?" Der Becher stand auf der Frühstückstheke. Sie hatte keinen Schluck davon genommen.

„Nein, das war nur das Erkennungszeichen. Ich mag keine Shakes. Sie sind viel zu süß. Ich stehe mehr auf Pizza. Bring mir das nächste Mal eine Pizza mit!"

Pierce schloss die Tür und folgte Robin zum Aufzug.

5

Pierce fuhr, und Robin lotste ihn. Von der Lincoln Street war es nicht weit zur Schnellstraße in Venice. Pierce versuchte die Zeit während der Fahrt optimal zu nutzen, aber Robin rückte nur widerwillig mit der Sprache heraus.

„Dann bist du also nicht selbständig, oder?"

„Wie meinst du das?"

„Du arbeitest für Wentz – den Typen, der die Website betreibt. Man könnte ihn so was wie einen digitalen Zuhälter nennen. Er bringt euch Mädchen in diesem Haus unter und richtet die Internetseite für euch ein. Wie viel bekommt er dafür? Auf der Website steht, eine eigene Seite mit Foto kostet vierhundert Dollar im Monat, aber ich nehme mal an, er kriegt wesentlich mehr. Er bekommt einen bestimmten Anteil von all deinen Einnahmen, richtig?"

„Ich hab's dir schon mal gesagt: Über Wentz rede ich nicht mit dir. Sonst werde ich auch noch umgebracht. Ich zeige dir jetzt, wo ihre Wohnung ist, und damit hat sich's. Dann sind wir endgültig fertig miteinander. Zurück nehme ich mir ein Taxi."

„Auch? Was ist mit Lilly passiert, Robin?"

„Ich weiß es nicht."

„Warum hast du dann eben ‚auch' gesagt?"

„Hör zu, Mann, wenn du wüsstest, was gut für dich ist, würdest du die Finger von der Sache lassen. Du kennst diese Leute nicht und hast keine Ahnung, wozu die in der Lage sind."

„Da täuschst du dich."

„Ach ja? Wie das?"

„Ich hatte mal eine Schwester …"

„Und?"

„Man könnte sagen, sie war in deiner Branche tätig."

Er sah zu Robin hinüber, doch die hielt den Blick stur nach vorn gerichtet.

„Eines Morgens entdeckte ein Schulbusfahrer ihre Leiche oben am Mulholland Drive. Ich war damals in meinem zweiten Jahr in Stanford." Er sah wieder auf die Straße.

„Irgendwie ist das schon eine seltsame Stadt", fuhr er nach einer Weile fort. „Sie lag ganz offen da, nackt … Die Polizisten meinten, sie könnten anhand der Spuren sagen, dass sie schon ein paar Tage da gelegen hatte. Ich hab mich immer wieder gefragt, wie viele Leute sie wohl gesehen und nichts unternommen haben."

Wieder sah er zu ihr hinüber. Diesmal konnte er die Betroffenheit in ihren Augen erkennen.

„Haben sie den Kerl geschnappt?", fragte sie.

„Irgendwann. Aber erst, nachdem er noch vier andere umgebracht hatte."

Sie schüttelte den Kopf. „Was willst du eigentlich, Henry? Deine Geschichte hat nichts mit dieser hier zu tun."

„Ich weiß nicht, was ich will … Ich versuche nur, dieser Sache auf den Grund zu gehen."

„Da vorn biegst du links ab und fährst dann bis ans Ende der Straße. Es gibt nur einen Parkplatz für ihre Wohnung. Sie hielt ihn immer für die Kunden frei."

Er bog von der Schnellstraße in eine kurze Zufahrtsstraße, an der auf beiden Seiten kleine Apartmenthäuser lagen.

Als er zum letzten Gebäude kam, sagte Robin: „Da steht schon jemand drauf." Sie zeigte auf ein Auto, das an der Treppe zu einer Wohnungstür geparkt war. „Das da oben ist die Wohnung."

„Ist das Lillys Wagen?"

„Nein, sie hatte einen Lexus."

Das Auto auf dem Parkplatz war ein Volvo-Kombi. Pierce stieß zurück und quetschte sich mit seinem BMW zwischen zwei Reihen Mülltonnen. Parken war dort zwar nicht erlaubt, aber die anderen Autos kamen noch vorbei, und er rechnete nicht damit, dass er lange bleiben würde. Sobald sie ausgestiegen waren, ging Robin in Richtung Schnellstraße los.

„Danke für deine Hilfe!", rief Pierce ihr nach. „Wenn ich sie finde, sage ich dir Bescheid."

Sie blieb stehen, ohne sich umzudrehen. „Wen? Lilly oder deine Schwester?"

Das ließ ihn stutzen. So viel Einsicht hätte er bei ihr nicht erwartet. „Glaubst du, du kommst klar?", fragte er.

Da drehte sie sich um und kam wieder auf ihn zu. In ihren Augen glitzerte Wut. „Tu bloß nicht so, als würde dir was an mir liegen, ja? Diese Heuchelei ist widerlich!"

Sie wandte sich ab und stapfte energisch in Richtung Schnellstraße.

Pierce ging um den Volvo herum. Im Kofferraum standen zwei Schachteln neben verschiedenen anderen größeren Gegenständen, die er nicht erkennen konnte, weil Decken darüber geworfen waren.

Er stieg die Treppe zu Lillys Wohnung hinauf. Die Tür war angelehnt. Mit einem Finger stieß er sie auf, blieb aber davor stehen, als sie nach innen aufging. Jetzt konnte er in ein spärlich möbliertes Wohnzimmer sehen, in dem zwei Schachteln auf dem Boden standen. An der hinteren Wand führte eine Treppe zu einer Galerie hinauf. Unter der Galerie gab es offenbar eine kleine Küche mit einer Durchreiche zum Wohnzimmer. Durch die Durchreiche konnte er den Oberkörper eines Mannes sehen, der Flaschen in eine Schachtel auf der Arbeitsplatte stellte.

Pierce klopfte an die Tür und rief: „Lilly?"

Er sah, wie der Mann in der Küche vor Schreck fast eine Flasche Gin fallen ließ. „Sie ist nicht mehr hier!", rief er. „Sie ist ausgezogen!"

„Und wer sind Sie?"

„Der Vermieter, und ich hab zu tun."

Pierce betrat die Wohnung und ging in Richtung Küche. Als er den Durchgang erreichte, sah er einen Mann mit langem grauem Haar, das zu einem Pferdeschwanz gebunden war. Er war stark gebräunt und hatte ein schmutziges weißes T-Shirt und noch schmutzigere Shorts an.

„Sie können hier nicht rein! Lilly ist nicht mehr da."

„Sie sind Wainwright, stimmt's?"

Der Mann sah zu Pierce auf. „Wer sind Sie?"

„Mein Name ist Pierce. Ich habe heute mit Ihnen telefoniert. Ich war es, der Ihnen gesagt hat, dass sie verschwunden ist."

„Ach so. Sie hatten Recht, sie ist schon längere Zeit weg."

„Das Geld, das sie Ihnen gezahlt hat, die viertausend – das war für beide Wohnungen. Warum haben Sie mir das nicht gesagt?"

„Sie haben mich nicht danach gefragt."

„Gehört Ihnen dieses Haus, Mr Wainwright?"

„Ich beantworte keine Fragen. Auf Wiedersehen."

„Oder gehört es Billy Wentz, und Sie sehen hier nur nach dem Rechten?"

Bestätigung leuchtete in seinen Augen auf und erlosch wieder. „Es ist genug, gehen Sie jetzt. Raus hier!"

Pierce schüttelte den Kopf. „Ich werde noch nicht gehen. Wenn Sie die Polizei rufen wollen, tun Sie das ruhig. Dann wird sich ja zeigen, was die davon halten, dass Sie hier eine Wohnung leer räumen, obwohl die Miete bis zum Monatsende bezahlt ist. Vielleicht schauen wir auch unter den Decken in Ihrem Kofferraum nach. Würde mich nicht wundern, wenn wir dort den Flachbildschirm-Fernseher aus dem Haus in der Altair Avenue finden würden. Vermutlich haben Sie dort zuerst vorbeigeschaut, stimmt's?"

„Sie hat die Wohnung aufgegeben“, sagte Wainwright gereizt. „Sie hätten mal den Kühlschrank sehen sollen.“

„Ich bin sicher, er sah verheerend aus. So verheerend, dass Sie beschlossen, die Wohnung leer zu räumen und vielleicht doppelt Miete zu kassieren, hm? Wohnungen sind knapp in Venice. Haben Sie schon eine neue Mieterin?“

„Was wollen Sie?“

„Mich umsehen.“

„Dann beeilen Sie sich, denn sobald ich hier fertig bin, gehe ich.“

Pierce stieg die Treppe zur Galerie hinauf. Ein großes Messingbett nahm fast die ganze Fläche ein. Er trat zu einem kleinen Schrank und schob die Tür auf. Alles leer. Wahrscheinlich war der Inhalt in einer der Schachteln im Erdgeschoss verstaut.

Pierce schaute zum Bett, das aussah, als wäre es sorgfältig gemacht worden. Die Tagesdecke lag glatt und ordentlich auf der Matratze. Ihm fiel nur auf, dass es keine Kissen gab. Das fand er seltsam.

Er kniete auf den Boden und schaute unter das Bettgestell. Dort war nichts als Staub. Doch dann entdeckte er auf dem beigefarbenen Teppichboden einen dunklen Fleck, der seine Neugier weckte. Er richtete sich auf und schob das Bett an die Wand, um die Stelle freizulegen. Was auf den Teppich getropft oder geschüttet worden war, war getrocknet. Es war bräunlich schwarz, und Pierce wollte es nicht berühren, weil er dachte, es könnte Blut sein. Er stand auf und schob das Bett wieder über den Fleck.

„Was machen Sie da oben eigentlich?“, rief Wainwright.

Pierce antwortete nicht. Er packte eine Ecke der Tagesdecke und hob sie hoch, sodass die Matratze darunter zum Vorschein kam. Keine Matratzenauflage, kein Laken, keine Decke. Er begann, die Tagesdecke vom Bett zu ziehen, denn er wollte die Matratze sehen. Laken und Decken konnten ganz einfach aus einer Wohnung entfernt und beseitigt werden. Auch Kissen konnte man leicht verschwinden lassen. Mit der Matratze eines Doppelbetts war das allerdings eine andere Sache.

Als die Tagesdecke von der Matratze rutschte, hatte Pierce das Gefühl, seine Eingeweide würden ihn zu Boden ziehen. Die Mitte der Matratze war schwarz von etwas, das gestockt und getrocknet war und die Farbe des Todes hatte. Es konnte nur Blut sein.

„Au, Mann!“, sagte Wainwright hinter ihm. Er war die Treppe heraufgekommen, um zu sehen, was die Geräusche zu bedeuten hatten. „Ist das etwa das, wofür ich es halte?“

„Gibt es hier irgendwo ein Telefon?“, fragte Pierce.

„Nicht, dass ich wüsste.“

„Haben Sie ein Handy?“

„Im Auto.“

„Holen Sie es!“

ALS DETECTIVE RENNER hereinkam, schaute Pierce auf. Er versuchte sich zu beherrschen, denn ihm war klar, dass er umso schneller hier raus- und nach Hause käme, je ruhiger er blieb. Nach zwei Stunden in einem sechs Quadratmeter großen Raum war seine Geduld beinahe zu Ende.

Er hatte bereits zweimal eine Aussage zu Protokoll gegeben, einmal vor den Streifenpolizisten, die auf Wainwrights Anruf hin erschienen waren, und dann noch einmal vor Renner und seinem Kollegen. Danach hatte ihn einer der Streifenpolizisten auf das zuständige Revier, die Pacific Division, gebracht und im Verhörzimmer eingeschlossen.

Renner hielt einen Ordner in der Hand, den er auf den Tisch legte und aufschlug, eher er sich Pierce gegenübersetzte. Pierce konnte ein Formular darin sehen, dessen Felder handschriftlich ausgefüllt waren. Renner sah aus wie ein Polizist, der schon an unzähligen Tatorten gewesen war. Er mochte etwa Anfang fünfzig sein, war noch gut in Form und erinnerte Pierce an Clyde Vernon.

„Sie sind vierunddreißig Jahre alt?“

„Ja.“

„Ihre Adresse ist Ocean Way zweitausendachthundert, Apartment zwölfnulleins.“

„Ja.“ Diesmal schlich sich Ärger in Pierces Stimme.

Renner hob kurz den Blick, dann senkte er ihn wieder auf das Formular. „Das ist aber nicht die Adresse, die in Ihrem Führerschein steht.“

„Nein, ich bin gerade umgezogen. Ich wohne erst seit ein paar Tagen am Ocean Way. Vorher habe ich am Amalfi Drive gewohnt. Hören Sie, es ist schon nach Mitternacht. Sie haben mich doch nicht zwei Stunden lang hier sitzen lassen, um mir solche banalen Fragen zu stellen? Ich habe bereits eine Aussage gemacht. Was wollen Sie noch?“

Renner lehnte sich zurück. „Nein, Mr Pierce, ich habe Sie hier behalten, weil wir diese Wohnung, in der offensichtlich eine Straftat verübt worden ist, erst einmal gründlich untersuchen mussten. Das werden Sie uns doch sicher nicht verübeln.“

„Das verüble ich Ihnen nicht. Aber ich verüble Ihnen, dass ich hier drinnen wie ein Verdächtiger festgehalten werde. Ich habe versucht, die Tür zu öffnen. Sie war abgeschlossen. Ich habe geklopft, und es ist niemand gekommen."

„Das tut mir Leid. Es war kein Detective hier. Es ist mitten in der Nacht. Aber der Streifenpolizist hätte die Tür nicht abschließen dürfen, weil Sie nicht verhaftet sind. Wenn Sie Beschwerde einlegen wollen, besorge ich Ihnen die nötigen Formulare."

„Ich will keine Beschwerde einlegen, okay? Aber können wir das Ganze vielleicht rasch hinter uns bringen, damit ich hier endlich rauskomme? Ist es ihr Blut?"

„Welches Blut?"

„Das auf dem Bett."

„Woher wissen Sie, dass es Blut ist?"

„Ich nehme es an. Was sollte es sonst sein?"

„Das würde ich gern von Ihnen wissen."

„Wie bitte? Was soll das jetzt heißen?"

„Es war eine Frage."

„Augenblick. Sie haben gerade gesagt, ich stehe nicht unter Verdacht."

„Ich habe gesagt, Sie sind nicht verhaftet."

„Demnach meinen Sie also, ich bin zwar nicht verhaftet, aber ich bin in dieser Sache ein Verdächtiger?"

„Ich meine überhaupt nichts, Mr Pierce. Ich stelle nur Fragen, und zwar in der Absicht herauszufinden, was in dieser Wohnung passiert ist." Renner wandte sich wieder dem Formular zu. „In der Aussage, die Sie vorher gemacht haben, geben Sie an, Ihre neue Telefonnummer im Ocean Way habe einmal der Frau gehört, in deren Wohnung Sie heute Abend gewesen sind."

„Richtig. Das ist der Grund, warum ich dort war. Ich wollte herausfinden, ob ihr etwas zugestoßen ist."

„Kennen Sie diese Frau – Lilly Quinlan?"

„Nein, ich bin ihr nie begegnet."

„Warum sind Sie dann zu ihrer Wohnung gefahren? Warum haben Sie nicht einfach eine neue Nummer beantragt?"

„Genau das frage ich mich selbst seit zwei Stunden. Da versucht man, jemandem zu helfen, und was hat man davon? Man wird von der Polizei eingesperrt."

„Erzählen Sie mir noch mal, wie Sie überhaupt von dieser Wohnung erfahren haben."

Auch in Pierces restlicher Aussage gab es einige Schwindeleien und Ausflüchte, mit denen er die von ihm begangenen Gesetzesverstöße zu vertuschen versucht hatte. Aber die Geschichte, mit der er erklärte, wie er die Wohnung gefunden hatte, war von vorn bis hinten erfunden, denn er wollte vermeiden, dass Robin in die polizeilichen Ermittlungen hineingezogen wurde. Er hatte sein Versprechen gehalten, sie nicht als Informationsquelle preiszugeben, und deshalb war diese Lügengeschichte von allem, was er in den letzten vier Stunden gesagt hatte, das Einzige, wozu er voll und ganz stand.

„Kaum hatte ich mein Telefon eingesteckt, bekam ich ständig Anrufe von Männern, die Lilly sprechen wollten. Einige waren bereits Kunden von ihr, die sich erneut mit ihr treffen wollten. Ich versuchte, diese Männer in ein Gespräch zu verwickeln, um mehr über Lilly herauszufinden. Einer von ihnen erzählte mir von der Wohnung. Deshalb bin ich dorthin gefahren."

„Aha, und wie hieß dieser Kunde?"

„Keine Ahnung. Das hat er mir nicht gesagt."

„Haben Sie eine Anruferidentifizierung in Ihrem Telefon?"

„Ja, aber der Mann rief aus einem Hotel an. Auf dem Display meines Telefons wurde nur das Ritz Carlton angezeigt."

Renner nickte.

„Mr Wainwright sagt, Sie hätten bereits am Nachmittag bei ihm angerufen und sich nach Miss Quinlan erkundigt – im Zusammenhang mit einer anderen Immobilie, die sie von ihm gemietet habe."

„Ja. Es ging um ein Haus in der Altair Avenue. Dort hat sie gelebt."

„Und sind Sie dort gewesen?"

Pierce achtete so sorgfältig auf seine Worte, wie er beim Durchqueren eines Minenfelds auf seine Schritte geachtet hätte. „Ich war hingefahren und hatte niemanden angetroffen. Deshalb rief ich Wainwright an."

„Ich versuche nur, die Abfolge der Ereignisse zu rekonstruieren", sagte Renner. „Also, laut Ihrer Aussage gehen Sie zuerst zu dieser Firma in Hollywood, zu ECU. Dort nennt man Ihnen den Namen Lilly Quinlan und die Adresse einer Postfachagentur in Santa Monica. Daraufhin fahren Sie dorthin und bekommen von dem Angestellten der Postfachagentur die Adresse des Hauses in der Altair Avenue, richtig? Sie fahren zu dem Haus, dann rufen Sie Wainwright an, und schließlich treffen Sie ihn in der Wohnung. Ist das so weit richtig?"

„Ja."

„Okay. Mr Pierce, in Ihren beiden Aussagen heute Abend haben Sie erklärt, Sie hätten an der Tür des Hauses in der Altair Avenue geklopft, und als niemand öffnete, seien Sie wieder gegangen. Ist das wahr?“

„Ja, das ist wahr.“

„Haben Sie zwischen dem Moment, in dem Sie geklopft haben, und dem Moment, in dem Sie wieder gegangen sind, das Haus an der Altair Avenue betreten, Mr Pierce?“

Da war sie, die Frage, die ein Ja oder Nein verlangte. Sie verlangte eine wahre Antwort – oder eine Lüge, die mühelos als solche entlarvt werden konnte. Pierce musste davon ausgehen, dass er in dem Haus Fingerabdrücke hinterlassen hatte, zum Beispiel an den Schubladenknöpfen des Schreibtischs. Er hatte den Polizeibeamten die Adresse an der Altair Avenue vor mehr als zwei Stunden genannt. Wahrscheinlich waren sie inzwischen bereits dort gewesen und hatten seine Fingerabdrücke gefunden.

„Die Tür war nicht abgeschlossen“, sagte Pierce also. „Da bin ich reingegangen, um mich zu vergewissern, dass Miss Quinlan tatsächlich nicht da war oder womöglich Hilfe brauchte oder so.“

Renner beugte sich leicht vor. Sein Blick hob sich zu Pierces Augen und blieb auf ihnen haften. „Sie waren im Haus? Warum haben Sie uns das nicht gleich gesagt?“

„Ich weiß auch nicht … Ich hielt es nicht für nötig.“

„Was haben Sie im Haus gefunden?“

„Nicht viel. Verdorbenes Essen, einen riesigen Haufen Post … Man konnte auf den ersten Blick erkennen, dass sie lange nicht mehr da gewesen war.“

„Haben Sie etwas mitgenommen?“

„Nein.“ Er sagte es ohne Zögern und ohne zu blinzeln.

„Was haben Sie angefasst?“

Pierce zuckte mit den Schultern. „Ich weiß nicht. Einige der Briefe? Außerdem gibt es dort einen Schreibtisch – ich habe die Schubladen geöffnet.“

„Hatten Sie erwartet, Miss Quinlan in einer Schreibtischschublade zu finden?“

„Nein, ich wollte nur …“ Er rief sich in Erinnerung, dass er sich auf einem schmalen Grat bewegte. Er musste seine Antworten so knapp wie möglich halten, deshalb brach er ab.

Renner lehnte sich zurück. „Was ich gern wissen würde, Mr Pierce: Wie sind Sie darauf gekommen, Wainwright anzurufen?“

„Er ist der Vermieter.“

„Schon, aber woher wussten Sie das?“

Pierce erstarrte. Er durfte keine Begründung geben, die sich in irgendeiner Weise auf das Adressbuch oder die Post bezog, die er aus dem Haus entwendet hatte.

„Äh, ich glaube … Nein, das heißt, es stand irgendwo auf einem Zettel, der auf ihrem Schreibtisch lag.“

„Also ein Zettel, der offen auf dem Schreibtisch lag?“

„Ja, ich glaube schon. Ich …“ Wieder bremste er sich, bevor er Renner etwas in die Hand gab, mit dem dieser ihn festnageln konnte. Pierce senkte den Blick auf den Tisch.

„Mr Pierce, ich komme gerade aus diesem Haus in der Altair Avenue und habe mir den ganzen Schreibtisch sehr gründlich angesehen. Aber einen solchen Zettel habe ich nirgendwo entdeckt.“

Pierce nickte, als stimmte er ihm zu, obwohl er gerade das Gegenteil behauptet hatte. „Wissen Sie, wie es war? Es war mein eigener Zettel, auf dem seine Nummer stand. Ich habe sie mir aufgeschrieben, als ich mit Vivian telefonierte. Sie war es, die mir von Wainwright erzählt hat.“

„Vivian? Wer ist Vivian?“

„Lillys Mutter. Sie lebt in Tampa, Florida. Als sie mich bat, nach Lilly zu suchen, nannte sie mir die Namen verschiedener Bekannter. So bin ich auf Wainwright gekommen.“

„Das sind ja lauter neue Informationen, Mr Pierce. Sie behaupten jetzt also, Miss Quinlans Mutter habe Sie gebeten, nach ihrer Tochter zu suchen?“

„Ja. Sie sagte, die Polizei unternehme nichts. Deshalb bat sie mich, der Sache nachzugehen.“

„Und Miss Quinlans Mutter in Tampa wusste, wie der Vermieter ihrer Tochter heißt?“

„Also, ich glaube, sie hatte eine Reihe von Namen von einem Privatdetektiv, den sie zuerst mit der Suche nach Lilly beauftragt hatte.“

„Ein Privatdetektiv. Wissen Sie, wie er heißt?“

„Philip Glass.“

„Und woher wussten Sie, wie Sie Vivian in Florida erreichen können?“

Pierce hustete. Renner hatte ihn wieder in eine Falle gelockt. Er sah jetzt nur noch einen Ausweg: Er musste mit Robins Namen herausrücken. Renner würde früher oder später sowieso auf sie stoßen. Lilly Quinlans Internetseite hatte einen Link zu ihrer. Die Verbindung war unübersehbar. Wenn er Robins Namen jetzt preisgab, entglitte ihm die Sache wenigstens nicht vollends. Er würde Renner gerade genug sagen, um hier rauszukommen, und dann würde er sie anrufen und warnen.

„Von einem Mädchen namens Robin“, sagte er.

Renner schüttelte kaum wahrnehmbar den Kopf. „Na, so was, noch ein neuer Name! Mr Pierce, jetzt erzählen Sie doch mal: Wer ist Robin?“

„Auf Lilly Quinlans Internetseite befindet sich ein Hinweis auf ein anderes Mädchen, das mit ihr zusammenarbeitet. Das andere Mädchen heißt Robin. Es gibt einen Link von Lillys Seite zu Robins Seite. Ich ging auf diese Seite und rief Robin an. Sie konnte mir nicht groß weiterhelfen. Sie meinte, Lilly sei vielleicht zurück nach Tampa gegangen, wo ihre Mutter lebt. Deshalb habe ich die Auskunft von Tampa angerufen und mir die Telefonnummer von allen Quinlans geben lassen. Auf diese Weise bin ich schließlich bei Vivian gelandet.“

Renner nickte. „Wir sind gleich fertig, Mr Pierce.“ Er senkte den Blick wieder auf das Protokoll.

„Gleich? Das verstehe ich nicht. Was gibt es sonst noch, worüber wir reden sollten?“

Ohne die geringste Bewegung seines Kopfes hob Renner den Blick und richtete ihn auf Pierces Augen. „Also, unser Computer hat mehrere Male Ihren Name ausgespuckt. Vielleicht sollten wir darüber noch reden?“

Pierce spürte, wie sein Gesicht rot wurde vor Verlegenheit. Und Wut. Die lange zurückliegende Verhaftung hätte längst gelöscht sein sollen. Er hatte vierzig Stunden Sozialdienst abgeleistet und sich nie mehr etwas zuschulden kommen lassen. Das Ganze war eine Ewigkeit her. Wieso wusste Renner davon?

„Meinen Sie diese Geschichte in Stanford?“, fragte er. „Das Verfahren wurde niedergeschlagen. Ich wurde ein Semester vom Studium suspendiert, habe eine gemeinnützige Tätigkeit abgeleistet, und damit war die Sache vom Tisch.“

„Festnahme wegen des Verdachts, sich als Polizist ausgegeben zu haben …“ Renner studierte scheinbar interessiert seine Unterlagen.

„Das ist fast fünfzehn Jahre her! Ich war noch auf dem College.“

„Aber die Parallelen liegen auf der Hand. Damals haben Sie sich als Polizist ausgegeben, heute treten Sie ebenfalls als eine Art Ermittler auf. Vielleicht haben Sie einen Heldenkomplex, Mr Pierce?“

„Nein, das sind doch zwei völlig verschiedene Dinge. Damals habe ich versucht, telefonisch ein paar Informationen rauszukriegen. Um jemandem eine Telefonnummer aus der Nase zu kitzeln, tat ich so, als würde ich zur Polizeiwache des Campus gehören. Mehr nicht.“

„Wessen Telefonnummer?“

„Die eines Professors. Ich brauchte seine Privatnummer, aber sie stand nicht im Telefonbuch.“

„In dem Bericht steht, Sie und Ihre Freunde benutzten die Nummer, um den Professor zu belästigen und ihm einen abgefeimten Streich zu spielen.“

„Das Ganze war völlig harmlos, aber man wollte ein Exempel an uns statuieren. Deshalb wurden wir alle für ein Semester gesperrt und bekamen eine gemeinnützige Tätigkeit aufgebrummt. Das Vergehen selbst war absolut geringfügig.“

Offenbar unbeeindruckt, fuhr der Detective fort: „Diese Festnahme erfolgte ein Jahr, nachdem Ihr Name hier in L. A. in einer Polizeiakte festgehalten worden war. Wir haben auch das im Computer.“

Pierce schüttelte energisch den Kopf. „Das kann nicht sein. Ich bin hier unten in L. A. nie wegen irgendwas verhaftet worden. Nur dieses eine Mal oben in Stanford.“

„Ich habe nicht gesagt, dass Sie in dem anderen Fall verhaftet wurden. Ich habe gesagt, Ihr Name steht in einer Polizeiakte. Inzwischen haben wir das alles im Computer. Sie als Hacker kennen das ja: Man gibt einen Namen ein und wundert sich manchmal wirklich, was da alles herauskommt.“

„Erst einmal bin ich kein Hacker. Und im Übrigen muss es sich dabei um einen anderen Henry Pierce handeln.“

„Das glaube ich kaum. Hatten Sie eine Schwester namens Isabelle, Mr Pierce?“

Pierce erstarrte vor Verblüffung, dass Renner den Zusammenhang hergestellt hatte.

„Ein Mordopfer, im Mai 1988?“

Pierce konnte nur nicken. Er fühlte sich, als würde ein Verband von einer Wunde gerissen.

Mühsam zwang er sich, aus seinen Erinnerungen aufzutauchen, und sah Renner an. „Ja, das war meine Schwester. Was hat das damit zu tun?“

„Sie war älter als Sie, nicht wahr?“

„Ein paar Jahre.“

„Sie war von zu Hause ausgerissen, und Sie haben nach ihr gesucht, nicht? Oft nachts. Zusammen mit Ihrem Vater. So steht es jedenfalls im Computer. Er …“

„Mein Stiefvater.“

„Dann eben Stiefvater. Er schickte Sie immer in die leer stehenden Häuser, um nach ihr zu suchen, weil Sie fast noch ein Kind waren und die jungen Leute in den besetzten Häusern vor Gleichaltrigen nicht wegliefen.

Das steht in dem Bericht. Dort steht auch, dass Sie Ihre Schwester nicht gefunden haben. Gefunden wurde sie erst später – als es schon zu spät war."

Pierce verschränkte die Arme und beugte sich über den Tisch. „Hat das etwas mit der Sache hier zu tun? Allmählich würde ich nämlich wirklich gern nach Hause gehen."

„Es hat insofern etwas mit dieser Sache zu tun, als Sie sich schon einmal auf die Suche nach einem vermissten Mädchen gemacht haben, Mr Pierce. Ich frage mich, ob Sie nicht versuchen, mit dieser Lilly etwas gutzumachen – wenn Sie wissen, was ich meine."

„Nein, weiß ich nicht", sagte Pierce in einem Tonfall, der sogar in seinen eigenen Ohren sehr kleinlaut klang.

Renner nickte. „Okay, Mr Pierce, Sie können jetzt gehen."

Pierce stand auf und wandte sich zur Tür. Da fiel ihm noch etwas ein: „Wo ist eigentlich mein Auto?"

„Ihr Auto? Vermutlich da, wo Sie es zuletzt abgestellt haben. Bitten Sie meine Kollegen vorn, dass sie Ihnen ein Taxi rufen. Gute Nacht, Mr Pierce. Sie werden noch von mir hören."

Als Pierce durch den verlassenen Bereitschaftsraum ging, sah er auf die Uhr. Es war halb eins vorbei. Er musste Robin unbedingt vor Renner erreichen, aber ihre Nummer war in seinem Rucksack im Auto. Da fiel ihm auch ein, dass er gar kein Geld für ein Taxi hatte. Er hatte sein ganzes Bargeld Robin gegeben.

Pierce verließ die Polizeistation und begann draußen auf dem Venice Boulevard in Richtung Westen zum Strand zu joggen.

ALS ER die schmale Straße hinunter zu seinem Auto ging, sah er, dass Lillys Wohnung immer noch ein Ort polizeilicher Aktivitäten war. Mehrere Fahrzeuge verstopften die Zufahrt, und um die Vorderseite des Apartments zu beleuchten, war eine mobile Scheinwerferanlage aufgestellt worden.

Er sah Renner vor dem Eingang stehen, im Gespräch mit seinem Kollegen. Demnach war der Detective auf dem Weg zum Tatort wahrscheinlich direkt an ihm vorbeigefahren und hatte ihn entweder nicht bemerkt oder absichtlich nicht mitgenommen. Pierce entschied sich für die zweite Möglichkeit. Selbst in finsterster Nacht würde ein Polizist einen Mann nicht übersehen, der in Straßenkleidung den Venice Boulevard entlangjoggte.

Als Renner und sein Kollege in der Wohnung verschwanden, entriegelte Pierce die Türen des BMW. Er stieg ein und schloss die Fahrertür behutsam. Da fiel ihm auf, dass die Innenbeleuchtung nicht angegangen war.

Weil sie das beim Öffnen der Tür normalerweise automatisch tat, war sein erster Gedanke, die Birne sei kaputt. Trotzdem griff er nach oben und drückte auf den Knopf. Nichts passierte. Er drückte noch einmal, und das Licht ging an.

Dann saß er eine Weile da und überlegte. Es gab drei verschiedene Beleuchtungsmodi, die sich durch Drücken des Knopfs neben der Deckenleuchte einstellen ließen. Im ersten Modus, der Normaleinstellung, ging das Licht beim Öffnen der Tür automatisch an. Wurde die Tür geschlossen, erlosch die Innenbeleuchtung entweder nach fünfzehn Sekunden oder beim Einschalten der Zündung – je nachdem, was zuerst eintrat. Im zweiten Modus brannte das Licht ständig, im dritten Modus blieb es ganz ausgeschaltet. Pierce hatte immer den ersten Modus eingestellt, damit das Wageninnere beim Einsteigen beleuchtet war. Doch als er gerade eingestiegen war, musste die Innenbeleuchtung auf den dritten Modus gestellt gewesen sein. Daraus folgerte er, dass jemand in seinem Auto gewesen war und die Einstellung geändert hatte.

In einem plötzlichen Anfall von Panik griff er zwischen den Vordersitzen hindurch nach hinten. Seine Hand fand den Rucksack, zog ihn nach vorn, und er nahm eine kurze Bestandsaufnahme des Inhalts vor. Seine Notizblöcke waren noch da. Es schien nichts zu fehlen.

Der Lederrucksack, wahrscheinlich der teuerste Gegenstand im Auto, war nicht gestohlen worden. Das legte den Schluss nahe, dass der Wagen nur durchsucht worden war. So erklärte sich auch, warum er wieder abgeschlossen worden war. Ein Einbrecher hätte sich wohl nicht die Mühe gemacht, sein Eindringen zu vertuschen.

Pierce sah zum Eingang des Apartments hinauf und begriff, was passiert war: Die Polizei hatte sein Auto durchsucht. Der Eindringling hatte – wahrscheinlich mit einem professionellen Gerät – die Tür geöffnet, war eingestiegen und hatte die Tür geschlossen. Als das Licht kurz darauf automatisch erlosch, drückte der Betreffende auf den Beleuchtungsknopf, um es wieder einzuschalten. Als er dann mit seiner Arbeit fertig war, drückte er noch einmal auf den Knopf, um das Licht auszuschalten. Dadurch hatte er den dritten Beleuchtungsmodus eingestellt.

Jetzt wusste Pierce, warum ihn Renner nicht mitgenommen hatte: Der Detective hatte vor ihm ankommen wollen, um seinen Wagen zu durchsuchen. Obwohl das ohne Einwilligung des Besitzers widerrechtlich war, grinste Pierce bei dem Gedanken. Im Auto war nichts, was ihn auf irgendeine Weise belastete, und er konnte sich Renners Enttäuschung darüber vorstellen.

Er wollte den BMW gerade anlassen, da sah er, wie die Matratze aus der Wohnung getragen wurde, in dicke transparente Plastikfolie eingepackt. Im grellen Licht der Scheinwerferanlage war der große dunkle Fleck in der Mitte deutlich zu erkennen. Der Anblick versetzte Pierce einen Stich. Es war, als hielten die Männer von der Spurensicherung eine Reklametafel mit dem Hinweis hoch, dass er zu spät gekommen war, um noch etwas für Lilly Quinlan tun zu können.

Als er den Blick davon abwandte, sah er, dass Renner in der Wohnungstür stand und ihn ansah. Pierce startete den Wagen und fuhr nach Hause.

Zehn Minuten später nahm er in seiner Wohnung den Telefonhörer zur Hand. Der Signalton zeigte ihm an, dass eine Nachricht für ihn eingegangen war. Statt die Meldung abzuhören, drückte er jedoch auf Wahlwiederholung, denn er wusste, dass er als Letztes Robin angerufen hatte. Sofort, ohne ein Freizeichen, bekam er ihre Mailbox dran. Also hatte sie das Telefon abgestellt, weil sie schlief – oder gerade beschäftigt war.

„Hör zu, Robin, ich bin's, Henry Pierce. Als du weggegangen bist, habe ich bemerkt, dass die Tür zu Lillys Wohnung offen stand. Der Vermieter war in der Wohnung und räumte sie aus. Wir haben auf dem Bett einen großen Fleck gefunden, der wie Blut aussah, und mussten die Polizei rufen. Ich habe dich, so gut es ging, raus…"

Ein Pfeifton schnitt ihm das Wort ab. Er drückte noch einmal auf Wahlwiederholung und fragte sich, warum man ihr nur so kurze Nachrichten hinterlassen konnte. Diesmal hatte er nach dem ersten Läuten Robin an der Leitung. „Ja?" Sie hörte sich schläfrig an.

„Robin?"

„Bist du's, Henry?"

„Ja, leg nicht auf! Ich hab dir gerade eine Nachricht auf Band gesprochen. Ich …"

„Hast du meine Nachricht gekriegt?"

„Nein, ich bin eben erst nach Hause gekommen. Ich war die ganze Nacht bei der Polizei. Hör zu, die Bullen werden dich anrufen. Ich habe ihnen nicht gesagt, dass du mir Lillys Wohnung gezeigt hast oder sonst irgendwas. Aber als sie mich fragten, woher ich wisse, dass Lillys Mutter in Tampa lebt, sagte ich ihnen, das hättest du mir erzählt. Es war der einzige Ausweg – für mich, muss ich zugeben, aber ich dachte, du würdest deswegen keine Scherereien bekommen. Immerhin sind eure Internetseiten durch einen Link verknüpft. Früher oder später hätten sie auf jeden Fall mit dir reden wollen."

„Schon gut.“

Überrascht über ihre Reaktion, schwieg er einen Moment. „Ich habe ihnen erklärt, ich hätte dich davon überzeugen können, dass ich Lilly nur finden wolle, um mich zu vergewissern, dass ihr nichts zugestoßen ist. Und du hättest mir geglaubt und mir deshalb einiges über sie erzählt.“

„Weißt du, du hast mich tatsächlich überzeugt. Darum habe ich dich auch angerufen und dir auf den Anrufbeantworter gesprochen. Nur gut, dass ich Anruferidentifizierung habe und deshalb deine Nummer hatte. Ich wollte mich wegen dem, was ich zum Schluss gesagt habe, bei dir entschuldigen.“

„Ist schon vergessen.“

„Danke.“

Sie schwiegen beide einen Moment.

„Weißt du“, begann Pierce endlich, „die Matratze in ihrer Wohnung … sie war voller Blut. Ich hab keine Ahnung, was mit Lilly passiert ist, aber vielleicht hat sie versucht auszusteigen … Ich weiß, du hast Angst vor Billy Wentz – völlig zu Recht, wie ich mittlerweile glaube. Deshalb … Sei bitte sehr, sehr vorsichtig, Robin, bei allem, was du tust.“

Sie sagte nichts.

„Du musst unbedingt weg von Wentz und diesem Geschäft! Aber erzähl keinem Menschen etwas davon, hörst du? Lass niemanden wissen, dass du aufhören willst, sondern tauch einfach unter! Vielleicht war das Lillys Fehler – vielleicht hat sie es ihm gesagt oder sonst jemandem, der es ihm erzählt hat.“

„Du glaubst also, dass Wentz es war? Aber Lilly hat ihm ’ne Menge Geld eingebracht. Warum sollte er …“

„Ich weiß es doch auch nicht. Vielleicht war es auch derjenige, mit dem sie zusammen war, bevor sie sich mit dir treffen wollte. Es kann alles Mögliche passiert sein. Was ich sagen will, Robin … Die Welt, in der du dich bewegst, ist sehr gefährlich. Du solltest aussteigen, und wenn du es tust, solltest du sehr vorsichtig sein.“

„Es ist nicht so einfach aufzuhören, weißt du? Ich verdiene ziemlich viel Geld damit. Was soll ich denn sonst machen – bei McDonald’s arbeiten?“

„Robin? Ich weiß nicht mal deinen Nachnamen.“

„LaPorte. Und mit Vornamen heiße ich eigentlich auch nicht Robin.“

„Sondern?“

„Lucy.“

„Also, Lucy, wenn ich dich so nennen darf … Wenn du irgendwann so weit bist, dass du einen Schlussstrich unter dieses Leben ziehen willst, dann ruf mich an. Ich werde tun, was ich kann, um dir dabei zu helfen. Geld, ein Job, eine Wohnung, egal, was du brauchst, ruf mich an, und wir suchen gemeinsam nach einer Lösung."

„Es ist wegen deiner Schwester, oder?"

„Ich weiß es nicht. Wahrscheinlich."

„Ist ja auch egal. Vielen Dank, Henry!"

„Ist schon okay, Lucy. Ich werd mich jetzt mal schlafen legen. Ich habe einen anstrengenden Tag hinter mir und bin hundemüde. Entschuldige, dass ich dich geweckt habe."

„Das macht doch nichts. Und mach dir keine Gedanken wegen der Polizei! Mit denen werd ich schon fertig."

„Danke. Gute Nacht!" Er legte auf und griff dann noch einmal nach dem Telefon, um die Nachricht von Lucy LaPorte abzuhören.

„Hi, hier Robin. Hör zu, ich wollte nur, dass du weißt ... Tut mir Leid, was ich da am Schluss zu dir gesagt habe. Im Grunde spüre ich, dass dir wirklich was an Lilly liegt. Vielleicht habe ich mich nur deshalb so bescheuert aufgeführt, weil ich gern hätte, dass sich auch um mich jemand solche Sorgen macht. Ruf mich doch mal an, wenn du gerade Lust hast. Wir können ja einfach nur ein bisschen quatschen. Ciao!"

Aus irgendeinem Grund löschte er die Nachricht nicht. Er dachte über Robin nach, die eigentlich Lucy hieß und trotz des harten Zugs um ihren Mund irgendwie nett war. Dann dachte er daran, dass auch Isabelle ihren Kunden gegenüber einen anderen Namen benutzt hatte. Der Detective, der damals bei ihnen im Wohnzimmer gesessen hatte, erzählte ihnen, sie habe sich Angel genannt.

Pierce ließ den vergangenen Abend noch einmal Revue passieren. Er wusste, dass Renner Recht hatte: Was vor so langer Zeit geschehen war, brodelte noch immer dicht unter der Oberfläche. Es war übergekocht, als er auf Lilly Quinlan gestoßen war. All seine Aktivitäten, um sie zu finden und vielleicht zu retten, galten eigentlich seiner verlorenen Schwester.

Am folgenden Tag, es war Sonntag, wurde Pierce genau um zwölf Uhr mittags vom Telefon geweckt. Eine Männerstimme fragte: „Ist es noch zu früh, um mit Lilly zu sprechen?"

Pierce sagte: „Nein, es ist zu spät", und legte auf. Dann drängte sich die Erinnerung an den vergangenen Abend in sein Bewusstsein, und er stöhnte.

Mit schweren Gliedern stieg er aus dem Schlafsack, um eine lange, heiße Dusche zu nehmen.

Als er fertig angezogen war, verlangte sein Magen lautstark nach Essen, aber in seiner Küche gab es nichts.

Er hatte kein Geld, und der Geldautomat würde erst am Montag wieder etwas ausspucken. Natürlich hätte er in ein Restaurant oder einen Lebensmittelladen gehen und mit Kreditkarte zahlen können, aber das dauerte ihm zu lange. Pierce verspürte das starke Bedürfnis, die Geschichte mit Lilly Quinlan abzuschließen und der Polizei zu überlassen. Er musste unbedingt an seine Arbeit zurückkehren. Und mit jeder Minute, die er jetzt noch außerhalb der Firma verbrachte, könnte seine Entschlossenheit womöglich ins Wanken geraten.

Um ein Uhr betrat er das Firmengebäude, wo er auf seinem Schreibtisch einen Kaffeebecher voll Kleingeld stehen hatte. Bevor er sich an die Arbeit begab, legte er seinen Rucksack auf den Schreibtisch, schnappte sich den Becher und ging in den Aufenthaltsraum im ersten Stock hinunter, wo es Automaten für Snacks und Getränke gab. Nachdem er zwei Colas, zwei Tüten Chips und eine Packung Kekse gekauft hatte, war der Kaffeebecher fast leer.

Als er in sein Büro zurückkam, hatte er die eine Tüte Chips leer gegessen. Während er sich an den Schreibtisch setzte, öffnete er die zweite Tüte und eine der Coladosen. Dann holte er die neuen Patentanmeldungen aus dem Safe unter dem Schreibtisch. Jacob Kaz war zwar ein hervorragender Patentanwalt, aber er musste die Einführungen und Zusammenfassungen der juristischen Anträge immer von den Wissenschaftlern gegenlesen lassen. Abgesegnet wurden die Patentanmeldungen stets von Pierce.

In der Hoffnung, der Zucker werde ihm helfen, sich zu konzentrieren, riss Pierce die Kekspackung auf und begann, die Anträge zu lesen. Die Patentanmeldungen sollten eine Formel für zelluläre Energieumwandlung schützen. In allgemein verständlichen Begriffen wollte sich Amedeo das Patent für ein „Energieversorgungssystem" sichern, das die Energie für die biologischen Roboter liefern sollte, die eines Tages im Blutkreislauf der Menschen zirkulieren und dort Krankheitserreger zerstören würden.

In Anspielung auf den Film „Die fantastische Reise" hatten sie die Formel Proteus genannt. In dem Film aus dem Jahr 1966 begibt sich ein Ärzteteam an Bord eines Unterseeboots. Dieses U-Boot mit Namen *Proteus* wird mit Schrumpfstrahlen so stark verkleinert, dass es in die Blutbahn eines Menschen injiziert werden kann, wo es ein bedrohliches Blutgerinnsel im Gehirn sucht und zerstört. Der Film war damals reine Science-Fiction gewesen. Heute dagegen lag die Idee, Krankheitsverursacher im Körper mit biologischen oder zellulären Robotern zu bekämpfen, die sich gar nicht so sehr von der *Proteus* unterschieden, zwar noch in weiter Ferne, aber durchaus im Bereich des wissenschaftlich Machbaren.

Seit dem Aufkommen der Nanotechnologie waren ihre medizinischen Anwendungsmöglichkeiten schon immer der verlockendste Aspekt dieses Forschungsbereichs gewesen. Noch viel faszinierender als der Quantensprung in Sachen Rechnerleistung war die Vorstellung, Krebs, Aids und jede beliebige andere Krankheit heilen zu können. Die Möglichkeit, im menschlichen Organismus winzige Systeme zu installieren, die auf chemischem Weg bedrohliche Störfaktoren aufspüren, identifizieren und eliminieren konnten, war der Heilige Gral der Wissenschaft.

Die Crux bei der Sache – der Punkt, der einer praktischen Umsetzung am meisten entgegenstand – war die Frage der Energieversorgung. Wie konnte man solche molekularen „U-Boote" mit einer natürlichen Energiequelle versorgen, die vom menschlichen Immunsystem nicht abgestoßen wurde?

Zusammen mit Larraby, seinem Chef-Immunologen, hatte Pierce eine rudimentäre, aber höchst zuverlässige Formel entwickelt. Unter Zuhilfenahme menschlicher Zellen – in diesem Fall waren sie Pierce entnommen und dann in einem Inkubator vervielfältigt worden – hatten die beiden Forscher eine Kombination aus Proteinen entdeckt, die sich mit den Zellen verbanden und einen elektrischen Impuls von ihnen erhielten. Das hieß, die Energie zum Antrieb des Nanovehikels würde aus dem Organismus stammen und wäre daher verträglich für das Immunsystem.

Nach Pierces Meinung konnten die Patentanmeldungen eingereicht werden. Er schrieb ein paar anerkennende Worte für Jakob Kaz auf eine gelbe Haftnotiz und befestigte sie auf dem Deckblatt der Proteus-Anträge, die er danach wieder im Safe einschloss. Am Montagmorgen würden sie per Werttransport an Kaz' Kanzlei in Century City geschickt.

Ein Schauer durchfuhr ihn, während er daran dachte, dass ein solches Patentepaket für einige Publicity und damit auch für steigendes Investoreninteresse in der Nanowelt sorgen würde. Noch bevor sie die Erfindungen zum Patent anmeldeten, wollten sie ihre Entdeckung deshalb Maurice Goddard vorstellen. Wenn alles nach Plan lief, müsste Goddard erkennen, dass er nur einen knappen Vorsprung und nicht viel Zeit zum Überlegen hatte, und er würde entsprechend reagieren, sprich: als Hauptgeldgeber von Amedeo unterzeichnen.

Das Telefon schreckte Pierce aus seinen Gedanken auf.

„Mr Pierce?"

„Ja?"

„Hier spricht Philip Glass. Sie haben gestern bei mir angerufen."

Der Privatdetektiv! Pierce hatte ihn ganz vergessen. „Ach so, ja. Schön, dass Sie anrufen."

„Ich habe Ihre Nachricht erst heute erhalten. Was kann ich für Sie tun?"

„Ich würde gern über Lilly Quinlan mit Ihnen sprechen. Wie Sie wissen, wird sie vermisst. Ihre Mutter hat Sie vor ein paar Wochen engagiert, von Florida aus."

„Ja, aber den Fall bearbeite ich nicht mehr."

„Das habe ich gehört. Trotzdem würde ich gern mit Ihnen darüber reden. Vivian Quinlan ist damit einverstanden. Wenn Sie möchten, können Sie sie gern anrufen. Haben Sie die Nummer noch?"

„Ja. Aber wollen Sie mir nicht erst mal sagen, welches Interesse *Sie* an der Sache haben?"

„Ich möchte Lilly finden."

Schweigen am anderen Ende der Leitung.

Pierce beschloss, eine Erklärung nachzuschieben. „Ich bin ein Freund der Familie. Vivian bat mich, zu sehen, ob ich etwas herausfinden könnte."

„Haben Sie schon mit der Polizei gesprochen?"

Pierce zögerte. Von seiner Antwort auf diese Frage hing es vielleicht ab, ob Glass sich kooperativ verhielt oder nicht. Er dachte an die Vorfälle vom Abend zuvor und fragte sich, ob Glass schon von ihnen erfahren haben konnte. Wahrscheinlich nicht.

„Nein", log er deshalb. „Vivian meinte, die Polizei habe kein Interesse an der Sache."

„Für wen arbeiten Sie, Mr Pierce?"

„Für niemanden. Das heißt, für mich selbst."

„Sind Sie Privatdetektiv?"

„Nein, ich bin Wissenschaftler – Chemiker. Was hat das damit zu …"

„Ich könnte mich heute noch mit Ihnen treffen. Aber nicht in meinem Büro!"

„Okay, wo dann? Und wann?"

„In einer Stunde. Kennen Sie das ‚Cathode Ray's' in Santa Monica?"

„Ja, ich komme hin. Wie werden wir uns erkennen?"

„Haben Sie eine Mütze oder sonst irgendwas Auffälliges, was Sie anziehen könnten?"

Pierce öffnete eine Schreibtischschublade und holte eine Baseballkappe heraus. „Ich werde eine graue Baseballkappe tragen. Über dem Schirm steht in blauer Schrift MOLES."

„Moles? Wie Maulwürfe?"

„Nein, Moles von Moleküle. Fighting Moles war der Name des Softballteams unserer Firma. Aber das ist schon einige Zeit her."

„Dann also im Cathode Ray's. Kommen Sie bitte allein! Falls ich den Eindruck gewinnen sollte, dass Sie nicht allein sind oder das Ganze eine Falle ist, werden Sie mich nicht zu Gesicht bekommen."

„Eine Falle? Wieso sollte ich …"

Die Leitung war tot. Glass hatte aufgelegt.

Während Pierce die Kappe aufsetzte, dachte er darüber nach, was der Anrufer gesagt und wie er es gesagt hatte. Es hatte sich fast so angehört, als hätte er Angst.

DAS CATHODE RAY'S hatte rund um die Uhr geöffnet. Es war ein Treff der Hightechgeneration – mit Strom-, Telefon- und DSL-Anschlüssen an jedem Tisch. Normalerweise hatte hier jeder ein Notebook neben seinem Cappuccino liegen.

Pierce war überrascht, dass Glass diesen Treffpunkt vorgeschlagen hatte. Am Telefon hatte der Privatdetektiv wie ein älterer Mann geklungen, mit einer müden, brüchigen Stimme. In einem Lokal wie dem Cathode Ray's würde er mit Sicherheit auffallen.

Als Pierce das Internetcafé um drei Uhr betrat und sich rasch umsah, fiel ihm jedoch niemand auf. Und niemand sah ihn an. Er stellte sich an der Theke an, um sich einen Kaffee zu holen. Bevor er vom Büro aufgebrochen war, hatte er das restliche Geld aus seiner Schreibtischtasse eingesteckt. Es reichte gerade noch für einen einfachen mittelgroßen Kaffee, den er mit viel Milch und Zucker verfeinerte. Dann ging er auf die Terrasse hinaus und setzte sich an einen freien Ecktisch.

Er ließ sich Zeit mit dem Kaffee, aber die Tasse war trotzdem fast leer, als nach zwanzig Minuten endlich ein kleiner Mann in schwarzen Jeans und schwarzem T-Shirt auf ihn zukam. Er hatte tief liegende dunkle Augen und war wesentlich jünger, als Pierce ihn geschätzt hatte, höchstens Ende dreißig. Er hatte sich keinen Kaffee geholt, sondern war direkt an den Tisch gekommen.

„Mr Pierce?"

Pierce reichte ihm die Hand. „Mr Glass? Möchten Sie sich vielleicht einen Kaffee holen, bevor wir anfangen?"

„Nein, ich trinke nichts mit Koffein."

„Dann sollten wir am besten gleich zur Sache kommen. Was sollte das Theater mit ‚Kommen Sie bitte allein' und so? Es kommt mir ein wenig eigenartig vor."

Glass nickte. „Was wissen Sie über Lilly Quinlan?"

„Sie war Callgirl und hat im Internet annonciert. Ich bin ziemlich sicher, dass sie für einen gewissen Billy Wentz gearbeitet hat. Er ist wohl so eine Art digitaler Zuhälter."

„Haben Sie schon mit Mr Wentz persönlich gesprochen?"

Pierce schüttelte den Kopf. „Ich war gestern bei Entrepreneurial Concepts – das ist sein Dachunternehmen –, doch er war nicht da. Aber ich werde das Gefühl nicht los, dass ich Ihnen hier Dinge erzähle, die Sie bereits wissen. Eigentlich wollte ich Ihnen gern Fragen stellen, nicht beantworten."

„Es gibt nicht viel, was ich Ihnen sagen könnte. Ich bin auf die Suche nach Vermissten spezialisiert und wurde Vivian Quinlan von einem Bekannten von mir empfohlen, der auf der Vermisstenstelle der Polizei arbeitet. Sie bezahlte mich für eine Woche. Ich habe Lilly nicht gefunden und auch sonst nicht viel über ihr Verschwinden herausgefunden."

Darüber dachte Pierce kurz nach. Er als Amateur hatte in weniger als 48 Stunden eine ganze Menge herausgefunden. Er bezweifelte, dass Glass so unfähig war, wie er vorgab.

„Haben Sie mit Lucy LaPorte gesprochen?"

„Mit wem?"

„Auf der Website nennt sie sich Robin. Ihre Seite hat einen Link zu der von Lilly."

„Ach so, Robin. Ja, ich habe mit ihr telefoniert. Allerdings war sie nicht sehr entgegenkommend."

Pierce war nicht sicher, ob Glass tatsächlich angerufen hatte. Vermutlich hätte Lucy es ihm erzählt, wenn sich bei ihr bereits ein Privatdetektiv nach Lilly erkundigt hätte. Er nahm sich vor, sie nach dem angeblichen Anruf zu fragen.

„Wie lange ist es her, dass Sie Robin angerufen haben?"

Glass zuckte mit den Schultern. „Drei Wochen? Es war gleich zu Beginn der Woche, für die ich engagiert wurde."

„Waren Sie auch persönlich bei ihr?"

„Nein, es kam etwas dazwischen. Und am Ende der Woche wollte Mrs Quinlan mich nicht weiter bezahlen. Damit war der Fall für mich erledigt."

„Sie haben mit Wentz gesprochen, stimmt's?"

Glass blickte auf seine verschränkten Arme hinab, antwortete aber nicht.

„Was hat er Ihnen gesagt?"

Glass räusperte sich. „Hören Sie, Mr Pierce, von Billy Wentz sollten Sie sich lieber fern halten."

„Warum?"

„Weil er gefährlich ist. Wenn Sie nicht aufpassen, könnte das schlimme Folgen für Sie haben."

„So wie für Sie? Hatte es für Sie schlimme Folgen? Er hat Sie eingeschüchtert, stimmt's?"

Glass schüttelte den Kopf. „Kümmern Sie sich nicht um mich. Ich bin heute hergekommen, um Ihnen zu helfen. Um Sie davor zu warnen, sich die Finger zu verbrennen. Halten Sie sich von Wentz fern! Ich kann das nicht oft genug betonen: Lassen Sie die Finger von ihm!"

Pierce konnte in seinen Augen die Aufrichtigkeit seiner Warnung erkennen. Und seine Angst.

„Okay", sagte er. „Ich werde Ihren Rat beherzigen."

KURZ spielte Pierce mit dem Gedanken, ins Labor zurückzukehren, verwarf ihn dann aber wieder. Er musste sich eingestehen, dass das Gespräch mit Glass seine erst vor einer Stunde neu gewonnene Motivation bereits wieder gedämpft hatte.

Stattdessen fuhr er zum Lucky Market am Ocean Park Boulevard und lud einen Einkaufswagen mit Lebensmitteln und anderen Dingen voll, die er in der neuen Wohnung brauchen würde. Er zahlte mit Kreditkarte und packte die Einkaufstüten in den Kofferraum seines BMW. Erst als er auf seinem Stellplatz in der Tiefgarage des The Sands parkte, wurde ihm bewusst, dass er mindestens dreimal mit dem Aufzug rauf- und runterfahren musste, um alle Einkäufe in die Wohnung hinaufzuschaffen.

Für die erste Fahrt nach oben füllte er den soeben erstandenen Plastikwäschekorb mit sechs Tüten Lebensmitteln, darunter die Tiefkühlprodukte, die er zuerst in den Kühlschrank bringen wollte. Als er damit den Aufzug ansteuerte, standen zwei Männer an der Tür, die zu den Kellerabteilen führte. Während Pierce näher kam, drückte einer der beiden schon den Rufknopf.

Vielleicht ein schwules Paar, dachte Pierce und nickte den beiden einen Gruß zu. Der eine war Mitte vierzig, klein und untersetzt. Er trug spitze Stiefel, deren Absätze ihm fünf Zentimeter zusätzliche Größe verliehen.

Der zweite Mann war wesentlich jünger, größer und durchtrainierter, doch aus seiner Körperhaltung sprach eine gewisse Unterwürfigkeit gegenüber seinem älteren Partner.

Als die Lifttür aufging, ließen die Männer Pierce zuerst einsteigen. Dann fragte ihn der Kleinere, in welches Stockwerk er wolle. Er drückte die Zwölf für Pierce – und anschließend keinen weiteren Knopf.

„Wohnen Sie auch im Zwölften?“, fragte Pierce. „Ich bin erst vor ein paar Tagen eingezogen.“

„Wir besuchen jemanden“, sagte der kleinere Mann.

Pierce nickte und richtete seine Aufmerksamkeit auf die Ziffern, die über der Tür aufleuchteten. Vielleicht lag es an der Warnung, die Glass eben erst ausgesprochen hatte, vielleicht auch an der Art, wie der Kleine in der Chromeinfassung der Tür verstohlen sein Spiegelbild betrachtete. Je höher der Aufzug jedenfalls fuhr und je höher die Ziffern wurden, desto stärker wuchs Pierces Angst. Ihm ging durch den Kopf, dass die beiden Männer zunächst an der Tür zum Keller gestanden hatten und erst zum Aufzug gegangen waren, als auch er das getan hatte. Als ob sie aus einem bestimmten Grund dort gewartet hätten – oder auf eine bestimmte Person.

Schließlich kam der Aufzug im zwölften Stock an, die Tür ging auf, und der Kleine trat zur Seite, damit Pierce als Erster aussteigen konnte. Pierce, der mit beiden Händen den Wäschekorb hielt, deutete mit einer Kopfbewegung nach draußen.

„Steigen Sie ruhig schon aus“, sagte er. „Und könnten Sie bitte das Erdgeschoss für mich drücken? Ich habe die Post vergessen.“

Niemand bewegte sich. Die drei standen nur da und sahen sich an – bis die Tür zuzugehen begann und der größere Mann die Hand ausstreckte, um mit seinem kräftigen Unterarm gegen die Innenkante zu schlagen. Die Tür erbebte und öffnete sich langsam wieder.

Da sagte der Kleine: „Vergiss die Post, Pierce! Heute ist Sonntag. Du steigst jetzt hier aus. Das siehst du doch auch so, Zwei-Meter?“

Ohne zu antworten, packte ihn der Typ, der offensichtlich nach seiner Körpergröße benannt war, und schleuderte ihn auf den Flur der zwölften Etage hinaus. Er tat das mit solcher Wucht, dass Pierce über den Gang flog und gegen eine Tür mit der Aufschrift ELEKTRIK krachte, wobei es ihm die Luft aus den Lungen presste. Der Wäschekorb landete mit einem dumpfen Knall auf dem Boden.

„Sachte, sachte, Zwei-Meter. Die Schlüssel!“

Pierce war noch nicht wieder zu Atem gekommen, als der Kerl, der Zwei-

Meter genannt wurde, auf ihn zukam und ihn mit einer Hand gegen die Tür drückte. Mit der anderen klopfte er Pierces Hosentaschen ab, bis er den Schlüsselbund ertastet hatte. Er zog die Schlüssel heraus und reichte sie dem Kleinen. Der ging voraus – offensichtlich kannte er den Weg –, und hinter ihm her wurde Pierce zu seiner Wohnung geschubst. Allmählich bekam er wieder Luft. Er wollte etwas sagen, aber die Hand des größeren Mannes legte sich von hinten über seinen Mund, während der Kleine mahnend den Zeigefinger hochhielt. „Noch nicht, Schlauberger. Lass uns erst nach drinnen gehen, damit wir die Nachbarn nicht unnötig stören."

Sie erreichten die Wohnungstür, die der Kleine mit dem Schlüssel öffnete. Zwei-Meter schob Pierce nach drinnen und stieß ihn auf die Couch. Dann trat er zur Seite, und der Kleine pflanzte sich vor Pierce auf. Er bemerkte das Telefon auf der Sofalehne und griff danach. Pierce beobachtete, wie er verschiedene Tasten drückte und die Liste der eingegangenen Anrufe durchsah. Dank der Anruferidentifizierung wurden ihm die Namen von Pierces Gesprächspartnern angezeigt.

„Fleißig, fleißig, Pierce", sagte er, während er die Liste studierte. „Philip Glass ..." Er drehte sich zu Zwei-Meter um, der sich in der Nähe der Diele postiert hatte, die mächtigen Arme vor der Brust verschränkt. „Ist das nicht der Kerl, mit dem wir uns vor ein paar Wochen unterhalten haben?"

Zwei-Meter nickte. Pierce wurde klar, dass Glass in der Wohnung angerufen haben musste, ehe er ihn in der Firma erreicht hatte.

Der Kleine wandte sich wieder dem Display des Telefons zu, und wenig später leuchteten seine Augen bei einem weiteren Eintrag auf. „Sieh mal einer an! Jetzt ruft Robin schon dich an. Wie nett!" Aber aus seiner Stimme ging hervor, dass es ihm durchaus nicht gefiel und dass es auch für Lucy LaPorte alles andere als nette Folgen haben würde.

„Sie hat nur was auf Band gesprochen", sagte Pierce. „Ich kann es Ihnen abspielen, wenn Sie wollen. Ich habe es gespeichert."

„Hast dich wohl in sie verliebt, wie?" Mit einem falschen Lächeln zwinkerte der Kleine Zwei-Meter zu. Dann holte er blitzschnell zu einem Rückhandschlag aus und drosch Pierce das Telefon mit voller Wucht auf die Nase.

Pierce sah eine Explosion aus Rot und Schwarz, während ein brennender Schmerz durch seinen Kopf schoss. Er konnte nicht sagen, ob seine Augen geschlossen waren oder ob er erblindet war. Instinktiv ließ er sich nach hinten gegen die Rückenlehne der Couch fallen.

Da legten sich kräftige, große Hände um seine Oberarme und zogen ihn hoch. Er spürte, wie er über Zwei-Meters Schulter geworfen und weggetragen wurde und wie sich sein Mund mit Blut füllte. Angestrengt versuchte er die Augen zu öffnen, aber es gelang ihm immer noch nicht. Dann hörte er das Rollen der Schiebetür, die auf den Balkon hinausführte, und gleich darauf streifte die kühle Luft vom Meer seine Haut.

Plötzlich war die harte Schulter unter seinem Bauch weg, und er begann mit dem Kopf voran in die Tiefe zu fallen. Seine Muskeln spannten sich, und sein Mund öffnete sich, um den letzten verzweifelten Laut seines Lebens auszustoßen. Dann spürte er, wie die mächtigen Pranken seine Fußgelenke packten und festhielten. Sein Körper schlug heftig gegen den rauen Strukturbeton der Hausfassade. Aber wenigstens fiel er nicht mehr.

Pierce hob die Hände an sein Gesicht und betastete Nase und Augen. Die Haut auf seinem Nasenrücken war aufgeplatzt und blutete stark. Es gelang ihm, sich die Augen auszuwischen und sie halb zu öffnen. Zwölf Stockwerke unter sich konnte er den grünen Rasen des Parks erkennen und dass dort unten Leute auf Decken saßen, hauptsächlich Obdachlose. Gleichzeitig sah er sein Blut in dicken Tropfen in die Bäume unter sich fallen.

Plötzlich begannen die Hände, die seine Fußgelenke gepackt hielten, heftig zu rütteln, sodass er wieder gegen die Fassade schlug.

„He, du da unten! Hörst du zu?"

Pierce spuckte einen Mund voll Blut aus. „Ja, ich höre."

„Gut. Inzwischen weißt du ja wahrscheinlich, wer ich bin."

„Ich glaube schon. Was wollen Sie?"

„Was ich will? Also, zuerst wollte ich mir dich mal ansehen. Und dann wollte ich dir was klar machen. Zwei-Meter!"

Pierce wurde abrupt hochgezogen. Immer noch mit dem Kopf nach unten, befand sich sein Gesicht jetzt auf Höhe des Balkongeländers. Er sah, dass der Kleine in die Hocke gegangen war, sodass sich ihre Gesichter, nur durch das Geländer getrennt, einander gegenüber befanden.

„Ich wollte dir sagen, dass du nicht nur die falsche Telefonnummer erwischt hast, Freundchen – du bist in der falschen Welt gelandet. Und du hast genau dreißig Sekunden Zeit, um dich zu entscheiden, ob du dorthin zurückwillst, wo du herkommst, oder ob du in die nächste Welt weiterbefördert werden willst. Verstehst du, was ich meine?"

Pierce nickte und begann zu husten. „Ich … verstee…"

„Schön. Eigentlich müsste ich meinem Mann da sagen, er soll dich einfach loslassen. Wär nicht schade drum. Aber ich will keinen Ärger, und deshalb werde ich gnädig sein. Doch wenn ich dich noch mal beim Rumschnüffeln erwische, bist du dran. Ist das klar?"

Pierce nickte.

Darauf griff der Mann – er musste Billy Wentz sein – durch das Geländer und tätschelte ihm grob die Wange. „Dann ist ja alles in Ordnung."

Er richtete sich auf und gab Zwei-Meter ein Zeichen.

Der Große zog Pierce über das Geländer und ließ ihn auf den Balkonboden fallen. Pierce fing den Sturz mit den Händen ab und robbte in eine Ecke. Am Rand einer Ohnmacht versuchte er, die Wolken abzuschütteln, die ihn umhüllten, und halbwegs klar zu denken. Als Nächstes kam ihm Lucy LaPorte in den Sinn.

„Und was ist mit Lucy? Was werden Sie mit ihr machen?"

„Lucy? Wer ist Lucy?"

„Ich meine Robin."

„Ach, unsere kleine Robin. Weißt du, Pierce, das ist eine gute Frage. Robin bringt nämlich einen Haufen Geld ein. Was sie angeht, muss ich mich beherrschen. Mach dir also mal keine Sorgen. Egal, was wir mit ihr anstellen, es wird keine bleibenden Spuren hinterlassen. In spätestens zwei, drei Wochen wird sie wieder so gut wie neu auf der Matte stehen."

„Lassen Sie sie in Ruhe!", sagte Pierce, so energisch er konnte. „Ich habe sie für meine Zwecke eingespannt, ohne dass sie es gemerkt hat."

Der Kleine sah sich nach Zwei-Meter um und grinste, dann schüttelte er den Kopf. „Hast du so was schon mal gehört? Dass jemand so mit mir redet?" Er wandte sich wieder Pierce zu, machte einen Schritt auf ihn zu und holte zu einem brutalen Tritt aus. Die Stiefelspitze traf Pierce in die Rippen. Ein stechender Schmerz breitete sich in seinem Brustkorb aus.

Wentz beugte sich über ihn. „Untersteh dich, mir zu sagen, was ich zu tun und zu lassen habe!" Er richtete sich auf. „Und noch etwas: Wenn du irgendjemandem von unserer kleinen Unterhaltung hier erzählst, wird das Konsequenzen haben. Ernste Konsequenzen. Für dich. Und für Robin. Und für alle Leute, an denen dir was liegt. Hast du verstanden?"

Pierce nickte matt.

„Gut. Dann lass uns gehen, Zwei-Meter."

Pierce blieb allein zurück. Er schnappte nach Luft und versuchte verzweifelt, bei Bewusstsein zu bleiben, während er spürte, wie sich Dunkelheit über ihn ausbreitete.

AUS EINER der Schachteln im Schlafzimmer zog Pierce ein T-Shirt und hielt es an sein Gesicht, um die Blutung zu stoppen. Er ging ins Bad und betrachtete sich im Spiegel. Sein Gesicht war aufgedunsen und verfärbte sich bereits. Die geschwollene Nase engte sein Blickfeld ein, und die Wunden auf der Nase und am linken Auge wurden durch die Schwellung noch vergrößert. Schlimmer als die wüsten Platz- und Schürfwunden schienen jedoch seine inneren Verletzungen zu sein, denn durch seinen Rachen floss ein unablässiger Blutstrom. Er wusste, er musste ins Krankenhaus, aber zuerst musste er Lucy LaPorte warnen.

Auf dem Wohnzimmerboden fand er das Telefon, doch als er versuchte, auf die Anruferliste zu gehen, blieb das Display leer. Er versuchte es mit der Gesprächstaste, bekam aber kein Freizeichen. Das Telefon war kaputt.

Unwillkürlich traten Pierce Tränen in die Augen, als er sich, das T-Shirt ans Gesicht gedrückt, nach der Schachtel mit dem Erdbebenkoffer umsah, den er zusammen mit den Möbeln bestellt hatte. Der Koffer enthielt unter anderem ein einfaches Telefon, das ohne Stromanschluss funktionierte und nur in die Telefondose gesteckt werden musste.

Er fand die Schachtel im Schlafzimmerschrank, fand auch das Telefon und steckte es an der Dose neben dem Bett ein. Erleichtert hörte er das Freizeichen. Alles, was er jetzt noch brauchte, war Robins Nummer. Er hatte sie auf einem Block notiert, aber der war in seinem Rucksack, und der wiederum lag unten in seinem Auto. Er glaubte nicht, dass er es bis dorthin schaffen würde, ohne ohnmächtig zu werden.

Also rief er die Auskunft für Venice an und versuchte es mit dem Namen Lucy LaPorte, wobei er darum bat, unter verschiedenen Schreibweisen nachzusehen. Aber sie hatten keine Nummer, egal, wie der Name geschrieben wurde.

Dann versuchte er es bei Charlie Condon, sowohl im Büro als auch zu Hause, bekam jedoch unter beiden Nummern nur einen Anrufbeantworter dran. Als Nächster fiel ihm Cody Zeller ein, aber Cody ging nie ans Telefon. Man konnte ihn nur anfunken und musste dann auf seinen Rückruf warten.

Plötzlich wusste er, was er tun musste. Er wählte die Nummer und wartete. Nach dem vierten Läuten meldete sich Nicole.

„Hallo, Nicki! Du musst mir helfen. Kannst du …“

„Wer ist da bitte?“

„Ich bin's, Henry.“

„Du klingst aber seltsam. Was ist …“

„Nicki“, rief er, „hör zu! Das ist ein Notfall, und ich bin auf deine Hilfe angewiesen. Ich kann dir später alles erklären.“

„Okay“, sagte sie in einem Ton, der andeutete, dass sie alles andere als beruhigt war. „Und was ist das für ein Notfall?“

„Geh zu deinem Computer! Schnell, beeil dich!“

Als sie am Computer war, legte sie das Gespräch auf das Headset, das sie am Schreibtisch hatte.

„Gut. Geh jetzt bitte auf folgende Website: L. A. Strich Darlings dot com.“

„Soll das ein Witz sein?“

„Tu es bitte einfach! Sonst kostet es vielleicht jemand das Leben!“

„Okay, okay. L. A. Strich Darlings … Ich bin drin.“

Er versuchte sich die Internetseite auf ihrem Bildschirm vorzustellen. „Okay, jetzt einen Doppelklick auf Begleiterinnen, und dann gehst du zu Blondinen.“ Er wartete. „Hast du's?“

„Moment, es dauert noch … Okay, was jetzt?“

„Scroll durch die Fotos, und klick das von Robin an!“ Wieder wartete er. Dabei hörte er seinen eigenen Atem, ein lautes, tiefes Pfeifen, das aus seiner Kehle kam.

„Gut, ich habe Robin auf dem Bildschirm. Mann, dieser Busen kann nicht echt sein.“

„Gib mir einfach die Nummer!“

Sie las die Nummer ab, und Pierce erkannte sie wieder.

„Ich ruf dich gleich noch mal an.“

Er drückte auf die Gesprächstaste des Telefons, bekam ein neues Freizeichen und wählte Robins Nummer. Ihm wurde schwindelig. Was von seinem Blickfeld noch übrig war, begann an den Rändern zu verschwimmen. Nach dem fünften Läuten schaltete sich die Mailbox ein. Er wusste nicht, was er tun sollte. Die Polizei durfte er auf keinen Fall zu ihr schicken. Er wusste nicht einmal, wo sie wohnte.

Nach Robins Bandansage ertönte der Pfeifton. Als Pierce zu sprechen begann, fühlte sich seine Zunge an, als wäre sie zu groß für seinen Mund. „Lucy, ich bin's, Henry. Wentz war hier. Er hat mich zusammengeschlagen, und ich glaube, als Nächstes will er zu dir. Hau sofort ab, wenn du diese Nachricht erhältst. Auf der Stelle! Hau ab und ruf mich an, sobald du in Sicherheit bist!“ Er nannte seine Telefonnummer und legte auf.

Erschöpft hielt er sich das blutige T-Shirt ans Gesicht und lehnte sich an die Wand. Dumpf pochender Schmerz durchdrang seinen ganzen Körper, jedes Gelenk und jeden Muskel. Sein Gesicht fühlte sich an wie eine Leuchtreklame, die in rhythmischen Abständen aufleuchtete.

Das Telefon klingelte. Mit Mühe hielt er sich den Hörer ans Ohr.

„'lo?“

„Hier Nicki. Kannst du sprechen? Ist alles in Ordnung?“

„Nein, es is nichs in Ohdnug.“

„Was ist los? Warum sprichst du so komisch? Wozu brauchtest du die Nummer dieser Frau?“

„Lahge Geschiche uhd ich kah … ich …“ Er spürte, wie er das Bewusstsein verlor. Als er von der Wand auf den Boden zu sacken begann, jagte die Veränderung seiner Körperhaltung stechende Schmerzen durch seinen Oberkörper und entriss ihm ein Stöhnen.

„Henry! Bist du verletzt? Henry! Kannst du mich hören?“

Pierce rutschte über den Teppich, bis er flach auf dem Rücken lag. Er hatte das Telefon fallen lassen, der Hörer lag neben seinem Kopf auf dem Teppich. An sein Ohr drang das blecherne Geräusch einer fernen Stimme, die seinen Namen rief und sich dabei immer weiter entfernte. Dann war nur noch Dunkelheit um ihn herum, eine angenehme Dunkelheit.

ALS PIERCE wieder zu Bewusstsein kam, lag er in einem Rettungswagen, und Nicole saß neben ihm. Er versuchte zu sprechen, doch seine Stimme war nur ein gedämpftes Echo.

Da neigte sich die Rettungssanitäterin in sein Blickfeld und sah auf ihn herab. „Nicht reden“, mahnte sie. „Sie haben eine Maske auf.“

Er versuchte es noch einmal, und diesmal sprach er, so laut er konnte. Wieder war es gedämpft.

Die Sanitäterin beugte sich erneut über ihn und hob die Atemmaske an. „Schnell, was ist? Sie dürfen das nicht abnehmen.“

Er sah an ihrem Arm vorbei auf Nicole. „Geh Lucy. Ring sie her.“

Nicole beugte sich ganz nah über ihn. „Lucy? Wer ist Lucy, Henry?“

„Ich meine Rowin. Ring sie her.“

Nicole nickte. Sie hatte verstanden. Die Maske wurde wieder über seine Nase und seinen Mund gelegt.

In den nächsten zwei Stunden, in denen er in die Notaufnahme gebracht, von einem Arzt untersucht, behandelt und dann auf eine Station eingewiesen wurde, hatte er immer wieder Momente geistiger Klarheit. Schließlich hellte sich sein Verstand ganz auf, und er erwachte in einem Krankenzimmer. Als er sich vorsichtig umblickte, sah er Nicole auf einem Stuhl sitzen.

„Ni’i“, brachte er heiser hervor. Es fiel ihm immer noch schwer zu sprechen. „Wo bin ich?“

Sie stand auf und trat an seine Seite. „Im St.-John’s-Krankenhaus. Was ist passiert, Henry? Als ich ankam, war schon die Polizei in deiner Wohnung. Sie sagten, vom Strand hätten alle möglichen Leute mit Handys angerufen und gemeldet, zwei Kerle würden jemanden vom Balkon runterbaumeln lassen. Dich, Henry! An der Fassade ist überall Blut."

Pierce sah sie aus verquollenen Augen an. Die Schwellung des Nasenrückens und die Gaze auf der Wunde teilten sein Blickfeld in zwei Hälften. Ihm fiel ein, was Wentz gesagt hatte, bevor er gegangen war.

„Ich 'ann mich nich e'innern. Wa ham sie noh 'esa't?"

„Sie sind von Apartment zu Apartment gegangen, und als sie zu deiner Tür kamen, stand sie sperrangelweit offen. Du warst im Schlafzimmer. Als ich ankam, haben sie dich gerade rausgetragen. Draußen wartet ein Detective. Er will mit dir reden."

„Ich kann mich an nichts erinnern." Er sagte es mit Nachdruck. Allmählich fiel es ihm leichter zu sprechen. Alles, was er tun musste, war üben.

„Henry, in was bist du da reingeraten?"

„Ich weiß es nicht."

„Wer ist Robin? Und Lucy? Wer sind sie?"

Plötzlich fiel ihm ein, dass er sie warnen musste. „Wie lang bin ich schon hier?"

„Ein paar Stunden."

„Gib mir dein Handy! Ich muss sie anrufen."

„Ich hab diese Nummer alle zehn Minuten angerufen. Es ist immer nur die Mailbox dran."

Ein Mann in einem Arztkittel kam zur Tür herein. Er war Ende fünfzig, mit grauem Haar und Bart.

„Das ist Dr. Hansen", sagte Nicole.

„Wie geht es Ihnen?", fragte der Arzt.

„Schmerzen habe ich nur beim Atmen. Oder wenn ich spreche."

„Das ist kein Wunder. Sie haben eine schwere Gehirnerschütterung, zwei gebrochene Rippen und natürlich den Nasenbeinbruch. Um die Verletzungen im Gesicht muss sich ein plastischer Chirurg kümmern, damit sie ohne bleibende Narben verheilen. Wegen der Schwellung kann da aber frühestens morgen jemand drangehen. Versuchen Sie einfach, möglichst ruhig liegen zu bleiben." Der Arzt nickte und verließ das Zimmer.

Pierce blickte Nicole an. „Sieht so aus, als würden sie mich eine Weile hier behalten. Du brauchst nicht zu bleiben."

„Ich bleibe gern."

Es tat weh, als er lächelte, doch er lächelte trotzdem vor Freude über ihre Antwort.

Pierce tauchte aus einem düsteren Traum auf, in dem er mit verbundenen Augen in die Tiefe stürzte und nicht wusste, wie tief er fallen würde. Als er schließlich auf dem Boden aufschlug, öffnete er die Augen – und Detective Renner stand vor ihm.

„Sie?“

„Ja, ich schon wieder. Wie geht es Ihnen, Mr Pierce?“

„Danke, gut. Warum sind Sie hier? Ich kann mich nicht erinnern, was passiert ist. Ich hab eine Gehirnerschütterung, wissen Sie.“

Renner nickte. „Oh, ich weiß alles über Ihre Verletzungen. Die Schwester hat mir erzählt, der plastische Chirurg habe gestern Vormittag hundertsechzig Mikrostiche an Ihrer Nase und Ihrem Auge angebracht.“

Pierce hob die Hand und berührte vorsichtig seinen Nasenrücken. Wo bis vor kurzem noch Gaze gewesen war, konnte er den Reißverschluss aus Stichen ertasten und immer noch eine deutliche Schwellung. Er versuchte sich zu erinnern. Das Letzte, was er klar vor Augen hatte, war, wie sich der plastische Chirurg mit einer hellen Lampe über ihn gebeugt hatte. Danach war er durch die Dunkelheit geschwebt und nur ab und zu für einen kurzen Augenblick aus der Bewusstlosigkeit aufgetaucht.

„Wie spät ist es?“

„Viertel nach drei.“

Durch die Jalousie drang helles Licht. Renner meinte also drei Uhr nachmittags. „Ist heute Montag? Nein, Dienstag?“

„Das steht zumindest in der Zeitung.“

Pierce fühlte sich wesentlich besser – wahrscheinlich hatte er über fünfzehn Stunden geschlafen. „Was wollen Sie?“

„Also, zuerst werde ich Sie jetzt mal über Ihre Rechte belehren.“ Der Detective zog die schwenkbare Tischplatte über das Bett und legte ein kleines Diktiergerät darauf. „Außerdem werde ich von nun an alles aufzeichnen.“

Er drückte auf eine Taste des Rekorders, worauf ein rotes Licht anging. Renner nannte seinen Namen sowie Datum, Uhrzeit und Ort der Vernehmung. Dann nannte er Pierces Daten und las ihm anschließend von einer kleinen Karte, die er aus seiner Geldbörse zog, seine Rechte vor.

„So, Mr Pierce, sind Sie sich über Ihre Rechte, wie ich sie Ihnen gerade vorgelesen habe, im Klaren?“

„Ja, ich bin mir über meine Rechte im Klaren.“

„Gut. Sind Sie dann damit einverstanden, dass ich Ihnen ein paar Fragen stelle?“

„Verdächtigen Sie mich irgendwie?“, wollte Pierce statt einer Antwort wissen.

„Im Zusammenhang mit welchem Delikt?“

„Keine Ahnung. Das würde ich gern von Ihnen hören.“

„Tja, genau das ist der Punkt. Es ist im Moment noch schwer zu sagen, worum es hier überhaupt geht.“

„Haben Sie Lilly Quinlan gefunden?“

„Daran arbeiten wir. Sie wissen nicht zufällig, wo sie ist, oder?“

Pierce schüttelte etwas zu heftig den Kopf, und ihm wurde schwummerig. Er wartete, bis sich der Schwindel legte, ehe er antwortete.

„Ich wünschte, ich wüsste es. War das denn ihr Blut auf dem Bett?“

„Das müssen wir noch herausfinden. Erste Untersuchungen haben jedenfalls ergeben, dass es sich um menschliches Blut handelt. Aber wir haben von Lilly Quinlan keine Blutprobe, mit der wir es vergleichen könnten. Wir sind dabei, ihren Arzt ausfindig zu machen, und dann wird sich zeigen, über welche Unterlagen, vielleicht sogar Proben der verfügt. So viel dazu. Was ist nun mit dieser Robin, die Sie mal erwähnt haben? Haben Sie mit ihr gesprochen?“

„Nein – Sie?“

„Wir konnten sie bisher nicht erreichen. Unter ihrer Telefonnummer von der Website, die Sie uns genannt haben, bekommt man immer nur die Mailbox dran.“

Pierce wurde wieder schwindelig. Auch Nicole hatte ständig versucht, Lucy anzurufen, ebenfalls ohne Erfolg. Vielleicht hatte Wentz sie sich bereits geschnappt. Vielleicht hatte er sie noch immer in seiner Gewalt …

Es half alles nichts – er musste sich entscheiden: Er konnte weiter vor Renner herumtänzeln und mit einem Schleier aus Lügen wedeln, um sich selbst zu schützen. Oder er konnte versuchen, Lucy zu helfen.

„Haben Sie denn die Adresse rausgefunden, die zu der Nummer gehört?“

„Es ist ein Handy.“

„Und an welche Anschrift geht die Rechnung?“

„Das Handy ist auf einen ihrer Stammkunden angemeldet. Er sagt, er bezahlt ihre Telefonrechnung und die Miete der Wohnung, in der sie arbeitet, und dafür kriegt er jeden Sonntagnachmittag eine Gratisnummer, wenn seine Frau in der Marina einkaufen geht. Vorgestern Nachmittag ist diese

Robin jedoch nicht in der Wohnung aufgetaucht. Wir waren dort. Wir sind mit dem Typen hin, aber sie kam nicht."

„Und er weiß nicht, wo sie wohnt?"

„Nein, das hat sie ihm nie gesagt."

„Mist!" Pierce stellte sich Lucy in den Händen von Wentz und Zwei-Meter vor. Nachdenklich fuhr er mit den Fingern über die genähten Wunden in seinem Gesicht. Er konnte bloß hoffen, dass sie ihnen entkommen war und sich irgendwo versteckt hielt.

„Genau das haben wir auch gesagt: Mist! Wir wissen nicht mal ihren vollen Namen. Wir haben das Foto von der Website und einen Vornamen, das ist alles. Und am Ende ist womöglich beides nicht echt."

„Was ist mit der Internetagentur in Hollywood? Waren Sie dort?"

„Ja. Die haben sofort einen Anwalt aufgefahren. Ohne richterliche Anordnung rücken sie keine Kundendaten raus, so viel steht fest. Aber wir haben, was Robin betrifft, nichts in der Hand, womit wir einen Richter zu irgendwelchen Anordnungen bewegen könnten."

Wieder dachte Pierce über seine zwei Möglichkeiten nach: entweder seine eigene Haut zu retten oder Renner und damit vielleicht Lucy zu helfen – falls es dafür nicht bereits zu spät war. „Schalten Sie das ab!"

„Was, das Aufnahmegerät? Unmöglich. Das ist eine offizielle Vernehmung."

„Dann ist unser Gespräch hiermit beendet. Wenn Sie sich allerdings überwinden könnten, es abzustellen, könnte ich Ihnen, glaube ich, einiges erzählen, was hilfreich für Sie wäre."

Nach kurzem Überlegen drückte Renner auf die Stopptaste des Geräts, und das rote Aufnahmelämpchen ging aus.

„Also gut, was haben Sie mir zu sagen?"

„Sie heißt nicht Robin, ihr richtiger Name ist Lucy LaPorte. Sie müssen sie finden! Sie ist in Gefahr. Vielleicht ist es ohnehin schon zu spät."

„Von wem droht ihr Gefahr?"

Pierce dachte an Wentz' Drohung für den Fall, dass er mit der Polizei redete. Und er dachte an die Warnungen des Privatdetektivs.

„Von Billy Wentz", sagte er schließlich.

„Schon wieder Wentz", sagte Renner. „Er ist wohl der schwarze Mann in dieser Geschichte, wie?"

„Es ist mir egal, ob Sie mir glauben oder nicht. Aber finden Sie um Himmels willen Robin – das heißt Lucy –, und sorgen Sie dafür, dass ihr nichts zustößt."

„Das war's schon? Das ist alles, was Sie mir zu erzählen haben?"

„Auf dem Foto ist tatsächlich sie selbst abgebildet. Ich habe mich mit ihr getroffen."

Renner nickte, als hätte er es die ganze Zeit gewusst. „Wann war das?"

„Am Samstagabend. Sie hat mich zu Lillys Wohnung gebracht, aber sie ist gegangen, bevor ich das Apartment betrat. Sie hat nichts gesehen, deshalb habe ich sie aus dem Ganzen rauszuhalten versucht."

„Okay. Und wenn die Geschichte stimmt, die Sie mir neulich erzählt haben – dass dieser Wentz der große, böse digitale Zuhälter ist –, dann hat sie sich dadurch in Gefahr gebracht, dass sie Sie zu Lillys Wohnung geführt hat. Ist es so?"

Pierce nickte.

„Wollen Sie mir jetzt erzählen, was gestern auf Ihrem Balkon passiert ist? War das ebenfalls Wentz?"

„Ich kann mich nicht daran erinnern, was geschehen ist. Ich weiß noch, dass ich Einkäufe in meine Wohnung hinaufgebracht habe – und als ich wieder zu mir kam, lag ich im Krankenwagen."

„Hören Sie, Mr Pierce, falls er Ihnen gedroht hat … Wir können Sie schützen."

„Ich hab Ihnen doch gesagt, ich kann mich an nichts erinnern."

„Na klar." Renner nickte. „Gut, dann lassen wir mal den Balkon, und ich frage Sie was anderes: Wo haben Sie Lillys Leiche versteckt?"

Pierce machte große Augen. „Was? Wollen Sie …"

„Wo ist sie, Pierce? Was haben Sie mit ihr gemacht? Und was haben Sie mit Lucy LaPorte gemacht?"

In Pierces Brust begann sich eisige Angst auszubreiten. Ein Blick auf Renner verriet ihm, dass er es vollkommen ernst meinte. Er, Henry Pierce, war nicht irgendein Verdächtiger. Er war der Hauptverdächtige.

„Machen Sie Witze? Wenn ich Sie nicht verständigt hätte, wüssten Sie nicht mal was von der ganzen Sache. Ich war der Einzige, der sich überhaupt dafür interessiert hat."

„Sicher, aber dass Sie uns verständigt und überall rumgeschnüffelt haben, diente vielleicht nur dem Zweck, jeden Verdacht von sich abzulenken. Vielleicht gilt das ja auch für die Abreibung, die Sie sich von Wentz oder einem anderen Kumpel verpassen ließen. Kriegt der arme Teufel auch noch eins auf die Nase dafür, dass er sie in Dinge gesteckt hat, die ihn nichts angehen! Denken Sie bloß nicht, dass Sie mir deswegen Leid tun, Mr Pierce."

„Sie irren sich", sagte Pierce mit bebender Stimme. „Ich war's nicht."

„Ach ja? Ich irre mich? Dann will ich Ihnen mal sagen, was ich bisher habe: eine vermisste Frau und Blut auf ihrem Bett. Außerdem einen Haufen Lügen aus Ihrem Mund und jede Menge Ihrer Fingerabdrücke im Haus der vermissten Frau."

Pierce schloss die Augen. Er dachte an das Haus in der Altair Avenue und daran, was er dort alles angefasst hatte: ihre Schränke, ihre Kleider, ihre Post …

„Aber … nein!" Das war alles, was er noch sagen konnte.

„Was nein?"

„Das Ganze ist ein Missverständnis. Alles, was ich getan habe … Ich meine … ich hab ihre Telefonnummer bekommen. Ich wollte ihr helfen … Es war meine Schuld, und ich dachte, wenn ich …" Er sprach nicht zu Ende. Vergangenheit und Gegenwart verschwammen ineinander, das eine schob sich vor das andere.

„Was dachten Sie?", fragte der Detective.

„Ich weiß nicht … Ich will nicht darüber reden."

„Kommen Sie schon, Henry. Es tut gut, sein Herz auszuschütten. Es erleichtert die Seele. Wie war das? Es ist Ihre Schuld, dass Lilly tot ist – was haben Sie damit gemeint? War es ein Unfall? Erzählen Sie mir, wie es dazu gekommen ist, und wir können zum Staatsanwalt gehen und ihm alles berichten. Dann versuchen wir gemeinsam, eine Regelung zu finden."

Pierce, der die Augen immer noch geschlossen hielt, spürte auf einmal, wie Angst sein Denken überflutete. „Was reden Sie da? Lilly? Damit habe ich nichts zu tun. Ich kannte sie nicht mal."

„Sie haben gesagt, es war Ihre Schuld."

„Nein! Das legen Sie mir in den Mund. Mit Lillys Verschwinden habe ich nichts zu tun." Ruckartig öffnete er die Augen.

Renner griff gerade in seine Jackentasche und holte ein zweites Diktiergerät heraus. Das rote Licht leuchtete. Er hatte das ganze Gespräch aufgenommen! Der Detective drückte ein paar Sekunden lang auf die Rücklauftaste, spulte ein paarmal hin und her, bis er die gesuchte Stelle fand, und spielte dann ab, was Pierce kurz zuvor gesagt hatte.

„Das Ganze ist ein Missverständnis. Alles, was ich getan habe … Ich meine … ich hab ihre Telefonnummer bekommen. Ich wollte ihr helfen … Es war meine Schuld, und ich dachte, wenn ich …"

Renner schaltete den Rekorder aus und sah Pierce mit selbstzufriedenem Grinsen an.

„Nein“, sagte Pierce, „damit habe ich nicht Lilly Quinlan gemeint. Ich hab von meiner Schwester geredet. Es war …“

„Wir haben aber über Lilly Quinlan gesprochen, und Sie haben gesagt, es war Ihre Schuld. Das ist ein Geständnis, mein Freund.“ Renner beugte sich über das Bett, bis sein Gesicht nur wenige Zentimeter von Pierces entfernt war. „Wo ist sie, Pierce? Sie wissen, es hat keinen Sinn mehr zu leugnen. Bringen wir es besser gleich hinter uns. Erzählen Sie mir, was Sie mit ihr gemacht haben!“

„Verschwinden Sie! Ich will einen Anwalt haben.“

Renner richtete sich auf und lächelte wissend. „Klar, dass Sie einen Anwalt wollen“, meinte er. „Sie werden ihn auch brauchen. Ich gehe jetzt zum Staatsanwalt, Pierce. Wegen Behinderung der Justiz und wegen Einbruch habe ich Sie schon, aber das ist alles nur Kleinkram. Ich kriege Sie auch noch wegen der großen Sache dran. Sobald die Leiche auftaucht, haben Sie ausgespielt.“

„Ich rede nicht mehr mit Ihnen. Gehen Sie endlich! Ich möchte einen Anwalt sprechen.“

Renner nickte und verließ ohne ein weiteres Wort den Raum.

Pierce sah sich nach einem Telefon um. Auf dem Nachttisch stand keines, aber am Kopfende des Bettes gab es alle möglichen Knöpfe, um die Matratze zu verstellen oder den Fernseher zu bedienen. Endlich entdeckte er auch das Telefon, das am rechten Seitengeländer angebracht war.

Er meldete ein Gespräch mit Jacob Kaz an, dem Patentanwalt von Amedeo, und wurde sofort zu ihm durchgestellt.

„Henry, ist alles in Ordnung bei Ihnen? Man hat mir berichtet, Sie seien überfallen worden …“

„Das ist eine lange Geschichte, Jacob. Ich werde sie Ihnen später erzählen. Was ich im Moment brauche, ist ein Strafverteidiger. Einen richtig guten, der aber nicht wild darauf ist, sein Gesicht im Fernsehen oder seinen Namen in der Zeitung stehen zu sehen.“

Pierce war klar, dass es genauso wichtig war, diese Geschichte unter Verschluss zu halten, wie, sich erfolgreich gegen eine mögliche Mordanklage zu verteidigen. Die Sache musste rasch und diskret angepackt werden.

Kaz ließ sich nicht anmerken, dass Pierces Bitte aus dem normalen Rahmen ihrer Geschäftsbeziehung fiel. Er räusperte sich nur kurz, bevor er antwortete. „Ich glaube, ich habe da jemanden für Sie“, sagte er. „Sie wird Ihnen gefallen.“

AM MITTWOCHMORGEN telefonierte Pierce gerade mit Charlie Condon, als eine Frau in einem grauen Kostüm sein Krankenzimmer betrat. Sie reichte ihm eine Visitenkarte, auf der JANIS LANGWISER, RECHTSANWÄLTIN stand. Er hielt die Hand über das Telefon und sagte ihr, er sei gleich fertig.

„Charlie, ich muss jetzt Schluss machen. Meine Ärztin ist gerade reingekommen." Damit klinkte er das Telefon in die Halterung am Bettgeländer ein.

Die Frau reichte ihm die Hand. „Janis Langwiser. Freut mich, Sie kennen zu lernen."

„Henry Pierce. Angesichts der Umstände kann ich das von mir leider nicht behaupten."

„Das geht uns Strafverteidigern meistens so."

Pierce hatte von Jacob Kaz bereits ihren Lebenslauf erhalten. Langwiser war in einer kleinen, aber renommierten Kanzlei für die Strafrechtsfälle zuständig. Laut Kaz war die Kanzlei so exklusiv, dass sie in keinem Telefonbuch auftauchte. Ihre Mandanten waren allererste Sahne, doch selbst solche Leute brauchten hin und wieder einen Strafverteidiger. Und dann kam Langwiser ins Spiel, die man vor einem Jahr von der Staatsanwaltschaft von Los Angeles abgeworben hatte. Kaz hatte Pierce erklärt, die Kanzlei habe ihn als Mandanten angenommen, um eine Beziehung mit ihm aufzubauen, die irgendwann für beide Seiten vorteilhaft sein könne. Schließlich stehe zu erwarten, dass Amedeo Technologies eines Tages an die Börse gehen werde. Pierce sagte Kaz nicht, dass es weder einen solchen Börsengang noch Amedeo Technologies noch lange geben werde, wenn sein Problem nicht richtig angepackt würde.

Nach ein paar höflichen Fragen zu Pierces Verletzungen und seinen Heilungsaussichten wollte Langwiser wissen, weshalb er einen Strafverteidiger brauche.

„Weil ein Detective mich für einen Mörder hält. Er will zum Staatsanwalt gehen und mich wegen verschiedener Straftaten anzeigen."

„Ein Detective der Polizei von Los Angeles? Wie heißt er?"

„Renner. Seinen Vornamen hat er mir, glaube ich, nie genannt."

„Robert. Ich kenne ihn. Er ist bei der Pacific Division."

„Kennen Sie ihn von einem Fall?"

„Zu Beginn meiner Tätigkeit bei der Staatsanwaltschaft musste ich vor allem Fälle dokumentieren, darunter auch einige von ihm. Er machte den Eindruck eines guten Polizisten. Gründlich ist wahrscheinlich das Wort, mit dem ich ihn am ehesten beschreiben würde. Und er will zur Staatsanwaltschaft gehen, damit Mordanklage gegen Sie erhoben wird?“

„Er hat gesagt, er will mich zuerst wegen anderer Delikte anzeigen – Einbruch und Behinderung der Justiz. Danach will er vermutlich versuchen, die nötigen Beweise für eine Mordanklage zu sammeln. Ich weiß nicht, inwiefern das lediglich eine leere Drohung ist und was er wirklich tun kann. Aber ich habe niemanden umgebracht, und deshalb brauche ich einen Anwalt.“

Sie zeigte auf sein Gesicht. „Hängen Ihre Verletzungen irgendwie mit dieser Geschichte zusammen?“

Pierce nickte.

„Sollten wir dann nicht am besten ganz von vorn anfangen?“

„Unterliegen Sie in diesem Moment bereits Ihrer Schweigepflicht als Anwältin?“

„Ja, Sie können ganz offen mit mir reden.“

Pierce nickte noch einmal. In den nächsten dreißig Minuten schilderte er ihr den Hergang so detailliert, wie er sich nur daran erinnern konnte. Er erzählte ihr alles, was er getan hatte, einschließlich der Straftaten, die er begangen hatte.

Die Anwältin machte sich auf einem Block Notizen, während er sprach. Als Pierce mit seiner Geschichte zu Ende war, stellte sie ihm zunächst ein paar Fragen zu dem Punkt in seinem Gespräch mit Renner, an dem ihm der Detective ein Geständnis unterstellt hatte. Sie wollte wissen, welche Medikamente er zu diesem Zeitpunkt eingenommen hatte und unter welchen negativen Auswirkungen des Überfalls und der Operation er litt. Dann fragte sie ihn ganz direkt, was er mit der Bemerkung, es sei seine Schuld, gemeint habe.

„Ich sprach von meiner Schwester Isabelle. Sie ist gestorben – aber das ist schon eine Weile her.“

„Kommen Sie, Henry, machen Sie es nicht so spannend! Ich würde gern mehr darüber wissen.“

Er zuckte mit den Schultern. „Sie ist von zu Hause weggelaufen, als wir Teenager waren. Dann wurde sie umgebracht … Der Kerl, der es getan hat, wurde später von der Polizei erschossen, und … das war alles.“

„Okay. Und wieso haben Sie das mit Lilly Quinlans Geschichte durcheinander gebracht, als Sie mit Detective Renner redeten?“

„Na ja, ich hab in letzter Zeit ziemlich viel an meine Schwester gedacht … seit dieser Geschichte mit Lilly. Ich glaube, das ist überhaupt der Grund, warum ich das alles getan habe.“

„Soll das heißen, dass Sie sich für das Schicksal Ihrer Schwester verantwortlich fühlen? Wie kann das sein, Henry?"

„Mein Stiefvater und ich, wir fuhren lange Zeit regelmäßig nach Hollywood, um dort nach ihr zu suchen. Wir wohnten im Valley und fuhren immer wieder in die Stadt, meistens nachts. Ich zog mir alte Sachen an, damit ich aussah, als wäre ich selbst ein Ausreißer. Mein Stiefvater schickte mich in die Häuser rein, in denen sich die Kids versteckt hielten, die ihren Körper für Geld verkauften und Drogen nahmen …"

„Warum Sie? Warum ging Ihr Stiefvater nicht selbst hinein?"

„Damals behauptete er, ich als Jugendlicher falle weniger auf und würde eher von den anderen akzeptiert. Wenn in einem dieser Häuser ein Erwachsener auftauchte, würden wahrscheinlich alle abhauen, und wir würden Isabelle niemals auf die Spur kommen."

Er redete nicht weiter, und Langwiser wartete zunächst eine Weile, aber dann half sie ihm doch auf die Sprünge. „Sie sagten, das habe er Ihnen damals als Grund genannt. Was hat er später gesagt?"

Pierce schüttelte den Kopf. „Nichts. Es ist nur so, dass … ich glaube … Ich denke, sie ist nicht ohne Grund ausgerissen. Die Polizei sagte später, sie habe Drogen genommen, aber ich glaube, damit hat sie erst angefangen, als sie von zu Hause weggelaufen war."

„Und Sie glauben, Ihr Stiefvater war der Grund dafür."

Es klang wie eine Feststellung. Während Pierce daran dachte, was Lilly Quinlans Mutter über die Gemeinsamkeiten zwischen ihrer Tochter und Robin gesagt hatte, nickte er kaum merklich.

„Was hat er ihr getan?"

„Das weiß ich nicht, und es spielt auch keine Rolle mehr."

„Warum haben Sie dann zu Renner gesagt, es sei Ihre Schuld? Warum denken Sie, Sie hätten die Verantwortung für das, was Ihrer Schwester passiert ist?"

„Weil ich sie nicht gefunden habe. Wir haben nächtelang nach ihr gesucht, aber ich habe sie nicht gefunden. Wenn ich bloß …"

Er brach ab, denn er spürte selbst, dass das, was er sagte, ohne Überzeugung und Nachdruck herauskam. Er wusste, das lag daran, dass es eine Lüge war. Doch die volle Wahrheit konnte er dieser Frau, die er nicht mal eine Stunde kannte, nicht erzählen.

Langwiser machte den Eindruck, als wäre sie der Sache gern weiter nachgegangen. Aber sie schien auch zu spüren, dass sie bei ihm bereits eine Grenze überschritten hatte. „Okay, Henry. Ich glaube, das erklärt einiges –

sowohl Ihr Verhalten im Zusammenhang mit Lilly Quinlans Verschwinden als auch Ihre Äußerung gegenüber Renner. Das mit Ihrer Schwester tut mir Leid. Leben Ihre Eltern noch?"

„Meine Eltern? Mein Stiefvater lebt noch – soviel ich weiß. Ich habe keinen Kontakt zu ihm, schon lange nicht mehr. Meine Mutter ist nicht mehr mit ihm zusammen. Sie lebt im Valley … dort, wo ich aufgewachsen bin. Auch mit ihr habe ich schon lange keinen Kontakt mehr."

Die Anwältin nickte. Dann studierte sie ziemlich lange ihre Notizen und blätterte die Seiten des Blocks zurück, um noch einmal zu rekapitulieren, was er seit dem Beginn ihres Gesprächs gesagt hatte. Schließlich blickte sie zu ihm auf.

„Also, ich halte das für einen Bluff."

Pierce schüttelte heftig den Kopf. „Bitte, Sie müssen mir glauben! Ich habe Ihnen alles genauso geschildert, wie es pass…"

„Nein, nein, ich meine Renner. Ich glaube, dass er nur blufft. Er hat doch nichts gegen Sie in der Hand. Auch wegen der geringfügigeren Straftaten würde er sich beim Staatsanwalt bloß lächerlich machen. Mit welcher Absicht sind Sie denn eingebrochen? Um etwas zu stehlen? Nein, um sich zu vergewissern, dass Lilly Quinlan nichts zugestoßen war. Und was die Behinderung der Ermittlungsarbeit angeht – es ist ganz normal, dass die Leute die Polizei belügen oder ihr etwas verschweigen. Ich kann mich nicht erinnern, wann überhaupt das letzte Mal ein Fall von Behinderung der polizeilichen Ermittlungen zur Verhandlung gekommen wäre."

„Und was ist mit der Aufzeichnung? Er hat behauptet, das, was ich gesagt habe, sei ein Geständnis."

„Er wollte Sie damit nur aus der Fassung bringen, um zu sehen, wie Sie darauf reagieren, und um Ihnen womöglich eine belastendere Aussage zu entlocken. Ihre Erklärung, Sie hätten damit Ihre Schwester gemeint, ist auf jeden Fall vollkommen plausibel. Außerdem ist zu berücksichtigen, dass Sie unter dem Einfluss einer ganzen Reihe von Medikamenten gestanden haben … Und vor allem ist es ohne Leiche sehr schwer, eine Mordanklage gegen irgendjemanden zu erheben, besonders in einem Fall wie diesem – ich meine, wenn man an die Erwerbsquelle des Opfers denkt. Diese Frau könnte weiß Gott wo sein. Und selbst wenn sie tatsächlich tot ist, wird die Liste der Verdächtigen sehr lang ausfallen. Deshalb denke ich, dass Sie nichts zu befürchten haben, Henry, falls sich der Sachverhalt nicht entscheidend ändert."

„Inwiefern könnte das geschehen?"

„Nun, indem man zum Beispiel die Leiche findet und irgendwie mit Ihnen in Verbindung bringt."

Pierce schüttelte den Kopf. „Das ist völlig ausgeschlossen. Ich kenne Lilly Quinlan ja gar nicht."

„Umso besser. Dann müssten Sie eigentlich aus dem Schneider sein."

„*Müsste* ich?"

„Nichts ist jemals hundertprozentig, vor allem nicht in der Rechtsprechung. Wir werden auf jeden Fall abwarten müssen."

Sie zog kurz noch einmal ihre Notizen zurate, bevor sie schließlich sagte: „Okay, dann wollen wir mal Detective Renner anrufen."

Pierce zog die Augenbrauen hoch. „Renner anrufen? Warum?"

„Um ihn darüber in Kenntnis zu setzen, dass Sie mittlerweile einen Rechtsbeistand haben, und um zu sehen, was er in dieser Angelegenheit vorzubringen hat."

Sie holte ein Handy aus ihrer Tasche und klappte es auf. Ihr Anruf bei der Pacific Division wurde rasch entgegengenommen; als sie nach Renner verlangte, dauerte es allerdings ein paar Minuten. Aber schließlich hatte sie ihn in der Leitung. Schon während des Wartens hatte sie ihr Telefon lauter gestellt und nun hielt sie es so an ihr Ohr, dass Pierce bei dem Gespräch mithören konnte.

„Hallo, Bob, hier ist Janis Langwiser. Erinnern Sie sich noch an mich?"

„Sicher. Ich habe gehört, Sie sind zur Gegenseite übergelaufen?"

„Sehr witzig. Hören Sie, ich rufe aus dem St. John's an. Ich war gerade bei Henry Pierce."

„Ach, Henry Pierce, der barmherzige Samariter, Retter vermisster Nutten und Haustiere."

„Sie sprühen heute ja geradezu vor Witz, Bob", bemerkte die Anwältin trocken.

„Ihr Henry Pierce ist hier der Witzbold – bei *den* Geschichten, die er erzählt."

„Genau das ist übrigens der Grund meines Anrufs. Sie werden keine weiteren Geschichten von Henry hören, Bob. Ich vertrete ihn, und er spricht nicht mehr mit Ihnen. Sie haben die Chance, die Sie hatten, vertan."

„Ich habe gar nichts vertan", widersprach Renner. „Wenn er mir die ganze und wahre Geschichte erzählen will, bin ich jederzeit bereit, ihm zuzuhören. Ansonsten …"

„Moment mal, Detective! Ich habe den Eindruck, Sie sind mehr daran interessiert, meinen Mandanten einzulochen, als herauszufinden, was tatsächlich passiert ist. Damit ist jetzt Schluss. Ab sofort lassen Sie die Finger von Henry Pierce. Und falls Sie versuchen sollten, mit der Sache vor Gericht zu gehen, werde ich dafür sorgen, dass Ihnen diese Nummer mit den zwei Aufzeichnungsgeräten das Genick bricht."

„Aber ich habe ihm gesagt, dass ich alles aufzeichne", protestierte Renner. „Ich habe ihm seine Rechte verlesen, und er sagte, er habe sie verstanden. Bei dieser Vernehmung ist nichts Rechtswidriges geschehen."

„Vielleicht nicht dem Wortlaut nach, Bob. Aber Richter und Geschworene mögen keine Polizisten, die die Leute austricksen. Sie sehen lieber ein faires Spiel."

„Sie sind also tatsächlich auf die andere Seite übergewechselt", stellte Renner fest. „Hoffentlich werden Sie dort auch froh. Ich muss jetzt jedenfalls los. Auf Wiedersehen!"

Renner hängte auf, und Langwiser klappte ihr Handy zu.

„Um Entwarnung zu geben, ist es noch zu früh, Henry. Sie sind zwar mehr oder weniger aus dem Schneider, aber man weiß nie, was noch alles passieren kann. Halten Sie sich ab sofort bitte völlig aus der Sache raus!"

„Okay, mache ich."

„Wissen Sie schon, wann Sie entlassen werden?"

„Angeblich jeden Augenblick."

„Tja, ich muss weiter. Ich habe einen Gerichtstermin in der Stadt."

„Okay. Vielen Dank, dass Sie gekommen sind."

„Ich werde unterwegs ein paar Anrufe erledigen und gebe Ihnen sofort Bescheid, wenn ich etwas Neues erfahre. Aber bis dahin lassen Sie unbedingt die Finger von der Angelegenheit, verstanden? Konzentrieren Sie sich wieder auf Ihre Arbeit!"

Pierce hob abwehrend die Hände. „Es war mir eine Lehre."

Mit einem Routinelächeln verließ sie das Zimmer.

Pierce nahm das Telefon aus der Halterung am Bettgeländer und wollte gerade Cody Zellers Nummer wählen, als Nicole hereinkam. Sofort steckte er das Telefon zurück.

Nicole hatte sich bereit erklärt, vorbeizukommen und Pierce nach Hause zu fahren, sobald Dr. Hansen seine Entlassung genehmigte. Ihre Miene spiegelte stummen Schmerz, als sie Pierces malträtiertes Gesicht betrachtete. Sie hatte ihn während seines Krankenhausaufenthalts oft besucht, aber es schien, als könnte sie sich einfach nicht an den Anblick der Nähte in seinem Gesicht gewöhnen. Pierce hatte ihr Stirnrunzeln und ihr mitfühlendes Gemurmel stets als gutes Zeichen aufgefasst. Wenn sie beide dadurch wieder zusammenkämen, wäre das in seinen Augen den ganzen Ärger wert gewesen.

„Du Armer!“ Sie streichelte behutsam seine Wange. „Wie geht es dir?“

„Gar nicht so übel. Ich warte bloß schon seit zwei Stunden darauf, dass mich der Doktor endlich entlässt.“

„Ich gehe mal nachsehen.“ Sie ging zur Tür, blickte sich aber noch einmal nach Pierce um. „Wer war eigentlich die Frau, die gerade aus deinem Zimmer gekommen ist?“

„Ach so, meine Anwältin. Kaz hat sie mir besorgt.“

„Wozu brauchst du sie, wenn du doch Kaz hast?“

„Sie ist Strafverteidigerin.“

Nicole kam wieder einige Schritte auf das Bett zu. „Eine Strafverteidigerin? Henry, was ist das für eine Geschichte, in der du da steckst?“

Pierce zuckte mit den Schultern. „Das weiß ich inzwischen selbst nicht mehr. Ich bin da reingeraten und versuche jetzt, mit heiler Haut wieder rauszukommen. Darf ich dich was fragen?“

„Was?“

„Wohin bringst du mich, wenn wir hier gehen können?“

„Das hab ich dir doch schon gesagt: nach Hause. Zu dir nach Hause.“ Damit verließ sie das Zimmer, um nach dem Arzt zu suchen.

Pierce saß auf dem Bett und versuchte sich an die Zeit zu erinnern, als sein Leben noch in Ordnung gewesen war.

ALLES war voll Blut – der Teppichboden, das neue Bett, zwei Wände und das Nottelefon. Pierce stand in der Tür des Schlafzimmers, betrachtete die Schweinerei und konnte sich an fast nichts von dem erinnern, was passiert war, nachdem Wentz und sein Mann fürs Grobe gegangen waren.

Er betrat das Zimmer, bückte sich nach dem Telefon und hob den Hörer hoch, sodass er den Ton hören und feststellen konnte, ob irgendwelche Nachrichten für ihn eingegangen waren. Es gab keine, und das fand er eigenartig. Er war fast 72 Stunden lang nicht zu Hause gewesen und hatte trotzdem keine einzige Nachricht erhalten. Dann fiel ihm etwas ein. Er wählte seine Nummer bei Amedeo Technologies und wartete, bis das Gespräch zu Monica Purl weitergeleitet wurde. „Hallo, Monica, ich bin's. Haben Sie meine Telefonnummer ändern lassen?“

„Ja, das wollten Sie doch so. Ihr Anschluss müsste seit gestern umgestellt sein.“

„Es sieht ganz danach aus. Wie lautet die neue Nummer?“

Sie gab sie ihm durch, und er griff sich einen Stift vom Nachttisch, um sie auf sein Handgelenk zu schreiben. „Danke, Monica. Bis dann!"

Er legte auf, bekam ein neues Freizeichen und wählte Lucy LaPortes Nummer, die er inzwischen auswendig kannte. Wieder einmal bekam er ihre Mailbox dran, aber die Ansage war geändert worden. Er hörte Lucys Stimme, doch die Nachricht lautete, dass Robin Urlaub mache und bis Mitte November für niemanden zu sprechen sei.

Fast zwei Monate, dachte Pierce, und in seinem Innern krampfte sich alles zusammen, als er sich ausmalte, was Wentz und sein Gorilla ihr angetan haben konnten.

Ungeachtet des Inhalts ihrer Ansage hinterließ er ihr eine Nachricht. „Hallo, Lucy, hier ist Henry Pierce. Ich weiß nicht, was passiert ist oder was sie mit dir gemacht haben, aber ruf mich bitte an! Ich kann dir helfen. Pass auf, ich geb dir meine neue Telefonnummer." Er las die Nummer von seinem Handgelenk ab und legte auf.

In der Küche sah er den leeren Wäschekorb auf der Arbeitsplatte stehen. Da fiel ihm ein, dass er darin die Einkäufe aus der Tiefgarage hinaufgebracht hatte, als er Wentz und Zwei-Meter begegnet war. Er erinnerte sich, dass er den Wäschekorb hatte fallen lassen, als er aus dem Lift gestoßen worden war. Jetzt stand der Korb in seiner Küche. Er öffnete den Kühlschrank – es war alles säuberlich eingeräumt. Er überlegte, wer das getan haben könnte.

Gleich darauf fiel ihm ein, dass im Kofferraum des BMW immer noch mehrere Einkaufstüten standen. Er nahm den Wäschekorb und beschloss, sie zu holen.

Als er in die Wohnung zurückkam, fragte er erneut den Anrufbeantworter ab und stellte fest, dass er einen Anruf verpasst hatte. Eilig installierte er den Code zum Abfragen der Mailbox und hörte wenig später die Nachricht ab.

„Mir helfen? Du hast mir bereits genug geholfen, Henry! Sie haben mich übel zugerichtet. Ich bin am ganzen Körper grün und blau und kann mich so unmöglich in der Öffentlichkeit sehen lassen. Ab sofort rede ich nicht mehr mit dir. Ruf nie mehr hier an, hast du verstanden?"

Die Nachricht war zu Ende. Pierce legte auf und schloss die Augen.

Kurz danach rief Monica noch einmal an. „Ich habe ganz vergessen, Ihnen zu sagen, dass Ihr Freund Cody Zeller Montag und Dienstag auf Ihrem Privatanschluss drei Nachrichten hinterlassen hat. Ich glaube, er wartet dringend auf Ihren Rückruf."

„Danke, Monica!"

Pierce konnte Zeller nicht direkt anrufen. Also hinterließ er seine neue Rufnummer bei ihm und stellte sich auf eine längere Wartezeit ein. Doch Zeller rief umgehend zurück, was äußerst ungewöhnlich war.

„Also wirklich, Mann, wann legst du dir endlich mal ein Handy zu? Seit drei Tagen versuche ich, dich zu erreichen."

„Ich mag keine Handys. Was liegt an?"

„Es liegt an, dass du am Samstag diese Informationen schnellstens haben wolltest und dich dann drei Tage lang nicht bei mir meldest!"

„Code, ich war im Krankenhaus. Ich bin gerade nach Hause gekommen."

„Im Krankenhaus?"

„Ich hatte Ärger mit ein paar Typen."

„Doch nicht etwa von Entrepreneurial Concepts?"

„Keine Ahnung. Hast du was über sie rausgefunden?"

„Totaldurchleuchtung, wie gewünscht. Das sind echt üble Typen, Hank."

„Das wird mir allmählich auch klar. Willst du mir gleich was über sie erzählen?"

„Eigentlich stecke ich grade mitten in einer anderen Sache. Außerdem mache ich so was nur ungern übers Telefon. Aber ich habe gestern alles per Kurierdienst an dich geschickt – weil ich nichts von dir gehört habe. Hätte eigentlich heute Morgen ankommen müssen. Hast du's nicht gekriegt?"

Pierce sah auf die Uhr: Es war kurz vor zwei. Der Wagen des Kurierdiensts kam jeden Morgen gegen zehn vorbei. Die Vorstellung, der Umschlag von Zeller könnte die ganze Zeit auf seinem Schreibtisch liegen, gefiel ihm gar nicht.

„Ich war noch nicht im Büro, aber ich werde gleich hinfahren. Danke, Code!"

DER UMSCHLAG lag auf dem Schreibtisch, als Pierce sein Büro betrat. Auf dem Weg dorthin hatte er auf Schritt und Tritt Fragen nach seinem Gesicht abwehren müssen. Er tat es jedes Mal mit der gleichen kurzen Antwort: „Ein Unfall."

„Licht!", sagte er, als er sich hinter seinen Schreibtisch schlängelte, doch das Licht ging nicht an. Offenbar wurde der Klang seiner Stimme durch die Schwellungen in der Nase verfälscht. Pierce stand auf, schaltete das Licht von Hand an und kehrte wieder an den Schreibtisch zurück.

Auf dem Kuvert stand *Henry Pierce, persönlich und vertraulich.* Er öffnete es und nahm die Ausdrucke von Zeller heraus.

Die Angaben zu Lilly Quinlan waren nur knapp. Zeller hatte ihre Spur von Tampa über Dallas und Las Vegas nach L. A. verfolgt. Ihr Vorstrafenregister enthielt zwei Festnahmen wegen Prostitution in Dallas und eine in Las Vegas. Nach jeder Festnahme hatte sie ein paar Tage im Gefängnis verbracht. Ihren Strom- und Wasserrechnungen zufolge war sie vor drei Jahren nach L. A. gekommen, wo sie der Aufmerksamkeit der Polizei bisher entgangen war.

Ein lautes Klopfen ließ Pierce aufschrecken. Bevor er reagieren konnte, ging die Tür auf, und Charlie Condon steckte den Kopf herein. Er lächelte – bis er Pierces Gesicht sah.

Möglichst beiläufig drehte Pierce die Ausdrucke um, die Zeller ihm geschickt hatte. Condon kam herein und schloss die Tür.

„Wie geht's dir, Mann? So weit alles klar?"

„Jedenfalls lebe ich noch."

„Willst du darüber reden?"

„Nein."

„Henry, es tut mir wirklich Leid, dass ich es nicht ins Krankenhaus geschafft habe, aber hier war der Teufel los, um für Goddard alles fertig zu kriegen."

„Das heißt, die Präsentation wird morgen stattfinden?"

Condon nickte. „Er ist bereits in Los Angeles und wartet auf uns. Es darf keine Verzögerungen geben. Entweder steigt die Sache morgen, oder er reist wieder ab – und nimmt sein Geld mit. Ich habe mit Larraby und Grooms gesprochen, und sie sagen, wir ..."

„... sind so weit. Ich weiß. Ich habe sie aus dem Krankenhaus angerufen. Das Problem ist nicht Proteus, sondern mein Gesicht. Ich sehe aus wie Frankensteins Cousin. Und bis morgen wird sich daran nicht viel geändert haben."

„Ich habe ihm erzählt, du hättest einen Autounfall gehabt. Es spielt keine Rolle, wie du aussiehst. Was zählt, ist Proteus. Er will das Projekt prüfen, und wir haben ihm zugesichert, dass er es als Erster zu sehen bekommt, bevor wir die Patente anmelden. Du weißt, Goddard ist jemand, der den Scheck an Ort und Stelle ausstellen kann. Wir müssen es einfach durchziehen, Henry. Bringen wir es hinter uns!"

Pierce hob kapitulierend die Hände. Die Trumpfkarte Geld stach immer. „Er wird trotzdem eine Menge Fragen stellen, wenn er mich sieht."

„Ach was, das wird keine große Affäre. Bis zum Mittagessen bist du mit ihm fertig. Wenn er sich tatsächlich dafür interessiert, erzähl ihm einfach, du seist durch die Windschutzscheibe geflogen, und damit hat sich's.

Immerhin hast du nicht mal mir erzählt, was passiert ist. Warum sollte es mit ihm anders laufen?“

Für einen kurzen Augenblick entdeckte Pierce einen gekränkten Ausdruck in den Augen seines Partners. „Charlie, zu gegebener Zeit werde ich dir alles erzählen. Nur im Moment geht es noch nicht.“

„Klar, Henry, ganz, wie du willst. Woran arbeitest du gerade?“

„Nichts Besonderes. Nur blöder Schreibtischkram.“

„Aber für morgen bist du bereit?“

„Ich bin bereit.“

„Schön. Wir sind so oder so auf der Siegerstraße. Entweder kriegen wir Goddards Geld, oder wir melden die Patente an, gehen mit Proteus in die Medien und spätestens im Januar beim ETS stehen die Leute Schlange wie bei der Premiere von „Star Wars“, um mit uns reden zu können.“

Pierce, der es hasste, zum jährlichen Emerging Technologies Symposium nach Las Vegas zu fahren, nickte nur zögernd. „Falls wir uns überhaupt bis Januar über Wasser halten können. Wir brauchen das Geld jetzt.“

„Mach dir deswegen mal keine Sorgen. Es ist mein Job, Geld aufzutreiben. Zur Überbrückung könnte ich sicher erst mal ein paar kleinere Fische ködern, bis wir einen neuen Wal an Land gezogen haben.“

Diesmal nickte Pierce entschiedener, obwohl es ihm in seiner augenblicklichen Situation absurd erschien, auch nur einen Monat vorauszudenken.

„Gut“, sagte Condon zufrieden. „Dann will ich dich nicht länger von der Arbeit abhalten. Morgen um neun?“

Pierce lehnte sich in seinem Sessel zurück und stöhnte. Sein letzter Protest gegen die Terminplanung. „Jawohl, ich werde da sein.“

Als Charlie gegangen war, wartete er noch einen Augenblick, ehe er aufstand und die Tür abschloss, um weitere Störungen zu verhindern. Dann wandte er sich wieder den Ausdrucken zu. Nach dem kurzen Bericht über Lilly Quinlan kam ein umfangreiches Dossier über William Wentz, Inhaber und Geschäftsführer von Entrepreneurial Concepts Unlimited. Dem Bericht zufolge stand Wentz an der Spitze eines unaufhaltsam expandierenden Imperiums von Internetschmuddelkram – Callgirl-Ringen, Pornosites und Ähnlichem. Auch wenn die Firmen, die er betrieb, von den meisten Leuten als zwielichtig betrachtet wurden, waren sie doch legal.

Zeller hatte aber auch Wentz’ kriminelle Vergangenheit in Florida und New York aufgedeckt. In den Unterlagen befanden sich mehrere Polizeifotos von ihm. Pierce las Zellers einleitenden Überblick:

> Wentz kam vor sechs Jahren aus Florida nach L. A. Nach mehreren Verhaftungen in Orlando war ihm dort der Boden wahrscheinlich etwas zu heiß geworden. Laut geheimdienstlichen Unterlagen des Florida Department of Law Enforcement (FDLE) betrieb er in Orlando eine Kette von Strip-Klubs.
>
> WICHTIGER HINWEIS: Laut FDLE-Akte arbeitet Wentz eng mit einem Dominic Silva in Winterpark, Florida, zusammen, der wiederum Verbindungen zum konventionellen organisierten Verbrechen in New York hat. VORSICHT!

Wentz' Lebenslauf als Gangster überraschte Pierce nicht weiter. Allerdings konnte er sich nur schwer vorstellen, dass dieser Mensch, der ganz ungeniert ein Telefon als Waffe einsetzte und spitze Stiefel trug, um seinen Gegnern besser die Knochen brechen zu können, der Kopf eines perfekt organisierten Firmenimperiums sein könnte. Pierce hatte Wentz in Aktion erlebt. Sein erster und bleibender Eindruck war, dass Wentz in erster Linie aus Muskeln bestand und erst in zweiter aus Hirn. Er dachte an den Gangster, den Zeller in seinem Bericht erwähnte – Dominic Silva. War er vielleicht der Kopf des Unternehmens, der eigentliche Drahtzieher? Oder gab es da noch einen ganz anderen Mann im Hintergrund?

Pierce blätterte zu einer Auflistung von Wentz' Vorstrafen weiter. Der Kerl war in Florida innerhalb von fünf Jahren mehrere Male wegen Kuppelei und zweimal wegen schwerer Körperverletzung verhaftet worden, außerdem einmal wegen Totschlags. Die Übersicht enthielt keine Angaben zum Ausgang dieser Verfahren. Dennoch wunderte sich Pierce, weshalb Wentz, der fünf Jahre lang von einer Verhaftung zur nächsten gestolpert war, nicht längst im Gefängnis saß.

Am Mittwochabend schaffte es Pierce nicht mehr nach Hause. Er verbrachte die Nacht im Kellergeschoss von Amedeo Tech, wo er die Arbeiten überprüfte, die Larraby und Grooms durchgeführt hatten, solange er im Krankenhaus gewesen war. Gegen Morgen überfiel ihn jedoch eine so bleierne Müdigkeit, dass er ins Laserlabor ging, um dort zu schlafen.

Das Laserlabor hatte dreißig Zentimeter starke Betonwände, die zusätzlich zu der kupferhaltigen Dämmung, die alle Laborwände aufwiesen, mit einer dicken Schaumgummischicht verkleidet waren. Dadurch wollte man verhindern, dass von außen eindringende Erschütterungen die im Nanobereich liegenden Messergebnisse verfälschten. Die Schaumgummielemente, jedes etwa so groß wie die Matratze eines Einzelbetts, waren mit Klettbändern an den Wänden befestigt. Unter übermüdeten Laborratten war es daher allgemein üblich, ins Laserlabor zu gehen, sich ein Polster von der Wand zu nehmen und darauf zu schlafen – natürlich nur, wenn das Labor gerade nicht benutzt wurde.

Als Pierce nach zwei Stunden Schlaf erwachte, fühlte er sich ausgeruht und bereit für Maurice Goddard. Im Umkleideraum im ersten Stock gab es Duschen, und Sachen zum Wechseln hatte er immer in seinem Fach. Frisch geduscht schlüpfte er in eine Jeans und ein beigefarbenes Hemd mit einem kleinen Muster. Goddard, Condon und alle anderen würden sich für die Präsentation in Schale werfen, aber das konnte ihm egal sein. Dem Wissenschaftler stand es frei, auf derlei Äußerlichkeiten zu verzichten.

Im Spiegel stellte er fest, dass die roten Wundnähte in seinem Gesicht deutlicher zu erkennen waren als am Tag zuvor. Er hatte sich in der Nacht immer wieder das Gesicht gerieben, wenn die Narben juckten. Dr. Hansen hatte ihn darauf hingewiesen, dass die Wunden jucken würden, wenn sie heilten. Der Arzt hatte ihm auch eine Creme gegen den Juckreiz gegeben, aber die hatte Pierce zu Hause vergessen. Er beugte sich weiter vor und betrachtete seine Augen im Spiegel. Die Bluteinlagerungen in der Hornhaut des rechten Auges waren fast vollständig verschwunden, und die violetten Blutergüsse unter beiden Augen verfärbten sich bereits gelb.

Pünktlich um neun war er zurück im Labor. Larraby und Grooms waren bereits anwesend, während die anderen Laboranten gerade eintrudelten.

Brandon Larraby, ein großer, hagerer Mann, etwas älter als Pierce, war vor achtzehn Monaten zu Amedeo gestoßen. Er kam aus der Pharmaindustrie und war der einzige Mitarbeiter, der dem Brauch, einen weißen Kittel zu tragen, etwas abgewinnen konnte.

Sterling Grooms arbeitete von allen Vollzeitangestellten am längsten für Amedeo Technologies. Er war direkt nach seiner Promotion in die Firma eingetreten, die damals noch in dem alten Lagerhaus am Flughafen untergebracht war, wo Amedeo das Licht der Welt erblickt hatte. Als Laborchef hatte Grooms, der nur zwei Jahre jünger war als Pierce, bereits drei Umzüge mitgemacht.

Um neun Uhr zwanzig überbrachte Condons Assistentin die Nachricht, dass Goddard eingetroffen sei. Die Vorstellung konnte beginnen.

Pierce ging durch die Schleuse und fuhr mit dem Aufzug in den Verwaltungsbereich hinauf. Im Konferenzraum erwarteten ihn Charlie Condon, Maurice Goddard und dessen rechte Hand, Justine Bechy, eine Juristin, die Goddards Investitionsreichtümer bewachte. Mit ihnen saß noch Jacob Kaz, der Patentanwalt, am Tisch, während Clyde Vernon etwas abseits stand – der Inbegriff des jederzeit einsatzbereiten Sicherheitsmannes.

Goddard sagte gerade etwas über die Patentanmeldungen, als Pierce den Raum betrat und sich mit einem lauten Hallo ankündigte, das jedes Gespräch beendete und erst die Blicke, dann die Reaktionen der Anwesenden auf sein verunstaltetes Gesicht lenkte.

„Oh Gott!“, entfuhr es Bechy.

Goddard sagte nichts. Er sah Pierce nur an und hatte dabei, wie es schien, den Anflug eines gedankenverlorenen Lächelns auf den Lippen.

„Henry Pierce“, stellte Condon gut gelaunt vor, „der Mann, der weiß, wie man sich in Szene setzt.“

Pierce schüttelte Bechy, Goddard und Kaz die Hand, bevor er sich den Gästen gegenüber an den Tisch setzte. Er tippte Charlie auf den teuren Anzugärmel, warf Vernon einen Blick zu und nickte.

„Vielen Dank, dass Sie sich heute Zeit für uns genommen haben, Henry“, sagte Bechy in einem Ton, der andeutete, dass es keine Selbstverständlichkeit war, dass das Treffen wie geplant stattfinden konnte. „Wir hatten keine Ahnung, dass Sie so schwer verletzt sind.“

„Alles nur halb so wild. Sieht schlimmer aus, als es ist. Ich bin seit gestern wieder im Labor und arbeite.“

„Man hat uns erzählt, es war ein Autounfall“, sagte Goddard. Er war Anfang fünfzig, hatte dichtes Haar und die scharfen Augen eines Vogels, der in seinem Leben bereits eine Viertelmilliarde Würmer zusammengetragen hat. Zum cremefarbenen Anzug trug er ein weißes Hemd mit einer gelben Krawatte.

„Stimmt“, bestätigte Pierce. „Ich bin gegen eine Wand gefahren.“

„Wann war das? Wo?“

„Sonntagnachmittag. Hier in Santa Monica.“

„Hatten Sie was getrunken?“, fragte Goddard unverblümt.

„Nein, ich bin nicht mal selbst gefahren. Außerdem setze ich mich nie ans Steuer, wenn ich etwas getrunken habe, Maurice, falls es das ist, was Sie wissen wollen.“

„Dann freut es mich, dass Sie so weit okay sind. Könnten Sie mir bei Gelegenheit bitte eine Kopie des Unfallberichts zukommen lassen? Für unsere Unterlagen, verstehen Sie?“

Das zog ein kurzes Schweigen nach sich.

„Ich weiß nicht recht …“, erwiderte Pierce schließlich. „Der Unfall hat nichts mit Amedeo und unserer Arbeit hier zu tun.“

„Das ist mir durchaus klar. Aber machen wir uns doch nichts vor, Henry: Sie sind Amedeo Technologies. Es ist Ihr kreatives Genie, mit dem das Unternehmen steht und fällt. Ich habe schon einige kreative Genies kennen gelernt. Manche würde ich mit meinem letzten Dollar unterstützen, anderen gäbe ich nicht einen einzigen, selbst wenn ich noch hundert hätte.“

An dieser Stelle schaltete sich Justine Bechy ein. Sie war zwanzig Jahre jünger als Goddard, hatte kurzes dunkles Haar und eine helle Haut. Ihr Auftreten strahlte Selbstbewusstsein und den unbedingten Willen aus, den anderen immer einen Schritt voraus zu sein.

„Damit will Maurice zum Ausdruck bringen, dass er in Erwägung zieht, in größerem Umfang in Amedeo Technologies zu investieren. Um das mit gutem Gefühl tun zu können, muss er auch von Ihnen persönlich überzeugt sein. Er möchte sein Geld niemandem anvertrauen, bei dem seine Investition nicht gut aufgehoben wäre.“

„Ich dachte, es gehe hier um die wissenschaftlichen Aspekte. Um das Projekt.“

„Natürlich, Henry“, sagte sie, „aber das geht doch Hand in Hand. Ohne den Wissenschaftler ist die Wissenschaft gar nichts. Wir möchten, dass Sie engagiert sind, besessen von der Wissenschaft und Ihren Projekten. Dazu würde es nicht passen, wenn Sie außerhalb des Labors unachtsam mit sich und Ihrem Leben umgingen.“

Pierce sah ihr lange in die Augen. Plötzlich fragte er sich, ob sie wusste, was tatsächlich passiert war, und ob sie über seine hartnäckigen Nachforschungen zu Lilly Quinlans Verschwinden im Bilde war.

Condon räusperte sich und versuchte, den geschäftlichen Teil der Besprechung in Gang zu bringen. „Justine, Maurice, ich bin sicher, Henry wäre der Letzte, der sich irgendwelchen Nachforschungen verweigern würde, die Sie zu seiner Person anstellen möchten. Er hat gar keinen Grund dazu. Ich kenne ihn schon sehr lange. Er ist einer der ausgeglichensten und zielgerichtetsten Forscher, denen ich je begegnet bin. Genau deshalb bin ich bei Amedeo – ich mag die Art, wie hier geforscht wird, ich mag das Projekt, und ich bin vom Inhaber der Firma überzeugt.“

Bechy riss den Blick von Pierce los, um Condon anzusehen und zustimmend zu nicken. „Vielleicht kommen wir auf Ihr Angebot zurück“, sagte sie kühl.

Der Wortwechsel hatte die so rasch entstandene Spannung im Raum nicht abbauen können. Pierce wartete darauf, dass jemand etwas sagte, aber da war nichts als Schweigen.

„Äh, es gibt da etwas, was ich Ihnen vielleicht lieber sagen sollte …“, begann er deshalb, „… weil Sie es sowieso herausfinden werden.“

„Dann erzählen Sie es uns“, forderte ihn Bechy auf, „und ersparen Sie uns die Mühe.“

Pierce konnte förmlich spüren, wie sich Charlie Condons Muskeln unter dem teuren Anzugstoff anspannten, während er auf die Enthüllung wartete, von der er nichts wusste.

„Also, die Sache ist die … Ich hab mein Haar früher mal sehr lang getragen, meistens zum Pferdeschwanz gebunden. Meinen Sie, das könnte ein Problem darstellen?“

Zunächst dauerte das Schweigen an, aber dann legte sich ein Lächeln auf Goddards starre Miene, und schließlich begann er zu lachen. Ihm folgte Bechys Lächeln, und dann lachten alle, einschließlich Pierce, obwohl es ihm wehtat. Die Anspannung hatte sich gelöst.

„Schön“, sagte Condon. „Sie sind gekommen, um etwas zu sehen. Wie wär’s also, wenn wir ins Labor runtergingen, um uns das Projekt anzusehen, mit dem dieser Komiker hier den Nobelpreis gewinnen wird?“

„Ach, da ist noch etwas, bevor wir nach unten gehen“, sagte Pierce. „Jacob, haben Sie die Formulare dabei?“

„Aber ja, hier sind sie“, antwortete der Anwalt. „Fast hätte ich’s vergessen.“ Er hob seine Aktentasche vom Boden auf den Tisch und öffnete sie.

„Ist das wirklich nötig?“, fragte Condon.

Es war alles abgesprochen. Pierce hatte darauf bestanden, dass Goddard und Bechy eine Erklärung unterschrieben, die sie zu Verschwiegenheit verpflichtete, bevor sie das Labor betraten und an der Präsentation teilnahmen. Condon war dagegen gewesen, weil er befürchtete, das könne für einen Investor von Goddards Kaliber beleidigend sein. Doch Pierce hatte nicht nachgegeben – sein Labor, seine Spielregeln. So hatten sie sich auf einen Plan geeinigt, der das Ganze als lästige Routinemaßnahme erscheinen ließ.

„Das wird bei uns generell so gehandhabt“, erklärte Pierce. „Ich finde nicht, dass wir in diesem Fall eine Ausnahme machen sollten. Justine hat eben davon gesprochen, wie wichtig es ist, jedes Risiko zu vermeiden. Wenn wir nicht …“

„Ich finde diese Maßnahme sehr vernünftig“, unterbrach ihn Goddard,

„und hätte es eher befremdlich gefunden, wenn Sie sie nicht ergriffen hätten."

Kaz schob ihm und Bechy jeweils eines der zweiseitigen Formulare zu. Dann nahm er einen Stift aus der Innentasche seiner Anzugjacke und legte ihn vor den beiden auf den Tisch. „Es ist mehr oder weniger ein Standardtext", erläuterte er. „Grundsätzlich sind alle firmeneigenen Prozesse, Verfahren und Formeln im Labor geschützt. Alles, was Sie während Ihres Aufenthalts dort sehen und hören, muss streng vertraulich behandelt werden."

Goddard machte sich nicht die Mühe, das Schriftstück zu lesen. Das überließ er Bechy, die gute fünf Minuten benötigte, um es zweimal durchzugehen. Danach griff sie wortlos zu dem Stift und unterschrieb, ehe sie den Stift Goddard weiterreichte, der das vor ihm liegende Dokument unterzeichnete. Kaz nahm die Formulare an sich und steckte sie in seine Aktentasche. Dann standen alle auf und gingen in Richtung Tür.

DER RUNDGANG durch die einzelnen Labors und die Vorstellung der dort beschäftigten Mitarbeiter waren rasch beendet. Es wurde Zeit für die Vorführung. Im Hauptlabor bildeten sie einen Halbkreis um Pierce und Larraby, während das Laborteam weiter seiner Arbeit nachging, sodass der Platz für die Besucher ziemlich knapp war.

„Womit wir uns hier in den letzten Jahren beschäftigt haben, ist allgemein bekannt", begann Pierce. „Heute wollen wir Ihnen ein bestimmtes Projekt vorstellen, das aus dieser Arbeit hervorgegangen ist: Proteus."

Knapp, aber eindrucksvoll beschrieb er die Faszination, die die potenziellen medizinischen Anwendungsmöglichkeiten der Nanotechnologie schon seit langem auf ihn ausübten, und erläuterte seinen fast zwei Jahre zuvor getroffenen Entschluss, Brandon Larraby für die biologische Forschungsabteilung des Projekts zu gewinnen.

„Egal, welchen Artikel Sie aus einer beliebigen wissenschaftlichen Fachzeitschrift herausgreifen, immer ist von den biologischen Möglichkeiten dieser Technologie die Rede, angefangen bei der Beseitigung von Unausgewogenheiten im Stoffwechsel bis hin zur Heilung hämatogener Krankheiten. Das heißt nun nicht, dass Proteus dazu schon in der Lage wäre. Das alles ist noch Zukunftsmusik. Doch was ist eigentlich Proteus? Am besten stellen Sie es sich als Transportsystem vor, als eine Art Antrieb, der es diesen künftigen Erfindungen ermöglichen wird, im Körper zu operieren. Es ist uns nämlich gelungen, eine Formel zu entwickeln, die bestimmte Zellen im Blut in die Lage versetzt, elektrische Impulse zu erzeugen, um diese nützlichen Erfindungen mit Energie zu versorgen."

Er hielt inne, und wie sie es abgesprochen hatten, spann Condon den Faden weiter. „Das bedeutet also, dass die Proteus-Formel die Grundlage für alle anderen diesbezüglichen Forschungsprojekte und Erfindungen darstellt. Richtig?"

„Richtig", bestätigte Pierce. „Und wenn sich dieser Sachverhalt erst einmal in den wissenschaftlichen Fachzeitschriften und auf Symposien und Kongressen herumgesprochen hat, wird es zu einer massiven Intensivierung der Forschungsbemühungen auf diesem Gebiet und zu weiteren Erfindungen kommen. Das gesamte Forschungsgebiet wird für die verschiedensten Wissenschaftler weltweit plötzlich hochinteressant und attraktiv werden, weil das Einstiegsproblem nun gelöst ist. Wir werden die Richtung angeben. Am Montag werden wir die Formel zum Patent anmelden und gleich darauf unsere Entdeckungen veröffentlichen. Dann werden wir Lizenzen an all jene vergeben, die die Forschung auf diesem Gebiet weiter voranbringen wollen."

„Also an Unternehmen, die solche im Blutkreislauf operierenden Produkte entwickeln und herstellen." Goddard sagte es wie eine Feststellung, nicht wie eine Frage. Das war ein gutes Zeichen. Er biss an. Er fing Feuer.

„Genau", fuhr Pierce fort. „Sobald man die nötige Energie bereitstellen kann, werden bisher unvorstellbare Dinge möglich. Ein Auto ohne Motor kommt nicht vom Fleck. Was wir hier haben, ist der Motor – ein Motor, der jemanden, der auf diesem Gebiet forscht, an jedes gewünschte Ziel bringt."

„Zum Beispiel", schaltete sich nun Larraby ein, „sind allein in Amerika über eine Million Diabetiker auf Insulininjektionen angewiesen, die sie sich selbst verabreichen – ich gehöre übrigens auch dazu. Es ist denkbar, dass in nicht allzu ferner Zukunft ein zelluläres Gerät gebaut, programmiert und in den Blutkreislauf eingesetzt werden kann, das den Insulinspiegel misst und daraufhin die benötigte Menge Insulin produziert und freisetzt."

„Erzähl ihnen von Anthrax!", forderte Condon Pierce auf.

„Durch die Ereignisse der letzten Jahre ist Anthrax, dieses tödliche Bakterium, verstärkt in unser Bewusstsein gerückt, und wir alle wissen, wie schwer es in der Luft nachzuweisen ist", setzte Pierce den Vortrag fort. „Nun arbeitet die Forschung auf diesem speziellen Gebiet darauf hin, eines Tages etwa allen Postangestellten oder meinetwegen auch sämtlichen Angehörigen unserer Streitkräfte, vielleicht sogar uns allen einen Biochip einzusetzen, der einen so gefährlichen Krankheitserreger wie Anthrax entdecken und bekämpfen kann, bevor er sich vermehrt und im Körper ausbreitet."

„Sie sehen also“, fügte Larraby hinzu, „die praktischen Einsatzmöglichkeiten sind unbegrenzt. In vielen Bereichen ist die Wissenschaft beinahe so weit. Doch wie versorgt man all ihre Entwicklungen im Körper mit Energie? Das ist die Kernfrage jeglicher Forschung auf diesem Gebiet.“

„Und wir glauben, die Antwort darauf ist unser Rezept“, ergänzte Pierce. „Unsere Formel.“

Er sah Goddard an und wusste, dass er ihn an der Angel hatte. Maurice Goddard war in den vergangenen Jahren vermutlich oft zur richtigen Zeit am richtigen Ort gewesen und bei einer Menge guter Projekte eingestiegen. Aber keines davon war wie dieses. Bei keinem konnte er so viel Geld verdienen und gleichzeitig zum Wohltäter der Menschheit werden.

„Dürfen wir jetzt die Vorführung sehen?“, fragte Bechy in das entstandene Schweigen hinein.

„Selbstverständlich.“ Pierce lächelte. „Wir haben im Elektronenmikroskop bereits alles vorbereitet.“

Er führte die Gruppe ins so genannte Bildgebungslabor. Dort stand ein Rasterelektronenmikroskop von den Ausmaßen eines Schreibtischs mit einem 20-Zoll-Monitor darauf.

„Das ist ein Rasterelektronenmikroskop“, erklärte Pierce. „Die Experimente, die wir hier machen, spielen sich in Bereichen ab, die man mit den meisten Mikroskopen nicht erkennen kann. Wir machen jetzt Folgendes: Wir bringen das Experiment in das Mikroskop ein und beobachten seinen Verlauf, stark vergrößert, auf dem Bildschirm.“

Er öffnete die Tür eines Kastens, der neben dem Monitor auf einem Sockel stand, und nahm ein Tablett mit einem winzigen Trägerplättchen darauf heraus. „Auf diesem Wafer hier befinden sich menschliche Zellen, zu denen wir nun eine bestimmte Kombination von Proteinen geben, die mit den Zellen eine Verbindung eingehen. Dabei wird die elektrische Energie freigesetzt, von der wir vorhin gesprochen haben. Um diese sichtbar zu machen, bringen wir die Versuchsanordnung in eine chemische Lösung ein, die auf den erzeugten elektrischen Impuls empfindlich reagiert, was darin zum Ausdruck kommt, dass sie Licht aussendet, also zu leuchten beginnt.“

Pierce schob das Tablett mit dem Wafer in den Kasten zurück, schloss ihn und nickte Larraby zu. Der Immunologe setzte sich auf den Stuhl vor dem Monitor und begann auf der Tastatur zu tippen.

„Brandon bringt jetzt die beiden Versuchselemente zusammen“, kündigte Pierce an. Er trat zurück und machte Platz für Goddard und Bechy, damit sie über Larrabys Schultern hinweg auf den Monitor blicken konnten. Dann sagte er: „Licht!", und die Deckenbeleuchtung ging aus. Er freute sich, dass seine Stimme inzwischen wieder so normal klang, dass der Audiorezeptor des Lichtschalters sie erkennen konnte.

Bis auf den schwachen Schein des Computerbildschirms herrschte in dem fensterlosen Labor vollkommene Dunkelheit. Das Licht reichte nicht aus, um die Gesichter der Anwesenden beobachten zu können. Pierce tastete an der Wand nach der Wärmeresonanzbrille, die er am Morgen hier an einen Haken gehängt hatte, nahm sie herunter und setzte sie auf. Am Akku auf der linken Seite schaltete er das Gerät ein. Es funktionierte. Zufrieden klappte er die Linsen hoch, denn es war noch zu früh für die Brille. Normalerweise wurde sie im Laserlabor benötigt, aber heute hatte er sie hier in der Bildgebung haben wollen, um heimlich beobachten zu können, welchen Eindruck das Experiment bei Goddard und Bechy hinterließ.

„So, es geht los", sagte Larraby. „Achten Sie auf den Monitor!"

Fast dreißig Sekunden lang blieb der Bildschirm grauschwarz, doch dann erschienen einzelne Lichtpunkte, wie Sterne an einem wolkenverhangenen Nachthimmel. Nach und nach wurden es immer mehr, bis der Bildschirm aussah wie die Milchstraße.

„Schalten Sie auf Wärme, Brandon", forderte Pierce ihn auf.

Larraby war so geschickt im Umgang mit der Tastatur, dass er die entsprechenden Befehle blind eingeben konnte. „Wenn wir auf Wärme schalten, heißt das, wir werden Farben sehen", erklärte er. „Unterschiede in der Impulsstärke – von Blau am unteren Ende des Spektrums über Grün, Gelb, Rot bis zu Violett am oberen Ende."

Auf dem Bildschirm erschienen farbige Wellen, hauptsächlich gelbe und rote, aber auch genügend violette, um Eindruck zu machen. Die Farbe kräuselte sich in einer Kettenreaktion über den Bildschirm. Sie wogte wie die Oberfläche eines nächtlichen Ozeans. Das Ganze sah aus wie Las Vegas aus zehntausend Meter Höhe.

„Wie das Nordlicht", flüsterte jemand. Pierce hielt es für möglich, dass es Goddard gewesen war.

Er klappte die Linsen nach unten und sah jetzt ebenfalls Farben: Im Blickfeld der Brille leuchtete jeder der Anwesenden rot und gelb. Die Farbabstufungen ermöglichten es Pierce, im Dunkeln zu sehen. Er suchte Goddards Gesicht. Der Mann, dem die ganze Vorstellung hier galt, starrte gebannt auf den Bildschirm. Sein Mund stand offen, seine Stirn und seine Wangen waren tiefrot. Sein Gesicht glühte sozusagen vor Erregung.

Mit der Brille konnte Pierce sehen, was die Leute im Dunkeln verborgen glaubten. Er erkannte, wie sich ein breites Lächeln über Goddards Züge legte, während er auf den Monitor schaute.

In diesem Moment wusste Pierce, dass der Deal perfekt war.

SIE FÜHRTEN zwei weitere Versuche im Elektronenmikroskop durch, jeweils mit neuem Wafer. Beide Male erstrahlte der Bildschirm wie an Weihnachten, und Goddard war zufrieden. Zum Abschluss ließ Pierce ihm durch Grooms noch alle übrigen Laborprojekte vorstellen. Schließlich würde Goddard in die ganze Firma investieren, nicht nur in Proteus.

Um halb eins war die Präsentation zu Ende, und sie gingen zum Mittagessen in den Konferenzraum.

Die Unterhaltung war heiter und gelöst – sogar Bechy schien etwas aufzutauen. Es wurde viel über die Möglichkeiten des Projekts gesprochen, aber nicht über das Geld, das damit verdient werden konnte.

Später, bei der Zitronentorte, die es zum Nachtisch gab, wandte sich Goddard an Pierce. „Wissen Sie, wen ich vermisse?“, fragte er. „Nicole James, die Ihren Nachrichtendienst leitet. Wo ist sie heute? Ich hätte sie gern kennen gelernt.“

Pierce warf Condon einen Blick zu. Sie hatten abgesprochen, dass Charlie alle Erklärungen zu Nicole übernehmen würde.

„Leider arbeitet sie nicht mehr bei uns“, berichtete Condon. „Freitag war ihr letzter Tag bei Amedeo.“

„Ausgerechnet jetzt hat sie Sie verlassen? Zu wem ist sie gegangen?“

„Vorerst zu niemandem. Ich glaube, sie nutzt die Zeit, um erst einmal über ihren nächsten Schritt nachzudenken. Aber sie hat sich bei ihrem Eintritt in die Firma verpflichtet, nach ihrem Ausscheiden nicht zu einem Konkurrenzunternehmen zu gehen, sodass wir uns in der Richtung keine Sorgen machen müssen.“

Goddard runzelte die Stirn. „Sie hatte eine Vertrauensstellung in Ihrer Firma.“

„Einerseits ja, andererseits nein“, erwiderte Condon. „Ihre Position war nach außen orientiert, nicht nach innen. Nicole wusste nur so viel über unsere Projekte, wie sie wissen musste, um sich entsprechend auf die Konkurrenz einstellen zu können. So hatte sie zum Beispiel keinen Laborzugang, und auch an der Vorführung, die Sie heute Vormittag gesehen haben, hat sie nie teilgenommen.“

Dass das nicht stimmte, konnte Charlie Condon nicht wissen. Es stimmte ebenso wenig wie das, was Pierce Clyde Vernon zu diesem Thema erzählt hatte. In Wahrheit hatte Nicole alles gesehen. Pierce hatte sie eines Sonntagabends ins Labor mitgenommen, um es ihr zu zeigen. Auch für sie hatte er den Bildschirm des Elektronenmikroskops wie das Nordlicht leuchten lassen. Das war zu der Zeit gewesen, als ihre Probleme begannen und er verzweifelt nach einer Möglichkeit suchte, ihre Beziehung zu retten. Um Nicole zu halten, wollte er ihr zeigen, was ihn so oft von ihr fern hielt – auch wenn er damit gegen seine eigenen Regeln verstieß. Doch das Ende ihrer Beziehung hatte sich dadurch nicht mehr aufhalten lassen. Weniger als einen Monat später hatte Nicole Schluss mit ihm gemacht.

Der Kaffee wurde serviert, und danach war es an der Zeit, wieder zum geschäftlichen Teil überzugehen.

„Erzählen Sie uns doch ein wenig über die Patente", bat Bechy.

Pierce nickte Kaz zu, der die Frage sofort aufgriff. „Eigentlich ist es ein abgestuftes Patent, das aus neun Teilen besteht. Die einzelnen Stufen decken alle Prozesse ab, die mit dem, was Sie heute gesehen haben, irgendwie in Zusammenhang stehen. Wir haben alles nach bestem Wissen geschützt und glauben, dass das Patent jeder Anfechtung standhalten wird, jetzt und in Zukunft."

„Und wann reichen Sie es ein?"

„Ich werde am Samstag nach Washington fliegen, um die Patentanmeldungen Montagmorgen neun Uhr persönlich beim U. S. Patents and Trademarks Office abzugeben."

„Wir möchten unsere Formel möglichst rasch patentiert haben", erklärte Pierce, der genau wusste, dass er Goddard damit in Zeitdruck brachte. Er sah auf seine Uhr: Es war fast zwei. „Leider", fügte er hinzu, „muss ich Sie jetzt verlassen und wieder zurück an die Arbeit. Sollten Sie noch Fragen haben, die Charlie nicht beantworten kann, können Sie mich in meinem Büro oder im Labor erreichen."

Er schob seinen Stuhl nach hinten und wollte aufstehen, doch Goddard legte ihm die Hand auf den Arm und hielt ihn zurück. „Einen Augenblick noch, Henry, wenn es Ihnen nichts ausmacht."

Pierce setzte sich wieder. Goddard sah ihn an und ließ seinen Blick danach ganz bewusst einen Moment auf jedem der um den Tisch Versammelten ruhen. Pierce wusste, was kommen würde. Er konnte es an der Art spüren, wie sich sein Brustkorb zusammenschnürte.

„Solange wir noch alle beisammen sind, möchte ich Ihnen gern sagen, dass ich in Ihre Firma investieren werde. Ich möchte mich an dem großartigen Projekt, das Sie hier vorantreiben, beteiligen!"

Im selben Moment brach auch schon stürmischer Applaus aus. Pierce reichte Goddard die Hand, und der schüttelte sie energisch, bevor er auch Condons Hand ergriff, die dieser ihm über den Tisch hinweg hinhielt. Dann ging Condon zu dem Telefon, das auf einem kleinen Tisch in der Ecke stand, wählte eine dreistellige Nummer – ein internes Gespräch – und murmelte etwas in den Hörer. Wenige Minuten später kamen Monica Purl und Condons Sekretärin mit zwei Flaschen Dom Pérignon und einem Tablett mit Champagnergläsern in den Konferenzraum. Condon entkorkte die Flaschen und schenkte ein. Die Sekretärinnen wurden aufgefordert, dazubleiben und sich auch ein Glas zu nehmen.

Condon brachte den ersten Trinkspruch aus: „Auf gute Zusammenarbeit! Maurice, wir freuen uns, Sie auf dieser großen Fahrt dabeizuhaben."

Dann war Goddard an der Reihe. Er hob sein Glas und sagte nur: „Auf die Zukunft!"

Pierce begann, durch den Raum zu gehen und Hände zu schütteln. Alle redeten begeistert durcheinander, jeder strahlte vor Freude. Als er jedoch zu Monica kam, verflog ihr Lächeln.

„Auf Ihrem Schreibtisch liegen ein paar Nachrichten für Sie", sagte sie leise. „Die Anwältin meinte, es sei wichtig, aber ich habe ihr erklärt, ich könne Sie nicht aus der Präsentation herausholen."

„Gut, danke."

So ruhig er konnte, ging Pierce zu Goddard zurück und sagte ihm, er werde es jetzt Condon überlassen, die Vertragsbedingungen mit ihm auszuhandeln. Dann schüttelte er ihm noch einmal die Hand, bevor er sich aus dem Konferenzraum zurückzog und in sein Büro ging.

ER SETZTE sich an seinen Schreibtisch und griff nach den Notizen, die Monica ihm hingelegt hatte. Auf beiden Zetteln stand lediglich: *Bitte umgehend Janis Langwiser zurückrufen!* Er wählte die Nummer, und die Sekretärin, die sich meldete, stellte ihn sofort durch.

„Endlich! Wo waren Sie denn?", begann Langwiser. „Ich bat Ihre Assistentin, Sie sofort zu informieren."

„Sie hat sich meinen Anweisungen entsprechend verhalten. Ich mag es nicht, wenn ich im Labor gestört werde. Was gibt's?"

„Nun, ich habe so meine Quellen bei der Polizei, und was ich Ihnen jetzt sage, ist streng geheim. Es handelt sich um Informationen, die ich eigentlich gar nicht haben dürfte. Falls etwas davon nach außen dringt, wäre das ein Grund für ein Ermittlungsverfahren gegen mich."

„Okay. Worum geht es?“

„Man hat mir berichtet, Renner habe heute Morgen viel Zeit darauf verwendet, einen Antrag für einen Durchsuchungsbefehl aufzusetzen, und damit sei er dann zu einem Richter gegangen.“

Pierce war nur mäßig beeindruckt. „Aha. Und was bedeutet das?“

„Es bedeutet, dass er Ihren Besitz durchsuchen will – Ihr Apartment, Ihr Auto und wahrscheinlich auch das Haus, in dem Sie vor dem Umzug gewohnt haben, das also zu dem Zeitpunkt, als die Straftat vermutlich begangen wurde, Ihr Wohnsitz war.“

„Meinen Sie mit Straftat den Mord an Lilly Quinlan?“

„Genau. Renners Antrag ist jedoch abgelehnt worden. Laut Einschätzung des Richters hat er nicht genug Beweise vorgelegt, um einen Durchsuchungsbefehl zu rechtfertigen.“

„Heißt das, es ist überstanden?“

„Nein, er kann es jederzeit noch mal versuchen, sobald er neue Fakten in der Hand hat. Oder er geht mit dem vorhandenen Material zu einem anderen Richter und versucht, den zu überzeugen.“

Plötzlich durchfuhr Pierce ein Gedanke, der ihm Angst einjagte.

„Was ist mit meinem Büro und dem Labor? Will er die Firma auch durchsuchen lassen?“

Wenn es dazu käme, wäre das Ganze kaum mehr unter Verschluss zu halten. Über kurz oder lang würden Goddard und Bechy davon erfahren.

„Ich kann nichts garantieren, aber das halte ich für unwahrscheinlich. Er wird sich auf die Örtlichkeiten konzentrieren, an denen der Mord geschehen sein könnte. Eine richterliche Genehmigung für die Durchsuchung von Firmenräumen, die in keinem Zusammenhang mit der Straftat stehen, wäre sicherlich noch schwerer zu bekommen als für Ihr privates Umfeld.“

Pierce dachte an das Adressbuch, das er im Kopierraum versteckt hatte. Er musste es unbedingt loswerden.

Dann fiel ihm etwas anderes ein. „Mein Auto ist übrigens bereits durchsucht worden. Als ich es Sonntagnacht nach dem Verhör vor Lillys Wohnung abholen wollte, stellte ich fest, dass jemand die Einstellung der Innenbeleuchtung geändert hatte.“

Langwiser schwieg einen Moment.

„Wenn das Renners Leute waren“, sagte sie schließlich, „so haben sie gegen das Gesetz verstoßen. Ohne Zeugen werden wir ihnen das allerdings nicht nachweisen können. Eins steht jedoch fest: Wenn Renner einen Durchsuchungsbefehl bekommt, werden sie es noch einmal ganz legal machen, und zwar nicht nur oberflächlich. Sie werden nach Spuren wie Haar- und Faserpartikeln suchen – Spuren, die zu klein sind, um sie bei Taschenlampenlicht zu entdecken."

„Sie sollen ruhig suchen", erwiderte er mit einem Anflug von Trotz in der Stimme. „Vielleicht beginnen sie endlich damit, den wahren Mörder zu jagen, wenn sie sich von meiner Unschuld überzeugt haben."

„Der Ernst Ihrer Lage scheint Ihnen nicht recht bewusst zu sein. Sie denken, weil Sie es nicht waren, kann Ihnen nichts passieren. Tatsache ist, dass Renner es auf sie abgesehen hat, und er ist hartnäckig. Er wird so lange weitermachen, bis er findet, was er braucht, um seine Durchsuchung zu bekommen."

Pierce spürte, wie ihm heiß wurde. „Aber wo will er etwas finden, was sich gegen mich verwenden lässt?"

„Vielleicht in Lilly Quinlans Haus in der Altair Avenue? Laut Durchsuchungsbericht – mir liegt eine Kopie davon vor – hat die Polizei dort eine Menge persönliche Gegenstände mitgenommen, zum Beispiel eine Haarbürste für eine DNS-Probe. Andere Dinge wurden einkassiert, um die Fingerabdrücke zu analysieren, die sich darauf befinden. In dem Bericht ist von Briefen, Schmuck und Parfumflaschen die Rede sowie von allen möglichen Utensilien, die Lilly Quinlan offensichtlich benötigte, um ihren Beruf auszuüben."

Pierce schwieg. Er erinnerte sich an die Parfumflasche, die er geöffnet hatte, als er in dem Haus gewesen war. Konnte etwas so Harmloses dazu führen, dass er wegen Mordes angeklagt wurde? In seinem Bauch begann es zu rumoren.

„Sie sind plötzlich so still, Henry."

„Ich denke nach."

„Sagen Sie bloß nicht, Sie haben diese Utensilien angefasst!"

„Nein, ich habe sie nicht mal gesehen. Aber eine Parfumflasche hatte ich in der Hand."

Er hörte die Anwältin laut ausatmen. „Warum, um alles in der Welt?"

„Keine Ahnung. Vielleicht hat sie mich an etwas erinnert. Was soll daran so schlimm sein? Ist man gleich ein Mörder, bloß weil man eine Parfumflasche anfasst?"

„Es kann ein Glied in einer Kette von Indizien sein. Haben Sie vielleicht auch in ihrer Wäscheschublade rumgeschnüffelt?"

Pierce antwortete nicht. Ihm war, als müsste er sich gleich übergeben.

„Henry, ich spiele gerade absichtlich die Rolle des Staatsanwalts. Damit möchte ich erreichen, dass Ihnen die Gefährlichkeit Ihrer Situation klar wird. Alles, was Sie sagen oder tun, kann gegen Sie verwendet werden."

„Okay, das habe ich begriffen. Bis wann wird die Polizei mit diesen ganzen Fingerabdrücken fertig sein?"

„Wahrscheinlich in ein paar Tagen. Ohne Leiche misst diesem Fall außer Renner vermutlich niemand besondere Bedeutung bei. Wie ich hörte, beschäftigt sich sogar der Kollege, mit dem er normalerweise zusammenarbeitet, mit anderen Aufgaben. Er sieht die Sache wohl nicht so eng wie Renner, der anscheinend im Alleingang weitermacht. Warten wir's ab. Ich melde mich bei Ihnen, sobald es etwas Neues gibt."

Pierce verabschiedete sich, legte auf und dachte über die Informationen nach, die er gerade erhalten hatte. Ihm wurde klar, dass er Nicole anrufen und ihr irgendwie beibringen musste, dass die Polizei ihn für einen Mörder hielt und möglicherweise demnächst anrücken würde, um ihr Haus zu durchsuchen. Bei dem Gedanken überkam ihn wieder heftige Übelkeit.

Schließlich beschloss er, seine Lage genauso zu analysieren, wie er ein Experiment im Labor auswerten würde – von Grund auf. Und vor allem frei von vorgefassten Annahmen, für die es keine Beweise gab. Er holte seinen Notizblock heraus und schrieb die entscheidenden Punkte seines Gesprächs mit Langwiser auf eine neue Seite:

Durchsuchung:
Wohnung in The Sands
Haus am Amalfi Drive
Auto – zweites Mal – Faserspuren
Büro/Labor?

Durchsuchungsbericht Lillys Wohnung:
Fingerabdrücke überall
Parfumflasche

Er starrte lange auf die Liste, aber ihm fiel nichts dazu ein. Irgendwann riss er die Seite frustriert heraus, zerknüllte sie und warf sie in den Papierkorb.

Er musste Nicole anrufen, um sie auf das Unvermeidliche vorzubereiten. Die Polizei würde kommen und alles durchsuchen. Was ihr gehörte und was ihm, würde dabei keine Rolle spielen. Er wusste, dass Nicole sehr auf ihre Privatsphäre bedacht war. Die Durchsuchung würde ihr zuwider sein, und der Anlass dafür war eine Katastrophe im Hinblick auf die von ihm ersehnte Aussöhnung mit ihr.

„Oh Mann!“, stöhnte er, während er sich bückte und die zerknüllte Papierkugel aus dem Abfalleimer fischte. Er versuchte, das Blatt auf dem Schreibtisch glatt zu streichen.

„Keine vorgefassten Annahmen“, murmelte er. Doch er fand keinen Zugang zu den Wörtern auf der zerknitterten Seite. Sie bedeuteten nichts. Mit einer weit ausholenden Armbewegung packte er das Blatt und zerknüllte es erneut. Gerade als er den Ellbogen anwinkelte, um es zum zweiten Mal in den Papierkorb zu werfen, kam ihm ein Gedanke. Er ließ die Hand sinken und faltete den Zettel wieder auseinander. Eine der Zeilen, die er geschrieben hatte, stach ihm ins Auge:

Auto – zweites Mal – Faserspuren

Keine vorgefassten Annahmen! Wie kam er dazu anzunehmen, dass es die Polizei gewesen war, die sein Auto Sonntagnacht durchsucht hatte? Ein Kribbeln breitete sich in ihm aus. Vielleicht hatte er einen ersten Ansatzpunkt gefunden! Was, wenn es nicht die Polizei gewesen war? Wer hatte den Wagen dann durchsucht?

Die nächste Frage lag auf der Hand. Woher wollte er wissen, dass sein Auto überhaupt durchsucht worden war? Im Grunde wusste er es nicht. Erwiesen war nur, dass jemand in sein Auto eingedrungen war, während es vor Lillys Wohnung gestanden hatte. Die Innenbeleuchtung war verstellt worden. Aber hatte der Eindringling wirklich nach etwas gesucht?

Er hatte sich zu vorschnellen Schlüssen hinreißen lassen, für die es keinerlei Beweise, nicht einmal einen Hinweis gab. Diese Erkenntnis machte in seinem Kopf den Weg frei für eine Vielzahl von Annahmen. Die Durchsuchung durch Renner und seine Leute war nur *eine* Möglichkeit, eine Durchsuchung durch jemand anders war eine zweite. Außerdem war es möglich, dass jemand in das Auto eingedrungen war, um etwas mitzunehmen – oder um etwas darin zu hinterlassen!

Pierce stand auf und verließ rasch das Büro. Auf dem Flur drückte er den Rufknopf des Lifts, beschloss aber im selben Moment, nicht so lange zu warten. Er eilte ins Treppenhaus, stürmte ins Erdgeschoss hinunter, durchquerte das Foyer und betrat die Garage.

Als Erstes nahm er sich den Kofferraum des BMW vor. Er hob die Bodenmatte hoch, schaute unter den Reservereifen, öffnete die Werkzeugtasche – er konnte nicht feststellen, dass etwas hinzugefügt oder entfernt worden wäre. Dann brachte er fast zehn Minuten mit einer ähnlich gründlichen Durchsuchung des Fahrgastraums zu. Nichts war neu hinzugekommen, nichts fehlte. Zum Schluss kam der Motorraum dran, mit dem er am schnellsten fertig war. Nichts hinzugefügt, nichts entfernt.

Blieb nur noch sein Rucksack. Er schloss das Auto ab und kehrte ins Foyer zurück, wo er auch diesmal wieder die Treppe nahm. Als er auf dem Weg in sein Büro an Monicas Schreibtisch vorbeikam, merkte er, dass sie ihn merkwürdig ansah.

„Was ist?"

„Nichts. Sie verhalten sich nur … nicht ganz normal."

„Ich verhalte mich nicht so – ich *bin* nicht mehr ganz normal."

Er machte die Tür seines Büros zu und schloss sie ab. Der Rucksack lag unter seinem Schreibtisch. Hastig begann er, die einzelnen Fächer und Taschen zu durchsuchen. Es gab ein gepolstertes Fach für ein Notebook, einen mehrfach unterteilten Bereich für Papierkram und Akten sowie drei mit Reißverschlüssen versehene Fächer für kleinere Gegenstände wie Stifte, Taschentücher oder Schlüssel.

Pierce fand nichts Ungewöhnliches, bis er zur mittleren Außentasche kam, die noch mal ein Reißverschlusstäschchen enthielt, gerade groß genug, um einen Pass und vielleicht ein paar Geldscheine aufzunehmen. Es war kein Geheimfach, ließ sich aber auf Reisen leicht hinter einem Buch oder einer gefalteten Zeitung verbergen. Als er den Reißverschluss öffnete und die Hand in das Täschchen steckte, berührten seine Finger etwas, was sich wie eine Kreditkarte anfühlte. Er dachte, es sei vielleicht eine alte Karte, die er irgendwann dort hineingesteckt und dann vergessen hatte. Doch als er es herauszog, entpuppte es sich als eine schwarze Chipkarte mit einem Magnetstreifen auf der einen Seite und einem Firmenlogo mit der Aufschrift U STORE IT auf der anderen. Pierce hatte die Karte noch nie gesehen. Sie gehörte ihm nicht. Die Person, die Sonntagnacht in seinem Auto gewesen war, musste die Chipkarte in seinen Rucksack gesteckt haben.

U Store It war eine Firmenkette, die Räume in Lagerhäusern vermietete. Pierce griff in das Fach unter dem Computermonitor und zog das dicke Branchenfernsprechbuch heraus. U Store It hatte darin eine halbseitige Anzeige geschaltet, in der für den Großraum Los Angeles acht Filialen aufgeführt waren. Pierce begann mit dem Lagerhaus, das von Santa Monica aus am schnellsten zu erreichen war. Er rief in der U-Store-It-Niederlassung in Culver City an, wo sich ein junger Mann meldete.

„Meine Bitte hört sich vermutlich etwas eigenartig an", begann Pierce. „Ich glaube, ich habe einen Lagerraum bei Ihnen gemietet, kann mich aber nicht mehr genau erinnern. Ich bin sicher, es war bei U Store It, aber ich weiß nicht mehr, bei welcher Niederlassung."

Der Mann tat, als wäre seine Bitte ganz alltäglich. „Wie ist Ihr Name?"

„Henry Pierce."

Er hörte, wie auf einer Tastatur getippt wurde.

„Bei uns leider nicht", teilte ihm der junge Mann mit.

Pierce dankte, legte auf und rief die nächste Niederlassung an. Wieder nichts. Beim dritten Anruf wurde er fündig. Die Frau bei der U-Store-It-Filiale in Van Nuys sagte ihm, dass er in der Niederlassung am Victory Boulevard vor sechs Wochen einen Lagerraum mit Klimaanlage, Stromanschluss und Alarmanlage gemietet habe, zu dem er rund um die Uhr Zugang habe. „Wie lautet die Abteilnummer?", fragte er.

„Die darf ich Ihnen nur gegen Vorlage eines Lichtbildausweises geben, Sir. Wenn Sie vorbeikommen und mir Ihren Führerschein vorlegen, kann ich Ihnen sagen, welches Abteil Sie haben. Das Büro ist von neun bis sechs geöffnet."

Er bedankte sich, legte auf und wollte den Hörer gleich wieder abnehmen, überlegte es sich jedoch anders.

Was sollte er tun? Natürlich hätte er Janis Langwiser um Rat fragen können, aber ihre ruhige, nüchterne Art konnte ihm im Moment gestohlen bleiben. Vor allem wollte er sich nicht anhören, dass er die Finger von der Sache lassen solle.

Er hätte auch Nicole anrufen können, doch das hätte vermutlich nur dazu geführt, dass sie sich stritten. Und dazu würde es noch früh genug kommen, wenn er ihr von der bevorstehenden Hausdurchsuchung erzählte.

Cody Zeller? Pierce glaubte nicht, dass er in seiner jetzigen Verfassung Zellers Sarkasmus ertragen könnte. Einen Augenblick lang dachte er daran, Lucy LaPorte anzurufen – eine Idee, die er rasch wieder beiseite schob. Aber die Erkenntnis, was dieser Gedanke über ihn aussagte, ließ sich nicht so leicht vertreiben. Da steckte er so übel in der Klemme wie noch nie in seinem Leben, und wen konnte er um Rat und Hilfe bitten? Niemanden. Diese Einsicht ließ ihn frösteln.

9

Pierce hatte seine Sonnenbrille und die Baseballkappe auf, als er das Büro des U Store It in Van Nuys betrat und mit seinem Führerschein in der Hand auf den Schalter zuging. Dahinter saß eine junge Frau, die ein Buch las. Es schien sie einige Überwindung zu kosten, den Blick von ihrer Lektüre loszureißen und zu Pierce aufzusehen. Als sie es schließlich tat, blieb ihr vor Schreck über die hässliche Narbe, die sich an seiner Nase entlangzog, der Mund offen stehen. Rasch versuchte sie, so zu tun, als hätte sie nichts Ungewöhnliches bemerkt.

„Macht nichts“, beruhigte Pierce sie. „Das passiert mir ständig.“

Er schob den Führerschein über den Schalter. „Ich habe vorhin wegen des Abteils angerufen, das ich hier gemietet habe. Ich weiß die Nummer nicht mehr.“

Sie griff nach dem Führerschein, warf einen Blick darauf, schaute dann wieder in sein Gesicht und betrachtete es prüfend.

Pierce nahm die Mütze ab, nicht jedoch die Sonnenbrille. „Sie können mir glauben: Ich bin es.“

„Entschuldigung, ich musste mich nur vergewissern.“ Sie wandte sich ihrem Computer zu, und Pierce beobachtete, wie sie seinen Namen eintippte. Als wenige Augenblicke später eine Seite mit persönlichen Daten erschien, verglich sie die Angaben im Führerschein mit denen auf dem Bildschirm. Offensichtlich schien alles zu stimmen, denn sie sagte: „Zweiunddreißig“ und reichte ihm den Führerschein zurück.

Er nickte zum Dank und wandte sich bereits zum Gehen, da fiel ihm noch etwas ein. „Bekommen Sie eigentlich Geld von mir?“

„Wie bitte?“

„Ich weiß nicht mehr, wie ich das Abteil bezahlt habe, und überlege jetzt, ob demnächst vielleicht die Miete fällig ist.“

„Ach so.“ Sie warf einen Blick auf den Bildschirm, dann sagte sie: „Nein, Sie haben sechs Monate im Voraus bezahlt. In bar. Damit hat es also noch Zeit.“

„Prima. Vielen Dank!“

Er verließ das Büro, fuhr in den zweiten Stock und trat auf einen verlassenen Korridor, der auf beiden Seiten von schmalen Rolltoren gesäumt war. Er folgte dem Korridor, bis er zum Tor mit der Nummer 231 kam. Rechts daneben war ein Kartenlesegerät mit einem roten Lämpchen angebracht. Allerdings war das Tor am Boden zusätzlich mit einem Vorhängeschloss gesichert. Pierce wurde klar, dass die Chipkarte, die er in seinem Rucksack gefunden hatte, nur zum Deaktivieren der Alarmanlage diente. Aufschließen ließ sich das Abteil damit nicht.

Er holte die U-Store-It-Karte aus der Tasche und schob sie in das Lesegerät. Das Licht wurde grün, die Alarmanlage war ausgeschaltet. Dann kauerte er vor dem Schloss nieder und zog daran, aber es war abgeschlossen. Ohne den passenden Schlüssel kam er nicht hinein.

Nachdem er eine Weile nachgedacht hatte, was er als Nächstes tun sollte, ging er zum Aufzug zurück. Er wollte zum Auto und den Rucksack noch einmal durchsuchen. Der Schlüssel für das Vorhängeschloss musste irgendwo darin versteckt sein.

Auf dem Parkplatz hob Pierce den elektronischen Autoschlüssel und entriegelte seinen Wagen. In dem Moment, in dem er das Klacken der Schlösser hörte, blieb er wie angewurzelt stehen und starrte seine Hand an. Ein Erinnerungsfetzen schoss ihm durch den Kopf: Wentz, wie er vor ihm den Gang hinunter zu seiner Wohnungstür ging, seinen Schlüsselbund in den Händen.

Pierce nahm den Bund, fasste einen Schlüssel nach dem anderen an und ordnete sie den jeweiligen Türen zu: Wohnung, Tiefgarage, Fitnessstudio, Amalfi Drive vorn und hinten, Bürozweitschlüssel, Laborzweitschlüssel, Computerraum. Er konnte alle Schlüssel identifizieren – bis auf zwei. Die beiden, die er nicht kannte, waren aus Stahl und klein, keine Türschlüssel. Der eine war etwas größer als der andere.

Wentz musste die Schlüssel an seinem Bund angebracht haben, als sie den Gang hinuntergegangen waren; oder vielleicht später, als Pierce vom Balkon baumelte. Als er drei Tage später aus dem Krankenhaus kam, musste er seine Wohnungstür vom Sicherheitsdienst des Hauses öffnen lassen. Seine Schlüssel hatte er im Wohnzimmer auf dem Boden gefunden.

Pierce drehte sich um und ging zum Lift zurück. Gleich darauf steckte er den größeren der beiden fremden Schlüssel in das Vorhängeschloss am Rolltor von Lagerraum 231 und drehte daran, bis das Schloss aufsprang. Er packte den Türgriff und zog ihn nach oben. Das Tor gab ein metallisches Quietschen von sich und schlug oben mit einem lauten Scheppern an.

In dem etwa drei mal drei Meter großen Abteil war es dunkel, doch über Pierces Schultern fiel Licht vom Korridor herein. In der Mitte des Raums stand ein großer weißer Kasten, der ein tiefes Summen von sich gab. Pierce machte einen Schritt in das Abteil, dann streifte sein Blick eine herabhängende Schnur, mit der man offenbar die Deckenbeleuchtung einschalten konnte. Er zog daran, und der Raum füllte sich mit Licht.

Der weiße Kasten war eine Gefriertruhe. Ihr Deckel war ebenfalls mit einem Vorhängeschloss gesichert, das sich garantiert mit dem zweiten fremden Schlüssel öffnen ließ. Pierce brauchte die Truhe nicht aufzumachen, um zu wissen, was sie enthielt, aber er steckte den Schlüssel trotzdem ins Schloss. Er war wie getrieben – vielleicht von dem Wunsch, die Kühltruhe möge leer sein und das alles wäre nur Teil eines dummen Streichs. Wahrscheinlich musste er die schreckliche Wahrheit mit eigenen Augen sehen, damit es keine Zweifel mehr gäbe.

Er nahm den zweiten fremden Schlüssel, öffnete das Vorhängeschloss und hob den Deckel der Gefriertruhe an. Die luftdicht aufeinander sitzenden Gummidichtungen erzeugten ein kurzes schmatzendes Geräusch, als sie sich voneinander lösten. Kalte Luft waberte ihm entgegen, und ein übler, feuchter Geruch stieg in seine Nase.

Mit einer Hand hielt er den Deckel auf, während er durch den Nebel spähte, der aus der Kühltruhe aufstieg. Dann sah er den menschlichen Körper auf dem Truhenboden liegen – eine nackte Frau. Sie lag auf der rechten Seite, zusammengekrümmt wie ein Embryo. Ihr Hals war eine blutige Masse. Den Boden der Truhe bedeckte eine gefrorene Pfütze aus schwarzem Blut. Auf dem dunklen Haar und der nach oben gewandten Hüfte der Toten hatte sich weißer Raureif gebildet. Das Haar, das ihr ins Gesicht gefallen war, verdeckte ihre Züge nicht ganz.

Er erkannte sie sofort. Es war Lilly Quinlan.

Als Pierce den Deckel losließ, fiel er mit einem dumpfen Knall zu, lauter als erwartet. Es erschreckte ihn und verstärkte noch die Panik, die ihn befallen hatte. Er drehte sich um und glitt an der Truhe nach unten, bis er auf dem Boden zu sitzen kam, die Ellbogen auf den Knien. Als er die Augen schloss, hörte er ein lauter werdendes Stampfen, als käme jemand in seine Richtung den Korridor entlang. Dann merkte er, dass es sein Blut war, das in den Ohren pochte, während ihm schwindelig wurde. Er fürchtete, ohnmächtig zu werden, obwohl ihm klar war, dass er unbedingt bei Bewusstsein bleiben musste.

Pierce riss sich zusammen, tastete nach der oberen Kante der Gefriertruhe und zog sich hoch. Mühsam das Gleichgewicht haltend, kämpfte er gegen die Übelkeit an, die in seinen Magen kroch. Er legte sich mit ausgebreiteten Armen über die Truhe, sodass seine Wange auf dem kalten weißen Deckel zu liegen kam, und atmete tief ein und aus. Gleich darauf war es vorüber, und sein Verstand wurde wieder klar. Er richtete sich auf, trat von der Kühltruhe zurück, lauschte ihrem ruhigen Summen und bemühte sich, seine Gedanken zu ordnen.

Hier stand er in einem Lagerabteil, das er laut Unterlagen des Lagerhauses vor sechs Wochen gemietet hatte. In der Gefriertruhe vor ihm lag die Leiche einer Frau, der er nie begegnet war, deren Tod ihm aber unausweichlich angelastet würde. Es war klar, dass ihm da raffiniert und überzeugend etwas angehängt werden sollte, und dahinter steckte – zumindest vordergründig – Wentz.

Er überlegte weiter. Die Chipkarte und die Schlüssel für die Vorhängeschlösser waren versteckt oder jedenfalls getarnt gewesen. Hatte er sie finden sollen? Wahrscheinlich nicht. Daraus zog er den Schluss, dass er jetzt etwas wusste, was er nicht wissen sollte. Er hatte die Falle entdeckt, bevor sie zugeschnappt war.

Nächste Frage: Was wäre passiert, wenn er die Chipkarte nicht gefunden hätte und nicht auf die Leiche gestoßen wäre? Langwiser hatte ihn vor der bevorstehenden Durchsuchung durch die Polizei gewarnt. Sicher hätten Renner und seine Kollegen die Chipkarte gefunden und sich von ihr zu dem Lagerraum führen lassen.

Schweiß trat ihm auf die Stirn, als er merkte, wie knapp er Renners Zugriff entgangen war – wenn auch nur vorübergehend. Gleichzeitig wurde ihm klar, wie sorgfältig das Ganze geplant war. Wer auch immer sich das ausgedacht hatte – er hatte exakt vorhergesehen, welche Maßnahmen Renner ergreifen würde. Der gesamte Plan war darauf aufgebaut.

Pierce überlief ein Schauder, als er erkannte, dass auch er selbst sich genau nach Plan verhalten hatte, und zwar Schritt für Schritt. Nach einem Plan, der von langer Hand entwickelt worden war. Denn vor sechs Wochen hatte er noch nicht einmal von der neuen Wohnung und dem neuen Telefonanschluss gewusst, geschweige denn von Lilly Quinlan.

Rasch verschloss er die Kühltruhe wieder, als könnte er dadurch verhindern, dass ihr Inhalt jemals ans Tageslicht käme und ihn verfolgte. Dann zog er sein Hemd aus der Hose und wischte mit dem Zipfel alle Oberflächen ab, die er möglicherweise angefasst hatte. Als er sicher war, alle Spuren entfernt zu haben, verließ er das Abteil und zog das Tor nach unten. Er sicherte es mit dem Vorhängeschloss, wischte auch Schloss und Türgriff mit dem Hemdzipfel ab und nahm die Chipkarte aus dem Lesegerät.

Während er zu den Aufzügen eilte, überfielen ihn schreckliche Ängste. Er war noch nicht annähernd außer Gefahr. Immerhin war nicht auszuschließen, dass Renner den Lagerraum auch ohne Schlüssel und Chipkarte entdeckte. Wenn das geschah, war alles aus – Amedeo Tech, Proteus, sein Leben, alles. Am liebsten hätte er sich einfach auf den Boden gelegt, in derselben zusammengekauerten Haltung wie die Leiche in der Kühltruhe. Aber ihm war klar, dass es sein sicherer Untergang wäre, wenn er jetzt schlappmachte. Er musste herausfinden, was da mit ihm geschah und weshalb. Und dann musste er sich einen Plan ausdenken, der ihm das Leben rettete.

ALS ER die Tür zu seiner Wohnung aufschloss, zitterte er vor Angst und Wut. Er musste einen Weg aus diesem dunklen Tunnel finden und war dabei ganz auf sich allein gestellt.

Erschöpft ließ er sich auf die Couch sinken. Er hatte gerade eine Leiche entdeckt – ein Mordopfer. Irgendwie kam es ihm völlig idiotisch vor, sich hier hinzusetzen. Aber er musste sich in Ruhe damit befassen. Er musste die Sache so anpacken, wie er es mit dem durchsuchten Auto gemacht hatte: unvoreingenommen und aus einem völlig neuen Blickwinkel.

Das erste Mosaiksteinchen, das er eingehend betrachtete, war Wentz – der Mann, bei dem alle Fäden des Komplotts zusammenzulaufen schienen. Die Frage war, warum Wentz ausgerechnet ihm, Pierce, einen Mord anhängen wollte.

Nachdem er das Ganze ein paar Minuten lang gedreht und gewendet hatte, gelangte er zu einer langen Kette elementarer Schlussfolgerungen.

Erstens: Wentz hatte sich ihn nicht ausgesucht. Es gab keine logische Verknüpfung, die diese Möglichkeit zuließ. Sie beide waren sich erst begegnet, als das Komplott längst seinen Lauf genommen hatte.

Zweitens: Daraus ergab sich zwangsläufig, dass irgendein anderer ihn für Wentz ausgewählt haben musste. Hinter der ganzen Sache steckte jemand Drittes. Wentz und sein Gorilla, den er Zwei-Meter nannte, waren nur seine Handlanger, zwei Rädchen im Getriebe.

Nächste Frage: Was war nötig, damit der von dem unbekannten Drahtzieher entwickelte Plan genau nach Wunsch ablief?

Durch diese Frage gelangte Pierce, drittens, zu einer ganz entscheidenden Erkenntnis über sich selbst und den Unbekannten: Die Zusammenhänge waren zwar höchst kompliziert, aber Grundlage des Ganzen war seine, Pierces, Vorgeschichte. Nur wer diese Vorgeschichte kannte, also von Isabell und ihrem Schicksal wusste, konnte vorhersehen, dass Henry Pierce die Schritte unternehmen würde, die er tatsächlich unternommen hatte.

Wenn Pierce das Ganze wie ein chemisches Experiment betrachtete, dann waren die fehlgeleiteten Kundenanrufe für Lilly sozusagen der Katalysator – das Element, das den gesamten Ablauf auslöste. Der unbekannte Forscher, der sich die Versuchsanordnung ausgedacht hatte, konnte damit rechnen, dass Pierce nach der Erfahrung mit seiner Schwester alles daransetzen würde, der Sache mit Lilly auf den Grund zu gehen.

Daraus folgte viertens: Die falsche Nummer war gar nicht falsch. Er hatte Lilly Quinlans alte Nummer nicht zufällig zugeteilt bekommen, sondern absichtlich. Es war Teil des geplanten Ablaufs.

Womit er, fünftens, bei Monica Purl landete und bei der Tatsache, dass sie an dem Komplott beteiligt sein musste. Sie hatte seinen neuen Telefonanschluss beantragt. Sie musste dabei um die Nummer gebeten haben, durch die das Experiment in Gang gesetzt wurde.

Pierce stand auf und begann, hin und her zu gehen. Wenn Monica an der Sache beteiligt war, ging es dabei um Amedeo. Das bedeutete, das Ganze war Teil einer Verschwörung von größerer Tragweite. Es ging nicht darum, ihm einen Mord anzuhängen. Es ging um etwas ganz anderes. In dieser Hinsicht galt für Lilly Quinlan das Gleiche wie für Wentz: Sie war lediglich Mittel zum Zweck, ein Rädchen im Getriebe. Ihre Ermordung diente ausschließlich dazu, Pierce und seiner Firma zu schaden.

Er setzte sich wieder und machte sich an die wichtigste Frage. Die Frage, deren Lösung alles erklären würde: Warum? Warum war er das Ziel eines Komplotts? Was wollte man damit bezwecken?

Er drehte die Frage und betrachtete sie aus einem anderen Blickwinkel: Was würde passieren, wenn der perfide Plan erfolgreich umgesetzt würde? Langfristig gesehen, würde er verhaftet, vor Gericht gestellt und verurteilt. Er käme ins Gefängnis, vielleicht drohte ihm sogar die Todesstrafe. Kurzfristig gesehen, würde er auf negative Weise ins Rampenlicht gerückt, es gäbe einen Skandal, er wäre diskreditiert. Maurice Goddard und sein Geld wären verloren, Amedeo Technologies ginge pleite.

Er wendete die Frage noch einmal und wunderte sich nun über das Mittel zum Zweck. Warum dieser Aufwand? Warum Lilly Quinlan ermorden und ein kompliziertes Komplott inszenieren, das bei jedem Schritt schief gehen konnte? Warum hatte man nicht einfach ihn selbst umgebracht und damit das gleiche Ziel mit wesentlich einfacheren Mitteln erreicht? Auch so wäre er erledigt, Goddard zöge sich genauso zurück, und Amedeo ginge pleite.

Sechste Folgerung: Das Ziel war etwas anderes. Das Komplott galt weder ihm persönlich noch Amedeo.

„Proteus", flüsterte er. Sie wollten Proteus!

Siebtens: Der komplizierte Plan diente dem Zweck, ihn so weit in die Enge zu treiben, dass er keine andere Wahl mehr hätte, als das aufzugeben, was der Unbekannte haben wollte: das Proteus-Projekt. Er müsste Proteus für seine Freiheit eintauschen, dafür, dass er sein Leben zurückbekam.

Ihm wurde schwindelig. Nicht, weil er zu dem Schluss gelangt war, dass es eigentlich um Proteus ging, sondern weil er den Gedanken zu Ende gedacht hatte. Endlich sah er das ganze Bild, und in der Mitte stand der unbekannte Dritte. *Die* unbekannte Dritte. Sie lächelte ihn an, aus strahlend schönen Augen.

Achte und letzte Schlussfolgerung: In der Mitte des Ganzen stand Nicole. Sie war das Bindeglied, diejenige, bei der alle seine Überlegungen zusammenliefen. Sie hatte Einblick in das Proteus-Projekt, weil *er* ihn ihr verschafft hatte. Und sie kannte seine Vergangenheit, die vollständige Geschichte von Isabelle, die er außer ihr keinem Menschen erzählt hatte.

Pierce nahm an, sie war zu Elliot Bronson gegangen oder vielleicht auch zu Midas Molecular. Eigentlich spielte es keine Rolle, zu wem. Fest stand, sie hatte ihn verraten, über das Projekt geredet und sich bereit erklärt, es zu stehlen oder wenigstens so lange zu verzögern, bis es von dem betreffenden Konkurrenten kopiert und zum Patent angemeldet werden konnte – noch vor Amedeo.

Er brauchte einen Plan. Er musste überprüfen, ob er mit seinen Schlussfolgerungen Recht hatte. Und dazu gab es nur eine Möglichkeit: Er musste zu ihr gehen, sie zur Rede stellen und so die Wahrheit herausfinden.

Doch zunächst rief er in Jacob Kaz' Kanzlei an.

Der Patentanwalt war noch in seinem Büro und kam rasch ans Telefon. „Henry, Sie waren großartig heute!", sagte er statt einer Begrüßung.

„Sie waren auch nicht schlecht, Jacob."

„Danke. Was kann ich für Sie tun?"

„Sind die Patentanmeldungen fertig?"

„Ja, seit gestern Abend habe ich alles beisammen. Am Samstag fliege ich an die Ostküste, besuche meinen Bruder in Maryland, und Montagmorgen reiche ich die Anmeldungen ein – wie ich es Maurice heute gesagt habe."

Pierce räusperte sich. „Jacob, ich möchte, dass Sie heute noch einen Nachtflug nehmen und die Patentanmeldungen gleich morgen früh einreichen. Sobald das Patentamt offen hat."

„Ich weiß nicht, Henry … Das würde ziemlich teuer werden, so kurzfristig noch einen Flug für heute Nacht zu buchen. Ich fliege normalerweise Business Class, und das ist …"

„Es interessiert mich nicht, in welcher Klasse Sie sitzen und was das kostet. Ich möchte, dass Sie heute Nacht nach Washington fliegen. Und sobald Sie morgen früh die Anmeldungen eingereicht haben, rufen Sie mich an."

„Stimmt irgendwas nicht, Henry? Sie wirken ein bisschen …"

„Es gibt ein Problem, Jacob. Deshalb möchte ich, dass Sie noch heute Nacht fliegen."

„Äh, möchten Sie darüber reden? Vielleicht kann ich Ihnen helfen."

„Sie können mir helfen, indem Sie sich umgehend in einen Flieger setzen und morgen früh die Patentanmeldungen einreichen. Mehr kann ich Ihnen noch nicht dazu sagen. Fliegen Sie einfach nach Washington, und tun Sie Ihre Arbeit. Und dann rufen Sie mich an, egal, wie früh es hier in L. A. ist. Rufen Sie mich an!“

„Okay, Henry. Ich werde gleich alles Nötige veranlassen.“

„Wann macht das Patentamt auf?“

„Um neun.“

„Gut, dann sprechen wir uns etwa um sechs hiesiger Zeit. Und noch etwas, Jacob.“

„Ja, Henry?“

„Erzählen Sie niemandem außer Ihrer Frau, dass Sie schon heute Nacht fliegen. Verstanden?“

„Aber … was ist mit Charlie? Er meinte vorhin, er werde mich eventuell heute Abend noch anrufen, um ein paar letzte …“

„Falls er Sie noch erreicht, sagen Sie ihm nicht, dass Sie bereits heute Nacht fliegen! Falls er nach Ihrem Abflug anruft, soll Ihre Frau ihm sagen, Sie hätten einen Mandanten aufsuchen müssen. Ein Notfall oder so.“

Kaz schwieg eine Weile.

„Ist das für Sie in Ordnung, Jacob? Ich will damit nichts Nachteiliges über Charlie sagen. Es ist nur so, dass ich im Moment niemandem trauen kann. Verstehen Sie das?“

„Ja, das verstehe ich.“

„Danke, Jacob. Melden Sie sich aus Washington!“

Pierce beendete das Gespräch. Er hatte Gewissensbisse, weil er in Kaz’ Augen möglicherweise Charlie Condon in ein schlechtes Licht gestellt hatte. Aber er durfte einfach kein Risiko eingehen.

Als Nächstes wählte er Condons Durchwahl. Charlie war noch da.

„Ich bin’s, Henry.“

„Gerade war ich in deinem Büro, um nach dir zu sehen.“

„Ich rufe von zu Hause an. Was gibt’s?“

„Ich dachte, du würdest dich vielleicht von Maurice verabschieden wollen. Jetzt hast du ihn verpasst, er ist bereits gegangen. Er fliegt morgen nach New York zurück und wollte vor der Abreise unbedingt noch mal mit dir sprechen. Morgen früh ruft er an.“

„Gut. Seid ihr euch einig geworden?“

„Ja, wir sind zu einer Einigung gekommen. Ende nächster Woche stehen die Verträge.“

„Und die Bedingungen?“

„Er gibt uns zwanzig Millionen, auf die nächsten drei Jahre verteilt. Dafür kriegt er zehn Prozent der Anteile und wird Vorstandsvorsitzender. Bist du damit zufrieden?“

„Ein prima Deal, Charlie. Für uns und für ihn.“

Pierce spürte, dass Condon mehr Begeisterung über den erfolgreichen Vertragsabschluss erwartete, doch damit konnte er nicht dienen. Immerhin war es möglich, dass er Ende nächster Woche bereits im Knast saß.

„Und wohin hast du dich so plötzlich verdrückt?“, fragte Condon.

„Ich musste noch Verschiedenes erledigen. Hör mal, wollten Maurice oder Justine von dir irgendetwas über meinen Unfall wissen?“

„Nein. Eigentlich hatte ich gedacht, sie würden noch mal davon anfangen und vielleicht den Unfallbericht sehen wollen, aber das war nicht der Fall. Ich glaube, was wir ihnen im Labor gezeigt haben, hat sie so beeindruckt, dass sie die Narben in deinem Gesicht nicht mehr interessierten.“

„Hoffentlich hast du Recht.“

„Aber willst du *mir* nicht endlich erzählen, was passiert ist?“

Pierce zögerte. Dass er Condon etwas verheimlichte, bereitete ihm ein schlechtes Gewissen. Dennoch musste er vorsichtig bleiben.

„Im Moment nicht, Charlie. Es ist nicht der richtige Zeitpunkt.“

Condons Antwort ließ ein wenig auf sich warten, und in der Stille spürte Pierce, welche Verletzung er ihrer Beziehung zufügte.

„Na schön“, sagte Condon schließlich. „Dann mache ich jetzt Schluss. Herzlichen Glückwunsch, Henry! Heute war ein guter Tag!“

„Herzlichen Glückwunsch, Charlie!“

Nachdem er aufgelegt hatte, holte Pierce seinen Schlüsselbund heraus, aber nicht wegen der Schlüssel für die Vorhängeschlösser. Die hatte er zusammen mit der Chipkarte im zweiten Stock von U Store It auf einem Leuchtschild versteckt. Er sah sich den Schlüsselbund an, um sich zu vergewissern, dass er den Schlüssel für das Haus am Amalfi Drive noch hatte. Wenn Nicole nicht zu Hause wäre, würde er trotzdem hineingehen – und drinnen auf sie warten.

ALS PIERCE an seinem ehemaligen Haus vorbeifuhr, warf er einen Blick in die Einfahrt und sah Nicoles Speedster im Carport stehen. Offenbar war sie zu Hause. Er riss das Steuer herum und hielt am Straßenrand. Einen Moment saß er nur da und sammelte Mut.

Ein Stück die Straße hinunter sah er einen blauen Lieferwagen in einer

Einfahrt stehen. Das Schild mit der Aufschrift DOMINO'S PIZZA-SERVICE auf dem Dach des Wagens erinnerte ihn daran, wie hungrig er war. Wegen des bevorstehenden Vertragsabschlusses mit Goddard war er mittags so aufgedreht gewesen, dass er nach der Präsentation kaum etwas gegessen hatte.

Er stieg aus dem Auto, ging auf das Haus zu und klopfte an die Tür. Da es eine Glastür war, würde Nicole erkennen, dass er es war, sobald sie in die Diele käme. Aber die Glasscheibe war in beiden Richtungen durchsichtig, deshalb sah er Nicole im selben Moment, in dem sie ihn sah.

Sie zögerte, konnte nun jedoch nicht mehr so tun, als wäre sie nicht zu Hause. Also kam sie an die Tür, schloss auf und öffnete ihm, aber sie bat ihn nicht herein.

Er musterte sie flüchtig. Zu einer ausgebleichten Jeans trug sie einen leichten marineblauen Sweater, der so kurz war, dass man ihren gebräunten Bauch und den Goldring in ihrem Nabel sehen konnte. Sie war barfuß.

„Henry! Was machst du denn hier?"

„Ich muss mit dir reden. Darf ich reinkommen?"

„Also, ich erwarte einige Anrufe. Könntest du …"

„Von wem? Billy Wentz?"

Sie stutzte. In ihre Augen trat ein verständnisloser Ausdruck.

„Wer ist das?"

„Das weißt du genau. Oder vielleicht von Elliot Bronson?"

Sie schüttelte den Kopf, als täte er ihr Leid. „Hör zu, Henry, wenn du gekommen bist, um hier den eifersüchtigen Exfreund zu spielen, kannst du gleich wieder gehen. Ich kenne keinen Billy Wentz, und ich versuche auch nicht, bei Elliot Bronson eine Stelle zu bekommen. Hast du vergessen, dass mein Arbeitsvertrag eine Klausel enthält, die es mir verbietet, bei der Konkurrenz zu arbeiten?"

Das nahm ihm ein wenig den Wind aus den Segeln. Sie hatte seinen ersten Angriff so gekonnt pariert, dass seine Entschlossenheit ins Wanken geriet. „Kann ich jetzt reinkommen oder nicht? Ich will mich nicht an der Tür mit dir unterhalten."

Sie zögerte immer noch, doch dann wich sie zurück und ließ ihn herein. Sie gingen ins Wohnzimmer, einen großen Raum mit Kirschbaumparkett, dessen eine Wand ganz von einem riesigen bis zur Decke reichenden Bücherregal eingenommen wurde.

„Geht's dir wieder einigermaßen?", fragte sie, um eine gewisse Herzlichkeit bemüht. „Du siehst jedenfalls deutlich besser aus."

„Danke, es geht mir gut."

„Wie lief's mit Maurice Goddard?"

„Gut. Wieso weißt du davon?"

Sie setzte eine beleidigte Miene auf. „Weil ich bis Freitag in der Firma war und dort alles auf die Präsentation hinfieberte."

Er nickte. „Das hatte ich vergessen."

„Und? Steigt er ein?"

„Sieht so aus."

Sie setzte sich nicht, sondern blieb mitten im Raum stehen und sah ihn an. „Okay, Henry, worum geht es?"

„So, wie die Dinge stehen, spielt es vermutlich keine große Rolle mehr, aber ich hätte trotzdem gern eine Erklärung. Vielleicht kann ich dann ein bisschen leichter damit leben. Deshalb sag mir eins, Nicki: Hat jemand Druck auf dich ausgeübt und dir gedroht? Oder hast du mich aus freien Stücken verraten und verkauft?"

Ihr Mund bildete einen perfekten Kreis. Pierce, der drei Jahre mit ihr zusammengelebt hatte, glaubte jeden Gesichtsausdruck von ihr zu kennen. Er bezweifelte, dass sie eine Miene aufsetzen konnte, die er noch nicht an ihr gesehen hatte. Und auch diesen perfekten Kreis von einem Mund kannte er bereits. Es war kein Ausdruck von Bestürzung, weil sie sich durchschaut fühlte. Es war Verständnislosigkeit.

„Henry, wovon redest du da eigentlich?"

Er hätte spüren müssen, dass er auf dem Holzweg war, aber es war zu spät. Er konnte nicht mehr zurück. „Du weißt genau, wovon ich rede. Du hast mich reingelegt, und ich will wissen, warum und für wen. Vor allem will ich wissen, ob dir klar war, dass sie sie umbringen würden. Erzähl mir nicht, dass du das nicht gewusst hast."

In ihren Augen erschienen die violetten Sprenkel, die ihren Zorn ankündigten. Oder ihre Tränen. Oder beides. „Ich habe keine Ahnung, wovon du sprichst. Wie hab ich dich reingelegt? Wen hab ich umgebracht?"

„Jetzt tu nicht so, Nicole. Ist er etwa da? Ist Elliot hier im Haus? Wann macht er mir ein Angebot? Mein Leben gegen Proteus!"

„Henry, ich glaube, es hat doch Folgen gehabt, dass du mit dem Kopf gegen die Wand geschlagen bist. Ich habe den Eindruck …"

„Lass das Theater! Du warst die Einzige, die von der Geschichte mit Isabelle wusste, die Einzige, der ich sie je erzählt habe. Und das hast du dir zunutze gemacht, um das Ganze einzufädeln. Wie konntest du das tun? Für Geld? Oder wolltest du mir bloß heimzahlen, dass ich alles verbockt habe?"

Er konnte sehen, wie sie zu zittern begann. Vielleicht schaffte er es jetzt, ihren Panzer zu durchbrechen …

Sie hob die Hände und wich vor ihm zurück. „Verlass sofort das Haus, Henry. Du bist übergeschnappt. Wenn nicht deshalb, weil du mit dem Kopf gegen die Wand geknallt bist, dann wegen der vielen Stunden im Labor. Jedenfalls ist bei dir endgültig eine Sicherung durchgebrannt."

„Ich will doch nur wissen, wer sie umgebracht hat! Warst du es selbst, oder hast du Wentz damit beauftragt? Die ganze Drecksarbeit hat er erledigt, stimmt's?"

Nicole blieb abrupt stehen. Ihre Stimme schnappte fast über, als sie ihn anschrie. „*Was*? Was sagst du da? Wen soll ich umgebracht haben?"

In der Hoffnung, sie würde sich beruhigen, hielt Pierce den Mund. Es lief nicht so, wie er gedacht hatte. Er wollte ein Geständnis von ihr. Stattdessen fing sie an zu weinen.

„Nicole, ich habe dich geliebt … Und ich weiß selbst nicht, was mit mir los ist, aber ich liebe dich noch immer."

Sie rang um Fassung, wischte sich die Wangen ab und verschränkte die Arme vor der Brust. „Würdest du mir einen Gefallen tun, Henry?", sagte sie ruhig. „Setz dich bitte in den Sessel dort, und ich setze mich hierhin." Sie dirigierte ihn zu dem Sessel und stellte sich dann hinter den, auf den sie sich setzen wollte. „Nimm einfach Platz und tu mir den Gefallen, mir zu erzählen, was passiert ist. Erzähl es mir so, als ob ich nichts darüber wüsste. Ich weiß, das glaubst du mir nicht, aber ich möchte, dass du es mir so erzählst, als würdest du es mir glauben. Erzähl es mir wie eine Geschichte. Du kannst in dieser Geschichte alles über mich sagen, was du willst, die schlimmsten Dinge, aber bitte erzähl sie mir. Von Anfang an. Okay, Henry?"

Langsam ließ sich Pierce auf den Sessel nieder, den sie ihm zugedacht hatte. Er sah sie die ganze Zeit an und beobachtete ihre Augen. Als sie ihm gegenüber Platz nahm, begann er die Geschichte zu erzählen.

„Man könnte sagen, das Ganze begann vor zwanzig Jahren … an dem Abend, an dem ich in Hollywood meine Schwester fand … und meinem Stiefvater nichts davon erzählte."

Eine Stunde später stand Pierce im Schlafzimmer und stellte fest, dass sich hier nichts verändert hatte. Selbst die Bücher, die sich auf Nickis Seite des Betts auf dem Boden stapelten, schienen die gleichen zu sein.

Als sie sich hinter ihn stellte und ihn mit den Fingern ganz leicht an den Schultern berührte, drehte er sich zu ihr um. Sie legte die Hände an sein Gesicht und betrachtete die Narben, die über seine Nase zum Auge liefen.

„Es tut mir so Leid, Hewlett“, murmelte sie.

„*Mir* tut es Leid … wegen vorhin. Dass ich dir das zugetraut habe. Ich möchte mich bei dir entschuldigen – überhaupt wegen allem, was letztes Jahr war. Ich dachte, ich könnte dich halten und trotzdem arbeiten wie …“

Ihre Hände wanderten in seinen Nacken und zogen seinen Kopf zu einem Kuss herab. Er drückte sie behutsam auf die Bettkante nieder und spürte, wie sie sich mit einer Hand an den Knöpfen seines Hemds zu schaffen machte. Als er das Hemd über den Kopf streifte, verzog sie beim Anblick der blauen Flecken auf seinem Oberkörper das Gesicht. Doch dann beugte sie sich vor und küsste die malträtierten Stellen eine nach der anderen, bis sie sich auf dem Bett in einer Umarmung wieder fanden, in der sich pure Lust mit Zärtlichkeit mischte.

Wie sehr sie ihm die ganze Zeit gefehlt hatte! Sehnsüchtig schaute er auf ihr Gesicht hinab.

Da hielt sie plötzlich inne und öffnete die Augen.

„Was ist?“, fragte er.

„Henry, so Leid es mir tut – ich kann nicht.“ Mit beiden Händen schob sie ihn von sich und setzte sich mit dem Rücken zu ihm auf die Bettkante.

Pierce berührte zart ihren Nacken, dann fuhr er mit dem Daumen ihre Wirbelsäule hinab. „Was ist, Nicki? Was stört dich?“

„Nach allem, was du mir vorhin erzählt hast, dachte ich, es würde uns gut tun, miteinander zu schlafen. Aber es stimmt nicht, Henry. Wir sind nicht mehr zusammen, und … ich weiß nicht. Ich kann einfach nicht.“

Lächelnd streckte er die Hand aus und berührte das winzige Tattoo auf ihrer rechten Hüfte. Es war *Fu,* das chinesische Zeichen für Glück. Sie hatte ihm einmal erzählt, dass es sie stets daran erinnern sollte, dass Glück von innen kam, nicht von materiellen Dingen.

Verwundert drehte sie sich um und sah ihn an. „Warum lächelst du? Jeder andere Mann wäre sauer.“

Er zuckte mit den Schultern. „Ich weiß nicht. Vielleicht kann ich dich verstehen.“

Doch allmählich dämmerte ihr, was hier vor sich ging. Abrupt stand sie auf und griff nach einem Kissen, um sich zu bedecken.

„Du bist ein solches Schwein!“

„Was hast du denn?“

Er sah die Sprenkel in ihren Augen, aber diesmal weinte sie nicht.

„Es war ein Test, stimmt's? So eine Art perverser Test. Du dachtest, wenn ich mit dir schlafe, könntest du sicher sein, dass ich dich nicht hintergangen habe."

Sie hatte Recht – genau das war ihm durch den Kopf gegangen. Verlegen wich er ihrem Blick aus. „Nicki, ich glaube nicht mehr …"

„Raus!"

„Nicole …"

„Du und deine blöden Tests und Experimente! Raus, habe ich gesagt!"

Jetzt schämte er sich für seine Hintergedanken. Er stand auf und begann sich anzuziehen. „Darf ich noch etwas sagen?"

„Nein, ich will nichts mehr hören." Sie drehte sich um und ging ins Bad.

„Es tut mir Leid, Nicole. Ich dachte …"

Energisch wurde die Badezimmertür verriegelt. „Geh endlich!", rief sie von drinnen. Dann hörte er die Dusche rauschen und wusste, sie wusch seine Berührungen von ihrer Haut.

Er zog sich fertig an und ging nach unten. Wie hatte er sich nur so gründlich in ihr täuschen können!

Bevor er das Haus verließ, ging er noch einmal ins Wohnzimmer und blieb vor dem Bücherregal stehen, bis er gefunden hatte, was er suchte – ein Buch über chinesische Schriftzeichen. Er blätterte darin, bis er *Fu* entdeckte. Im Begleittext wurde Konfuzius zitiert: ‚Wenn ich ungeschälten Reis zu essen habe, nichts als Wasser zu trinken und meinen angewinkelten Arm als Kopfkissen, dann bin ich glücklich.'

Er hätte es wissen müssen. Er hätte von Anfang an wissen müssen, dass sie nicht dahinter stecken konnte. Seine Logik war falsch. Die ganze wissenschaftliche Betrachtungsweise war falsch. Sie hatte ihn dazu gebracht, das Einzige in Zweifel zu ziehen, dessen er sich hätte sicher sein können.

Er blätterte in dem Buch, bis er zu *Shu* kam, dem Zeichen für Vergebung. „‚Vergeben muss man mit dem Herzen'", las er laut. Er legte das Buch aufgeschlagen auf den Couchtisch, wo sie es nachher finden würde. Dann zog er die Haustür hinter sich zu und ging zu seinem Auto.

Während er den Motor startete, tauchte in seinem Kopf das Bild des Pizza-Lieferwagens auf, den er vorhin gesehen hatte. Das erinnerte ihn nicht nur erneut daran, wie hungrig er war, sondern wurde zum Zündfunken für einen Geistesblitz. Wie vom Donner gerührt saß er sekundenlang da, ehe er den Motor abstellte und wieder ausstieg.

Nicole war entweder noch unter der Dusche oder wollte nicht an die Tür kommen, aber das war ihm egal. Mit seinem eigenen Schlüssel öffnete er die Haustür und ging durch die Diele in Richtung Küche.

„Nicki!“, rief er. „Ich bin's noch mal! Ich muss nur kurz telefonieren!“

Er bekam keine Antwort.

Von dem Apparat in der Küche rief er die Auskunft für Venice an und fragte nach der Nummer von Domino's Pizza-Service. Es gab zwei Filialen – er notierte sich beide Nummern auf dem Block, den Nicole neben dem Telefon liegen hatte. Dann wählte er die erste Nummer. Während er wartete, öffnete er die Schublade unter dem Telefon und nahm das Branchenfernsprechbuch heraus. Wenn es bei Domino's nicht klappte, würde er jeden Pizza-Lieferservice in Venice anrufen müssen.

„Domino's Pizza-Service, was kann ich für Sie tun?“

„Ich möchte eine Pizza bestellen.“

„Ihre Telefonnummer?“

Aus dem Gedächtnis nannte Pierce Lucy LaPortes Handynummer. Er hörte, wie sie in einen Computer getippt wurde. Dann sagte der Mann am anderen Ende der Leitung: „Wie ist Ihre Adresse, bitte?“

„Heißt das, Sie haben mich nicht im Computer?“

„Nein, Sir.“

„Entschuldigung, dann habe ich die falsche Filiale angerufen.“

Er legte auf und versuchte es bei der anderen Filiale. Diesmal war es eine Frau, die Lucys Handynummer aufnahm.

„Ist Ihre Adresse Breeze neunhundertneun? LaPorte?“

„Äh, ja, das ist richtig.“

„Was hätten Sie gern?“

„Äh, haben Sie im Computer, was wir letztes Mal hatten?“

„Normale Größe, Zwiebel, Paprika und Pilze.“

„Das ist gut. Bitte wieder das Gleiche.“

„Okay, in dreißig Minuten.“

Als Pierce auflegte und sich umdrehte, stand Nicole vor ihm. Sie hatte nasses Haar und trug einen weißen Frotteebademantel. Völlig entgeistert starrte sie auf das Branchentelefonbuch, das bei den Pizza-Lieferdiensten aufgeschlagen war.

„Es ist unfassbar, Henry. Nach allem, was gerade geschehen ist, gehst du in meine Küche und bestellst eine Pizza, als wärst du hier zu Hause!“

„Ich hab nichts bestellt, Nicole. Ich muss unbedingt jemanden finden, und das ist die einzige Möglichkeit.“

„Ich hatte dich doch gebeten zu gehen“, sagte sie.

„Ist ja gut, ich bin schon weg."

Er wollte an ihr vorbei, Richtung Haustür, doch plötzlich änderte er seinen Kurs und trat auf sie zu. Entschlossen und doch sanft fasste er sie an den Schultern und zog sie an sich. Bevor sie ihn wegstoßen konnte, küsste er sie rasch auf den Mund.

„Auf Wiedersehen", sagte er leise. „Ich liebe dich noch immer."

Auf dem Weg zur Tür streifte er den Hausschlüssel von seinem Schlüsselbund und warf ihn auf den kleinen Tisch neben dem Eingang. Er drehte sich um und schaute zu ihr zurück, aber sie wandte sich ab.

DIE BREEZE war eine der Fußgängerstraßen von Venice. Hier in Strandnähe gab es mehrere Wohngebiete, in denen sich die kleinen Bungalows nur durch einen Fußweg getrennt gegenüberstanden. Mit dem Auto waren die Häuschen nicht zu erreichen.

Pierce fand einen Parkplatz in der Ocean und ging von dort zur Breeze. Es war fast sieben Uhr, und der Himmel begann sich orangegolden zu färben. Pierce schlenderte den Fußweg entlang, als wäre er zum Strand unterwegs, um sich dort den Sonnenuntergang anzusehen. Als er an dem Haus mit der Nummer 909 vorbeikam, nahm er es unauffällig in Augenschein. Es war ein gelber Bungalow mit einer breiten Veranda und einem weißen Bretterzaun. Die Vorhänge hinter den Fenstern waren zugezogen.

Er setzte seinen Spaziergang bis zu der Stelle fort, wo die Breeze an der Strandstraße endete. Dort gab es einen Parkplatz, auf dem er die nächsten zehn Minuten damit verbrachte, zu beobachten, wie die Sonne dem Horizont entgegensank. Dann ging er auf der Breeze zurück. Wieder kam er bei der Nummer 909 vorbei, und wieder konnte er keinerlei Anzeichen dafür entdecken, dass das Haus zurzeit bewohnt war.

Als er das andere Ende der Breeze erreichte, hielt an der Mündung des Fußwegs gerade ein blauer Lieferwagen mit dem bekannten Domino's-Schild auf dem Dach. Der Fahrer sprang mit einer roten Warmhaltebox heraus und lief rasch den Fußweg hinunter. Pierce ließ ihm einen Vorsprung, dann folgte er ihm. Als der Mann das Haus mit der Nummer 909 erreichte, blieb Pierce stehen und suchte hinter einer roten Bougainvillea im Garten des Nachbarhauses Deckung.

Der Pizzabote klopfte zweimal und schien bereits wieder gehen zu wollen, als sich die Tür öffnete.

„Tut mir Leid, ich habe keine Pizza bestellt." Pierce hörte an der Stimme, dass es Lucy LaPorte war.

„Wirklich nicht? Sie ist aber für Breeze neunhundertneun.“ Der Pizzabote machte die Isolierbox an der Seite auf, zog eine flache Schachtel heraus und las an der Seite etwas ab. „LaPorte, normal, mit Zwiebeln, Paprika und Pilzen.“

Lucy kicherte. „Tja, das bin schon ich, und das bestelle ich normalerweise auch, aber heute Abend habe ich keine Pizza bestellt. Vielleicht hat ja Ihr Computer verrückt gespielt und eine alte Bestellung noch mal ausgespuckt.“

Der Mann schaute auf die Schachtel hinab und schüttelte traurig den Kopf. „Na, meinetwegen. Ich werde es im Büro sagen.“

Er schob die Schachtel in die Box zurück und wandte sich zum Gehen. Als er das Grundstück verließ, schloss sich die Haustür hinter ihm.

Pierce fing den Mann an der Bougainvillea mit einem Zwanzigdollarschein ab. „Hallo! Wenn sie die Pizza nicht will, nehme ich sie.“

Die Miene des Mannes hellte sich auf. „Na, wenn Sie meinen.“

Pierce tauschte den Zwanziger gegen die Pizza. „Der Rest ist für Sie.“

Der Pizzabote begann zu strahlen. Aus einer kleinen Katastrophe war ein großes Trinkgeld geworden. „Danke! Und einen schönen Abend noch!“

„Ich werd mich bemühen.“

Ohne Zögern trug Pierce die Pizza zu Lucys Bungalow. Er klopfte und stellte erleichtert fest, dass die Tür hier keinen Spion hatte.

Diesmal dauerte es nur ein paar Sekunden, bis Lucy an die Tür kam. Als sie Pierce sah und seine Narben bemerkte, machte sich Bestürzung in ihrem Gesicht breit.

„Hallo, Lucy! Du wolltest, dass ich dir beim nächsten Mal eine Pizza mitbringe. Weißt du noch?“

„Was willst du hier? Ich hab doch gesagt, du sollst mich in Ruhe lassen.“

„Du hast gesagt, ich soll dich nicht anrufen. Und daran hab ich mich gehalten.“

Sie versuchte, die Tür zuzumachen, aber darauf war er vorbereitet. Er hob rasch die Hand und hielt mit gestrecktem Arm dagegen. Es war nicht schwer, denn Lucy drückte nicht sehr fest. Entweder versuchte sie es nicht wirklich, oder sie hatte einfach nicht mehr Kraft.

„Wir müssen miteinander reden“, sagte er.

„Nicht jetzt. Du musst hier wieder verschwinden.“

„Nein, zuerst redest du mit mir.“

Seufzend gab sie ihren halbherzigen Versuch auf, die Tür zuzudrücken. „Also, was willst du?“

„Zunächst mal würde ich gern reinkommen. Es ist nicht sehr gemütlich hier draußen."

Sie gab die Tür frei, und er folgte ihr nach drinnen. Das Wohnzimmer war klein und bot kaum genug Platz für ein Sofa, einen Polstersessel und einen Couchtisch.

Pierce legte die Pizzaschachtel auf den Tisch. „Setz dich doch, und iss ein Stück!"

„Ich will keine Pizza. Wenn ich eine wollte, hätte ich sie dem Typen abgekauft. Hast du mich über den Pizzaservice gefunden?"

Sie trug eine abgeschnittene Jeans und ein ärmelloses grünes T-Shirt. Keine Schuhe. Sie kam Pierce müde vor.

„Ja, sie hatten deine Adresse im Computer."

„Ich sollte sie verklagen."

„Vergiss es, Lucy, wir haben Wichtigeres zu besprechen." Er musterte ihr unversehrtes Gesicht. „Du hast mich belogen. Du hast behauptet, sie hätten dir wehgetan und dich so grün und blau geschlagen, dass du dich nicht unter die Leute wagen könntest."

„Ich hab nicht gelogen." Sie hob ihr T-Shirt hoch, sodass er Bauch und Brust zu sehen bekam. Entlang dem Rippenbogen hatte sie einen dunkelvioletten Bluterguss. Ihre rechte Brust sah merkwürdig deformiert aus. Es waren einzelne kleine blaue Flecken auf der Haut, die offensichtlich von Fingern herrührten.

„Oh nein", flüsterte er.

Sie zog das T-Shirt wieder herunter. „Ich hab sehr wohl was abgekriegt. Und mein Implantat hat er auch kaputtgemacht, möglicherweise läuft es sogar aus. Aber ich kann erst morgen zum Arzt."

Pierce sah sie prüfend an. Sie hatte eindeutig Schmerzen – und Angst. Und sie fühlte sich allein. Nachdenklich setzte er sich auf die Couch.

„Lucy, es tut mir so Leid."

„Mir auch. Es tut mir Leid, dass ich mich jemals mit dir eingelassen habe. Und deshalb gehst du jetzt wieder. Wenn sie rauskriegen, dass du hier warst, kommen sie zurück, und dann wird alles noch viel schlimmer."

„Okay, ich gehe", sagte er, machte jedoch keine Anstalten aufzustehen. „Schade, ich hätte gern herausgefunden, wer mir das alles angehängt hat."

„Wer dir was angehängt hat?"

„Den Mord an Lilly Quinlan."

Erschüttert ließ sich Lucy in den Sessel sinken. „Ist sie wirklich tot?"

Er nickte. „Die Polizei denkt, ich war es. Sie wollen mich deswegen vor Gericht stellen."

„Ich kann ihnen sagen, dass du nur versucht hast, sie zu finden, weil du dich vergewissern wolltest, dass ihr nichts passiert ist."

„Das ist nett von dir, aber es würde nichts nützen. Renner – so heißt der Detective – hält das für einen Teil der Taktik, mit der ich vertuschen will, dass ich sie umgebracht habe."

Darauf sagte Lucy lange Zeit nichts. Pierce las die Schlagzeilen einer Zeitung, die auf dem Couchtisch lag.

„Ich könnte ihnen erzählen, dass Wentz mich beauftragt hat, dir Lillys Wohnung zu zeigen", meinte sie schließlich leise.

Pierce schaute zu ihr auf. „Stimmt das denn?"

Sie nickte. „Aber ich schwöre dir, Henry, ich wusste nicht, dass er dir was anhängen wollte!"

„Was genau hat er gesagt? Was solltest du tun?"

„Er hat nur gesagt, dass ich einen Anruf von dir bekommen würde, von einem Henry Pierce, und dass ich mich mit dir treffen und dir Lillys Wohnung zeigen sollte. Er wollte, dass ich es so aussehen lasse, als wäre es deine Idee gewesen, dorthin zu fahren. Das war alles – und das ist auch alles, was ich damals wusste. Ich hatte ja keine Ahnung, Henry!"

Er nickte. „Schon gut. Ich bin nicht sauer auf dich, Lucy. Du hattest gar keine andere Wahl, als zu tun, was er verlangt hat."

„Ich könnte es dem Detective erzählen", wiederholte sie. „Dann wäre klar, dass man dich in eine Falle gelockt hat."

Pierce schüttelte den Kopf. „Nein, Lucy. Das würde dich nur noch mehr in Gefahr bringen. Außerdem …" Fast hätte er gesagt, dass das Wort einer Prostituierten bei der Polizei nicht viel zählte. „Außerdem glaube ich nicht, dass das Renners Sicht der Dinge wesentlich ändern würde."

Dann fiel ihm etwas anderes ein. „Lucy, wenn du alles getan hast, was Wentz von dir wollte – warum haben sie dich trotzdem so zugerichtet?"

„Um mir Angst zu machen. Sie wussten, dass die Polizei mich suchen würde, und haben mir genau erklärt, was ich sagen sollte. Sie haben den Text richtig mit mir gepaukt. Außerdem wollten sie, dass ich für eine Weile von der Bildfläche verschwinde. Sie meinten, in ein paar Wochen würde alles wieder seinen gewohnten Gang gehen."

„Dann hatten sie also auch alles, was du mir über Lilly erzählt hast, mit dir abgesprochen?"

„Wovon redest du?"

„Na, zum Beispiel diese Geschichte, dass ihr in ihrer Wohnung verabredet wart und sie nicht da war. Das war nur erfunden, um mich auf die Idee zu bringen, dorthin zu fahren, oder?“

„Nein, das hat gestimmt. Nichts von dem, was ich dir erzählt habe, war gelogen, Henry. Der Kunde, das Auto, der ganze Zirkus, das war alles wirklich so.“

„Was für ein Auto?“

„Ich hab dir doch erzählt, dass der Parkplatz besetzt war, obwohl Lilly ihn eigentlich mit der Wohnung gemietet hatte – für ihre Kunden. Für *unseren* Kunden in dem Fall. Das war grässlich, weil wir woanders parken und zu Fuß zurückgehen mussten, und dabei ist der Typ ins Schwitzen gekommen. Ich kann verschwitzte Typen auf den Tod nicht ausstehen, weißt du? Und als wir dann endlich ankamen, war Lilly nicht da.“

Plötzlich ging Pierce ein Licht auf. Dieses Detail hatte er übersehen, als Lucy ihm die Geschichte zum ersten Mal erzählt hatte, weil er ihm keine Bedeutung beimaß. Inzwischen war klar: Lilly Quinlan hatte damals nicht geöffnet, weil sie tot in der Wohnung lag. Doch möglicherweise war sie nicht allein dort gewesen. Da hatte ein Auto vor der Wohnung gestanden.

„Das Auto auf dem Parkplatz, war das Lillys?“

„Nein, ich hab doch gesagt, dass sie den Platz immer für ihre Kunden frei ließ.“

„Kannst du dich noch an den Wagen erinnern?“

„Ja, weil das Verdeck offen war und ich in dieser Gegend nie ein Auto mit offenem Verdeck stehen lassen würde – so nah am Strand, wo die ganzen Penner rumhängen.“

„Was war es denn für ein Wagen?“

„Ein schwarzer Jaguar.“

Einen Augenblick lang wurde ihm schwindelig, so grell und überdeutlich fügte sich alles in seinem Kopf zusammen. Plötzlich schien jedes Teilchen zu passen. Pierce erhob sich von der Couch. „Ich muss gehen, Lucy.“

„Alles in Ordnung mit dir?“

„Jetzt ist alles in Ordnung, ja.“

„Möchtest du deine Pizza mitnehmen?“

Pierce schüttelte den Kopf. „Ich glaube nicht, dass ich sie runterbekäme.“

WEIL ER zuvor noch einiges erledigen musste, konnte Pierce Cody Zeller erst nach Mitternacht anrufen. Dann jedoch drängte er den Freund, auf der Stelle in die Firma zu kommen, weil jemand in ihr Computersystem eingedrungen sei. Zeller sträubte sich zunächst und erklärte, er habe Damenbesuch, es gehe erst am Morgen. Pierce erwiderte, es handle sich um einen Notfall, am Morgen sei es bereits zu spät. Er machte Zeller klar, dass er seiner Bitte besser nachkäme, falls ihm weiterhin an ihrer Freundschaft und an einer Zusammenarbeit mit Amedeo gelegen wäre. Dabei musste er sich überwinden, mit ruhiger Stimme zu sprechen – denn ihre Freundschaft war in diesem Moment bereits unwiederbringlich beendet.

Es dauerte zwei Stunden, bis Cody Zeller endlich bei Amedeo Technologies auftauchte. Pierce saß im Labor und betrachtete auf dem Computermonitor die Bilder der Überwachungskameras, während er wartete. Es war ein komplettes Kamerasystem, mit dem er Zeller von dem Augenblick an beobachten konnte, in dem er seinen schwarzen Jaguar in der Parkgarage abstellte und durch den Haupteingang kam, wo ihm der Wachmann mit dem Hinweis, Pierce erwarte ihn im Labor, eine Chipkarte aushändigte.

Pierce verfolgte, wie Zeller mit dem Aufzug nach unten fuhr und die Schleuse betrat. An diesem Punkt stellte er die Bildübertragung ab, rückte das Mikrofon, das auf dem Monitor stand, zurecht und startete das Sprachaufnahmeprogramm des Computers. Dann schaltete er den Bildschirm aus.

„So“, sagte er, „es kann losgehen.“

Mit der Chipkarte gelangte Zeller nur in die Schleuse hinein, der Ausgang dagegen hatte ein Nummernschloss. Daher klopfte er an die kupferverkleidete Innentür. Pierce stand auf und ließ ihn ins Labor.

Zeller spielte den Entrüsteten. „Mann, Einstein, dir ist hoffentlich klar, dass ich gerade auf höchst amüsante Weise beschäftigt war, als du angerufen hast.“

Pierce kehrte zu seinem Platz am Computer zurück und setzte sich. Er drehte den Sessel zu Zeller herum. „Ich finde, es hat ganz schön lange gedauert, bis du hier warst. Erzähl mir also nicht, du hättest meinetwegen mittendrin aufgehört.“

„Da täuschst du dich aber gewaltig, mein Freund. Ich hab nur deshalb so lange gebraucht, weil ich Kavalier bin und die Dame erst noch ins Valley zurückgebracht habe. Was riecht hier eigentlich so komisch?“

Zeller sprach ungewöhnlich schnell.

Vielleicht ist er betrunken, dachte Pierce, oder auf Drogen – oder beides. Er war nicht sicher, wie sich das auf sein Experiment auswirken würde. Es fügte dem Versuchsaufbau ein neues Element hinzu.

„Karbon“, erwiderte er. „Ich dachte mir, ich backe ein paar Leiter, während ich auf dich warte.“

„Dieser Geruch …“ Zeller schnippte mit den Fingern, wie um sein Gedächtnis anzukurbeln. „Er erinnert mich an damals, als ich noch ein Junge war … und meine kleinen Plastikautos angezündet habe.“

„Was für eine hübsche Erinnerung! Vielleicht magst du ein bisschen ins Leiterlabor gehen? Dort ist der Geruch noch intensiver.“

„Nein danke, fürs Erste genügt mir das.“ Er schüttelte sich angewidert. „Okay, Alter, hier bin ich also. Wo ist dein Riesenproblem?“

„Wie gesagt, es ist jemand in unser Rechnersystem eingedrungen“, antwortete Pierce. „Dein angeblich nicht zu knackendes Sicherheitssystem kannst du vergessen, Code. Jemand stiehlt unsere geheimsten Daten.“

Der Vorwurf ließ Zeller sofort hochgehen. „Moment, Moment! Woher willst du das wissen?“

„Ich weiß es einfach.“

„Aha, du weißt es einfach. Das werde ich wohl so akzeptieren müssen. Und woher weißt du dann, dass die undichte Stelle im Computersystem steckt – und nicht in der großen Klappe von jemandem, der eure Geheimnisse durchsickern lässt oder verkauft? Was ist zum Beispiel mit Charlie Condon? Ich war ein paarmal ein Bier mit ihm trinken. Quatscht ziemlich gern, der Typ.“

„Reden ist sein Job. Aber hier geht es um Geheimnisse, die nicht mal Charlie kennt – außer mir selbst wissen nur ein paar Leute aus dem Labor davon. Und es geht um das hier.“ Er öffnete eine Schublade und nahm ein kleines Gerät heraus, das wie ein Relaisschaltkasten aussah. Es besaß einen Netzstecker sowie eine kleine Drahtantenne und war über ein etwa fünfzehn Zentimeter langes Kabel mit einer Steckkarte verbunden. Pierce legte alles auf den Schreibtisch. „Als ich Verdacht geschöpft hatte, nahm ich mir den Hauptrechner vor und fand dieses Teil hier an einem Steckplatz angebracht. Es hat ein Funkmodem. Ich glaube, ihr Computerfuzzis nennt so was einen Sniffer.“

Zeller trat an den Schreibtisch heran und nahm das Gerät an sich. „Wir Computerfuzzis? Meinst du damit Spezialisten für Datensicherheit?“ Er drehte das Kästchen in den Händen. Es war ein Datenfänger, im Hackerjargon tatsächlich Sniffer genannt. Wenn man es am Zentralrechner anbrachte, fing es den gesamten E-Mail-Verkehr eines Computersystems ab und leitete ihn über das Funkmodem an eine vorgegebene Adresse weiter.

Zellers Miene spiegelte tiefe Besorgnis wider. Er ist ein guter Schauspieler, dachte Pierce.

„Selbst gebaut“, urteilte Zeller nach einer Weile.

„Sind sie das nicht alle?“, fragte Pierce. „Oder kann man solche Sachen heutzutage schon im Versandhandel kaufen?“

Zeller ignorierte die Bemerkung. „Wie zum Teufel ist das Ding hier reingekommen? Und warum hat der Kerl, der das System wartet, es nicht entdeckt?“

Pierce lehnte sich zurück und versuchte, ruhig zu bleiben. „Spar dir doch das Theater, und erzähl es mir einfach, Cody!“

Zeller blickte von dem Gerät zu Pierce. Er wirkte überrascht und gekränkt. „Woher soll ich das wissen? Ich habe dein System gebaut, Hank, aber nicht dieses Ding da.“

„Genau, du hast das System aufgebaut – und das Teil war in den Großrechner integriert. Die Wartungsleute haben es entweder nicht gesehen, weil du sie bestochen hast oder weil es zu gut versteckt war. Ich habe es nur gefunden, weil ich danach suchte.“

„Jetzt hör mir mal zu: Jeder, dem dein Wachmann oben eine Chipkarte gibt, hat Zugang zum Computerraum und könnte das Teil da anbringen. Als wir das Ganze damals planten, hab ich dir geraten, den Computerraum aus Sicherheitsgründen hier unten im Labor unterzubringen.“

Pierce schüttelte den Kopf. „Der Großrechner hätte sich störend auf die Experimente ausgewirkt, das weißt du ganz genau. Aber darum geht es im Moment nicht. Das hier ist *dein* Sniffer, Cody. Ich hab zwar in Stanford von Informatik auf Chemie umgesattelt, aber ein bisschen kenne ich mich immer noch aus. Das Modem ist programmiert. Als ich es in mein Notebook einsteckte und zum Einwählen benutzte, wurde ich mit einer Datensammelsite verbunden, die unter DoomstersInk registriert ist.“

Er wartete auf eine Reaktion, doch eine kaum wahrnehmbare Augenbewegung war alles, was Zeller ihm bot.

„Aber das weißt du ja selbst“, fuhr Pierce fort. „Ich vermute, du hast den Sniffer installiert, als wir hier eingezogen sind. Seit drei Jahren spionierst du, lauschst du, klaust du – oder wie du es sonst nennen willst.“

Zeller legte das Gerät auf den Schreibtisch zurück. Er hielt den Blick gesenkt, als Pierce fortfuhr.

„Vor ungefähr einem Jahr, schon bald nachdem ich Brandon Larraby eingestellt hatte, begann ich mich per E-Mail mit ihm über ein Projekt namens Proteus auszutauschen. Später gab es Mails zum gleichen Thema an Charlie und schließlich auch an meinen Patentanwalt. All diese E-Mails hast du gelesen, und so konntest du dir zusammenreimen, woran wir da arbeiteten. Die Formel selbst hast du nicht in die Finger bekommen – so dämlich waren wir nicht. Aber du hast genug mitgekriegt, um zu erkennen, was wir da entdeckt hatten und was wir damit machen wollten."

„Na schön, und wenn es wirklich so wäre? Dann hab ich's eben mitgekriegt. Ist das so schlimm?"

„Das Schlimme ist, dass du es verkauft hast. Du hast das, was du da ausspioniert hast, benutzt, um mit jemandem ein Geschäft zu machen."

Zeller schüttelte traurig den Kopf. „Weißt du was, Henry? Ich gehe jetzt. Ich glaube, du hast zu lange in diesem Loch hier rumgesessen." Er sah Pierce direkt in die Augen. „Als ich damals diese Plastikautos verbrannte, hab ich gewaltige Kopfschmerzen von dem Gestank bekommen. Bestimmt tut dir das auch nicht gut. Schau dich doch mal an, wie ..."

Pierce war aufgestanden. Seine Wut fühlte sich wie ein faustgroßer Stein an, der auf seinem Magen lag. „Du hast mich da reingeritten! Mir ist noch nicht klar, worum es dabei genau geht, aber du hast mich da ganz übel reingeritten!"

„Bist du jetzt völlig durchgeknallt, Mann? In was soll ich dich reingeritten haben? Gut, ich hab rumgeschnüffelt. Mein alter Hackerinstinkt. Wenn man das mal im Blut hat – du kennst das ja. Okay, ich hab dieses Teil da angebracht, als ich das System eingerichtet habe. Aber wenn du's genau wissen willst: Ich hatte es längst vergessen. Ich hab schon vor mindestens zwei Jahren aufgehört, in dieser Site nachzusehen, weil mir der Kram, der da immer durchkam, viel zu langweilig war. Das ist alles, Hank. Ich hab keine Ahnung, in was ich dich reingeritten haben soll."

Doch Pierce ließ sich nicht beirren. „Ich kann mir gut vorstellen, wie der Kontakt zwischen dir und Wentz zustande gekommen ist. Wahrscheinlich hast du ihm seine Systeme abgesichert. Womit er sein Geld verdient, wird dich nicht groß gestört haben. Geschäft ist schließlich Geschäft, oder?"

Zeller antwortete nicht, und Pierce erwartete es auch gar nicht. Er wütete weiter: „Und dann die Telefonnummer – die alles entscheidende Nummer. Zuerst dachte ich, meine Assistentin hätte sie beantragt, um den Stein ins Rollen zu bringen. Doch inzwischen ist mir klar, dass es genau andersherum war. Du hast als einer der Ersten eine Mail mit meiner neuen Rufnummer gekriegt, worauf du hingegangen bist und sie auf Lillys Internetseite gesetzt hast. Und schon lief die Sache an." Er überlegte kurz. „Deshalb durfte ich in Lillys Haus auch keine Telefonrechnungen finden – weil ich sonst gemerkt hätte, dass *sie* diese Nummer nie hatte."

Wieder bekam er keine Antwort.

„Das Einzige, was ich mir noch nicht richtig erklären kann, ist das mit meiner Schwester. Du musst von Isabelle gewusst haben und davon, dass ich sie gefunden und es meinem Stiefvater nicht erzählt habe. Du wusstest genau, dass ich die Sache diesmal nicht einfach auf sich beruhen lassen würde, dass ich mich auf die Suche nach Lilly machen und voll in die Falle tappen würde.“

Zeller sagte immer noch nichts. Wortlos wandte er sich ab und ging zur Tür. Doch als er am Knauf drehte, ging die Tür nicht auf. Man musste den Zahlencode nicht nur eingeben, wenn man ins Labor hinein-, sondern auch, wenn man hinauswollte.

„Mach die Tür auf, Henry“, sagte er müde. „Ich will gehen.“

„Du bleibst hier! So lange, bis ich weiß, was da genau gespielt wird. Für wen tust du das? Wie viel zahlen sie dir?“

„Also gut, dann mach ich’s eben selbst.“ Zeller tippte die Zahlenkombination ein, öffnete die Tür und blickte sich nach Pierce um. *„Vaya con dios, amigo.“*

„Woher kennst du die Kombination?“

Das ließ Zeller kurz innehalten, und Pierce musste fast grinsen. Die Tatsache, dass Zeller den Code kannte und benutzte, war ein Eingeständnis. Kein großes zwar, aber es zählte trotzdem.

„Los, sag schon: Woher kennst du die Kombination? Wir ändern sie jeden Monat – übrigens auf deinen Rat hin – und teilen sie den Laboranten per E-Mail mit. Du hast doch gerade behauptet, du hättest schon seit zwei Jahren keine Mails mehr über das Teil hier abgerufen.“ Pierce drehte sich um und deutete auf den Sniffer. „Woher weißt du dann die Kombination?“

Zellers Blick folgte ihm zu dem Gerät. Dann änderte sich seine Blickrichtung geringfügig, und Pierce sah, dass er etwas bemerkt hatte. Er kam ins Labor zurück. Mit einem lauten Flopp schloss sich die Tür der Schleuse wieder hinter ihm.

„Warum hast du den Monitor ausgeschaltet, Henry? Ich sehe, dass dein Rechner arbeitet, aber der Monitor ist aus.“

Mit drei Schritten war Zeller hinter dem Schreibtisch und drückte auf den Knopf. Wenige Augenblicke später erschien die Mitschrift ihres Gesprächs auf dem Bildschirm. Die letzte Zeile lautete: „Ich sehe, dass dein Rechner arbeitet, aber der Monitor ist aus.“

Das Programm, die neueste Version eines speziellen Spracherfassungssystems, funktionierte erstaunlich gut. Die Forscher im Labor benutzten es regelmäßig, um Anmerkungen zu Experimenten zu diktieren oder Versuche zu beschreiben, die sie gerade durchführten.

Pierce sah zu, wie Zeller die Tastatur zu sich heranzog und die Datei in Windeseile löschte. Dann deinstallierte er das Programm.

„Die Datei lässt sich wiederherstellen“, sagte Pierce. „Das weißt du.“

„Deshalb werde ich ja auch die Festplatte mitnehmen.“ Zeller kauerte sich vor dem Rechnergehäuse nieder und drehte es herum, sodass er an die Schrauben herankam, mit denen die Rückwand befestigt war. Er holte ein Taschenmesser aus seiner Hosentasche und klappte den Schraubenzieher aus. Dann trennte er den Rechner vom Stromnetz und machte sich an der obersten Schraube zu schaffen. Plötzlich hielt er inne – er hatte das Telefonkabel bemerkt, das auf der Rückseite des Computers eingesteckt war. Mit einem Handgriff zog er es heraus und hielt es hoch. „Das sieht dir gar nicht ähnlich, Henry. Ein Sicherheitsfanatiker wie du. Warum hast du den Computer angeschlossen?“

„Weil ich online war. Ich wollte, dass die Datei, die du gerade gelöscht hast, in dem Moment rausgeschickt wird, in dem du die Worte sagst. In dem Programm war ein Erkennungscode für deine Stimme angelegt. Auch das hast du uns empfohlen, weißt du noch? Damit ist die Datei so beweiskräftig wie eine Tonbandaufnahme.“

Zeller richtete sich langsam auf und fasste wieder in seine Hosentasche. Er drehte sich um und öffnete ein silbernes Handy. „Ich weiß, dass du zu Hause keinen Internetanschluss hast, Henry. Zu unsicher“, sagte er. „Also ist die Datei wahrscheinlich bei Nicki gelandet. Ich schicke gleich jemanden bei ihr vorbei, damit er auch ihre Festplatte mitnimmt, wenn du nichts dagegen hast.“

Einen Augenblick lang erschrak Pierce, doch er beruhigte sich schnell wieder. Mit der Drohung gegen Nicole hatte er zwar nicht gerechnet, aber sie beeindruckte ihn auch nicht übermäßig. Tatsache war, dass die Sache mit dem Telefonanschluss nur Teil des Experiments war. Die Spracherfassungsdatei war nirgendwohin geschickt worden.

Zeller versuchte es mehrere Male, bekam jedoch keine Verbindung. Schließlich nahm er das Handy vom Ohr und starrte es ärgerlich an.

„Blödes Ding!“

„Die Wände sind mit Kupfer verkleidet, erinnerst du dich? Nichts kommt rein, aber es geht auch nichts raus.“

„Na schön. Ich bin gleich zurück.“ Zeller gab erneut die Zahlenkombination für das Türschloss ein und betrat die Schleuse.

Sobald sich die Tür hinter ihm geschlossen hatte, ging Pierce zum Schreibtisch, nahm das Taschenmesser und klappte eine Klinge heraus.

Dann kniete er neben dem Rechner nieder, griff nach der Telefonleitung, formte sie zu einer Schlinge und schnitt sie durch. Er legte das Messer zusammen mit dem durchtrennten Kabel gerade auf den Schreibtisch, als Zeller aus der Schleuse zurückkam, in einer Hand die Chipkarte, in der anderen sein Handy.

„Du musst entschuldigen“, sagte Pierce. „Ich habe angeordnet, dass sie dir eine Karte geben, mit der du reinkommst, aber nicht raus. Man kann sie so programmieren.“

Zeller nickte. „Und das war der einzige Anschluss ins Labor“, sagte er und zeigte auf das durchgeschnittene Telefonkabel auf dem Schreibtisch.

„Genau.“

Zeller schnippte die Chipkarte in Pierces Richtung. Sie prallte von ihm ab und fiel zu Boden. „Wo ist deine Karte?“

„Im Auto. Ich musste mich vom Wachmann runterbringen lassen. Wir sitzen fest, Code. Kein Telefon, keine Kameras, keine Besucher. Es dauert mindestens fünf, sechs Stunden, bis die ersten Laborratten eintrudeln und uns hier rauslassen können. Also mach es dir bequem, und erzähl mir die Geschichte.“

Cody Zeller schaute sich aufmerksam im Labor um, musterte die Decke, die Schreibtische, alles, nur nicht Pierce. Dann kam ihm eine Idee, und er begann mit neuer Energie durch das Labor zu wandern. Sein Kopf drehte sich von einer Seite auf die andere, als würde er nach etwas Bestimmtem suchen.

Pierce konnte sich denken, worauf er aus war. „Es gibt einen Feuermelder, Code. Aber wenn du ihn betätigst, rücken Feuerwehr *und* Polizei an. Möchtest du das? Willst du *ihnen* alles erklären?“

„Das ist mir doch egal. Du kannst es ihnen erklären.“ Er entdeckte den roten Notgriff neben der Tür zum Leiterlabor, ging darauf zu und zog ihn nach unten. Grinsend wandte er sich wieder Pierce zu, aber nichts geschah.

Zellers Grinsen verflog. Seine Augen verwandelten sich in Fragezeichen, und Pierce nickte bestätigend. Ja, er hatte die Anlage abgeschaltet.

Frustriert ging Zeller zu dem Arbeitstisch, der am weitesten von Pierce entfernt stand, zog den dazugehörigen Stuhl heraus und setzte sich. Er lehnte sich zurück, verschränkte die Arme und legte die Füße auf den Tisch, nur wenige Zentimeter neben einem 250 000 Dollar teuren Elektronenmikroskop. Dann schloss er die Augen.

Pierce wartete. Wenn es sein musste, hatte er die ganze Nacht Zeit. Cody hatte ihn nach allen Regeln der Kunst vorgeführt. Jetzt war es an der Zeit, den Spieß umzudrehen. Jetzt würde er Zeller vorführen.

Fünfzehn Jahre zuvor, als die Doomsters von der Campuspolizei gefasst worden waren, hatte man sie in getrennten Räumen untergebracht und schmoren lassen. Die Cops hatten nichts gegen sie in der Hand gehabt – bis Zeller irgendwann umgefallen war und alles erzählt hatte. Und zwar nicht aus Angst oder vor Erschöpfung. Nein, aus dem Bedürfnis heraus, sich mitzuteilen und alle an seiner Genialität teilhaben zu lassen. Auf dieses Bedürfnis zählte Pierce jetzt.

Fünf Minuten vergingen. Als Zeller schließlich zu reden begann, war seine Körperhaltung unverändert, die Augen immer noch geschlossen.

„Es war irgendwann in der Zeit nach ihrem Begräbnis."

Unschlüssig, wie er ihn zum Weiterreden bringen könnte, wartete Pierce. Dann versuchte er es auf die direkte Tour. „Welches Begräbnis?"

„Das deiner Schwester. Du wolltest nicht darüber reden, als du nach Palo Alto zurückgekommen warst … hast die ganze Geschichte in dich reingefressen. Eines Nachts kam dann alles raus. Wir haben ziemlich gesoffen – du am meisten –, und ich hatte von den Weihnachtsferien auf Maui noch etwas Stoff übrig. Den haben wir uns auch noch reingezogen, und dann … Mann, du konntest gar nicht mehr aufhören, darüber zu reden."

Daran konnte sich Pierce nicht mehr erinnern. Natürlich wusste er noch, dass er in den Tagen und Wochen nach Isabelles Tod viel getrunken und alle möglichen Drogen genommen hatte. Aber er konnte sich nicht erinnern, mit Zeller oder sonst jemandem über die Sache gesprochen zu haben.

„Du hast erzählt, dass du sie einmal, als du mit deinem Stiefvater auf Tour warst, tatsächlich gefunden hast. Sie schlief in einem leer stehenden Hotel, in dem sich lauter Ausreißer eingenistet hatten. Du wolltest sie da rausholen, sie nach Hause zurückbringen. Aber sie hat dich überredet, es nicht zu tun und deinem Stiefvater nichts zu sagen. Sie hat dir erzählt, er habe schlimme Sachen mit ihr angestellt, sie vergewaltigt oder so was, und deshalb sei sie von zu Hause weggelaufen. Du sagtest, sie habe dich überzeugt, dass es ihr auf der Straße besser ginge als zu Hause bei ihm."

Jetzt schloss Pierce die Augen. Er hatte die Szene im Kopf, als hätte sie sich gestern ereignet.

„Also bist du wieder gegangen und hast deinem Alten nichts verraten."

Pierce erinnerte sich an den Plan, den er sich damals zurechtgelegt hatte: älter zu werden, von zu Hause wegzugehen und dann zurückzukommen, um sie zu retten. Aber bevor er dazu kam, war sie tot. Und seither hatte er in dem Bewusstsein gelebt, dass Isabelle noch am Leben wäre, wenn er nicht auf sie gehört hätte.

„Nach diesem Abend hast du nie mehr darüber gesprochen“, fuhr Zeller fort, „aber die Geschichte hat sich in mein Gedächtnis eingegraben.“

Pierce musste an die letzte Aussprache mit seiner Mutter denken, Jahre später. Er war die ganze Zeit nicht imstande gewesen, ihr zu erzählen, was er wusste, denn das wäre einem Eingeständnis seiner Schuld an Isabelles Tod gleichgekommen. Doch irgendwann wurde die Belastung größer als die Angst vor den Folgen, die es haben würde, wenn er sein Geheimnis lüftete. Die Aussprache fand in der Küche statt. Das Schlimme daran war: Seine Mutter glaubte ihm nicht. Und indem sie ihm nicht glaubte, verleugnete sie auch ihre tote Tochter. Seitdem hatte Pierce nicht mehr mit ihr gesprochen.

Erleichtert, der bedrückenden Erinnerung entfliehen zu können, öffnete Pierce die Augen. „Du hast dir alles gemerkt“, murmelte er. „Du hast es für dich behalten und für den richtigen Moment aufgespart.“

„So war es nicht. Es hatte sich einfach was ergeben, und was ich wusste, passte dazu. Es hat die Sache vereinfacht.“

„Klasse gemacht, Cody! Hast du an der Wand mit den ganzen Firmenzeichen jetzt auch ein Foto von mir hängen?“

„Darum geht es nicht, Hank.“

„Sag nicht Hank zu mir! So hat mein Stiefvater mich genannt. Nenn mich nie wieder so!“

„Wie du meinst, Henry.“ Zeller zog die verschränkten Arme fester an seinen Körper.

„Und worum geht es nun tatsächlich?“, fragte Pierce. „Ich würde mal sagen, du musst die Formel liefern, um deinen Teil der Abmachung zu erfüllen. Wer kriegt sie?“

Zeller drehte den Kopf und sah ihn an. In seinem Blick lag Herausforderung oder Trotz. Pierce war nicht sicher, wie er ihn deuten sollte. „Wozu spielen wir überhaupt dieses blöde Spiel, Henry? Um dich herum kracht bereits alles zusammen, Mann!“

„Meinst du die Sache mit Lilly Quinlan?“

„Was denn sonst? Da sind Leute, die an dich herantreten werden. Schon bald. Gehst du auf ihren Vorschlag ein, löst sich alles in Wohlgefallen auf. Weigerst du dich, dann gnade dir Gott.“

„Und was ist das für ein Vorschlag?“

„Ganz einfach: Du gibst Proteus auf und rückst das Patent heraus. Du beschränkst dich wieder darauf, deine molekularen Speicher und Rechner zu bauen und damit einen Haufen Geld zu verdienen. Aber von diesem ganzen medizinischen Kram lässt du die Finger."

Jetzt verstand er es endlich: Die Pharmaindustrie steckte dahinter. Für einen von Zellers anderen Kunden war Proteus eine Bedrohung.

„Das kann nicht dein Ernst sein", erwiderte er. „Proteus ist nur ein Anfang – wir sind noch mindestens zehn Jahre davon entfernt, irgendetwas von alldem in der Praxis anzuwenden."

„Aber die Formel wird die Forschung ankurbeln. Vielleicht bist du noch zehn Jahre vom Durchbruch entfernt, vielleicht sind es auch nur fünf. Egal. Du stellst eine Bedrohung dar, Henry, für einen kompletten Industriezweig." Zeller schüttelte verächtlich den Kopf. „Ihr Wissenschaftler denkt, ihr könntet nach Belieben über die Welt verfügen – eure Entdeckungen machen und ändern, was ihr wollt, und alle würden sich darüber freuen. Doch es ist ganz schön blauäugig, zu glauben, die Industriegiganten dieser Welt würden es zulassen, dass ihnen so eine kleine Arbeitsbiene wie du die Existenzgrundlage entzieht. Es ist zu *deinem* Besten, was ich hier tue, Einstein. Verstehst du denn nicht? Da sind auch noch die Halbleiterleute. Erwartest du tatsächlich, dass sie untätig auf dem Ast sitzen bleiben, an dem du sägst? Einem Ast, der unzählige Menschen üppig ernährt?"

„Und was bekommst du für deine selbstlose Tat?"

„Ich? Geld natürlich. Jede Menge Geld."

Pierce nickte. „Mal angenommen, ich lasse mich auf den Vorschlag ein und gebe ihnen das Patent – sie werden es nicht nutzen. Sie werden Proteus einfach in der Versenkung verschwinden lassen und dafür sorgen, dass die Formel nie mehr ans Tageslicht kommt."

„Weißt du, dass die Pharmaindustrie bei jedem neuen Medikament, das auf den Markt kommt, nachdem die Gesundheitsbehörde endlich grünes Licht erteilt hat, mehrere hundert andere neue Mittel erfunden und getestet hat? Bist du dir im Klaren, mit welchen Kosten das verbunden ist? Das ist eine gigantische Maschinerie, Henry, die lässt sich nicht so einfach anhalten. Wenn es einer versucht, werden sie ihn bekämpfen. Mit allen Mitteln."

„Sie werden also zu mir kommen und mir Proteus wegnehmen."

„Sie werden dich dafür bezahlen. Gut bezahlen. Das Angebot liegt bereits auf dem Tisch."

Schlagartig richtete Pierce sich auf. „Soll das heißen, hinter dem Ganzen steckt Goddard?"

„Er ist nur der Mittelsmann. Er wird dich morgen anrufen, und du machst den Deal mit ihm. Ganz einfach. Es braucht dich nicht zu interessieren, wer hinter ihm steht."

„Er nimmt mir Proteus weg, erhält zehn Prozent der Firma und kriegt auch noch den verdammten Vorstandsvorsitz."

„Wenn ich es richtig verstanden habe, wollen sie nur dafür sorgen, dass du die Finger von der inneren Medizin lässt. Abgesehen davon kannst du ungestört weiter deiner Arbeit nachgehen, mit reichlich finanzieller Unterstützung."

„Und wenn ich es nicht mache? Was ist, wenn ich mich stur stelle und die Patentanmeldungen einreiche?"

„Du wirst nicht dazu kommen, Proteus zum Patent anzumelden."

„Wie wollen sie es verhindern? Indem sie mich umbringen?"

„Wenn's nicht anders geht. Aber das wird gar nicht nötig sein. Mann, du weißt doch, wie die Dinge stehen. Die Cops sind dir *so* dicht auf den Fersen." Zeller deutete es mit Daumen und Zeigefinger an.

„Wegen Lilly Quinlan", sagte Pierce.

Zeller nickte. „L. A. Darling Lilly. Ihnen fehlt nur noch ein einziges Teil in ihrem Puzzle. Wenn sie das finden, bist du erledigt. Machst du allerdings, was man von dir erwartet, lösen sich alle deine Probleme in Luft auf. Ich garantiere dir, dass du dann nichts mehr zu befürchten hast."

„Ich hab sie nicht umgebracht, das weißt du ganz genau."

„Das spielt keine Rolle. Wenn sie die Leiche finden, bist du dran, egal, wer es wirklich war."

„Dann ist Lilly also tot."

Zeller nickte. „Oh ja. Sie ist tot." Wenn nicht in seinem Gesicht, so lag zumindest in seiner Stimme ein Lächeln, als er das sagte.

Pierce stützte die Ellbogen auf die Knie und legte das Gesicht in seine Hände. „Und alles nur meinetwegen. Wegen Proteus."

Er bewegte sich lange nicht. Ihm war klar: *Wenn* Zeller den entscheidenden Fehler machte, dann würde er ihn jetzt machen.

„Eigentlich …"

Da war es! Pierce blickte von seinen Händen auf. „Was eigentlich?"

„Ich meine nur, du solltest dir keine allzu großen Vorwürfe machen. Lilly … Na ja, sie hätte sowieso sterben müssen, auch wenn du nicht in diese Geschichte verwickelt worden wärst. Wir haben ihren Tod dann nur geschickt für den Proteus-Plan genutzt."

Pierce sprang auf und ging zu Zeller hinüber. „Du mieses Schwein! Du weißt, wer es war! Nein – du selbst hast sie umgebracht, stimmt's? Du hast sie umgebracht und mir deinen Mord angehängt."

Zeller rührte sich nicht von der Stelle. Nur sein Blick wanderte zu Pierces Augen hinauf, und dann breitete sich ein seltsamer Ausdruck in seinem Gesicht aus. Die Veränderung war minimal, aber sie entging Pierce nicht. Es war eine merkwürdige Mischung aus Stolz, Scham und Verachtung.

„Ich kannte Lilly, seit sie nach L. A. gekommen ist – man könnte sagen, sie war Teil meiner Vergütung von L. A. Darlings. Ach, übrigens, beleidige mich nicht, indem du mir unterstellst, ich würde für Billy Wentz arbeiten. Wentz arbeitet für mich, nur damit das klar ist. Sie arbeiten alle für mich."

Pierce nickte. Das hätte er sich denken können.

Zeller fuhr fort: „Darling Lilly … Mann, das war vielleicht ein heißes Gerät. Aber irgendwann wusste sie zu viel über mich. Niemand hat es gern, wenn jemand alle seine Geheimnisse kennt – jedenfalls nicht diese Art von Geheimnissen. Deshalb baute ich sie in den Auftrag ein, den man mir gegeben hatte. Den Proteus-Plan nannte ich es." Sein Blick verlor sich in der Ferne. In seinem Innern lief offenbar ein Film ab, der ihm gefiel. Er und Lilly … vielleicht das letzte Treffen in ihrer Wohnung …

„Du hast sie umgebracht, nicht?", sagte Pierce ganz ruhig. „Du bist es gewesen. Und dann hast du alles so arrangiert, dass du es mir anhängen konntest."

Zunächst antwortete Zeller nicht. Doch Pierce, der ihn scharf beobachtete, merkte genau, dass Code ihm am liebsten jede Einzelheit seines raffinierten Plans geschildert hätte. Es lag in seiner Natur, sich damit zu brüsten. Andererseits warnte ihn der gesunde Menschenverstand davor, es zu tun und dadurch ein unnötiges Risiko einzugehen.

„Sagen wir mal so: Lilly war meinen Interessen dienlich, und das nicht nur auf die eine Art, für die sie üblicherweise bezahlt wurde. Mehr werde ich dazu nicht sagen."

„Das genügt vollauf! Sie haben sie ermordet."

Es war nicht Pierce, der das gesagt hatte. Beide Männer drehten sich nach der neuen Stimme um und sahen Detective Robert Renner in der offenen Tür des Leiterlabors stehen.

„Wer zum Teufel sind Sie?" Zeller ließ die Füße auf den Boden sinken und stand auf.

„Detective Renner", stellte er sich vor. Er trat auf Zeller zu und holte rasch ein Paar Handschellen hinter seinem Rücken hervor. „Ich verhafte Sie wegen Mordes – fürs Erste. Um den Rest kümmern wir uns später."

Routiniert packte er Zeller, drehte ihn herum und beugte ihn über den Mikroskoptisch. Dann zog er ihm die Arme auf den Rücken und legte ihm die Handschellen an. Als er Zeller dabei mit dem Gesicht auf die Stahlabdeckung des Mikroskops drückte, rief Pierce: „Vorsicht! Das Gerät ist sehr empfindlich – und teuer. Nicht dass Sie es beschädigen!"

„Wie könnte ich", erwiderte Renner und grinste zu Pierce hinüber. „Wo Sie damit doch diese ganzen wichtigen Entdeckungen machen."

Wortlos richtete Zeller sich auf und starrte Pierce an, der seinen Blick ungerührt erwiderte. Währenddessen begann Renner, den Verhafteten zu durchsuchen. Beim Abtasten seines rechten Beins wurde er fündig. Er zog das Hosenbein hoch, holte eine kleine Pistole aus einem Holster an Zellers Wade und legte sie auf den Tisch.

„Die habe ich nur zu meinem Schutz", protestierte Zeller. „Was soll der ganze Zirkus? Vor Gericht kommen Sie damit nie durch."

„Meinen Sie?", fragte Renner gut gelaunt und drückte Zeller wieder auf den Stuhl. „Bleiben Sie da sitzen!"

Er ging zu Pierce und deutete mit dem Kopf auf seine Brust. „Machen Sie mal auf."

Pierce begann, sein Hemd aufzuknöpfen, sodass der Akku und der Sender zum Vorschein kamen, die mit Klebeband auf seiner Haut befestigt waren. „Wie war die Übertragung?", fragte er.

„Perfekt. Ich konnte jedes Wort verstehen."

„Du Mistkerl!", zischte Zeller.

Voller Verachtung sah Pierce ihn an. „Ach, jetzt bin ich also der Mistkerl? Du hast ein Menschenleben auf dem Gewissen, du wolltest mir einen Mord anhängen, und nun regst du dich auf, weil ich einen Sender trage? Cody, du kannst …"

„Schluss, aus!", rief Renner dazwischen. „Halten Sie beide die Klappe!"

Mit einem einzigen heftigen Ruck riss er das Klebeband von Pierces Oberkörper. Pierce hätte beinahe geschrien vor Schmerz, beließ es dann aber bei einem „Au, das tut doch weh, Mann!".

„Tut mir Leid, Mr Spürnase. Jetzt setzen Sie sich mal. Der Schmerz wird gleich nachlassen."

Dann wandte er sich wieder Zeller zu. „Bevor ich Sie hier wegschaffen lasse, werde ich Ihnen noch ganz vorschriftsmäßig Ihre Rechte vorlesen." Er holte einen Packen Plastikkarten aus der Innentasche seiner Jacke und blätterte sie durch. Dabei stieß er zunächst auf die Chipkarte, die Pierce ihm Stunden zuvor gegeben hatte, und reichte sie ihm.

„Öffnen Sie schon mal die Tür!“

Pierce nahm die Karte an sich, stand aber nicht auf. Die Haut auf seiner Brust brannte immer noch.

Endlich fand Renner auch die Karte mit den verfassungsmäßigen Rechten, nach der er gesucht hatte, und begann gelangweilt vorzulesen. „Sie haben das Recht …“

Mit einem lauten Knall flog die Tür zur Schleuse auf, und Rudolpho Gonsalves, der Wachmann, stand vor ihnen. Er hielt die eine Hand hinter seinem Rücken, und in seinen Augen flackerte Angst.

Pierce bemerkte, wie Renner zusammenfuhr. Er ließ die Karten fallen, und seine Hand zuckte unter seine Jacke, in Richtung Waffe.

„Das ist unser Wachmann“, stieß Pierce hervor.

Im selben Moment wurde Gonsalves wie von einer unsichtbaren Kraft in das Labor gestoßen, krachte gegen einen Arbeitstisch, flog darüber hinweg und riss einen Monitor mit sich. Hinter ihm erschien Zwei-Meter in der Tür, dem gleich darauf Billy Wentz ins Labor folgte. Er hielt eine große Pistole in der Hand. „Was dauert hier eigentlich so …“

Er brach ab, als er die drei Männer auf der anderen Seite des Labors sah. Sein Blick verfinsterte sich.

„Polizei!“, schrie Zeller. „Er ist ein Bulle!“

Renner riss seine Waffe aus dem Holster, aber Wentz war ihm einen Schritt voraus. Mit einer beinahe beiläufigen Bewegung richtete er seine Pistole auf den Detective und begann im Vorwärtsgehen zu feuern. Der Lärm war ohrenbetäubend.

Pierce sah es zwar nicht, aber er hörte, dass Renner das Feuer erwiderte. Instinktiv rollte er sich nach links über den Boden, und als er in Renners Richtung schaute, sackte der Detective gerade zusammen und hinterließ dabei eine breite Blutspur an der Wand. Als Pierce sich in die andere Richtung drehte, sah er Wentz auf sich zukommen. Er saß in der Falle! Wentz war bereits auf halbem Weg zwischen ihm und der Tür zur Schleuse.

„Licht!“

Im Labor wurde es dunkel. Die letzten beiden Schüsse aus Wentz’ Pistole wurden von zwei Lichtblitzen begleitet, dann war es vollkommen finster.

Um von der Stelle wegzukommen, an der Wentz ihn zuletzt gesehen hatte, wälzte sich Pierce sofort wieder nach rechts. Er richtete sich auf alle viere auf und verharrte reglos, während er versuchte, seine Atmung unter Kontrolle zu bekommen.

Dann lauschte er auf die Geräusche um sich herum. Rechts hinter sich konnte er einen tiefen kehligen Laut hören, der entweder von Renner oder von Zeller kommen musste. Vermutlich waren beide verletzt. Pierce konnte Renner nicht fragen, was mit ihm los war, denn das hätte Wentz die Richtung verraten, in die er seinen nächsten Schuss abgeben musste.

„Licht!“

Das war Wentz gewesen, aber der Beleuchtungsregler war nur auf die Stimmen der Laboranten eingestellt. Auf Wentz reagierte er nicht.

„Zwei-Meter? Es muss hier auch einen Schalter geben. Los, such den Lichtschalter!“

Es kam keine Antwort und auch sonst kein Geräusch.

„Zwei-Meter, verdammt!“

Wieder keine Antwort. Dann hörte Pierce schräg vor sich ein Scheppern. Wentz war gegen irgendetwas gestoßen. Dem Geräusch nach zu schließen, war er mindestens fünf Meter entfernt. Wahrscheinlich befand er sich in der Nähe der Schleuse und suchte seinen Begleiter oder den Lichtschalter.

Pierce drehte sich um und kroch lautlos zum Mikroskoptisch zurück. Er erinnerte sich an die Pistole, die Renner Zeller abgenommen hatte. Als er den Tisch erreichte, streckte er den Arm nach oben und tastete mit der Hand über die Tischplatte. Seine Finger fuhren durch eine klebrige Flüssigkeit, und dann berührten sie etwas, was er eindeutig als Nase und Lippen identifizierte. Er ließ seine Finger über das Gesicht nach oben wandern und über die Schädeldecke bis an den Hinterkopf, wo das Haar zum Pferdeschwanz gebunden war.

Es war Zeller – und wie es schien, war er tot.

Nach kurzem Zögern setzte Pierces Hand die Suche fort, bis sich seine Finger endlich um die kleine Pistole schlossen. Er wandte sich in Richtung Schleuse. Dabei stieß er mit dem Schienbein unter dem Tisch gegen einen Abfalleimer, der scheppernd umfiel.

Pierce zog den Kopf ein und rollte sich über den Boden. Im selben Moment krachten auch schon zwei Schüsse durch das Labor, und zweimal konnte er für Sekundenbruchteile Wentz’ Gesicht im Dunkeln erkennen. Gleichzeitig hörte er das unverkennbare *Flopp – flopp* der Kugeln, die am anderen Ende des Laserlabors in die Wandverkleidung einschlugen.

Pierce erwiderte das Feuer nicht. Er war zu sehr damit beschäftigt, aus Wentz’ Schussfeld zu gelangen. Vorsichtig steckte er die Pistole in die Tasche seiner Jeans. Dann konzentrierte er sich erneut darauf, sich und seine Atmung zu beruhigen, bevor er schräg nach links robbte.

Immer wieder streckte er die Hand aus, bis er die Wand berührte und sich orientieren konnte. Lautlos kroch er an der Wand entlang weiter und hatte irgendwann den Durchgang zum Leiterlabor erreicht, was er daran erkannte, dass es hier stärker nach verbranntem Karbon roch. Nach einer kurzen Pause steuerte er Zentimeter für Zentimeter auf die nächste Tür zu, den Eingang zum Bildgebungslabor. Dort stand er langsam auf.

„He, Schlauberger!", rief Wentz. „Jetzt sind nur noch wir beide übrig, du und ich. Ich komme jetzt. Und dann werde ich dich erst mal dazu bringen, das Licht wieder anzumachen!" Er lachte meckernd.

Langsam drehte Pierce den Griff der Tür, öffnete sie lautlos, schlich in den Raum hinein, schloss die Tür. Jetzt musste er sich auf sein Gedächtnis verlassen. Er machte zwei Schritte nach vorn und dann drei nach rechts. Als er mit ausgestrecktem Arm noch einen Schritt machte, berührten seine Fingerspitzen die Wand. Mit beiden Händen strich er suchend über die Dämmschicht, bis seine linke Hand gegen die Wärmeresonanzbrille stieß, die er am Morgen bei der Präsentation aufgesetzt und anschließend wieder an den Haken gehängt hatte.

Er schaltete die Brille an, stülpte sie sich über den Kopf und klappte die Linsen nach unten. Mit Ausnahme des gelben und roten Scheins des Computerterminals und des Bildschirms des Elektronenmikroskops wurde der Raum in bläulichem Schwarz sichtbar. Pierce fasste in seine Hosentasche, zog die Pistole heraus und blickte auf sie hinab. Auch sie erschien im Sichtfeld der Brille blau. Er steckte einen roten Finger durch den Bügel und krümmte ihn um den Abzug.

Als er die Labortür leise aufzog, sah er im Hauptlabor eine Vielzahl von Farben. Links von ihm, in der Nähe der Schleuse, lag Zwei-Meter, alle viere von sich gestreckt. Sein Körper war eine Collage aus Rot- und Gelbtönen, die an den Extremitäten in Blau ausliefen. Zwei-Meter war tot – sein Körper erkaltete bereits allmählich.

Rechts vom Zentralrechner war das leuchtend rote und gelbe Bild eines Menschen zu erkennen, der zusammengekrümmt an der Wand kauerte. Pierce hob die Pistole und zielte, aber dann fiel ihm Rudolpho Gonsalves ein. Der Mann am Boden war der Wachmann, den Wentz dazu benutzt hatte, sich Zugang zum Labor zu verschaffen.

Pierce wandte sich nach rechts, wo er zwei weitere Gestalten sah. Eine lag auf dem Mikroskoptisch – auch bei ihr begannen sich die Extremitäten blau zu verfärben. Cody Zeller. Die andere Gestalt hockte auf dem Boden. Sie war durch die Brille rot und gelb zu sehen. Renner, lebendig. Es sah aus, als hätte er sich wie eine Schildkröte rückwärts unter einen Schreibtisch zurückgezogen. An der linken Schulter des Detective bemerkte Pierce eine Stelle mit hoher Temperatur. Das Violette musste warmes Blut sein, das aus einer Wunde sickerte.

Pierce wandte den Kopf nach links, dann nach rechts. Bis auf die gelben Reaktionen der Monitore und der Deckenlampen gab es keine anderen Wärmequellen – Wentz war verschwunden.

Er überlegte. Es war ausgeschlossen, dass Wentz den Raum über die Schleuse verlassen hatte. Also musste er sich in eines der angrenzenden Labors zurückgezogen haben.

Pierce schlich auf die Tür zum Laserlabor zu. Sie war offen.

Vorsichtig machte er einen weiteren Schritt.

Da packten ihn plötzlich Hände am Hals. Er wurde rückwärts gegen die Wand gestoßen und festgehalten. Das Sichtfeld der Brille füllte sich mit der knallroten Stirn und den Augen von Billy Wentz. In die weiche Partie unter seinem Kinn drückte sich schmerzhaft der Lauf einer Schusswaffe.

„Okay, Schlauberger, das war's."

Pierce schloss die Augen und erwartete die tödliche Kugel.

Aber sie kam nicht.

„Mach das Licht an und die Tür auf!"

Pierce rührte sich nicht. Schlagartig wurde ihm klar, dass Wentz seine Hilfe brauchte, bevor er ihn abknallen konnte. Außerdem rechnete der Gangster wahrscheinlich nicht damit, dass er eine Waffe hatte.

Die Hand, die Pierce an der Kehle gepackt hielt, schüttelte ihn heftig. „Licht an, hab ich gesagt!"

„Okay, okay. Licht!" Während er das sagte, hob er die Pistole an Wentz' Schläfe und drückte zweimal ab. Es blieb ihm keine andere Wahl.

Die Schüsse fielen im selben Moment, in dem im Labor das Licht anging. Das Sichtfeld wurde schwarz, und Pierce hob die andere Hand, um sich die Brille vom Kopf zu ziehen. Sie landete noch vor Wentz auf dem Boden, der langsam rückwärts fiel und reglos liegen blieb.

Pierce schaute zehn Sekunden auf ihn hinab, bevor er zum ersten Mal Luft holte. Dann fing er sich allmählich und blickte sich um.

Gonsalves richtete sich langsam auf, wobei er sich an der Wand abstützen musste.

„Alles in Ordnung, Rudolpho?"

„Ja, Sir."

Pierce wandte sich dem Schreibtisch zu, unter den Renner gekrochen war. Er konnte die Augen des Polizisten sehen; er war bei vollem Bewusstsein. Doch er atmete schwer, die linke Schulter und die Brust seines Hemdes waren blutgetränkt.

„Rudolpho, fahren Sie nach oben, und rufen Sie einen Notarzt. Sagen Sie, ein Polizist ist verwundet. Eine Schussverletzung."

„Ja, Sir."

„Dann rufen Sie bei der Polizei an und erzählen denen das Gleiche. Und danach rufen Sie Clyde Vernon an, er soll sofort herkommen."

Der Wachmann eilte zur Schleuse. Dort musste er einen großen Schritt über Zwei-Meters Leiche machen, um durch die Tür zu kommen. Pierce sah das Einschussloch mitten in der Kehle von Wentz' Gorilla. Renner hatte ihn voll erwischt, und er war auf der Stelle zu Boden gegangen.

Pierce ging zu Renner und half dem verletzten Detective unter dem Schreibtisch hervor. „Hat es Sie erwischt?"

„An der Schulter." Renner stöhnte bei der Bewegung.

„Nicht bewegen. Der Notarzt ist schon unterwegs."

„Ich bin Linkshänder. Auf die Entfernung kann ich mit rechts nicht schießen. Deshalb hielt ich es für das Beste, mich zu verstecken." Er zog sich in eine sitzende Haltung hoch und lehnte sich mit dem Rücken an den Schreibtisch. Mit der rechten Hand deutete er auf Cody Zeller, der in Handschellen mit dem Gesicht nach unten auf dem Mikroskoptisch lag. „Das wirft kein gutes Licht auf mich."

Pierce sah lange auf die Leiche seines ehemaligen Freundes. Dann riss er den Blick davon los und schaute wieder Renner an.

„Machen Sie sich keine Sorgen. Die Ballistik wird zeigen, dass die Kugel von Wentz kam."

„Das hoffe ich. Helfen Sie mir bitte auf die Beine."

„Sie sollten lieber sitzen bleiben, Sie sind verletzt."

„Helfen Sie mir auf!"

Pierce kam seinem Wunsch nach. Als er den Detective an seinem rechten Arm hochzog, merkte er, dass sich der Karbongestank in Renners Kleidern festgesetzt hatte.

„Wieso grinsen Sie?", fragte der Detective.

„Ich glaube, Ihre Klamotten wurden nicht erst durch die Kugel ruiniert. Tut mir Leid. Ich hätte nicht gedacht, dass Sie so lange da drin bei dem Ofen bleiben müssten."

„Macht nichts. Zeller hatte allerdings Recht: Man kriegt Kopfschmerzen von dem Gestank."

„Ich weiß."

Renner schob Pierce mit der rechten Hand beiseite und ging zu Wentz' Leiche hinüber. „Sieht jetzt auch nicht mehr so knallhart aus, oder?"

„Nein", sagte Pierce.

„Das haben Sie klasse gemacht, Pierce. Echt super! Toller Trick, das mit dem Licht."

„Dafür muss ich meinem Partner Charlie danken. Das mit dem Licht war seine Idee." Insgeheim schwor sich Pierce, nie mehr über technischen Schnickschnack zu schimpfen.

Dann fiel ihm ein, dass er Charlie noch nichts von der ganzen Sache hier erzählt hatte. Sein Misstrauen musste Condon schwer gekränkt haben. Das musste er unbedingt wieder gutmachen.

„Weil wir gerade von Partnern sprechen", sagte Renner. „Mein Kollege wird platzen vor Ärger, wenn er erfährt, was er da versäumt hat. Und ich kann mich wahrscheinlich auf einiges gefasst machen, weil ich das Ganze allein durchgezogen habe." Er schaute düster auf die drei Leichen.

„Niemand konnte vorhersehen, dass es so kommen würde", sagte Pierce.

Renner ließ sich auf einen Stuhl sinken. Sein Gesicht war schmerzverzerrt.

„Übrigens, wegen dieser Geschichte, die Zeller erzählt hat … wie Sie Ihre Schwester gefunden haben und niemandem etwas gesagt haben … Machen Sie sich deswegen keine Vorwürfe mehr. Jeder trifft seine Entscheidungen allein. Jeder entscheidet für sich, welchen Weg er einschlägt. Verstehen Sie?"

Pierce nickte. „Okay."

Die Schleusentür ging auf, und Gonsalves kam ins Labor. „Sie sind schon unterwegs. Der Notarzt müsste in ein paar Minuten hier sein."

Renner nickte und blickte zu Pierce auf. „So lange halte ich es noch aus."

„Na klar."

„Dumm für die Ermittlungen, dass sie alle tot sind. Womöglich finden wir Lilly Quinlan jetzt nie mehr – ihre Leiche, meine ich."

Pierce schwieg eine Weile. „Ich weiß, wo die Leiche ist."

Renner sah ihn lange an, dann nickte er. „Das hätte ich mir denken können. Wie lange schon?"

„Nicht lange. Erst seit gestern Nachmittag."

Ärgerlich schüttelte Renner den Kopf. „Sie haben hoffentlich eine gute Begründung. Los, erzählen Sie schon!"

Freitagmorgen, 6.30 Uhr. Pierce hatte bereits ein längeres Verhör durch zwei fremde Detectives hinter sich. Unten im Labor waren noch die Ermittler von der Gerichtsmedizin an der Arbeit. Die beiden Detectives warteten auf das Zeichen, dass auch sie nach unten kommen durften, und vertrieben sich so lange die Zeit damit, Pierce auszuquetschen.

Nach einer Stunde hatte er erklärt, er brauche eine Pause. Er hatte sich aus dem Konferenzraum, in dem die Vernehmungen durchgeführt wurden, in sein Büro im zweiten Stock zurückgezogen.

Dort war er keine fünf Minuten allein, da steckte Charlie Condon den Kopf zur Tür herein. Clyde Vernon hatte ihn aus dem Bett geholt, und der war von Rudolpho Gonsalves informiert worden.

„Hallo, Henry, darf ich reinkommen?"

„Klar. Mach die Tür zu."

Condon betrat das Büro und sah Pierce mit einem leichten Kopfschütteln an, das fast nur ein Zittern war. „Wahnsinn!"

„Allerdings."

„Hat dir jemand gesagt, was mit Goddard passiert?"

„Bisher nicht. Sie wollten wissen, in welchem Hotel er und Bechy abgestiegen sind, und ich habe es ihnen gesagt. Ich denke, sie wollten hinfahren und sie wegen Mittäterschaft oder so was verhaften."

„Weißt du immer noch nicht, für wen sie gearbeitet haben?"

„Nein, das hat Cody mir nicht gesagt. Für einen seiner Kunden, schätze ich mal."

Condon setzte sich auf die Couch neben Pierces Schreibtisch.

„Jetzt müssen wir wieder ganz von vorn anfangen", sagte Pierce. „Einen neuen Investor finden."

Condon starrte ihn ungläubig an. „Machst du Witze? Nach allem, was hier passiert ist? Wer würde …"

„Wir sind immer noch im Geschäft, Charlie. Unsere Entdeckung ist nach wie vor hochaktuell. Bestimmt gibt es Investoren, denen das klar ist. Du musst nur losziehen und einen neuen Wal finden."

„Leichter gesagt als getan."

„Alles auf dieser Welt ist leichter gesagt als getan. Ich hätte mir auch nie vorstellen können, das zu tun, was ich gestern Nacht und letzte Woche getan habe. Aber ich hab's getan – um Proteus zu retten. Ich habe es geschafft, und jetzt bin ich fester entschlossen denn je."

Condon nickte. „Dann kann uns ja nichts mehr aufhalten."

„Genau. Wir werden heute und wahrscheinlich auch die nächsten paar

Wochen von den Medien ziemlich massiv unter Beschuss genommen werden. Das heißt, wir müssen uns etwas einfallen lassen, um das zu unserem Vorteil zu nutzen – um Investoren anzulocken, statt sie zu verscheuchen. Dabei denke ich nicht an die Tageszeitungen, sondern an die Fachzeitschriften, die Industrie."

„Ich werde mich darum kümmern, Henry. Aber weißt du, was wirklich dumm ist?"

„Was?"

„Das mit Nicki. Sie war unsere Pressesprecherin. Wir brauchen sie. Sie kannte die maßgeblichen Leute, die ganzen Journalisten. Wer soll sich jetzt für uns um die Medien kümmern? Sie werden uns hier die nächsten paar Tage sämtliche Türen einrennen, zumindest, bis das nächste große Ereignis sie von uns ablenkt."

Darüber dachte Pierce kurz nach. Er schaute zu dem gerahmten Filmplakat hinauf, auf dem das U-Boot *Proteus* durch ein Meer aus vielen verschiedenen Farben fuhr, das menschliche Meer.

„Dann ruf sie an, und stell sie wieder ein! Sag ihr, die Abfindung kann sie behalten. Sie soll nur wieder für uns arbeiten."

Condon zögerte, bevor er antwortete. „Henry, wie soll das mit euch beiden funktionieren? Ich bezweifle, dass Nicole überhaupt darüber nachdenken wird."

Pierce begann sich mehr und mehr für die Idee zu begeistern. Er würde ihr sagen, die Wiedereinstellung sei rein beruflich bedingt, ihre Beziehung werde sich ausschließlich auf die Arbeit beschränken. Und dann würde er ihr zeigen, wie er sich verändert hatte. Sie sollte sehen, dass er erkannt hatte, dass die Forschung und seine Projekte nicht das einzig Wichtige im Leben waren.

Er dachte an das Buch mit chinesischen Schriftzeichen, das er aufgeschlagen auf ihrem Couchtisch hatte liegen lassen. Vergebung. Er glaubte, er könnte es schaffen. Er würde sie zurückgewinnen und dafür sorgen, dass es mit ihnen klappte.

„Wenn du willst, rufe ich sie an …"

Sein Direktanschluss läutete, und er ging sofort dran.

„Guten Morgen, Henry, hier ist Jacob. Es ist noch so früh bei Ihnen. Ich dachte, ich bekäme Ihre Mailbox dran."

„Nein, ich war die ganze Nacht in der Firma. Haben Sie alles eingereicht?"

„Vor zwanzig Minuten. Proteus ist jetzt geschützt."

„Danke, Jacob. Ich bin froh, dass Sie gestern Abend noch geflogen sind."

„Ist bei Ihnen alles okay?“

„Alles, außer dass wir Goddard verloren haben.“

„Wie bitte? Wie konnte das passieren?“

„Das ist eine lange Geschichte. Wann kommen Sie zurück?“

„Ich besuche noch meinen Bruder in Owings in Southern Maryland. Am Sonntag fliege ich zurück.“

„Hat Ihr Bruder da unten in Owings Kabelfernsehen?“

„Ja, ich denke schon.“

„Dann schauen Sie ab und zu CNN. Wenn mich nicht alles täuscht, werden wir dort für Furore sorgen.“

„Ist denn etwas …“

„Jacob, ich muss jetzt leider Schluss machen. Besuchen Sie Ihren Bruder, und schlafen Sie sich so richtig aus. Ich finde diese Nachtflüge immer schrecklich.“

Kaz gab ihm Recht, und sie legten auf.

Pierce sah Condon an. „Jetzt kann uns nichts mehr passieren. Er hat die Patentanmeldungen eingereicht!“

Condons Miene hellte sich auf. „Wie das?“

„Ich habe ihn noch gestern Abend losgeschickt. Jetzt können sie uns nichts mehr anhaben, Charlie!“

„Warum hast du mir nicht erzählt, dass du ihn früher losgeschickt hast?“

Pierce schaute ihn nur an. In Condons Gesicht konnte er ablesen, wie sein Partner allmählich begriff, dass er ihm nicht getraut hatte.

„Ich war nicht sicher, Charlie. Ich konnte mit niemandem reden, solange ich nicht ganz sicher war.“

Condon nickte, aber der gekränkte Zug blieb in seinem Gesicht.

„Es muss schwer sein, mit so viel Misstrauen zu leben. Das macht einen ziemlich einsam, oder?“

Diesmal war es an Pierce zu nicken.

Condon sagte, er wolle sich einen Kaffee holen, und ließ Pierce allein in seinem Büro zurück.

Eine Weile saß er einfach nur da und dachte darüber nach, was Condon gesagt hatte. Die Worte seines Partners waren hart, aber wahr. Es wurde Zeit, das alles zu ändern.

Es war noch früh am Tag, aber Pierce wollte nicht warten, um damit anzufangen. Er griff nach dem Telefon und rief im Amalfi Drive an.

MICHAEL CONNELLY

Vom Polizeireporter zum Krimiautor

Foto: Jerry Bauer

Die harten Krimis des Amerikaners Raymond Chandler begeisterten Michael Connelly schon in seiner Jugend und weckten in ihm den Wunsch, Schriftsteller zu werden. Er studierte Journalismus und Literatur und arbeitete nach seinem Abschluss 1980 für verschiedene Zeitungen in Florida. Eine gemeinsam mit zwei Kollegen verfasste Reportage über einen Flugzeugabsturz wurde 1986 für den Pulitzerpreis nominiert. Das brachte Connelly eine Stelle bei der renommierten *Los Angeles Times* ein, wo er als Polizeireporter das Handwerkszeug für seine Karriere als Kriminalschriftsteller erwarb. Heute ist Connelly einer der erfolgreichsten Krimiautoren der USA.

Eine wahre Begebenheit lieferte ihm die Idee zu *Unbekannt verzogen*. Als er nach seinem Umzug von Los Angeles nach Florida im neuen Haus das Telefon anschloss, fand er 14 Meldungen in seiner Mailbox vor. „Es stellte sich heraus, dass die Nachrichten einer Frau galten, deren ehemalige Rufnummer ich offenbar erhalten hatte. Ihre Mutter und ihre Freunde machten sich Sorgen, weil sie seit Wochen nichts von ihr gehört hatten. Als ich die Mutter anrief, erzählte sie mir, ihre Tochter habe einfach eine Weile ihre Ruhe haben wollen und deshalb nicht auf die Anrufe reagiert. Alles ganz harmlos, und dennoch inspirierte mich die Geschichte. Da ich wusste, dass ich mich nicht auf mein aktuelles Projekt konzentrieren könnte, solange mir die andere Idee durch den Kopf spukte, legte ich den Roman, an dem ich gerade arbeitete, beiseite und fing an, *Unbekannt verzogen* zu schreiben."

Stern-
schnuppen-
sommer
Christine Vogeley

Ein Landhaus in Frankreich.
Eine Pause vom Beruf.
Eine neue Liebe.
So hat sich Claire
diesen Sommer vorgestellt.

Ein rätselhafter Nachbar.
Ein rachsüchtiger Krimineller.
Und eine Kindesentführung.
So sieht die Wirklichkeit aus.

Aber dann regnet es
Sternschnuppen ...

1

Wenn ich Sie sehe, bin ich immer ganz chloroformiert, Frau Kuhl!“ Der kleine, dünne Mann griff nach der Plastiktüte, die ihm Zilli Kuhl über die Ladentheke reichte. „Wann gehen Sie mal mit mir essen?“

„Ach, irgendwann. Bestimmt, Herr Zerres.“

„Das sagen Sie jetzt schon seit einem Jahr, Frau Kuhl!“, beschwerte sich der Kunde und wandte sich zum Gehen. „Oder haben Sie schon einen Freund? Einen heimlichen?“

„Vier, Herr Zerres!“, entgegnete Zilli.

Er machte eine resignierte Handbewegung. „Sie nehmen mich nicht ernst!“

„Nein, das sehen Sie falsch. Ich nehme *mich* nicht ernst! Und jetzt beeilen Sie sich, sonst fährt Ihnen der Zehner vor der Nase weg!“

Der Finanzbeamte nickte traurig und verließ den Delikatessenladen. Draußen blickte er noch einmal durch die Schaufensterscheibe. Zilli Kuhl winkte ihm hinterher.

Er seufzte. Da stand sie, die Tüchtige, in blau-weiß gestreifter Leinenschürze, rotblonde Regentin über exotische Marmeladen, Trüffelöl und exquisite Weine. Eine appetitliche, handfeste Frau in den zweitbesten Jahren. Stand da, winkte und verschmähte seine Zuneigung. Und seine Pension. Der Bus mit der Nummer zehn verschluckte ihn eine Minute später.

Zilli Kuhl beobachtete noch einen Moment lang die Straße, die jetzt, am Spätnachmittag, sommerlich ruhig zu dösen schien. Das Türsignal summte wieder.

Die Dame gehörte nicht zur Stammkundschaft. Sie war füllig und groß, trug die grauen Haare in kurzem Garçonschnitt, der ihre Römernase besonders inszenierte. Alles an ihr war in Bewegung: der Silberschmuck, die Ohrringe, das weite dunkelviolette Hemd, die Flatterhosen mit dem auffälligen Zebramuster. Und sie war mindestens siebzig Jahre alt. Sie musterte die wohlsortierten Regale.

„Kann ich Ihnen helfen?“, fragte Zilli.

„Ich habe mein Gastgeschenk in der Schweiz liegen lassen, und Blumen sind ziemlich sinnlos bei der Hitze. Außerdem hat sie den Garten voll davon!“

Sie hätte die Schweiz nicht erwähnen müssen, man hörte es. Zilli kam hinter der Theke hervor. „Ein Geschenk soll es also sein. Wie wäre es mit einer Flasche Rotwein, und daran könnte man diesen Kringel französischer Salami binden? Oder ist Ihre Freundin eher der Proseccotyp?“

Die alte Dame lachte. „Proseccotyp ist ein schönes Wort. Wie sieht denn so was aus?“

Statt einer Antwort deutete Zilli nach draußen auf das Trottoir, wo eben ein gelbes Sportauto parkte. Eine blonde Frau mit Samtschleife um den Pferdeschwanz schob ihre Sandalettenfüßchen aus dem Wagen.

„Das ist ja interessant. Erstellen Sie Kundentypologien anhand der Getränke?“

„Nicht nur anhand der Getränke.“ Zilli grinste. „Sage mir, was du einkaufst, und ich sage dir, wer du bist!“

Die Schweizerin musterte die Frau hinter der Theke aufmerksam. Sie mochte vielleicht Mitte vierzig sein. Das freundliche Gesicht trug Spuren von Leid und Anstrengung, aber der Blick war klar und wach. Den Wunsch, von ihr gemocht zu werden, weckte Zilli in fast jedem Menschen.

„Also Prosecco oder Rotwein?“, fragte Zilli Kuhl.

„Meine Freundin Claire ist eher ein Bierdosentyp“, entgegnete die alte Dame. „Und dazu eine frisch gekochte Languste, aber direkt aus dem Papier.“

Zilli stutzte. „Reden Sie etwa von Claire Sandmann?“

„Ja! Aber wie kommen Sie denn darauf?“

„Die Einordnung ist absolut treffend“, sagte Zilli anerkennend. „Das konnte nur Claire sein. Und Sie sind Gertrude aus der Schweiz, ja?“

Die Schweizerin nickte und war höchst erstaunt.

„Sie hat mir gesagt, dass sie Besuch aus der Schweiz erwartet. Claire ist Stammkundin“, erklärte Zilli. „Und wir sind ein bisschen befreundet.“

Gertrude fand diese Formulierung auffallend vorsichtig.

Zilli griff ins Weinregal. „Dann rate ich Ihnen zu diesem australischen Chardonnay, den gibt es bei mir auch aus dem Kühlschrank. Übrigens sitzt Claire heute in einer Konferenz, es wird bestimmt spät. Möchten Sie so lange hier warten?“

Noch bevor Gertrude eine Antwort geben konnte, stürzte ein Kunde in höchster Eile in den Laden. „Erlauben Sie, dass ich mich vordränge? Ich muss meine Tante am Bahnhof abholen, und meine Frau reißt mir den Kopf ab, wenn ich ihre Bestellung nicht mitbringe. Frau Kuhl, haben Sie die Sachen schon gepackt?"

„Habe ich, Herr Doktor. Aber Ihre Frau hat die dänische Orangenmarmelade nicht geordert. Die isst Ihre Tante doch am liebsten! Oder kommt diesmal nicht die Tante aus Rostock?"

„Doch. Wird meine Frau vergessen haben. Nehme ich also noch eine Marmelade mit." Der Herr Doktor schien nicht im Mindesten erstaunt zu sein über die Detailkenntnisse der Einzelhändlerin. Er zahlte, packte die Tüte und stürzte wieder hinaus.

Zilli wiederholte ihre Frage. „Möchten Sie hier auf Claire warten? Die Zeitung von heute liegt in der Küche."

„Danke, das ist sehr freundlich von Ihnen. Aber ich weiß, wo sie ihren Haustürschlüssel versteckt hat."

„Unter dem Terrakottakasten mit dem Lavendel", sagte Zilli. „Wollen Sie vielleicht diese frischen Ravioli mitnehmen? Nach Konferenzen gibt es bei Claire fast immer Nudeln."

Gertrude lachte. „Gibt es irgendetwas von Ihren Kunden, das Sie nicht wissen?"

Claire Sandmann bemühte sich, den Worten des Schulrektors zu lauschen. Aber allein der Begriff „ordnungsgemäß", den der Chef in jedem dritten Satz verwendete, war ein zuverlässig einschläfernder Sprühnebel. Sie schaute verstohlen auf ihre Armbanduhr. Schon fast fünf. Und noch vier von sieben Tagesordnungspunkten.

Vom mittleren Tisch aus registrierte eine Englischlehrerin missbilligend, dass Claire begann, sich mit ihrem Taschenmesser die Fingernägel zu reinigen. Ihre Hände trugen noch deutliche Spuren der letzten Unterrichtsstunde, in der sie mit einer zehnten Klasse aus rotem Ton lebensgroße Porträtköpfe modelliert hatte. Die Anglistin zupfte an der Manschette ihrer Batistbluse und räusperte sich, wobei sie die Hand vor den Mund hielt. Claire hob den Kopf. Ihre Blicke trafen sich, und der missbilligende Gesichtsausdruck der Englischlehrerin verwandelte sich im Bruchteil von Sekunden in ein strahlendes Lächeln. Claire erwiderte es mit einem Kopfnicken.

Die Dame war ihr unangenehm, aber sie bedauerte sie. Wann immer das Lehrerzimmer nur schwach besetzt war und sie eine gemeinsame Freistunde hatten, nahm diese Kollegin unaufgefordert neben Claire Platz und erzählte mit erstaunlicher Offenheit von der Misere ihrer Ehe. Sie war mit einem Mann verheiratet, der verlangte, dass das Dotter bei einem Spiegelei genau in der Mitte zu liegen habe.

Das begriff Claire ganz einfach nicht. Sie verstand auch nicht, warum sich diese Frau ihr überhaupt anvertraute. Das allerdings wusste die Kollegin auch nicht. Claire Sandmann strahlte genau das aus, was die Englischlehrerin eigentlich immer bekämpfte: Wildwuchs; Wildwuchs der Haare, des Unkrauts, der Gedanken und Gefühle.

Aber wenn ihr Claire mit flatternder roter Mähne, bunten Kleidern, nassen Schnürstiefeln, umtobt von zwei Hunden am Rheinufer begegnete, symbolisierte sie alles, wonach man sich heimlich sehnte, wenn man mit einem Dottermaniker verheiratet war.

Claires Kostümierungen und ihre nicht immer diskreten Umgangsformen wurden allgemein toleriert, denn sie bewohnte in den Köpfen ihrer Kolleginnen und Kollegen die Schutzzone „Kunstlehrerin". Und die durften bekanntermaßen geistig etwas kariert sein.

„Ich komme zum Tagesordnungspunkt vier, Kopierkosten! Herr Taucher, bitte!" Der Chef wischte sich mit dem gebügelten Taschentuch über die Stirn und lehnte sich zurück. Herr Taucher, Liebhaber griechischer Vasenmalerei und punktgenauer Abrechnungen, schaffte es mühelos, innerhalb von Sekunden das Kollegium in einen tobenden Hexenkessel zu verwandeln. Bei den meisten Studienräten war die Brieftasche so empfindlich wie die Halsschlagader. Herr Taucher schlug nämlich vor, dass die Kollegen das Defizit des Fotokopieretats – etwa ein Euro pro Nase – aus der eigenen Tasche begleichen sollten.

„Wenn ich sehe, wie die Kunstlehrer mit dem Kopierpapier aasen, dann wundert mich nichts mehr." Das kam von Guntram, dem Sportlehrer.

Claire setzte sich wie elektrisiert gerade. Sie wusste, worauf Guntram anspielte. Gestern hatte sie ganze Stapel von Zeichenvorlagen und Klausurtexten kopiert, für insgesamt fünf Kurse.

Guntram war zwischen Kopierraum und Kaffeeküche hin- und hergetänzelt und hatte sich geärgert, dass Claire den Kopierer blockierte.

„Die Vermittlung eines Kupferstiches von Rembrandt ist ohne Vorlage ein bisschen schwierig. Für die Vermittlung einer Rolle rückwärts braucht man nur Guntrams Hintern." Claires Stimme klang ungebremst wütend. Alles lachte, und Guntram lief rot an.

„Reg dich ab", flüsterte ein Fachkollege. „Sie hat Haare auf den Zähnen, weißt du doch!"

Eine kleine Blondine lächelte den Sportlehrer an. „Wenn dein intellektuelles Potenzial dazu ausreichen würde, dann würde ich dir mal was erzählen, Guntram."

Er stierte sie wütend an. „Was willst du denn, Edda?"

„Von dir nichts, aber genau das ärgert dich ja so."

Zwei Kolleginnen hielten sich die Hand vor den Mund. Die blonde Dame lächelte charmant, zwinkerte Claire zu und wandte ihren Blick wieder zum Chef. Edda war Claires Freundin.

Edda Rabl, vierzig und somit sechs Jahre älter als Claire, stammte aus Bayern und unterrichtete Chemie und Physik. Sie hatten sich auf Anhieb verstanden, was umso erstaunlicher war, als Claire nur mit Mühe drei Zahlen im Kopf addieren, dafür aber problemlos achthundert verschiedene Kleinteile an einem griechischen Tempel identifizieren konnte. Edda dagegen war ein wandelnder Taschenrechner. Claire sah manchmal aus wie die Wahrsagerin vom Rummel, Edda erweckte den Eindruck einer vollkommenen Businessfrau. Sie war perfekt gekleidet, gepflegt, organisiert. Mit einem Wort, nein, mit zweien: gelackt und angepasst. Das hatte Claire bei ihrer ersten Begegnung auch gedacht. Aber dann machte Edda den Mund auf.

Bei ihrem Dienstantritt vor zwei Jahren hatte der Rektor sie mit den Worten präsentiert: „... Schön, dass wir diesmal auch eine neue Kollegin begrüßen dürfen. Der Anblick hübscher Damen frischt unser Kollegium doch immer wieder auf, nicht wahr?"

Edda lächelte. „Ich danke tief beglückt für das Kompliment. Mit diesem ulkigen Ding, auf dem meine Dauerwelle sitzt, kann ich übrigens auch tatsächlich *denken,* Herr ... äh ... wie war noch mal Ihr Name?"

Während der Chef nun wieder das Wort ergriff, landete ein perfekt gefalteter Flieger auf Claires Knien. Sie blickte auf. Kollege Burkhard zwinkerte ihr zu. Der wuchtige Oberstudienrat für Französisch sah aus, als könne er Nägel mit dem Daumen in die Wand drücken. Dass er die kleine Spinne, die vielleicht daneben krabbelte, behutsam an die Luft setzen würde, traute man ihm nicht zu. Burkhard war der Prototyp des freundlichen Riesen, der erst einmal ungewollt Schrecken verbreitete. Claire faltete das Flugzeug auseinander.

Lust auf ein, zwei Bier? Bei uns gibt's heute Reibekuchen!, stand auf dem Blatt.

Ich krieg Besuch aus der Schweiz. Schade! Gruß zu Hause!

Der Flieger segelte über den Tisch und wäre fast auf Burkhards kahlem Schädel gelandet.

„Haben wir schon das Niveau erreicht, dass ausgewachsene Lehrer mit Papierseglern spielen?“

Burkhard und Claire nickten ernsthaft.

Der Chef war erschöpft. „Ich muss doch sehr bitten, liebe Kollegen! Herr Taucher, kommen Sie zum Ende Ihrer Ausführungen. Wir können doch nicht stundenlang solche Marginalien diskutieren …“

ALS SIE den Schlüssel herumdrehte, hörte Claire die Hunde winseln, die sie kurz darauf mit all ihrer aufgestauten Energie begrüßten. Lotte, eine große mokkabraune Promenadenmischung, und Huli, ein junger Leonberger.

„Ja, da seid ihr ja, liebe kleine dicke Tiger!“ Claire umarmte die Hunde, und Huli riss ihr verzückt ein Dreieck in den weiten Rock.

„Ach, du Blödeimer! Aus!“ Sie packte seine Ohren und presste ihr Gesicht in sein dichtes Fell. Das war als Erziehungsmaßnahme gänzlich ungeeignet, denn jetzt verbiss sich Huli in Claires Schultasche.

„Die Ravioli sind zu weich geworden, aber dafür habe ich vergessen, den Chardonnay richtig kühl zu stellen!“ Gertrude stand in der Tür und breitete die Arme aus.

Claire erschrak und freute sich gleichzeitig. „Ach, Gertrude! Wartest du schon lange? Diese blöde Konferenz hat ewig gedauert!“

Sie deckten den Tisch auf der sommerlich warmen Terrasse und vertilgten die Nudeln.

„Sag mal“, Gertrude hielt den zitronenfarbenen Wein gegen die Abendsonne, „deine Lebensmittelhändlerin ist ja eine bemerkenswerte Person!“

Claire stellte ihr Glas ab. „Das kann man wohl sagen. Solltest du in drei Jahren wieder bei ihr einkaufen, wird sie sich noch genau daran erinnern, dass du mir heute Ravioli mit Pilzfüllung mitgebracht hast, und wird dir welche mit Artischocken andrehen wollen. Zur Abwechslung. Sie hat ein Gedächtnis wie ein Elefant. Sie macht viele Spezialitäten übrigens selbst, und sie macht es wirklich gut.“

„Und ist teuer!“, ergänzte Gertrude und lachte. „Bei den Preisen für ihre Konfitüren musste ich zweimal hinschauen!“

„Wenn ich spätabends noch mit den Hunden unterwegs bin, sehe ich sie oft in ihrer Küche. Sie kocht ihre Marmeladen manchmal bis nachts um eins, zwei. Und morgens ist ab sieben Uhr geöffnet, weil sie auch frische Brötchen verkauft.“

„Hat sie überhaupt kein Privatleben?“

Claire trank und schüttelte den Kopf. „Nein. Diese Frau ist ein Phänomen. Sie weiß alles über ihre Kunden, aber niemand weiß etwas über sie. Ich bin sicher, dass sie aus dem Ruhrgebiet stammt. Aber ich habe sie mal gefragt, wo sie geboren ist, und da sagte sie: ‚Och, hier in der Gegend.' Sie lebt einsam wie eine Eremitin, weicht Fragen zur Person immer aus. Eines Tages war sie einfach da. Sie hat die Ärmel hochgekrempelt und aus dem trüben kleinen Lebensmittelgeschäft vom alten Herrn Windisch einen Geheimtipp gemacht."

Gertrude schnupperte an dem überseeischen Weißwein. „Vielleicht hat sie mal im Gefängnis gesessen, wenn sie etwas verbergen will?"

„Möglich. Das wäre mir egal. Ich mag sie."

„Seltsam, ich hätte gedacht, dass sie eine große Familie und mindestens drei Kinder hat. Sie ist so ein Typ, finde ich."

Claire schüttelte den Kopf. „Sie hat eine Schwester in Köln mit zwei Kindern. Ich sehe die beiden Kleinen ab und zu mal bei Zilli. Niemals ihre Schwester."

Claire wusste alles über Zilli Kuhls Schwester. Wenn sie nicht über sich selbst sprechen sollte, war Zilli durchaus mitteilsam.

Ihre Schwester Marlene war Alkoholikerin, hatte zwei Kinder von zwei verschiedenen Männern und wohnte in einem Kölner Hochhaus. Ab und zu durften der kleine Simon und seine Schwester Käthi zu Tante Zilli, wo sie sich dann drei Tage lang in der Küche voll stopften und ab dem vierten Tag anfingen, die Fußmatte vor dem Laden anzuzünden. Es war nicht einfach für Zilli Kuhl, aber sie schien die Kinder zu mögen. Turnschuhe, die neue rote Nickelbrille oder der richtige Malkasten wurden von ihr finanziert, aber darüber sprach sie nicht. Claire hatte nur einige Male registriert, dass die Kinder immer anders aussahen, wenn sie wieder zur Mutter zurückgebracht wurden.

„Jedenfalls ist sie aus der Siedlung nicht mehr wegzudenken. Weißt du, was sie gestern Morgen gebracht hat?" Claire lachte. „Sie deutete auf eine Geschenkpackung mit Lübecker Marzipan und erinnerte mich an den Geburtstag meiner Mutter. Und wie gut! Ich hätte ihn glatt vergessen!"

Claires Mutter lebte nach dreißig Jahren wieder in Südfrankreich. Sie stammte aus Cambo-les-Bains in den Pyrenäen. Wenn Claire sprach, hörte man nicht, dass sie zweisprachig erzogen und halbe Französin war. Wenn man Claire betrachtete, kam man noch viel weniger auf den Gedanken. Claire hatte die roten Haare und die helle Haut ihres Vaters geerbt. Und sowohl seine als auch ihre Wiege hatten in Hamburg-Eimsbüttel gestanden.

„Gott sei Dank ist Maman an meine Vergesslichkeit gewöhnt. Außerdem ist sie vollauf beschäftigt mit ihrer neuen Liebe und seiner Familie. Ich bin so froh, dass sie noch einmal Glück gehabt hat."

„Wie alt warst du eigentlich, als dein Vater starb?"

„Drei. Ich kann mich nicht an ihn erinnern, er ist für mich nur ein schwacher Schatten. Dafür hatte ich eine geballte Ladung Hamburger Opa und Oma."

„Muss ja verflucht schwierig gewesen sein für deine Mutter, als Südfranzösin bei steifen Hanseaten."

„Ach, so steif sind die gar nicht. Und mein Opa ist absolut stolz auf meine Mutter: Unsere Schwiegertochter is so eine mit Avec, die hat was, die Deern." Claire traf den Hamburger Slang genau. „Ging ja auch nicht anders. Ich musste irgendwo verwahrt werden, wenn meine Mutter mit ihren Reisegruppen unterwegs war."

Gertrude genoss den Blick auf die wuchernden Heckenrosen. Sie beugte sich vor und kraulte Lotte hinter den Ohren.

Claire beobachtete sie. „Gertrude, jetzt haben wir über Zilli Kuhl und über meine Mutter gesprochen. Willst du mir nicht endlich sagen, warum du gekommen bist? Denn du willst etwas."

Gertrude lachte. „Na gut, ich habe etwas auf der Seele. Also: Ich wollte dich um etwas bitten. Ich möchte umziehen und brauche Hilfe."

„Aber keine Frage!", entgegnete Claire sofort. Dann fügte sie erstaunt hinzu: „Ich dachte, du fühlst dich wohl auf deinem Hof?"

„Das stimmt auch. Aber ich werde die Schweiz verlassen."

Claire erschrak. „Wohin willst du gehen?"

„Nach Frankreich. Für den Rest meiner Tage. Du weißt, dass ich dort ein Haus habe."

„Aber warum? Warum verlässt du deine Freunde und dein Atelier?"

„Also zunächst einmal: In Florifère habe ich auch Freunde. Und ein Atelier. Ich versuche es dir zu erklären, aber so ganz werde ich es nicht können. Es ist halt etwas Unerklärliches dabei. Du kennst Florifère noch nicht."

„Ich habe es nur auf einem Foto gesehen, das in deiner Küche hängt. Das Bild mit den vielen Sommergästen auf der Holzveranda." Claire füllte die Gläser erneut und blickte Gertrude erwartungsvoll an.

Gertrude schwieg einen Moment. „In Florifère wohne ich Tür an Tür mit meiner Haushälterin Josette und ihrem Mann Armand. Das sind liebenswürdige Menschen. Ich kann gut allein sein, aber es ist doch schöner, wenn man es nicht so ganz ist. In der Schweiz habe ich zwar Freunde, aber mein

Hof ist abgelegen. Und ich werde nicht jünger.“ Gertrude öffnete eine neue Flasche Chardonnay. „Aber der wichtigste Grund ist ein anderer. Ich möchte an unseren Ort zurück. An Jacques’ und meinen Ort. Ich habe eine noch ungeformte Idee im Kopf, einen Bilderzyklus, der vielleicht der letzte große Akt in meinem Leben wird. Dazu brauche ich das Licht, die Räume und die ganze Liebe von Florifère.“ Sie nahm ihr Glas und prostete Claire zu. „Als wir – ich meine, du und ich – uns trafen, wäre Jacques achtzig geworden. Es war übrigens so eine Art Zeichen für mich, dass ich dich an diesem Tag kennen gelernt habe, weißt du noch?“

Natürlich wusste Claire noch. Sie hatte einen Freund in München besucht. Gertrude und Claire standen nebeneinander an der Garderobe des Lenbachhauses. Beide trugen, unter dem Arm eingeklemmt, ein zusammengerolltes Plakat der Expressionistenausstellung, beide hielten gleichzeitig ihre Garderobenmarke hin, beiden fiel in diesem Moment die Handtasche zu Boden. Als sie sich gleichzeitig bückten, sahen sie sich an und kicherten. Dann, als sie sich wieder aufgerichtet hatten, fasste die fremde ältere Frau Claire an das rechte Ohr und sagte: „Meine Güte, das ist der schönste Ohrring, den ich je gesehen habe. Er leuchtet wie das Mittelmeer! Wo haben Sie den her?“

Claire blickte der Fremden in die Augen und hatte das seltsame Gefühl, in ein bekanntes Gesicht zu blicken. „Der ist aus einem kleinen Bonner Friseursalon. Wenn Sie mir Ihre Adresse geben, schick ich Ihnen ein Paar. Gibt’s in allen Farben.“

„Nein, dieses Blau muss es sein.“

Die ältere Dame zog eine Visitenkarte aus ihrem Stoffbeutel.

„Gertrude Birnbaum“, las Claire. Sie blickte auf. „Sie sind doch nicht etwa *die* Gertrude Birnbaum?“

„Na ja, ich weiß nicht, welche Sie mit *die* meinen, aber ich heiße nun mal so.“ Das kam mit schlecht verborgener, aber liebenswerter Eitelkeit.

„Ich liebe Ihre Bilder!“ Claire war ganz aufgeregt. „Ich habe in der letzten Ausgabe von *ART & MORE* den Artikel über Ihre Retrospektive in der Bremer Kunsthalle gelesen. Halleluja … da trifft eine popelige Kunstlehrerin auf die leibhaftige Gertrude Birnbaum. Ich bin hingerissen.“

„Und ich bin hungrig. Kommen Sie, ich kenne da ein sehr gutes Café, in dem man nichts so schnell vergisst wie seine letzte Kleidergröße.“

Dieser erste Cafébesuch war jetzt etwa vier Jahre her. Seitdem sahen sie sich einige Male im Jahr, schickten sich Bücher und lange Briefe. Die Themen zwischen ihnen versiegten nie. Claire hatte Gertrude in ihrem

Schweizer Atelier besucht. Das Bauernhaus war voll gestopft mit Bildern, Keramik, alten Möbeln, Skulpturen und Erinnerungen aus aller Welt.

Daran musste Claire jetzt gerade denken. Sie schenkte ihrer Freundin noch ein Glas Wein ein. „Mein Gott, Gertrude, wenn du ausziehst … du wirst drei Lastwagen brauchen! Und das soll alles nach Florifère?“

„Um Gottes willen! Ich verkaufe fast alles. Und was ich nicht verkaufen kann, verschenke ich.“

Gertrude schwieg einen Moment, dann sagte sie in verändertem Tonfall: „Ich möchte zurück nach Florifère, weil ich mich Jacques dort näher fühle. Wir waren so intensiv zusammen, dass dieses Glück in den Wänden hängen geblieben ist.“

Beide schwiegen. Noch vor einiger Zeit war es nicht leicht für Gertrude gewesen, über Jacques zu sprechen.

Gertrude beugte sich vor. „Claire! Ganz ehrlich: Einen Umzug organisieren, das kann ich immer noch allein. Ich gebe zu, dass ich das nur vorgeschoben habe. Jetzt kommt Bitte Teil zwei. Und wenn du mir *die* abschlägst, würde es mich schon ziemlich bekümmern. Also: Ich möchte, dass du Florifère kennen lernst. Es ist für mich der schönste Ort der Welt. Ich bin immer so heiter, wenn ich dort bin, deshalb möchte ich, dass du es auch einmal siehst. Und wenn du Lust dazu hast, kannst du in Florifère malen. Das Licht ist unvergleichlich, das wirst du sofort merken. Also: Möchtest du deine Sommerferien – oder einen Teil davon – bei mir in der Touraine, auf Florifère, verbringen?“

„Hm. Es reizt mich enorm. Ich bin als Studentin mal ein langes Stück an der Loire entlanggeradelt. Es war so schön.“

„Florifère liegt übrigens am Cher, nahe bei Tours. Du hast also die Loire und die berühmtesten Schlösser in Reichweite. Und die Schleuse von Chimeray ist genau auf der gegenüberliegenden Seite von La Florifère. Ich kaufe dort immer meinen Wein.“

„In der Schleuse?“

„Sicher. Im Schleusenwärterhäuschen wohnt Monsieur Berbessou. Hinter seinem Garten beginnen die Weinfelder der Familie. Sie machen einen wunderbar leichten Weißwein. Ach, wenn ich an die Abende in meinem Garten denke! Hinter dem Zaun führt nur ein Sandweg am Fluss entlang, und ringsherum singen die Nachtigallen.“ Gertrude streichelte Lottes Kopf und seufzte. Dann wiederholte sie: „Also?“

Plötzlich schien sie ein Gedanke zu beunruhigen. Sie strich sich eine Strähne aus der Stirn. „Hoffentlich kommst du nicht auf den Gedanken, dass sich eine alte Schachtel an dich klammert, weil sie nicht allein sein kann. Ich bin nicht einsam auf Florifère."

„Bist du verrückt?" Claire blickte Gertrude entsetzt an. „Du bist der unabhängigste Mensch, der mir je begegnet ist. Und wenn ich überhaupt so etwas wie ein Idol habe, bist du es."

„Du kommst also? Ach, ich freue mich!" Sie wippte auf dem Korbsessel herum. Mit ihren siebzig Jahren konnte sie sich so ansteckend freuen wie ein kleines Mädchen am Vorabend seines Geburtstags. „Und ich werde dir die Wassermühle von Monsieur Mangiapani zeigen. Das ist der verwunschenste Ort der Welt. Abends tanzen da die Elfen. Jedenfalls wenn man genug getrunken hat. Ach, du machst mir so eine Freude, Claire. Ich liebe es, den Fremdenführer zu spielen, wir werden paddeln, legen irgendwo an und picknicken. Und morgens gibt es Eier von Josettes Hühnern. Und dann fahren wir nach Amboise. Dort gibt es einen Patissier, zu dessen *tuiles aux amandes* dir nichts mehr einfällt."

„Zu bitte was?", unterbrach Claire. „Dachziegel mit Mandeln?"

„Genau. Lass dich überraschen, Kind. Und diese unvergleichlichen Wolken über der Touraine! Sie sind voller Geschichten vom Meer, daher kommen sie nämlich …"

ZILLI KUHL bediente die duftende Kundin, packte die Einkäufe in den Lackkorb und meinte abschließend: „Nächste Woche bekomme ich wieder die original Odenwälder Leberwurst. Von diesem Bauernhof, wissen Sie noch? Die Ihr Mann so gerne mag."

„Wie nett. Dann legen Sie mir doch einen Kranz beiseite. Oder warten Sie – Sie könnten doch die Wurst abends vorbeibringen, nicht? Ich komme Montag bestimmt nicht zum Einkaufen." Die Gattin des Orthopäden lächelte huldvoll.

Zilli Kuhl lieferte nach Feierabend durchaus Ware frei Haus – aber dieser Sonderservice war für ältere Menschen gedacht. Jeder wusste das, und man hielt sich daran. Ohne Not und für einen Wurstkringel den kostenlosen Lieferservice zu beanspruchen sprengte die Grenzen des Anstandes, denn wie viel Zilli arbeitete, blieb niemandem verborgen.

Die Arztgattin war allerdings Stammkundin. Sie konnte gefährlich werden, wenn man versuchsweise an dem roten Teppich unter ihren Füßchen zerrte. Und das konnte sich Zilli Kuhl nicht leisten. Von der wohlhabenden, nicht immer angenehmen Kundschaft kam viel Umsatz. Zilli Kuhl war ein praktisch denkender Mensch. Sie wollte so viel Geld wie möglich verdienen.

Und so schnell wie möglich. Normalerweise beherrschte sie ihre Emotionen gut. Jetzt allerdings trat sie gegen eine Gemüsekiste, fischte eine Zigarette aus der Kitteltasche und rannte paffend in der hinteren Ladenstube herum. „Blöde, verwöhnte Pute", knurrte sie. Sie stellte sich vor, wie sie ihrer feinen Kundin japanische Fischsoße auf die Vordersitze ihres Kabrioletts kleckerte. Hach, schön! Zilli musste kichern. Sie kicherte immer noch, als das Telefon klingelte und sie den Hörer abhob.

„Bei mir gibs leider nix zu lachen, Zilli."

Auch das noch. Die ewig nörgelnde Schwester aus Köln, im Hintergrund lärmten ihre beiden Kinder. „Hörma, Zilli, du muss Käthi und Simon nehmen."

„Ausgeschlossen. Du weißt doch, dass ich die Handwerker ins Haus kriege."

„Du kannzir wenstens Handwerker leisten. Ich nich."

Sie hatte getrunken, Zilli hörte es sofort. „Was ist los bei dir?"

Die angetrunkene Schwester fing an zu weinen. Es hörte sich seltsam an, wie Katergeheul. „Ich muss in Krankenhaus. Da isn Mipom, das muss weg."

„Myom", verbesserte Zilli.

„Genau, die Kinner könn doch nich allein bleim."

„Wann soll ich sie nehmen?"

„Soffort, spätstens morn."

„Ach Mensch. Ausgerechnet jetzt."

„Kannich doch aunix für", heulte die Schwester.

Das stimmte. Zilli hielt sich ihre Schwester zwar vom Leib, aber eine Operation war schon etwas verflucht Unangenehmes. Da brauchte man Unterstützung. „Na gut. Aber du musst sie mit der Bahn schicken, ich komme im Moment hier nicht weg. Käthi kennt ja den Weg auswendig."

Käthi, pfiffiges kölsches Großstadtkind, hatte keinerlei Angst vor dem Abenteuer einer längeren Bahnfahrt mit Umsteigen. Sie benutzte U-Bahn, Straßenbahn und Bus wie andere Leute ihr Surfbrett.

„Wann wirst du operiert?"

„Übermorn. Kannssu mich ma besuchn inne Marienklinik?"

„Natürlich. Ich komme nach der Operation, also am Samstag Nachmittag."

DIE ACHTJÄHRIGE Käthi und ihr vierjähriger Bruder Simon kamen kurz nach Ladenschluss. Zilli sah sie schon von weitem die Straße entlangmarschieren. Käthi trug einen roten Plastikranzen auf dem Rücken und das gesamte Gepäck in einer Alditüte. Simon hatte seinen schmutzstarrenden Bären im Arm.

Den lass ich heute Nacht in der Waschmaschine verschwinden, dachte Zilli.

Käthi und Simon hielten sich nicht mit Begrüßungsreden auf, sondern fragten sofort: „Was hast du denn gekocht, Tante Zilli?“ und trampelten in die Küche, um mit aufgepflanzter Gabel auf das Essen zu warten. Erst als Simon nach dem zweiten Teller Nudeln mit Hackfleischsoße „Noch mehr!“ forderte, erwiderte Zilli: „Guten Abend, Simon. Das sagt man normalerweise zuerst. Gib mal deinen Teller rüber. Aber jetzt bekommst du nur noch ein ganz kleines bisschen, sonst wird dir schlecht. Morgen kriegt ihr ja wieder was zu essen.“

„Guten Abend, Tante Zilli. Noch was.“ Käthi hielt ihren Teller hin. „Wir haben seit heute Morgen nix mehr gegessen.“

„Und wieso nicht?“

Käthi stopfte Nudeln nach und redete mit vollem Mund weiter.

„Mama war noch nicht wach, wie ich aus der Schule kam. Und dann musste sie ins Krankenhaus und packen, und da war keine Zeit für Essen.“

„Hat Simon denn wenigstens gefrühstückt?“

„Keine Ahnung.“

„Simon, hat die Mama dir was zu essen gegeben?“

„Schips.“ Das war das Standardmenü für die Kinder. Chips oder Erdnussflips und Cola. Oder kalte Ravioli direkt aus der Dose. Zilli seufzte. In den Trockenphasen bemühte sich ihre Schwester im Rahmen des Möglichen durchaus um die Kinder. Aber wenn sie wegen irgendwelcher Unregelmäßigkeiten wieder einmal die Putzstelle verloren hatte oder sich der neue Freund nicht mehr blicken ließ, trudelte sie für Wochen ab.

In der Badewanne schlief Simon fast ein. Käthi hatte sich selbst abgetrocknet, ihre dreckige Brille mit der Zahnbürste geschrubbt und ihr rosa Besuchsnachthemd angezogen. Sie wusste genau, in welcher Schrankecke es lag. Tante Zilli hatte es ihr geschenkt, eigentlich war es zum Mitnehmen gedacht. Aber Käthi bestand eigensinnig darauf, dass dieses Nachthemd in Tante Zillis Schrank zu bleiben habe, rosa gerüscht, duftend, gebügelt. Dort sollte es auf ihre Besuche warten. Das war wie ein Teil von ihr, der nicht bei Mama und dem kleinen Bruder wohnen musste.

Simon schlief in einem Gästekinderbett, seine Schwester auf dem ausgeklappten Sofa. Zilli betrachtete ihren Neffen, dieses seltsame Kind, das mit seinen hellblauen, runden Augen, den dunklen Locken und den extrem abstehenden Ohren wie ein furchtsames Nachttier aussah. Sie deckte Simon zu und gab ihm einen Kuss. Er schlief sofort ein. Käthi schaute stumm an die Decke. Anders als Simon sah sie listig aus, immer wach, immer auf der Hut, zum Angriff bereit. Aber mit Tante Zilli wollte sie nicht streiten. Sie wandte ihrer Tante plötzlich das Gesicht zu und lächelte sie so strahlend an, dass Zilli schlucken musste.

Sie strich ihr über die mausedünnen hellbraunen Haare. „Heute Abend habe ich Simons Lieblingsessen gekocht. Du bist also morgen dran. Was willst du denn haben, wenn du aus der Schule kommst?“

„Frikadellen. Aber mit keinen Zwiebeln drin. Und Kartoffeln mit brauner Soße. Und Pudding. Den mit oben Sahne und unten mit Vanille.“

„Gut. Denk daran, dass du morgen Geld mitnimmst, denn du musst ja jetzt immer weit fahren. Weißt du noch, wo die Haltestelle ist?“

„Am Frisör. Dann am Hauptbahnhof aussteigen. Dann runter ins Bonner Loch. Wo die U-Bahn ist. Dann mit der 16 nach Köln. Dann am blauen Hochhaus raus, und die blöde Schule ist um die Ecke.“

„Ganz schöne Fahrerei, was?“

„Gibt ja bald Ferien. Außerdem fahre ich gerne. Ich gucke immer Leute.“

Käthi legte den Kopf in den Nacken und wölbte ihren Rücken so, dass sie das Fenster über ihrem Kopf sehen konnte. „Tante Zilli? Glaubst du, dass Mama stirbt?“

„Käthi, die Mama stirbt ganz bestimmt nicht. Das ist keine gefährliche Operation.“

„Aber wenn? Kommen wir dann richtig zu dir?“

„Krötenkind, deiner Mutter passiert nichts. Bestimmt.“ Zilli gab ihrer Nichte einen Kuss auf die Wange.

„Tante Zilli? Warum ist es bei dir immer heller?“

„Wie meinst du das?“

„Es ist alles heller hier. Warum?“

„Ist mir noch nie aufgefallen.“

Käthi sagte nichts mehr. Die Augen fielen ihr zu. Zilli betrachtete sie noch eine Weile, dann stand sie auf, zog Käthi die Decke über die Schultern, ging hinaus und schloss leise die Tür. Im Badezimmer griff sie nach Scheuermilch und entfernte den schwarzen Rand, den das Badewasser hinterlassen hatte. Die Wäsche der Kinder starrte ebenso vor Schmutz wie der Inhalt der Plastiktüte, das Reisegepäck. Zilli stopfte alles in die Waschmaschine.

Dann setzte sie sich an ihren Küchentisch und genehmigte sich eine

Flasche Bier. Vierzehn Tage Krankenhaus, sechs Wochen Rekonvaleszenz. Zwei Monate Kinder!

Nicht, dass sie Käthi und Simon nicht mochte. Käthi war Zillis Patenkind, Zillis Liebling. Für Käthi hätte Zilli alles getan, und Simon war ein putziges Kerlchen, das ihre Zuneigung aufsog wie ein Schwamm. Aber die Kleinen waren anstrengend. Mein Gott. Zwei Monate. Simon warf alles um, fasste alles an. Zu Hause sitze er den ganzen Tag ruhig in der Ecke, behauptete die stolze Mutter. Das glaubte Zilli gerne. Wenn er unruhig wurde, brüllten ihn Mama und Mamas Freunde an. Oder er bekam Prügel, je nach Alkoholpegel. Marlene stritt die Schläge stets ab, wenn Zilli ihrer Schwester ins Gewissen reden wollte, aber Zilli glaubte ihrer achtjährigen Nichte mehr als ihrer Schwester. Sobald man die Stimme hob, verfiel Simon in eine Art Schutzstarre. Und er machte jede Nacht ins Bett, was aber nicht hieß, dass Marlene seine Bettwäsche jeden Abend wechselte. Zilli dagegen hatte einen Stapel Kinderbetttücher im Schrank und legte Simon eine Gummiunterlage auf sein Gästebett.

Zilli stöhnte, wenn sie an den langen Zeitraum dachte. Sie brauchte ihre Ruhe. Das Alleinsein genoss sie, ihre eigenen vier Wände waren ihr heilig nach allem, was hinter ihr lag. Nur die Kinder durften in ihren Privatbereich eindringen, sogar Besuche ihrer Schwester umsegelte Zilli, indem sie tausend Ausreden erfand oder die Schwester einfach selbst besuchte. Sie gähnte. Denk nur an den nächsten Tag, befahl sie sich. Nur an den verdammten nächsten Tag.

2

Gertrudes Kater John war von nervösem Naturell, immer schnell beleidigt, und wenn ihn etwas aus dem seelischen Gleichgewicht gebracht hatte, blieb er manchmal tagelang einfach im Kleiderschrank.

Oh, Schrank, Refugium in lauten Silvesternächten, Sanatorium nach nächtlichen Prügeleien um haarige Damen! Aber jetzt war irgendetwas nicht in Ordnung. Der Schrank war zwar noch da, wo er immer gestanden hatte, aber er roch nach Veränderung. John mochte Veränderungen überhaupt nicht. Johns Schwanz peitschte nervös auf der Bank herum.

Schon seit Wochen sortierte Gertrude alles, was sich im Keller und in den Schränken angesammelt hatte. Es war so schwer, auf Dinge zu verzichten, die sie zusammen mit Jacques entdeckt hatte. Lange Jahre hatten sie abwechselnd im Bauernhaus bei Biel oder in Florifère in der Touraine gelebt, manchmal getrennt, meistens gemeinsam.

Gertrude bückte sich nach einer Kiste, die neben der Gartenbank stand, und wischte mit der Hand den Staub von einer kleinen Blechfigur. Mit rot lackierten Ärmchen hieb der kleine Mann auf einer Trommel herum, wenn man ihn mit einem Vierkantschlüssel aufzog. Wo hatten sie das alte Spielzeug gekauft? In Mirepoix, der kleinen Pyrenäenstadt? Oder war es in Tours auf dem Flohmarkt gewesen, vor acht oder zehn Jahren?

Die Bilder überlagerten sich. Die Bilder der Städte, der Cafés, der Korbsessel, in denen man bequem sitzend das Treiben beobachtete und dabei einen großen Milchkaffee trank.

Und die französischen Märkte! Am schönsten waren sie im Herbst. Funkelnder roter Wein in Probiergläsern, violette Knoblauchzöpfe, brauner Kastanienhonig wie dunkler Bernstein. Und Jacques kam lachend auf Gertrude zugewankt, in jedem Arm einen orangeroten Kürbis.

Gertrude schloss die Augen und hob ihr Gesicht zur Sonne. Der größte Schatz ihrer Erinnerungen lag nicht in staubigen Regalen. Die leuchtendsten Farben und Freuden waren in ihr, für immer. Niemals konnten sie verloren gehen, verblassen, gestohlen werden.

Plötzlich stellte sie den Blechtrommler auf den Gartentisch, erhob sich, ging ins Haus und wählte eine Telefonnummer.

„Louis? Alter Freund, ich nehme dein Angebot an. Du hattest Recht. Schick doch morgen deine jungen Männer vorbei, sie können alles mitnehmen. Eines Tages muss man sich sowieso davon verabschieden, dann mache ich das besser jetzt sofort. So kann ich meinen lieben Dingen zum Abschied zuwinken, weißt du? Aber, mein Bester, auch wenn du der ärmste Antiquitätenhändler von Zürich bist, fünfhundert Franken musst du auf dein Angebot schon noch drauflegen. Nein, bitte markiere jetzt keinen Erstickungsanfall, den glaube ich dir sowieso nicht."

Sie trat wieder in die Tür zum Hof, verspürte große Erleichterung. Alles hinter sich lassen. Nach vorne blicken. Mit siebzig? Natürlich. Wann sonst? Noch einmal Pläne machen, noch einmal aufbrechen, mit wenig Gepäck.

„Nichts ist kälter als der Kaffee vom letzten Frühstück, mein Liebling, und nichts ist verheißungsvoller als der von morgen." Sie sah Jacques' Gesicht vor sich, seine buschigen weißen Augenbrauen, hörte seine raue Stimme, seinen Pariser Akzent und glaubte einen Moment lang, ihn physisch wahrzunehmen.

Die Tür zum Atelier war offen. Hier standen genau fünf Kartons. Ihre wichtigsten Dinge. Die Lieblingsbücher, ihre Kleider, ihr Schmuck und eine japanische Seidentasche. Darin lag der Ring, den Jacques ihr zum fünfzigsten Geburtstag geschenkt hatte, ein silbergerahmtes Foto, auf dem sie beide einander auf der Terrasse von Florifère zuprosteten, und ein kleines Buch mit seinen handschriftlichen Reisenotizen.

Diese wenigen Kartons würden ihren Weg nach Florifère finden. Mehr nicht. Als wäre eine Last von hundert Kilo von ihren Schultern gefallen, ging sie über den Hof zurück ins Haus, suchte ein Wasserglas, fand es, griff pfeifend nach einer halb vollen Flasche Rotwein aus der Touraine und setzte sich auf die blaue Bank. Gertrude prostete sich selbst zu, blinzelte in die Sonne und war nach fünf Minuten eingeschlafen.

ERSTAUNLICHERWEISE gingen die Kinder Zilli Kuhl nicht halb so schlimm auf die Nerven, wie sie befürchtet hatte. Simon stapelte glücklich leere Kartons aufeinander, warf sie wieder um, stapelte aufs Neue, griff ab und zu in das große Glas mit „Zahnarztglück", wie Zilli es nannte, und goschelte wahlweise Erdnüsse in Schokolade oder klebrige rosa Himbeerriegel in sich hinein. Und er machte bei Zilli nicht jede Nacht ins Bett, sondern nur jede zweite oder dritte. Immerhin.

Käthi erledigte ihre Schulaufgaben meist an dem zerkratzten Resopaltisch in der Ladenstube. „Heute mussten wir unsere Freunde beschreiben. Ich hab dich beschrieben. Und dann hat Frau Astmann gefragt, wie alt du bist. Ich wusste das nicht, Tante Zilli. Ich habe gesagt, so vierzig oder fünfzig. Und Frau Astmann meinte, ich soll nicht meine Tante, sondern meine Freundin beschreiben. Aber du bist doch meine Freundin. Das hab ich dann auch Frau Astmann gesagt."

„Klar doch", erwiderte Zilli. „Man kann ohne weiteres gleichzeitig die Tante und die Freundin sein."

Zilli erwischte sich dabei, dass sie mittags, halb zwei, immer mal wieder zur Ladentür hinaustrat, um zu sehen, ob der rote Anorak endlich um die Ecke bog. Wenn Käthi dann in den Laden hopste, auf dem Weg zur Küche ihren schweren Schulranzen vom Rücken zerrte und mit erhobener Nase dem Essen nachschnupperte, verspürte Zilli eine Zufriedenheit, die neu war. Es entging ihr nicht, dass für Käthi jedes Nachhausekommen dem Öffnen einer Wundertüte glich: Was hatte Tante Zilli heute gekocht? Was lag da in blauem Silberpapier neben dem Suppenlöffel? Zu Hause hatten die Fragen gelautet: War Mama heute nüchtern? War sie überhaupt da? Wann kam sie zurück? Wo stand was zu essen?

Die Operation war einigermaßen gut verlaufen, nur war Käthis Mutter immer noch sehr schwach. Man behielt sie länger als üblich im Krankenhaus. Seltsamerweise verlangte sie nach der Operation nicht nach Alkohol.

„Is mir nich nach, komisch, was, Zilli?"

„Ziemlich komisch", entgegnete ihre Schwester besorgt.

Auf dem Flur baute sich ein junger Arzt vor Zilli auf. „Anämisch, fast unterernährt, katastrophale Leberwerte, das Herz ist nicht in Ordnung, Mangelerscheinungen aller Art – Frau Kuhl, Ihre Schwester ist ein Wrack. Und wieso bemerken Sie so etwas nicht?" Der junge Mann hatte Probleme, Zillis direktem Blick zu begegnen. Käthi und Simon hatten einen herrenlosen Wandertropf gekapert und spielten damit vor der Besuchertoilette.

„Meine kleine Schwester ist seit knapp zweiundzwanzig Jahren volljährig", entgegnete Zilli grimmig. „Sie zieht sich jeden Morgen selbständig an und kann schon alleine wohnen. Wenn ich ihr Geld gebe, versäuft sie es. Für Essen auf Rädern reicht meine Zeit nicht. Ich bin ziemlich gründlich berufstätig. Ich fülle ihren Kühlschrank regelmäßig, und ich füttere ihre Gören durch. Das ist doch auch was wert, oder?"

Der Arzt schien mit dieser kurzen Milieustudie überfordert zu sein und zuckte nervös mit dem rechten Augenlid. Er setzte eine ernste Miene auf, räusperte sich, und seine Stimme wurde scharf: „Ich mache Sie hiermit darauf aufmerksam, dass Ihre Schwester nach der Behandlung zur Kur muss."

„Das ist sehr umsichtig von Ihnen. Vielleicht sagen Sie es meiner Schwester auch persönlich. Das Wort ‚Kur' versteht sie." Zilli wusste genau, dass sie das Falsche sagte, aber dieser junge Mann begann sie zu nerven.

„Du sollst zur Kur", informierte Zilli ihre wachsbleiche Schwester.

„Un die Kinder?"

„Wie gehabt."

Die Kranke nickte. „Is nett von dir. Hörma, Simon, du bist lieb bei der Tante Zilli, ja? Sonst kriegst du Senge."

Simon nickte. Die Krankenschwester kam mit dem frühen Abendessen. Pappdeckelbrot, fette Wurst, Blechdöschen mit Schmierkäse. Zilli schüttelte sich, schob den Kram beiseite und packte Tomaten und eine gebratene Hähnchenkeule aus ihrer Tasche. Marlene bedankte sich erfreut, zog ihre Schwester zu sich herunter und flüsterte: „Tu mal die Kinder raus!"

Zilli schickte Nichte und Neffe in die Besucherecke auf dem Gang und legte ihnen einen Stapel Illustrierte vor die Nase.

Als Zilli wieder ins Krankenzimmer trat, nagte Marlene gerade an der

Hähnchenkeule. Zilli setzte sich auf den Hocker neben das Krankenbett. „Was gibt's denn, Marlene?"

Marlene knabberte weiter an der Keule und warf einen besorgten Blick auf die Nachbarbetten. Aber das junge Mädchen zur Linken trug Kopfhörer, und der rasselnde Atem der alten Frau rechts verriet, dass sie schlief.

Zilli fragte noch einmal beunruhigt: „Was ist denn los, Marlene?"

„Ich hatte gestern Besuch. Von Käthis Vater. Ich will nich, dass sie seinen Namen mitkriegt, dann fragt sie immer so viel. Die is ja nich blöd, die Käthi." Plötzlich legte sie die angebissene Keule auf den Teller und bedeutete Zilli, sich herunterzubeugen.

„Er will dich warnen. Du weißt schon. Un für die tolle Nachricht wollte er Geld. Geld hab ich keins, hab ich gesagt. Zahl du mal lieber deine Alimente. Aber er is selber auf Platte im Moment. Der wollte sogar bei mir wohnen. Nee, geht nich, hab ich gesagt, ich hab ein Freund, der macht dich alle. Brauch ja nich zu wissen, dass der abgehauen is."

Zilli erstarrte. „Wovor warnen?", fragte sie, obwohl sie es genau wusste. Da war wieder dieses Gefühl im Magen wie vor sieben Jahren, wie ein schmerzloser Schnitt.

„Hermann is bald wieder raus. Er hat gute Führung bekommen. Genau weiß ich nich, aber so in zwei, drei Monaten. Die waren im selben Knast. Rechne damit, dass Käthis Vater bei dir aufkreuzt und Geld will für den Tipp." Marlene nannte nie die Namen ihrer wichtigsten Verflossenen.

„Hast du Käthis Vater etwa meine Adresse gegeben?"

„Nee, hab ich nich. Ich hab behauptet, du bist weg. Ich weiß nich, wo, soll er Hermann bestellen. Hab ich gesagt. Bist mit einem Kellner nach Spanien oder so, hab ich gesagt. Schön Gruß an Hermann, die Zilli is im Ausland. Glaubste doch selber nich, hat er gesagt. Der Hermann findet die. Weißte doch selber. Hat er gesagt. Und denn gute Nacht, Luise. Un Geld will er von dir für den Tipp, wo ich doch keins hab."

„Du weißt, was das bedeutet, Marlene? Ich muss weg. Und zwar schnell."

Die Kranke blickte sie aus großen, dummen Augen an. „Un ich?"

„Wie, und du? Was hat das mit dir zu tun? Ich hab ihn verpfiffen, nicht du. Dir wird er nichts tun, warum auch?"

„Un außerdem bin ich ja auch bald in der Reha. Nimmste die Kinder mit, Zilli?"

Ach Gott, Käthi und Simon. Oh nein. Ich kann doch nicht zwei kleine Kinder mitnehmen auf eine Flucht, von der ich nicht weiß, wo sie enden wird. Ohne nachzudenken, sagte Zilli: „Nein. Dann müssen sie so lange in ein Heim, bis du alles hinter dir hast.“

Marlene blieb stumm. Sie blickte hinaus auf die Sommerbäume, die sich im Regenwind sträubten, und schwieg. Schließlich wandte sie ihrer Schwester wieder den Kopf zu. „Na ja. Is wohl nich anders zu regeln.“ Damit schob sie den Nachttisch mit dem Essenstablett beiseite, ließ den Kopf auf das Kissen sinken und schloss die Augen. „Ich schlaf mal ne Runde. Machs gut, Zilli.“

Zillis Beine waren tonnenschwer, als sie in den Gang trat. „Los, wir fahren nach Hause. Die Mama will schlafen.“

Das kannten die Kinder. Käthi drehte sich noch einmal um und winkte der Tür zu.

Wie sie nach Hause gekommen war, wusste Zilli nicht mehr so genau. Sie hatte die ganze Zeit aus dem Zugfenster geblickt, dann aus dem Busfenster, der Regen rann in langen Streifen an der Glasscheibe entlang. Käthi las laut die Schilder, die im Bus angebracht waren, und baumelte so vehement mit den Beinen, dass sie Zilli mehrfach vor das Schienbein trat. Zilli merkte es nicht.

Zilli sah nur das Kinn mit dem Grübchen, den wütend verzerrten Mund, hörte den Satz, der aus diesem Mund kam. Hörte ihn, wie sie ihn laut und deutlich jede dritte Nacht im Traum hörte. „Ich vergesse nichts. Nie, hörst du? Nie, Zilli, nie. Du wirst deine Belohnung noch kriegen.“

Und dann sah sie die Hand, die er an seiner Kehle vorbeiführte. Diese Hand flog manchmal im Traum hinter ihr her wie ein Wurfmesser.

Als sie aus dem Bus stieg, schaute sie sich um, als warte Hermann bereits irgendwo. Sie blieb den ganzen Abend ungewöhnlich still, sodass Käthi schließlich fragte: „Hast du was, Tante Zilli?“

Zilli lächelte dünn. „Bauchweh hab ich. Sonst ist alles gut. Alles ist gut.“ Sie lauschte ihren eigenen Worten nach. Später, als die Kinder schliefen, holte sie sich leise eine Flasche teuren Sekt aus dem Laden. Ungewohnter Luxus. Zilli war sparsam. Nicht, weil sie es von Natur aus war, sondern weil sie diesen Laden gezielt betrieben hatte, um so viel Geld wie möglich zu verdienen.

Sie war so sehr auf das ferne Ziel „Flucht“ fixiert gewesen, dass sie sich nicht eingestand, wie sehr sie mittlerweile an ihrem Laden hing. Bis auf die verdrängten Ängste hatte sie ein gutes Leben. Sehnte sie sich nach Gesellschaft, konnte sie immer ihre Schwester und die Kinder besuchen, oder es gab nette Bekannte, mit denen man vorsichtig schwatzte. Sehnte sie sich einmal in einem Anfall nach Liebe oder männlicher Zärtlichkeit, musste sie nur intensiv genug an Hermann denken, und die Sehnsucht verflüchtigte sich binnen Sekunden.

Verdammt. Verdammt! Der Laden. Samstagnachmittags die alten Leute mit Ware beliefern, mit ihnen reden, einen Kaffee trinken. Kranken Kunden Apfelsinen und Honig vorbeibringen und ihnen auch schon mal das Kissen aufschütteln. Und Claire Sandmann. Ein einziges Mal hatte Zilli auf dem alljährlichen Straßenfest der Siedlung ein bisschen zu viel getrunken. Claire spülte Biergläser und duzte die tatkräftige Zilli. Im Laufe des Abends tranken beide noch mehr, gackerten über die seltsame Angewohnheit von Kaufhausverkäuferinnen, sich mit „Du, Frau Kuhl" anzureden, und behielten seitdem diese Form der Anrede bei. Claire Sandmann würde ihr fehlen. Sie wäre in einem anderen Leben sicher eine richtige Freundin geworden. Aber Zilli hielt Distanz. Irgendetwas war gesprungen in ihrer Seele, ließ keine Bindung mehr zu. Es war zu merken, dass Claire irritiert reagierte, wenn Zilli eine Frage nach ihrer Vergangenheit oder ihrem Privatleben wieder einmal lapidar abschmetterte, aber Claire respektierte diese Grenze. Eine tiefere Beziehung konnte so natürlich nicht entstehen.

Oh mein Gott, das Haus aufgeben! Und den Laden, den ganzen Haushalt auflösen. Dazwischen die Kinder. Das war das Schlimmste. Wie würde Käthi aussehen, wenn man sie in ein Heim brachte? Die Kinderheime waren heute nicht mehr das, was man aus alten Schauerromanen kannte, sie waren oft freundlich und hell, die Kinder lebten in Gruppen, wurden von Fachleuten betreut. Trotzdem. Käthi und Simon kannten nur Unsicherheiten. Marlene war phasenweise nicht zurechnungsfähig. Käthi kam alle zehn Minuten angerannt, um nachzufragen, ob Zilli sie noch liebe. Zilli war ihr Heiligtum, sie klammerte sich an ihre Tante mit der Intensität einer Ertrinkenden. Und dann ihr Dauertest: Gestern hatte Käthi die Fußmatte vor dem Laden angekokelt. Das dritte Mal schon. Es war wie ein Zwang. Ab wann fing Tante Zilli an zu hauen, ab wann hatte sie Käthi nicht mehr lieb? Was passierte, wenn Tante Zilli mal so richtig böse war? Und dann?

Hermann. Wie eine Metallkralle holte sie dieser Name wieder in ihre Küche zurück. Plötzlich, als ihr bewusst wurde, wie hoch sich die Probleme vor ihr aufgetürmt hatten, ließ sie ihren Kopf sinken und schluchzte. Zilli weinte fast nie. Aber jetzt legte sie ihre Arme auf den Tisch, den Kopf darauf und heulte, bis die Ärmel ihres rosa Baumwollpullovers völlig durchweicht waren. Wie sollte sie da herauskommen? Hermann hatte sieben Jahre Zeit gehabt, seinen Hass zu nähren. Sie war zwischendurch einmal bei der Polizei gewesen, hatte von ihrer Angst und von seiner angekündigten Tat gesprochen. „Für eine Absicht kann man keinen verhaften. Aber wir können, wenn er rauskommt, verstärkt bei Ihnen Streife fahren."

Streife fahren! Er würde sie erwischen, abends im Großmarkt, nachts in der Wohnung, tagsüber im Laden. Noch wusste er nicht, wo sie wohnte. Als Hermann für zehn Jahre ins Gefängnis gewandert war, hatte sie sich vorgenommen, wie eine Biene zu arbeiten und sich dann, zu gegebener Zeit, aus dem Staub zu machen. Sie hatte die gemeinsame Wohnung in Dortmund aufgelöst, ohne eine Adresse zu hinterlassen, und war eine Zeit lang ziellos herumgereist, um sich nach einer Arbeitsmöglichkeit umzusehen.

Mehr zufällig war sie in Bonn gelandet. Sie nahm sich ein möbliertes Zimmer, arbeitete eine Weile in einem Supermarkt an der Kasse, ging am Wochenende Büros putzen, legte jeden Pfennig beiseite. Bei einem ihrer seltenen Spaziergänge war sie in dieses ruhige Viertel geraten, hatte das Schild im Fenster des kleinen Lebensmittelladens gesehen: AUSHILFE GESUCHT. Der Supermarkt, in dem sie als Kassiererin arbeitete, lag in der Innenstadt. Wer wusste schon, ob nicht einer der vielen merkwürdigen Freunde Hermanns sie zufällig entdeckte. Wenn der Besitzer dieses kleinen Ladens denselben Lohn zahlte wie der Supermarkt, war das stille Viertel ideal. Sicher kaum fremde Laufkundschaft.

Und sie hatte Glück. Sogar ganz unfassbares Glück, denn der alte Herr Windisch, dem der Laden gehörte, behandelte sie wie eine Tochter. Sie arbeitete zwei Jahre mit ihm zusammen, brachte seinen Laden auf Vordermann, kümmerte sich um seinen einsamen Haushalt, besuchte ihn im Krankenhaus, als es mit ihm bergab ging, und pflegte ihn danach zu Hause. Viel Zeit blieb ihm nicht mehr, aber es reichte, um festzustellen, dass er sein Haus und seinen Laden doch lieber Zilli Kuhl als der katholischen Kirche vermachte, und er setzte Zilli ohne ihr Wissen als seine Erbin ein.

Bei der Testamentseröffnung fiel Zilli fast in Ohnmacht. Dann brannte sie im Bonner Münster einen ganzen Karton Kerzen für Herrn Windisch ab, krempelte die Ärmel hoch und brachte den Laden in kürzester Zeit so in Schwung, dass er vom Tante-Emma-Laden zum Delikatessen-Geheimtipp mutierte. Sie verdiente bald richtig gut. Zilli ließ das Schild WINDISCH über dem Laden hängen und meldete sich am Telefon grundsätzlich mit „Feinkost Windisch und Co".

Zilli putzte sich die Nase und blieb eine Weile still sitzen. Dann erhob sie sich, ging zum Kühlschrank, öffnete den Sekt und goss sich ein ganzes Wasserglas ein. Sie stellte es auf dem Tisch ab, legte einen Schreibblock daneben und setzte sich wieder. Sie putzte sich die Nase noch einmal und begann in ihrer sorgfältigen Handschrift eine Liste anzufertigen. Der erste Posten lautete: *Jugendamt anrufen*. Der zweite: *Rechtsanwalt, Treuhand?* Sie kam in Fahrt. Nein, er sollte sie nicht finden. Sie würde ihn auf falsche Fährten locken. Sie würde es schaffen. Sie hatte schon so viel gemeistert.

VIER Wochen vor den großen Ferien ging es für die Lehrer in Claires Schule zu wie für den Einzelhandel drei Tage vor Heiligabend. Durchgedrehte Kollegen, lustlose oder völlig aufgekratzte Schüler, nächtliche Sitzungen vor Heftbergen, Projekttage und Konferenzen.

Danach hatte man nur noch Visionen von stillen schottischen oder französischen Hochebenen, ländlichen Kneipen mit gutem Essen oder einsamen Stränden. Sogar bei Kälte und Regen, nur schüler- und kollegenfrei mussten sie sein.

Und heute, heute war dieser wonnige, unvergleichliche Tag, an dem der Chef vom Thronsessel aus verkündet hatte: „Ich wünsche Ihnen erholsame Sommerferien!"

Claires Segeltuchtasche war gepackt, das Haus aufgeräumt, die Topfpflanzen und der Garten waren ihrer Nachbarin anvertraut. Jetzt stapelte Claire leere Getränkekisten in den Kofferraum. Die Leergutfahrt zu Zilli vor den großen Ferien hatte Tradition.

WEGEN RENOVIERUNG – SUPERPREISE! stand auf dem grellroten Schild. Der Laden summte. Jeder wollte noch gerne umbrische Steinpilze oder rheinhessischen Winzersekt zum Schleuderpreis mitnehmen. Claire staunte. Zilli stand an der Kasse und tippte sich die Finger wund.

„Hallo, Frau Kuhl! Aber du hast doch erst im letzten Jahr alles neu gestrichen?" Claire hob die Kästen mit den leeren Saftflaschen vom Ökobauern auf den Kassentisch.

Zilli blickte flüchtig auf. „Ach so, ja. Ich will neue Regale, und vielleicht wird die Wand zur Ladenstube entfernt. Es soll weiter werden, das Ganze. So weit es geht." Dann erst bemerkte sie Claire, und ihr Gesicht verlor etwas von der Anspannung. „Ach, Frau Sandmann. Dann kann ich dir ja noch auf Wiedersehen sagen."

Ihr Tonfall und ihre Körpersprache waren anders als sonst. Gedrückt, klein. Claire beobachtete sie. Irgendetwas war geschehen.

„Wie geht es deiner Schwester?", fragte sie vorsichtig.

„Danke, den Umständen entsprechend."

Das also nicht. „Fährst du in Urlaub?", fragte Claire.

„Ich? Nein, wieso?“

„Weil du dich von mir verabschiedest.“

„Ach nö.“ Zilli tippte den Leergutbetrag in die Kasse. „Aber *du* fährst doch sicher weg. Wohin geht es denn diesmal?“

Das war erstaunlich. Zilli, die nie etwas vergaß, hatte das Gespräch der letzten Woche nicht mehr präsent. Claire hatte in allen Einzelheiten über Florifère und Gertrudes Umzug berichtet. Jetzt blickte Zilli hoch, sah Claires verwundertes Gesicht und ergänzte hastig: „Ach jaja, natürlich. Frankreich. Du hast mir doch sogar das Foto von diesem schönen Haus gezeigt. Das Landhaus Florifère, ja? Und das Dorf hieß Chimeray. Am Flüsschen Cher. Stand ja sogar auf der Rückseite mit ‚Gruß, deine Gertrude‘. Ach ja, das Gedächtnis. Ich werde eben langsam alt.“

Das hast du ja eben unter Beweis gestellt, wie schlecht dein Gedächtnis funktioniert, dachte Claire. Sich an drei französische Namen zu erinnern, ohne ein Wort Französisch zu sprechen, war eine reife Leistung. Aber trotzdem – vollkommen desorientiert und unkonzentriert, die Gute. Nein, mit Zilli Kuhl stimmte etwas nicht.

„Vielleicht fahre ich doch für ein paar Tage weg“, räumte Zilli ein. „Bevor das hier losgeht mit dem Umbau.“

„Solltest du zufällig Richtung Frankreich fahren … Gertrude ist absolut gastfreundlich! Und ich bin auch noch da, jedenfalls bis Mitte August.“

Zilli nickte mechanisch. „Das ist eine Nette, deine Gertrude. Aber wenn, dann fliege ich in den Süden. Ich möchte Sonnengarantie.“

„Also einmal Mallorca und zurück?“

Oh nein, dachte Zilli. Einmal Freiheit einfach. Aber sie schwieg und zuckte mit den Achseln.

Claire hielt Zilli die Hand hin. „Erhol dich gut, Frau Kuhl. Du arbeitest immer so viel. Bis nach den Ferien also.“ Zilli drückte Claires Hand und sagte immer noch nichts. Claire merkte, warum. Sie beugte sich vor und fragte leise: „Mensch, Zilli, ist was?“

Zilli Kuhl verneinte heftig, konnte aber nicht mehr sprechen.

„Kommst du auf ein Bier vorbei heute Abend? Ich fahre doch morgen. Vielleicht bringt dich das auf andere Gedanken, wenn du schon nichts sagen willst.“

„Alles Quatsch. Wechseljahre“, bekam Zilli noch so eben heraus. Sie wollte mal wieder nicht reden. Nun denn. Claire drückte Zillis Arm und ging. Beim Hinausgehen hörte sie, wie sich hinter ihr jemand die Nase putzte.

3

Die Sonne stand tief. Claire versuchte, im rotgoldenen Gegenlicht das Schild über der Straße zu entziffern. Endlich! Die anstrengende Strecke, die Landstraße zwischen Courtenay und Châteauneuf-sur-Loire, ging ihrem Ende zu. Gertrude schlief schon seit einer Stunde. Von hinten legte sich ein warmer Kopf auf Claires Schulter, Lotte leckte ihr das rechte Ohr. Claire konnte ein Quieken nicht unterdrücken, denn Lottes Zunge kitzelte wie ein raues Stoffläppchen.

Gertrude wachte auf. „Oh mein Gott, wie lange schlafe ich denn schon? Wo sind wir?"

„Kurz vor Madrid. Ich habe mich verfahren."

„Was?" Gertrude blickte schlaftrunken und verwirrt aus dem Fenster, dann lachte sie. „Alter Bösnickel. Eine unschuldige Greisin so zu erschrecken. Sollen wir einen Kaffee trinken gehen?"

„Ach, lieber nicht. Deine Madame Josette steht doch sicher schon bis zu den Knöcheln in Hechtklößchen und Burgundersoße und wartet auf uns. Außerdem möchte ich einfach ankommen. Wenn du munter werden willst – in der Thermoskanne ist noch ein Rest Kaffee."

„Ist auch recht. Aber trink du mal lieber den Kaffee. Du musst schließlich fahren. Und ich werde ab jetzt wach bleiben und dir eine vorbildliche Beifahrerin sein."

Kurz hinter Orléans, auf der Autobahn, die jetzt schnurstracks nach Blois führte, fragte Claire: „Wie lange kennst du eigentlich schon deine Madame Josette?"

Gertrude schwieg. Sie war wieder fest eingeschlafen. Claire lächelte. Gertrude schien immer voller Energie zu sein, endlos viel Energie. Eigenartig, man vergaß ständig, dass sie siebzig war. Aber sie hatte wohl doch zu viel gearbeitet in den vergangenen Wochen.

Beim letzten Rundgang durch das nun seltsam kahle Bauernhaus vor den Bieler Toren hatte Gertrude mit geröteten Augen Türrahmen gestreichelt und lange vor dem Küchenfenster verharrt, das auf den Bauerngarten hinausging. Draußen, unter der Birke, auf der blauen Bank, hatten sie auf die neuen Besitzer gewartet, die ihre Schlüssel in Empfang nehmen sollten. Das Paar hatte ihnen hinterhergewinkt, als sich Gertrude abrupt umgedreht und gesagt hatte: „So. Das war *das*. Mensch, was freue ich mich auf Frankreich! Ich bin so gespannt auf unseren Sommer!" Und ihre Augen hatten geleuchtet. Sich neugierig und gespannt auf die Zukunft freuen zu können war genau die Eigenschaft Gertrudes, die Claire von Anfang an am stärksten beeindruckt hatte.

Claires Gedanken hüpften planlos weiter zu Zilli Kuhl. Seltsam, dass es sie so stark berührt hatte, die Lebensmittelhändlerin des Viertels in einer Gemütsverfassung zu erleben, die so überhaupt nicht zu ihr passen wollte – zu dieser immer fröhlichen, raubeinigen Frau Kuhl, deren Kommentare oft verrieten, dass sie wesentlich mehr Dimensionen hatte, als man auf den ersten Blick vermutete. Was nur war Zillis Geschichte?

JOSETTE polierte die letzte Gabel des alten Silberbestecks mit verbissener Gründlichkeit und blickte dabei ab und zu durch das Gartenfenster des Salons, von dem aus man die helle Sandsteinbrücke von Chimeray im Blick behalten konnte. Wer von der Autobahn kam, musste über diese Brücke fahren.

Es mochte vielleicht dreißig Jahre her sein, dass sich Josette zum ersten Mal in der Küche von Florifère die Schürze umgebunden hatte. Nachdem Jacques die Schweizer Malerin Gertrude Birnbaum kennen gelernt hatte, folgten turbulente Jahre für Florifère, denn Gertrude liebte Gäste. Anstrengende, schöne Jahre für Josette. Nach Jacques' Tod und Gertrudes Rückzug in die Schweiz versorgte Josette den Haushalt nur noch dann, wenn Gertrude im Sommer kam. Aber sie ging fast täglich auf den Friedhof, um Jacques' Grabstein zu polieren, ihm frische Blumen zu bringen und für einen Moment der Zwiesprache mit gefalteten Händen vor der Granitstele innezuhalten, die man stolz mit der Aufschrift: DEM BERÜHMTEN SOHN UNSERES DORFES versehen hatte.

Sie lebte mit ihrem Mann Armand im Nachbarhaus zur Rechten. Armand entwickelte den ganzen Tag Theorien, die er dann abends im „Café du Port" ausbreitete. Zum Beispiel die Theorie über die Entstehung des Gelenkrheumas. Das kam von den Autos. Autos produzierten Abgase, die oben im Himmel, so unterhalb der Wolken, zu kleinen, sandigen Kügelchen kristallisierten und wieder auf die Erde fielen. Dort wurden sie von allen Menschen wieder eingeatmet. Und von den Lungen wanderten diese Störenfriede in die Gelenke, das war besonders gemein. Dort verursachten sie diese Scheuerschmerzen, die Armand befielen, wenn er Leitern, Putzeimer oder eine Axt auf dem Holzklotz sah. Josette hatte ganz andere Theorien. „Armand", erklärte sie und stützte die Hände in die Hüften, „Armand stammt aus Marseille. Die lügen alle wie gedruckt. Und sind faul."

Und Armand nickte dazu freundlich von seinem Prachtsitz, einer alten Autorückbank, die er unter ein weinbelaubtes Vordach geschleppt hatte. Hier saß er, mit Blick auf den Cher, rauchte, beobachtete die Touristen, die am Fluss entlangradelten, die Enten, die allmorgendlich ihr lautes Gemeinschaftsbad nahmen, die Hausboote, deren Insassen mit dem Schleusenwärter schwatzten. Armand entging nichts.

So auch jetzt nicht. Über die weißgelbe Sandsteinbrücke, die im Abendlicht leuchtete, kroch ein Kastenwagen, der am Ende der Brücke in die Rue du Porte einbog. Das Motorgeräusch kam näher.

Auf der anderen Seite des Flusses hob der Schleusenwärter Claude Berbessou neugierig die Hand an die Augen. Tatsächlich, das war Gertrude. Gemächlich legte er sein Werkzeug in den Metallkasten zurück, den er vor zwei Stunden ausgepackt hatte, um weiter an der *Britain's Glory* zu basteln. Er hatte das lädierte Boot im späten Frühjahr von einem Engländer gekauft, um es zu restaurieren und vielleicht irgendwann einmal den Cher vier Kilometer flussaufwärts oder vier Kilometer flussabwärts zu fahren, aber in jedem Fall: „Einmal im Leben wie ein König unter dem äußersten Brückenpfeiler von Schloss Chenonceaux durchfahren. Mit Champagner und Fähnchen, und Armand soll Posaune blasen!" Das war ein Kindheitstraum.

„Ich sage mal guten Abend da drüben!", rief Claude durch das geöffnete Küchenfenster, hinter dem seine Frau gerade kugelrunde Kürbisse aushöhlte. Madame Berbessou nickte und seufzte. Das kannte sie. Claude und Gertrude hatten unerschöpfliche gemeinsame Thesen. Die Schleusenwärterfrau deckte die Kürbisse mit einem Tuch ab und setzte sich mit einem Glas Nusslikör vor den Fernseher. Es konnte eine gute Stunde dauern, bis Claude über die Brücke zurückkam.

Der Curé kam angesegelt. Noch steckte er in der Soutane, denn er hatte im Nachbardorf St-Geoffroy die Abendandacht gehalten. Josette zupfte an der Kittelschürze herum und strich sich aufgeregt über die weißen Haare. Gertrude verteilte Wangenküsse, schüttelte Hände, stellte Claire vor und hielt weder Reihenfolgen noch Höflichkeitsregeln ein. Vom unteren Ende der Straße näherte sich eine Dame in lachsfarbenem Leinenkleid, eine gut aussehende Mittfünfzigerin. Dunkle, helmartige Haare und dezenter Goldschmuck.

„Meine Liebe!", sagte sie, überquerte den kiesbestreuten Platz und ging auf Gertrude zu, die gerade Johns Katzenkorb aus dem Lieferwagen hob.

„Margot! Sie sind ja noch jünger geworden!" Gertrude ließ die französischen Standardküsse der Lachsdame über sich ergehen. Margot Morisseau gehörte zu den oberen Zehn des Dorfes. Huli beschnüffelte sie neugierig.

Margot Morisseau wedelte ihn fort. „*Mon Dieu*, Gertrude! Was sind das für Riesenköter? Seit wann haben Sie Hunde?"

„Das sind die Hunde meiner Freundin Claire. Claire, das ist Madame Morisseau, sie wohnt auf der Seite von St-Geoffroy in einer bemerkenswerten Villa."

Claire gab Madame Morisseau die Hand. Sie blickte in Augen, die prüfend und kühl waren, während der Mund lächelte. „Ah, Sie sind die Freundin aus Bonn, nicht wahr? Gertrude hat einmal von Ihnen erzählt."

„Was? Sie sind Deutsche?", fragte der Schleusenwärter Claude. „Sie sehen aus wie …"

„Eine Irin, ich weiß!", unterbrach Claire und wandte sich erleichtert dem Schleusenwärter zu. „Das kenne ich schon. In Schottland oder Irland werde ich selbstverständlich auf Gälisch angesprochen, in Deutschland auch schon mal auf Englisch. Dabei kommt meine Mutter aus Cambo-les-Bains."

Lange rote Haare und grünblaue Augen, da dachte eigentlich niemand an eine deutsche Studienrätin mit einer Mutter aus dem Baskenland, fand Claude. Ziemlich unkonventionelle Kleidung, fand Madame Margot. Das blaue Sommerkleid sah irgendwie nach lotterhaftem Im-Gras-Herumliegen aus, verknittert, wie es war. Außerdem wirkte diese so genannte Freundin so, als würde sie den Kehricht auch mal unter dem Teppich verschwinden lassen. Und damit hatte Madame Margot vollkommen Recht.

SCHON seit einer Woche weckte sie ein Streifen rosigen Sommermorgenlichts, wenn die Sonne über die Hügelkette von Montrichesse lugte. Claire war innerhalb von Sekunden wach. Der Raum war einfach möbliert, aber Gertrudes Sinn für Gestaltung war in jedem Detail spürbar. Ein Bett, ein weiß gestrichener Schrank, ein kleiner Schreibtisch stellten das ganze Mobiliar dar. Eine Efeuranke, naturgetreu gemalt, wucherte hinter dem Betthaupt an der Wand und über die halbe Zimmerdecke. Gertrude hatte einen Lehnsessel aus dem benachbarten Gästezimmer herübergeschoben, direkt vor das Fenster mit Blick auf die Trauerweide, die Schleuse und den Hügelrücken des jenseitigen Ufers, auf dessen bewaldeter Höhe Claire zwei halb verborgene Schlosstürme erkennen konnte.

Claire öffnete eines der Fenster zum Fluss, stützte sich auf das Fensterbrett und beugte sich so weit vor, dass sie das Haus in seiner ganzen Breite sehen konnte. Gertrudes Anwesen – und dieser Begriff war durchaus berechtigt – bestand eigentlich aus drei Häusern. In früheren Zeiten hatten hier Menschen gewohnt, die vom Fluss lebten, vom Fischfang oder vom Handel mit Sand und Kies, denn der Cher war voll davon.

Die drei einstöckigen kleinen Häuser hatten Jacques und Gertrude für wenig Geld nacheinander aufgekauft. Durch zwei Verbindungsbauten verwandelten sie die Fischerkaten in ein großes, lang gestrecktes Haus. Es entstand ein lichtdurchflutetes Bildhaueratelier, daneben das eigentliche Wohnhaus und ein kleiner Anbau für Gäste. Vor der Küche mit Ausgang zum Garten hatte Jacques eine überdachte Holzveranda bauen lassen, auf der man an lauen Abenden lange sitzen konnte. Glyzinienberankt, mit langem Tisch und vielen Korbsesseln zog sie die sehnsüchtigen Blicke der Fahrradtouristen auf sich.

Gertrude und Jacques hatten in bewegten Zeiten ohne größere Probleme fast zehn Gäste aufnehmen können. Versprengte Künstler, Verwandte, aber auch Zufallsbekanntschaften.

Geschichten darüber packte Josette gerne aus, wenn sie mittags um den großen Tisch herumsaßen. Die dürre, kleine Josette kochte mit Leidenschaft riesige Mahlzeiten, und Claire sah sich gezwungen, jeden Morgen noch länger am Fluss entlangzulaufen, wollte sie nicht wie eine voll gefressene Raupe nach Hause zurückkehren.

Ein Klappergeräusch lenkte Claires Blick auf die Atelierterrasse. Gertrude hatte hier gestern eine Katzentür anbringen lassen. Jetzt hüpfte John auf die Terrasse und hielt Ausschau nach Huli, den man am besten ärgern konnte. Bei Lotte war John schon vorsichtiger. Lotte konnte ausgesprochen ungemütlich werden, wenn John ihrem Fressnapf zu nahe kam.

Die Schleuse rauschte laut. In der Nacht war es ein beruhigendes, einschläferndes Geräusch gewesen, jetzt versprach es Leben, Bewegung, Frische. In der Mitte des Flusses, auf der Schleusenmauer, turnten quakende Enten, nahmen ihr Morgenbad, tauchten die Hälse ins Wasser und schüttelten sich in den funkelnden Tropfen.

Claire machte sich in dem kleinen Badezimmer zurecht. Es grenzte direkt an ihren Raum. Wie viele Sommergäste hatten sich schon in dem Spiegel mit dem verschnörkelten Goldrahmen betrachtet? Handtücher und Waschlappen lagen frisch gewaschen in einem Weidenkorb. Eine Nixe aus grüngoldener Keramik hielt in ungenierter Rührseligkeit einen Zahnputzbecher mit ihrem Makrelenschwanz fest. In diesem Haus schien alles beseelt.

Claire zog ihre ausgebeulte Trainingshose an und machte sich auf den

Weg. In der Diele lauschte sie kurz, aber Gertrude schlief noch fest. Es war seltsam, dass vier, fünf Wiederholungen ein und derselben Handlung Rituale entstehen ließen, die Claire und Gertrude das Gefühl vermittelten, es sei schon immer so gewesen.

Claire rannte jeden Tag mit ihren Hunden ein Stück am Ufer entlang und wieder zurück, lief über die Brücke nach St-Geoffroy, kaufte bei der Bäckersfrau drei Croissants und zwei Brote, bestellte Grüße, nahm neue mit auf den Weg, kam japsend nach Hause und deckte den Tisch auf der Gartenterrasse. Dann öffnete sie leise die Tür zu Gertrudes Zimmer und schickte Huli und Lotte hinein, die ihre Freundin mit kalter, zärtlicher Nase weckten.

Heute Morgen war der Himmel durchzogen von rötlichen Streifen, wie von einem gigantischen Aquarellpinsel verwischt. Claire schlich in den Garten, pfiff nach den Hunden und lief mit Huli und Lotte los. Ein Haus, ganz am Rand des Dorfes, fiel Claire besonders auf. Der umsichtige Erbauer hatte es auf eine Vielzahl heller Pfeiler gesetzt, denn der Cher trat alle paar Jahre ziemlich nachdrücklich über seine Ufer. Gertrudes und Josettes Haus lagen erhöht, aber die putzig renovierten Fischerhäuser, die ungeschützt dem Fluss ausgesetzt waren, standen nach einem Hochwasser stets zum Verkauf.

„Wieso klärt denn niemand die Käufer auf?“, hatte Claire gefragt.

„Aber warum denn? Die kommen doch aus Paris!“, hatte Armand geantwortet, ehrlich erstaunt.

Das Haus auf Pfählen hatte Sprossenfenster und eine umlaufende Veranda. Es schien einer großen Familie zu gehören, aber Claire sah abends kein Licht hinter den Fenstern. Wahrscheinlich war es das Landhaus einer Familie aus Nantes oder Orléans, die diesen Sommer einmal nicht in Chimeray verbrachte.

Dunst schwebte über dem Fluss. Eine Ringelnatter wedelte eilig durch das Wasser und flüchtete vor den morgendlichen Störenfrieden. Huli zögerte nicht lange und setzte ihr nach. Claire beorderte ihren Hund mit lauten Rufen zurück. Nach ein paar Minuten kam der Leonberger ans Ufer gepaddelt, stieg atemlos aus dem Wasser und schüttelte sich trocken. In Sekunden war Claires Trainingshose durchweicht: „Danke, du Ferkel!“

Huli wedelte begeistert mit dem Schwanz und schien zu sagen: „Was ich alles kann! Gut, was?“ Sie machten sich auf den Heimweg, denn die Sonne stieg höher und höher. Claire und die Hunde verfielen in einen gleichmäßigen Trab.

Sie passierten das weiße Pfahlhaus zum zweiten Mal an diesem Morgen. Erstaunlicherweise stand das Gartentor zum Uferweg jetzt offen. Plötzlich raste Huli durch das Tor auf das weitläufige Grundstück.

„Hierher, Huli, Fuß!“, brüllte Claire. Ein schwarzer Riesenschnauzer schoss katapultartig von der Terrasse; plötzlich waren er und Huli ein kläffendes, quietschendes Knäuel, zu dessen Kampf Lotte schrill bellte.

„Hierher, hör auf, hierher, Huli!“ Claire lief ihm hinterher und befand sich auf einmal mitten auf dem Rasen des Privatgrundstücks. Jemand brüllte auf Französisch: „Komm zurück, Zazi, bei Fuß! Kommst du wohl? Misthund!“

Auf der Terrasse stand ein Mann in grauem Trainingsanzug und pfiff gellend auf zwei Fingern. Aber Huli und der schwarze Hund mussten erst abklären, wer Herr des Gartens war. Schließlich konnten Claire und der Unbekannte die acht Hundebeine auseinander sortieren, jeder zügelte sein knurrendes Kampfpaket.

„Entschuldigen Sie, dass ich in einen fremden Garten eindringe, aber die Tür zum Uferweg stand offen, und mein Hund ist einfach hineingelaufen.“

Claire strich sich verlegen eine Strähne hinter das Ohr.

Der Mann im grauen Trainingsanzug war die Zurückhaltung in Person. Er war groß, hatte dunkle Locken, und sein Gesichtsausdruck war eher höflich als freundlich.

Er zog beide Augenbrauen hoch, nur ein wenig, die Herablassung war kaum sichtbar, aber sie machte Claire in Sekunden wütend. Eine junge Frau in dunklem Morgenrock stand plötzlich in der geöffneten Terrassentür. Er wandte nicht den Kopf, als er mit ihr sprach: „Odile, du hast wieder das Gartentor offen gelassen.“

Die Frau schien die Situation kaum zu registrieren, sah aus, als habe man sie mitten aus einem Migräneanfall ans Licht gezerrt. Sie war eine aparte Erscheinung, doch unter ihren Augen lagen Schatten. Sie gähnte und mahnte mit matter Stimme: „Schrei nicht so, François. Ich habe Kopfschmerzen.“

„Natürlich“, entgegnete der Mann.

Odile kam einen Schritt näher. „Ist da etwa ein fremder Hund in unserem Garten?“

„Zwei, Odile. Und eine Touristin.“ Das sagte er so über Claires Kopf hinweg, als sei sie ein Rüsselkäfer, den man löcherbohrend auf seiner Lieblingspflanze erwischt hatte. Claire ging mit großen Schritten zur Gartenpforte. Arroganter Idiot. Abrupt wandte sie sich noch einmal um und rief: „Machen Sie doch in Zukunft einfach die Tür zu. Vielleicht gehe ich morgen mit meinem Tyrannosaurus spazieren, und der gibt sich nicht mit einem einzigen Hund zufrieden." Sie warf die Gartentür hinter sich zu und schaute nicht mehr zurück.

„ACH, DAS Pfahlhaus?" Gertrude löffelte Josettes Aprikosenmarmelade auf ihr Croissant und biss hinein. „Das ist François Gilliot. Unser Tierarzt", erklärte sie. „Er ist eigentlich ein gut erzogener und umgänglicher Zeitgenosse. Das heißt, wenn seine Odile nicht dabei ist. Sie hat die seltene Gabe, innerhalb von Sekunden aus jedem Mann einen stammelnden Vollidioten zu machen. Nicht aus François, aber er ist in ihrer Gegenwart meist stumm und abwesend."

„Ein glückliches Paar also." Claire blinzelte der Sonne entgegen. Vom anderen Ufer winkten Claude, der Schleusenwärter, und seine Frau. Claire winkte zurück.

Gertrude schnupperte an ihrem Tee. „Ich habe keine Ahnung, mein Kind. Ich kenne François seit seiner Jugend. Seine Eltern hatten hier eine kleine Gärtnerei, sie leben aber beide nicht mehr. Mir schien schon damals, dass er eine besondere Beziehung zur Familie Morisseau hatte, zu Margot und später zu Odile. Dann habe ich ihn aus den Augen verloren während seines Studiums."

„Margot? Wer ist das?"

„Die First Lady im lachsfarbenen Kleid, die du am ersten Tag kennen gelernt hast, gerade als wir aus dem Auto stiegen."

„Ach, die. Die mit den kalten Augen."

Gertrude nickte. „Die schöne Odile ist ihre Tochter. Odiles Vater ist vor … ach, ich weiß nicht, wie vielen Jahren gestorben. Die Todesursache, munkelt man, sei nur ein ultimatives Ausweichmanöver gewesen. Monsieur Morisseau hatte keine Lust mehr, sich mit seiner Frau zu zanken. Madame Margot ist die reichste Frau hier. Ihr gehört die große Villa auf der anderen Seite. Und die Weinfelder dahinter. Dazu noch Anteile an einem Weingut in der Sologne. Und ein Mietshaus in Amboise, und ich weiß nicht was noch alles. Einmal hat François mit seinem Vater den Garten der Villa neu gestaltet. In diesem Sommer war er jeden Tag bei den Morisseaus, auch oft noch nach Feierabend. Ich glaube, damals war er achtzehn. François verschwand dann für ein paar Jahre, Studium, erste Stelle, das Übliche. Na, und seit drei Jahren lebt François mit Odile zusammen. Sie ist acht Jahre jünger als er. Und Margot drängt laufend darauf, dass nun endlich geheiratet wird, aber sie haben immer andere Gründe, weshalb gerade jetzt nicht geheiratet werden kann."

Claire pfiff durch die Zähne. „Das heißt, sie wollen beide nicht so recht? Worauf warten sie denn?"

„Odile hat einen unübersichtlichen Charakter. Und mit François stimmt irgendetwas nicht, seit einiger Zeit jedenfalls. Na, vielleicht lernst du die beiden ja mal kennen."

„Oh, da gibt es dringendere Bedürfnisse." Claire dachte an die seltsame Spannung, an das Unwohlsein, das sie in Gegenwart dieses Paares überfallen hatte. Wie eigenartig. Sie konnte sich nicht mehr genau an seine Physiognomie erinnern, nur an den überheblichen Blick, vor allem aber an seine Hände, die den Terrier zügelten. Kräftige Hände, die zupacken konnten. Vielleicht prügelte er sie? Zuzutrauen war es ihm.

„Und welche?"

„Was bitte?" Claire schreckte aus ihren Gedanken.

„Bedürfnisse, meine liebe Gästin. Was möchtest du heute machen? Also ich jedenfalls fahre gleich nach Tours. Ich war lange nicht mehr dort."

Claire erinnerte sich plötzlich an das Gespräch, das sie vor einigen Wochen in Bonn geführt hatten. „Wolltest du nicht arbeiten? An einer ganz neuen Bildidee?"

„Das tue ich doch", entgegnete Gertrude ernsthaft. „Es arbeitet ganz schön in mir. Es ist noch nicht so weit. Ich muss noch weitersammeln. Nein, falsch, ich muss noch weiter ausfiltern. Aber dann, dann wirst du mich tagelang nicht mehr zu Gesicht bekommen. Wirklich. Vermutlich werde ich erst anfangen, wenn du zur Schule zurückmusst."

„Bitte nicht das Wort aussprechen!"

„Übertreib doch nicht so, Kind. Du liebst deinen Beruf, trotz allem."

„Ja, Mama. Du hast Recht. Aber mein Reihenhaus hat harte Konkurrenz bekommen. Ich beginne es mit Florifère zu betrügen."

SIE FUHREN einen Umweg. An einer bestimmten Stelle, an der das linke Ufer der Loire hügelig anstieg, lenkte Gertrude ihren Peugeot von der Landstraße auf einen Feldweg, vorbei an mannshohem Mais und rauschenden Pappeln, dann hörte der Weg plötzlich auf. Sie stiegen aus. Gertrude machte eine weite Handbewegung. „Hier, Claire, hier ist die Stelle, an der du begreifst, warum man immer von der Touraine als Frankreichs Garten spricht. Ich finde, hier sieht sie aus wie Gottes Garten."

Durchsetzt mit Sandbänken und begrünten Inseln, lag die Loire vor ihnen.

Ungezähmt in ihrer Breite floss sie dem Meer entgegen. Trauerweiden hatten sich mitten im Fluss auf einer Insel angesiedelt. Gegenüber grüßten zwischen hohen Bäumen die weißen Rundtürme eines kleinen Schlosses. Der Himmel war seidenblau und weit, weiter als zu Hause. Wolken vom Meer glitten in Riesenherden am Himmel, Zuckerwatte, die eine unruhige Himmelshand immer neu auseinander zupfte und zusammensetzte. Und über allem das Licht der Touraine. Ein Licht, das die Dinge körperhaft greifbar machte, das man auch mit geschlossenen Augen zu spüren schien. Sie blieben beide stumm, auch als sie ihre Fahrt fortsetzten.

„Ja, doch", sagte Claire kurz vor dem Ortsschild von Tours. „Du hast alles andere als hässlich gelebt vor den Toren deines schweizerischen Biel. Aber das hier packt einen."

„Du merkst es auch, ja? Vielleicht sind die Schweizer Berge pittoresker. Aber hier ist so ein Zauber in der Luft. Es ist das Licht", entgegnete Gertrude. „Sonst hätte es Leonardo da Vinci sicher nicht in Amboise bei König Franz dem Ersten gehalten. Du musst übrigens mal da Vincis Grabstelle in der Schlosskapelle von Amboise besichtigen." Sie parkte ihren Wagen schwungvoll in einer knappen Parklücke.

Sie stiegen aus, schlenderten zur fachwerkumstandenen Place Plumereau, ließen sich auf Korbstühle fallen und prosteten sich mit kühlem Weißwein zu.

„Unfassbar, dass diese Altstadt von den Deutschen in Schutt und Asche gelegt worden ist!" Claire konnte kaum glauben, dass die mittelalterlichen Fachwerkhäuser das Ergebnis jahrelanger Rekonstruktion sein sollten. Gertrude nickte. „Tours war lange Zeit eine einzige Baustelle, du kannst dir gar nicht vorstellen, wie das hier …"

Von hinten legten sich zwei Hände auf Gertrudes Augen. Sie schrie leise auf. „Raucher und männlich", war ihre Diagnose. Es war Claires morgendliche Bekanntschaft, François Gilliot. Claire blickte sich um. Keine Odile.

„Weiter?", fragte François.

„Und mitten im Gesicht eine Nase, wetten?", riet Gertrude weiter.

„Fantastisch, Madame. Sie haben visionäre Qualitäten. Du gestattest?"

Er zog einen Korbsessel zu sich heran. Gertrude prostete ihm zu. „Meine Freundin Claire kennst du ja schon."

„Die Touristin", ergänzte Claire. Ihr Tonfall war spöttischer als beabsichtigt. Er blickte Claire jedoch freundlich an und hielt ihr die Hand hin: „François Gilliot. Wo ist Ihr Tyrannosaurus?"

Claire zögerte. War das wirklich derselbe Mann wie heute früh? „Er übt für morgen. Ich habe ihm beigebracht, wie man Betonpfeiler durchknabbert. Morgen früh geht Ihr Haus in die Knie."

François lachte. Er blickte auf seine Armbanduhr. „In zehn Minuten muss ich weiter, aber für einen Kaffee reicht es noch. Erzähl mal, Gertrude, wie geht es dir? Wie lange bleibst du diesmal?"

„Bis der Curé nicht zum Abendessen, sondern zur Letzten Ölung kommt", erwiderte Gertrude und nahm einen Schluck Weißwein.

„Du und Letzte Ölung!" François amüsierte sich. „Aber jetzt sag mal, du bleibst wirklich für immer?"

„Wirklich, François. Ich habe in der Schweiz alles verkauft. Für mich sind zwei Wohnsitze zu viel. Und ich möchte mich nicht von unserem Ort trennen, ich meine von Jacques' und meinem Ort. Unsere Liebe ist das einzige Stück Vergangenheit, dem ich täglich begegnen möchte."

„Das verstehe ich", entgegnete François. „Ach, Gertrude, ich habe übrigens beim Aufräumen eine Zeitung gefunden. Sie ist fast zwanzig Jahre alt. Darin ist ein Artikel über Jacques und die Einweihung seiner Skulptur im Innenhof des Château Marmois. Mit einem Foto von dir, Gertrude. Du trägst den hässlichsten Hut aller Zeiten, so ein asymmetrisches Ding."

„Oh, wie schön, François! Bekomme ich die Zeitung? Ich erinnere mich noch gut an diesen Hut. Übrigens ein wunderbarer Modellhut, du Ignorant. Das waren noch Feiern!" Sie wandte sich an Claire. „Jacques und ich haben uns so betrunken, dass wir beide um Mitternacht in voller Montur ins gräfliche Goldfischbecken gestiegen sind. Und dann hat Frau Gräfin den beiden unmöglichen Künstlern Bademäntel geliehen … und als ich mich in ihrem Boudoir umziehen durfte …", Gertrude kicherte, und François wusste offensichtlich, was nun folgte, denn er begann zu grinsen, „… fiel mir ein Goldfisch aus dem Unterhemd."

Claire legte den Kopf in den Nacken und lachte so, dass man sich an den Nebentischen nach ihr umdrehte. Es dauerte ein paar Minuten, bis sich alle drei beruhigt hatten. François nahm einen Schluck Kaffee und blickte Claire über den Tassenrand an. „Sie lachen wie ein Erdbeben."

„Ich bin eins."

Der Kellner brachte eine neue Runde Abkühlung.

„Ganz schöne Umstellung, so ein Wechsel nach Frankreich." François' Tonfall wurde wieder ernst.

„Es ist weniger ein Wechsel als eine Heimkehr, François. Ich will bald wieder malen. Ich habe noch viele Pläne."

„Das mag ich an dir, diesen Blick nach vorne."

„Das ist die einzig denkbare Richtung für mich, François. Ach ja, ich habe sogar einen potenziellen Patienten für dich, meinen Kater“, ergänzte sie zusammenhanglos.

„Wie schön. Dann werde ich vielleicht doch noch reich.“

„Hast du eigentlich eine Ahnung, wo ich diese wunderbaren Flohhalsbänder kaufen kann, François? Du weißt schon, diese violetten Dinger, die doppelt so lange wirken wie die normalen.“

„Ich werde dir heute Abend welche mitbringen. Der Großhandel befindet sich im Industriegebiet, ich muss sowieso noch dort vorbei.“ Er sah erleichtert auf. „Morgen fängt die Arbeit wieder an.“

„Ach, ihr wart im Urlaub? Und wo?“

„Ein alter Freund hat im Vercors ein Restaurant aufgemacht. Ich habe ihm ein bisschen geholfen. Scheune abreißen und so. Wir hatten viel Spaß, aber ich kann mich kaum noch bewegen.“

„Und Odile hat mitgeholfen?“

„Nein. Sie war an der Côte d'Azur. Eine Freundin von ihr besitzt dort einen bescheidenen Swimmingpool mit etwas Park und Villa drumherum.“

Da war er wieder, der Frost des Morgens. François trank seinen Espresso mit einem Schluck aus, stand auf und verabschiedete sich. Gertrude winkte ab, als er Geld für Wein und Kaffee auf den Tisch legen wollte. „Ein andermal, François. Ich werde irgendwann in den nächsten Wochen ein kleines Fest für meine Freundin geben. Kommst du? Odile ist natürlich auch eingeladen. Frag sie doch bitte.“

Er nickte, griff nach seiner Jacke und ging in Richtung Rue Bretonneau. Genau an der Ecke drehte er sich noch einmal um und winkte kurz.

Gertrude zuckte mit den Schultern. „Schade, was? Dieser Mann ist siebenunddreißig. Er hat eigentlich alles. Eine gute Praxis, eine interessante, schöne Freundin und Geld. Auch wenn es ihr Geld ist. Das muss ja nicht immer ein Problem sein. Aber sobald auch nur der Name Odile oder Margot fällt, verschließt sich sein Gesicht wie ein doppeltes Schleusentor. Ich finde Odile zwar verdreht und schwierig, aber ich mag sie.“

Claire schaute nachdenklich in die Richtung, in der François verschwunden war. „Warum trennt er sich denn nicht von ihr, wenn sie ihm so auf die Nerven fällt?“ Sie verzog den Mund. „Vielleicht ist es wirklich das Geld, das ihn bei ihr hält?“

„Vielleicht“, meinte Gertrude nachdenklich. „Aber irgendwie kann ich das nicht glauben. Nein, nein, François ist nicht korrupt. Er schleppt irgendetwas mit sich herum, aber ich weiß nicht, was.“

4

Die Nacht über der Provinz Aquitaine war dunkelblau und warm. Am anderen Ufer des Sees schimmerten Lichter. Auf dem Campingplatz war es still. Die holländischen Rentnerpaare saßen vor ihren Wohnwagen, tranken Rotwein und schwiegen sich freundlich an.

Zilli Kuhl hockte, frisch geduscht und in einen Flauschpullover gehüllt, in der geöffneten Tür ihres kleinen Transporters und genehmigte sich ebenfalls ein Glas Rotwein. Die Kiefern dufteten harzig. Doch, ja, sie würde einfach noch einen Tag und eine Nacht hier bleiben. Zum ersten Mal seit ihrem Aufbruch empfand sie so etwas wie Ruhe. Sie hatte sich gezwungen, nicht den Kopf zu verlieren, hatte bemüht systematisch alles geregelt.

Der Verkauf des Hauses und ihre geschäftlichen Angelegenheiten lagen jetzt in den Händen einer Maklerin und eines jungen Rechtsanwalts.

Schwester Marlene hatte zum Abschied Tränen in den Augen gehabt. Da verschwand die Lieferantin unzähliger Tiefkühlmahlzeiten, kostenloser Zigaretten und Pralinen. Und irgendwo hatte man der Schwester ja auch einen Stehplatz im alkoholisierten Gefühlsleben reserviert. Der erstaunten Kundschaft hatte Zilli erzählt, sie wolle einfach nur mal ausspannen. Das gönnte ihr jeder, aber man fand es trotzdem ungewöhnlich.

Sie schlenderte, das Glas in der Hand, den Pfad entlang, der durch ein kleines Gebüsch zum Seeufer führte. Hier war sie ganz allein. Drüben, auf der anderen Seite des Sees, lachte gerade eine Frau, hell und trillernd wie ein Urwaldvogel.

So leicht will ich wieder werden, eines Tages. Und ich will wieder Freunde haben, dachte sie. Die Pest an deinen Hals, Hermann! Brich dir das Genick. All die geklauten Jahre und die Angst – nein, ich drehe mich jetzt nicht um. Du drehst dich nicht um, Zilli, hörst du? Du wirst noch verrückt, wenn du nicht aufhörst, dich immer umzudrehen, Zilli, bei jeder Männerstimme hinter deinem Rücken. Im Supermarkt, auf der Straße, im Café. Überall. Hör auf, Zilli. Er kann dich nicht finden.

Bei der Post lag ein Nachsendeantrag für Zilli Kuhl, mit der Adresse des Anwalts. Eine Kundin, die nach Argentinien flog, hatte sich bereit erklärt, der Schwester Marlene eine von Zilli geschriebene Karte aus Buenos Aires zu schicken. Zilli hatte irgendwo eine Karte mit einem Gaucho aufgetrieben, ein paar Zeilen zusammenfantasiert und der Kundin erklärt, das sei ein altes Spiel zwischen ihr und ihrer Schwester. Hermann würde als Erstes bei Marlene auftauchen, das war klar. Er würde sie ausquetschen. Sollte er ruhig. Sie kannte Zillis Reiseroute nicht. Marlene würde ihm die Karte zeigen. Argentinien lag auf der anderen Seite des Globus.

Jemand räusperte sich hinter ihr. Zilli zuckte heftig zusammen und fuhr herum. Ein untersetzter Mann grinste sie an: *„Si seule ce soir, ma belle?“*

Sie verstand kein Wort, aber es war klar, was er wollte. Verdammt, hier sah und hörte sie niemand! Das kleine Gehölz versperrte die Sicht auf die Wohnwagen.

Der Mann grinste noch breiter und kam näher. Er roch nach Alkohol und Schweiß. Sie wich zurück, aber hinter ihr war der Zaun. Er stellte sich vor sie und fasste sie an die Brust. Sie stieß ihn mit aller Kraft von sich und schrie. Sie erkannte ihn. Er zeltete in der Nähe des Waschhauses und hatte sie heute schon mehrfach gierig angesehen. Sie stürzte wie eine Wahnsinnige davon, Äste peitschten ihr um den Kopf, dann war sie auf der Wiese, bei ihrem Lieferwagen. Sie stieg ein, verschloss mit zitternden Fingern die Türen, tastete nach dem Schlüssel, der im Mittelholm lag, und startete den Motor. Die alten Holländer schauten sie erstaunt an, sie wendete in rasender Eile den Lieferwagen und zerquetschte dabei ihren Campingtisch, der noch vor der Hecktüre gestanden hatte.

Sie fuhr den Weg zur Rezeption viel zu schnell hinauf. Staub und Sand wirbelten auf. Die Schranke war oben. Großer Gott, danke. Danke, lieber Gott. Der Pass. War im Handschuhfach. Noch mal danke, lieber Gott. Ich habe ja im Voraus bezahlt. Nie den Pass deponieren, nie den Namen nennen. Sie raste eine Weile mit Höchstgeschwindigkeit auf der schmalen Landstraße entlang, bis die größten Wellen der Angst sich gelegt hatten. Scheißkerle, widerliche Scheißkerle!

Sie fuhr lange, kreuz und quer, durch verschlafene Dörfer, über einsame Straßen, achtete auf keinen Hinweis, bis der Summton im Tacho sie darauf aufmerksam machte, dass Benzin gebraucht wurde. FERMÉ stand an den Tankstellen, die sie passierte. Es war dunkel, es war spät. Sie zwang sich zur Ruhe, studierte das nächste Ortsschild und suchte lange, bis sie das Dorf auf der Karte fand. War es ein guter Geist, der sie hierher gelenkt hatte? Die Autobahn, die schnurgerade zur spanischen Grenze führte, lag nur drei Kilometer entfernt.

Im Kassenraum der Autobahnraststätte sah man sie seltsam an. Sie bezahlte, packte eine Rolle Kekse in ihre Tasche, blickte auf die verspiegelte

Säule neben dem Zeitschriftenständer und prallte zurück. Vor ihr stand eine kalkweiße Frau mit wirrem Haar.

Zilli parkte das Auto im Licht einer Bogenlampe, fand den Kulturbeutel und ein Handtuch, schloss den Wagen ab und ging die Treppen hinunter zur Raststättentoilette. Heißes Wasser gab es hier. Es floss in Strömen über ihre zerkratzten Hände. Es war so warm, es tat so gut. Sie stützte sich auf das Waschbecken, sah im Spiegel ihre roten Augen und fühlte sich verloren wie selten in ihrem Leben. Sie begann zu schluchzen. Nach einigen Minuten wischte sie die Tränen mit dem Ärmel fort, dann wusch sie Gesicht und Hände, kämmte sich die Haare und ging zurück auf den Parkplatz.

Auf der Raststätte herrschte trotz der späten Stunde touristischer Hochbetrieb. Jugendliche quollen pulkweise aus kleinen Autos, kaugummikauende Mädchen stöckelten mit Chipstüten über den Parkplatz, Fernfahrer stiegen müde aus ihren Riesenlastern. Zilli fühlte sich plötzlich wunderbar sicher mitten in diesem Getriebe. Sie zwängte sich über den Vordersitz in den hinteren Teil des Wagens, fand ihre Schaumstoffmatratze, legte den Kopf auf das Kissen, zog die blaue Wolldecke bis unters Kinn. Sie lauschte dem doppelten Atem rechts und links.

Käthi und Simon. Sie waren nicht wach geworden, nicht auf der wilden Flucht über den hoppelnden Zufahrtsweg des Campingplatzes, nicht mitten in diesem Lärm der betriebsamen Rasthausnacht. Die Kinder. Sie waren eine Last, aber Zilli konnte sich kaum noch vorstellen, ohne sie zu sein. Sie seufzte tief. An Schlaf war jetzt nicht zu denken.

„WIR BRAUCHEN die Kinder nicht in ein Heim zu geben, dafür gibt es Pflegestellen. Von uns geprüfte, verlässliche Familien. Keine Sorge. Wenn Ihre Schwester gesund ist, werden die Kinder wieder nach Hause überstellt." Die Dame vom Jugendamt ordnete ihre mahagonigetönte Haarpracht, lächelte kurz und klappte einen Ordner mit Adressen zu.

Überstellt. Hierhin gestellt. Dorthin gestellt. Abgestellt. Tante Zilli, Pflegemama, Trinkmama.

„WARUM gehst du weg, Tante Zilli?"

Käthis Gesicht war unbewegt. Mitten im Chaos der Geschäftsauflösung saßen sie am Küchentisch, Käthi blickte nüchtern wie ein kleiner Buchhalter.

„Ich muss mal Urlaub machen."

„Kann ich da nicht mit?"

Sollte man glatt Nein sagen? Ihr die einzig ehrliche Antwort geben?

„Schwierig, Käthi."

„Warum?" Käthi machte eine hilflose Pause, dann sprach sie weiter, ganz schnell. „Tante Zilli, ich nehme mir keine Sachen mehr, ohne zu fragen. Ganz bestimmt, das mache ich nie mehr. Das mache ich nie wieder."

„Ach nein, Käthi, darum geht es doch nicht, Kind …" Ach, gib's auf, Zilli. Dieses Kind hat nicht irgendein Märchen verdient, sondern die Wahrheit.

„Käthi, hör gut zu. Ich sag dir jetzt, warum ich hier wegmuss. Ich hatte mal einen Freund. Der hat ziemlich schlimme Sachen gemacht. Und dafür musste er ins Gefängnis."

Das hörte sich spannend an. Käthi bekam ganz runde Augen. „Was hat er gemacht?"

„Er hat eine Tankstelle überfallen, und dabei ist ein Mann gestorben. Mein Freund hat ihn nicht getötet, aber der Tankwart ist trotzdem gestorben. Er war gefesselt und geknebelt, und dann hat sein Herz einen so großen Schreck bekommen, dass es nicht mehr schlagen konnte. Die Polizei hat meinen Freund nicht geschnappt. Er konnte abhauen. Mit dem Geld aus der Kasse. Er kam zu mir. Und ich hab ihm gesagt, er soll zur Polizei gehen."

„Und?"

„Hat er nicht gemacht."

„Und dann?"

„Und dann bin *ich* zur Polizei und habe verraten, was ich wusste. Weil ich nicht wollte, dass er frei herumläuft, wenn er so etwas getan hat."

„Und dann?"

„Dann haben sie ihn verhaftet, und er musste ziemlich lange im Gefängnis sitzen. Er ist natürlich furchtbar böse auf mich. Und jetzt kommt er bald raus. Und deshalb habe ich Angst vor ihm, denn ich habe ihn ja verraten."

Zilli streichelte Käthis Haare. „Es ist zu gefährlich, wenn ich dich mitnehme. Denn ich weiß nicht, wohin ich gehen werde. Und du sollst keinem die Geschichte erzählen. Das ist ein echtes Geheimnis, das ich dir anvertraue. Deine Mama weiß Bescheid, sonst niemand."

„Und ich."

„Und du."

DANN kam der Tag, an dem die Pflegemutter sie erwartete. Der Lieferwagen hatte gerade die große Inspektion hinter sich und war für eine lange Reise gerüstet. Zilli ließ Simon und Käthi nach hinten klettern, Simon mit dem Bären und Käthi mit dem roten Rucksack. Und mit einem neuen Koffer. Darin ein Glimmerbaby-Turnbeutel und Glimmerbaby-Haarspangen, Pferdebücher und ganz besondere Kaugummis, die beim Draufbeißen quietschten. Alles, was Käthi immer schon mal haben wollte und worüber Simon sich freute, befand sich in diesem Abschiedskoffer. Sie fuhren am Rheinufer entlang, durch ein paar alte rheinische Dörfer. Käthi sagte nichts.

Die Pflegemutter, eine freundliche Frau Mitte dreißig, hatte selbst eine Tochter in Käthis Alter. Man hatte sich schon einige Male getroffen, man kannte sich. Zilli hatte ein gutes Gefühl bei dieser Frau. Sie standen vor dem Einfamilienhaus. Die Kleinstadt vor den Toren Kölns war nicht unbedingt schön, aber Käthi konnte weiter ihre alte Schule besuchen.

Es gab einen Garten. Im Küchenfenster hing ein handgemaltes Schild: *Willkommen, Käthi und Simon!* Simon setzte sich mitten auf die Waschbetonplatten des Eingangs und spielte mit seinem Trostbagger. „Rrrrrr“ vor, „rrrrr“ zurück. Käthi blieb stumm.

Zilli umarmte erst Simon, der nicht aufblickte, dann Käthi. „Also, Käthi. Ich schreib dir. Mach's gut, mein Racker.“

Käthi sprach nicht. Sie stand da, mit hängenden Armen, den roten Rucksack auf dem Rücken.

„Käthimaus, du weißt doch, warum. Ich habe es dir doch erklärt.“

Zilli verabschiedete sich von der Pflegemutter, die bereits einen Arm um Käthis Schulter gelegt hatte. Zilli drückte Simon und das kleine Stück Holz, das einmal ihre Nichte gewesen war, ein letztes Mal. Ihre Füße waren schwer, als sie zum Transporter ging. So, als müsse sie sich mit jedem Schritt aus einem zähen Untergrund herausziehen. Sie stieg in ihr Auto, kurbelte das Fenster herunter und rief: „Ich komme bestimmt wieder!“ Dann startete sie den Motor.

In dieser Sekunde schrie Käthi. Es war ein Schrei, den Zilli nie vergessen würde. Konnte man mit einem einzigen Schrei ausdrücken, wie es war, in eine unsichtbare Schlucht zu stürzen – Käthi hatte es geschafft. Zilli machte den Motor wieder aus. Atmete tief durch. Stieg aus. Bewegte sich wie ein Roboter. Tat das einzig Richtige. Holte Käthi aus der Schlucht heraus. „Simon, Käthi, steigt wieder ein.“ Und zur Pflegemutter: „Es geht nicht. Entschuldigen Sie.“

DIE FORMALEN Angelegenheiten waren nicht so gewesen, wie Zilli befürchtet hatte. Marlene hatte nichts dagegen, dass ihre Kinder für eine Weile auf Reisen gingen. Erst nach Holland, dann nach Argentinien, sagte Zilli. War ja nicht für immer. Und Marlene musste sich ja auch noch erholen. Hatte der Doktor gesagt. Und so bekam Zilli sämtliche Vollmachten, die sie brauchte.

Jetzt lagen sie hier, auf dem Parkplatz einer Raststätte, nach einer unruhigen Fahrt durch Frankreich, nach schlaflosen Nächten auf überfüllten Campingplätzen nahe der Autobahn. Zilli war rastlos gewesen, unstet. In Spanien gab es Hotels unter deutscher Leitung, da konnte man versuchen zu arbeiten. Das Haus in Bonn war noch nicht verkauft. Die Zeit zwischen dem Hausverkauf und einer neuen Existenzgründung musste überbrückt werden. Aber wie und wo? Es würde sich schon etwas ergeben. Warum konnte sie nicht einmal entspannen?

Dies hier war schlicht und einfach kein Urlaub. Dies hier war eine Flucht.

Zilli setzte sich auf. Ihr Mund war trocken und pelzig wie bei einem Kater. Sie tastete wieder nach der Wasserflasche, vorsichtig, um die Kinder nicht zu wecken. Dieses Auto war jetzt ihr Dach über dem Kopf. Komisches Gefühl. Zum ersten Mal in ihrem Leben ohne feste Adresse, ohne richtige Behausung.

Im Grunde genommen war es unverantwortlich gewesen, die Kinder mitzunehmen. Aber was hätte sie machen sollen? Käthis Herz brechen? Warum war alles wieder so schwierig? Eigentlich stellte sie doch keinen anderen Anspruch an das Leben, als in Ruhe gelassen zu werden. Es war schwer genug, so ganz allein.

So ganz allein war sie allerdings nicht. An dem schrecklichen Tag in der Klinik, als ihre Schwester von Hermanns Entlassung sprach, hatte sie ein Licht am Ende des Tunnels entdeckt. Oder vielleicht auch nur in einer Parkbucht, aber ein Licht, das war sie, die Mechthild.

5

Mechthild war die einzige Freundin, mit der sie all die Jahre in Verbindung geblieben war. Mechthild war die Einzige, die wusste, dass Zilli sich in der Bonner Stadtrandsiedlung verkrochen hatte. Mechthild, die langjährige Kollegin aus dem Einkaufszentrum in Dortmund. Mechthild und Zilli hatten meist gemeinsame Schicht hinter der Käse- oder Brottheke, gingen abends oft zusammen aus oder bummelten sonntags durch die Stadt, um sich all die Kleider anzusehen, die sie sich sowieso nicht leisten konnten.

„Lottogewinn!“, sagte Mechthild, als Zilli ihren neuen Freund Hermann vorstellte.

Hermann fuhr Gabelstapler im Großmarkt, aber eigentlich war er Schreiner. Hermann war recht ansehnlich.

„Aber das zählt für mich nicht so sehr." Zilli schnitt Gouda in Scheiben und stapelte sie auf einen Plastikteller. Sie strahlte wie ein frisch geputzter Kronleuchter. „Er hat ein gutes Herz."

Hermann ging auch so nett mit der kleinen Nichte Käthi um. Käthi war jetzt fast zwei Jahre alt, überall in Zillis Wohnung standen gerahmte Fotos von dem Patenkind mit dem Mäusegesicht. Ab und zu fuhr Hermann seine Freundin nach Köln, um die Kleine für ein Wochenende abzuholen. Warum Zillis Verhältnis zu Käthi, Marlenes erstem Kind, so besonders war, konnte Zilli nicht erklären.

Vielleicht erinnerte sie etwas in dem kleinen Gesicht an ihre eigenen Schatten, die es zu überwinden, die Gräben, die es zu überqueren galt, immer wieder.

Auch Hermann hatte viel Pech gehabt im Leben, die Menschen waren nicht gut mit ihm umgesprungen. Als er kurz vor der Gesellenprüfung stand, warf ihn sein Lehrmeister hinaus, weil Hermann angeblich Werkzeug gestohlen hatte. Dabei war es jemand anders gewesen. Aber Hermann war nicht der Mann, der andere verriet, er nicht. Die Firma, die ihn danach beschäftigte, machte Pleite und schuldete ihm noch drei Monatslöhne. Und seinem besten Freund hatte er finanziell aus der Klemme geholfen, als der Gerichtsvollzieher vor der Tür stand – nein, Hermann ließ seine Freunde nicht im Stich. Jetzt hatte er selbst einen Haufen Schulden. Aber nur seiner Freunde wegen. Es rührte Zilli, dass Hermann ihr fast täglich irgendetwas mitbrachte. Blumen, Schokolade, ein Lebkuchenherz. Schließlich zog Hermann in ihre Wohnung ein: „Warum zwei Mieten zahlen?"

Hermann musste beliebt sein, denn er hatte viele Freunde. „Das ist ein guter Kumpel von mir", sagte er, wenn abends ein abgerissener Kettenraucher in der Küche saß und nebenbei Zillis Kühlschrank leer futterte. „Bis nächsten Monat, nur vierhundert, Zilli. Der arme Kerl. Wir zwei können einen alten Freund doch nicht im Stich lassen."

Hermann handelte. Mit Antiquitäten, Videorekordern, Autos. Er restaurierte und reparierte sie nach Feierabend in einer gemieteten Garage und verkaufte sie, aber es gab oft Probleme mit seinen Kunden. Seine Kunden wollten nie zahlen, klagte er und lieh sich Geld von Zilli. Mechthild hatte Bedenken. „Mensch, Zilli, pass auf. Schon siebentausend, sagst du? Wie will der dir das denn zurückzahlen?"

„Das nächste Geschäft bringt ihm viertausend, sagt Hermann."

„Sollte das letzte nicht auch schon so viel bringen?“

„Ja, schon, aber Hermann kann doch nichts dafür, wenn die Kunden ihn übers Ohr hauen.“

Genau da aber lag das Problem. Hermann konnte nichts dafür. Hermann konnte nie etwas dafür. Alle, alle betrogen ihn. Dabei war *er* immer gut Freund mit aller Welt, nur alle Welt war bös Feind mit ihm. Außer Zilli. Sie war sein Ein und Alles. Das sagte er ihr täglich.

Dann zahlte ein Kunde für einen fast echten Barockschrank nicht fünftausend, sondern nur fünfhundert. Hermann war fertig mit der Welt. Angeblich verrechnete der Kunde alte Schulden, natürlich ohne jede Berechtigung, sagte Hermann.

Zilli verlor ganz langsam die Geduld, denn die Übersicht war ihr schon vorher verloren gegangen. Sie wollte von den siebentausend Euro, die sie ihm geliehen hatte, etwas zurückhaben. Wenigstens diese fünfhundert. Zillis Stimme war auf einmal hart. „Jetzt reicht es! Ich habe dir meine gesamten Ersparnisse geliehen, und du vertröstest mich von Woche zu Woche. Ich möchte diese Geschichten von den bösen anderen nicht mehr hören, denn ich glaube langsam nicht mehr daran.“

Für Hermann brach eine Welt zusammen. Sagte Hermann. Mit Tränen in den Augen griff er nach seiner Wetterjacke und ging. „Zum Kanal“, sagte er. Er verschwieg ihr allerdings, dass seine alte Stammkneipe so hieß. Zilli suchte ihn stundenlang. Schließlich fand sie sein Auto vor der Kneipe im Hafengelände. Er war sturzbetrunken. Mit Mühe schleppte Zilli ihn hinaus. Zu Hause randalierte er im Treppenhaus, bis sich die Nachbarn beschwerten. In der Küche wollte er eine Flasche Korn öffnen. Zilli entriss sie ihm, die Flasche flog in hohem Bogen auf den gekachelten Küchenboden und zerschellte.

Da schlug er zu. Wieder und wieder. Zilli schrie, aber Hermann kam erst zu sich, als die Polizei vor der Tür stand. Der Notarzt nähte die Platzwunde an der Wange. Zilli verbrachte die Nacht bei Mechthild, die auf dem Sofa neben ihr sitzen blieb, bis beide einschliefen.

Hermann wurde blass, als er am nächsten Abend sein Hab und Gut in Kisten im Flur erspähte. Er registrierte Mechthild und ihre Freunde kaum, zog Zilli in die Küche und fiel vor ihr auf die Knie. Sie sei doch sein Ein und Alles, die Zilli. Nie, nie wieder würde er irgendetwas trinken, sie bräuchte nur ein Wort zu sagen. Und er wolle kein Geld mehr, nie mehr, sie bekäme sowieso nächste Woche alles zurück, alles.

Einmal noch glaubte Zilli an diese Vorstellung, dann war Schluss. Aber nicht für Hermann. Er rief sie nachts an, lauerte ihr auf, er bettelte, weinte, flehte, und wenn er getrunken hatte, drohte er. Bis er auf einmal nichts mehr von sich hören ließ. Zilli atmete auf, konnte endlich wieder besser schlafen. Dann kam eine Sommernacht, die blau und einsam war. Zilli saß auf ihrem Balkon, trank eine Weinschorle und versuchte, ihre zerbrochenen Träume über die Balkonbrüstung zu fegen. Es klingelte. Sie öffnete die Tür mit vorgelegter Sicherheitskette und hatte die Nase auf einmal in einem Bündel Scheine.

„Na, hab ich es nicht gesagt? Das ist die erste Rate, Zilli, mit Zins und Zinseszins, und der Rest kommt ab morgen wöchentlich. Und ich werde dich in Ruhe lassen in Zukunft, Zilli. Ich verspreche es."

Seine Stimme war wieder die der ersten Wochen. Hatte er es geschafft? Hatte er endlich die Kehrtwendung gemacht? Seine liebe Stimme, seine hellen Augen, die Hände, die sie so oft gestreichelt hatten. Kam der richtige Hermann zurück? Es sah so aus.

Mechthild verdrehte die Augen, aber Hermann zog wieder ein. Seinen Job als Gabelstaplerfahrer hatte er gekündigt. Jetzt machte er nur noch in internationalen Transporten oder so ähnlich. Genaues erfuhr Zilli nicht. Er war oft unterwegs, tagelang, geschäftlich.

Dann kam er einmal nachts um drei keuchend die Treppe hoch, warf eine grüne Segeltuchtasche in die Ecke, setzte sich auf ihr Sofa, trank nur einen Korn, starrte eine halbe Stunde die Wand an und legte sich schließlich wortlos ins Bett. Am nächsten Morgen las er die Tageszeitung, ließ sie sinken und sagte nur: „Scheiße. Verdammte Scheiße!"

Zilli las den Artikel, den er gerade gelesen hatte. Etwas über einen Raubüberfall auf eine Tankstelle. Der Tankwart, ein älterer Mann, war überfallen, gefesselt und geknebelt worden und kurz nach dem Überfall an einem Herzinfarkt gestorben. Ihr wurde heiß vor Angst. „Hermann, hast du was damit zu tun?" Er schwieg.

„Hermann!"

Er stand auf, ging zum Fenster. Sie folgte ihm. „Stell dich, wenn du dabei warst. Mach es nicht noch schlimmer. Geh zur Polizei!"

Er drehte sich um. Seine Augen waren leer. Plötzlich schlug er Zilli ins Gesicht und schrie: „Halt deine verdammte, blöde Schnauze!" Er schnappte die grüne Tasche, rannte die Treppe hinunter und blieb einfach fort. Zilli stand eine halbe Stunde lang mit ihrer blutenden Lippe am Fenster, dann ging sie zur Polizei. Man fand ihn nach kurzer Fahndung.

Nach der Gerichtsverhandlung, als Hermann in Handschellen abgeführt wurde, stand blanker Hass in seinen Augen. Natürlich war nicht er schuld, sondern seine zwei noch flüchtigen Komplizen. Und Zilli war schuld, das hatte er auch bei der Verhandlung gesagt. Unter Druck hätte ihn seine saubere Freundin gesetzt, weil sie immer Geld haben wollte. Zilli wurde vor Zorn ganz stumm, bevor sie es richtig stellte. Aber für Hermann war Zilli schuld. An allem. Die Wachmänner führten ihn ab, er wandte sich um: „Ich vergesse nichts. Nie, hörst du? Nie, Zilli, nie. Du wirst deine Belohnung noch kriegen!"

HINTER der Käsetheke versuchte Mechthild ihre beste Freundin zu beruhigen. „Hör mal, sieben Jahre lang hat keiner seine Rache auf Konserve liegen, das ist Quatsch. Was soll er dir schon tun?"

„Rat mal", sagte Zilli dumpf und spülte das große Käsemesser.

„Blödsinn. Hermann ist ein Ganove, aber er ist kein Killer."

„Das weiß ich, aber er ist nicht ganz dicht. Und zwar auf so eine fiese Art, weißt du, Mechthild. Er hat so eine tiefe Wut im Bauch. Eine Schlangengrube. Unheimlich ist er mir manchmal gewesen."

„Quatsch. Er ist ein Gauner, was ist daran unheimlich? Menschenskind, verdammt, du hast Pech gehabt. Ach komm, eines Tages hast du auch mal Glück. Wie ich mit Paco."

Mechthilds Paco. Man witzelte im Einkaufszentrum über das ungleiche Paar: den dünnen, kleinen Lagerarbeiter Paco aus Portugal und die dickbusige, große Mechthild mit dem hochtoupierten Blondschopf.

„Klar ist der klein. Aber der hat ein großes Herz, der Paco." Und sie stöckelte weiterhin nach Feierabend über den Hof zur Lagerhalle, vor der Paco schon strahlend darauf wartete, von seiner Walküre nach Hause geschleift zu werden.

„Wir gehen nach Portugal", verriet Mechthild in einer ruhigen Minute. „Paco kann vielleicht von seinem Bruder ein Café übernehmen. Mit Tankstelle. Er kommt hier um vor Heimweh, mein kleiner Vogel."

ZILLI schlief seit Hermanns Haftantritt noch schlechter. Hermann war nicht nur ein schwer berechenbarer Mensch, ein Gauner und Räuber, Hermann war ihre große Liebe gewesen.

Ihre Gedanken kreisten wie ein Kettenkarussell. Wie konnte sie sich so getäuscht haben? Warum hatte sie sein Abgleiten nicht verhindert? Und dann dieser Hass auf sie.

Ihre Albträume blieben, nur tagsüber ging es langsam besser. Dann kam ihr Geburtstag. Mechthild lud Freunde ein, kaufte Kuchen, Girlanden und Sekt. Sie feierten Zillis Vierzigsten und Mechthilds und Pacos Verlobung. Es war ein schönes Fest.

Als Zilli am nächsten Mittag den Briefkasten öffnete, lag da eine Postkarte. Ohne Absender. *Genieß deine Geburtstage, solange es noch geht!*, stand da.

Zilli ging zur Toilette und übergab sich.

Von diesem Tag an war sie auf der Flucht. Sie löste die Wohnung auf und schenkte der schimpfenden Mechthild, die für solche Hysterien überhaupt kein Verständnis hatte, den schönen Garderobenspiegel. Paco bekam die echte Kuckucksuhr, die ihn schon beim ersten Besuch fasziniert hatte. Übrig blieben zwei schwere Koffer. Einer für jede Hand.

„Ach, Mädchen, du bist ja völlig durchgedreht. Aber Zilli, lass mich wenigstens wissen, wo du hängen bleibst. Und eines merk dir gut: egal, ob in Dortmund oder Südportugal, für dich ist immer ein Platz unter unserem Dach, klar, dumme Kuh?“

DER MORGEN dämmerte grau und rosa über der französischen Autobahnraststätte. Zilli lag seit drei Stunden in unruhigem Schlaf. Simon wurde wach. Er blickte sich stumm in dem Halbdunkel des Lieferwagens um und zog seinen Bären an sich.

„Kakaooooo!“, sagte der Bär zu Tante Zilli, die davon wach wurde. „Kakaooooo!“ Der Bär hockte auf Zillis Brust und tupfte seine weiche Nase auf ihre Nase. Zilli lachte. Jetzt wurde Käthi wach. Sie blickte verwundert durch das Fenster und war enttäuscht.

„Tante Zilli, der See ist ja weg! Wieso sind wir hier? Ooch. Ich wollte doch heute im See schwimmen.“

Zilli schälte sich aus ihrer Wolldecke, gähnte und setzte sich auf. „Ich bin heute Nacht einfach ein Stück weitergefahren, Käthi. Wir haben jetzt ein langes Stück Autobahn vor uns. Wir fahren nämlich so weit, wie es geht. In Richtung Afrika.“

„Afrika?“, fragte Käthi mit runden Augen.

„Genau. Aber nur in die Richtung. Vorher liegt da noch ein Land, das heißt Portugal. Und da bleiben wir erst mal. Da wohnt eine Freundin von mir.“

„Wie heißt die?“

„Mechthild.“

„Mechtillpottogall, Mechtillpottogall“, sang der Bär von Simon.

Zilli schnappte sich ihre Geldbörse und ging zur Raststätte. Nach ein paar Minuten kam sie mit einer Tüte Croissants und drei dampfenden Pappbechern zurück. Sie futterten schweigend und zufrieden.

„Waschen tu ich mich heute nicht?“, fragte Käthi.

„Nö. Heute einfach mal nicht.“ Zilli drehte den Schlüssel im Zündschloss. „Heute bleiben wir dreckig und speckig und fahren in einem Hui zu Mechthild Pottogal.“

6

Der Kirchturm von St-Geoffroy, den man von Florifère aus sehen konnte, war nichts Besonderes. Claire mochte diesen schlichten Turm, der aus der Bauklötzchentrommel eines Riesen zu stammen schien. Lotte und Huli liebten den weitläufigen Sandplatz vor der Kirche, die vielen interessanten Duftspuren machten ihn zum Nasenparadies.

Manchmal setzte sich Claire auf die verwitterte Holzbank, auf der ab dem späten Vormittag immer die Dorfpolitiker saßen. Jetzt, am frühen Morgen, war man hier allein. Ab und zu knibbelte Claire etwas von dem langen Weißbrot ab, das sie gerade gekauft hatte, und fütterte die Dohlen. Seit ein paar Tagen tauchte noch jemand anders auf: François Gilliot, der Tierarzt, im Jogginganzug. Mit seinem schwarzen Riesenschnauzer. „Zazie ist nur ein Ferienkind, sie gehört einem Freund“, erklärte er.

François setzte sich neben Claire auf die Bank und wies mit der zusammengerollten Hundeleine auf zwei stabile Jungdohlen, die um einen Papierkorb hüpften. „Die beiden sagen gerade: Mann, ist uns schlecht von gestern Abend. Die haben im Café du Port abgelaufenes Popcorn an die Hecke geschmissen. Jean-Claude und ich haben es abgeräumt und konnten danach kaum noch fliegen. Wir sind rumgeeiert wie besoffene Enten.“

Tatsächlich wackelten die beiden Vögel gleichzeitig und ein bisschen schwerfällig davon.

Claire lachte: „Wo nisten Dohlen eigentlich?“

François stand auf. „Kommen Sie hier an die Seite, da kann man es besser sehen.“

Sie folgte ihm. Er wies mit ausgestrecktem Arm auf die Schlupflöcher der Dohlen im alten Kirchturm. Als ihr Blick seiner Hand folgte, merkte sie, dass er nicht die dunklen Krächzevögel betrachtete, sondern die Morgensonne auf ihrem Haar. Sie schaute ihn eine Zehntelsekunde zu früh an.

Lotte kam herangeschnüffelt und wollte spielen. François konnte wunderbar mit Tieren umgehen und verstand ihre Aufforderung sofort. Es war jetzt ganz gut, exzessiv Stöckchen zu schmeißen, dabei konnte man eine Menge abbauen. Claire tobte mit den drei Hunden über die Uferwiese, die hinter dem Kirchplatz lag. Irgendwann einmal lockerten sich die Schnürsenkel ihrer Turnschuhe, und als sie in die Hocke ging, fand sich François auf gleicher Höhe wieder und verpasste seinen Schuhen einen Seemannsknoten. Dass sich dabei ihre Gesichter sehr nahe kamen, war unausweichlich. Und sie entdeckte in seinen Augen irisierende goldene Punkte, die mit jedem Blick stärker leuchteten.

Ab wann war ein Lächeln eine Grenzüberschreitung? Hier auf dem anderen Ufer des Flusses schien die Sonne früher, waren die Wolken weißer, war freies Gebiet. Trotzdem, auch auf freiem Gebiet gab es Grenzen. Die deutlichste Grenzmarke war von hier aus nicht sichtbar. Sie hieß Odile und lag auf der gegenüberliegenden Flussseite noch in tiefem Schlaf.

DIE KATZENTÜR zum Atelier klapperte. Claire blickte auf. „Hallo, John.“ Der Kater strich um ihre nackten Beine. Claire konzentrierte sich wieder auf das Arrangement vor ihrer Nase. Sie hatte einen kobaltblauen Krug aus ihrem Zimmer geholt. Jetzt stand er auf einem Tisch, ein paar dicke, kleine Auberginen glänzten daneben auf dem grünblauen Tuch.

John sprang graziös mitten hinein und beroch die Auberginen. Uninteressant. Vom Tisch aus betrachtete er ihr angefangenes Bild kritisch. Mäßig. Da hatte die große Gertrude doch eine ganz andere Strichführung. John setzte sich neben den Krug und beobachtete die Frau mit den schmalen Handgelenken. Claire mit Pinsel, dachte er. Hübsches Motiv. Im Sonnenlicht, das zu dieser Stunde von vorne auf ihre Gestalt fiel, glänzten die tizianroten Haare auf dem blauen Leinenhemd, und bei jeder Bewegung ließen die Rheinkieselohrringe Libellenlicht auf den Atelierwänden hüpfen.

„Milchkrug mit Kater“, murmelte Claire. „Hübsches Motiv.“

Sie übermalte einen misslungenen Pinselstrich, versuchte, sich wieder auf den blauen Krug zu konzentrieren. Der Lichtreflex des Fensters auf seiner kobaltfarbenen Glasur war schon längst weitergewandert. Sie seufzte, korrigierte einen verwischten Schatten und kniff die Augen zusammen.

Aber es lag nicht an den wandernden Schatten, dass sie sich nicht auf das Stillleben konzentrieren konnte. Gestern hatte Gertrude ihr Sommerfest gegeben. Claire legte den Pinsel auf den Rand des alten Porzellantellers. Die Bilder der Sommernacht verdrängten jetzt mit Macht die blaugrüne

Farbharmonie. Sie wanderte zur Ateliertür, blickte auf die Stockrosen, die sich im Wind bewegten, und ließ jeden einzelnen Moment des gestrigen Abends noch einmal vorbeiziehen.

AUF DER Terrasse lachten und erzählten die Gäste. Gläser klirrten. Der Garten wurde von Sommerfackeln und Windlichtern gerade so erleuchtet, dass man sein Glas nicht mit dem des Nachbarn verwechseln konnte.

Claire stand in der Dämmerung hinter dem Gartenhaus und nippte an ihrem Glas. Noch eine Woche, dann musste sie endgültig Abschied nehmen von diesen ungewöhnlich intensiven Ferien, von diesen Menschen, von Gertrude. Lange, sonnendurchglänzte Sommerwochen lagen hinter ihr. Sie waren über Märkte geschlendert, hatten unzählige Male auf Korbstühlen vor Cafés gesessen, Freunde getroffen, Wein getrunken. Sie hatten im Wald von Amboise Himbeeren und erste Pilze gesammelt, hatten in der Nähe von Talleyrands schönem Schloss einen seerosenbewachsenen Waldteich auf einer Lichtung entdeckt und dort einen Sonnentag wie aus Kinderzeiten verbracht, mit Picknickkorb, Hunden und Spielen.

Manchmal erwischte sich Claire bei der Vorstellung, wie es wohl sein mochte, immer hier zu leben. So wie Gertrude es jetzt konnte.

Aber es war eine Illusion, sich das Leben an diesem poetischen Ort wie einen ununterbrochenen Urlaub vorzustellen. Auch Gertrude hatte sich nur eine Auszeit genommen, eine Übergangs- und Ferienzeit. Wie es war, wenn sie ständig im Atelier arbeitete und angeblich tagelang wortkarg blieb, konnte sich Claire nur schwer vorstellen. Auch hierher kam der Winter, nass und grau, öder Alltag, Steuerbescheide und Krankheiten, obwohl es nicht vorstellbar war, dass Gertrude jemals krank wurde.

Gertrude würde ihr entsetzlich fehlen. Es war der erste Urlaub, den sie zusammen verbracht hatten, und ihre Freundschaft hatte sich vertieft, hatte endgültig die Qualität bekommen, von der man wusste, dass sie lebenslang dauern konnte.

Claire versuchte, den Gedanken zu verdrängen, dass sie Florifère bald verlassen musste. Das hieß auch, François nicht mehr zu begegnen. Die Dinge, die sich hier entwickelten, durften kein Etikett, keinen Namen bekommen, sonst war es zu spät. Sie stand unbewegt, verborgen für die anderen Gäste, und atmete tief die Sommernachtluft. In diesem Moment war es undenkbar, dass es noch andere Jahreszeiten als den Sommer geben konnte, dass man irgendwann einmal die warme Luft nicht mehr mit dem ganzen Körper spüren sollte.

Sie blickte in den klaren Himmel und hielt plötzlich die Luft an: eine Sternschnuppe! Sie schloss die Augen und wünschte sich das, was sie sich immer wünschte, wenn sie eine Wimper von ihrem Finger blies: Heiterkeit der Seele. In der Sekunde, als sie die Augen öffnete, sah sie noch eine Sternschnuppe. Es war nicht zu fassen. Noch ein Wunsch. Ich wünsche mir, dass …

Ohne dass Claire sich umdrehen musste, merkte sie, dass jemand hinter ihr stand. Sie wandte sich nicht um. Sie wusste, wer es war. Ihr Gesicht wurde plötzlich heiß.

„Sie nehmen Abschied?“

„Ja.“

„Können Sie sich noch an den ersten Satz erinnern, den Sie zu mir gesagt haben?“

„Nein, keine Ahnung.“

„Sie haben gesagt: Entschuldigen Sie, dass ich in einen fremden Garten eindringe.“ François verstummte. Und schwieg wortreich.

Erst nach einer Weile fragte sie: „Habe ich das getan?“

„Ich fürchte, ja. Wissen Sie, es ist schmerzlich, wenn man auf das gegenüberliegende Ufer will. Und wenn man schon einen Schuh hinübergeworfen hat. Aber der zweite …“

Er blieb noch eine Weile neben ihr stehen, dann wandte er sich um und ging zurück zur Terrasse. Claires Gesicht brannte. Oh nein, Sandmann, das machst du jetzt nicht. Das lässt du nicht zu. Es hatte ohnehin ein Ende. In fünf, sechs Tagen. Auch das beginnende Kribbeln. Das Herzhüpfen. Claire drückte ihr Weinglas an die Wange. Aber es kühlte nicht, es war genauso heiß wie ihr Gesicht. Nein, Sandmann, nein. Die Nacht begann gefährlich zu werden.

Sie wandte sich abrupt um und kehrte auf die Terrasse zurück. Margot Morisseau stand an der Treppe zum dunklen Garten und musterte sie sehr genau. Claire nickte ihr zu, nahm sich ein großes Glas Mineralwasser und steuerte direkt auf den leeren Korbsessel neben Odile Morisseau zu. „Darf ich mich setzen?“

Odile machte eine höfliche Handbewegung. Dann griff sie nach ihrem Weinglas und leerte es in einem Zug. Claire betrachtete ihr Profil. Die bläulichen Schatten unter Odiles Augen waren nicht zu übersehen. Sie wirkte nicht direkt krank, aber auch nicht gesund.

Claire holte Luft. „Das ist jetzt eine langweilige Frage, aber ich stelle sie trotzdem. Welchen Beruf haben Sie eigentlich?“

„Ich bin Schauspielerin. Zurzeit habe ich kein Engagement. Muss man immer arbeiten?“

„Natürlich nicht. Aber normalerweise ist das eine Geldfrage.“

Odile blickte Claire an und sagte ohne einen Hauch von Ironie: „Eben.“

Claire war verblüfft über diese Offenheit: „Dann sind Sie also ganz einfach reich?“

„Kann man so sagen. Es langt jedenfalls. Für mich und François. Obwohl er sehr darauf pocht, selbständig zu sein. Aber mit seinen veterinären Diensten kann er kaum den Luxus zusammenverdienen, den er so liebt.“

Eigentlich sieht er nicht so aus, als sei er ein Luxuskater, dachte Claire verwundert.

„Und wie lebt es sich an der Seite eines Tierarztes?“

„Keine Ahnung.“ Odile lächelte. „Wir leben unter demselben Dach. Meistens jedenfalls. Was machen Sie für ein Gesicht? Ich irritiere Sie, nicht wahr? Das tut mir Leid. Sehen Sie, François hätte sich besser eine Frau ausgesucht, die etwas mehr Sinn für dreckige Köter oder Eutergeschwüre hat. Und die abends mit dem Essen auf ihn wartet. Ich bin da nicht sehr begabt.“

Sie legte den Kopf in den Nacken und betrachtete einen schaukelnden Lampion. Die silbernen Kreolen blitzten im Licht der Gartenlampen. Odile hatte die Farben von Schneewittchen, hellhäutig, schwarzhaarig. Und sie schien ständig in Bewegung zu sein, wie ein kleines Tier, das sich nervös vergewissern musste, ob es in Sicherheit war. Odile war schön und fragil.

François erschien auf der Terrasse und suchte nach einem Platz für die Riesenplatte frisch gekochter Krebse, die Josette ihm eben in die Hände gedrückt hatte. Odile winkte ihm zu, wedelte mit beiden Händen. „François? Bringst du mir noch einen Wein?“

François blickte auf, stutzte einen Moment, als er die beiden Frauen nebeneinander sah, und nickte.

„Sie sind Malerin wie unsere gute Gertrude, nicht wahr?“, erkundigte sich Odile.

„Nein, leider nicht. Mir geht es wie einem zentnerschweren Ballettkritiker. Ich verstehe etwas von Kunst, aber deshalb kann ich noch lange nicht richtig malen.“

Odile trommelte mit den Fingern auf die Armlehne des Korbsessels. Dann hielt sie einen Moment inne und fragte höflich: „Aber das Porträt von Gertrudes Katze, das über dem Küchentisch hängt, das haben Sie doch gemalt, oder? Es ist originell. Sie haben einen mutigen Umgang mit Farbe. Und in diesem Bild verbinden sich Kunst und Dekoration.“

„Ja, eben“, erwiderte Claire leicht bitter. Aber sie war überrascht. Odile hatte einen guten Blick.

„Und was ist so schlimm daran?“

„Mein eigener Anspruch, dem ich nicht gerecht werde. Ich würde den dekorativen Anteil gerne überwinden.“

Odile griff nach ihrer Handtasche, wühlte in ihr herum, dann sah sie wieder auf. „Habe ich einen wunden Punkt getroffen? Das tut mir Leid.“ Es klang ehrlich. Odile wechselte das Thema: „Woher haben Sie Ihr Französisch? Sie sprechen akzentfrei.“

„Meine Mutter ist Französin. Sie stammt aus Cambo-les-Bains, Pyrenäen.“

Odile lachte. „Und wieso sehen Sie so aus, als hätte Ihre Wiege in Dublin gestanden?“

„Oh, rote Haare und Sommersprossen gibt es auch in Deutschland. Die habe ich von meinem Vater. Aber das weiß ich nur von Fotos. Ich kann mich nicht …“

Odile sprang auf. „Das ist ja eine interessante Geschichte. Wir müssen uns noch einmal über Ihre Familie unterhalten. Jetzt überfällt mich die Müdigkeit. Pardon.“ Sie blickte sich um: „François, fahr mich bitte nach Hause. Nach Tours. Ich möchte morgen in der Stadt frühstücken. Ich habe noch eine kleine Wohnung in Tours“, erklärte sie Claire. Gertrude, einen Stapel Teller balancierend, stand plötzlich vor ihnen.

„Odile, du willst doch nicht etwa jetzt fahren? Wir essen gleich! Es ist gerade neun Uhr!“

„Ich fahre ja auch nicht, François fährt mich. Ich habe leider überhaupt keinen Hunger, Gertrude, und ich bin todmüde.“

Seltsam, dachte Claire. Odile wirkte ausgesprochen quirlig.

François wandte sich unwillig um. „Odile, wir sind hier zum Essen eingeladen. Es steht schon auf dem Tisch.“

„Ich bedauere unendlich, aber ich bin müde.“

„Und warum gehst du nicht in dein Haus in die Rue du Saumon? Warum willst du ausgerechnet jetzt nach Tours?“

„Habe ich doch schon erklärt. Ich möchte morgen in der Stadt frühstücken. Du kannst sofort wieder zurückfahren.“ Sie streichelte François über das Kinn.

Margot, in schwarzem, gestuftem Chiffon, ein Glas in der Hand, war die kleine Auseinandersetzung nicht entgangen. Sie stieg die Stufen der Holzveranda hinauf.

Im Halbdämmer der bunten Lichter sahen sich Mutter und Tochter noch ähnlicher. „Was ist los, Odile?“

„Keine Ahnung, Maman, nichts. Ich bin müde. Und ich habe ein Glas zu viel getrunken.“

„Dann bringt François dich eben nach Hause, oder?“

„Natürlich bringe ich sie nach Hause“, erklärte François mit ungeduldiger Kopfbewegung. „Aber nicht nach Tours. Ich bin hier *auch* zum Essen eingeladen.“

„Odile, was für Ideen! Was willst du in Tours?“

Odile lächelte alle in der Runde an, sprach kein Wort mehr und verschwand in Richtung Badezimmer.

„Streite doch nicht immer mit ihr, François!“ Unverhohlener Vorwurf lag in Margots Stimme.

„Das hat er nicht“, mischte sich Gertrude ein. „Wenn sie müde ist, soll sie schlafen, das ist doch in Ordnung. Aber François ist mein Gast und soll nicht auf sein Abendmenü verzichten, nur weil Odile morgen ihr halbes Croissant in Tours essen muss.“

In diesem Moment heulte der Motor eines Sportwagens auf, heller Kies spritzte hoch, und das Auto schoss aus der Einfahrt. Margot starrte François an. Sie war bleich geworden.

„François! Das ist das Resultat! Sie hat doch getrunken! Du weißt, dass sie immer zu viel …“ Sie brach ab, als ihr bewusst wurde, dass die meisten Gäste zuhörten.

François schloss kurz die Augen, öffnete sie wieder. Dann zog er sein Jackett an und suchte nach dem Autoschlüssel.

„Und das konntest du nicht früher tun, nein?“, zeterte Margot.

„Nein!“, brüllte François und rannte zu seinem Wagen.

CLAIRE starrte auf die Skizze des Kruges. François war es gestern Abend offensichtlich gelungen, Odile auf der Landstraße zu überholen, sie anzuhalten und wunschgemäß nach Tours zu chauffieren. Jedenfalls war er nicht mehr auf die Feier zurückgekehrt.

Die Mittagssonne stand hoch und hell über dem Glasdach. Claire fuhr herum, als sie die Schritte hörte. Gertrude stand auf einmal auf der Schwelle des Ateliers.

„Und? Bald fertig?“ Ohne eine Antwort abzuwarten, betrachtete Gertrude Claires Skizze, das Anfangsstadium des blauen Kruges. „Du hast keine Demut“, sagte Gertrude. „Ohne Demut kann man nicht malen.“

„Wie bitte?" Claire musste lachen. „Aber du, was? Ich kenne keinen Menschen, der weniger demütig ist als du."

„Ich meine Demut vor dem Gegenstand", erklärte Gertrude und nahm den blauen Krug zur Hand. „Schau ihn dir an. Wenn du ihn malen willst, musst du ihn nicht unbedingt so malen, wie er aussieht. Es ist sinnlos, einem Spiegelbild nachzujagen. Das kann ein Fotograf besser. Du kannst dem Krug violette Schatten verpassen, du kannst seine Symmetrieachse sogar vernachlässigen. Aber eines musst du treffen: sein Wesen. Auch ein Krug hat eins! Mit Demut meine ich: Unterwirf dich deinem Motiv. Und jetzt bekommst du von mir eine Aufgabe: Du hörst sofort auf zu arbeiten. Und bevor du das nächste Mal anfängst, schaust du dir den Krug eine halbe Stunde lang an. Nur ansehen. Lass den Blick immer wieder auf ihm spazieren gehen, und erst nach dreißig Minuten – ich stelle dir einen Küchenwecker – darfst du den Pinsel wieder in die Hand nehmen."

„Mein Gott, dann male ich ja hundert Jahre an diesem albernen Pott."

„Möglich. Möchtest du optisches Fastfood an der Wand hängen haben oder etwas, bei dem das Licht von Florifère auf einem beseelten Krug eingefangen ist? Das Licht ist nämlich schwer zu bannen. Aber wenn man es einmal hat, wird es nie mehr weichen, und es wird auch am allerschmutzigsten Regentag in Bonn leuchten."

„Ich habe nicht genug Talent." Claire säuberte missmutig den Pinsel.

„Talent ist *eine* Sache. Viel wichtiger als alles Angeborene ist das Erworbene. Man erreicht nur etwas, wenn man arbeitet wie eine Verrückte. Vergiss diesen Talentquatsch. Arbeiten! Gestalten, üben, sehen lernen, skizzieren, arbeiten und nochmals arbeiten. Das ist das Geheimnis großer Erfolge. Außerdem *hast* du Talent, dumme Kuh. Komm essen!"

JOSETTE stellte den gusseisernen Topf in die Mitte. Heute gab es Pot au feu, mit gartenfrischen Möhren und Zuckererbsenschoten. „Arbeitet den ganzen Tag nicht, aber isst mehr als alle zusammen!", schimpfte Josette, als sich ihr Mann einen Riesenteller voll schaufelte.

Armand hob beide Hände. „Was willst du? Ich bin krank. Ich kann mich kaum bewegen, und da sitze ich eben auf meinem Autositz in der Laube und passe auf, dass nichts gestohlen wird."

„Ja, Armand." Gertrude wollte sich scheckig lachen. „So ist es richtig, pass du nur auf. Ich habe schon oft gedacht, mein Gott, wenn nur niemand den wunderbaren Autositz von Armand klaut."

„Du brauchst gar nicht zu spotten! Du wirst auch mal so alt wie ich!"

Armand tippte mit dem Finger auf die Ölfarbe an Claires Hand. „Farbe aus Tuben“, dozierte er, „das ist echter Fortschritt! Das ist gut! Aber nicht alles ist gut, was modern ist.“ Er strich sich die weißen Haare zurück und nickte bedeutungsvoll. „Nehmen wir die Glühbirne!“, fuhr er fort und zeigte auf die Lampe, die über dem Küchentisch baumelte. „Ich habe da so meine Theorien.“ Josette verdrehte die Augen zum Himmel. Er beugte sich vor und murmelte: „Es macht verrückt!“

Claire und Gertrude legten den Löffel an den Tellerrand und bemühten sich, einen ernsten Gesichtsausdruck zu wahren. „Wieso meinst du das?“

Armand beugte sich noch ein wenig mehr vor. „Na ja, Odile von Margot. Ganze Winter lang war sie krank, als Kind. Ich habe gesagt, bring sie an die Luft, Margot. Aber sie hat nicht gehört. Wir aus Marseille kennen die Heilkraft der Sonne. Aber hier, bei den Nordpolesen, *mon Dieu!* Na, die dumme Margot hat meinen Rat nicht befolgt. Immer und immer elektrisches Licht und Bücher. Den ganzen Tag. Ganze Winter lang, jeden Tag unter einer Hundertwattbirne, das Kind. Und – *bouf* – hatte es diesen Schaden.“

Claire versuchte möglichst unbeteiligt zu klingen. „Welchen Schaden hat sie denn Ihrer Meinung nach, Armand?“

Armand machte eine typische Handbewegung vor dem Kopf wie ein Scheibenwischer und verdrehte die Augen.

„Sie meinen, Odile sei nicht mehr ganz richtig im Kopf?“

Josette, die einst als Dienstmädchen bei Margot gearbeitet hatte, schnaubte verächtlich durch die Nase. „Und ob die richtig im Kopf ist. Verwöhnt ist sie, die kleine Pute. Alles hat sie bekommen, alles, was sie wollte. Sie brauchte nur zu husten. Wenn sie früher etwas wollte, hat sie einfach krank gespielt. Und wenn Sie mich fragen, Claire, auch heute sind diese Anfälle reines Theater. Das hat sie schließlich gelernt.“

Claire unterdrückte eine Bemerkung. Odiles Verhalten, ihre Existenz als kapriziöse Erbprinzessin reizten sie zu Sticheleien, aber nach einem Blick in Gertrudes Gesicht zog sie es vor zu schweigen.

Gertrude nahm einen Schluck Wein, hustete, klopfte sich auf die Brust und stieß hervor: „Im Grunde ihrer Seele ist sie ein verschrecktes, einsames Kind.“

Armand brach sich noch einen Riesenkanten Landbrot ab. „Doch, doch, Odile hat einen Schaden. Ich habe da so meine Theorien. Ich bin jetzt siebenundsechzig Jahre alt. Wir waren eine gesunde Generation. Keine Glühbirnen, aber viel Sauerstoff. Und wir hatten nur Petroleumlampen, jedenfalls als ich noch ganz klein war und wir auf dem Land bei Aubagne gelebt haben. Das ging auch! Das ist besser für die Augen. Elektrizität macht blind. Und verrückt. Jawohl. Aber wenn ich damit an die Öffentlichkeit gehe …“ Er vollführte eine waagerechte Handbewegung vor seiner Kehle.

Josette lud allen den Teller noch einmal voll. „Oh, Armand, hör doch auf! Gestern Nacht hat er mir bis um halb zwölf erklärt, dass man aus Abfallgemüse Treibstoff herstellen kann. Die ganze Touraine könne gratis mit Möhren- oder Spinatöl fahren, wenn man nur auf ihn hören würde. Warum musste ich bloß jemanden aus Marseille heiraten? Die lügen alle. Und ich, ich hätte den dicksten …“

„Nein, den allerdicksten“, verbesserte Armand und hob lachend sein Weinglas.

„Was denn?“, fragte Claire.

„Den allerdicksten Weinbauern aus Montrichesse …“, setzte Gertrude kichernd fort.

„… heiraten können“, vollendete Armand.

„Stattdessen habe ich einen Philosophen aus Marseille erwischt, der den ganzen Tag darauf aufpasst, dass das Haus nicht wegfliegt …“

„… und der dich tagaus, tagein zum Lachen bringt, Josette. Wann warst du zum letzten Mal krank?“ Armand brach ein Stück Brot in seinen Suppenteller und sah Josette an.

„Vor zwanzig Jahren, an meinem vierzigsten Geburtstag, als ich in den Rechen getreten bin.“

„Siehst du“, sagte ihr Mann zufrieden. „Hättest du den dicken Winzer aus Montrichesse geheiratet, würdest du dir jede Nacht Sorgen machen, dass die Inflation euer ganzes Geld frisst. Und dir fielen die Haare aus und du würdest gallenkrank. Heirate einen aus Marseille, schimpfe den ganzen Tag auf ihm herum und reinige dadurch deine Seele. Das hält gesund. Die Galle, Claire, das müssen Sie sich unbedingt merken, ist nämlich direkt mit dem Sorgenzentrum der Seele verbunden. Ich habe da eine Theorie …“

Sie ließen ihn erzählen.

Das Abendlicht tauchte die Bäume in grünes Gold. Der blaue Krug war fertig. Claire war zufrieden. Sie hatte, streng nach Gertrudes Weisung, den Krug so lange betrachtet, bis sie glaubte, ihn blind malen zu können. Dann erst, geduldig und endlich konzentriert, begann sie zu arbeiten.

Die Farbnuancen seiner Glasur wuchsen im Laufe der Stunden in wechselvollem Pinselstrich zusammen. Nichts lenkte sie ab.

Jetzt schien der Krug sich zu bewegen. Seine Glasur schimmerte im

Abendlicht fast türkis, die Schatten wurden nachtblau. Sie legte den Pinsel beiseite und trat einen Schritt zurück. Das Bild würde unvollendet bleiben, es musste hier auf sie warten. Aber immerhin, der kleine Krug war fertig und hatte es tatsächlich geschafft, Ruhe in ihre Seele zu bringen.

Sie blickte auf, trat zur Terrassentür und beobachtete ein Hausboot, das auf dem Cher vorbeiglitt. Sie trennte sich ungewohnt schwer von diesem Ort. Normalerweise war sie immer froh gewesen, nach langer Abwesenheit in die vertraute Hülle ihres kleinen Hauses zurückzukehren.

Gertrude kam durch den Garten, einen verbeulten Strohhut auf dem Kopf, den Korb voller Salat. Sie wischte sich die erdigen Hände ab und ging die Stufen zur Veranda hinauf. Mit zwei Gläsern Rotwein kam sie wieder herunter, drückte Claire ein Glas in die Hand. Wortlos betrat sie das Atelier, betrachtete den Krug und sagte nur: „Na also. Du hast es eingefangen, das Licht von Florifère."

Claire blieb stumm an der Tür stehen.

Gertrude sah sie aus ihren braunen Augen intensiv an. „Du wirst mir fehlen." Nach einer Weile, als Claire nicht antwortete, fügte sie hinzu: „Bedrückt dich etwas?"

Claire beobachtete John, der versuchte, eine große Motte zu fangen. Sie hob die Hand in unbestimmter Geste: „Na, das eben. Alles. Du wirst mir auch fehlen, und Florifère ist fast wie ein Stück von mir."

Gertrude lächelte. Ihr Tonfall war beiläufig, als sie sagte: „Komm doch einfach im Herbst."

„Hänge ich dir noch nicht zum Hals raus?"

„Doch, meterweit. Aber ich quäl mich so gerne. Hast du eigentlich mal daran gedacht, die Schule an den Nagel zu hängen, wenigstens für ein Jahr? Ich bin sicher, es lohnt sich. Mein Malerauge sagt mir, dass sich bei dir ein sehr eigenwilliges Talent entfaltet. Alles, was du bisher gemalt hast, zeugt davon, der Krug hier sagt es vielleicht am deutlichsten. Aber du traust dir nicht genug zu. Noch nicht."

Claire nickte stumm.

„Ich will dir hiermit meine feierliche Dauereinladung aussprechen", fuhr Gertrude fort. „Für ein Sabbatjahr, für jede Ferien. Oder für immer. Prost." Noch ehe Claire danken konnte, war Gertrude schon wieder im Haus verschwunden.

Die Sonne war hinter dem Schloss Chenonceaux versunken. Im Halbdunkel wuchsen geometrische Schatten an den Atelierwänden. Claire säuberte die Pinsel, wischte den Porzellanteller, der ihr als Palette gedient hatte, mit Terpentin wieder blank. In der Nische, hinter deren Vorhang früher die Aktmodelle ihre Kleidung auf dem Diwan abgelegt hatten, war es schon ziemlich dunkel. Sie wollte gerade auf den Lichtschalter drücken, als jemand von der Straßenseite, ohne anzuklopfen, das Atelier betrat.

Zuerst erschrak sie, dann erkannte sie François. Ihr Herz machte einen Sprung. Er blickte sich suchend um, entdeckte sie. Er kniff die Augen zusammen, kam langsam auf sie zu. „Entschuldige. Ich weiß von Josette, dass du hier bist."

Dass sie sich duzten, war Claire neu. Bislang hatten sie es vermieden, und beide wussten genau, warum. Sie schwieg. Jetzt stand er vor der Staffelei, betrachtete das Bild. Sie kam vorsichtig näher.

„Eigenartig. Der Krug sieht aus wie ein Lebewesen." François wandte sich zu ihr um. „Wie macht man so etwas?"

„Man malt einfach einen kleinen blauen Pinselstrich, dann noch einen und dann noch einen. Und man hört nicht eher auf, bis es aussieht wie ein Krug. Oder wie eine sixtinische Madonna. So sind übrigens alle großen Werke der Malerei entstanden."

François grinste. „Aber wieso pulsiert die Farbe so?"

„Die Farben haben mehr Bewegung, also, wenn man nämlich die innere Bewegung auch mit ins Bild … hm. Ja. Und man braucht die Demut. Die vor dem Gegenstand."

Das ist das idiotischste Gespräch, das ich je über Kunst geführt habe, dachte sie.

„Das ist so ziemlich die einzige Demut, die ich dir zutraue", sagte François. „Hören wir einfach auf, von Kunst zu reden, wenn wir sowieso an etwas anderes denken."

Er setzte sich auf die Liege in der Nische. Claire setzte sich, ein Stück entfernt, neben ihn. Sie schwiegen. Die Schatten im Atelier wurden länger, die Staffelei und der blaue Krug waren fast schon von der Dämmerung verschluckt. Sie hörte seinen Atem, wusste, dass nichts mehr aufzuhalten war.

„Claire?"

Seine Stimme berührte sie körperlich wie eine Hand. Sie konnte nicht antworten, kaum atmen. Ihr Körper würde bei der ersten Bewegung Funken schlagen, sie saß ganz still. Dann war er auf einmal unmittelbar neben ihr, sie spürte seinen Mund, seine Hände, seine Wärme, konnte nicht mehr auf den Sinn seiner Worte achten und ließ sich von einer Woge davontragen. Einer Riesenwoge, die sich seit drei Wochen ununterbrochen aufgetürmt hatte. Ihr Leinenkleid fiel über den Diwanrand, sein Hemd und seine Jeans lagen nach ein paar Sekunden daneben, Farben und Körper verschmolzen in der Dämmerung ineinander. Sie ließen sich lange in der Woge treiben, von dieser uralten und immer wieder neuen Erfahrung, wurden weit fortgeschwemmt, dorthin, wo Grenzen sich verwischen, Geteiltsein aufhört, das Zeitgefühl verschwindet.

Und doch wurden sie schließlich wieder in die Gegenwart getragen.

Durch das Glasdach des Ateliers sah man die ersten Sterne. Der Krug auf der Staffelei war jetzt nicht mehr zu erkennen. Ihre Gesichter waren ganz nahe. Es war noch nie zuvor so überwältigend gewesen.

Claire lachte leise. „Weißt du, dass es das erste Mal in meinem Leben ist, dass ich fast nahtlos vom Siezen zum Beischlaf übergegangen bin?"

„Möchten Sie das Siezen beibehalten, Madame? Wenn es Sie in Zukunft genauso erotisiert wie eben, bitte ich darum!"

Claire schwieg einen Moment. „Zukunft wird wohl kaum unser Thema werden", murmelte sie.

François setzte zum Sprechen an, verstummte wieder. Dann nahm er seine Jeans vom Fußboden. Claire richtete sich auf. Er küsste sie auf den Mund und murmelte: „Ich habe es einfach nicht mehr ausgehalten."

Sie schloss die Augen. „Ich doch auch nicht."

Er knöpfte sein Hemd zu, legte die Arme um sie. Sie spürte noch einmal die Wärme seines Körpers auf der nackten Haut, den sanften Druck seiner Hände. Mit dem Gesicht in ihrem Haar raunte er: „Du musst zurückkommen. Bitte. Komm wieder. Du musst dein Bild zu Ende malen!" Er atmete tief ein. Dann öffnete er die Tür zur Straße und verschwand.

DER NÄCHSTE Morgen war kühl und grau. Claire lud ihre Reisetasche in den Transporter. Gertrude stand in der Küche und schlug heiße Milch mit einem Schneebesen auf, um den letzten gemeinsamen Milchkaffee mit einem schaumigen Häubchen zu krönen. Als draußen Autoreifen auf dem Kiesweg knirschten, blickte sie auf. Es war der dunkelrote Kombi, mit dem François immer zu seiner Praxis nach Amboise fuhr. Claire, die gerade die Flügelschrauben des Dachgepäckträgers kontrollierte, ließ die Arme sinken. Plötzlich stand er vor ihr und betrachtete sie. In seinem Blick lag das Erstaunen eines Menschen, der gerade eine Erscheinung hat. Eine, mit der er gerechnet hat, ohne dass das Wunder dadurch geschmälert wird.

„Claire, ich habe heute Nacht nicht geschlafen, weißt du. Ich muss dir so vieles erklären, warum willst du schon zurückfahren? Ich will dich natürlich jetzt nicht mit Banalitäten langweilen, etwa, dass ich mich verliebt habe."

„Wieso ist das banal?"

„Nicht die Sache, aber die Worte. Es ist so viel mehr. Und es ist so schwierig. Ich hänge in den Tentakeln eines Riesenpolypen."

„Odile?"

„Nein. Ja. Das Problem liegt woanders."

„Das ist ziemlich kryptisch, Monsieur Gilliot."

„Ich weiß. Claire, wann kommst du wieder?"

„Ich weiß es nicht."

„Aber du kommst?"

„François, vor ein paar Monaten habe ich eine unglückliche Liebe beendet. Und ich möchte jetzt keine neue unglückliche beginnen."

„Woher weißt du, dass sie unglücklich sein wird?"

„Monsieur Gilliot, ich will kein Eindringling sein."

„Du bist kein Eindringling, ich bin ein Ausbrecher. Wann kommst du wieder?"

„François, ich teile mit Menschen gerne meinen Wein, mein Brot und notfalls auch mein Geld. Aber nicht meinen Geliebten."

Er blickte sie an, als sei sie das erste grüne Blatt nach vierzehn Tagen Dunkelhaft. Diesen Blick erhaschte Gertrude, die neugierig in den Hof sah.

„Wie hast du mich genannt?" Er strich ihr sacht über die Wange, wartete die Antwort nicht ab und verschwand.

Gertrude hatte Claires Gesicht während der kurzen Unterhaltung nicht gesehen. Wohl aber das von François. Claire stand reglos und blickte ihm nach.

Als Gertrude nach einigen Minuten den Frühstückstisch gedeckt hatte, blickte sie wieder durch das Fenster. Claire stand immer noch an derselben Stelle. Dann sah sie, wie Claire sich umwandte und mit merkwürdig unbeteiligtem Blick das Haus betrachtete. Sie betrat die Küche und setzte sich stumm an den Tisch. Gertrude goss Kaffee in zwei Schalen, füllte mit schaumiger Milch auf, setzte sich und beobachtete Claire über den Rand ihres dampfenden Kaffees. „Oh, Kind, was ist da zwischen euch gelaufen?"

Claire blickte sie an, als erwachte sie gerade. Wer, wenn nicht Gertrude, hatte das Recht auf Offenheit? Plötzlich verspürte sie das Bedürfnis, ihre Arme um Gertrudes Hals zu schlingen und ausgiebig zu heulen. Aber sie schluckte den Impuls hinunter. „Ich begreife es nicht, Gertrude. Wir sind uns ab und zu morgens am Fluss begegnet, also fast jeden Morgen, mit den Hunden. Ich habe ihm keine besonderen Avancen gemacht, Gertrude, wirklich nicht. Aber es hat schon ziemlich früh gefunkt zwischen uns. Wobei wir beide, ich schwöre es, Gertrude, wir haben versucht, den Funkenflug gering zu halten. Gestern Abend kam er kurz ins Atelier. Na ja, wir haben … hm. Wir haben eben. Es war wie Windstärke dreizehn, sonst nichts. Kaum ein einleitender Dialog, nichts."

„Ihr habt also wirklich einfach …?" Sie starrte Claire entgeistert an.

Claire musste trotz der locker sitzenden Tränen über das verdutzte Gesicht ihrer Freundin lachen. „Ja. Und es war umwerfend. Ich weiß, es gehört sich nicht. Ich weiß, es gibt Odile. Aber was passiert ist, kann ich nicht ändern. Und ich kann es noch viel weniger erklären."

„Ich aber", erwiderte Gertrude. „Das ist ja wohl kinderleicht. Du hast dich verliebt. Und er sich auch. Das ist nicht mehr zu übersehen. Aber wie soll das weitergehen?"

„Keine Sorge. Ich säge das glückliche Paar nicht auseinander. Du weißt, dass ich erst in drei Tagen fahren wollte. Wenn du immer noch eine Erklärung für meine sofortige Abreise suchst: Jetzt kennst du sie. Hier scheint sich etwas von null auf hundert zu entwickeln. Und ich möchte den Schaden begrenzen. Für alle. Oh Gott, Gertrude, ich habe keine Ahnung, wie mir das passieren konnte." Sie konnte plötzlich nicht mehr weitersprechen.

„Ach, Kind. Ach, Clärchen."

Claire putzte sich die Nase. „Setz dein doofes Clärchen auf einem Ball der einsamen Herzen unter tausend Männer. Sie wird sich schlafwandlerisch den rauspicken, der die größten Probleme hat und der sie in Rekordzeit zum Heulen bringt."

„Gegen Liebe kann man nichts machen. Aber vielleicht gelingt es dir in Bonn, François zu vergessen."

„Ich will ihn gar nicht vergessen. Ich will ja mal nach Chimeray zurückkehren. Deshalb muss ich den Gedanken an ihn ertragen lernen. An François, den Freund von Odile. Aber bevor ich jetzt vor lauter Edelmut tot umfalle, setze ich mich hinters Steuer und bringe sehr viele Kilometer zwischen mich und den Veterinär aus Chimeray." Claire verstummte.

Gertrude stand auf, füllte Kaffee nach und strich Claire wortlos über das Haar.

Claire putzte sich die Nase. „Ich bringe den Transporter also wie verabredet nach Biel zurück. Wie heißt die Galerie von deinem Freund noch mal?"

Später, als Claire über die Brücke fuhr und aus dem Fenster winkte, stand Gertrude immer noch auf dem Hof. Konnte man sich einer fremden jungen Frau so nahe fühlen, als sei es die eigene Tochter? Die, die man gerne gehabt hätte? Man konnte. Und ausgerechnet François. Keine schlechte Wahl, aber eine schwierige. Wenn sie ihr Instinkt nicht täuschte, war der Abschied heute früh eine Ouvertüre und kein Finale.

7

Im Lehrerzimmer wimmelte es von braun gebrannten Pädagogen, die in San Gimignano ihre Sprachkenntnisse getestet oder auf Malta Diareihen von Steinzeittempeln angelegt hatten.

Wie immer kurz nach den Ferien fühlte sich Claire fremd zwischen ihren Kollegen. Sie trat an das große Fenster, bemüht, nicht angesprochen zu werden, und blickte auf den Schulhof. Mitten in der Brandung der aufgeregten Begrüßungen tauchte sie in die Stille des Ateliers ein, spürte Hände auf ihrer Haut. An Schlaf war in den letzten Nächten nicht zu denken gewesen. Sie würde sich diese Geschichte aus der Seele rupfen wie die Quecken, die sich während ihrer Abwesenheit im Vorgarten angesiedelt hatten.

Er rief nicht an, er schrieb nicht. Sie waren sich nahe gekommen, sehr nahe. Aber vermutlich war er durch sie für ein paar Wochen aus diesem seltsamen Sumpf, in dem er sich befand und den er nicht definieren wollte, nur aufgetaucht. Vermutlich würde er wieder abtauchen und sie, wenn auch nicht vergessen, so doch verdrängen. Immer wieder sah sie sein Profil im halbdunklen Atelier, seine Augen, leuchtend in der blauen Riesenwoge, ihr zugewandt, dann die angespannten Gesichtszüge, wenn er mit Odile oder Margot sprach – zwei verschiedene Gesichter, ein Januskopf.

Claire befahl sich seit Tagen, mit dem Grübeln aufzuhören, lenkte sich ab, verdrängte die Gedanken an ihn, so gut es ging. Meistens ging es nicht so gut.

„Claire, Untreue, nur eine kleine Karte aus der Touraine! Wie war's, hast du den Mann deines Lebens mitgebracht?"

Freundin Edda, die in ihrer Heimat Sonne und Semmelknödel getankt hatte, umarmte Claire, die sich nun widerwillig in den allgemeinen Begrüßungstrubel begab. Zum ersten Mal gingen ihr auch die angenehmen Menschen auf den Wecker, Edda inbegriffen.

„Ach, Edda, ich bin müde. Ich hab mir einen Virus eingefangen oder so. Ich weiß nicht." Sie schulterte ihre Tasche und wandte sich zum Gehen.

Edda sah ihr erstaunt hinterher. So war ihr Claire noch nie begegnet. „Brauchst du Vitamine oder sonst irgendwas?"

„Nein, danke."

„Na, dann kurier ihn mal aus, deinen Virus."

Der Virus war, grob geschätzt, etwa 1,89 groß. Kein leichter Fall also.

Der September schien ungeduldig in den Spätherbst übergehen zu wollen. Pünktlich zum Wochenende wurde es kalt, trist und grau. Claire ging mit ihren beiden Hunden pflichtbewusst Gassi. Halb in Gedanken schlug sie den alten Weg zu Zilli Kuhls Laden ein. Seit drei Wochen, seit dem Ferienende, rätselte die ganze Siedlung darüber, was Frau Kuhl bewogen haben mochte, ihren beliebten Laden aufzugeben. „Da kann nur ein Mann dahinter stecken", behaupteten die einen. „Sie hat vielleicht im Lotto gewonnen und ist jetzt ab auf die Malediven", mutmaßten die anderen. Claire blieb vor dem Laden mit dem papierbeklebten Fenster stehen. Dass sich hier öfter eine Maklerin mit potenzieller Kundschaft herumgetrieben hatte, wusste sie vom Kiosk gegenüber.

Es war nun schon das dritte Mal in diesem Monat, dass Claire enttäuscht auf die vergilbenden Zeitungsblätter blickte, die den Einblick in die gähnende Leere des Ladenraumes verwehrten. Es hatte Claire getroffen, dass sich Zilli von ihr nicht richtig verabschiedet hatte. Manchmal, wenn Käthi und Simon für ein paar Tage bei ihrer Tante bleiben durften, hatte Claire Käthi bei den Hausaufgaben geholfen. Käthi machte ihr Spaß, sie war ein quirliges, ulkiges Kind.

Claire hörte die Glocke der Nikolauskirche und machte kehrt. Zehn Minuten später saß sie am Schreibtisch. Neben einem Stapel Kunstklausuren, den ihr Leistungskurs gestern Vormittag unter Stöhnen produziert hatte, hockte ein Karton mit siebzig Zeichnungen, die benotet werden mussten. Eine umfangreiche Klasse Halbwüchsiger hatte sich in dem anderen Heftstapel an der Problematik der Verben *être* und *avoir* ausgetobt.

Fein. Das war also dieses Wochenende. Und danach? Eine voll gestopfte Woche. Und abends? Sie fegte François' Gesicht beiseite. Es konnte nicht sein, dass ihr die Welt tot und öde erschien, nur weil jemand, der vorher keine Rolle in ihrem Leben gespielt hatte, nichts von sich hören ließ. Sie starrte in den nassen Garten. Huli kam hereingetrottet und stieß mit der Schnauze gegen ihre Hand. Seine Goldkäferaugen schienen sie trösten zu wollen.

„Huli, Schnuddelhund! Schade, dass wir jetzt nicht bei Gertrude sind, was?"

Bei „Gertrude" stellte Huli kurz die Ohren hoch und legte seinen Kopf auf Claires Bein. Sie entließ ihn mit einem Klaps, nahm das oberste Heft der Kunstklausur. Madonna, wie viele Seiten? 18 Seiten Text.

Das vorliegende Bild gefällt mir aus drei Gründen nicht. Und zwar aus Vorder-, Mittel- und Hintergrund.

Claire lachte.

Die süßliche Darstellung von Frauen konnte ich bei Renoir noch nie leiden. Die sehen bei ihm immer aus wie Marzipan.

Diese Oberstufenklausur ließ sich interessant an. Aber jetzt klapperte es an der Tür. Die Post. Claire stand auf, ging hinunter in die Küche und setzte Teewasser auf. Im Hausflur lag ein dicker Brief von Gertrude. Claire goss voller Vorfreude ihren Tee auf. Als ihr der Jasminduft in die Nase stieg, schloss sie die Augen und wünschte sich nach Florifère.

Meine allerliebste Claire,
dein Platz am Tisch ist verwaist, und im Atelier wartet dein unvollendetes Bild auf dich. Ich sag dir lieber die volle Wahrheit: Du fehlst auch mir.

Claires Herz schlug plötzlich schneller. Wem fehlte sie noch?

Du hättest jetzt nicht so viel Vergnügen hier. Der Himmel ist grau wie ein alter Spüllappen. Ich habe endlich! angefangen zu arbeiten. Täglich bis zu acht Stunden, je nachdem, wie das Licht es erlaubt. Ich male nach dreißig Jahren wieder gegenständlich. Aber verdammt, die Arbeit geht nur zäh voran. Ich habe keinen richtigen Ansatz. Wir müssen darüber reden, ich brauche deinen Rat. Kommst du im Oktober? Wenn nicht, dann komm doch zumindest in den Weihnachtsferien. Es ist dann schön hier. Sogar die Kälte hat in der Touraine einen lyrischen Zauber. Einen Zauber anderer Art hast du hier hinterlassen, du weißt es ja.

Jetzt begann das Herz zu holpern.

François kommt oft, sitzt einfach nur in der Küche bei Josette und betrachtet das bunte Katzenbild, das du mir mal zum Geburtstag geschenkt hast. Dann blickt er sich um, als könntest du um die Ecke kommen. Das ist natürlich bloße Interpretation von mir, aber du weißt ja, ich bin unfehlbar. Ach Claire! Ich glaube, er will sich eure ganze Geschichte genauso ausreden wie du. Aber er schafft es offensichtlich nicht. Er ist so ein beständiger Mensch und fühlt sich verantwortlich für diese Frau. Das hat ja eigentlich sein Gutes. Trotzdem könnte ich ihn manchmal schütteln. Warum entscheidet er sich nicht einfach für einen neuen Anfang? Er will oder kann sie aus irgendeinem Grund nicht aufgeben. Und dennoch bin ich sicher, es hat ihn fundamental erwischt.

Claire ließ den Brief sinken, nahm ein Taschentuch, wischte sich die Augen und putzte sich die Nase. Warum erzählte Gertrude ihr das? Wenn er in der Küche saß und angeblich wartete, dass sie um die Ecke bog, woher wollte Gertrude das wissen?

Es hat ihn fundamental erwischt! Oh, verflucht, und warum saß er dann nicht hier? Neben ihr? Warum hatte Gertrude mit diesen Worten die halb tote Hoffnung wieder belebt? Diese hässliche Hoffnung, von der man doch wusste, dass sie keine Überlebenschancen hatte.

Seit Wochen schleppte sie sich durch ihren Alltag, der ihr noch nie so lastend und grau erschienen war. Seit Wochen verbannte sie François aus ihren Gedanken, aber gegen die Träume war sie machtlos. Sie ließen ihre Schlafkurven zur Achterbahn werden. Seit Ferienende sagte sie: „Oh nein, Edda, mir geht es gut. Die Ringe unter den Augen? Vitaminmangel, was weiß ich."

Mit Edda zu reden war vollkommen sinnlos. Dass Edda sofort sagen würde: „Vergiss ihn!", wusste Claire. Dass sie Recht hätte, auch.

Dieser Brief hatte ihr noch gefehlt. Claire schleppte sich ins Wohnzimmer und warf sich auf das blaue Sofa. Wenn im Moment des Schmerzes ein Schuldiger neben der Unfallstelle steht oder jemand, den man dafür hält, trifft ihn der volle Zorn. Gertrude wusste doch, dass sie, Claire, geflohen war. Sie wusste, dass sie sich verliebt hatte, aussichtslos, schmerzlich. Sie wusste, dass es Odile gab. Und dann rührte Gertrude im Topf wie eine alte Hexe.

Das Telefon klingelte. Schon in der Sekunde, als sie abhob, fühlte Claire, dass sie genau das nicht hätte tun sollen.

„Guten Morgen, meine Liebe. Bist du schon aufgestanden, oder störe ich dich beim Zähneputzen?"

Es war Gertrude. Claire schwieg und versuchte, ihre Wut zu unterdrücken. Und die Tränen.

„Hallo? Bist du noch dran?"

„Ja." Diese eine Silbe hatte Mühe gekostet.

„Claire, was ist mit dir? Du bist ja nicht sehr gesprächig heute Morgen!"

Nicht gesprächig. Rate mal, warum. Plötzlich schoss Jähzorn hoch wie grelles Licht. Warum hast du Öl ins Feuer gegossen, warum hast du meine seelische Schwerstarbeit von vier Wochen zunichte gemacht?

„Claire! Ist was passiert? Nun sag doch einen Ton!"

„Ich bin wütend auf dich, Gertrude, so wütend wie noch nie. Warum schreibst du mir so einen Schwachsinn vom lieben, beständigen François, den es angeblich so ‚fundamental' erwischt hat, wie du es so schön beobachtet hast? Oder vielmehr, interpretiert hast. Es ist gemein, was du gemacht hast, einfach gemein." Claire keuchte vor Zorn und Tränen. „Und auch, wenn das jetzt das Ende unserer Freundschaft ist, ich sag es dir noch mal: gemein, in meinem Kummer zu wühlen."

„Claire?" Das kam mit einiger Schärfe. „Claire, bitte komm zur Besinnung. Es war nicht meine Absicht, eine unsinnige Hoffnung zu wecken. Und sie ist nicht unsinnig. Bitte, hör mir jetzt mal zu!"

Jetzt brach der Deich. „Ich habe die Schnauze voll!", schrie Claire. „Von François, von dir, von allen!" Sie warf den Hörer auf. Claire durchweichte die Sofakissen. Die Hunde kamen aufgeregt herbeigelaufen: Lotte, vor Kummer ganz verwirrt, bellte, wollte sie in den Garten locken. Was brachte einen schneller auf andere Gedanken, als Stöckchen zu schmeißen? Aber Claire schien durch nichts abzulenken zu sein. Erst nach einer halben Stunde wurde sie ruhiger. Sie setzte sich auf, schüttelte den Kopf. Das Kissen hatte dunkle Flecken, die Augenlider spannten, schmerzten. Sie stand auf, bewegte sich wie ein aufgezogenes Blechspielzeug. Das Telefon klingelte wieder. Claire ließ es klingeln. Ach, Gertrude. Claire spürte, dass sie zu weit gegangen war. Gut, kam zum Liebeskummer halt noch das Schuldgefühl hinzu. Auch egal. Den Jasmintee schüttete sie in das Spülbecken und goss sich einen Kaffee auf.

Bilder aus Gertrudes Atelier erstanden auf. Ihre Farben wurden mit der Erinnerung nicht blasser, sondern stärker. François' Profil im Gegenlicht, seine Augen, als er den blauen Krug auf der Staffelei bewunderte und sich dann zu ihr umdrehte.

Sie ertrug die Erinnerung nicht mehr. Auf einmal schien selbst die Luft um sie zu schmerzen. Sie ging durch das stille Wohnzimmer zur Terrasse. Noch nie hatte sie eine Affäre gehabt, die auch nur ansatzweise vergleichbar war mit dieser Geschichte, bei der sie eine Leidenschaft gepackt hatte, die sie nicht für möglich gehalten hatte.

Claire blickte in den nassgrauen Septemberhimmel. Was wusste sie wirklich von ihm? Fast nichts. Nur eines: dass er keine Entscheidungen treffen konnte. Und diese Beziehung zu Odile. Wenn sie krank war, irgendeine Störung hatte, stand man entweder zu ihr, oder man ließ es. Aber nicht dieses Hin und Her, dieser Quatsch mit sehnsüchtigen Blicken in Josettes Küche. Jetzt richtete sich ihr Zorn gegen François. Zorn war gut. Besser als dieser Nebel, der in den letzten Wochen mehr und mehr ihren Blick getrübt hatte.

Oben wartete die Arbeit. Ein Kubikmeter Arbeit. Mit dem tintigen Kaffee in der Hand stieg sie langsam die Treppe zu ihrem Arbeitszimmer hinauf. Als sie auf halber Treppe angelangt war, klingelte es. Heiß fiel ihr ein, dass sie eine Oberstufenschülerin mit Liebeskummer auf einen Kaffee eingeladen hatte. Irgendwann am Wochenende, denn „… ich muss so viel korrigieren, ich bin sowieso zu Hause." Nein, bitte, jetzt niemanden sehen. Die Hunde bellten, Huli lief aufgeregt an die Tür und fiepte. Claire zögerte. Konnte sie jetzt fremden Liebeskummer verkraften? Wie auch immer, es war unanständig, jemanden vor der Tür stehen zu lassen. Sie seufzte, ging die letzten Stufen hinunter, öffnete und ließ die Tasse fallen.

Vor ihrer Tür stand François.

Nie in ihrem Leben würden sie diesen grauen Septembermorgen vergessen. Nie würden sie vergessen, wie sie sich anstarrten, wie sie sprachlos ineinander verschlungen in der offenen Tür standen. Man hätte das Haus um sie herum abtragen können, den Rest der Welt gab es nicht mehr.

Nach ungefähr hundert Jahren – es mochten auch Stunden sein, in jedem Fall aber gut zehn Minuten – lösten sie sich voneinander. François betrachtete sie, als sei ihr Gesicht ein lange entbehrtes Rauschmittel. „Du hast geweint. Warum?"

Sie blickte ihn an, nahm den Kragen seiner Jacke mit beiden Händen und verbarg ihr Gesicht an seinem Hals. Dann, nach einigen Sekunden, wühlte sie in den Taschen ihrer Trainingshosen nach einem Papiertuch, wischte sich die Augen und schaute auf. Er strich ihr die Haare aus dem Gesicht. Sie betrachtete ihn mit der verheulten Freude, mit der man etwas verloren Geglaubtes wieder findet.

„Warum?", wiederholte er und nahm ihr Gesicht in beide Hände.

„Das", antwortete Claire, „… das sage ich dir heute Nachmittag, vielleicht so gegen fünf."

Sie hatten sich begrüßt wie ein eng verbundenes Liebespaar, hatten sich wach und träumend vermisst, und doch waren sie fast Fremde. Das machte beide in derselben Sekunde befangen und sehnsüchtig, als wollten sie die Zeit des Kennenlernens, die noch vor ihnen lag, überspringen, um sofort in dieser Nähe zu landen, die beide augenblicklich empfanden, wenn sie den anderen berührten.

„Wir können natürlich hier stehen bleiben“, meinte François schließlich. „Aber ich glaube, heute Nacht soll es regnen.“ Claire lachte und ließ ihn eintreten. Er warf seine Jacke über das Treppengeländer und folgte ihr in die Küche. Während sie die Kaffeemaschine in Gang setzte, betrachtete er die gerahmten Kinderzeichnungen, die Collagen aus exotischen Teebeuteltütchen. Er wandte sich plötzlich um, ging in den Flur zurück und kam mit einem Gegenstand wieder, den er in Zeitungspapier gehüllt hatte. „Das habe ich Gertrude schon vor vierzehn Tagen unter einem Vorwand abgeluchst. Ich habe niemandem erzählt, wo ich dieses Wochenende verbringe. Aber ich glaube, sie weiß es.“

Im Zeitungspapier steckte der blaue Krug aus dem Atelier. Claire verspürte wieder einen Stich. Gertrude hatte genau gewusst, was sie schrieb. Sie musste sie noch heute anrufen.

„Das ist ein wunderbares Geschenk.“ Claire freute sich über seine Idee.

Er nahm auf dem Sofa Platz, trank einen Schluck Kaffee.

„Ach herrje!“ Claire blickte an sich herab und erlitt einen massiven Anfall weiblicher Eitelkeit. „Ich habe heute meine hässlichsten Sachen an.“

„Zieh sie einfach aus.“

„Weiss irgendjemand, dass du hier bist?“ Claire richtete sich halb auf, beugte sich über ihn. Ihr Haar fiel in sein Gesicht, sodass er nichts sehen konnte; er teilte es wie einen Vorhang und blinzelte sie an: „Entschuldigen Sie, Madame, reden Sie mit mir?“

„Nein, mit dem Herrn, der neben Ihnen liegt. Darf ich mich vorstellen?“ Claire ließ sich lachend auf ihn fallen.

Der Zeiger der Uhr wanderte langsam, dann hörte er auf, die Minuten zu zählen, und folgte schließlich nur noch dem Rhythmus der beiden Körper, die sich in ihrer eigenen Zeitrechnung bewegten, die den Hunger der vergangenen Wochen stillten und glaubten, nicht satt werden zu können. Draußen wurde der Regen immer intensiver, der Himmel immer grauer, aber die Wirklichkeit blieb irgendwo unter der Bogenlaterne hängen und schaffte nicht den Weg durch das Schlafzimmerfenster.

Es dunkelte. Noch immer fiel der Regen in Bindfäden. Vom Garten aus konnte man in das Wohnzimmer blicken. Eine einzige Stehlampe ließ den Wein in den beiden Gläsern aufleuchten. Lotte lag etwas entfernt von den zwei Menschen, die mit hochgezogenen Knien dicht nebeneinander auf dem Sofa hockten. Sie beobachtete den Mann mit wachsender Eifersucht. Huli dagegen lag in stummer Anbetung zu François' Füßen und klopfte mit dem Schwanz auf den Boden, wenn François auch nur aufblickte.

„*Mon Dieu*, unsere Schweizerin auf Florifère hat aber einen guten Blick für das Wesentliche!“, meinte François, denn Claire übersetzte ihm gerade Gertrudes Brief.

Sie ließ das Papier sinken. „Du weißt, dass wir miteinander reden müssen. Zum ersten Mal eigentlich. So richtig, meine ich. Verrückt ist das. Ich weiß gar nicht, ob wir überhaupt miteinander reden können.“

François richtete sich auf. „Spinnst du? Ich muss mit dir doch nicht über ein heikles Thema gesprochen haben, um zu wissen, dass ich mit dir über alles sprechen kann. Ich wusste es einfach. Du bist in Odiles Garten gekommen, und ich merkte nur, dass etwas passiert war. Und als du mit deinen Kötern weggelaufen bist, hatte ich Angst. Angst, denn ich wusste nicht, ob ich dich wiedersehen würde. Angst, weil ich spürte, dass ich endlich anfangen musste, mein Leben aufzuräumen, *wenn* ich dich wiedersehen würde.“

Claire zog die Füße dichter an ihren Körper und lehnte sich an François. Er umschloss sie mit beiden Armen. „Odile war früher so etwas wie meine kleine Schwester“, begann er. „Ich kenne sie, seit sie zehn Jahre alt war. Ich habe damals meinem Vater geholfen, den Park von Margot Morisseau neu anzulegen. Die liebe kleine Odile half uns. Mit Eimer und Schaufel. Aber sie warf auch unsere Zigaretten in den Brunnen und bohrte Löcher in den Gartenschlauch.“

„Anstrengende Liebesbeweise“, meinte Claire.

„Das hat sich nicht geändert. Ich lernte sie und ihre Familie in diesem Frühjahr ziemlich gut kennen. Monsieur Morisseau war ein geschäftiger Schwätzer, der trotz Familie immer einsam wirkte. Margot Morisseau, schön und egozentrisch, behandelte ihn wie einen armen Idioten. Sie hat so etwas Verschlingendes. Ich war damals siebzehn, ich war total fasziniert von ihr. Es war schwer, sich ihr zu widersetzen, sie verbreitete Glanz – aber keine Wärme. Dazwischen Odile, rotzfrech und doch verloren. Ein paar Jahre lang sind wir uns immer wieder begegnet. Dann habe ich sie für lange Zeit aus den Augen verloren, weil ich in Lyon studierte. Und danach lebte ich ein paar Jahre lang in einem Nest in den Cevennen, bei einem alten, verstunkenen Veterinär.“ Er wickelte eine Haarsträhne um seinen Zeigefinger. „Wer in der Touraine geboren ist, ist für die Cevennen verloren. Irgendwann einmal wollte ich einfach nur noch zurück nach Amboise, mir eine Stelle suchen. Aber ich fand keine Arbeit, nirgendwo. Vor drei Jahren dann, an einem depressiven Sonntag, fuhr ich nach Chimeray, um durch mein altes Heimatdorf zu spazieren. An diesem Sonntag, als mir alles so richtig zum Hals heraushing, kam ich am Pfahlhaus vorüber. Und Odile stand auf einmal in der Tür. Unbekannt, erwachsen und trotzdem vertraut, mit ihrem alten Rotzgörengrinsen. Sie winkte mir zu, wir sprachen ein paar Minuten, bis sie sagte: ‚Zieh doch bei mir ein, François.‘ *Bouf* – einfach so. So wie man jemandem eine Zigarette anbietet.“

Er zog den Haarkringel von seinem Finger und wandte sich Claire zu. „Es war sehr verlockend. Sie steht da und schlägt mir vor, mein Leben mit ihr zu teilen. Ich habe es getan. Aus Bequemlichkeit und weil mir Odile noch von früher irgendwie vertraut war.“

Claire verschluckte sich, hustete und stellte ihr Glas ab. „Oh, François, es hört sich an, als wolltest du dich dafür entschuldigen, dass sie schön und verführerisch ist. Du bist doch nicht nur bei ihr eingezogen, weil die Türe offen stand und Odile dir vertraut war wie eine alte Socke.“

Er lachte. „Ich habe bei dir wohl keine Chance, mich jemals herauszureden? Na gut, natürlich war ich von ihrem Angebot überwältigt. Und von ihrem Anblick. Zunächst einmal. Bis ich merkte, wen ich da wirklich neben mir hatte. Aber so weit war ich noch nicht, denn die Verlockung ging noch weiter.“ Plötzlich änderte sich sein Gesichtsausdruck. „In den ersten Wochen war ich berauscht von ihrem Temperament. Sie hatte eine Leichtigkeit, die mir anfangs wunderbar erschien. Für sie war nichts wirklich schwierig. Sie hatte immer Energie für zwei. Ich sprach mit Odile über mein Traumprojekt, das ich wohl nie verwirklichen würde. Eine Kleintierpraxis oder eher eine Art Tierklinik mit allen Schikanen. Odile hörte kaum zu, fand aber alles fantastisch.“ Er setzte sich auf, beugte sich vor und verschränkte die Finger ineinander. Plötzlich sah Claire den François der ersten Sekunde. Angespannt, auf einem schmalen Grat balancierend. François sprach mit sachlicher Stimme weiter, als müsse er ein Referat halten. „Dann habe ich den größten Fehler meines Lebens begangen, für den du mich wahrscheinlich verachten wirst.“

Claire setzte sich ebenfalls auf. „François, es ist egal, was du gemacht hast. Ich werde dich nicht verachten. Erst recht nicht für einen Fehler.“

„Nein?“ Er faltete einen Zeitungsschnipsel, immer noch einmal und noch einmal. „Warte ab.“ Er schnipste das Papier in hohem Bogen fort. „Ich habe mich kaufen lassen.“

„Odile hat deine Praxis finanziert?“

„Nein. Margot. Sie kam eines Tages hereinspaziert und begrüßte mich als ihren lieben Schwiegersohn. Bevor ich sie bremsen konnte, kam ihr Angebot. Danach habe ich sie nicht mehr gebremst. Ich war geblendet von der Aussicht, so zu arbeiten, wie ich es immer schon gewollt hatte. Ich liebe meinen Beruf, weißt du, und ich habe jahrelang davon geträumt, einmal in einer ideal eingerichteten Praxis zu stehen.“ Er seufzte. „Margot hat die gesamte Einrichtung der Praxis in Amboise finanziert. Ich zahle eine moderate Miete, Schwiegersohntarif, und ich zahle ihren Kredit ab. Wenn ich meinen Verdienst so anschaue, dann weiß ich, dass ich diese Summe erst in dreißig Jahren abbezahlt habe. Davon abgesehen ist der Kredit nahezu zinslos. Margot wiederholt alle fünf Minuten: ‚Das Geld bleibt ja in der Familie!‘ Natürlich war diese große Geste ein gigantischer Köder, aber das habe ich mir einfach nicht eingestanden.“

„François, deine Selbstvorwürfe sind idiotisch. Du hast Odile zu diesem Zeitpunkt doch geliebt. Warum solltest du so ein Angebot nicht annehmen?“

„Weil es nicht stimmt, was du sagst. Ich habe mit Odile ein paar Wochen lang ein wildes Leben geführt, ein verrücktes. Wir schliefen am Flussufer, rasten mit ihrem Sportwagen herum, luden Odiles verrückte Theaterleute ein. Und ich weiß genau, warum ich das alles mitmachte. Ich wollte die innere Stimme zum Schweigen bringen, die sehr deutlich sagte, dass mir Odile eigentlich fremd war, dass ich diese Sorte Leben nicht lange aushalten würde. Es gab eine Zeit, da habe ich eine Menge widersprüchlicher Dinge gefühlt. Ich wollte diese Praxis. Und ich wollte Odile lieben. Aber so einfach war es dann leider doch nicht. Ich liebte sie nicht.“

Er schloss die Augen und presste für einen Moment seine Hände gegen den Kopf. „Ich begann meine Pläne zu realisieren. Ich verfiel in einen neuen Rausch, die Praxis, die Arbeit. Eine Zeit lang glaubte ich, es ganz gut aushalten zu können. Wenn ich abends nach Hause kam, war Odile noch unterwegs. Sie kam spätnachts und brachte Freunde mit. Ich schlief fast nur noch im Gästezimmer, deshalb hörte ich den Lärm kaum. Sie hatte auch immer andere Männer. Spätestens zu dem Zeitpunkt, als ich merkte, dass ich überhaupt nicht eifersüchtig war, entwickelte ich eine große Distanz. Dann, eines Abends, entdeckte ich das Geheimnis ihrer ungebrochenen Energie. Ich kam nach Hause und hörte schon von draußen schreckliches Geschrei und Gehämmer. Als ich in ihr Zimmer stürzte, war Odile dabei, ihr Schlafzimmerfenster mit Brettern zuzunageln. Sie sah mich, schrie auf, rannte zu ihrem Schrank, stieg hinein und versuchte die Schranktür von innen zuzuhalten. Sie hatte wahnsinnige Angst. Odile hatte Halluzinationen."

„Was war denn los, um Gottes willen?"

„Sie hatte Entzugserscheinungen. Sie nimmt Kokain."

„Ach du Scheiße. Und als du an dem Abend kamst, war ihr Nachschub ausgeblieben?"

„Genau. Ich weiß nicht, wie lange sie nichts mehr genommen hatte. Ich weiß auch nicht, ob sie vielleicht sogar versucht hatte, damit aufzuhören. Aber als sie merkte, dass es ihr immer schlechter ging, hatte sie Pech. Ihr Auto sprang nicht an, sie konnte nicht nach Tours fahren." François schwieg, dachte an die Szene, die er nie vergessen würde. Er stand auf, blieb vor dem Sofa stehen, betrachtete Claire. „Was denkst du nun von mir?"

„Dasselbe wie vorher."

Er schwieg, setzte sich wieder neben sie. Sie hob den Kopf, sah ihn an. Sie war blass, sah plötzlich klein aus, verletzlich.

„Liebt *sie* dich eigentlich noch?"

François beobachtete Claire. Er sah ihre Angst. Er begriff das Ausmaß ihrer Zuneigung und konnte einen Moment lang nicht sprechen. Sie blieben noch eine Weile still.

„Ich weiß nicht, wie Odiles Gefühlsleben funktioniert. Odile kann außer sich geraten, wenn sie einen Penner sieht, dem es offensichtlich dreckig geht. Sie ist fähig, ihm ihren teuersten Kaschmirschal um den Hals zu wickeln. Zehn Minuten später macht sie in einem Lokal einen unglaublichen Tanz, wenn der Wein nicht nach vier Sekunden vor ihr steht, und verlangt, dass man die Kellnerin entlässt." Er zuckte mit den Schultern. „Ich glaube nicht, dass sie jemals ein ernsthaftes Gefühl für mich oder jemand anders entwickelt hat."

„Wieso wohnt Odile noch in Chimeray? Für eine Schauspielerin kann die Provinz doch nicht so verlockend sein."

„Sie hat eine tief sitzende Lebensangst. Und vergiss nicht: Ihre Sucht kostet Geld. Odile erhält, seit wir zusammenwohnen, von Margot eine Art Apanage. Als Zuschuss zu unserem Haushalt, wie auch immer sie es bezeichnet. Eine ziemlich runde Summe, jeden Monat. Ansonsten hat die Mama ihre Finger auf dem gesamten Riesenvermögen."

„Sonst wäre es vermutlich in zwei Jahren verpulvert!"

François nickte. „In einem halben. Na, jedenfalls weißt du jetzt, dass Odile ihr Haushaltsgeld nicht für Scheuersand ausgibt. Ich finanziere meinen Lebensunterhalt selbst. Margot ahnt nicht, wie unsere Beziehung wirklich aussieht. Und ich hatte bis zu dem Punkt, an dem ich Odiles Sucht entdeckte, keine Ahnung, was sie mit Margots Geld macht."

„Hat Margot eigentlich das Geld mit in die Familie gebracht?"

„Nur zum Teil. Der alte Morisseau war Bauunternehmer. Auch nicht gerade arm. Aber durch Margots gerissene Geschäftspolitik wurden sie dann so richtig reich. Was für Margot wirklich zählte, war sein Name. Die Morisseaus sind eine uralte Familie von einigem Ansehen. Echtes Großbürgertum. Das ist in Frankreich noch etwas wichtiger als in Deutschland, denke ich. Ich glaube, für ihre gesellschaftliche Stellung würde Margot über Leichen gehen. Deshalb arbeitet sie ja auch so verbissen daran, bei den nächsten Wahlen in den Stadtrat von Montrichesse zu kommen."

„Nicht für eine Mitte-links-Partei, schätze ich mal?"

François grinste nur schief. „Und aus genau diesem Grund, nämlich wegen ihres Ansehens, will Margot die Wahrheit nicht sehen. Dass mit Odile etwas nicht stimmt, meine ich. Sie spricht von Odiles ‚zeitweiligen Zuständen'." François schwieg einen Moment. Er suchte nach den richtigen Worten. „Ich kam Margot außerordentlich gelegen. Als Ordnungsfaktor." Er fasste Claire plötzlich an beiden Schultern, sah ihr in die Augen: „Begreifst du, an welchen Leimruten ich klebe?"

„François, deine Lage ist nicht einfach. Aber sie ist auch nicht katastrophal schwierig."

„Sie wäre es, wenn du sie nicht begreifen könntest." Er machte eine kleine Pause. „Ich will dich nicht verlieren. Ja, wie soll ich Ihnen das erklären, Madame Sandmann … ich liebe dich nämlich."

Die Uhr, an deren Pendel die kleine blecherne Sonne schwang, tickte ein bisschen lauter als sonst. Die Papierlampe leuchtete plötzlich heller.

„Claire, ich bin erst jetzt gekommen, weil ich diese letzten Wochen brauchte, um mich zu entscheiden. Ich wollte meiner Sache sicher sein."

„Jetzt bist du da. Und was heißt das genau?"

Er nahm ihre Hand. „Ich werde mich von Odile, na, sagen wir lieber, von unserer bizarren Lebensform trennen." Er atmete tief aus. „Das heißt aber auch, dass ich die Praxis aufgeben muss. Margot wird ihr Pfandgeld sofort zurückhaben wollen." Claire konnte nicht gleich sprechen. Sie fühlte sich wie ein Schmetterling, der im Moment des glücklichen Auffliegens merkt, dass er festgebunden ist. „Du gibst also meinetwegen die Praxis auf. Das ist eine verdammte Hypothek für uns."

„Nein, das ist es nicht. Auch wenn du mir in ein paar Monaten Adieu sagen würdest, dann hätte ich zumindest die Klarheit zurückgewonnen, die ich verloren hatte. Oder nennen wir es pathetisch: meine Würde. Es war an der Zeit."

„Hast du mit Odile jemals über ihren Kokskonsum geredet?"

„Natürlich. Nächtelang. Es gab auch Versuche, damit aufzuhören. Einmal dachte ich, sie hätte es geschafft. Ich fand einen Therapeuten. Sie fuhr zu ihm, jeden zweiten Tag. Und ich dachte, dass sie auf dem richtigen Weg sei. Sie sprach nicht mehr so hektisch. Sie begann wieder zu lesen. Und dann sah ich, wie sie heimlich im Geräteschuppen von ihrem Kosmetikspiegel die Linie hochzog. Es war alles Theater. Und dieses Theater habe ich nicht nur einmal, sondern vier-, fünfmal mitgemacht. Ich kann ihr nichts mehr glauben."

„Aber du fühlst dich immer noch für sie verantwortlich, François."

„Ich habe durchaus auch Gefühle für sie, Claire. Ich empfinde so etwas wie eine grimmige Zuneigung. Ich mag sie, wie man eine leichtsinnige kleine Schwester mag, die man morgens auf der Polizeiwache abholt und deren Untaten man reguliert."

„François, es gibt nur einen Menschen, der ihr wirklich helfen kann."

„Ich weiß. Aber sie ist nicht nur ihr einziger Retter, sie ist auch ihr größter Feind."

„Wie geht es jetzt weiter? Ich meine, mit der Praxis."

Er zuckte mit den Schultern. „Ich suche einen Käufer. Das wird dauern, es ist schwierig. Und ich muss Odile und Margot reinen Wein einschenken. Wenn Margot erfährt, dass ich aus dem Clan austrete … ich würde eine Zwangsversteigerung gerne vermeiden." Er starrte in die Kerzenflamme. „Da fällt mir ein: Warum hast du heute Morgen geweint, Claire? Du wolltest es mir um fünf Uhr sagen. Jetzt ist es schon fast zehn. Also?"

Claire lächelte. „Och, nichts Besonderes. Ich habe mich im Urlaub in irgend so einen Franzosen verliebt, und er hat sich einfach nicht gemeldet – ach Gott, nichts von Bedeutung."

„Und du bist immer noch in ihn verliebt?"

Claire nickte. „Es wird stündlich schlimmer, fürchte ich."

„*Mon Dieu*, kann ich irgendetwas für dich tun?"

„Ja."

„Was?"

„Das sage ich dir dann im Schlafzimmer."

Auf der Treppe legte er den Arm um ihre Taille. „Ich habe die ganzen letzten Wochen auf eine besondere Premiere gewartet."

„Nämlich?"

„Morgen früh neben dir aufzuwachen."

Es wurde eine gelungene Premiere, bei der man zwischen Hauptvorstellung und Zugaben kaum unterscheiden konnte. Um halb elf entschlossen sie sich endlich aufzustehen.

François erklärte sich bereit, die Hunde auszuführen und mit Sonntagsbrötchen zurückzukehren. Auch heute war der Himmel grau, es regnete.

Claire schaute dem Mann mit den beiden Hunden hinterher, füllte die Kaffeemühle und setzte das laute kleine Gerät in Gang. Sie war einen Moment lang erfüllt von vollkommenem Glück.

Schon in der nächsten Sekunde meldete sich ihr Schuldgefühl. Sie hielt es plötzlich nicht mehr aus. Sie schaltete die Kaffeemaschine ein und griff nach dem Telefonhörer.

Es läutete lange, bis Gertrude abhob.

„Birnbaum."

„Ich bin's. Claire."

„Ah. Guten Morgen."

„Gertrude, ich … ich habe mich so blöd benommen."

„Stimmt."

„Gertrude, ich konnte kaum noch atmen vor Liebeskummer, deshalb musste ich die erstbesten Steine schmeißen, die ich in die Finger bekam."

„Weiß ich doch. Ach, Kind. Wenn ich nach jedem Streit eine Freundschaft gekündigt hätte, wäre ich allein auf der Welt. Und meine Beziehung zu Jacques hätte genau fünfzehn Minuten gedauert. Claire, was glaubst du denn, wie ich Freundschaft definiere?"

„Rate mal, weise Frau, wer seit gestern Abend hier ist", sagte Claire. Sie fühlte sich auf einmal ganz leicht und war sogar bereit, einen Satz wie „Hab ich dir doch gleich gesagt" einzustecken.

Aber Gertrude sagte nie, was man so sagte.

„Dann grüße ihn von mir. Ach, Clärchen, das freut mich aber. Wie lange bleibt er denn?"

„Leider nur bis morgen, Gertrude. Ich bin so erleichtert, dass du mir nicht mehr böse bist."

„Nun ist es aber gut, Claire. Glaubst du, François könnte mir ein deutsches Roggenbrot mitbringen?"

„Natürlich." Claire lachte. „Ach, Gertrude, du bist so putzig. Da steht das Wunder meines Lebens vor der Tür, und du denkst an Sauerteig."

„So sind wir Schweizer", erklärte Gertrude fröhlich. „Außerdem hängen Liebe und Essen zusammen."

8

Von ferne hörte man das Brummen und Sirren der Autobahn nach Lissabon. Man hörte es, weil die kleine Landstraße wenig befahren war. Rechts an der Straße, ein paar Meter hinter dem Dorf, flimmerte an einer verstaubten Fassade ein rotblauer Neonschriftzug: Paco's. Das flache, ehemals weiße Rasthaus mit der kleinen Tankstelle brütete an der Landstraße vor sich hin wie eine kranke Henne. Es hielten nur wenige Autos.

Zilli Kuhl stand am Herd und rührte in einem Topf. Simon beobachtete den Kochdunst, der Tante Zillis Gesicht zeitweilig verschwinden ließ. Tante Zilli sah komisch aus. Am ersten Morgen, nachdem er sie mit den neuen Haaren gesehen hatte, sagte er: „Mach doch die Mütze ab, Tante Zilli."

Tatsächlich glichen Zillis Haare momentan einer blauschwarzen Wollperücke. Mechthild hatte lauthals gelacht. „Mensch, Zilli, du siehst aus wie eine Apachenfrau aus der Karnevalsabteilung. Nä, Kerle noch mal, wie nennt sich der Farbton? Kohlenblond?"

„Muss mich doch nicht jeder gleich erkennen!"

„Zilli, diese Haarfarbe ist auffälliger als eine knallrote Pappnase. Außerdem hör mit dem Quatsch auf, wer soll dir hier begegnen? Wir haben zwar die Autobahnausfahrt vor der Nase, aber irgendwie findet uns keiner."

Nicht nur Zilli litt unter Angst. Mechthilds Nerven lagen blank, denn die Raststätte lief einfach nicht. Zilli entdeckte an ihrer alten Freundin neue Seiten. Mechthild war energisch, hilfsbereit und gutmütig. Aber sie war immer öfter gereizt, teilte Befehle aus, die Zilli sinnlos erschienen, und reagierte aggressiv, wenn Zilli die Zwiebeln in Ringe statt in Spalten schnitt.

Mechthild war nicht böse geworden, aber sie fühlte sich hilflos. Der Feind war nicht greifbar. Der Feind, das waren all die Gäste, die *nicht* kamen.

„Zilli, ich hab manchmal solche Angst", gestand Mechthild ihrer Freundin in kummervollen Nächten, wenn Paco schlief, wenn die beiden Frauen im dunklen Lokal saßen, das einmal mehr bereits um 19 Uhr seine Lichter abgeschaltet hatte.

„Zahlen kann ich dir nix", gestand Mechthild, als Zilli vor Wochen hoffnungsfroh aus dem Lieferwagen geklettert war. „Ihr könnt hier wohnen, Platz ist genug da. Die Gästezimmer stehen sowieso immer leer. Und essen könnt ihr hier auch, keine Frage. Aber es läuft nicht gut, Zilli. Paco macht sich nicht klar, wie es wirklich um uns steht."

Manchmal, wenn Zilli in ihrem schlichten Zimmer lag, hörte sie durch die Wand sorgendunkles Gemurmel von Mechthild und Paco. Zilli warf sich auf dem Gästebett hin und her und fiel meist erst in den Morgenstunden in einen unruhigen Schlaf. Richtig gut ging es nur Käthi. Sie hatte ihren neunten Geburtstag gefeiert und begann, sich nach außen zu orientieren. Käthi blühte auf. Mit ihrer zähen Energie und ihrem ausgeprägten Überlebenswillen war sie Pacos Liebling. Anfangs hatte Käthi, verunsichert durch all die fremden Laute, fast immer geschwiegen.

Meu tio se chama Paco – mein Onkel heißt Paco, schrieb sie wenig später in ihr Übungsheft und meinte es auch so.

Auf dem Grundstück stand eine große, Schatten spendende Steineiche, daneben ein Schuppen, in dem Paco Gartengeräte und drei alte Stühle aus seinem Elternhaus aufbewahrte. Paco saß abends oft auf einem der wackeligen Stühle und erzählte Käthi von seiner Kindheit.

Seine Eltern waren Bauern gewesen. „Ein Scheißleben", sagte Paco. „Kein Traktor, harte Erde, jeden Morgen um vier, fünf aufstehen. Und im Winter kalt. Es gab Feuer im Kamin, aber nur in der Küche. Und so viel Arbeit, so viel Arbeit. Hier!" Er zeigte Käthi eine Hacke mit Zinken wie verkrüppelte Hühnerfüße. „Damit habe ich die Erde locker gemacht, das Feld war so groß wie das alles hier", er holte mit dem Arm zu einer Kreisbewegung aus. „Viele, viele Steine. Ich musste alles alleine machen. Da war ich ungefähr so alt wie du. Vielleicht zehn."

Käthi, die auf der Erde saß und Ameisen über einen Stock krabbeln ließ, blickte zu Paco auf.

„Und mein Vater hat mich oft verprügelt." Er lachte.

Käthi sah, dass es kein lustiges Lachen war. Paco sprach zu ihr niemals anders als zu einer Erwachsenen. Er ging nicht in die Hocke, um zu Käthi im Kinderland zu sprechen. Vielleicht, weil er spürte, dass es in Käthis Kinderland genauso trübe Gegenden gab wie in seinem.

ES WAR an einem immer noch warmen Sonntagmorgen Anfang Oktober, als Paco die vielleicht beste Tat seines Lebens gelang. Mechthild arbeitete gerade mit Zilli in der Küche und war besser gelaunt als sonst, denn für das Abendessen hatte sich eine deutsche Reisegesellschaft angesagt: ein Billigveranstalter, der schon letzte Woche das Lokal gebucht hatte. Mechthild hatte bei einem Einkaufsausflug nach Coimbra vor vierzehn Tagen einfach einen Reiseleiter auf einem Touristenparkplatz angesprochen, ihn zu einem Gratisessen eingeladen und bekam nun schon den dritten Auftrag. Die Umwegschleife von der Autobahn lohnte sich für die Gesellschaft, denn Mechthild und Zilli kochten konkurrenzlos preiswert.

„Ich kapier ja nicht, wieso Touristen in Portugal ausgerechnet Rouladen essen müssen, aber wenn dadurch die Bude endlich mal voll wird – mir soll's recht sein." Mechthild schöpfte Mut. Sie wickelte gerade unverdrossen weißes Küchengarn um die achtzehnte Roulade, als sie durch das Fenster blickte und ihr die dünne Rauchfahne auffiel, irgendwo hinten auf dem Grundstück. Paco, der vor seiner Tankstelle saß, hatte sie auch bemerkt, legte die Zeitung beiseite, eilte zum Schuppen und stand nach zwei Minuten vor dem rauchgeschwärzten Gestell seines Lieblingsstuhls. Der Flechtsitz aus Stroh hatte gebrannt wie eine Fackel, und der Holzrahmen glomm.

„Scheiße!", schrie Paco und trat nach dem Gestell, das in diesem Moment vollends auseinander brach. Dann erblickte er Käthi. Käthi, weiß um die Nase, stand im Halbschatten der Steineiche und blickte ihn unverwandt an.

Sie hatte es getan, das war so eindeutig, als hätte sie es gesagt. Nur *warum* sie es getan hatte, das verstand Paco nicht. Aber er begriff etwas, was wichtiger war als die Antwort auf diese Frage: Käthi war entsetzt. Sie war unglücklich. Viel unglücklicher als er.

Und wie sie da stand: Normalerweise liefen Kinder davon, wenn sie Mist gebaut hatten. Aber Käthi *wollte,* dass er sie neben ihrer Missetat sah, leichenblasse Erwartung im Gesicht. Sie wollte sehen, was jetzt passierte. Ob er sie vielleicht für immer fortschickte.

Paco hatte sich in seinem Leben mit Psychologie noch nie auseinander gesetzt. Er begriff Käthis Problem nicht mit dem Kopf. Aber er nahm sie sachte beim Arm, ging mit ihr in die Werkstatt und gab ihr einen Hammer in die rechte Hand. Der Hammer war ganz neu, hatte einen rot lackierten Holzstiel und einen blauen Streifen auf seinem Metallkopf. Er blickte sie an und sagte ganz ruhig: „So, Käthi. Jetzt mach alles kaputt, was du willst."

Dann ging er hinaus, ließ sie allein zurück. Allein mit dem fast neuen Abschleppwagen. Seine von Zilli gewienerten Außenspiegel, Kotflügel, Fensterscheiben blinkten wie Sonntagsporzellan.

Käthi stand da, reglos wie damals vor dem Einfamilienhaus, als Tante Zilli sie fast verlassen hätte.

Es war kaum zu glauben. Onkel Pacos Gesicht war tatsächlich nicht böse gewesen. Es war ganz einfach immer noch derselbe Onkel Paco wie vorher.

Sie konnte jetzt den Hammer hochheben und ihn mitten auf den blinkenden Kotflügel sausen lassen. Er hatte es ihr erlaubt, mit demselben ruhigen Gesicht, mit dem er ihr erklärte, was „Zucker“ auf Portugiesisch hieß oder „Schulranzen“.

Die Sonne schien durch die hohen Glasfenster der Werkstatt, es roch nach Motoröl.

Käthi ließ den Hammer auf den Boden gleiten, er blieb dort liegen, wo sie gestanden hatte. Sie trat hinaus in die helle Tagessonne und schloss die wackelige Blechtür.

9

Eine Theorie Armands, die da besagte, dass zu viel Putzen schädlich sei, hatte sich bewahrheitet. Zwar auf andere Weise, als es seine wissenschaftliche Theorie begründete, aber immerhin.

„Mit jedem Putzvorgang bleiben einige Dreckmikroben zurück“, erklärte er Josette. „Und die machen dann neue Mikroben, die noch resistenter sind.“

„Oh, Armand, ich werde dir eines Tages den Putzeimer über die Ohren stülpen.“

Josette reckte sich nach einem Spinnennetz über der Haustür, verlor auf der Stufenleiter das Gleichgewicht und stürzte. Das war jetzt zwei Wochen her. Josette lag im Hospital von Blois, hatte einen komplizierten Oberschenkelhalsbruch. Gertrude kam jeden Tag, brachte Blumen, ohne die Josette nicht leben konnte.

„Oh, Gertrude, was wird mit Armand?“, jammerte Josette.

„Du wirst es kaum glauben, aber dein Armand arbeitet, wenn er muss! Und er ist der geborene Koch!“

„Er war doch mal Schiffskoch“, sagte Josette stolz. „Und zwar der beste, den je eine Kombüse gesehen hat.“

„Gestern hat er uns ein Kaninchen mit Armagnacpflaumen hingelegt, ehrlich, ich könnte ins Schwärmen geraten!“

Das ging zu weit. Als Gertrude Josettes Gesicht sah, beeilte sie sich hinzuzufügen: „Gegen dein Essen ist es natürlich kein Vergleich, aber immerhin, niemand verhungert.“

„Aber all der Dreck!“

„Oh, das ist halb so wild.“

„Du meinst, es fällt also überhaupt nicht auf, dass ich nicht mehr da bin?“

Josette starrte beleidigt auf die bunten Astern, die Gertrude liebevoll mit Gräsern gebunden hatte.

Gertrude seufzte. „Meine liebste Josette, du fehlst an allen Ecken und Enden. Und ich merke jetzt erst, wie viel Arbeit du immer mit mir hast, meine Gute!“

Trotzdem, Armand kam gut zurecht. Gertrude, die nun häufig bei ihm zu Gast war, lobte ihn für seine Kochkunst, sprach aber nicht aus, was auch Armand wusste: Sein Essen war wesentlich raffinierter als das seiner Frau. Zwar blieb der Fußboden dreckig, und die Wäsche wechselte wochenweise von Rosa nach Blaumeliert, aber von sinkendem Schiff konnte keine Rede sein. Für Gertrude war das Leben durchaus unbequemer. Und einsamer. Mehr, als sie gedacht hatte, fehlte ihr der gedeckte Tisch, der morgendliche Schwatz, wenn Josette den Elfuhrkaffee ins Atelier brachte.

Heute war endgültig der Herbst über die Touraine gekommen. Schwer lagen die Wolken, die der Wind vom Atlantik herantrieb, über den Häusern.

Gertrude stand auf der Veranda, zog die Strickjacke enger um die Schultern und fröstelte. Wie oft noch würde sie hier stehen können? Die Spätherbste, die sie noch hatte, waren zählbar. An einer Hand, an zweien?

Sie wandte sich um, ging zurück in die stille Küche, schaute auf die Uhr. Noch drei Stunden bis zum Abendessen. Die Malerei wollte im Moment nicht richtig weitergehen. Das war eigentlich das größte Problem, denn wenn sie im richtigen Arbeitsfieber war, blieb alles hinter der Ateliertür zurück, und sie war einfach nur restlos zufrieden.

Aber jetzt? Im Moment war Stillstand der Kreativität. Ein Zustand, den sie fürchtete und der ihr, weil er ungewohnt war, heimtückisch erschien.

Ihr Blick wanderte zum Kalender. Wann war Weihnachten? Wann kam Claire?

„Mache ich etwas falsch, *chéri*?“, fragte sie das Foto, das neben ihrem Lehnsessel an der Wand hing. Jacques blickte sie unter seinen buschigen Augenbrauen an, ruhig wie immer. Er schwieg.

„Jacquo, ich hatte noch nie ein Problem damit, allein zu sein. Warum jetzt, zum Teufel?“ Plötzlich bekam sie feuchte Augen. „Schluss jetzt, Gertrude Birnbaum!“, sagte sie laut und energisch. Sie schaltete sämtliche Lampen ein, legte eine Kassette mit kubanischer Musik in ihren Küchenrekorder und setzte sich an den Tisch. Übernächste Woche war ihr Geburtstag, und er sollte gefeiert werden. Sie suchte nach dem Telefonkalender, um sich mindestens zwei Wochenendgäste einzuladen.

Genau in dieser Sekunde klopfte jemand an die Vordertür. Kaum hatte man einen sentimentalen Anfall kreativ in den Griff bekommen, wurde man auch schon wieder gestört.

Sie stellte die Musik ab und öffnete die Haustür. Ein kalter Wind zog in den Flur, vor dem Haus stand eine blasse Frau, die beide Hände hob und gerade den Mund aufmachen wollte.

„Ach nein, ich kaufe grundsätzlich nichts“, sagte Gertrude entnervt, noch bevor die Fremde sprechen konnte. „Ich kann Ihnen etwas geben, warten Sie einen Moment.“ Gertrude hatte französisch gesprochen, umso überraschter war sie, als die Fremde auf Deutsch entgegnete: „Ich verstehe Sie nicht, Frau Birnbaum. Sie haben bei mir in Bonn mal Steinpilzravioli gekauft.“ Ihre Stimme zitterte.

Plötzlich erkannte Gertrude diese Frau. „Jetzt sagen Sie nicht, dass Sie bis hierher gefahren sind, um mir noch mal Ravioli zu verkaufen!“

Die Frau hob den Kopf. „Ich brauche Hilfe. Bitte. Ich habe ein krankes Kind dabei, und ich kann kein Französisch. Wissen Sie, wo ich einen Arzt finde? Vielleicht muss es auch ins Krankenhaus.“ Sie wies auf einen weißen Lieferwagen, der in der Einfahrt parkte und den Gertrude erst jetzt bemerkte.

„Ist die Kleine krank?“ Gertrude betrachtete das Mädchen mit der roten Nickelbrille besorgt. „Aber nun kommen Sie doch bitte herein. Es ist viel zu kalt.“

„Das kranke Kind ist im Lieferwagen.“

„Dann holen Sie es.“

ALS ARMAND abends um acht nachsehen wollte, warum Gertrude nicht an seine Tafel geeilt war, an der der Curé schon längst mit aufgepflanzter Gabel wartete, bot sich ihm ein ungewohntes Bild durch die Gartentür. Eine Frau, vielleicht Mitte vierzig, saß, in eine karierte Wolldecke gehüllt, auf Gertrudes Sofa. Sie hatte eine seltsame asphaltähnliche Haarfarbe, die nicht echt sein konnte, denn der rotblonde Haaransatz war auf dem Kopf deutlich zu erkennen.

Neben ihr lag ein kleines Mädchen, das einen ziemlich großen Hammer mit blauem Streifen auf dem Metallkopf umschlungen hatte. Die Frau streichelte unablässig die Füße des Kindes, die in rot-blauen Ringelsocken steckten. Armand klopfte an die Terrassentür.

Zilli zuckte zusammen und hielt sich das Herz. Gertrude beobachtete sie erstaunt. Diese Sorte Schreck erschien ihr maßlos. Wer war hinter ihr her?

„Armand, mein Guter, ich habe überraschend Besuch bekommen. Eine alte Freundin aus Deutschland. Sei mir nicht böse, aber ich kann jetzt unmöglich zum Essen kommen."

„Kommt doch alle rüber!"

Mit einem Blick auf Zilli erfasste Gertrude, dass das jetzt nicht das Richtige war. „Nein, sie hat ein krankes Kind dabei, wir müssen darauf aufpassen."

Armand ließ seinen Blick auf der schlafenden Käthi ruhen und bemerkte erst jetzt bewusst, mit welch seltsamem Schmusegerät das Kind sein Lager teilte. Darüber vergaß er fast die Entrüstung darüber, dass Gertrude zu einem so ungehörigen Zeitpunkt absagte.

„Interessant", murmelte er und ging nachdenklich in sein Haus zurück.

„Hat Ihnen Claire meine Adresse gegeben?", fragte Gertrude. Sie begriff immer noch nicht, wieso eine deutsche Lebensmittelhändlerin mit ihrem Bonner Lieferwagen, Aufschrift WINDISCH & CO, FEINKOST, und zwei kleinen Kindern im November durch die Touraine irrte.

„Nein, nicht direkt. Aber sie zeigte mir vor einigen Monaten ein Foto von Ihrem schönen Haus hier. Kurz nachdem Sie Claire in Bonn besucht haben." Zilli sprach ungewohnt leise. „Und sie sagte, dass sie hierher in Urlaub fahren würde. Ich drehte das Foto um, und da stand: *Sommer in Florifère, Chimeray-sur-Cher, Gruß, Gertrude.* "

Zilli sprach die Wörter nach deutscher Diktion aus. Gertrude staunte. „Du liebe Güte, da haben Sie diese fremden Namen nur einmal gelesen und sich das alles merken können?"

„Ich habe ein ziemlich gutes Gedächtnis. Ich weiß auch etwas über Sie, ich habe mich einige Male mit Claire über Sie unterhalten. Sie mögen zum Beispiel rheinisches Zuckerrübenkraut. Und Sie haben in zehn Tagen Geburtstag. Sie sind Schütze, wie ich übrigens."

Gertrude lachte. „Kommen Sie in die Küche, wir lassen Käthi hier schlafen. Und Simon ist ja versorgt."

„Mein Gott, und ich dachte, er hätte eine Lungenentzündung."

Gertrude erhob sich. Zilli folgte ihr in die dunkle Küche. Gertrude schaltete das Licht ein, stellte die Heizung höher und wandte sich um. „Ach was, nur eine dicke Erkältung. Und der Arzt muss es wissen, er hat fünf Kinder. Also: Jetzt essen wir ein paar Happen, und wenn Sie wollen, erzählen Sie mir, warum Sie Ihren Kindern ausgerechnet im November die Touraine zeigen müssen!"

„Das sind nicht meine Kinder. Es sind die Kinder meiner Schwester."

„Ach ja. Ich erinnere mich! Claire hat mir damals ein wenig über sie erzählt."

„Ich bin auf dem Weg, sie nach Hause zurückzubringen, bevor ich weiterreise. Einige Dinge haben sich nicht so entwickelt, wie ich es gehofft habe."

„Jetzt mal der Reihe nach." Gertrude goss Zilli einen Rotwein ein, stellte Käse, Oliven und *pâté* auf den Tisch und nickte ihr aufmunternd zu.

„Also", begann Zilli nach einem tiefen Schluck.

BUSFAHRER kennen natürlich andere Busfahrer. Mechthilds Adresse wanderte in einige Taschen. Auch in die von Langstreckentruckern, die nach ein paar tausend Kilometern die Aussicht auf Rouladen und Linsensuppe ungemein attraktiv fanden. Seitdem Mechthild die portugiesische Küche aufgegeben hatte und Heimwehgerichte kochte, belebte sich das Geschäft spürbar. Auf dem Parkplatz vor dem flachen Restaurantgebäude standen jetzt häufig Lastwagen oder Busse aus der Heimat. Mechthild schöpfte Hoffnung. Für Zilli allerdings waren die Besucher aus Deutschland eine Qual. Darüber schwieg sie aber.

Zilli servierte gerade einem Stuttgarter Fernfahrer einen Kümmelbraten, als die Tür aufging und ein untersetzter Mann auf einen freien Tisch zusteuerte. Er sah Zilli, stutzte, lachte, ging mit ausgebreiteten Armen auf sie zu und brüllte: „Zilli, altes Haus! Dat darf doch nich wahr sein! Wie komms du denn hierher? Wat hast du denn für 'ne Haarfarbe?" Es war der Dortmunder LKW-Fahrer, der von Hermann einmal ein Auto gekauft hatte, das nach zweihundert Kilometern wie feuchte Pappe auseinander gefallen war. Er hatte Zilli immer besonders gemocht, deshalb verstand er überhaupt nicht, dass Zilli grünlich weiß wurde, das Tablett fallen ließ und in die Küche rannte.

Mechthild begrüßte den verdutzten Mann, an den sie sich schwach erinnern konnte, mit mühsam gezügeltem Zorn. „Sie ist durchgeknallt, wegen Hermann, wissen Sie."

„Wat hatse denn?"

„Angst", erklärte Mechthild knapp. „Immer noch Panik vor Hermanns Rache. Er muss wieder draußen sein."

Zilli kam zurück. Sie hatte sich wieder gefasst, schämte sich offensichtlich, entschuldigte sich und machte sich daran, die zerbrochenen Gläser zu beseitigen. Mechthild nahm ihr wortlos den Eimer aus der Hand und wies sie mit dem Kopf an, sich zu dem alten Bekannten zu setzen. Zilli lächelte zaghaft, dann entschuldigte sie sich noch einmal.

„Lass mal stecken", sagte der Trucker. „Hermann is ja auch ein altes Aas.

Haste wahrscheinlich Muffe, dat ich Hermann erzähle, wo du bis, oder? Nee, keine Bange. Wahrscheinlich sitzt er längst wieder wegen eine neue Sache, dat isso einer."

„Kann sein", murmelte Zilli. Ihr Kopf schmerzte. Die Füße waren schwer, die Finger aus kaltem Draht. Das war der Anfang vom Ende. Natürlich würde er Hermann nichts sagen. Aber man kannte das ja. Sieben, acht Bier, dann: „Rat mal, wo ich Hermann seine alte Schnalle getroffen habe, die Zilli Kuhl! Dat rätst du nie!"

Erst wusste es einer, dann vier, dann zu viele.

Sie konnte sich nicht mehr daran erinnern, was der Überraschungsbesuch noch alles erzählte. Nur die Nacht, die diesem Tag folgte, würde sie nie vergessen. Sie schlief keine Minute. Sie lag auf dem Bett, klatschnass geschwitzt, sah Hermanns Gesicht, die Hand, die er an seiner Kehle vorbeiführte. Gegen vier Uhr morgens setzte sie sich auf und fasste, in Erinnerung an die tüchtige, ruhige Zilli, die ja auch einmal in ihr gewohnt hatte, einen Entschluss. Heute früh würde sie nach Köln aufbrechen. Zuerst mal die Kinder zurückbringen. Direkt danach Perücke und dunkle Sonnenbrille kaufen. Dann würde sie auf Teufel komm raus Geld auftreiben. Wenn es sein musste, das Haus zu einem Dumpingpreis verschleudern. Dann ein Ticket. Alaska. Australien. Egal. Welch eine Schnapsidee, durch Europa zu gondeln und auch noch die Kinder am Hals zu haben! Wie konnte ihr so ein Unsinn eingefallen sein?

Sie spürte, dass die Angst schon längst eine Macht über sie gewonnen hatte, die nicht mehr mit den Bonner Ängsten vergleichbar war. Am Morgen erklärte sie Mechthild und Paco ihren Entschluss, lud die Koffer in den Lieferwagen, zog der stummen Käthi den Anorak an und schnallte Simon, der nun schluchzend nach Mechthild schrie, in seinem Kindersitz fest. Es war furchtbar. Paco drückte Käthi an sich, sie flüsterte ihm etwas zu, auf Portugiesisch.

„Einen Moment, Zilli."

Er ging in seine Werkstatt und kam nach einer Minute mit einem Hammer zurück. Einem Hammer mit rot lackiertem Stiel und einem blauen Streifen auf dem Metallkopf. Käthi presste den Hammer an sich, stieg in den Fond und drückte ihr Gesicht an das Fenster.

„UND WIE ging es dann weiter?", wollte Gertrude wissen.

Zilli starrte auf Claires buntes Katzenbild über der Küchenbank. „Wir hatten das unmöglichste Wetter, das man sich vorstellen kann. Es regnete, es wurde immer kälter. Irgendwo bei Biarritz sind wir in ein Hotel gegangen, in dem die Heizung kaum funktionierte. Die Decken waren zu dünn. Ich habe eigentlich die ganze Zeit neben mir gestanden, ich kann es kaum erklären. Käthi hat sich großartig verhalten, hat für uns alle heißen Kakao bestellt und Simon in dicke Pullover verpackt. Heute früh war Simon dann so quengelig, dass ich ihn am liebsten verprügelt hätte. Kurz hinter Poitiers merkte ich, dass er Fieber hatte, er war rot wie ein Hummer. Bei Tours fuhr ich schließlich runter von der Autobahn, halb kopflos vor Sorge um das Kind." Zilli stützte ihren Kopf in beide Hände. „Ich wollte im erstbesten Hotel in Tours um Hilfe bitten. Und dann war es wie ein Wink von oben: Auf einmal fuhr ein kleiner Lieferwagen vor mir her. Und darauf stand irgendetwas von ‚Coiffeur Claire', Chimeray."

„Richtig! Unsere Dorffriseuse heißt ja auch Claire", sagte Gertrude. „Hab ich vergessen. Aber sie sieht mich höchstens zweimal im Jahr."

„Das reichte aus, um mich an die Fotos zu erinnern, die Claire mir gezeigt hatte. Florifère, Chimeray, Gertrude. Und dann bin ich dem Lieferwagen gefolgt, bis nach hier."

Zilli sah Gertrude in die Augen. „Ich habe einfach einen Zipfel Vertrautes gesucht, auch wenn ich Sie kaum kenne, Frau Birnbaum. Aber Sie sind immerhin Claires Freundin. Wenn es nur um mich gegangen wäre, glauben Sie mir bitte, ich wäre nicht im Traum auf die Idee gekommen, mitten im Ausland eine fast Unbekannte um Hilfe zu bitten. Und ich werde Ihnen bestimmt nicht länger als nötig auf den Wecker fallen."

Gertrude faltete ihre Hände zusammen, stützte ihr Gesicht darauf und sah Zilli nachdenklich an. „Sie fallen mir nicht auf den Wecker", sagte sie. „Sie fallen mir eher in den Schoß. Vor einer Stunde noch habe ich mich ziemlich nutzlos gefühlt. Das passiert mir selten, Gott sei Dank, aber es war ein außerordentlich unangenehmes Gefühl. Na, ich denke, Jacques hatte wieder seine Finger im Spiel."

„Wer ist Jacques?", fragte Zilli.

„Mein Schutzengel", erklärte Gertrude in so selbstverständlichem Ton, als hätte sie gesagt: „Mein Versicherungsagent."

„Meiner schläft im Moment", sagte Zilli.

„Ach, sagen Sie nicht so was! Und wer hat Ihnen den Lieferwagen mit der Friseuse von Chimeray geschickt?"

„Vielleicht haben Sie Recht." Kater John sprang auf den Tisch. Zilli streichelte seinen dicken Kopf. Dann rollte er sich auf dem Tisch zusammen und schlief augenblicklich ein.

Gertrude lächelte. „Das passiert einmal in hundert Jahren, dass sich John von fremden Menschen anfassen lässt." Sie trommelte mit den Fingern auf den Tisch. „Ihre Angst kann ich schon verstehen. Bloß jetzt", fuhr sie fort, „darf das so nicht mehr weitergehen. Die Angst, die bei Ihnen mittlerweile in allen Knopflöchern sitzt, die teilt sich jedem mit. Und sie ist schädlich. Für Sie und für die Kinder. Da müssen Sie irgendwie raus."

„Aber wie?" Zilli hob den Kopf und sah Gertrude müde an.

„Sie erholen sich hier. Simon muss gesund werden. Dann erst fahren Sie nach Deutschland. Ich werde mit Claire telefonieren und überlegen, wie wir Ihnen helfen können. Das gehen wir jetzt mal systematisch an."

Zilli legte den Kopf auf den Tisch und heulte vor Erleichterung. „Ich weiß überhaupt nicht, wie ich Ihnen danken soll!"

„Aber ich." Gertrude grinste. „Meine Haushälterin hat sich ein Bein gebrochen. Sie können mir helfen, mein Haus zu putzen, und wenn Sie kochen können ..."

Zilli trompetete in ein Stück Zelltuch, das Gertrude ihr zugeworfen hatte. „Na klar, mach ich. Wenn Sie wollen, wecke ich Sie schon morgen früh mit einer dreistöckigen Schokoladentorte und grabe Ihren Garten mit der Kuchengabel um, so dankbar bin ich Ihnen!"

10

Chimeray trug noch kein richtiges Winterkleid, doch die wenigen Spaziergänger, die ihre Hunde ausführten, duckten sich unter den Windstößen. Der Himmel war mit Wolken bedeckt, die grau und schwarz immer schneller aufquollen.

Im Pfahlhaus am Ufer brannten sämtliche Lampen, denn Odile schaltete bei Anbruch der Dämmerung grundsätzlich in allen Räumen das Licht ein. Jetzt stand sie am Fenster, blickte auf den Fluss und drehte sich nicht um, als François seinen Satz beendete: „... danach war unsere Beziehung doch ein reiner Handel."

„Aber lohnend für dich, oder?"

„In jedem Fall. Lohnend und falsch. Ich will da raus, Odile, es geht nicht mehr. Ich verliere meine Selbstachtung."

„Oh Gott, was für große Worte. *François le philosophe*. Komm, sei ehrlich, mein Herz. Du hast eine Neue. Ist sie reich? Ich hoffe es für dich. Die Schublade ‚Margot und Kredit' knallt schnell zu, das weißt du doch?"

„Natürlich weiß ich das."

„Und?"

François zuckte mit den Achseln. „Ich verkaufe die Praxis. Ich habe schon annonciert."

„Oh, là, là. Die Liebe muss ja groß sein. Kenne ich sie?"

„Odile, bitte. Ich möchte über *dein* Leben sprechen. Zieh mit Sack und Pack nach Tours, und stell deine Mutter vor vollendete Tatsachen. Wäre das keine gute Idee, damit sie dich nicht wieder täglich besuchen kommt?"

„Och, mein Süßer, machst du dir Gedanken um die arme kleine Odile? Musst du aber nicht. Du möchtest mit gutem Gewissen in dein neues Glück segeln, nicht wahr? Du willst dir um die kleine Schneeprinzessin keine Gedanken machen, stimmt's? Keine Angst, mein Herz, ich nehme schon lange nichts mehr. Sehe ich so aus? Sieh mich doch an."

François starrte in den Garten, auf den Lavendel, dessen ausladende Stauden mit ihren vertrockneten Blütenständen an überdimensionale Nadelkissen erinnerten.

„Sieh mich an!", schrie sie. Er fuhr herum.

„Du sollst mich ansehen, wenn ich es sage!", fauchte sie.

„Nein, nicht so, Odile." Er blieb ruhig und begann, seinen Schrank zu leeren. Viel war sowieso nicht mehr drin. Odile stand eine Weile schweigend in der geöffneten Tür. Dann geschah das, wovor er sich am meisten gefürchtet hatte. Odile näherte sich, nahm ihm den Pullover aus der Hand, den er gerade in seine Reisetasche legen wollte, fiel ihm um den Hals und murmelte: „Wir können doch mal wieder miteinander schlafen, ja?"

Sie wollte ihn halten. Merkwürdig. Und auch wieder nicht. Sie war einfach nicht gewohnt, dass etwas nicht so funktionierte, wie sie es wollte. François machte sich vorsichtig los. So vorsichtig, als entferne er gerade ein Päckchen Sprengstoff von seinem Körper.

„Hör mir zu, Odile. Ich werde dir helfen, wenn du mich brauchst, ich werde weiterhin für dich da sein. Und noch mal, Odile, es ist klüger, wenn du ganz in dein Appartement nach Tours umziehst. Ich helfe dir, wenn du willst."

Odile starrte auf den Boden. Dann hob sie den Kopf, blickte ihn an und zog die rechte Augenbraue hoch: „Verschwinde!", schrie sie. „Du bist so überflüssig!"

François blickte auf. „Ruf mich an, wenn ich dir helfen soll. Vorläufig wohne ich in der Praxis."

„Ach, du legst dich noch nicht zu deinem neuen Schätzchen ins Bett?"

„Nicht, Odile." François' Stimme blieb geduldig.

„Nicht, Odile, nicht, Odile", äffte sie ihn nach. „Du stinkst nach Glück. Ich hasse diesen Geruch."

„Schade", entgegnete François.

Sie setzte sich schweigend, wartete, bis er seine Tasche gepackt hatte. Wortlos gingen sie zur Haustür. Sie blieb auf dem Treppenabsatz stehen. Er gab ihr einen Kuss auf den Scheitel. Sie griff in unbestimmter Geste nach der aufgenähten Tasche auf seinem linken Ärmel. Jetzt war ihre Stimme wieder heller und kleiner: „Diesmal gehe ich zum Therapeuten. Bestimmt, François. Ich verspreche es dir."

„Ja, sicher." François warf seine Tasche in den Kofferraum.

Von der Rue du Saumon bog sein Wagen auf die Landstraße ab, fuhr den Hügel durch den Wald hinauf. Kurz darauf hatte er die Hochebene erreicht. Hier sah man schon den dunklen Waldsaum des Forêt d'Amboise. Ein Krähenschwarm schwang sich in die Luft, und François blickte ihnen nach. Claires Gesicht tauchte vor ihm auf. Ein paar Sekunden lang war er leicht vor Freude. Dann stürzte sein froher Impuls ab, jäh wie ein im Flug getroffener Vogel, und ihn überkam das Gefühl, vollkommen versagt zu haben.

11

Die Herbstferien, eine kleine, kurze Woche, hatten François und Claire auf La Palma verbracht, aber Claire fühlte sich trotzdem so, als habe sie fern der messbaren Zeit, weit weg von allen Zusammenhängen ein anderes Sonnensystem besucht. Jetzt war sie längst wieder zu Hause, an ihrem Arbeitsplatz mit Blick auf Schulhefte und welkes Laub. Aber es machte nichts, bis nachts um halb zwölf noch an Vorbereitungen zu sitzen, weil François mitunter um neun, um elf und noch einmal um zwölf anrief und fragte, ob sie schon im Bett liege. Flüsternd, sehnsüchtig versuchten sie, mit Worten Blicke und Hände zu ersetzen.

Der Spätherbst erschien Claire ungewohnt freundlich. Früh am dunklen Morgen, auf dem Weg zur Schule, reflektierten die nassen Straßen das bunte Ampellicht. Durch die Windschutzscheibe betrachtet, hoben sich die blattlosen Bäume gegen den Himmel ab wie filigrane chinesische Tuschezeichnungen, aus den Bäckereien leuchtete warmes Licht. Es war nass, es war kalt, und es war schön.

In der großen Pause kam Edda auf sie zugesteuert. Sie legte den Kopf schief und musterte ihre Freundin. „Mein Gott, Sandmann, warst du auf einer Schönheitsfarm mit Seelenbadewanne? Gib mir sofort die Adresse!"

Claire lachte. „*Die* Adresse gebe ich dir nicht."

„Aha. Ein Mann also. Jetzt erzähl doch mal! Hast du ihn gestern Abend kennen gelernt?"

„Ich habe ihn im Sommer kennen gelernt."

„Waas? Es geht auf Weihnachten zu! Und wieso hast du mir nicht schon längst von ihm erzählt, du fiese kleine Heimlichtuerin?"

„Weil du mir damals von ihm abgeraten hättest."

„Ganz bestimmt. Du hast nach den Sommerferien nämlich ausgesehen wie Pestalozzis Spucknapf. Also steckte doch ein Mann dahinter. Und wieso ist das Glück erst jetzt ausgebrochen?" Edda betrachtete Claire neugierig und goss zwei frische Tassen Kaffee ein. „Jetzt will ich alles wissen, alles, hörst du?"

Alles erfuhr Edda nicht, aber es reichte, um sie mehrfach seufzen zu lassen. Mit dem Daumen wischte sie den Lippenstift vom Rand ihrer Tasse. „Ach ja. Wie soll es aber weitergehen? Ich meine, eine Zeit lang haut das ja hin mit dem Hin- und Herfahren. Aber eben nur eine Zeit lang."

„Ich weiß." Claire zerkrümelte einen Keks.

„Geh doch nach Frankreich, Claire. Muss ja nicht für immer sein."

Claire blinzelte Edda an. „Normalerweise meckerst du an all meinen Männern herum, aber diesmal schickst du mich ja geradezu weg, was ist denn los?"

„Du müsstest dich sehen, wenn du von ihm redest!" Edda sah ungewohnt melancholisch aus. „Wenn du von Florifère sprichst, dann mit blumig-arabischer Wortgewalt. Wenn du von deinem François erzählst, wird die Sprache ganz dürr, aber du leuchtest wie eine Martinslaterne. Ich kenne dich lange genug, mein Herz. Diesmal hat es dich erwischt. Und du willst durch dein verdünntes Vokabular vermeiden, dass sich die kleine Edda noch einsamer fühlt als ohnehin." Edda verliebte sich mit unfehlbarer Sicherheit in immer denselben Grundtypus Mann: den falschen. Sie hob den Kopf, blickte an Claire vorbei und lächelte tapfer. Claire und Edda hatten sich in den letzten zwei Jahren oft gegenseitig getröstet, wenn wieder einmal eine Beziehung in die Brüche gegangen oder gar nicht erst zustande gekommen war.

Jetzt spürte Edda, dass Claire an der Station „François" tatsächlich ihren Zug gewechselt hatte.

Claire wusste, was in Edda vorging, ohne dass sie darüber reden mussten. Sie hatte das dringende Bedürfnis, etwas für Edda zu tun. „Möchtest du in den Weihnachtsferien mit nach Florifère kommen? Gertrude ist sehr gastfreundlich, und auf Florifère ist Platz für dich."

Edda blickte auf. „Ach, das kann ich doch nicht annehmen … och, warum eigentlich nicht? Ich habe ganz wenig Neigung, wieder zu meiner Schwester nach Kochel zu fahren und mir anzuhören, was ich im Leben alles falsch mache."

„Ich rufe Gertrude gleich morgen an und frage sie. Ich bin sicher, dass sie Ja sagt."

„Aber jetzt mal ernsthaft, Sandmann, warum gehst du nicht für ein Urlaubsjahr nach Frankreich und machst den Beziehungstest vor Ort? Das ist ein echtes Privileg unseres Berufs, dass wir mal für einige Zeit unbezahlt ausbüchsen können. Wenn du es finanziell nicht schaffst, sag es mir."

„Danke, Edda. Mal ganz abgesehen von François – ich hätte Lust, in Gertrudes Atelier mit dem Malen anzufangen, aber ich kenne meine Grenzen."

„Herrgott, Sandmann, du und deine Malerei – das ist wie jemand, der immer am Rand eines Bassins steht, die Zehen ins Wasser stippt, aber niemals hineinspringt."

„Schönes Bild. Wenn ich aber sofort absaufe?"

„Dann hast du immer noch – hoffentlich – deine neue Liebe, ein schönes Urlaubsjahr, und danach wird neu gekartet."

CLAIRE klemmte sich den Telefonhörer unter das Kinn und kritzelte eilig mit. Eine ganze Weile. „Gut", verkündete sie dann. „Ich habe alles so weit verstanden. Mein Gott, Zilli Kuhl, und dann noch in Florifère. Florifère! Ich bekomme solche Sehnsucht, wenn ich nur schon das Wort höre. Wie sieht es denn da gerade aus? Was? Wie an der Lahn bei Scheißwetter? Ach, Zilli, du hast es wirklich nicht mit der Poesie … Bitte? Natürlich bist du hier willkommen. Wir überlegen gemeinsam, was zu tun ist. Und lass bloß die Kinder bei Gertrude. Wenn sie es dir angeboten hat, dann meint sie es auch so. Gertrude kommt sehr gut mit Kindern zurecht. Und Josette sowieso. Also, bis nächste Woche." Claire legte den Hörer auf.

Zilli Kuhl in Florifère! Sie braute sich einen Tee und versuchte sich wieder auf den Text über Paul Klee zu konzentrieren. Aber Zillis Geschichte ließ sie nicht los. Also deshalb hatte Zilli immer so getan, als habe sie keine Vergangenheit, keinen Geburtsort. Arme Zilli. Und schade um den Laden. Sie wurde vermisst. Aber mittlerweile hatte das Haus zu einem guten Preis den Besitzer gewechselt. Dort, wo Zilli früher ihre teuren Marmeladen verkauft und ihre guten Ratschläge verschenkt hatte, backte jetzt eine Bäckereikette frische Brötchen.

Am nächsten Tag rief Claire in der Justizvollzugsanstalt an. Ja, Hermann Rogatzke sei vor kurzer Zeit entlassen worden, wer sie denn sei?

„Seine Kusine aus Kettwig. Es wäre nett, wenn ich Hermann mal besuchen könnte. Vielleicht kann er ja Hilfe brauchen."

„Na, dann rufen Sie mal unter der Nummer an. Er wohnt bei einem Freund." Claire bekam eine Dortmunder Telefonnummer.

Claire rief an. Ein alkoholisierter Mann röhrte ins Telefon: „Hermann is unterwechs. Keine Ahnung, wanner kommt. Ders immer auf Piste. Kann dauern. Geschäfte. Was für 'n Häschen bis du denn?"

Claire legte auf. Na prächtig. Milieu war ja durchaus etwas Interessantes, aber diese Sorte Bierdeckelfolklorist war eklig. Sie seufzte. Keine leichte Sache. Gut, dass sie mit Burkhard befreundet war. Gestern hatte sie ihrem Kollegen die Geschichte in groben Umrissen erzählt, und Burkhard hatte sofort zugesichert, Zilli in jedem Fall zu begleiten. Der feinsinnige, überaus kompetente Oberstudienrat konnte jederzeit als grimmiger Türsteher einer Mafiabar durchgehen. Unter Burkhards kahlem Schädel vermutete niemand einen für zarte französische Sonette aufgeschlossenen Geist.

Zilli kam übermorgen. Sie würden zu dritt nach Dortmund fahren, um Hermann … ja, was eigentlich? Claire schlenderte zur Terrassentür. Wie würde diese ungemütliche Geschichte weitergehen? Das hier war eine Gleichung mit einer Unbekannten, die anderen Gesetzen unterlag als denen der Mathematik. Was für ein Mensch war dieser Hermann? Wie hatte die Haft ihn verändert?

Claires zweite Aufgabe war, sich guten Rat bei der Polizei zu holen.

„Wie stellen Sie sich das vor?" Der freundliche, aber müde Kriminalhauptkommissar wippte mit seinem Arbeitsstuhl. „Hier erledigen drei Leute die Arbeit von fünfzehn. Auch deshalb ist Ihr Anliegen utopisch."

„Aber meine Freundin wurde doch bedroht. Er hat angekündigt, sie umzubringen, vor sieben Jahren. Und sie ist fast krank geworden vor Angst."

„Hat er's noch mal gesagt?"

„Nein. Ich glaube nicht. Einmal reicht doch!"

„Das sagen Sie! Was für ein Personalaufwand! Und wie lange soll das gehen, diese Bewachung? Vier Stunden? Vier Tage? Vier Jahre? Das machen wir nur, wenn eine unmittelbare Gefährdung, eine greifbare, akute Gefahr besteht. Aber in diesem Fall, ich bitte Sie! Vor sieben Jahren! Nein, da ist nichts zu machen."

Claire wollte gerade protestieren, als er sich vorbeugte und beschwichtigend die Hände hob.

„Ich verstehe Sie ja. Natürlich hat man Angst, wenn man sich bedroht fühlt. Aber wenn wir jeden bewachen sollten, der mal bedroht wurde, dann hätten wir in unserem Land mehr Polizeibeamte als Kartoffelkäfer.“ Er gähnte und rieb sich die Augen. „Wenn Ihre Freundin solche Angst hat, dann kann sie einen unserer Beamten bitten, bei einem Gespräch mit ihrem Exfreund dabei zu sein, das natürlich.“

„Danke.“

„In aller Regel passiert nach Drohungen nichts. Das ist unsere Erfahrung. Denn die Leute erreichen ja auch so, was sie wollen: Terror. Angst machen, einschüchtern.“

„Wie beruhigend.“

Er lachte. „Ich kann Sie nur mit dem Volksmund trösten: Nichts wird so heiß gegessen, wie es gekocht wird.“

MITTERNACHT war eben vorbei. Zilli saß auf Claires Sofa und hielt ein Weinglas zwischen ihren Händen. „Weißt du, Claire, ich habe mich nie getraut, dir was aus meinem Leben zu erzählen. Ich habe mich so geschämt.“

„Weshalb?“

Zilli hob die Schultern. „Na ja, man fühlt sich schon komisch, wenn man auf Fragen nach der Vergangenheit so Auskünfte geben müsste wie: ‚Mein Exfreund sitzt im Knast, und ich habe ihn verpfiffen.‘ Es kam mir so erbärmlich vor.“

„Was kannst du denn dafür, wenn dein Freund mit dem Gesetz Ärger kriegt?“

„Das meine ich nicht. Wie hört sich das an, dass man seinen Freund verrät?“ Sie nahm ihr Glas, drehte es im Lampenschein und beobachtete die Lichtreflexe. „Ich dachte, wenn ich nicht drüber rede, erledigt es sich vielleicht irgendwann einmal von selbst. Die Angst. Und die Erinnerung. Ich habe einfach versucht, diesen Koffer zu schließen, aber es ging natürlich nicht.“ Sie schwieg eine Weile, dann blickte sie Claire wieder an. „Ich bin schon lange vor Hermann zur Einzelkämpferin geworden. Ich hatte nur *ein* Programm im Kopf: nicht so zu werden wie meine Mutter oder wie meine Schwester Marlene. Verjammert und versoffen.“ Zilli betrachtete Claires Bücherwand. „Ich hätte gerne die Handelsschule besucht oder sogar das Gymnasium. Ich denke, ich hätte das auch geschafft. Aber mit sechzehn musste ich alleine für meinen Lebensunterhalt aufkommen. Wochentags

Fleischwurst im Ring abwiegen und Kisten schleppen und sonntags kellnern."

Claire sprach nicht, hörte nur zu. Es kam ihr vor, als habe ihr Zilli nun die immer verweigerte zweite Hälfte eines Fotoalbums gezeigt. Unter dem fröhlich beklebten Schutzumschlag lauerten Verletzungen, Sehnsüchte und Schrecken, die in gerader Linie zu Hermann geführt hatten. Jetzt war das Bild vollständig. Claire räusperte sich. „Übrigens, ich komme mit zu deinem Hermann-Treff und setze mich an einen Nebentisch. Ich werde einen solide gebauten Kollegen mitbringen. Er ist Französischlehrer, aber er sieht aus wie ein Türsteher aus dem Frankfurter Bahnhofsviertel!"

Zilli schaute zu Boden. „Danke dir. Kann gut sein, dass ich das Angebot annehme."

„Das ist kein Angebot, meine Liebe, das wird so gemacht. Du träumst doch wohl, wenn du glaubst, ich ließe dich alleine in so eine Situation segeln."

Zilli atmete tief durch. „Was soll ich Hermann denn überhaupt fragen? Tach, Hermann, willste mich immer noch alle machen, oder kann ich mich mit viertausend Euro rauskaufen?"

„Weiß ich auch nicht, Zilli. Es geht hauptsächlich darum, erst mal die Lage zu sondieren."

„Hauptsache, nicht mehr weglaufen", sagte Zilli dumpf. „Ich meine, die Idee, ihn einfach zu treffen und zu fragen, was er von mir will, die hatte ich schon öfter. Den Stier bei den Hörnern packen. Eigentlich ist das auch meine Art. Aber wenn ich daran denke, könnte ich mir vor Angst in die Hose machen."

„Kann ich gut verstehen. Aber du hast es ja gemerkt: Vor etwas, was im Kopf stattfindet, kann man sich nicht verstecken. Der Weg aus der Angst führt mitten durch sie hindurch."

„Hermann ist nicht kalkulierbar", entgegnete Zilli. „Das macht es so furchtbar schwierig. Was kann er wollen? Ich weiß nicht, was knapp sieben Jahre Knast aus einem Menschen machen können."

„Ich auch nicht", entgegnete Claire. „Es hat keinen Sinn zu spekulieren, Zilli. Du wirst ihn anrufen und einen Treffpunkt ausmachen. Und wenn er eintrudelt, sitzt du allein an einem Tisch und wir sechzig Zentimeter weiter. Ohne dass er was mitkriegt, natürlich. Burkhard und ich spielen Liebespaar, er freut sich schon drauf!" Claire grinste, wurde aber sofort wieder ernst. „Wenn du willst, holen wir uns noch einen Polizeibeamten dazu, in Zivil natürlich. Dann hast du sogar drei Mann Rückendeckung. Und wenn Hermann wissen will, warum du dich mit ihm verabredet hast, dann sagst du ihm ganz einfach, dass du diese Drohung mit der Postkarte vor sieben Jahren überflüssig fandest. Der Rest ergibt sich dann schon. Ich denke, es wird sich herausfinden lassen, ob er noch etwas von dir will oder nicht."

Zilli nickte. Aber sie zitterte. Claire setzte sich neben sie und nahm sie in den Arm.

Zillis Stimme war belegt: „Vorsicht, Frau Sandmann, ich bin Nettigkeiten von großen Leuten kaum gewöhnt. Könnte sein, dass ich jetzt flenne."

„Dann flenn du man", entgegnete Claire, denn das sagte ihre Hamburger Großmutter auch immer.

JOSETTE war mit Krücken aus dem Krankenhaus entlassen worden, und Simons schwere Erkältung war überstanden. Jetzt hockte er fast den ganzen Tag bei Josette in der Küche. Sein Bedürfnis nach Zuneigung, Beachtung und Süßigkeiten hatte ihn nahtlos von Mechthild zu Josette wechseln lassen, ohne dass er große Unterschiede empfand. Josette war nicht so weich wie Mechthild, sie war hager und klein, redete ununterbrochen, französisch natürlich, stopfte ihm ständig irgendetwas in den Mund. Simon genoss diese ungeteilte Aufmerksamkeit.

Diesmal war es Simon, dem die fremde Sprache zuflog wie ein zahmer Vogel. Kein Wunder, im Gegensatz zu Käthi hörte er den ganzen Tag Französisch. Und Käthi hätte sich sowieso gesperrt. Sie war mit ihrer Seele noch in Portugal. Simon wurde gezielt mit Kuchen und ungezielt mit Vokabeln gefüttert. Er sog die fremden Wörter auf wie ein Schwamm.

Gertrude war mit den Kindern jetzt seit einigen Tagen allein. Käthi sprach nicht viel. Es war Gertrude ganz recht. Sie hatte Kinder gern, war aber nicht an sie gewöhnt. Käthi suchte nicht dauernd Gertrudes Nähe, aber sie mochte an ihr genau denselben Zug wie an Onkel Paco: Gertrude nahm sie ernst.

Käthi saß lange am Küchentisch, Pacos Hammer neben sich auf der Sitzbank, und zeichnete oder malte. Aber immer wenn Gertrude einen Blick auf die Bilder werfen wollte, legte Käthi ihre Arme darauf und sagte: „Nein. Nicht gucken."

Gertrude nahm eine Milchtüte aus dem Kühlschrank. „Magst du auch einen Kakao?"

„Meinetwegen."

Nach ein paar Minuten stellte Gertrude einen dampfenden Becher auf den Tisch und betrachtete das dünne, gescheitelte Haar des Kindes. Käthi malte Buchstaben. Dann legte sie den Bleistift hin und wandte sich mit ernstem Gesicht an Gertrude: „Wie wird der Name von deiner Katze geschrieben?“

„John. Das ist ein englischer Name. J–O–H–N.“

Wie auf Bestellung hüpfte der elegante Kater auf den Tisch, legte sich in voller Breite auf den Zeichenblock und schnurrte. Käthi betrachtete ihn mit einem schmalen Lächeln.

„Ich kann aber so nicht schreiben, Katze. John. Du liegst auf meinem Malblock.“

John gähnte und rollte sich auf die Seite. Da gab Käthi auf und lauschte entzückt den Geräuschen, die John von sich gab, als sie sein Fell streichelte. Es erinnerte sie an das gleichmäßige Surren der Zentralheizung in Tante Zillis alter Wohnung. Käthi nahm den schweren Brummer vorsichtig in beide Arme. John legte sich wie ein Pelzkollier um ihre schmale Kinderbrust. Gertrude war überrascht. Zilli und Käthi schienen dieselben Katzenhände zu haben. Käthi rutschte langsam von der Küchenbank, öffnete die Verandatür mit dem Ellbogen und trat in den winterlich kalten Garten hinaus, das immer noch schnurrende Pelzbündel in den Armen. Käthi vergrub ihr Gesicht in Johns Fell. Der hatte es gut. Der war hier zu Hause. Und sie?

Gertrude betrachtete vom Küchenfenster aus die kleine Gestalt. Käthis verwaschenes Flanellkleid, das ihr bis zu den Waden reichte, flatterte im Wind. Merkwürdig, fand Gertrude. Wie konnte ein Kind gleichzeitig einsam *und* getröstet aussehen? Aber so war es.

Marlene Kuhl lag hier seit einigen Tagen zur Beobachtung, mit Blick auf eine blattlose Pappel, und war froh, dass sie endlich Besuch bekam. Zilli saß am Bett ihrer jüngeren Schwester und hielt ihre Hand. Marlene hatte enorm an Gewicht verloren und sah erschreckend gealtert aus.

„Er war da“, sagte sie plötzlich. „Reg dich nich auf, Zilli, er war bei mir zu Hause. Kurz bevor sie mich wieder inne Klinik getan haben.“

Zilli wurde blass.

„Er stand auf einmal im Flur und wollte wissen, wo du bist. Ich hab gesagt, wüsst ich nich.“

„Hat er dir das geglaubt?“

„Ich weiß nich. Kann sein, kann nich sein.“

Zilli lehnte sich zurück und versuchte, der inneren Spannung entgegenzuwirken. Herrgott, eigentlich war Hermanns Frage doch normal. Aber dass er sich überhaupt bei Marlene meldete, hieß, dass er etwas wollte. „Marlene, ich überschreibe dir übrigens einen Sparbrief, wenn du wieder hier raus bist."

„Danke, Zilli. Un dann wollte er wissen, ob du Geld hättest, hat er einfach graderaus so gefragt. Un ich hab gesagt, nee, du hättest nix. Im Gegenteil, du hättest Schulden, auch bei mir, und ich wär mit dir total verzankt, weil ich noch zweitausend von dir kriege. Und ansonsten hätten wir keinen Kontakt mehr."

„Gut gemacht, Marlene."

„Un ich hab gesagt, du wärs aber jetzt mit irgendeinem ausländischen Kellner ersmal innen Süden. Weißte, die Geschichte, die ich Käthis Vater vor ein paar Monaten erzählt hab. Dieselbe Geschichte. Ich dachte, doppelt hält besser." Marlene legte erschöpft den Kopf auf das Kissen zurück.

„Du bist ein Goldstück, Marlene."

Marlene hatte sich geistesgegenwärtiger verhalten, als Zilli es ihr je zugetraut hätte. Trotzdem, es war keineswegs sicher, dass er Marlene glaubte. Zilli war wieder übel vor Angst. Aber sie riss sich zusammen, sie wollte der geschwächten Marlene keine Furcht zeigen. „Dein EKG ist besser geworden, hat der Arzt gesagt", log Zilli.

Marlene hob die Hand und ließ sie wieder fallen. „Ich weiß nich", erwiderte sie langsam. „Fühlt sich komisch an, mein Herz. Wie was Fremdes. Manchmal wie heißes Blech."

„Morgen komm ich wieder", Zilli erhob sich. „Und demnächst hole ich die Kleinen zurück, du willst sie doch bestimmt endlich wiedersehen."

Marlene nickte. „Wenn man hier so rumliegt, dann denkt man viel dran. Wär schon schön. Die sind da gut aufgehoben in Frankreich?"

„Besser geht's nicht."

Marlene griff mit etwas Mühe nach einer Postkarte, die auf ihrem Nachttisch lag. „Guck mal, Zilli! Von Käthi! Die Karte kam wohl gestern, die Nachbarin hat sie mir gebracht."

Zilli erschrak. Käthi musste vergessen haben, was Zilli ihr eingeschärft hatte. Kurz vor ihrer Abreise nach Bonn hätte sie es ihr noch einmal sagen sollen. Kinder vergaßen. Und Gertrude war auch nicht informiert. Sie hatte schlichtweg nicht daran gedacht. Immer noch sollte keine offene Post zu Marlene gesandt werden, sämtliche Korrespondenz lief über Zillis Anwalt. Auf Käthis Postkarte sah man die Brücke von Chimeray, dahinter noch einen Zipfel von Florifère, markiert mit einem großen Kreuz aus blauem

Kugelschreiber. Marlene betrachtete die Aufnahme, die das Dorf im Sommer zeigte. „Un da wart ihr? Un da sind die Kinder noch?“

Zilli nickte. Marlene legte den Kopf schief. „Schön!“

Zilli nahm die Karte und drehte sie um. „Liebe Mama! Hier ist eine Katze die heist John und es ist hier nicht so schön wie in Portugal aber auch gans nett. Tante Zilli sol zurückkommen da wo das Kreutz ist Gertrudes Haus da wone ich. Gertrude malt Bilder mit Öhlfarbe Simon wird dik die Joset stopft dem immer Schokolade in den Hals. Deine Käthi“

Marlene nickte zufrieden. „Simon is tüchtig gewachsen, was, Zilli?“ Sie hob den Kopf. „Zilli, mir liegt was auf der Seele.“

Zilli setzte sich wieder.

„Wenn mit mir was ist … du weißt schon, du steckst die Kleinen doch nich ins Waisenhaus?“

Zilli schluckte. Sie versuchte, die düsteren Visionen ihrer Schwester mit fröhlichem Gesicht zu verdrängen: „Also erstens: Unkraut vergeht nicht. Krank sind wir alle mal, Marlene. Und zweitens: Ich werde Käthi und Simon niemals weggeben. Das schwör ich dir.“

Marlene nickte. „Wenn ich hier raus bin, will ich nix mehr saufen. Naja, wir sehn mal.“

„Marlene … ich würde die Postkarte ganz gerne mitnehmen, für alle Fälle.“

Marlenes Gesicht blieb unverändert, aber in ihren Augen standen plötzlich Tränen.

„Schon gut. Lass sie aber nicht offen rumliegen. Bis bald, Kleene.“ Zilli verbarg die Postkarte sorgfältig in der Nachttischschublade, drückte ihrer Schwester einen Kuss auf die Wange und schloss leise die Tür.

„Wie viel Weiber rufen hier denn noch an?“, rülpste das Rippenhemd ins Telefon, als Zilli sich am nächsten Morgen zwang, die Nummer mit der Dortmunder Vorwahl zu wählen, die auf einem gelben Zettel stand. „Kannza mal deine Nummer geben. Wie heisste denn?“

„Sagen Sie ihm, Zilli hätte angerufen. Und ich melde mich später noch mal.“ Zilli legte auf und versuchte, ihren rasenden Puls wieder unter Kontrolle zu bekommen. Der ganze Vormittag war so zerhackt worden: in Ruhephasen und in Versuche, ihn zu erreichen.

Und dann, beim nächsten Anruf, hob Hermann ab. Zilli schoss ein kalter Blitz durch den Magen, als sie seine Stimme hörte. Sie zwang sich, den Hörer nicht aufzulegen. „Ich bin’s, Zilli.“

Schweigen. Dann: „Und? Was willst du?“

„Wissen, wie es dir geht."

Wieder Schweigen. Dann ein kurzes, scharfes Lachen. „Wie nett von dir. Wie geht es einem Exknacki, der sieben Jahre um sich herum nur Mauern gesehen hat? Wie geht es so einem Menschen, na, Zilli, wie?"

Diesmal schwieg Zilli.

„Ich hatte lange Zeit nachzudenken. Lange Zeit. Wo steckst du?"

„In Bottrop", log Zilli. „Hermann, ich will mit dir reden."

„In zwei Stunden. Um drei in der Kneipe ‚Zum Kanal'."

„Das geht nicht. Ich kann erst am späten Nachmittag. Gegen …"

Zilli wandte sich stumm zu Claire. Claire spreizte die erhobene Hand. „Gegen fünf."

Claire nickte.

DAS PUBLIKUM in der Dortmunder Hafenkneipe Zum Kanal war nicht besonders fein. Am Ecktisch saß eine Frau, deren lange rote Haare oben auf dem Kopf zu einem Gebilde zusammengezurrt waren, das man in Bahnhofsgegenden „Tussipalme" nennt. Sie trug ein T-Shirt mit Leopardenmuster und einen zu engen Rock. Ihren glatzköpfigen Freund schmückte eine schwere Goldkette, er hatte den rechten Arm um sie gelegt und lachte gelegentlich dröhnend.

Am Nebentisch saß eine weitaus unauffälligere Frau mit rotbraunem Haar. Sie war Ende vierzig, trug einen braven weißen Rollkragenpullover und karierte Hosen. Sie rührte in einem Glas Pfefferminztee und sah alle zwei Minuten auf die Uhr. Um Viertel nach fünf erhob sie sich und ging zur Toilette. Sie wusch sich die Hände, kühlte ihre Wangen und versuchte ruhig zu atmen.

Als Zilli zurückkam, saß jemand an ihrem Tisch. Ihre Knie wurden weich. Sie zwang sich, nicht den Blick der ordinären Rothaarigen zu suchen, und ging langsam auf Hermann zu.

Schweigend zog sie ihren Stuhl zurück, setzte sich und schaute ihm in die Augen.

Sieben Jahre. Er hatte graue Haare bekommen, und die Augen schienen tiefer in ihren Höhlen zu liegen.

„Na?" Er zog einen Mundwinkel hoch, aber es war kein Lächeln.

„Du wolltest mir sagen, wie es dir geht."

„Falsch. Du wolltest wissen, wie es mir geht." Er beugte sich blitzschnell vor und schaute ihr starr in die Augen. Er sprach leise. „Warum? Du hast mich in den Knast gebracht und willst anschließend wissen, wie mir deine

Kinderlandverschickung bekommen ist. Gut, Zilli. Ich hab mich gut erholt. Sogar für die Hotelkosten ist der Staat aufgekommen."

Das Gelächter des bulligen Kettchenträgers am Nebentisch war verstummt. Hermann schaute sich um. „Ist dein Kanake hier?"

Gut. Diesen Teil der Geschichte glaubte er. „Wenn du von meinem Freund sprichst, nein. Hermann, was sollte diese Postkarte?"

„Welche Postkarte?"

„Du weißt genau, wovon ich rede. Du hast mich bedroht."

„Ich war zwar lange im Urlaub, aber Ansichtskarten habe ich nicht verschickt."

Zilli öffnete ihre Handtasche und warf eine sieben Jahre alte Postkarte auf den Tisch.

Hermann griff nach ihr, las laut: „Genieße deine Geburtstage, solange es noch geht." Er blickte sie wieder an. Seine Augen waren kalt. „Nette Karte. Und? Hast du deine Geburtstage genossen?"

Sie setzte sich gerade. „Lass mich in Ruhe, Hermann. Für alle Zeiten."

„Natürlich lasse ich dich in Ruhe. Ich finde dich zum Kotzen. Du interessierst mich nicht mehr, Zilli."

Zilli glaubte sich verhört zu haben.

„Das Einzige, was ich brauche, ist Geld."

Natürlich.

„Hast du welches?"

„Nein."

Hermanns Augen verengten sich. „Das hat mir deine Schwester auch schon erzählt. Und das mit dem ausländischen Kellner auch. War ein langer Text für eine besoffene Frau." Hermann erhob sich. „Na dann. Ich muss jetzt gehen." Er legte seine Hand auf ihre Schulter. „Krieg ich deine Adresse?"

„Warum, wenn ich dich ankotze?"

Langsam drückten seine Finger zu, bis es plötzlich schmerzte. Sie fasste nach seinem Handgelenk, nahm seine Hand von ihrer Schulter und fixierte ihn. „Hermann, ich war bei den Bullen. Wenn du mich nicht in Ruhe lässt – man hat ein Auge auf dich. Und ich geh sofort wieder hin."

„Oh ja, darin hast du ja Übung. Ich weiß." Er warf eine Münze auf den Tisch. „Für mein Bier."

Die Kneipentür fiel zu.

Nach einer Viertelstunde verließen drei Gestalten die Kneipe und stiegen in einen dunkelblauen BMW. Kollege Burkhard war trotz seines schnellen

Wagens kein Raser. Ihm zu folgen war wegen seines rücksichtsvollen Fahrstils ein Vergnügen, sogar mit einem alten Gebrauchtwagen, den man in ein paar Bastelstunden notdürftig zum Laufen gebracht hatte. Nach zwei Stunden rollte der dunkelblaue BMW gemächlich die Autobahnabfahrt zur Bonner Südstadt hinunter. Zilli saß auf dem Rücksitz und fühlte sich wie nach einem schmerzlosen Aufprall, betäubt und schwer.

„An welcher Straßenecke soll ich Sie rauslassen, Frollein?“, witzelte Burkhard und tätschelte Claires schwarzbestrumpftes Knie.

Claire zog den zu kurzen Rock erneut herunter. „So ’ne Straßenecke gibt’s gar nicht in Bonn, Sie! Und ich bin nicht das, wofür Sie mich halten, Sie!“

Burkhard lachte. „Wie sieht’s aus, wollt ihr noch auf einen Wein mitkommen? Lena freut sich.“

Zilli schwieg. Sie starrte abwesend auf die Straße.

„Lass mal, Burkhard, so will ich deiner Frau nicht gegenübertreten.“

Burkhard hielt vor Claires Haustür. Zilli reichte ihm vom Rücksitz aus die Hand. „Es hat mir so geholfen, dass Sie dabei waren. Ich danke Ihnen ganz herzlich.“

„Die Spezialtruppe kam ja gar nicht zum Einsatz. Sie haben also doch zu viele Gespenster gesehen. Aber umso besser. Alles Gute, Frau Kuhl!“

Zilli stieg aus dem Auto, steif wie nach einer langen Bergwanderung. Plötzlich fiel ihr etwas ein. Sie bedeutete Burkhard mit einem Handzeichen, noch einen Moment zu warten. Ihr Lieferwagen war unter der Straßenlaterne geparkt. Direkt vor Claires Haustür. Die Aufschrift WINDISCH & CO leuchtete in sattem Grün, darunter FEINKOST VOM FEINSTEN, darunter die nicht mehr gültige Telefonnummer. Zilli öffnete die Seitentür ihres Wagens, holte eine unverpackte Flasche mit golden schimmernder Metallkapsel heraus und reichte sie Burkhard durch das Fenster.

„Oh! Veuve Cliquot! Das wird ein glücklicher Abend für Lena. Aber eigentlich sollten wir die zusammen aufmachen, Frau Kuhl!“

„Ach, wissen Sie, mir ist heute mehr nach Doppelkorn. Nach doppeltem Doppelkorn.“

„HÖR MAL, Zilli. Ich erwarte nicht von dir, dass du jetzt glücklich bist. Nach allem, was du mir von ihm erzählt hast, finde ich seine Reaktion auch ziemlich seltsam.“

Nach einem improvisierten Essen saßen sie im Wohnzimmer und tranken einen Wein. Zilli wirkte immer noch ratlos und verwirrt. Claire beugte sich vor und versuchte beider Gedanken zu sortieren. „Sieh es mal sachlich,

Zilli. Erstens: Er weiß nicht, dass du Geld hast. Zweitens: Wenn er auf Rache, auf Gewalt aus gewesen wäre, hätte er versucht, dich woanders zu treffen. Jedenfalls nicht in einer Kneipe mit zwei Dutzend Zeugen. Er weiß noch nicht einmal, wo du wohnst. Und außerdem: Du hast dich bei ihm gemeldet, nicht umgekehrt."

„Aber er war vorher bei Marlene, wollte wissen, wo ich stecke."

„Er hat Marlene ja auch klipp und klar gesagt, warum. Er braucht mal wieder Geld. Aber da du nichts hast, ist auch nichts zu holen, ganz einfach. Er darf nur nicht erfahren, dass das nicht stimmt."

Zilli nickte. „Du hast ja Recht. Aber meine Angst kann nicht einfach abfallen wie eine Kruste. Sie sitzt so tief."

„Sie wird auch nicht abfallen, aber sie wird sich langsam verlieren."

Zilli nickte. Sie schien etwas freier zu atmen.

„Wie soll es eigentlich weitergehen, Zilli?"

„Ich fahre morgen nach Frankreich und hole die Kinder. Ich möchte, dass Marlene sie jetzt sofort wiedersieht, denn ich glaube, das braucht sie. Ich werde mit den Gören für ein paar Monate in eine möblierte Wohnung ziehen, ich hab mich schon drum gekümmert. Mitwohnzentrale. Von dort aus suche ich mir dann etwas Gescheites."

„Aber Weihnachten sind wir bei Gertrude, das ist doch versprochen, oder, Zilli? Sie hat uns alle eingeladen."

„Wenn es Marlene so gut geht, dass ich sie allein lassen kann. Es ist zwar ein bisschen viel Hin-und-her-Fahrerei, aber das ist mir ein Weihnachten auf Florifère wert."

DER DEZEMBERMORGEN war, wie so oft im Rheinland, eher ein zu dunkler, verregneter Frühlingsmorgen. Es war fast warm. Die beiden Frauen im Bäckerladen hatten alle Hände voll zu tun, denn vor dem ehemaligen Lebensmittelgeschäft WINDISCH & CO befand sich eine Straßenbahnhaltestelle.

„Danke, Schmuckstück. Wann hast du Feierabend?"

Der Kunde zwinkerte der jüngeren Verkäuferin zu, die ihm ein Brötchen mit Salami und einen Henkelbecher über den Tresen schob. Sie äugte frostig zurück: „Macht zweiachtzig." Anmache am frühen Morgen, von einem mindestens fünfzigjährigen Knacker, der aussah, als habe er in seiner Wetterjacke geschlafen. Was die Kerle sich immer einbildeten. Sie wandte sich dem nächsten Kunden zu, einem jungen Mann: „Guten Morgen, Jonas! Wie geht's?"

„Gut, Schmuckstück!" Die beiden jungen Leute kicherten.

Nach einer halben Stunde hatte der Mann in der Wetterjacke den dritten Kaffee geschluckt, jetzt war es im Laden deutlich ruhiger. Der Mann schob den leeren Becher über den Tresen, würdigte die junge Verkäuferin keines Blickes mehr, sondern hofierte die ältere Bedienung, eine mollige Schwarzhaarige.

Der Kunde lächelte sie höflich an. „War hier nicht früher ein Feinkostladen? Windisch oder so? Ich hab hier mal gewohnt, ist aber schon was her."

„Und wo wohnen Sie jetzt?", fragte sie neugierig.

Er schien einen Moment zu zögern. „In Norwegen. Ich arbeite auf einer Ölbohrinsel. Hab hier nur meine Mutter besucht."

Die Verkäuferin sah ihn bewundernd an. Irgendwie sah er aus wie ein Abenteurer.

„Schöne Brosche haben Sie da!" Er blickte ihr tiefer in die Augen.

Sie griff nach ihrem Blusenkragen. Ölbohrer verdienten sehr, sehr gut, erinnerte sie sich. Er musste so in ihrem Alter sein. „Aquamarin", erklärte sie stolz.

„Und wie war das mit dem Laden von Windisch und Co?"

Sie ordnete ihre Haare. „Der alte Windisch hatte seiner Verkäuferin damals Haus und Laden vermacht. Danach hatte sie hier einen Delikatessenladen draus gemacht. Ganz schön teuer. Aber es lief gut. Und dann hat sie den Laden verkauft. Kuhl, ja, Zilli Kuhl. Kannten Sie die?"

Der Mann zog seine Stirn kraus. „Ja, ich glaube. Aber nur flüchtig. So eine fette Rotblonde, kann das sein?"

„Nee, die Frau Kuhl war aber nicht fett. Die war dünner als ich."

„Ich bitte Sie! Sie haben doch eine Spitzenfigur!"

Statt einer Antwort lächelte sie vielsagend. Er lächelte zurück, irgendwie sah es aus, als würde ein Raubvogel grinsen.

„Also richtig vererbt, das Haus? Was ist denn so was wert?" Er ließ nicht locker.

Nach weiteren zehn Minuten verließ Hermann Rogatzke die Bäckerei um einige Informationen reicher. Auch um die Mitteilung, dass Frau Waggermann nicht mehr verheiratet war und heute um 15 Uhr Feierabend hatte, was ihn aber nicht so brennend interessierte, wie Frau Waggermann dachte. Dass Zilli bei der rothaarigen Schlampe wohnte, wusste er jetzt. Dass sie Geld hatte, auch. Und es gab in Zillis Umfeld offenbar betuchte Leute, die BMW fuhren und hübsche Reihenhäuser bewohnten. Es gab Champagner als kleine Aufmerksamkeit und blinkende Lieferwagen.

Aber eine bedrohte Zilli würde zu den Bullen laufen, und Hermann wollte nie, nie wieder in seinem Leben hinter einer Tür hocken, zu der er keinen Schlüssel hatte.

Wie kam er an Zillis Geld? Vielmehr an sein Geld. Denn es stand ihm zu, es war Verdienstausfall, Schmerzensgeld, Entlohnung für Verrat.

Hermann setzte sich in sein altes Auto und fuhr nach Köln. Die Schwester, das war Zillis einziger Schwachpunkt, da konnte man den Hebel ansetzen. Wie, wusste er noch nicht. Es würde sich schon ergeben.

NIEMAND öffnete. Hermann fluchte. Es war früher Vormittag, wahrscheinlich schlief die versoffene Kuh noch. Er klingelte noch einmal, noch fünfmal. Schweigen. Aus der Wohnungstür nebenan steckte eine ältere Frau den Kopf heraus. „Die is wieder inne Marienklinik, die Frau Kuhl! Waren Sie nich schon mal hier, letzte Woche?"

Hermann nickte. „Ich bin ein guter Freund von der Marlene."

Die Alte grinste höhnisch. „Na, davon gibs ja genuch."

„Und das kleine Mädchen? Sie hat doch ein Kind."

Die Nachbarin musterte ihn ausgiebig. „Na, so gut kennen Se Ihre Freundin wohl doch nich, junger Mann. Die hat zwei Kinder. Die zwei Kleinen, die sind aber schon 'ne ganze Zeit weg. Wahrscheinlich wars Jugendamt mal hier, keine Ahnung." Sie schlug die Tür wieder zu.

ZILLI prüfte den Ölstand, wischte sich die Hände an einem Papiertaschentuch ab und ging wieder ins Haus. Die Uhr zeigte halb eins. Auf dem Tisch standen noch die Kaffeetassen des gemeinsamen Frühstücks mit Claire. Sie schuf mit einigen Handgriffen Ordnung. Wenn sie in einer halben Stunde aufbrach, konnte sie am späten Abend in Florifère sein. Diesmal freute sie sich auf die lange Fahrt. Sie schloss gerade die Reisetasche, als das Telefon klingelte. Sie hob ab.

Zwanzig Minuten später stand Zilli fassungslos in der Tür zu Marlenes Krankenzimmer. An der Stelle, an der ihr Bett gestanden hatte, war eine große Lücke. Eben schoben zwei Schwesternhelferinnen ein neues Bett in das Zimmer, es war frisch bezogen und lag unter einer großen Klarsichtfolie.

Der Arzt, der ihr die Nachricht am Telefon mitgeteilt hatte und der ihr jetzt gegenüberstand, war nicht derselbe, der ihr im Frühsommer so überheblich begegnet war. Der Mediziner fasste Zilli am Oberarm, bugsierte sie zur Besucherecke und bedeutete ihr, sich zu setzen. „Frau Kuhl, ich weiß, wie schwer das ist. Es sind nur dumme Worte, ich weiß, dass jetzt nichts, gar nichts hilft. Vielleicht nur so viel: Sie hat sich nicht gequält. Es war eine schwere Herzattacke, und es ging schnell. Ihre Schwester war heute Vormittag zufällig für längere Zeit allein in dem Zimmer, die Bettnachbarin war in der Patientencafeteria. Als sie zurückkam und begriff, was los war, hat sie geklingelt, die Stationsschwester war sofort da, und zwei Minuten später haben wir versucht zu reanimieren. Wir haben sie nicht mehr zurückholen können."

Zilli blickte ihn starr an. „Warum bin ich nicht eine Stunde früher gekommen?"

„Sie hätten nichts verhindern können. Es war auch für uns nicht abzusehen, Frau Kuhl. Sonst hätte ich sie doch auf die Intensivstation verlegt, aber das war nach den Befunden der letzten Tage nicht nötig."

Zilli blickte müde auf.

Der Arzt setzte seine Brille ab und rieb sich die Augen. „Ich habe mich gestern Abend noch mit Ihrer Schwester unterhalten. Sie hat mir einiges erzählt über Sie und die Kinder und wie froh sie ist, dass die Kleinen in guten Händen sind. Denken Sie daran, Frau Kuhl, mit dieser Tröstung ist sie gegangen, nicht mit Angst und Schrecken."

Zilli nickte, aber die Worte erreichten sie kaum.

„Ich sage auf der Station Bescheid, damit Sie die Sachen Ihrer Schwester abholen können."

„Danke, Herr Doktor."

DIE STATIONSSCHWESTER bemühte sich um Geduld, denn langsam ging es ihr auf die Nerven, dass diese Verwandte der heute verstorbenen Marlene Kuhl keine anderen Sorgen hatte als irgendeine Ansichtskarte, die angeblich im Nachtschränkchen gelegen hatte.

„Frau Kuhl, wir haben das Eigentum Ihrer Schwester hier in die Tüte gepackt. Bei uns kommt nichts weg. Und Ausweis und Geld sind da! Ach, Frau Pachulke, kommen Sie doch mal. Haben Sie heute in Zimmer vier eine Ansichtskarte gesehen oder vielleicht weggeworfen?"

Die Putzfrau schüttelte energisch den Kopf. „Ich hab eine alte Zeitung vom Nachttisch weggeräumt, weil ein Becher mit Pfefferminztee umgefallen war. Und die Schublade stand weit offen. Da war alles ganz nass und durcheinander auf dem Nachttisch. Tja, dass da 'ne Ansichtskarte in der Zeitung gesteckt hat, ist gut möglich. Aber ich kann ja jetzt nicht jede verdreckte Zeitung auseinander nehmen, ob da noch Postkarten drinstecken, so viel Zeit haben wir hier nicht."

„Schon gut, Frau Pachulke, schon gut. Frau Kuhl, Sie entschuldigen uns, wir haben so viel zu tun."

„Bitte, nur noch eine Frage: Hatte meine Schwester heute Morgen Besuch?"

„Hier war heute Vormittag der Teufel los, und ich zähl die Besucher nicht. Zwei Stationshilfen sind ausgefallen. Nein, ich glaube, es war niemand bei ihr."

ZILLI und Claire standen in dreckigen Trainingshosen im Flur der Kölner Hochhauswohnung und wischten noch einmal über den Türrahmen. Die Wohnung war vertragsgemäß renoviert, die frisch gestrichenen Wände ließen sogar für einen Moment die Tristesse der restlichen Umgebung vergessen. Eine ältere Frau in einem dunkelblauen Kunststoffanorak, einen braunen Häkelschal um die strohigen Haare geschlungen, schlurfte den Gang entlang. An Marlenes Wohnungstür blieb sie stehen.

„Tach, Frau Kuhl. Sie hab ich ja lang nich mehr gesehen. Ja, so endet mal alles."

Zilli wandte sich um. „Tag, Frau Lommertzheim."

„Wann is denn dat Begräbnis?"

„Das war vor drei Tagen, Frau Lommertzheim. Ach, Moment noch, sagen Sie, war hier eigentlich mal ein Herr und hat sich nach Marlene oder nach mir erkundigt?"

Die Nachbarin beäugte Zilli. „Ihre Schwester kannte ja einige Herren, ich weiß auch nich mehr, wann wer da war."

„Haben Sie jemand erzählt, in welchem Krankenhaus Marlene lag?"

„Wie komm ich dazu? Seh ich aus wie eine Klatschtante?"

Genau so und noch schlimmer, dachte Zilli. „Auf keinen Fall, Frau Lommertzheim. War nur so eine Frage. Tschö dann."

Zilli schloss die Tür. Claire hatte sich im Schneidersitz mitten in der ehemaligen Küche niedergelassen und gönnte sich eine Dose Bier vom Kiosk am Hochhaus. Zilli setzte sich ächzend neben sie und öffnete eine zweite Dose. „Ich hoffe, sie sagt die Wahrheit. Es wäre nicht auszudenken, wenn Hermann …"

„Zilli, das glaube ich nicht. Die Postkarte hat bestimmt in der dreckigen Zeitung gesteckt. Mach dich nicht verrückt."

Zilli trank einen Schluck Bier. „Wahrscheinlich hast du Recht. Ich will jetzt kein neues Gespenst aufbauen. Nervös macht es mich trotzdem. Ach, Frau Sandmann, wie soll ich dir nur danken. Ohne dich hätte ich es nicht geschafft, diese Bude hier in ein paar Tagen aufzulösen und zu renovieren."

„Was heißt auflösen, Zilli. Es war doch eh alles für den Müll."

Zilli sah sich in der kahlen Wohnung um. „Ich kann es immer noch nicht glauben, Claire. Sie hatte so ein Scheißleben, die Arme."

„Das haben wohl die meisten Alkoholiker. Du hast doch für sie getan, was du konntest."

„Wenn jemand tot ist, hat man immer das Gefühl, es war nicht genug." Zilli leerte die Dose und drückte sie zusammen. „Claire, ich habe solche Angst, es den Kindern zu sagen. Vor allem Käthi. Wie viel Simon begreift, weiß ich nicht. Ich werde morgen nach Frankreich zurückfahren und bleibe dann gleich bis Weihnachten dort. Aber ich werde es ihnen erst danach sagen."

12

Gertrude schraubte in ihrem Atelier den Deckel auf den Kanister mit dem harzig duftenden Balsamterpentinöl, als sie draußen Reifen kreischen hörte und gleich darauf Kinderstimmen.

„François!", brüllte Käthi. *„Bonjour merci!"* François hatte die Kinder schon zum zweiten Mal mit zu einem Hausbesuch genommen. Bauernhöfe und Katzen und Schafe fand Käthi interessant. Der neue Onkel, der Freund von Claire, war nett, auch wenn man ihn kaum verstand. Was er alles konnte! Heute hatte er auf eine kranke Kuh eingeredet. Und sie dabei behandelt. Die Kuh war aufgeregt gewesen, aber François sprach leise auf sie ein, so als sei die Kuh eine nette alte Tante, die man etwas aufmöbeln musste. Und nach zehn Minuten war die Kuh ganz ruhig geworden. Käthi hätte es schwören können: Die kranke Kuh sah sogar ein bisschen fröhlich aus.

Käthi hatte eigentlich immer Kartenabreißerin im Kino werden wollen. Jetzt überlegte sie zum ersten Mal, dass ihr dieser Beruf hier besser gefiel. Außerdem, wenn man später einmal richtig Französisch verstand, konnte man gleich bei François in die Lehre gehen, und das fand sie ungeheuer praktisch.

Doch, Käthi ging es besser. Die wichtigste Sache aber war: „John!" Käthi stolperte, ohne anzuklopfen, ins Atelier. „Wo ist John?"

„Hallo, Käthi!", begrüßte Gertrude das Mädchen. Käthi stand in der geöffneten Tür, hinter ihr hopste Simon herum, der Wind blies braune Blätter ins Atelier.

„Mach die Tür zu, Kind."

„Porte fermée“, krähte Simon und hängte sich an die Türklinke.

„Darf ich dich einen Moment stören?“ François erschien hinter den Kindern und begrüßte Gertrude mit erhobener Hand.

„Natürlich. Ich bin ja bloß eine Hobbymalerin. Geh zu Josette, und lass dir die Flasche Cognac geben, dann setz dich zu mir.“ François gehorchte artig und schloss die Tür hinter sich. Käthi hatte den dicken schwarz-weißen Kater längst im Arm und schmuste. Sie stellte sich vor die Staffelei und betrachtete Gertrudes halbfertiges Bild. Es zeigte eine Rückenfigur vor einer geöffneten Tür, durch die man wiederum in einen Garten blicken konnte. Dieses große Bild war nach einer kleinen Zeichnung entstanden, die Jacques von Gertrude vor dreißig Jahren gemacht hatte. Käthi legte den Kopf schief. „Sieht komisch aus“, urteilte sie. „Wer ist das? Warum hast du den Rücken von der Frau gemalt und nicht das Gesicht? Ich will wissen, wie die von vorn aussieht.“

„So wie ich“, antwortete Gertrude.

Käthi drehte sich um und musterte Gertrude. „Nee, Gertrude. Du bist viel dicker.“

Gertrude lachte. „Ich war mal viel dünner, Käthi. Das bin wirklich ich. Vor dreißig Jahren.“

„Ich weiß nicht.“ Käthi sprach langsam. „Was ist das, wo die Frau … wo du draufguckst? Dahinter ist Licht, aber man kann nicht sehen, wo es herkommt, weil du davor stehst.“

„Ich schaue auf das Sonnenlicht, das sich im Wasser spiegelt. Na ja, durchsichtig kann ich die Figur ja nun nicht malen, Käthi.“

Aber Käthi schien unzufrieden.

François kam mit der Flasche Cognac und Gläsern zurück. Käthi und Simon schnupperten dem Kuchenduft nach, den François aus der Küche hereintrug, und verschwanden. François setzte sich neben Gertrude auf die Liege. Als ihm einfiel, welche Geschichte ihn mit diesem Möbel verband, lächelte er eine Sekunde lang. Das Lächeln verflog, als er in seiner Brusttasche nach einem bereits stark verknitterten Brief fingerte. „Lies!“

Gertrude überflog das Schreiben mit der schnörkellosen Anrede: *François!*

Es war von Margot. Sie teilte ihm kurz und bündig mit, dass er binnen sechs Wochen das gesamte Geld auf einen Schlag zurückzuzahlen habe, andernfalls würde er sich auf eine Zwangsversteigerung der Praxiseinrichtung gefasst machen müssen. Und sie erhöhe hiermit die Miete um den maximalen Prozentsatz. Gertrude ließ den Brief sinken.

„Sie will dich fertig machen. Das war zu erwarten. Was jetzt?"

François wühlte in seinen Taschen auf der Suche nach einem zerdrückten Päckchen Zigaretten. Die Spannung war an seiner Körperhaltung abzulesen. „Ich weiß es nicht, Gertrude. Ich habe schon längst inseriert, aber ich sehe keine großen Chancen. Diese Praxis war unglaublich teuer. Vermutlich werde ich sie in sechs Wochen verlieren und damit auch meine Arbeit. Und für Jahrzehnte verschuldet sein, denn bei einer Zwangsversteigerung wird niemals so viel herauskommen, dass ich meine Schulden decken kann."

„Lass mich nachdenken, François. Irgendwie muss dir doch zu helfen sein. Ich kann dir etwas leihen, allerdings nicht alles. So viel habe ich nicht flüssig."

„Nein, Gertrude", entgegnete François entschieden. „Danke, aber das will ich anders lösen. Keine neuen Schulden. Und wenn ich in die totale Pleite trudele – *tant pis*. Dann soll es eben so sein. Dann fahre ich Taxi oder ernähre mich von den Pilzen des Waldes." Er fand seinen Scherz nicht besonders witzig, das war ihm anzusehen.

NORMALERWEISE begann der kalte Winter in Chimeray erst Ende Januar. In diesem Jahr brach die Kälte pünktlich zum 23. Dezember herein. Der Himmel war frostig-blass, Eiskristalle überzogen die blattlosen Bäume. Auf Florifère roch es nach Weihnachten. Josette buk Plätzchen, Pasteten und Kuchen, als stünde eine längere Belagerung unmittelbar bevor. In den Gästezimmern hatte sie längst die Betten bezogen und getrocknete Lavendelblüten in offenen Porzellanschalen zerrieben, damit die Räume dufteten. Es war wie in alten Zeiten, es war wundervoll. Aber alles dauerte doppelt so lange. Sie humpelte, hatte Schmerzen. Die Einsicht, dass Gertrudes Haus zu groß geworden war, dass sie einfach nicht mehr so arbeiten konnte wie vorher, wuchs nur langsam. Madame Zilli hielt sich zurück, aber Josette registrierte sehr wohl, dass der Salon schon gesaugt war, wenn sie es gerade tun wollte, und dass in den Waschkörben keine schmutzige Wäsche mehr lag.

„Erhol dich doch, Zilli!", sagte Gertrude, wenn Zilli ihrer Unzufriedenheit Ausdruck verlieh, denn sie hätte gerne mehr getan. Also flickte sie Wäsche und entstaubte Kellerregale. Ähnlich wie in Portugal suchte sie sich die Arbeit, nur ohne furchtsames Getriebensein.

„Josette ist auf dem Weg, ihre Grenzen zu erkennen. Aber sie muss es selbst merken, Zilli. Jemand, der sich immer wie ein Rädchen gedreht hat, kann nicht plötzlich stillstehen."

Für die Weihnachtsvorbereitungen hatte Josette eindeutige Signale gesetzt: Das war ihr Auftritt. Zu sehr beflügelte sie die Aussicht auf das summende Getriebe einer großen Weihnachtstafel, an der jeder ihre Arbeit loben würde. Gertrude hatte sich dazu entschlossen, ein Weihnachten *à l'allemande* zu feiern, mit Heiligabend, Tannenbaum, Bescherung und großem Festessen am ersten Weihnachtstag. Kurz: mit allem Drum und Dran. Der Kinder wegen.

Im Atelier rannte Gertrude mit dem Telefonhörer immer im Kreis um ihre Staffelei herum.

„Dann sehe ich euch heute Abend, Claire? Natürlich verstehe ich, dass du gleich weiterfährst zu François. Du lieferst deine Freundin Edda hier ab und kommst dann vermutlich erst zum Frühstück, was?" Gertrude grinste in den Hörer, dann seufzte sie tief. „Ach, Claire, ich habe Kummer. Ich muss mit dir über meine Arbeit reden, ich stecke immer noch in einer Sackgasse. Irgendetwas gefällt mir an meinem neuen Werk nicht, aber ich weiß nicht, was. Darüber sprechen wir morgen. Fahr vorsichtig, liebes Kind." Gertrude legte den Hörer auf, wandte sich wieder ihrer Arbeit zu.

Käthi stand plötzlich in der Tür. Langsam ging sie auf die Staffelei zu und blieb einen Meter davon entfernt stehen, die Hände auf dem Rücken verschränkt. „Die Frau verdeckt ja immer noch das Licht auf dem Wasser", sagte sie.

Plötzlich hielt Gertrude inne.

Mit zwei Schritten war sie an dem großen Arbeitstisch und griff nach einem leicht getönten Blatt Ingrainpapier. Der Farbton kam der Grundfarbe des Raumes auf der Staffelei am nächsten. Sie hielt das Blatt in kurzem Abstand vor die Rückenfigur, sodass sie verdeckt wurde und der Mittelpunkt des Bildes wieder annähernd hell war. Sie kniff ein Auge zu. Das war es. Weg mit der Figur! Die wunderbar klare Geometrie der Räume, die Schachtelung der geöffneten Flügeltüren, die Durchblicke, Fenster, schließlich die Lichtexplosion auf dem Wasser – die Figur lenkte von alldem ab, störte. Das Licht war zum eigentlichen Thema geworden, ohne dass Gertrude es gemerkt hatte.

Aber Käthi hatte es gesehen.

Gertrude war aufgeregt. Sie würde dem kleinen Mädchen wahrscheinlich nicht in vollem Umfang erklären können, was an seiner Beobachtung so wichtig war, aber sie hatte das dringende Bedürfnis, Käthi eine Freude zu machen. Sie zog das Kind zu sich heran. „Käthi, du hast Recht mit der Figur. Es ist wunderbar, dass du das gesehen hast. Deshalb will ich dir etwas schenken. Du bekommst von mir dein Weihnachtsgeschenk schon heute. Mach mal die Augen zu."

Nach einer Minute sagte Gertrude: „Und jetzt mach sie wieder auf!"

Käthi schaute verwundert im Atelier umher. Aber sie konnte nichts entdecken, kein Paket, keine bunte Tüte. Plötzlich lachte sie. „Hast *du* dem John die rote Schleife um den Schwanz gebunden, Gertrude?"

Der dicke Kater strich dem Kind um die Beine. Sie hob ihn hoch, und er begann wie ein Spielzeugmotor zu schnurren.

„Ja, hab ich."

„Und wo ist das Geschenk?"

„Denk mal nach, Käthi! Was bindet man normalerweise um ein Geschenk?"

„Goldene Kordel. Oder eine rote Schl…"

Sie blickte Gertrude ungläubig an. Die alte Frau nickte. Ein Gefühl stieg in Käthi hoch wie bunte Kugeln, die schließlich explodierten und nur eines freiließen: Freude. Reine Freude. Und die Kugeln stiegen und stiegen.

DIE PLACE RICHELIEU in Amboise war von Laternen erleuchtet, aber die meisten Bürgerhäuser aus dem 19. Jahrhundert lagen im Dunkeln. Das Messingschild FRANÇOIS GILLIOT, VÉTÉRINAIRE schimmerte schwach. Nur der allerneugierigste Besucher, der durch die Toreinfahrt zur Rückseite des großen Hauses gelangte, konnte sehen, dass ein Licht in einem Zimmer zur Hofseite brannte. François hatte einen wenig benutzten Raum mit Regalen und einer Schlafcouch möbliert und wohnte hier nun schon seit einigen Wochen zwischen Fachliteratur und medizinischem Gerät.

Auf einem Karton neben der Couch standen eine Flasche Crémant und zwei noch halb gefüllte Gläser. François stützte sich auf seinen Ellbogen, das Kinn in der Hand. Mit seinem Finger malte er Ornamente auf Claires nackte Schulter. Das Kerzenlicht flackerte und täuschte Bewegung auf den Körpern vor, aber jetzt lagen beide still, erlöst, erschöpft.

„Ich muss dir etwas erzählen."

Claire wandte sich um und sah ihn an.

„Ich habe noch etwa fünf Wochen Zeit, meine Schulden zurückzuzahlen", fuhr François fort. „Sonst wird Margot eine Pfändung einleiten."

„Um Gottes willen, François!" Sie setzte sich erschrocken auf.

François zuckte mit den Schultern. „Wenn eine Dame Morisseau einmal nicht bekommt, was sie will, dreht sie durch."

„Und jetzt?"

„Und jetzt muss ich Ihnen etwas Wichtiges mitteilen, Madame Sandmann.“ François sah sie eine Weile stumm an. Dann räusperte er sich und erklärte ungewohnt feierlich: „Ich habe mich dazu entschlossen, nach Deutschland zu gehen. Schulden kann ich überall haben.“

Claire lachte. „Das ist nicht wahr, oder? François, ich kann mir das einfach nicht vorstellen, du in Deutschland.“

„Ich auch nicht, aber ist das wichtig? Ich möchte nur nicht mehr von dir getrennt leben, das ist das Einzige, was ich mir nicht mehr vorstellen will. Ich werde eben Deutsch lernen und mir in Bonn oder Köln eine Stelle suchen, es wird sich schon etwas finden. Letzten Monat bin ich bei euch alle vier Meter in Hundescheiße getreten, also gibt es auch genügend Haustiere, die verarztet werden müssen.“

„Ich liebe deine Logik“, entgegnete Claire. „Aber ich will nicht, dass dich alle Kühe der Touraine vermissen. So, und jetzt zeige ich dir etwas.“

Sie stand auf, kramte in ihrer Tasche und zog den Durchschlag eines Formulars heraus. François starrte das Papier verständnislos an. „Was ist das? Ein deutsches Formular, das sehe ich. Wahrscheinlich die Ausreisegenehmigung für deine deutsche Hälfte, die einen Franzosen liebt und die den europäischen Normen für stapelbare Haferflockenkartons entsprechen muss.“

„Genau, mein Liebling.“ Claire reichte ihm sein Glas. „Ungefähr zu demselben Zeitpunkt, als du dich entschlossen hast, nach Deutschland zu kommen, habe ich mich entschlossen, nach Frankreich zu gehen. Das ist ein Antrag auf zeitweiligen Abschied von der Schule. Erst einmal für ein Jahr. Ab nächsten Sommer. Dann sehen wir weiter. Er ist unterschrieben, gestempelt und vor allem schon auf seinem Weg. Was machen wir jetzt?“

François lachte. So sehr, dass er das Glas abstellen musste und sich flach auf das Bett fallen ließ. „Wir gehen eben nach Honduras. Es ist nicht zu fassen.“

„Und was machen wir in Honduras?“

„Dasselbe wie hier, Liebe.“

„Und warum müssen wir dazu nach Honduras?“

„Du hast ja Recht, mein Gott. Womit habe ich so eine intelligente Freundin verdient?“

EDDA und Zilli hatten sich auf Anhieb so gut verstanden, wie es bei verwandten Naturen manchmal vorkommt.

Sie hatten abends mit Gertrude am Küchentisch gesessen und bis spät in die Nacht hinein erzählt. Für die kurze Zeit wussten sie bereits erstaunlich viel voneinander.

Es war noch dunkel. Edda wurde wach, weil jemand im Nebenraum Geräusche machte. Zilli raschelte schon seit sieben Uhr in ihrem Zimmer herum, summte halblaut und verpackte Geschenke. Eine Bastelschere fiel klirrend zu Boden. Edda steckte ihren schlafzerzausten Kopf durch die Tür. „Herrgottsakra, Frau Kuhl, wie kann man denn mit Seidenpapier so viel Krach machen wie mit einem Banjo? Weißt du, wie viel Uhr es ist, verdammt?“

„Du siehst aus wie eine Wurzelbürste, Edda. Entschuldigung, aber ich dachte, ich wäre nicht so laut. Die Zwischenwände sind sehr dünn. Deshalb weiß ich auch, dass du schnarchst.“

Edda fror mit ihren nackten Füßen und bibberte. „Ich schnarche nicht“, entgegnete sie beleidigt. „Das ist undamenhaft.“

„Los, setz dich auf mein Bett, und zieh dir die Wolldecke über!“, befahl Zilli. Edda gehorchte gerne. Sie stopfte ein Kissen zwischen sich und die Wand und kuschelte sich in die dicke blaue Bettdecke. Sie beobachtete Zilli, die gerade eine kleine hellgrüne Wasserpistole auf einem Paket für Simon befestigte. „Wann sagst du es ihnen eigentlich?“

Zilli antwortete nicht sofort. Sie verknotete die Goldkordel und betrachtete prüfend ihr Werk. Dann legte sie das Päckchen beiseite, lehnte sich zurück und blickte zum Fenster hinaus, in den noch dunklen Wintermorgen. „Ich weiß es nicht. Ich wollte es ihnen nicht vor Weihnachten sagen. Ich habe Angst davor. Ich weiß nicht, wie viel sie verstehen werden.“

„Sie werden alles verstehen und gleichzeitig nichts begreifen. Ich weiß noch, wie es war, als meine Mutter starb. Ich lebte eine Zeit lang in einer Art Nebenuniversum, ich konnte lachen, albern sein und mit meinen Freundinnen spielen, aber dann gab es plötzliche Anfälle von Zerstörungswut und wüster Trauer, aus denen mich niemand herausholen konnte. Trotzdem, in ein mütterliches Vakuum werden Simon und Käthi gar nicht erst fallen, Zilli. Du bist einfach da, das ist das Wichtigste.“

Eine halbe Stunde später saßen sie sich in der noch verwaisten Küche gegenüber und tauchten Nusstaler in ihren Kaffee.

„Was hast du jetzt vor?“, fragte Edda und nuckelte an einem Josette-Keks.

„Das nächste Kapitel aufzuschlagen. Neuer Laden oder was weiß ich. Mir wird schon etwas einfallen.“

„Und die Männer?“

„Zilli und die Männer ist ein Haufen Kleingedrucktes voller Tücken. Ich hefte es erst mal zu den alten bezahlten Rechnungen. Jedenfalls werde ich keinem Mann auf der Welt auch nur noch einen Cent leihen, nie mehr.“

Josette hatte sich übernommen. Sie lag mit übelster Laune im Bett. Sie konnte seit dem späten Vormittag einfach nicht mehr laufen. Die Schmerzen waren zu stark. Heute Nachmittag wollte der Arzt den fast ungebrauchten Rollstuhl seiner Schwiegermutter vorbeibringen, damit Josette zumindest an der Weihnachtsfeier teilnehmen konnte.

Armand würde das Kochen übernehmen.

Drüben, in Gertrudes Haus, hob Edda etwas Silbriges vom Treppenabsatz auf. „Schau mal, Simon, das Christkind hat ein Haar verloren!“ Simon beäugte den glitzernden Faden.

Käthi schleppte den schnurrenden John durch den Flur. „Quatsch, Edda, das ist Lametta, das sieht doch ein Blöder!“

Aber dem Zauber der Erwartung konnte sich Käthi auch nicht entziehen. Das Wohnzimmer war abgeschlossen. Die Kinder hatten strengstes Gartenverbot, denn von dort aus konnte man ungehindert sehen, was im großen Raum passierte.

Claire und Gertrude schmückten einen Tannenbaum mit Kiefernzapfen und Hopfenranken, die sie an diesem Morgen noch schnell mit Goldlack besprüht hatten. Gertrude opferte ein Stück roten Futterstoff; Claire riss ihn in Streifen und faltete dramatische Schleifen, die sie mit Blumendraht auf dem Baum befestigte. Zilli zupfte das Tischtuch zurecht und sah auf.

„Jessas, Sandmann, diese Stoffschleifen sind gefährlich. Habt ihr wenigstens Elektrokerzen? Du kennst doch Simon. Der kleine Kerl kann bis zu drei Meter breit werden, wenn es darum geht, irgendetwas umzustoßen.“

„Claire, geh doch mal bitte zu Josette und frag sie, ob ich so etwas besitze!“, bat Gertrude. Claire verließ den Raum, und plötzlich war es ganz still im Zimmer. Zilli setzte sich an das Tischhaupt, auf Gertrudes Matronatsstuhl, und betrachtete ihr Werk. Armand hatte für heute nur ein kleines Essen vorbereitet. Das große Fressen, *la Grande Bouffe*, wie er sagte, war für morgen angekündigt. Aber auch jetzt funkelten an jedem Platz geschliffene Gläser, das polierte Silberbesteck blitzte auf der weißen Tischdecke und verbreitete die Behaglichkeit und den Frieden solider alter Gegenstände. Zilli stützte das Kinn in beide Hände. Ankommen. Zu Hause sein. Wieder eigene vier Wände haben.

Gertrude betrachtete sie. „Das gäbe ein interessantes Bild ab, Zilli, wie du da sitzt, allein vor all den herrenlosen Tellern am gedeckten Tisch."

Wie ertappt sah Zilli auf. „Hat was vom letzten Abendmahl, nicht? Na ja, vom vorletzten. Übermorgen packe ich die Kinder unter den Arm und fahre zurück, Gertrude."

„Schon? Was macht eigentlich dein Gespenstermann, Zilli?"

„Es war gut, dass die Konfrontation stattgefunden hat. Hermann ist kleiner geworden. Ich hoffe, er schrumpft weiter."

„Natürlich wird er das." Gertrude machte eine kleine Pause. „Zilli, ich werde dich vermissen."

„Eigentlich würde ich auch noch gerne hier bleiben, Gertrude. Aber ich mache mir um Käthi Gedanken. Sie fängt schon wieder an, sich zu Hause zu fühlen. Und sie muss zur Schule, bald natürlich." Zilli spielte mit dem Griff einer Silbergabel. „Erst nehme ich ihr den Onkel Paco weg, dann Gertrude und Florifère. Ich weiß nicht, ob sie das alles so schnell verkraftet. Aber was soll ich machen? Ich muss schließlich wieder arbeiten. Und ich muss den Kindern nach Weihnachten sagen, dass ihre Mutter nicht mehr lebt." Zilli putzte sich die Nase.

Gertrude legte die restlichen Stoffflicken zusammen und setzte sich zu Zilli an den Tisch. „Käthi hängt nicht so intensiv an Florifère oder an mir. Ich habe sie oft genug beobachtet. Sie hängt an John. Und der Kater liebt sie. Sie darf ihn mitnehmen."

Zilli starrte sie an. „Gertrude! Also stimmt es, was Käthi mir erzählt hat. Ich habe das für eine Wunschfantasie gehalten. Du kannst dich doch nicht von deinem liebsten Hausgenossen trennen."

„Doch, kann ich. Du wirst es nicht glauben, Zilli, aber mittlerweile trenne ich mich immer leichter, von allem Möglichen. Vor allem, wenn ich weiß, dass ich jemandem damit eine Freude machen kann."

DRAUSSEN auf dem Flur wurde es unruhig. Die Kinder wisperten und scharrten mit den Füßen. Jetzt standen dort Gertrude, Josette in ihrem Rollstuhl, Edda, Armand und François. Claire griff nach der Glocke mit dem rot lackierten Holzstiel, stand auf und stellte sich neben die Flügeltür, deren gerippte Verglasung den Blick nur auf verzerrte Schatten zuließ. Sie klingelte. Die Tür öffnete sich, und sieben erwartungsvolle Gesichter blickten Claire an.

Käthi trat als Erste in den festlich beleuchteten Raum. Edda hatte ihr eine lange weiße Bluse über den roten Sweater und die Spielhose gezogen und einen Reif aus Goldpapier auf den Kopf gesetzt. Ein Paar Flügel aus weißem Zeichenkarton wackelten unsicher auf Käthis Rücken.

Simon blieb mit runden Augen unvermittelt im Durchgang stehen, sodass Gertrude fast über ihn fiel. Der unverhüllte rote Krakenarm eines Baggers lachte ihn an. Bevor er sich allerdings auf seinen Geschenkeberg stürzen konnte, hatte ihn Tante Zilli am Wickel und zwang ihn, gesittet die allgemeinen fröhlichen Weihnachtsumarmungen abzuwarten und schließlich der Rezitation seiner großen Schwester zu lauschen.

Erwartungsvoll gruppierten sich die Erwachsenen vor der Terrassentür. Gegenüber stand der Tannenbaum, vor ihm baute sich jetzt gerade Käthi auf. Edda flüsterte letzte Regieanweisungen in Käthis Ohr, dann stellte sie sich neben Josette und Armand, die gespannt und gerührt auf das kleine Mädchen blickten. Josette, aufgeregt und fein gemacht, saß im Rollstuhl der Schwiegermutter des Dorfarztes und ertrug tapfer ihre Schmerzen.

Käthi hob die Arme. „Von drauß vom Walde komm ich her!", schrie sie den verwunderten Armand an. „Und ich muss sagen, es weihnachtet sehr!", brüllte der Engel. Edda hatte ihr eingeprägt, laut und deutlich zu sprechen.

François stand hinter Claire, verbarg sein Gesicht in ihren Haaren und fragte leise, mit unterdrücktem Lachen: „Was erzählt sie da?"

„Allüberall auf den Tannenspitzen", Käthi ruderte weiter mit den Armen, um das „Allüberall" gestisch angemessen zu betonen. Der linke Papierflügel fiel herunter. „Mist!", sagte der heftige Engel und hob seinen Flügel auf. Jetzt kicherte auch Gertrude. „Allüberall auf den Tannenspitzen", wiederholte Käthi, „sah ich gooooldene Lichtlein sitzen." Sie zog mit dem rechten Arm eine imaginäre Sternenbahn und drehte sich fast um ihre eigene Achse. Der rechte Pappflügel fiel herunter. Jetzt lachten alle. Josette hielt sich ein Papiertaschentuch vor den Mund. Es war den fremden Lauten nicht zu entnehmen, ob es sich hier um ein lustiges Gedicht handelte oder um seriöse deutsche Lyrik.

Armand kam aus dem Staunen nicht mehr heraus. Wie viel heidnische Fröhlichkeit sich doch die militärisch pingeligen Deutschen konserviert hatten!

Er drehte sich nach Claire um, sah, dass François hinter ihr stand und in vertrauter Geste die Arme um sie geschlungen hatte. Er musste plötzlich husten, so sehr verwirrte ihn dieser Anblick. Mit dem Ellbogen stieß er Josette an und flüsterte ihr etwas ins Ohr. Josette drehte sich ebenfalls unauffällig um, musterte den Tierarzt und seine neue Liebe aus den Augenwinkeln, wandte sich wieder Käthi zu und nickte befriedigt. Doch, ja. Das gefiel ihr. Das gefiel ihr sogar sehr. Claire passte besser zu François als das verdrehte Kind dieser arroganten Margot.

„Josette und Armand hatten uns gerade im Visier“, flüsterte François. „Morgen weiß man in ganz Chimeray von uns.“

Käthi unter dem Tannenbaum mühte sich redlich. „Und droben aus dem Himmelstor sah mit großen Augen das Christkind hervor. Und wie ich so strolcht durch den finstern Tann, da spricht mich das Christkind … also das Christkind an: He, Ruprecht, hör mal, finstrer Gesell …“

Käthi ließ plötzlich die Arme sinken, wandte sich an Edda und erklärte aufgebracht: „Wir sind vielleicht blöd. Ich bin ja überhaupt kein Engel, ich bin doch Knecht Ruprecht!“

Alle lachten. Die Franzosen auch, obwohl sie den Inhalt der Beschwerde nicht verstanden.

„Ist doch egal“, beschwichtigte Edda.

„Das ist überhaupt nicht egal! Hast du schon mal einen Knecht Ruprecht mit Flügeln gesehen?“

„Die sind doch jetzt sowieso ab“, mischte sich Zilli in die dramaturgische Diskussion ein.

Schließlich rettete Edda die Zeremonie, indem sie mit wohltönender Stimme „Oh, du fröhliche“ anstimmte. Zilli, Claire und Gertrude sangen mit, schließlich auch Käthi. Das alte Weihnachtslied schaffte es, ein gewisses Quantum weihnachtlicher Grundstimmung herzustellen.

„So!“ Gertrude hob die Stimme. „Jetzt ist Bescherung für die Kinder, und wir trinken ein Glas Champagner!“ Simon schoss katapultartig auf die Pakete zu und begann den bunten Berg umzupflügen.

ZU GASTRONOMISCHER Hochform lief Armand erst am nächsten Tag auf. Hatte er sich am Heiligen Abend noch auf ein bescheidenes Ragout fin beschränkt, wollte er heute seine Kür laufen. Er stand in Gertrudes Küche und hob eine braun gebackene Pastete aus einer weißen Porzellanform. Nur einer von sechs Gängen. Es war wundervoll. So musste sich ein Eiskunstläufer fühlen, der in schlafwandlerischer Sicherheit seine Pirouetten drehte und wusste, dass er den Pokal abräumen würde.

Mit seiner rauen Stimme donnerte Armand frei improvisierte Lieder aus seiner Kindheit: *„… Chevaliers de la Table Ronde …“* und raspelte im Rhythmus des Liedes frische Orangenschale in die duftende Bitterschokolade, die langsam im Bain-Marie dahinschmolz. Armand nahm den Probierlöffel. Er wollte dezent die Crème Chantilly nachzuckern, als er merkte, dass die blau-weiße Blechdose leer war. Und im Vorratsschrank war auch nichts mehr. Alles hatte er besorgt, alles: getrocknete Morcheln, Safranfäden erster Güte, indonesisches Zitronengras – aber kein Gramm Zucker. *Mon Dieu!* Ausgerechnet Zucker fehlte. Armand war eben doch bloß ein Genie und keine umsichtige Hausfrau.

Dafür schlenderte Käthi in die Küche, den dicken John auf dem Rücken.

Armand zeigte Käthi die leere Dose. *„J'ai besoin de sucre"*, erklärte er.

Käthi blickte auf. „Die ist leer, die Dose."

„Du sucre", wiederholte Armand, zog Käthi zum Fenster, zeigte auf das erleuchtete Schleusenhaus auf der anderen Flussseite, drückte ihr die leere Dose in die Hand und wiederholte: *„Du sucre. Va chercher du sucre chez Claude et Jacqueline!"*

Alles klar. Käthi zog den dicken roten Anorak über und steckte ihr Gesicht in die Öffnung der Blechdose. „Düdüsückre, düdüsückre", sang sie und freute sich über den komischen Klang. Drei Minuten später blickte Armand zufällig aus dem Küchenfenster. Käthi ging, offensichtlich laut singend, durch den dunkelnden Nachmittag über die Sandsteinbrücke nach St-Geoffroy, zur Schleuse. Dabei schwang sie mit der rechten Hand ihren Hammer fröhlich im Kreis. In der linken trug sie die leere Blechdose. Und John lief mit hocherhobenem Schwanz hinter ihr her. *Bizarre, ces allemands,* dachte Armand. Seltsam, diese Deutschen.

Ulkig, die kleine Motte, dachte auch Claire, als sie mit Huli und Lotte auf der Seite von St-Geoffroy am Ufer entlangtrabte und die singende Käthi mit ihrem maunzenden Weggenossen auf der Brücke erblickte.

Schau an, die Halbgermanin, dachte Madame Morisseau, die in elegantem Jogginganzug geradewegs auf Claire zulief. Claire wandte den Blick von Käthi auf der Brücke ab und schaute unmittelbar in ein Paar kühle Augen. Margots Mund lächelte freundlich. „Ah, Mademoiselle … entschuldigen Sie, ich habe Ihren Namen vergessen."

Claire brauchte zwei Zehntelsekunden, um ihren Unwillen über diese Begegnung zu beherrschen und freundlich zurückzulächeln. „Sandmann, Madame, Claire Sandmann. Ich wünsche Ihnen schöne Weihnachten." Claire nickte und wollte weitergehen.

Aber Madame Morisseau hatte noch etwas zu sagen. „Es scheint so, dass man François' Auto in diesen Tagen häufig auf Florifère sieht. Lassen Sie sich nur eines gesagt sein, Mademoiselle", und sie zog die Silben des letzten Wortes betont in die Länge, „François liebt Ausflüge. Es wäre nicht sein erster. Odile und ich sind gewissermaßen daran gewöhnt. Aber er liebt es auch, wieder dahin zurückzukehren, wo seine echten Bindungen sind. Und seine Verpflichtungen. *Bonsoir,* Mademoiselle ... jetzt habe ich schon wieder Ihren Namen vergessen!" Sie nickte und lief federnd in Richtung Montrichesse.

Claires Herz pochte heftig, aber sie war dennoch seltsam erleichtert. Sie hatte Angst gehabt vor dieser Begegnung, jetzt lag sie hinter ihr. Unverschämt, bissig, aber Madame Morisseau war einfach eine unangenehme Frau, mit der man nichts mehr zu tun haben wollte. „Es wäre nicht sein erster Ausflug!" Lächerlich. Durchsichtig und primitiv. Von solchen Stichen wollte sie sich nicht verletzen lassen. Claire rannte das letzte Stück nach Florifère, schnell und unbewusst geduckt. Aber das Projektil saß schon. Und sein Gift wirkte.

Eine halbe Stunde vor dem großen Essen war auf Florifère längst festlich gedeckt.

„Du lieber Gott, wir kommen aus dem Feiern überhaupt nicht mehr raus!" Zilli rückte das Besteck gerade. Im kleinen Salon nebenan hatte Edda gerade eine Privatvorstellung. Sie lieferte eine nicht ganz unkomplizierte Beschreibung ihrer Kindheit auf dem bayrischen Bauernhof. Der Curé, seiner Haushälterin entronnen, saß direkt neben ihr und lauschte entzückt ihrem Schulfranzösisch.

François amüsierte sich über diese Blondine, deren rustikale Anekdoten in unübersehbarem Widerspruch zu ihrer zierlichen Erscheinung standen. Er amüsierte sich so sehr, dass ihm nicht auffiel, wie gedrückt Claire wirkte. Gerade als Edda mittels Salzstreuer und Korkenzieher vorführen wollte, wie sie als Elfjährige mit einem Heugespann die dörfliche Bushaltestelle zum Einsturz gebracht hatte, tauchte Armand auf und fragte nach Käthi und der Zuckerdose.

Das Kind war gegen halb fünf zu Claude und Jacqueline gegangen. Jetzt war es halb sieben.

„Käthi!", schrie Zilli in die Dunkelheit des Gartens. „Käthi!" Aber es blieb still.

„*Mais non*, sie ist mit dem Zucker sofort wieder zurückgegangen!" Claudes Telefonstimme klang erstaunt.

Gertrude legte den Arm um Zillis Schultern. „Ruhig, Zilli. Es gibt tausend Möglichkeiten, wo sie stecken kann."

„Wir suchen sie. François, du gehst auf dem linken Ufer Richtung Montrichesse. Edda und ich gehen auf dem rechten Ufer und dann in den Wald von St-Geoffroy."

Gertrude stand schon an der Tür. „Ich laufe Richtung Chenonceaux, Claude Berbessou wird mich sicher begleiten."

Josette rollte mit ihrem Stuhl näher. „*Mon Dieu*, ich hoffe, die Kleine ist nicht in den Fluss gefallen."

Es war gut, dass Zilli sie nicht verstand, denn Zilli war grau wie Beton und fast genauso starr. Das Telefon klingelte in ebender Sekunde, als Gertrude die Klinke in der Hand hielt, um die Tür zu schließen. Sie warf fluchend ihre Handschuhe auf den Boden. „Was?", hörte man sie schreien. Auf Deutsch. „Wen?"

Dann stapfte sie zurück in den Flur. Mit gefurchter Stirn sah sie Zilli an. „Am Telefon ist Hermann, Zilli. Dieser Hermann."

GERTRUDE, Edda und Claire hatten denselben Gedanken in derselben Sekunde. Claire wehrte François, der nichts verstand, aber wissen wollte, warum den vier deutschsprachigen Frauen der Schock im Gesicht stand, mit ungeduldiger Geste ab. Mit zwei Schritten war sie bei Zilli und drückte die Mithörtaste. Edda stand neben Zilli und lauschte so angestrengt, dass sie in Sekundenschnelle Kopfschmerzen bekam. „Du hast mir dein Geld verschwiegen, du Schlampe!"

Claire drückte noch einmal auf einen Knopf, diesmal auf die Aufnahmetaste.

„Du hast mich belogen, so wie deine Schwester, das versoffene Miststück!"

Hermann lachte. Im Hintergrund ein Aufschrei: „Tante Zilli!"

Ein Klatschgeräusch, ein dumpfer Fall, dann wimmerte jemand. Zilli musste sich festhalten. „Hermann, ist das Kind bei dir? Hast du Käthi? Hermann, wenn du ihr etwas tust, bringe ich dich um, ich bringe dich um!" Zilli hatte geschrien.

„Halt die Schnauze, Schlampe. Hör mir zu. Ich weiß, dass du Geld hast. Ich weiß sogar, dass du reiche Freunde hast. Deine rothaarige Nutte aus Bonn hat ein eigenes Haus, und der Kasten, in dem du jetzt steckst, ist auch nicht wertlos. Nur der kleine Hermann hat kein Haus. Er will auch keins. Er hat genug Wände gesehen. Ich will genau eine halbe Million Euro. So etwa 70000 für jedes Haftjahr, das ich dir verdanke. Das ist ausgesprochen preiswert. Wenn du die Polizei einschaltest, kriegst du die Kleine besonders schnell zurück, nur hat sie dann vorher einige Zeit unter Luftmangel gelitten. Und ab jetzt läuft der Sand durch die Uhr. Besorge den Schotter sofort, Dreckstück. Ich melde mich."

„Hör zu, es ist Feiertag!“, schrie Zilli. „Wie soll ich hier an so viel Geld kommen? Die Banken haben geschlossen!“

Er hatte schon aufgelegt.

Sie schluchzte dumpf, ließ sich auf einen Hocker fallen, sprang in der nächsten Sekunde auf. „Wie soll ich hier an Geld kommen? Wie? Ich habe nur 240000. Knapp die Hälfte.“

Edda fasste Zilli am Oberarm. „Verlier jetzt nicht die Nerven, Mädchen, du bist nicht allein. Ich helfe dir.“

Claire hatte den Franzosen übersetzt, was geschehen war. Der Curé wollte sofort die Polizei einschalten, aber Zilli leistete so vehementen Widerstand, dass niemand wagte, gegen ihren Willen zu agieren. Schließlich musste man Hermanns Drohung ernst nehmen. François war blass. Stumm saß er auf seinem Sessel, vornübergebeugt, und sah so finster aus, dass es förmlich knisterte. Er sprang auf. „Ich ertrage das nicht!“ Er sprach leise, nur zu Claire. „Es ist wahrscheinlich Wahnsinn, die Polizei einzuschalten. Und es ist Wahnsinn, sie nicht einzuschalten. Was kann man denn machen?“

„Das Geld organisieren. Warten, bis er wieder anruft.“

„Warten kann ich nicht gut. Und Geld habe ich auch keins.“ Er griff nach seiner Jacke. „Ich muss raus, Claire, ich werde sonst verrückt. Ich komme wieder. Aber ich weiß nicht, wann.“ Er ging, ohne sie noch einmal zu umarmen, ohne ihr noch einmal in die Augen zu sehen. Jeder hatte seine eigene Art, mit der Situation umzugehen. Claire verstand, dass sich François bewegen musste, aber sie fühlte sich verlassen, als die Tür hinter ihm zufiel. Warum hatte er nicht gefragt, ob sie mitkommen wollte?

Plötzlich ertrug sie die Spannung nicht mehr, zog ihre Winterjacke an und pfiff nach den Hunden. Vielleicht wurde der Kopf klarer, wenn man die kalte Luft spürte. Sie warf die Haustür zu und war erleichtert, das Telefongespenst hinter sich lassen zu können.

Im Wohnzimmer von Florifère starrte man minutenlang die Wände an. Josette und Gertrude wisperten, Edda dachte nach, dass die Luft um sie zu vibrieren schien, und Zilli stand bleich und starr mitten im Raum wie ein deplatziertes Möbel.

Armand hob die Nase. Wenn es stimmte, was er roch, war ihm zum ersten Mal in seinem Leben ein Puter angebrannt. Er rannte in die Küche, zog das Geflügel mit der verkohlten Haut aus dem Backofen und öffnete das Küchenfenster. Wenn er das Kind nicht zum Zuckerholen fortgeschickt hätte, säße es jetzt mit allen Freunden an der großen Tafel, würde lachen und essen. Armand setzte sich an den Küchentisch und barg sein Gesicht in den Händen. Er überschlug das Guthaben auf seinem Konto. Es reichte genau für das, was er Josette zum nächsten Geburtstag schenken wollte. Einen Wollmantel mit Pelzkragen. Er weinte.

IM HELL erleuchteten Pfahlhaus war Odile eben dabei, ein paar Kleidungsstücke in eine Reisetasche zu werfen, als jemand an die Haustür klopfte. Das Klopfen hatte etwas Gewaltsames, Überlautes. Es war nicht normal. Vorsichtig ging sie in die Küche. Glücklicherweise brannte hier kein Licht, und man konnte von hier aus die Eingangstreppe übersehen. François. Merkwürdig.

Er hatte doch jetzt Besuch von seiner Liebsten, dieser rothaarigen Halbgermanin. Und nun? Hatte er jetzt etwa Sehnsucht nach ihr, nach Odile? Was auch immer, egal. Sie hatte momentan keine Lust auf François. Pfeifend schlenderte sie in ihr Badezimmer und suchte nach einem violetten Nagellack, den sie mitzunehmen gedachte.

François klopfte wieder. „Odile, ich weiß, dass du da bist. Ich brauche deine Hilfe, Odile. Mach auf!"

Interessant. Ihre Hilfe. Wahrscheinlich ging es um die Praxis, also um Geld und um Margot. Aber François' Finanzprobleme gingen sie nichts an. *Er* hatte sich schließlich dazu entschlossen, die für alle bequeme Lösung aufzugeben. Ihre Mutter saß jetzt förmlich auf jedem Cent, und Odiles Ausreden mussten immer fantasievoller sein. So wie heute. Odile hatte vor, für eine Woche zu verschwinden und bei einer guten Freundin in Nantes abzutauchen. Sie hatte ihrer Mutter erzählt, dass sie sich eine Wohnung in Bordeaux suchen würde, für ein bevorstehendes Engagement am Theater.

„Odile! Bitte! Es geht um Leben und Tod!" Jetzt schlug er mit den Fäusten gegen das Holz und wäre fast der Länge nach hingeschlagen, als sie die Haustür plötzlich aufriss.

„Leben und Tod, mein Lieber? Du übertreibst!"

„Es geht um die Kleine, Odile, die immer mit Gertrudes Kater herumläuft."

Oh ja, Odile erinnerte sich. Sie hatte das Kind einige Male in Chimeray gesehen. Odile fand Kinder enervierend, aber dieses Mädchen hatte ihr gefallen. Es wirkte fast wie eine kleine Hexe, wie es da immer von der dicken Katze begleitet über die Brücke ging, in einer Hand einen Hammer. Einige Züge an Käthi erinnerten die große Odile an die kleine Odile.

François berichtete, fast atemlos, gequält. Odile saß auf dem schwarzen

Samtsofa, kaute auf einem Zahnstocher herum, ließ ihn ausreden, dann fragte sie: „Ist der Mann gefährlich?“

„Ich kenne ihn nicht, Odile. Nach dem, was Käthis Tante erzählt, jedenfalls nicht zu unterschätzen.“

„*Mon Dieu*, was für eine Geschichte. Faszinierend. Aber ich sage dir eines, François, ich werde Maman nicht auf Geld ansprechen.“

„Warum nicht?“

„François, ich sage dir, was Maman machen wird. Und zwar, ob ich mit ihr rede oder nicht. Sie wird keinen Cent herausrücken und euch an die Polizei verweisen. Darauf verwette ich meinen Kopf.“

„Mein Gott, das Geld ist doch da, Odile. Es darf doch nicht an der Kälte einer Egomanin liegen, dass Käthi das nicht überlebt!“

„Hör mir zu!“ Odile stand auf und zog den Reißverschluss ihrer Ledertasche zu. „Ich kenne Margot Morisseau sehr, sehr gut. Ich habe sie in Situationen kennen gelernt, die mich nur eines lehrten: Maman kann ungeheuer großzügig sein. Vorausgesetzt, sie bekommt etwas dafür. Und es gibt eine Sache, die ist ihr genauso wichtig wie Geld: ihr Prestige. Deshalb glaube ich …“

„Odile, bitte!“ François war aufgesprungen. „Ich habe keine Geduld, über die psychische Struktur deiner Mutter zu sinnieren.“

„Das solltest du aber. Sonst kommen wir nicht weiter.“

Odile Morisseau zündete sich eine Zigarette an. Plötzlich grinste sie böse. „Hör zu: Alles, was ich tun kann, ist, meine Reise um einen Tag zu verschieben. Ich habe eine Idee, und sie hat sogar mit dir zu tun, mein Lieber.“

„Kann ich irgendwie helfen?“

„Oh nein, besser nicht. Abwarten. Lass die liebe Odile mal machen. Du hast dich noch nie auf mich verlassen, nicht wahr? Mach doch einfach mal den Test, und tu es. Geh jetzt.“ Sie stand abrupt auf. Er folgte ihr zögernd. Plötzlich hielt sie mitten im Raum inne, griff nach seinem Kragen, zog ihn zu sich herunter, schlang ihre Arme um seinen Hals und küsste ihn mit solcher Heftigkeit, dass es einer Attacke gleichkam. Er erwiderte den Kuss in einem wirren Impuls von Spannung und Aggression.

„Oh, es geht ja noch!“, sagte sie atemlos. „Verzeihung, Herr Veterinär. Ich wollte nur noch einmal eine kleine Markierung setzen. Eine letzte. *Bonne nuit*, François. Und grüße deine Brünhilde von mir.“ François schüttelte benommen den Kopf und fuhr sich mit beiden Händen durch das Gesicht. Langsam schloss er die Haustür hinter sich. Odile schaute ihm spöttisch nach.

Als François die Brücke passierte, war ihm, als liefe Claire mit ihren Hunden geradewegs in die dunkle Zone des Uferpfades, aber dann versperrte ihm das Ortsschild von Chimeray die Sicht. François unterdrückte den Impuls, wieder nach Florifère zurückzukehren. Er hatte anderes vor und lenkte seinen Wagen auf die Höhe des Forêt d'Amboise.

KÄTHI hockte in einer Ecke des Wohnwagens. Es war kalt. Der Mann hatte ihr eben ein belegtes Brot hingeworfen. Aber sie konnte nichts essen. Im Wohnwagen war es ziemlich dunkel. Die Fenster waren von innen mit dünnen Sperrholzplatten zugenagelt.

Sie kauerte stumm auf dem schmutzigen Polster. Der Mann saß am anderen Ende des Wohnwagens an einem Tisch, den man herunterklappen konnte. Auf dem Tisch lag eine Taschenlampe. Er riss ein Baguette in Stücke und biss ab und zu in eine Salami. Dazu trank er Rotwein aus der Flasche. Er schaute sie nicht an, sondern las in einer Zeitung.

„Ich muss mal."

Der Mann fluchte. Er stand auf und öffnete die kleine Tür, hinter der sich ein winziges Gelass verbarg. Käthi schloss die Tür hinter sich. Sie zitterte. Durch eine kleine Klappe weit oben fiel trübes Winterlicht. Es war also schon Tag. Sie setzte sich auf die völlig verschmutzte Campingtoilette. Ihr linker Arm schmerzte, aber sie würde um keinen Preis Onkel Pacos Hammer aus dem Anorakärmel ziehen. Der Eisenkopf drückte ihr in die Rippen, der Hammerstiel versteifte ihren Arm, aber der Mann hatte bis jetzt noch nichts gemerkt. Er hatte John in den Bauch getreten. John hatte aufgeheult. Hoffentlich war er noch gesund. Wie einen nassen Sack hatte er sie gepackt, am Fuß der Brücke, auf der Seite von Chimeray. Die Zuckerdose war dabei hingefallen, der ganze Zucker lag jetzt auf der Straße. Niemand hatte sie gesehen, es ging so schnell.

Das Auto hatte einfach neben ihr gebremst. Der Mann war herausgesprungen, hatte die Autotür aufgerissen, sie gepackt und auf den Rücksitz geworfen. Einfach so. Sie waren lange gefahren, vielleicht eine Stunde oder noch länger. Und es war schon dunkel, man konnte nicht sehen, wo man war, die fremden Namen waren schwer zu lesen. Dann waren sie irgendwo gelandet, wo es Wald gab und keine Straßenlaternen mehr. Er hatte sie wieder herausgeholt und hier in diesen Wohnwagen geschleppt. Gestern Abend hatte er mit Tante Zilli telefoniert. Und sie hatte nach Tante Zilli gerufen. Er hatte sie so fest ins Gesicht geschlagen, dass sie nicht mehr wagte, ein Wort zu sagen. Seitdem war Käthi völlig verstummt. Außer gerade eben. Seit gestern Abend, seit der Ohrfeige, hatte er sie in Ruhe gelassen. Er hatte ihr eine verstunkene Decke übergeworfen. Sie hatte geträumt, sie wäre stundenlang Straßenbahn gefahren. Die Bahn hätte keine Türen gehabt. Schließlich war sie wach geworden, hatte wieder begriffen, wo sie war, und geweint. Aber leise.

Durch das Klofenster da oben passte sie nicht. Man konnte es auch nicht richtig aufmachen.

Hermann Rogatzke hob den Kopf. Wie lange blieb sie denn noch da drin? Er riss die Tür zur Toilette auf und verzog das Gesicht. Das Kind hockte immer noch auf der Brille, winzig, mit Riesenaugen wie eine Stubenfliege, und sah ihn an. Er warf die Tür wieder zu, öffnete vorsichtig die Außentür des Wohnwagens, nachdem er sich vergewissert hatte, dass niemand in Sichtweite war. Draußen war es noch etwas kälter als drinnen, aber die Luft war besser.

Hierher kam niemand. Der völlig verdreckte, offenbar seit Jahren nicht mehr benutzte Wohnwagen stand auf dem Gelände eines verfallenen Hofes, halb zugewachsen von einer verwilderten Thujahecke, umgeben von einer noch intakten Backsteinmauer. In fünfzig Meter Distanz begann der Wald. Das nächste Dorf war sechs, sieben Kilometer entfernt. Sein Auto hatte französische Kennzeichen, er hatte sie irgendwo in Metz auf einem Schrottplatz geklaut. Der Wagen stand ein paar hundert Meter entfernt, am Rand des Waldes an der Route Nationale, zwischen einigen abgestellten Anhängern auf einem Parkplatz, unauffällig. Trotzdem durfte das hier nicht lange dauern, er wollte nicht riskieren, von einem herumstreifenden Bauernbengel entdeckt zu werden. Hermann Rogatzke schloss die Tür. Das Kind kauerte wieder in seiner Ecke.

Hermann setzte sich an den Tisch und überprüfte den Akku seines Handys. Er würde noch eine Weile reichen.

Käthi tastete nach der Plastikflasche, die er neben das Polster geworfen hatte. Sie trank einen Schluck, dann noch einen. Der Hals tat weh. Es war so furchtbar kalt. Bei dem Gluckergeräusch der Flasche blickte der Mann auf.

Sie hatte ihr Brot nicht gegessen. Umso besser. Er packte sie, sie wurde völlig starr. Er klebte ihre Hände, die Handgelenke und die Finger zusammen, mit gelben Streifen von einer Rolle, klebte ihr auch einen breiten Streifen über den Mund. Sie starrte ihn an. Wieder diese Riesenaugen. Einen Moment lang stieg etwas in ihm hoch, ein vergessener Impuls.

„Kriegst du durch die Nase Luft?“, fragte er. Das Kind nickte.

Er zögerte einen Moment, dann fesselte er auch ihre Fußgelenke. Er griff nach einer löchrigen Steppdecke und warf sie über das Kind. An der Tür drehte er sich noch einmal um, schien kurz zu überlegen. Mit mürrischem Gesicht zog er die eklige Decke wieder fort und legte seinen eigenen, warmen Daunenschlafsack auf Käthi. Dann verschwand er.

Hermann hielt seine klamme Hand an das Gebläsegitter oben auf dem Armaturenbrett. Der Motor wurde langsam warm. Hinter der Waldgrenze bog er auf die Route Nationale ein. Drei Kilometer weiter gab es einen Truck-Stopp, der heute wieder geöffnet hatte. Genauso wie die Banken. In Frankreich gab es nur einen Weihnachtsfeiertag. Ein heißer Kaffee und einmal gründlich Händewaschen waren angenehme Aussichten. Danach würde er Zilli anrufen, ein zweites Mal. Die Spannung in seinem Kopf nahm zu.

Das hier war die einmalige Chance, sich mit genügend Geld abzusetzen. Er würde da untertauchen, wo man billig leben konnte. Wo man mit einer halben Million Euro noch der King war.

Scheißdreck, dass dieser Blödsinn in Frankreich abgewickelt werden musste. Unnötig schwierig. Aber es ging nicht anders. Auf der anderen Seite war es nicht unpraktisch. Er war bereits in dem Land, von dem ein angenehm unübersichtliches Schlupfloch nach draußen führte: der Hafen von Marseille. Ja, das wäre gut: Seeluft. Im Hafen von Marseille gab es nicht nur Fisch zu kaufen, das wusste er. Und es wurden nicht überall die Papiere von Seeleuten unters Mikroskop gelegt. Seeluft und dann ein Land mit Sonne.

Hermann Rogatzke schlürfte den erkaltenden Milchkaffee und vermied jeglichen Blickkontakt mit anderen Gästen der Imbissbude.

Er hatte das Kind geschlagen, als es nach Tante Zilli schrie. Hermann ließ kaum noch Gefühle zu, aber es tat ihm so etwas wie Leid. Er hatte in diesem Moment selbst unter unglaublichem Druck gestanden, hatte sich abreagiert. Kinder berührten einen Punkt in ihm, der sich merkwürdig weich anfühlte.

Er wollte fort, wollte das alles loswerden, den Blick der gequälten Stubenfliege, den Druck. Das Geld musste her, spätestens morgen musste er es haben. Jetzt war es kurz nach acht. Die Banken machten in einer knappen Stunde auf. Zeit für den nächsten Anruf. Er würde Zilli zunächst einmal bis Mittag Zeit geben. Und dann noch mal anrufen. Wenn sie es bis dahin hatte, umso besser. Sie sollten ein bisschen rotieren, Zilli und ihre reichen Freunde.

ZU DEMSELBEN Zeitpunkt saßen auf Florifère alle in der Küche. Niemand hatte geschlafen. Auf Florifère konnte niemand schlafen.

Zilli saß neben dem Apparat und bewachte das Telefon seit gestern Abend. Manchmal, und es waren qualvolle Momente, hatte es geklingelt. Leute, die Gertrude sprechen wollten: der Galerist, eine Schweizer Kusine, der Wirt vom Schlossrestaurant Montrichesse, bei dem sich Gertrude mit ihren Freunden für Silvester angemeldet hatte. Gertrude brachte dann jedes Gespräch in acht Sekunden zu Ende.

Claire stellte ab und zu einen Beruhigungstee neben Zilli, den sie kalt werden ließ. Auch nicht in den schlimmsten Nächten ihrer Flucht hatte sie sich so blutleer, so kraftlos gefühlt.

John war heute Nacht wieder aufgetaucht. Er schien verstört. Gertrude sagte zum hundertsten Mal: „Oh, Katze, warum kannst du nicht reden?“ Aber John wusste nicht viel, er verkroch sich in den Bauernschrank. Zwischendurch versuchten sie die fehlenden Teile des Mosaiks zu finden, um zu begreifen, wie Hermann nach Florifère hatte finden können.

„Die Karte von Käthi, die ich in Marlenes Gepäck vermisst habe, die muss er in die Finger gekriegt haben. Und das heißt, dass er bei ihr im Krankenhaus war.“ Zilli sah schrecklich aus. „Möglicherweise hat er Marlene umgebracht! Wenn das stimmt, dann werde ich nicht rasten und ruhen, bis er wieder sitzt, aber für immer. Ja, natürlich war er bei Marlene. Hat sie ausgequetscht, bedroht. Und sie hat daraufhin ihren Anfall gekriegt und ist gestorben. Dieser Mörder. Dieses Dreckschwein!“ Zilli merkte nicht, dass sie einen stabilen Cromarganlöffel wie ein Stück Silberdraht verbog.

Claire wurde erst jetzt bewusst, wie naiv und unvorsichtig sie sich damals alle verhalten hatten. „Ich vermute, er ist uns von Dortmund nach Bonn gefolgt. Hat rausgekriegt, dass du bei mir wohnst. Und auch die Sache mit dem Laden. Weißt du noch, wie du Burkhard zum Dank einen Champagner aus deinem Lieferwagen geholt hast? Der Lieferwagen mit deiner alten Adresse war für ihn wie eine Visitenkarte auf Rädern. Er hat uns wahrscheinlich observiert und danach Erkundigungen eingezogen.“

„Ich habe mich verhalten wie eine gottverdammte Idiotin.“ Zillis Stimme hatte einen Klang, als käme sie durch ein verkratztes Metallrohr.

„Ich habe dir gottverdammt idiotische Ratschläge gegeben, Zilli.“

Claire konnte sich selbst im Moment schwer ertragen. Durch den schwarzen Filz ihrer Angst, durch die Mauer ihrer Schuldgefühle drang kein Wort des Trostes. Die fieberhaften Bemühungen, das Geld zusammenzubekommen, liefen schon die ganze Nacht. Aber auf Claires

Seele lastete noch ein anderes Gewicht. François war vor ein paar Minuten auf Florifère eingetroffen, aber sie hatte ihn nicht begrüßt. Er sah vollkommen erschöpft aus und schien ihre distanzierte Haltung nicht zu registrieren, er schien fast überhaupt nichts mehr wahrzunehmen.

Mehrmals telefonierte Gertrude mit der Schweiz. Ihr Geld ruhte unter eidgenössischer Verwaltung in ihrem Heimatland, langfristig festgelegt. Nichts, was man binnen weniger Tage ohne Komplikationen loseisen konnte.

Zilli hatte als Einzige ihr gesamtes Geld auf dem Girokonto. Solange sie befürchtet hatte, von einer Stunde auf die andere fliehen zu müssen, hatte sie sich auf keinerlei Festlegung eingelassen. Ihr Geld konnte frühestens morgen abgeholt werden. In Deutschland war Feiertag. Bei Edda würde es noch mindestens einen weiteren Tag dauern. Aber jede Stunde Verzögerung bedeutete eine weitere Stunde Qual für Käthi. Hier musste jemand einspringen, der liquide war und der vor allem in Frankreich saß. Margot.

„Das könnt ihr vergessen", meinte François und zündete sich eine Zigarette an. Die fünfte an diesem Morgen. Er hatte heute früh ein Schild an die Praxistür gehängt: WEGEN KRANKHEIT GESCHLOSSEN. Seine Augen waren rot umrändert.

„Ich war übrigens bei Odile und habe sie bearbeitet, damit sie auf Margot einwirkt."

Claire zog eine Augenbraue hoch, aber er sah es nicht. In dieser Sekunde klingelte das Telefon. Vier Erwachsene stürmten gleichzeitig in den Flur. Zilli hob ab. Kleine Pause.

Dann seine rattige Stimme: „Ich treffe euch heute Nachmittag, Zilli. Euch beide: dich und die Reisetasche voll Geld."

„Wir haben es noch nicht zusammen, Hermann, wir tun, was wir können!", schrie Zilli.

„Beeilung. Bleib schön am Telefon sitzen. Und du weißt ja: ein Wort zu den Bullen, und …" Aus dem Telefon kam ein Geräusch wie zersplitternde Walnussschalen. Er legte wieder auf. Es war zwanzig nach acht. Das Telefon klingelte wieder. Diesmal griff Gertrude nach dem Hörer. Es war Odile. „Gertrude, ich bin informiert. François war doch hier. Pass gut auf: Geh bitte jetzt sofort über die Brücke, und klingle bei meiner gütigen Mutter. Auf diese Idee wirst du ja ohnehin schon gekommen sein. Bitte sie um das, worum du sie bitten wolltest, und warte einfach ab. Lass dich nicht abwimmeln. Und sag ihr bloß nicht, dass ich dich angerufen habe." Sie legte auf, bevor Gertrude nachfragen konnte.

„Ich gehe jetzt zu Margot Morisseau.“ Gertrude griff nach ihrer dicken Wolljacke. Sie schob den Unterkiefer vor, als müsse sie einen Boxkampf durchstehen.

TROTZ des frühen Morgens war Margot Morisseau perfekt frisiert, trug Perlen, einen Kaschmirspenzer und eine tadellos gebügelte weiße Bluse zu einem Tweedrock. Sie musterte die zerzauste Gertrude, die heute Morgen aussah, als habe sie im Schuppen genächtigt.

„Sie träumen doch wohl, meine Liebe. Fünfhunderttausend Euro sind etwa drei Millionen Franc. Das habe ich doch nicht griffbereit.“

Gertrude glaubte ihr kein Wort, das war klar zu sehen.

„Davon abgesehen“, fuhr Madame Morisseau fort, „selbst wenn ich sie hätte: Meine Antwort lautet nein. Sie sollten diese Sache den Leuten überlassen, die damit umgehen können, nämlich der Gendarmerie.“

„Der Täter ist unberechenbar, Margot. Wir können nicht riskieren, dass die Gendarmerie eingreift. Jedenfalls noch nicht. Noch bestehen alle Chancen, dass das Kind gesund zurückkommt. Aber wenn er merkt, dass wir uns nicht an seine Bedingungen halten, kann es gut sein, dass er durchdreht.“

„Und das ist der Exfreund Ihrer Freundin Madame Zilli? Merkwürdiger Bekanntenkreis, den sie da hat, finden Sie nicht, meine Liebe?“

Gertrude hätte ihr am liebsten ins Gesicht geschlagen. „Es geht um ein Menschenleben, Margot. Für Sie ist es ein Anruf bei der Bank. Vielleicht auch ein kleiner Besuch. Sie haben alle Sicherheiten, die man sich nur denken kann: Florifère, mein ganzes Geld und das nicht unbeträchtliche Vermögen von Madame Edda Rabl. Margot. Bitte! Sie gehen keinerlei Risiko ein.“

„Nein, meine Liebe, daraus wird nichts, fürchte ich.“

Gertrude stand auf. Sie musste sich bezwingen, dieser selbstgefälligen Dame nicht an die Gurgel zu gehen. In diesem Moment wurden sie von der Haushälterin unterbrochen. Ein Telefonat aus Tours, für Madame. Es sei dringend.

Margot erhob sich. „Ich glaube, wir haben alles Wesentliche gesagt, meine Liebe!“

„Nein, das haben wir nicht!“, entgegnete Gertrude grimmig. Wo blieb Odile?

Gertrude wanderte zum Fenster und schaute auf den Park der Villa, den François und sein Vater vor über zwanzig Jahren angelegt hatten.

Eine schmale Tür, die zum hinteren Korridor in den Seitentrakt der Villa führte, wurde geöffnet. Odile sah vorsichtig durch den Spalt. „St! Gertrude!"

Gertrude sah auf.

Odile winkte sie hektisch zu sich. Offensichtlich wollte sie nicht in den Salon kommen. „Maman weiß noch nicht, dass ich hier bin, ich werde gleich so tun, als wäre ich zufällig vorbeigekommen, aber erst wenn du wieder weg bist."

Odile griff in ihre Jackentasche und schob Gertrude ein festes Stück Papier in die Hand. Es war ein Foto. „Schau dir das an, Gertrude. Du kannst es nicht behalten, denn ich muss es auf der Stelle wieder in das Geheimfach ihres Schreibtisches zurücklegen, wo ich es gerade herausgeholt habe. Sie weiß nicht, dass ich es kenne. Sie wird nach diesem Gespräch sofort nachschauen, ob es noch da ist."

Gertrude betrachtete das Foto. Als sie begriff, was sie da sah, riss sie die Augen auf. Der etwa 17-jährige François und die etwa 35-jährige, schöne Margot. Das Bett war ebenso schlicht wie das Kostüm, das beide trugen – sie lagen nackt in einem Kornfeld. François hatte das idiotische Grinsen eines Angetrunkenen. Er saß aufrecht neben der offensichtlich schlafenden Margot. Vermutlich hatte François es mit Selbstauslöser aufgenommen. Gertrude drehte das Foto um. Mit Bleistift war eine Jahreszahl notiert. Das Bild war fast zwanzig Jahre alt. So alt wie der Park der Villa.

„Das ist nicht wahr!" Gertrude starrte Odile an und wusste nicht, ob sie lachen sollte. „Odile, kann ich nicht einen Abzug davon bekommen?"

„Viel zu umständlich. Hör mir zu!" Sie beugte sich vor, wisperte Gertrude ein paar Sätze ins Ohr, fuhr hoch, als sie Schritte hörte. „Scheiße! Meine Freundin aus Tours hat sie ja nicht lange ans Telefon fesseln können. Aber du hast verstanden, Gertrude?"

„Vollkommen, Odile. Du bist ein Schatz!"

Odile zuckte mit den Schultern, lächelte und schloss leise die Tür.

Margot kam in den Salon. Mit unwilligem Gesicht nahm sie wieder Platz in ihrem Ledersessel. „Ich wiederhole, Gertrude: Ich habe alles gesagt. Also."

Gertrude schloss die Augen und sammelte sich. Dann hob sie den Kopf und sah Margot fest in die Augen. „Was macht der Wahlkampf, Margot?"

Margot Morisseau zuckte irritiert mit den Lidern, entgegnete dann aber geschäftsmäßig: „Danke der Nachfrage. Ich habe bei den Wahlveranstaltungen recht gute Resonanz."

Gertrude lehnte sich an den Türrahmen. „Das verdanken Sie sicher nicht nur Ihrem Charme, Margot, was?"

Margot ging in Abwehrstellung. Sie wusste nicht, womit sie zu rechnen hatte.

„Das hat auch etwas mit dem guten Ruf Ihrer Familie als Hüter konservativer Werte zu tun, meine Liebe, nicht wahr?“

Margot duckte sich unwillkürlich, wie jemand, der zum Sprung ansetzt. „Wagen Sie es nicht, Gertrude, mit Ihrem breiten Schandmaul irgendetwas über meine Tochter und ihre angeblichen Probleme zu verbreiten. Das könnte übel für Sie ausgehen.“

„Keine Sorge, Madame Morisseau. Das würde ich schon um Odiles willen nicht tun. Aber ich mache mir trotzdem Sorgen um Ihren Wahlkampf! All Ihre konservativen Wähler! Was würden die sagen, wenn man in diesem linken Schandblatt, der *Voix démocratique*, auf einmal ein wunderhübsches Foto von Ihnen sehen würde? Margot Morisseau in ihren besten Tagen, Seite an Seite mit einem siebzehnjährigen, sichtbar alkoholisierten Hilfsgärtner! Und im allerhübschesten Kostüm, das denkbar ist! Bukolisches Idyll im Kornfeld, mit Selbstauslöser!“

Margot verlor ihre Gesichtsfarbe. Aber sie beherrschte sich. „Haben Sie das Foto von Odile?“

Gertrude verneinte erstaunt. „Ach, es gibt also noch einen Abzug davon? Schau an! Nein, nein, Madame, mein Abzug befindet sich seit zwanzig Jahren in Jacques’ Safe. François hat ihm das Foto gegeben, als er mit Jacquo und mir über diese Affäre sprach. Vernichten wollte er das Foto nicht, aber offensichtlich auch nicht bei sich haben.“

„Sie wissen seit zwanzig Jahren, dass François und ich eine Affäre hatten?“

Gertrude nickte. „Das und noch viel mehr. Ihr Gatte war ja ein gern gesehener Gast bei uns, das haben Sie doch nicht vergessen, Margot.“ Jetzt grinste sie breit, zufrieden mit der Rauchbombe, die sie gerade geworfen hatte.

Margot beherrschte sich. Natürlich gab es noch andere Dinge, die nicht an die Öffentlichkeit gelangen durften. Was konnte Gertrude wissen? Der verstorbene Monsieur Morisseau war ein verdammter Idiot gewesen. Vor allem, wenn er getrunken hatte. Was hatte er dem lieben Jacquo und der lieben Gertrude noch so alles erzählt? Warum das Pfahlhaus keine Baugenehmigung gebraucht hatte? Wie damals beim Bau der Schwimmhalle von Aimur-sur-Cher die Auftragsvergabe zustande gekommen war? Familie Morisseau hatte sich an diesem Projekt jedenfalls gesundgestoßen.

„Sie wollen mich also erpressen, Gertrude.“

Gertrude schaute sie aus freundlichen Augen an. „Es ist ein Vergnügen, mit intelligenten Menschen zu reden. Und deshalb verstehen Sie auch, dass sich mein Tarif gerade eben erhöht hat. Die Bedingung dafür, dass das Foto von meinem Safe in den Ihren übersiedelt, ist eine zweifache. Erstens: Wir beide fahren jetzt sofort zur Banque d'Amboise. Zweitens: Sie verlängern die Frist, die Sie François gesetzt haben, um ein Jahr und nehmen die Mieterhöhung zurück."

Margot schwieg.

„Bedenken Sie, meine Liebe: Sie gehen bei beiden Forderungen absolut kein finanzielles Risiko ein. Sie werden Ihr Geld zurückbekommen, das wissen Sie. Aber das Risiko, dass Ihre persönliche und natürlich auch gesellschaftliche Karriere übermorgen zu Ende ist, das ist hoch."

Einen Moment lang glaubte Gertrude, der blinkende Gegenstand, nach dem Margot griff, sei eine kleine Pistole. Aber es waren Margots Autoschlüssel.

13

Zilli legte den Telefonhörer auf. Sie zitterte stark, mit Bewegungen, über die sie keine Kontrolle mehr zu haben schien. Gertrude und Edda schauten sich besorgt an. Edda hatte auf einem großen Zettel mitnotiert: *Geld gebündelt, in einer Reisetasche. Uhrzeit: Punkt 15 Uhr. Ort: Bushaltestelle hinter Saint-Cyr-de-Touraine. Fünfzig Meter weiter rechts ein Feldweg. Da parken.* Weitere Anmerkungen von Hermann – aber die hatte Edda nicht notiert: „Und noch mal, Zilli, keine krummen Touren. Wenn dir jemand folgen sollte: Ich merke es sofort. Mein Kollege ist mit dem Kind zusammen im Versteck. Wenn du die Bullen einschaltest, hört dein putziges Patenkind auf telefonische Anweisung hin sofort auf zu atmen."

„Nie im Leben hat der einen Komplizen." Gertrude zwang Zilli, einen schwarzen Tee zu trinken, bevor sie sich ans Steuer setzte. „Dazu ist die Summe viel zu niedrig. Komplize! Schwachsinn."

Zilli blieb stumm.

„Und wenn du mich unter einer Wolldecke im Lieferwagen versteckst?", fragte Edda.

Zilli verneinte stumm.

„Aber, Zilli, das gäbe dir vielleicht ein Gefühl von Sicherheit!" Edda insistierte.

„Ach, Edda, nun nerv doch Zilli nicht unnötig. Du wirst auch nichts gegen ihn ausrichten können.“ Claires Stimme war ungewohnt schroff.

Zilli stand auf und griff nach dem Autoschlüssel. Gertrude nahm eine Tafel Schokolade aus dem Küchenschrank und hielt Zilli fest. „Das wird gegessen, Zilli.“

Zilli schüttelte wieder den Kopf. „Zilli, du hast seit 24 Stunden nichts gegessen. Willst du etwa kollabieren? Also iss das jetzt!“

Zilli gehorchte.

Claire, Gertrude und Edda standen auf dem Kiesplatz von Florifère. Es war ein dunkler Tag, gleich würde es regnen. Zilli bestieg ihren Lieferwagen und legte die blaue Nylontasche auf den Beifahrersitz. Sie startete den Motor. Hermann hatte vor drei Minuten angerufen, jetzt hatte sie noch genau eine Dreiviertelstunde Zeit.

Claire gab sich einen Ruck: „Tut mir Leid, mein Ton von eben, Edda.“

Edda legte die Hand auf Claires Arm. „Schon gut, Sandmann. Wir sind wohl alle etwas durchgedreht.“ Edda war in dem Durcheinander nicht entgangen, dass François heute Vormittag nach einem kurzen Wortwechsel mit Claire einfach verschwunden war.

St-Cyr-de-Touraine war kein besonders aufregendes Pflaster, vor allem nicht im Winter. Im Sommer sah das ganz anders aus. Die Touristen besuchten die romanische Kapelle, die wundertätige Statue des Dorfheiligen, und am Ufer des kleinen Badesees lagerten Nudisten; ein paar Herren aus dem Pariser Föhnfrisurmilieu hatten einmal versucht, im Zweisternerestaurant „Montaigne“ die Zeche zu prellen. Eric Petitjean, der freundliche Commandant der Gendarmerie von St-Cyr, und seine drei Kollegen konnten sich während der Saison über Langeweile nicht beklagen. An diesem Dezembertag, so kurz nach Weihnachten, gähnte der Commandant pausenlos.

Für Abwechslung sorgte lediglich Madame la Marquise, die in dem kleinen Schloss außerhalb des Dorfes wohnte. Dort wurde nach Ansicht der Marquise regelmäßig gestohlen. In 99 Prozent der Fälle hatte Madame la Marquise vergessen, dass der Nerz beim Kürschner war oder die wertvolle barocke Tischuhr beim Uhrmacher. Meistens allerdings hatte die Marquise einfach etwas verlegt und rief aufgeregt bei Petitjean an. Dann musste er ausrücken und Diebstähle protokollieren. Heute Mittag hatte sie bereits in der Gendarmerie angeläutet.

Erneut klingelte das Telefon. Madame la Marquise. „Ich möchte, dass

Sie sofort kommen! Der Teppich in der Eingangshalle ist verschwunden, der wunderbare Täbris. Er ist einwandfrei gestohlen worden. Ich verlange, dass Sie das zu Protokoll nehmen!“

„Gut, gut, ich komme, Madame la Marquise, in ein paar Minuten. *Bonjour, Madame.*“

Er legte unsanft auf. Dass Madame der Ansicht war, sie lebe noch im Ancien Régime und dürfe ihn entsprechend herumkommandieren, wollte ihm nicht in den Kopf. Immerhin war Monsieur le Marquis, ihr Sohn, ein umgänglicher Mensch, der ihm nach getaner Arbeit meist eine kubanische Zigarre und etwas Hübsches aus einer geschliffenen Karaffe anbot. Es war ihm offensichtlich peinlich, wie Frau Mutter sich gebärdete.

Petitjean schloss seufzend die Computerdatei mit dem Patiencespiel, trank seinen Kaffee und verließ das Dienstgebäude, vor dem Kollege Baudry schon mit dem Streifenwagen wartete. Die Temperaturen waren nicht mehr eisig, aber das Wetter war scheußlich heute. Dunkelgrau schoben sich die Wolken des atlantischen Tiefausläufers über die Touraine.

Oben auf der Anhöhe, am Ortsausgang kurz hinter der Bushaltestelle, bemerkten die beiden Gendarmen einen weißen Lieferwagen, der in der Einmündung des Feldwegs parkte, der genau zum entlegenen Hof von Baudrys Schwiegervater führte. Ein paar Meter davon entfernt stand am Straßenrand ein dunkler Ford in Fahrtrichtung. Der Motor lief, eine Seitentür war geöffnet. Ein Mann warf ein Paket oder eine Tasche auf den Sitz, knallte die Beifahrertür zu, sprang in den Wagen und fuhr los. Der Commandant registrierte gerade noch eine Frau, die Anstalten machte, zum weißen Lieferwagen zurückzugehen, als er sah, dass das Nummernschild des dunklen Personenwagens offensichtlich nur noch an einer Schraube hing. Ein paar Meter noch, und der Fahrer würde es verlieren, ohne es zu bemerken.

„Baudry, fahr mal hinterher, der ist gleich sein Schild los!“

Baudry nickte und beschleunigte, fuhr am weißen Lieferwagen vorbei.

Beide Gendarmen hörten nicht, dass hinter ihnen die Frau entsetzt aufschrie, blickten nicht zurück, sahen nicht, dass sie auf einmal auf der Fahrspur stand und mit den Armen ruderte. Baudry und Petitjean merkten nur, dass der Fahrer des dunklen Wagens ebenfalls beschleunigte. Und zwar so stark, dass in Petitjean der Jagdinstinkt erwachte.

„Hinterher, Baudry! Da ist was faul. Was hat der denn?“

Der fremde Wagen begann zu rasen. Baudry drehte auf. Petitjean gab ihm ein Zeichen, Baudry setzte die Warnleuchten in Gang. Er kannte die

Landstraße wie ein Bobweltmeister die olympische Abfahrt. Die ganze lange Allee vom Dorf bis zum Château de St-Cyr jagten sie hinter dem Ford her. Kurz hinter dem Wegkreuz, an der Einmündung zu der geschotterten Schlosszufahrt, war eine verdammt gefährliche Kurve. Dort standen drei Walnussbäume. Der Ford hielt mit unverminderter Geschwindigkeit auf die unübersichtliche Stelle zu. Petitjean fluchte, Baudry gab dem Raser vor ihnen Warnsignale mit der Lichthupe, schaltete herunter, und beide sahen in einer Sekunde kalten Entsetzens voraus, was gleich geschehen würde. Petitjean stand der Schweiß auf der Stirn.

Mit schrillem Geräusch versuchten die Bremsen, das Unvermeidliche aufzuhalten. Aber es *war* das Unvermeidliche, der Ford krachte mit fast unverminderter Geschwindigkeit in den ersten Nussbaum. Das Getöse war entsetzlich. Das Getöse und das Bewusstsein, dass niemand einen solchen Aufprall überleben konnte.

Der Marquis de St-Cyr war nicht nur passionierter Landwirt und Hobbyhistoriker, er sprach auch ein leidlich gutes Deutsch, denn er hatte während seiner drei Heidelberger Semester eine Schwäche für Erich Kästner entwickelt und fast alles von ihm gelesen.

Jetzt saß der Marquis neben Zilli, Petitjean gegenüber, und übersetzte dem Commandant, was er wissen musste. Der Marquis, der im Moment des Unfalls gerade das defekte Gittertor der Schlosseinfahrt überprüft hatte, war Augenzeuge gewesen und hatte sich, nachdem die fassungslose Zilli an der Unfallstelle angelangt war, als Übersetzer zur Verfügung gestellt. Dass es sich hier nicht um einen normalen Verkehrsunfall handelte, war allen in derselben Sekunde klar, als sich Unmengen von Geldscheinen wie welkes Laub auf der nassen Straße festsetzten.

„Ah, Chimeray, Madame Birnbaum“, sagte der kunstsinnige Marquis. Er wandte sich an Petitjean. „Ich kenne Madame Birnbaum. Erstaunliche Dame.“

„Also können wir die Angaben von Madame Birnbaum ernst nehmen, es handelt sich wirklich um Kidnapping?“, fragte Petitjean. Er hatte gerade ausführlich mit Florifère telefoniert, seine Kollegen aus Montrichesse waren schon auf dem Weg zu Gertrude.

„Aber absolut.“ Der Marquis wiederholte die Frage, die Petitjean vor zwei Minuten an Zilli gestellt hatte. „Was hatte Ihnen Monsieur Rogatzke gesagt?“

„Ich sollte sofort zurückfahren und auf seinen Anruf warten. Er wollte mich nach Ablauf von zwei Stunden anrufen und mir sagen, wo Käthi ist." Zilli atmete scharf ein, als hätte sie starke Schmerzen. Sie blickte ihren Übersetzer an. „Ich habe solche Angst. Ich habe solche Angst, dass er seinen Komplizen angerufen hat, dass er Käthi …" Sie stockte. „Er sagte nämlich, dass er das sofort tun würde, falls ihn die Polizei verfolge. Er ging doch bestimmt davon aus, dass ich die Gendarmerie alarmiert hatte, als der Streifenwagen ihn verfolgte."

„Bei so einem Tempo hat kein Mensch die Möglichkeit, ein Handy zu bedienen", ließ Petitjean sie über den Marquis wissen. „Aber wir haben alles sichergestellt, was den Unfallwagen anbelangt – wenn ein Handy dabei ist und wenn es möglicherweise noch funktioniert, dann hätten wir auch die zuletzt gewählte Nummer gespeichert. Dann sieht man ja, mit wem er gesprochen hat."

„Aber dann wissen wir immer noch nicht, wo sie ist." Zilli verzog das Gesicht, schloss die Augen und weinte.

Der Marquis de St-Cyr nahm bekümmert ihre Hand. „Vertrauen Sie der Gendarmerie, Madame, man wird die Kleine finden", sagte er, aber es klang hilflos.

Es klopfte an der Tür des Dienstraumes. Edda trat ein, blickte zunächst orientierungslos um sich, sah Zilli, nahm sie in den Arm und wiegte sie wortlos, wie man ein Kind tröstet.

AUF FLORIFÈRE ertrugen es Gertrude und Claire nicht, auch nur eine Sekunde lang sitzen zu bleiben, nachdem die Gendarmerie aus Montrichesse ihr Verhör beendet hatte. Claire lief durch die Küche, immer im Kreis. „Ich gehe jetzt mit Lotte das Kind suchen!" Claires Stimme flackerte. Lotte fiepte unruhig.

Gertrude drehte sich plötzlich um und sah Claire in die Augen. „Es ist im Moment vermutlich unwichtig, aber was ist zwischen François und dir vorgefallen?"

„Frag einfach François und Odile, die können dir das besser erklären. Odile hat sich ihren Tierarzt zurückgekauft. Vielleicht hat sie dann großzügig noch das Lösegeld draufgelegt."

„Du spinnst, Claire. Das Lösegeld hat Margot lockergemacht, Odile hat mir dabei geholfen."

„Und wie?"

„Ich habe ihr versprochen, keine Details zu erzählen."

Claire fuhr sich mit beiden Händen über die Stirn. „Ich habe gesehen, wie sie sich gestern Abend mit Leidenschaft in den Armen lagen, und heute Nacht war François nicht in Amboise, denn ich habe ihm den Anrufbeantworter voll gequakt, und er hat nicht reagiert."

„Das glaube ich nicht, Claire. Ich bin sicher, dass du dich irrst."

„Ich weiß, was ich gesehen habe", entgegnete Claire kurz. „Aber all das muss warten, bis wir Käthi gefunden haben." Sie putzte sich die Nase und zog ihren Anorak an.

Gertrude griff nach ihrer Winterjacke. „Vermutlich ist es idiotisch", sagte sie, „aber ich komme mit." Sie nahmen einen Pullover von Käthi und ließen Lotte daran riechen: „Such Käthi, Lotte, such!"

SIE FANDEN nichts, keine Spur. Immerhin kosteten die Kilometer, die sie an diesem Nachmittag kreuz und quer durch den Forêt d'Amboise liefen, viel körperliche Energie, die sonst ihren unguten Weg in noch mehr Selbstvorwürfe und Liebeskummer gefunden hätte. Zumindest gab es eine gute Nachricht: Es hatte kein Telefonat mit einem angeblichen Komplizen gegeben. Hermann hatte zuletzt mit Florifère gesprochen. Um 14.12 Uhr. Aber man hatte in seinem Reisegepäck die Postkarte von Käthi gefunden.

Als Zilli auf der Kommandantur von St-Cyr davon erfuhr, ging ein Ruck durch ihren Körper. Wie hatte Marlenes letzte Stunde ausgesehen? Aber die Angst um Käthi schob sich sofort vor alle Schreckensbilder und ließ vorläufig noch keinen Raum für anderes, neues Entsetzen.

„Wo werden Sie mit der Suche beginnen, Commandant?", fragte der Marquis.

„Wir suchen zunächst entlang der Strecke Chimeray–St-Cyr, das ist das Nächstliegende, dann ziehen wir die Kreise weiter." Commandant Petitjean hatte bereits dafür gesorgt, dass die Drähte heiß liefen. Aber das Kind konnte natürlich auch ganz woanders sein. Dass Käthi in genau 77 Kilometer Gegenrichtung in einem Wohnwagen kauerte, ahnte niemand. Es war ein Wettlauf mit der Zeit.

„Eigentlich können Sie und Madame Zilli jetzt nach Hause fahren", erklärte Commandant Petitjean nach der langen Vernehmung. Edda hatte die Rolle der Übersetzerin übernommen, aber der Marquis war sitzen geblieben. Diese Sache ging ihm nahe.

„Ich werde Käthi suchen!", sagte Zilli.

Commandant Petitjean schüttelte den Kopf. „Lassen Sie das besser, Madame, Sie sollten sich schonen", ließ er übersetzen. „Wir durchkämmen jeden Quadratmeter."

Zilli reagierte nicht, sondern zog ihre Daunenjacke über. Edda schaute die beiden Männer an, hob die Schultern. Sie wickelte sich in ihren Tweedmantel. „Ich komme mit, Zilli."

Draußen, auf dem Gang vor dem Dienstzimmer des Commandant, nahm der Marquis Edda am Arm. „Ich werde Sie begleiten, Mesdames", sagte er halblaut. „Man sollte nichts unversucht lassen. Ich schlage vor, wir beginnen hinter meinem Grundstück. Es gibt eine kleine Höhle unterhalb der Hügelkette von St-Cyr und noch so ein paar Schlupfwinkel. Wir sollten nur auf keinen Fall der Gendarmerie in die Quere kommen."

Sie hatten gerade den Parkplatz vor der Gendarmerie erreicht, als der Commandant dem Marquis durch das offene Bürofenster zuwinkte: „Madame la Marquise am Telefon! Sie ruft noch einmal an wegen des Teppichs in der Eingangshalle. Angeblich hat man ihn gestohlen. Können Sie etwas dazu sagen, Monsieur le Marquis?"

Der Marquis raufte sich die Haare. „Sagen Sie bitte meiner Mutter, er sei in der Reinigung. Sie hat die Leute gestern selbst angerufen und empfangen."

Commandant Petitjean grinste und nickte.

HEUTE früh war der Mann verschwunden, dann nach ein paar Stunden zurückgekehrt und hatte ihr die Klebstreifen abgenommen, damit sie das Sandwich doch noch essen konnte. Es war Mittag, wie sie auf seiner Uhr sah.

„Musst du aufs Klo?"

Sie war also noch einmal auf dieses Jaucheloch gegangen. Als sie wieder zurück auf ihren Platz schleichen wollte, sagte der Mann: „Sie holen dich heute hier raus, aber es dauert noch." Käthi hatte ihn nur angestarrt. Er hatte einen ganz dunklen Blick, wie jemand, der wild war – und auch Angst hatte.

Dann hatte er sie wieder mit Klebstreifen gefesselt. Wieder hielt Käthi die Arme steif von sich, als er ihre Handgelenke verklebte, wieder merkte er nichts von dem Hammer. Er klebte ihr einen Streifen über den Mund. Er umwickelte die Fußgelenke, aber nicht so fest wie vorher. Dann nahm er seine Reisetasche und den Schlafsack. Das sah aus, als würde er nicht mehr wiederkommen. Kurz vor dem Verlassen des Wohnwagens drehte er sich noch einmal um. „Sie holen dich noch heute hier raus", wiederholte er. Dann war er verschwunden.

Für Käthi begann nun die zunächst hoffnungsvolle Zeit des Wartens.

Zwei-, dreimal war sie ganz sicher, Motoren und Stimmen zu hören, und ihr Herz wurde leicht. Dann wieder Stille, grausame Stille. Die Zeit war unvorstellbar zäh.

Ihr ganzer Körper schmerzte, der Hammer drückte ihr in die Rippen, das Halsweh wurde schlimmer. Sie warf sich in einem verzweifelten Impuls hin und her. Zwischendurch blieb sie still liegen und dämmerte vor sich hin. Es begann wieder zu dunkeln, man konnte fast nichts mehr sehen.

Käthi wand sich über die Polster wie ein Wurm. Der Hammer schmerzte mittlerweile furchtbar beim Vorwärtsrobben. Schließlich war sie am Ende der Liegefläche angekommen. Plötzlich fiel sie auf den Boden, stieß sich heftig den Kopf. Der Schreiimpuls, der Schmerz, das Weinenwollen und nicht können waren schrecklich mit diesem verklebten Mund. Sie blieb eine Weile liegen, bis der Schmerz nachließ, aber er hatte sie wach und zornig gemacht, ihre Lethargie durchbrochen.

Sie bewegte die Fingerspitzen. Sie glitten über raues, schartiges Holz. Das musste die Kante des Unterschranks sein. Langsam führte sie ihre verklebten Gelenke an der schrundigen Splitterkante des Möbelstücks vorbei, immer wieder. Vielleicht konnte man so den Klebstreifen durchscheuern. Es war unendlich mühsam, denn sie konnte wegen des Hammers ihre Arme nicht anwinkeln. Mit scharfem Schmerz fuhr ihr ein Splitter in die Haut. Der Schrei glich dem Geräusch eines ertrinkenden Tieres. Sie zerrte verzweifelt ihre verklebten Hände auseinander, vergebens. Nichts tat sich.

ZIELLOS fuhr Claire durch das Dorf, dann auf die Route Nationale, bog in Richtung Vierzon ab und versuchte der Spannung ihres Körpers Herr zu werden. Auto fahren war für sie in Stresssituationen immer das beste Mittel, denn sie musste sich gezwungenermaßen auf etwas anderes konzentrieren. Die Ruhe, die sich einstellte, war vorübergehend und seltsam starr, aber sie tat wohl. Dann kam wieder die grausame Angst, dass Käthi vielleicht nicht mehr lebte. Die Sehnsucht nach François ließ sie einen Moment lang aufschluchzen. Kalte Wut packte sie. Auf Margot, auf Odile, auf François. Auf Menschen, die Menschen kauften. Auf ihn, der sich kaufen ließ. Aber es konnte doch nicht stimmen! So sehr konnte sie sich nicht in ihm getäuscht haben. Wieso aber hatte er heute Morgen ein Gespräch umsegelt? Wieso hatte er Odile in den Armen gehabt?

Die Bilder wirbelten durcheinander. Odile und François, im hellen Wohnzimmer, eng umschlungen, für jeden Spaziergänger auf dem Uferweg sichtbar. „Es wäre nicht das erste Mal“ – Margots kalte Augen. Und schließlich wieder Käthi, irgendwo in einem Verschlag, halb erfroren vor sich hin dämmernd.

„Schluss damit, Sandmann!“, brüllte sie sich selbst an und umklammerte das Lenkrad noch fester. Lotte bellte erschrocken, sie war ohnehin verwirrt von Claires finsterer Wolke.

Plötzlich, aus einem Impuls heraus, bog Claire von der Route Nationale ab und raste eine dunkle Route Départementale entlang. Erst als die Scheinwerfer ein verwittertes Restaurantschild mit dem Namen RELAIS DE TALLEYRAND beleuchteten, fuhr sie langsamer und entdeckte auf einem Meilenstein die Ziffer 956, sah auf der Karte nach und wusste, dass sie sich ganz nahe an dem Waldstück befand, in dem sie mit Gertrude im Sommer einen Picknicktag wie aus Kinderzeiten verbracht hatte, an einem kleinen Waldsee, mit Freunden und Hunden. Und ohne François, es war in der Zeit vor ihrer Liebe gewesen. Es musste eine unbewusste Handlung gewesen sein, ausgerechnet hier abzubiegen. Hier hatte sie es zum letzten Mal erlebt: Glück ohne ihn, Lachen ohne ihn.

Sie parkte das Auto in der Einmündung eines finsteren Waldweges. Der Wind war stärker geworden. Äste peitschten auf das Autodach, Lotte hüpfte auf den Beifahrersitz und drängte sich an ihre traurige Claire. Claire liebkoste den Hund, vergrub ihr Gesicht in Lottes Fell. Schließlich stieg sie aus, ließ Lotte noch einmal an Käthis Pullover schnüffeln, schrie: „Such, Lottchen, such, such!“, dann rannte sie den finsteren Waldweg hinunter, rannte und schrie, schrie so laut sie konnte, lief fort, vor sich selbst, vor François und der Angst.

ES WAR stockfinster. Käthi war steif vor Kälte, vor Angst. Aber sie musste weiter an den Klebefesseln sägen, weiter, weiter. Käthis kleiner Körper bewegte sich heftig hin und her, blinde Wut packte sie. Warum holte sie niemand hier raus? Und man hatte doch angeblich einen Schutzengel. Saß der jetzt gemütlich mit zusammengeklappten Flügeln auf der Campingbank und sah ihr zu? Sie ließ sich keuchend auf den Rücken fallen, zerrte wild an den Handfesseln. Nichts. Sie weinte. Noch einmal bewegte sie verzweifelt die Handgelenke, obwohl sie vor Schmerzen fast verrückt wurde. Die Klebstreifen schienen etwas nachzugeben. Ja, es stimmte!

Die zähe Überlebensenergie erwachte wieder. Käthi robbte sich dichter an die kaputte Schrankseite und setzte ihre Schabearbeit an der splitterigen Kante fort. Die Klebstreifen wurden langsam, aber sicher vom rauen Holz durchtrennt.

Es schien Stunden zu dauern. Eine halbe Ewigkeit. Aber dann ging der Klebstreifen an der schartigen Schrankkante doch noch kaputt. Einen Moment lang ließ sie die Arme herunterhängen, dann wand und drehte sie ihre Hände, bekam die Streifen mit den Fingern zu fassen und riss sie ab, zog endlich auch das Pflaster vom Mund. Es war eine unendliche Erleichterung, laut zu weinen. Sie tastete nach den Fußgelenken, schaffte es nach langem Zerren, das Klebeband Stück für Stück zu entfernen, und stand schließlich nach über 24 Stunden wieder richtig auf den Beinen. Wackelig, im Dunkeln, eingesperrt, aber sie konnte sich bewegen.

Raus hier! Käthi zog erleichtert den Hammer aus dem Ärmel. Sie umfasste den Holzstiel, tastete nach der Tür, nahm Onkel Pacos Hammer in beide Hände und prügelte auf das Schloss ein. Es sprang auf, aber die Tür ließ sich nur einen Spaltbreit öffnen. Der Mann hatte sie von außen mit Draht verschnürt. Käthi heulte mit offenem Mund, es war ein wütendes Greinen. Spucke lief auf den Anorak. Sie prügelte weiter auf die Tür ein, aber sie merkte bald, dass die Tür zu dick war, der Kunststoff zu stabil. Erschöpft ließ sie den Hammer sinken, setzte sich wieder auf den Fußboden. Sie musste an Onkel Paco denken, an den Tag, an dem sie sein Abschleppauto hätte verbeulen dürfen. Wo war Tante Zilli? Warum kam niemand?

Wieder rappelte sie sich auf. Sie konnte nichts sehen. Sie tastete sich durch den Raum, kletterte auf die Polsterbank im hinteren Teil des Caravans. Dort hatte ihr Entführer am Morgen noch gesessen. Sie erinnerte sich daran, dass direkt über die Sitzbank eine große Spanplatte genagelt war, an deren rechter Seite vor ein paar Stunden noch ein Streifen grauen Tageslichts geschimmert hatte. Ein Fenster also.

Aber jetzt! Mit wachsender Wut hieb sie auf die Sperrholzverkleidung des Fensters ein. Drinnen und draußen waren die Dunkelheit und die Angst. Aber draußen war auch die Freiheit. Irgendwo musste ein Haus sein, in dem gelbes Licht brannte, vielleicht war Florifère ja in der Nähe. Sie würde es suchen. Die Spanplatte fiel zu Boden, durch das marode Fenster sah man plötzlich den Mond. Dann kam auf einmal das Fenster im Ganzen herunter, die morschen Angeln hielten es nicht mehr.

Käthi kletterte durch das Loch nach draußen. Ihre Füße trafen auf einen wackeligen Stapel uralten Brennholzes, die Freiheit war eiskalt, aber sie roch gut. Der Wind hatte zugenommen, aber Käthi ließ ihren Anorak offen, keine Zeit, fort von hier, heim zu Tante Zilli, aber wo war sie? Wo waren Leute? Gute Leute? Die Wolken gaben ab und zu den Mond frei, sie fand das Tor zum Feldweg schnell, ließ das ummauerte Grundstück hinter sich, begann zu rennen, fiel hin, weinte, rappelte sich auf, tastete nach dem Hammer, begann zu rufen. Nach fünfzig Metern war das offene Land zu Ende, hier begann der dunkle Wald. Käthi zögerte, doch sie hatte Angst umzukehren, wieder an dem verlassenen Gehöft vorbeizulaufen, Angst, der Mann könnte doch wiederkommen und sie fesseln, sie erneut in diesem verstunkenen kalten Wohnwagen einsperren.

„Tante Zilli! Tante Zilli, wo bist du?“ Käthi schrie und schluchzte, dann sank sie in die Knie und überließ sich zum ersten Mal der Schwäche, die jetzt immer mehr nach ihr griff.

Die Marquise war entsetzt, als ihr Sohn abends nicht pünktlich zum Diner am Tisch saß. Als er dann mit halbstündiger Verspätung doch noch erschien, war er nicht etwa umgezogen, sondern trug schmutzige Gummistiefel, vor allen Dingen aber war er in Begleitung von zwei Frauen. Deren Schuhwerk war ebenfalls lehmverkrustet, ihre Jacken und Mäntel mit dürren Ästchen und Blättern gespickt. Die ältere, molligere der beiden Frauen sah zum Fürchten aus: Augen wie ein gramvoller Uhu, fahrige Gesten, gebückte Haltung.

Ob der Sohn die beiden Damen irgendwo auf dem Privatgelände aufgegriffen hatte, bei einer Ungesetzlichkeit? Aber nein, er war ausgesucht höflich, stellte sie seiner Mutter vor, bat die Haushälterin um warme Getränke und zeigte den Damen das Gästebadezimmer im ersten Stock. Als Zilli und Edda im Bad verschwunden waren, wandte sich die Marquise ihrem Sohn zu.

„Bitte, Étienne, kläre mich auf! Haben wir neuerdings fahrende Damen am Tisch, gibt es heute Abend Zigeunermusik – oder was ist dir dabei eingefallen?“ Die Marquise stützte sich erbost auf ihren Krückstock. Étienne de St-Cyr war ein netter Sohn, insgesamt auch recht fügsam, aber manchmal unabhängiger, als man vermutet hätte. Mit wenigen Worten erklärte er seiner Mutter den Sachverhalt, teilte ihr seinen Entschluss mit, die Damen zum Diner einzuladen und sich gegebenenfalls auch darum zu kümmern, dass sie wohlbehalten wieder in Florifère landeten.

Gestützt von Edda stolperte Zilli die Treppe hinunter. Vom unteren Treppenabsatz blickte man durch die weit geöffneten Türen in den Speisesalon. Zilli stockte.

„Ich kann da nicht am Tisch sitzen, Edda. Ich kann da jetzt nicht sitzen und Wein trinken und höflich aussehen. Bitte, lass mich irgendwo sitzen, iss du etwas, ich kann nicht.“

Es bedurfte keinerlei Erklärungen, der Marquis bugsierte Zilli zu einem großen Lehnsessel, ließ ihr eine Tasse Verbenentee bringen und legte sein Telefon auf einen kleinen Tisch neben sie. Edda bemerkte diese Geste, sie berührte sie. Zilli würde Commandant Petitjean nicht verstehen, wenn er anrief, aber der Marquis wollte ihr damit einen wie auch immer gearteten Draht zu Käthi verschaffen.

Edda nahm den Platz ein, den ihr die Marquise mit einer Geste anwies, und blickte, wenn sie den Kopf hob, genau auf einen toten Fasan, der auf einem Ölgemälde neben Beutehasen und Rebhühnern baumelte. Daneben pflügte ein Dreimaster durch aufgewühlte See in Richtung eines Stilllebens voller Trauben, Äpfel und Pfingstrosen. Die Bilder waren außerordentlich mittelmäßig, aber die gediegene Eleganz des übrigen Mobiliars, das blinkende Kristall und die wie ein mürrischer Falke herüberäugende alte Dame hätten normalerweise sogar eine selbstbewusste Edda eingeschüchtert. Jetzt kreiste Eddas Sorge allerdings einzig und allein um Zilli und das kleine Mädchen; vier Stunden vergeblicher Suche hatten sie erschöpft. „Und Sie sind die Tante dieses Kindes?“, fragte die Marquise.

„Nein, Madame. Ich bin die Freundin.“

„Und Sie haben einen Beruf?“, fragte die Marquise. Was für eine Frage in dieser Situation. Sie wusste doch, was geschehen war.

„Aber natürlich. Ich bin Physiklehrerin.“

„Ah ja. Und was arbeitet Ihr Mann?“

„Ich bin nicht verheiratet.“

Edda beschloss, das Essen schnell hinter sich zu bringen; die unpassenden Fragen der Marquise begannen sie anzustrengen. Die Marquise hob den Löffel mit der safrangelben Fischsuppe zum Mund und wandte trotzdem keinen Blick von ihr. Diese nicht mehr ganz junge Lehrerin wirkte zwar mitgenommen, aber insgesamt durchaus präsentabel. Sie war exquisit gekleidet für eine gewöhnliche Bürgerliche, Madame la Marquise kannte sich aus. „Geschieden?“

„Nein, Madame.“

„Und was macht Ihre Freundin beruflich?“

Der Marquis warf seiner Mutter einen mahnenden Blick zu, den sie allerdings nicht bemerkte.

„Sie handelt mit Lebensmitteln. Und sie ist ebenfalls nicht verheiratet. Und auch nicht geschieden.“

Die Marquise hob den Kopf und zwinkerte irritiert. „Interessant. Beide nicht verheiratet. In diesem Alter.“

Edda schwieg und löffelte die Suppe. Sie mochte Fischsuppe nicht, aber die Wärme des Essens tat ihr gut.

Der Marquis reichte Edda den Brotkorb. Sie dankte, nickte und meinte: „Vielleicht ist das Versteck hier ganz in der Nähe. Es muss doch einen Grund haben, dass Zilli ihm gerade hier das Geld übergeben sollte."

„Wo haben Sie das Lösegeld her?", fragte die Marquise. „Mit Ihren Berufen verdienen Sie doch nicht viel."

Edda maß sie mit prüfendem Blick. „Mein Onkel ist Chef der Deutschen Bank, Madame Zilli besitzt Deutschlands führende Pralinenfabrik, und ich habe geerbt."

Der Marquis blickte auf, sah Eddas Gesichtsausdruck und verstand.

Edda legte ihr angebissenes Brotstück an den Tellerrand. „Entschuldigen Sie, aber ich glaube, ich bin satt. Ich werde mit Zilli jetzt nach Florifère zurückfahren, ich habe einfach keine Ruhe." Sie spürte, sie war am Rande ihrer Fassung angelangt. „Entschuldigen Sie, Monsieur le Marquis!" Sie wischte sich die Stirn mit der Leinenserviette. „Aber ich habe furchtbare Angst."

„Ich verstehe Sie. Ich fühle mit Ihnen. Das sind keine leeren Worte." Er stand auf, legte seine Serviette gefaltet an ihren Platz und erklärte seiner Mutter: „Ich fahre die Damen jetzt nach Hause."

„Étienne, wenn wir das Filet warm halten sollen, wird es zäh!", unterbrach ihn seine Mutter.

„Das wäre ganz unverantwortlich, Maman. Ich schlage vor, du lässt es auskühlen."

Er schob seinen Stuhl zurück an den Tisch und wollte eben in die Eingangshalle, als das Telefon klingelte. Mit zwei Schritten war der Marquis am Apparat. Zilli sprang auf, griff nach dem Hörer in seiner Hand, er wehrte mit einer beruhigenden Handbewegung ab, lauschte kurz, stellte eine schnelle Frage und gab Zilli die eine, die zentrale Information: Er lächelte. Und nickte dabei.

Zilli liefen sofort die Tränen über das Gesicht. Er legte auf und sagte: „Es geht ihr gut! Sie wird in einer halben Stunde wieder in Florifère sein."

In den nächsten fünf Minuten schaffte es Edda, eine Lautstärke in dem noblen Salon zu produzieren, die er seit Dezennien nicht mehr erlebt hatte. Sie fiel dem Marquis um den Hals, küsste ihn rechts und links auf die Wangen, was ihm außerordentlich gut zu gefallen schien. Sie juchzte und heulte, fiel Zilli um den Hals, dann der Haushälterin und aus Versehen auch der Marquise. Dann grapschte sie nach ihrem Autoschlüssel, riss den Mantel vom Garderobenhaken und warf Zilli die Jacke zu, die sie in der Aufregung liegen gelassen hätte.

In der Tür wandte sie sich noch einmal um und sagte auf Deutsch: „Danke, Marquis, danke, danke. Und hängen Sie doch die scheußlichen Fasane im Esszimmer ab, dahin gehört ein Bild von Edward Hopper, mit hohem Himmel und Meer, mit einem Leuchtturm und viel Licht. Das wäre wie ein drittes Fenster in Ihrem Salon. Ach, entschuldigen Sie, ich rede Blödsinn, ich bin so durcheinander. Sie waren so gut zu mir!"

Der Marquis nickte lächelnd und blickte Edda nach, als sei sie das vierte Fenster.

CLAIRE hatte genug geschrien. Sie fühlte sich leer, aber besser als vorher, konnte wieder klare Gedanken fassen. Sie wischte ihre Tränen fort und schaute auf das leuchtende Display des Handys. Es war schon fast halb zehn. Zeit, nach Florifère zurückzukehren. Plötzlich schoss Lotte wie ein Komet in die Dunkelheit, bellend verschwand sie im schwarzen Wald. Claire schrie und pfiff, aber Lottes Gebell wurde dünner, entfernte sich. „Lotte, komm sofort hierher! Lotte!"

Lotte im nachtschwarzen Wald zu suchen, das war genau das, was Claire noch gefehlt hatte.

Es vergingen bange fünf Minuten, in denen Claire aufgeregt rief und nach ihr pfiff. Da kam sie! Gott sei Dank, sie kam zurück. Bellend, springend, aufgeregt. Claire legte sie erleichtert an die Leine. Aber es war nicht möglich, Lotte zur Umkehr zu bewegen. Sie zog und bellte, bellte und zog, und Claire begriff endlich, was sie wollte, obwohl sie begann, sich zu fürchten. Plötzlich war sie erfüllt mit unsinniger Hoffnung. Hatte Lotte etwa das Kind gefunden?

Die Schwärze des Waldes hatte zugenommen, jetzt befanden sie sich in einem Gebiet mit Nadelbäumen, weniger Mondlicht als zuvor drang durch die dichten Zweige. Auf einmal markierte schwaches Licht das Ende des Waldstücks, und Claire konnte in einiger Distanz offenes Feld sehen.

Und dann hörte sie das Rufen der kleinen Stimme. Claire stürzte zum Waldrand. Das Kind mit dem Hammer hatte sich wieder aufgerappelt, humpelte auf dem Weg geradewegs in den schwarzen Wald, rief: „Lotte! Lotte! Komm zurück!" und weinte laut. Es schrie auf, als der Hund an ihm hochsprang, aber da war schon Claire, setzte sich mitten auf den lehmigen Weg und wiegte das Kind in ihren Armen. Fast bekam Claire keine Luft, so fest klammerte sich Käthi um ihren Hals, als suchte sie Halt vor einem drohenden Sturz in die Tiefe. Minutenlang blieben sie so sitzen, Claire liebkoste das schmutzige kleine Mädchen, streichelte es.

Das Erste, was Käthi sagte, war: „Ich hab mich selber da rausgehauen! Selber rausgehauen!"

Es brauchte eine Stunde, bis Käthi in der Küche von Florifère saß und sich nicht entscheiden konnte, ob sie essen, heulen oder lachen sollte. Sie saßen um sie herum wie um ein begehrtes Sanktuarium, den Schrecken noch im Gesicht, dennoch glänzend vor Freude, alle. Käthi kaute abwechselnd auf einem kalten Kotelett und einer Tafel Nussschokolade herum, François fuhr ihr dauernd über die Haare, bis es Käthi zu viel wurde und sie unwillig den Kopf schüttelte. Man lobte und tätschelte Lotte, fütterte sie mit erstklassigen Filethappen, bis sie zu platzen drohte.

Claire, wirres Haar, verheulte Augen, verschmutzte Kleidung, saß neben Käthi und erzählte die Ereignisse der letzten zwei Stunden bereits zum dritten Mal. Käthi sprach kaum ein Wort, sah alle paar Sekunden in die Runde, als habe sie Angst, dieses Bild könne wieder versinken. John lag quer über Käthis Schoß; sie streichelte ihn unablässig und wechselte nur die Hand, um einen Schluck Kakao oder wieder einen Bissen Kotelett zu nehmen. Der Curé stand auf einmal in der Tür, legte den Kopf schief und breitete die Arme aus, ein dicker, alter Engel. Josette fuhr in ihrem Rollstuhl ständig im Kreis herum und lud immer noch ein Lebensmittel auf dem Küchentisch ab.

„Wann kommt Tante Zilli?"

Gertrude blickte auf die Uhr. „Sie sind unterwegs, Käthi. Ich denke, in spätestens zehn Minuten."

Armand hob ein ums andere Mal die Hände und murmelte: „Unglaublich, das. Unglaublich!" Claire verzog plötzlich das Gesicht, stand auf und verschwand eilig durch die Küchentür in den Garten. François wechselte einen Blick mit Gertrude und folgte ihr.

„Käthi, wie wäre es, wenn du jetzt in die Badewanne steigst und dich dann in ein warmes Bett legst? Du kriegst nämlich eine dicke Erkältung, das hört man!"

Käthi nickte, blieb aber stumm sitzen. Sie versuchte immer wieder, den Schrecken des Verlassenseins mit der Wärme der Gemeinschaft zu bannen.

„War Hermann böse zu dir, Käthi?"

Käthi sah Gertrude groß an. „Das war Hermann? Der Hermann, vor dem Tante Zilli abgehauen ist?"

Gertrude nickte.

„Er hat mich geschlagen. Als er mit Tante Zilli telefoniert hat." Käthi biss wieder in ihre Schokolade. „Hat die Polizei den erwischt?"

„Ja", entgegnete Gertrude. Dass Hermann auf so schreckliche Art ums Leben gekommen war, wollte Gertrude dem Kind jetzt nicht erzählen.

François fand Claire nicht sofort, aber dann entdeckte er sie neben dem Schuppen, auf einem Holzstoß kauernd, die Knie fest umschlungen. Er trat zu ihr, strich über ihre zerzausten Haare. „Claire, was ist eigentlich geschehen? Warum warst du heute Morgen so böse und siehst mich auch jetzt kaum an? Was ist los?" Sie wandte ihren Kopf nicht, aber im schwachen Schein der Terrassenbeleuchtung sah François, dass sie weinte. Sie räusperte sich, hob das Gesicht, ihre Stimme zitterte. „Es wäre fairer gewesen, mich darüber zu informieren, dass eure Beziehung keineswegs beendet ist."

François schnappte nach Luft. „Wovon redest du, Claire?" Er setzte sich auf eine Holzkiste. „Claire, bitte! Ich bin genauso erschöpft wie ihr alle, vielleicht noch etwas mehr, denn ich habe heute Nacht nicht geschlafen."

„Das glaube ich dir aufs Wort", entgegnete sie spöttisch.

Er sprang auf. „Auch wenn du die Heldin des Abends bist: Wenn du seltsames Geschöpf jetzt nicht augenblicklich erzählst, was in dich gefahren ist, haue ich dir eine runter."

„Ich bitte darum, das erleichtert mir den Abschied. Ich fahre morgen zurück!" Claire brach erneut in Tränen aus, als sie ihre eigenen Worte hörte.

Jetzt nahm er ihr Gesicht in beide Hände und blickte in ihre müden Augen: „Claire, bitte, ich verstehe wirklich nichts. Warum weinst du?"

„Ich habe euch gestern Abend in Odiles großem Wohnzimmer gesehen, als ich mit den Hunden gelaufen bin. Eng umschlungen habt ihr dagestanden. Und dann habe ich später in Amboise angerufen, und zwar ungefähr zehnmal. Und du warst nicht da. Die ganze Nacht lang. Und auf einmal kann die Sippe Morisseau heute Morgen das Lösegeld lockermachen. Komisch, nicht? Ach, François, lassen wir es doch. Behalte deine Praxis, behalte Odile, und damit hat es …"

„Madame Sandmann", seine Stimme war noch dunkler als sonst, „wo nimmst du eigentlich all die Fantasie her? Du kannst sofort damit anfangen, dir eine Entschuldigung auszudenken. Und jetzt stell augenblicklich deine zwei Gehirnwindungen auf Empfang. Mehr als zwei können es nämlich nicht sein. Was wirklich passiert ist, werde ich dir jetzt erklären."

Er zog ein Messtischblatt aus der Innentasche seiner Jacke. Es war feucht, verknittert und über und über mit neongrünem Textmarker beschmiert.

„Hier, mein dämlicher kleiner Liebling, diese detaillierte Karte von Montrichesse und Umgebung bin ich gestern Nacht und heute zentimeterweise abgekrochen. Mal mit, mal ohne Gendarmerie. Als Nächstes wäre der Wald an der D 956 dran gewesen, wir hätten Käthi also irgendwann gefunden. Wenn du Zeugen brauchst, die Gendarmerie von Montrichesse wird sich freuen, mal zur Abwechslung ein Eifersuchtsdrama aufklären zu können. Und zu dem, was du durchs Fenster gesehen hast: Ich habe Odile eine Stunde lang bearbeitet, etwas für Käthi zu tun. Dann, kurz bevor ich ging, fiel sie mir um den Hals und küsste mich, um, wie sie sagte, eine ‚letzte Markierung' anzubringen. Sie findet dergleichen originell. Sie hat mir sogar Grüße an dich aufgetragen! Hätte ich sie in die Ecke schubsen sollen? Ich wollte, dass sie uns hilft. Und das hat sie offensichtlich getan. Nur, Madame Sandmann, danach habe ich mich nicht ins Bett unserer Schneeprinzessin begeben, sondern bin durch schlammige Felder gerobbt. Und heute Morgen war ich viel zu müde, um zu begreifen, was du mir von Margot erzählen wolltest. Es hörte sich so verwickelt und verdreht an, und ich konnte einfach nicht mehr. Was bitte hat Margot dir gesagt?"

„Dass du gewohnheitsmäßig fremdgehst und dass du wie immer zu Odile zurückkehren würdest." Claire sprach leise, jetzt fiel die ganze kalte Seelenkruste mit einem Mal ab, sie begann zu schluchzen, sprang auf.

François hielt sie fest. „Claire, du bist auf den blödesten aller Tricks hereingefallen. Aber ich gebe zu, auf einen wirkungsvollen."

„Vor allem in Kombination mit dem Rest!" Claire rieb ihre Stirn an seinem Ärmel.

„Du siehst aus wie ein Straßenkind. Putzig." Er verstummte, hielt sie umschlungen und legte seine Wange auf ihren Kopf. „Komm, wir hauen ab nach Amboise. Ich muss einfach schlafen, aber du sollst dabei sein. In meiner Abwesenheit scheinst du ja immer idiotische Theorien zu entwickeln. Egal. Hauptsache, du liebst mich."

14

Es war still. Gertrude trat von der Staffelei zurück und nickte. Die Rückenfigur war übermalt, übrig blieben das Licht und die Ruhe von Florifère. Noch nie hatten ihre Bilder eine so klare Architektur gehabt wie dieses hier, es war, als ordne sich alles, was sie bisher gemalt hatte, neu. So wie ihr Leben, immer wieder.

Draußen fiel die Dämmerung wie ein Bühnenvorhang. Es war ein heller

Wintertag gewesen, jetzt trieben Wolken vom Atlantik über das kleine Dorf. Übermorgen begann das neue Jahr.

„Stör ich?“ Claire war ins Atelier gehuscht und stellte sich neben Gertrude vor das große Bild.

Gertrude lachte. „Ja, du störst!“

Claire wollte mit einer entschuldigenden Geste das Atelier verlassen, aber Gertrude hielt sie am Arm fest. „Kind, komm setz dich. Ich kann nicht mit Kunstlicht arbeiten, also muss ich ohnehin aufhören.“

„Es ist so verdammt gut geworden. Wie machst du das, dass sich nichts bewegt und dass trotzdem eine Energie in den Formen ist, die einem gleich in den ganzen Körper geht?“

„Ganz einfach: Mal irgendein Bild, frage Käthi, was du besser machen könntest, und setze ihre Kritik um.“

Claire betrachtete das Bild noch eine Weile, dann wandte sie sich um. „Sie ist schon ein ungewöhnliches Kind. Sie sitzt den ganzen Tag in der Küche und malt. Immer dasselbe. Gefesselte Kinder in Wohnwagen, dunkle große Autos und zwischendurch schwarz-weiße Katzen in Bernhardinergröße.“

„Käthi wird es schaffen“, sagte Gertrude entschieden.

„Woraus schließt du das?“

„Keine Ahnung. Ich weiß es ganz einfach. Käthi ist jetzt schon ein kleiner Leuchtturm auf festem Fuß.“

Claire umarmte Gertrude plötzlich. „Weißt du was? Wenn ich daran denke, dass ich in einem knappen halben Jahr bei dir einziehe, könnte ich quietschen vor Freude.“

„Ich freu mich auch, Claire.“

„Und ich habe Pläne, so viele Pläne und Ideen.“

„Plan du ruhig, Kind. Es kommt sowieso immer anders.“

Edda trat ins Atelier. Sie hatte den letzten Satz gehört. „Ihr sollt bitte schön sofort zu Tisch, Armand kreischt schon. Es gibt Soufflé als Vorspeise, und ihr wisst, wie das aussieht, wenn man drei Sekunden zu spät kommt.“

Gertrude hatte es plötzlich sehr eilig, und Edda sagte halblaut zu Claire: „Wie wahr. Es kommt wirklich immer anders. Das heißt, ich hoffe es diesmal sogar inständig.“

„Was meinst du?“, fragte Claire und zögerte an der Küchentür.

Edda fasste sie am Arm und grinste verschwörerisch. „Ich habe eben einen Anruf bekommen. Ein gewisser Étienne aus dem Dörfli St-Cyr. Ich soll ihm morgen helfen, im Esszimmer einen gerahmten Druck von Edward Hopper richtig zu justieren."

„Nein!"

„Doch!"

„Fährst du?"

„Natürlich. Um dort einen Hopper aufhängen zu können, muss er seine Mutter unter Äther gesetzt haben, und das will ich mir ansehen."

ZILLI stand an der Küchentür, die auf die Veranda hinausführte. Im linken Arm hielt sie eine Schüssel, in der sie mit langsamen Bewegungen einen Kuchenteig rührte. Der heimelige Geruch von Butter und Vanille stieg ihr in die Nase.

In ein paar Tagen nach Köln. In eine möblierte Übergangswohnung. Dann das Schwerste: Fragen nach der Mama. Vorsichtige Erklärungen. Unbekannte Klassenkameraden. Den Anschluss an die alten Schulfreunde hatte Käthi verloren. Simons Spielzimmer würde nicht mehr Josettes Küche sein, sondern ein Wohnzimmer mit fremden Möbeln im vierten Stock. Simon machte seit ein paar Wochen kaum noch ins Bett. Würde er verstehen, warum er nicht mehr in Josettes Küche wohnen konnte?

Und sie selbst, Zilli. Einzelkämpferin, wie gehabt. Zilli setzte sich an den Küchentisch, stützte das Kinn in die Hände und betrachtete Jacques' Porträt. Was für Augen dieser Mann hatte! Jemand, der mehr sah als die anderen. Im Grunde genommen Augen wie Gertrude. Durchaus nicht immer gütig. Starker Gegner, guter Freund. Freunde. Jetzt hatte sie Freunde. Und es kamen immer neue hinzu. Edda, François, auch wenn sie ihn kaum verstand. Und sie durfte von nun an mit ihrer Geschichte leben, sie musste sich nicht mehr abschotten aus Angst, entdeckt zu werden. Warum eigentlich noch Einzelkämpferin wie gehabt?

Gertrude, auf der Suche nach ihrem Elfuhrkaffee, trat in die Küche. „Ja, Zilli, hältst du eine kleine Morgenandacht?"

Zilli nippte an ihrem Kaffee und schwieg. Gertrude beobachtete sie, dann wandte sie sich an Zilli: „Josette liegt übrigens schon wieder im Bett. Es war alles zu viel für sie. Langsam sieht sie es selbst ein. Ich glaube, sie wird hier nicht mehr arbeiten können."

Zilli nickte. „Es muss hart für sie sein zu sehen, dass Edda in drei Minuten etwas erledigt, für das sie mittlerweile eine halbe Stunde braucht."

Gertrude öffnete eine Packung Kekse und schüttete sie auf einen Teller. „Zilli, ich habe keine Ahnung, wie das hier weitergehen soll, wenn ihr in drei Tagen alle abreist. Ich bin gerade in einer Arbeitsphase, die mich vollkommen fordert."

Zilli rührte in ihrem Kaffee. „Ich versteh schon, Gertrude."

„Nein, ich fürchte, das tust du nicht. Dieses große Anwesen braucht eine gute Organisation. Das Schicksal winkt im Moment mit einer Riesenzaunlatte, werte Frau Kuhl. Was nicht heißt, dass du dich auf Jahre festlegst. Und du bekommst ein anständiges Gehalt. Was das Problem mit Käthi und der Schule anbelangt: Ich habe schon mit dem Curé gesprochen, ganz unverbindlich natürlich."

Zilli musste grinsen.

„Er würde Käthi so unterrichten, dass sie nach angemessener Zeit Anschluss an die französische Elementarschule bekäme", fuhr Gertrude fort.

Plötzlich tauchte Käthi im Garten auf. Sie bemerkte die beiden Frauen in der Küche nicht. Käthi trug einen Wollpullover von Gertrude, der ihr bis zu den Kniekehlen herunterhing, dicke Strumpfhosen und Gummistiefel. Auf ihrer Schulter hockte John; neben ihr tänzelte Huli und stieß mit der Schnauze ständig nach ihrer Hand.

Gertrude deutete auf Käthi. „Er tut ihr unendlich gut, der Umgang mit Tieren", sagte Gertrude mit Nachdruck. „Gerade jetzt, wo sie dieses Trauma zu verkraften hat, bräuchte sie eine Konstante."

Zilli nickte. „Ich weiß, wie wohl sie sich hier fühlt. Mit dir und dem Haus und François. Sie mag ihn. Sie ist immer auf der Suche nach einem Ersatzvater."

„Das ist auch normal. Aber kommst du nicht auch mal auf den Gedanken, dass du selbst eine Rekonvaleszentin bist? Mein Gott, durch was für Höllen du gewandert bist! Zilli, gönn dir doch eine unbegrenzte Zeitspanne auf Florifère."

Zilli blickte eine ganze Weile in den Garten. Schließlich lächelte sie breit. „Wir werfen eine Münze."

„Das ist nicht dein Ernst, Zilli? Bei so einer Entscheidung!" Aber Gertrude stand auf und wühlte in einer Schublade voller Krimskrams. Schließlich hielt sie einen alten amerikanischen Vierteldollar in die Höhe.

„Ich werfe ihn", sagte Zilli.

„Und was ist Adler, was ist Kopf?"

„Adler heißt Florifère." Zilli schnappte sich den Vierteldollar und warf ihn in die Luft. Er klickte auf die Tischkante, rollte auf den Fußboden und verschwand auf Nimmerwiedersehen in einer Ritze zwischen zwei ausgetretenen Bodendielen.

Gertrude klatschte in die Hände und juchzte: „Das war das höhere Orakel! Florifère hat dich geschluckt, Zilli." Aber dann hielt sie Zilli am Ärmel fest. „Was hättest du gemacht, wenn die Münze mit der Kopfseite nach oben gefallen wäre?"

„Dann hätte ich sie schnell mit dem Fuß in die Dielenritze gekickt." Sie hob die Schultern und blickte Gertrude mit fast kindlichem Ausdruck an. „Ich war mir nicht so sicher, was ich wirklich wollte, Gertrude. Vielleicht habe ich auf ein Zeichen gewartet. Auf ein Zeichen von Florifère. Und das habe ich eben bekommen."

Sommerepilog

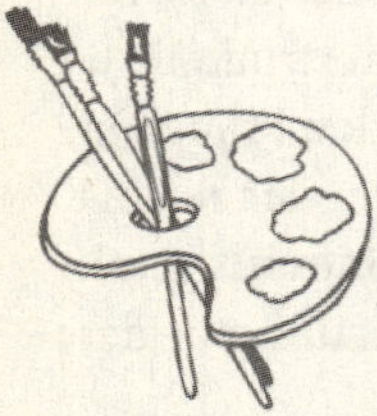

Einmal im Leben wie ein König unter dem äußeren Pfeiler der Brückengalerie des Schlosses Chenonceaux durchfahren. Mit Champagner und Fähnchen, und Armand soll Posaune blasen!" Das war der alte Wunschtraum, und Claude Berbessou hatte es geschafft, heute sollte der Traum wahr werden.

Der Schleusenwärter von Chimeray hatte die vergammelte *Britain's Glory* restauriert, jetzt schaukelte das Boot vor der Schleuse auf dem sommerlich glänzenden Cher. Claude hatte unzählige Freunde zur Schiffstaufe gebeten. Amerikanische Touristen in bunten Bermudas, holländische Radfahrer mit Sommertourengepäck, die alle erfreut dachten, auf ein öffentliches Volksfest gestoßen zu sein, ließ man in dem Glauben. *Britain's Glory* war mit Blumenkränzen geschmückt, aber das Boot hieß gar nicht mehr *Britain's Glory*, sondern sollte in ein paar Minuten von Jacqueline, der aufgeregten Schleusenwärterin, auf den großartigen Namen *Gloire de Touraine* getauft werden.

Armand stand auf wackeligen Beinen an Deck, denn die Feierlichkeiten hatten bereits gestern Abend in Florifère ihren Anfang genommen. Heute sollte er mit Claude und Jacqueline die Jungfernfahrt bestehen und dabei Posaune spielen. Ausgerechnet Posaune. Aber er hatte die französische Nationalhymne geübt, sehr sogar, denn er wusste, dass ihm ganz Chimeray bei der Marseillaise auf die Marseiller Finger sehen würde. Die ganze Besetzung aus dem Café du Port, die Stammzuhörer aller seiner Theorien, der Curé, sie waren alle erschienen. Seine Josette, etwas blass und kränklich zwar, aber in einem Seidenkleid und auf Krücken, neben ihr Simon, einen Zipfel ihrer Sommerjacke fest in seiner Faust. Er hieß in ganz Chimeray bereits *le petit de Josette,* der Kleine von Josette. Und da hinten standen Zilli, Gertrude, François und Claire. Edda und Claire waren gestern hier angekommen, die Sommerferien hatten begonnen.

Wobei Claire diesmal nicht zu Besuch kam, sondern mit etlichen Kisten und Koffern auf Florifère eingezogen war. Zunächst für ein Jahr. Aber wenn man das so bei Licht betrachtete, vielmehr im Licht der Touraine, dann sah das mit Claire und François gut aus. Armand setzte sein blank poliertes Instrument ab und betrachtete Claire wohlwollend. Sie sah so ungemein jung und sommerlich aus, wie sie da in hellem Kleid und weißen Turnschuhen am Schaltkasten der Schleuse stand und strahlte.

Die große Liebe zu finden, hielt Armand für relativ einfach. Er hatte sie als Matrose ziemlich häufig gefunden. Die große Liebe vom hell brennenden Feuer in den Aggregatzustand eines mehr oder weniger ständig wärmenden Lichts umzuwandeln, *das* war die Kunst. Irgendwie schien auch das in der Touraine leichter zu sein als anderswo. Hierher waren schon viele Leute für ein Jahr oder ein halbes gekommen und hatten nach zwanzig Jahren verwundert auf den Kalender gestarrt. Er selbst war das beste Beispiel dafür.

„Oh nein, *ma chère*, bitte die Champagnerflasche nicht ans Boot knallen!“ Claude hob besorgt die Augenbraue. „Kann sein, dass ich das Boot dann ausbeulen muss, die *Gloire de Touraine* ist nicht so stabil wie die *Mayflower*.“

Jacqueline Berbessou öffnete die Flasche also auf gewohnte Weise. Mit großer Geste schüttelte sie den Champagner, der in hoher Fontäne über den Bug sprühte. Der Segensspruch und die Namensgebung gingen unter im Hurra der Zuschauer. Claude zog seine Frau an Deck und gab Käthi eine Hand. Sie hüpfte in das Boot, John folgte ihr mit einem Satz. Claude und Jacqueline hatten sie zu dieser Ehrenfahrt eingeladen. *„Et ton chat, John?“,* fragte Jacqueline und deutete mit Zeichensprache an, dass es dem schwarz-weißen Großkater vielleicht schlecht werden könnte.

„Il ne dégueule pas, mon chat“, antwortete Käthi, „meine Katze kotzt nicht!“ Jacqueline lachte und lobte das Kind. In einem halben Jahr konnte man tatsächlich verdammt viel Französisch lernen, vor allem, wenn der Curé jeden Abend in der Küche auftauchte, Käthi mit Vokabeln voll stopfte und sich selbst anschließend mit Zillis Essen. Und es gelang ihm, Käthis diffuses Trauergefühl um die Mutter in einen Abschied zu wandeln.

Der Curé hatte Käthi erzählt, dass ein Mensch nicht unbedingt mit seinem Körper da sein musste, wenn man mit ihm reden wollte. Und es war erstaunlich, dass Käthi auf Florifère mit ihrer Mutter öfter und intensiver sprach als zu deren Lebzeiten. Vielleicht lag es daran, dass Mama als Engel immer zuhörte.

Jetzt stand Käthi mit wehenden Haaren am Bug der *Gloire de Touraine*, in ihrem mausigen Kindergesicht zeichneten sich erste Konturen des Erwachsenwerdens ab.

François machte die Leinen los, und alle sahen zu, wie das Boot langsam in die offene Schleuse glitt, mit Posaune, Armand, Käthi und Kater und einer aufgeregten Schleusenwärtersfrau in rosa Chiffon. Claude stand am Steuer mit dem heroischen Gesicht eines Vasco da Gama. Auf ein Zeichen setzte Claire das Schleusentor in Gang.

Einen Moment lang wurde die Aufmerksamkeit der Zuschauer durch einen dunkelblauen Mercedes abgelenkt, der mitten auf der Sandsteinbrücke hielt. Von dort oben hatte man einen besonders guten Blick über das bunte Bild. Die meisten Zuschauer erkannten den Herrn, der jetzt am Brückengeländer stand. Es war der konservative Bürgermeister von Montrichesse. Neben ihm tauchte eben Madame Margot Morisseau auf, die neue konservative Stadträtin von Montrichesse. Beide nickten von dort oben wie vom Grußbalkon des Buckingham-Palastes.

Das Boot glitt aus der Schleuse, mit dem Strom in Richtung Chenonceaux. Armand setzte die Posaune an und spielte feierlich die ersten Takte der Marseillaise. *„Allons enfants de la patriiiiiee …“* Am Ufer lauschte der 23. Marquis de St-Cyr dem alten Seemann, der aufrecht und stolz an Deck der *Gloire de Touraine* stand, die sich mit der Strömung schnell entfernte.

Vor dem Marquis stand eine kleine Blondine in pinkfarbenem Seidenkostüm. Die vertraute Geste, mit der sie nach dem Arm des Marquis griff, ließ vermuten, dass ihre Themenbereiche eine über tote Ölfasane und Hoppersche Leuchttürme hinausgehende Erweiterung erfahren hatten.

„Das ist der erste Mann in meinem Leben, der mich genauso nimmt, wie ich bin“, hatte Edda ihren Freundinnen erklärt. „Was die noble Mama anbelangt – natürlich ist sie ein Scheusal. Aber ich bin viel intelligenter als sie. Das macht's einfacher. Und wenn es nötig ist, rede ich mit der Marquise Tacheles. Auf Bayerisch.“

„MEIN Gott, Gertrude, einundsiebzig und immer noch saublöd!“

Gertrude betrachtete sich in dem Spiegel neben der Ateliercouch. Sie sah heute Vormittag nicht besonders frisch aus. In einem Wasserglas sprudelte eine Aspirintablette. Nicht nur die *Gloire de Touraine* war gestern in Berührung mit Alkohol gekommen. Gertrude war nicht regelrecht betrunken gewesen, aber der Sommerabend und die laue Luft hatten so im Kopf geprickelt, dass man die Wirkung des Weines nicht mehr richtig berechnen konnte.

Kurz, es war ein Abend gewesen, der einen mittelschweren Kater allemal rechtfertigte. Deshalb war Gertrudes Laune auch heute Morgen so fröhlich, wie es ihre Kopfschmerzen zuließen. Außerdem war heute ideales Licht zum Arbeiten, ein Dunstschleier und ein kühler Westwind gaben dem Sommermorgen eine hellgraue Leichtigkeit.

Gertrude hob eine neu gespannte Leinwand auf die Staffelei und betrachtete die Skizze, die sie vor zwei Tagen angefertigt hatte. Wieder ein Großformat. Immer klarere Formen, immer näher zum Wesentlichen. Einen Moment lang schloss Gertrude die Augen und lauschte den Geräuschen um sich herum. Im Haus klapperte leise Geschirr, jemand saugte Staub.

Dann wurde der Staubsauger abgestellt, und Zillis Stimme drang durch die Tür. „Claire! Wo ist denn dein Autoschlüssel?“

„In meiner Windjacke. Wo willst du hin?“

„Zum Supermarkt und zur Post nach Montrichesse. Soll ich dir etwas mitbringen?“

„Ja! Diese ferkelig guten Kekse mit Orangenfüllung. Aber nur eine kleine Packung.“

„Alles?“

„Alles. Nein, warte, Edda wollte … was war es noch mal?“

„Wo steckt Edda?“

„Sie fährt gerade ihren Froschkönig zum Schloss zurück.“

„Ach ja, der gute Étienne! Was da wohl draus wird?“

„Das große Vielleicht, Zilli. Wie bei mir. Wie bei jedem. Tränen, Kröten oder im Glücksfall Prinzen.“

Gertrude hatte dem kurzen Dialog gelauscht. Sie musste an den Tag in Bonn denken, an den Abend in Claires Garten vor ungefähr einem Jahr, als sie Claire nach Florifère gelockt hatte. Es war keine unschuldige Ferieneinladung gewesen, Gertrude hatte wissen wollen, ob „Claire und Florifère“ genauso eine glückvolle Verbindung werden konnten wie „Gertrude und Florifère“. Dieses Haus sollte eines Tages nicht auf dem Pappschild eines Immobilienmaklers zum Verkauf stehen, es war ein Wesen, das in die richtigen Hände gehörte. Claire hatte diese Hände. Eines Tages sollte sie hier leben, mit dem Menschen, den sie liebte, so, wie Gertrude es getan hatte. Aber was auch immer das Leben ihr bringen sollte, Kröten oder Prinzen, es würde unter dem Dach von Florifère geschehen. In Gertrudes Sekretär, in der obersten Schublade rechts, lag ein grüner Umschlag, den Claire eines Tages finden sollte. Gertrude atmete den Teeduft, der aus der Tasse stieg, und freute sich auf ihren Arbeitstag im Atelier.

Noch einmal neue Bilder. Entleerte Räume, Licht.

Zwischendurch Orangenkekse. Und Tee. Katzen, Kinder, Freunde.

Frühling, Sommer, Herbst und dann der lange Winter.

Eines Tages. Irgendwann.

Jetzt noch nicht.

CHRISTINE VOGELEY

„Ich bin eine Happyend-Autorin."

Die Rheinländerin Christine Vogeley, die sich, wie sie sagt, ihren Jahrgang – 1953 – mit einem legendären Wein teilt, schreibt so, dass es viel zu lachen gibt. Für den Leser ebenso wie für die Hauptfiguren des Buches. „Das ist in Deutschland oft problematisch. Wir misstrauen dem Glück. Oft zu Recht. Aber diese Grundhaltung bringt uns dazu, im Leben wie in der Literatur, dass wir es verpassen, wenn es tatsächlich mal da ist – aus Angst vor dem großen Pech, das vielleicht irgendwo lauern könnte! Deshalb sind uns Geschichten, die gut ausgehen, verdächtig." Christine Vogeley erzählt gerne Geschichten, doch kann sie nicht mehr schlafen, wenn die Geschichte an einem Punkt angelangt ist, an dem „der Untergang droht. Nach all den Katastrophen, die ein Autor seinen Helden zumuten muss, damit es der Leser recht spannend hat, muss ich einfach meine Buchkinder an die Hand nehmen, um zu sehen, ob sie kurz vor Schluss auch wirklich die Kurve kriegen."

Auch die Sprache ist der Autorin wichtig. „Worte können wie Taten sein, schön oder furchtbar. Ich bin nicht besonders ordentlich, aber ich finde, mit Sprache muss man sehr sorgfältig umgehen." Prägend war für sie Erich Kästner, aus dessen Büchern sie viel über den Umgang mit Sprache lernte. Mit dem Schreiben begann Christine Vogeley schon mit sieben Jahren. „Da habe ich schöne Einzelsätze aus *Der kleine Tierfreund* geklaut und den Rest neu dazugeschrieben mit viel Pomp, Drama und Sonnenuntergängen." Romane schreibt sie erst seit 1997. Davor war sie Jazzerin, freie Mitarbeiterin beim WDR und spielte auf vielen rheinischen Bühnen Kabarett. Heute lebt sie mit ihrem Mann in Berlin und widmet sich nur noch dem Schreiben.

Gay und Laney Salisbury

Nordwestwärts nach Nome

50 100 150 miles
0 50 100 150 200 kilometers
Arctic Circle
Yukon River
Tanana River
KLONDIKE
Range
Juneau

Stürme und Temperaturen
bis zu minus fünfzig Grad
verwandeln das winterliche Alaska
in eine lebensfeindliche Wüste
aus Schnee und Eis.

Allein das Wissen,
dass das Schicksal einer ganzen Stadt
in ihren Händen liegt,
treibt eine Schar mutiger Schlittenfahrer
und ihre unermüdlichen Hunde voran.

Prolog

Curtis Welch war im Umkreis von mehreren hundert Kilometern der einzige Arzt an diesem gottverlassenen Rand des Beringmeers, und seit 18 Jahren erlebte er das plötzliche Hereinbrechen des Winters, wie es im hohen Norden üblich ist. Hier, so sagte man, gebe es nur zwei Jahreszeiten: den Winter und den vierten Juli, den amerikanischen Unabhängigkeitstag. Mindestens sieben Monate dauerte der Winter in Nome; die anderen Jahreszeiten kamen und gingen innerhalb weniger kurzer Wochen.

Von Juli bis Oktober war das Beringmeer eisfrei, sodass Dampfschiffe und Schoner die Stadt anlaufen konnten. Sie kamen aus Seattle, dem nächsten größeren Hafen, der 3700 Kilometer oder 14 Tagesreisen weiter südlich lag. Anfang November fror das Beringmeer zu, und das Licht verschwand fast völlig vom Himmel. Bis dahin hatte die *Victoria*, die im Frühjahr meist als erstes Passagierschiff ankam und im Herbst als letztes wieder in See stach, ihre Fracht gelöscht und sich wieder auf den Weg nach Süden gemacht. Von nun an war die Stadt von der Außenwelt nahezu abgeschnitten und nur auf einem einzigen Weg zu erreichen: einer Hundeschlittenspur, die Nome mit der Region *Interior*, dem Landesinneren von Alaska, verband.

Die erbarmungslose Kälte kam plötzlich und heftig: Schneestürme wüteten tagelang und brachten äußerste Abgeschiedenheit mit sich, die auch die Entschlossenheit des stärksten Charakters ins Wanken bringen konnte. Jeden Herbst verließ fast die Hälfte der Bevölkerung mit den letzten Schiffen die Stadt und kam erst im Frühjahr wieder. Curtis Welch jedoch blieb. So hatte er es jedes Jahr gehalten, außer einem Mal, als man ihn während des Ersten Weltkriegs zum Dienst als Arzt an der Heimatfront in den Staaten herangezogen hatte.

Welch hing an Alaska, seit er 1907 hierher gekommen war, und seine Liebe war im Laufe der Jahre noch gewachsen. Er war jetzt fünfzig. Seine goldblonden Haare waren weiß geworden und standen zottig zu Berge. Er freute sich auf den alljährlichen Exodus der Bewohner und auf die Einsamkeit.

Das ganze Jahr über war Nome ein abgelegener Ort, ein kleiner Punkt auf der Landkarte von Amerikas letztem unerforschtem Gebiet, dem rund eineinhalb Millionen Quadratkilometer großen Territorium von Alaska, das so groß wie Frankreich, Italien, Spanien und England zusammen war. Am einen Ende, im Südosten, lagen die Hauptstadt Juneau und die ganzjährig eisfreien Häfen. Am anderen, dem nordwestlichen Ende lag Nome. Alaska war in jeder Hinsicht ein Land der Extreme. Im Westen spien aktive Vulkane ihren Rauch über der zerklüfteten Küste des Nordpazifiks aus, im Osten hingen riesige Gletscher über den Fjorden. Im Landesinneren, dem Herzen des Territoriums, erhob sich der Mount McKinley, der höchste Gipfel Nordamerikas, aus endlos weiten Wäldern bis in die Wolken.

Anfang der Zwanzigerjahre des 20. Jahrhunderts war Nome die am weitesten nordwestlich gelegene Stadt Nordamerikas, eine einstige Goldgräbermetropole, die ihren Glanz schon Jahre zuvor verloren hatte. Sie lag zwei Grad südlich des Polarkreises an der Südküste der Seward-Halbinsel, einer windumtosten Landzunge, die mehr als dreihundert Kilometer weit in das Beringmeer ragte. Nach Sibirien war es von hier aus näher als zu jeder anderen größeren Stadt in Alaska, und ein wenig weiter im Norden konnte man an einem klaren Tag über die Beringstraße hinweg Russland erkennen.

VON IHRER bescheidenen Eckwohnung im zweiten Stock über der Miners & Merchants Bank in der Front Street konnten Dr. Welch und seine Frau Lula wie von einem Logenplatz aus zusehen, wie sich die Stadt für den Winter bereitmachte. Die *Victoria* war bereits abgefahren, und das letzte Schiff des Herbstes 1924, die *Alameda*, brachte Wintervorräte in die Stadt. Tief lag sie rund zweieinhalb Kilometer vor der Küste „auf Reede“ – näher konnte ein Schiff Nome nicht kommen, ohne auf Grund zu laufen. Die Stadt besaß weder Docks noch einen sicheren Hafen. So mussten Leichter und Barkassen durch die Brandung zu dem großen Schiff manövrieren, bevor sie mit ihrer wertvollen Fracht an den Strand zurückkehrten.

Auf der Front Street, die parallel zum Meer verlief, entluden Gruppen von Eskimo-Hafenarbeitern die Waren und stapelten sie entlang dem Ufer auf, um sie danach einzulagern. Da gab es Kisten mit Früchten und gefrorenen Truthähnen, Berge von Kohle und Behälter voller Butter und Tee. Die Arbeiten zogen sich den ganzen Tag und bis in die Nacht hin. Pferdefuhrwerke und Schubkarren rollten über die Front Street zu den klobigen hölzernen Lagerhäusern am Ufer des Snake River auf der Westseite der Stadt. Hier war ausreichend Platz, um nicht nur genügend Vorräte für die vierzehnhundert Einwohner von Nome zu lagern, sondern auch für viele der zehntausend weiteren Menschen, die verstreut in Dörfern und kleinen Bergbausiedlungen auf der Seward-Halbinsel und darüber hinaus lebten.

Die Stadt war zum Wirtschaftszentrum der Region geworden. Den ganzen Winter über kamen die Leute hierher, um alles Mögliche zu kaufen – von Werkzeugen bis zu Gardinen und Kohle. Wer krank wurde, landete bei Dr. Welch und seinen vier Krankenschwestern im Maynard Columbus Hospital; es verfügte über 25 Betten und galt als die am besten ausgestattete medizinische Einrichtung im Nordwesten Alaskas.

Auf der Front Street ging es sonst nie so geschäftig zu wie in den Tagen, bevor das letzte Schiff in See stach. Die hölzernen Bodenbretter der Bürgersteige ächzten und bogen sich unter den vielen Menschen, die hinab zum Wasser eilten.

Kinder brachten aus der Tundra Eimer nach Hause, die mit den letzten wilden Beeren des Jahres gefüllt waren; diese wurden eingekocht oder – noch besser – zu Likör verarbeitet, obgleich es illegal war, denn im ganzen Land galten die Prohibitionsgesetze. Bergarbeiter, die den Sommer über in den Hügeln jenseits der Stadtgrenzen nach Gold gesucht hatten, kehrten in kniehohen Gummistiefeln und wollenen Hosen zurück, um in Hotels und Cafés auf das Auslaufen des Schiffes zu warten. Wer blieb, tauschte die Stiefel gegen *Mukluks* ein, die warme, wasserdichte Fußbekleidung der Ureinwohner.

Die in Nome sesshaften Eskimos lebten zweieinhalb Kilometer westlich der Stadt auf dem *Sandspit*, einer Sandbank, die quer in der Mündung des Snake River lag. Sie bereiteten sich auf den Winter vor, wie sie es schon seit Jahrhunderten getan hatten. Wer nicht in Nome als Arbeiter tätig war, fuhr mit seinen Netzen an der Küste des Beringmeers entlang und machte einen letzten Fang Lachse oder Rotforellen, und die Frauen gingen mit gebogenen Messern ans Werk und hängten die Fische auf Holzgestelle, damit sie in der kalten salzigen Luft trocknen konnten.

Begegnete den Jägern auf einer ihrer häufigen Fahrten nach Norden ein Seehund, erschossen sie ihn, luden ihn in ihre breiten, fellüberzogenen Boote und brachten ihn nach einem ungemütlichen Ritt über die Wellen nach Hause. Aus seinem Fell stellte man dann Mukluks her, und sein Fett wurde klein geschnitten, gegessen oder zu Tran zum Kochen beziehungsweise für die Lampen verarbeitet.

Der Winter würde dieses Jahr spät hereinbrechen. Dennoch wollte man in der Front Street, am Ufer und in den Läden keine Zeit verlieren. Die Männer klopften lose Bretter fest und verankerten die Gebäude zum Schutz vor dem Wind mit Seilen. Die Wassergesellschaft sperrte die einzige Leitung der Stadt, zwei einfache Röhren, die vom Anvil Creek kamen. Als Vorbereitung auf die Schneestürme wurden alle Löcher in den Wänden geflickt, und die örtliche Küstenwache machte sich bereit, um Nomes kleine Flotte aus Booten, Schonern und Leichtern auf den Strand zu ziehen.

Das arktische Packeis rückte immer näher an die schmale Beringstraße heran, und an den Küsten fror das Beringmeer bereits zu. Es wurde „ein Ozean aus Eisbrei, der schwerfällig über den Sand rollt und krachend einen eisigen Überzug über alles legt, was er berührt", so veranschaulichte es ein in der Stadt lebender Naturforscher.

Der Kapitän der *Alameda* wusste, dass er sich nach Süden zurückziehen musste, sonst lief sein Schiff Gefahr, von dem vordringenden Eis wie in einem Schraubstock zermalmt zu werden. Es war an der Zeit, die Luken zu schließen und allen deutlich zu machen, dass sie entweder jetzt an Bord gehen oder den Winter über hier bleiben mussten.

Als die Schiffssirene an der Küste widerhallte, fuhr der letzte Leichter eilig zum Schiff. Dann stieg aus den Schloten der *Alameda* schwarzer Rauch auf, und als der notwendige Dampfdruck erreicht war, lichtete sie die Anker. Langsam schwenkte der Bug südwärts, und in Nome holten alle tief Luft. Sie waren auf sich allein gestellt, zumindest bis zum Frühjahr.

Noch ein paar Wochen, dann würden Flüsse und Bäche in der Tundra zufrieren, und die eisigen Flächen würden glatt und durchsichtig werden. In der Stadt wäre dann alles von Reif bedeckt, und draußen auf dem Beringmeer würden die Wellen flacher, weil der Ozean sich in eine immer dickere Eisschicht verwandelte, die oft bis zu den fast neunhundert Kilometer entfernten Pribilow-Inseln reichte.

Von Woche zu Woche sank die Sonne tiefer unter den Horizont. Die Farbe der Eis- und Schneefelder verwandelte sich von reinem Weiß in Gold und dann in das Violett des ewigen Zwielichts. Die Tage wurden kürzer – die Sonne schien nur noch vier Stunden –, und die Temperaturen sanken. Dann kamen die Schneestürme. Der Schnee, den sie in Böen vor sich herpeitschten, „nahm dir den Atem, füllte deine Nasenlöcher und wurde dir dann die Kehle hinuntergetrieben", wie ein Einheimischer es beschrieb.

Es war, als wäre die Eiszeit wiedergekehrt.

In jenem Herbst war Dr. Welch während der letzten Tage vor der Abfahrt der *Alameda* mehr als einmal seine Checkliste durchgegangen. Die meisten medizinischen Nachschublieferungen waren wohlbehalten angekommen, aber ein Medikament fehlte. Schon im Sommer war Welch aufgefallen, dass seine Vorräte an Diphtherie-Antitoxin aufgebraucht waren; deshalb hatte er Wert darauf gelegt, über die Gesundheitsbehörde in Juneau eine neue Charge zu bestellen. In den ganzen 18 Jahren seiner Tätigkeit auf der Seward-Halbinsel war ihm allerdings nie ein einziger eindeutiger Fall von Diphtherie, jener tödlichen Kinderkrankheit, untergekommen. Es war also höchst unwahrscheinlich, dass er das Antitoxin brauchen würde. Aber er wollte sichergehen.

Jetzt war an der Küste alles still, und Welch vermutete, dass man die Bestellung entweder nicht beachtet oder falsch ausgeliefert hatte. Bis zum nächsten Frühjahr musste er ohne das Medikament auskommen.

Ungefähr zu der Zeit, als die *Alameda* Nome verließ, kam eine Eskimofamilie mit vier Kindern aus Holy Cross, einem Dorf nahe der Mündung des Yukon, in die Stadt. Das jüngste, zwei Jahre alte Kind war krank. Als Welch es untersuchte, war es „sehr erschöpft und ausgezehrt“. Der Junge verweigerte die Nahrungsaufnahme, und Welch bemerkte, dass er streng aus dem Mund roch. Die Mutter erzählte ihm, der Kleine sei in Holy Cross wegen Mandelentzündung behandelt worden, aber diese Diagnose erklärte seinen geschwächten Zustand nicht. Welch befragte die Eltern, ob andere Kinder in dem Dorf an Mandelentzündung oder starken Halsschmerzen litten – an Symptomen also, die denen der Diphtherie ähnelten. Die Eltern versicherten, das sei nicht der Fall.

Zu Welchs Erleichterung wirkten die drei Geschwister des kranken Kindes gesund und munter, und so ließ er seine Bedenken fallen. Diphtherie ist sehr ansteckend, und falls die Geschwister sich die Krankheit zugezogen hätten, wären eindeutige Symptome aufgetreten. Nach Welchs Vermutung litt der Junge an einer weniger schlimmen Infektionskrankheit. In seinem medizinischen Bericht schrieb der Arzt:

> In diesen 18 Jahren sind mir viele Fälle zu Gesicht gekommen, die höchst verdächtig aussahen, aber mit der Zeit hatte sich zuvor jedes Mal herausgestellt, dass es sich um eine der verschiedenen entzündlichen Krankheiten des Rachens handelte.

Am nächsten Morgen war der Junge tot.

Gold, Männer und Hunde

Auf der ganzen Welt gab es kaum einen ungeeigneteren Ort, um eine Stadt zu bauen. Dennoch war Nome fast über Nacht entstanden, nachdem zwei Schweden und ein Norweger in einem Bach in Küstennähe einen Goldklumpen von der Größe eines kleinen Felsbrockens gefunden hatten. Die Männer wurden als die „drei glücklichen Schweden“ bekannt, und ihre Entdeckung im Jahr 1898 löste einen Massenansturm aus.

Nome war nicht die erste Stadt, die im hohen Norden wegen der Aussicht auf Goldfunde entstand. Im Sommer 1896 hatten Schürfer in einem Bach nicht weit des Flusses Klondike Gold entdeckt, unmittelbar östlich der Grenze Alaskas in dem kanadischen Territorium Yukon. Die Funde vom Klondike waren reichhaltig; Zeitungen und Zeitschriften brachten Sensationsgeschichten über die Dollarmillionen, die dort buchstäblich auf dem Boden lägen. Die Gefahren einer Reise in den Norden wurden dagegen hartnäckig verschwiegen. Von den über hunderttausend Männern und Frauen, die sich von überall auf der Welt auf den monatelangen Weg begaben, kamen nicht einmal dreißigtausend in Dawson City an, der explosionsartig wachsenden Stadt, die das Tor zu den Goldfeldern des Klondike bildete. Und noch viel weniger wurden wirklich reich.

Aber die Goldsuche machte süchtig. Obwohl die Chancen auf Erfolg gering waren, riss der Strom der Glücksritter zum Klondike nicht ab. Im Winter 1898 sprach sich dann herum, man habe Gold in einem Bach auf der Seward-Halbinsel entdeckt, ganz am anderen Ende Alaskas, an die dreizehnhundert Kilometer Luftlinie entfernt. Nun gaben tausende von Goldsuchern am Klondike ihre kargen Claims auf und machten sich zu der nächsten glitzernden Aussicht auf den wochenlangen Weg.

Mehrere hundert von ihnen trafen im Winter 1898 in Nome ein. Wie viele auf der Strecke blieben oder umkehrten, wird man nie erfahren. Bei denen, die ankamen, handelte es sich meist um zähe, erfahrene Haudegen. Die Leute nannten sie „Sauerteige“, weil viele von ihnen in einem Behälter, den sie eng am Körper trugen, einen Vorrat an Hefe mitführten. Damit konnten sie unterwegs Brot zubereiten, sodass sie niemals Hunger leiden mussten. Sie wussten genau über die Gefahren der winterlichen Wanderungen Bescheid und übernahmen einige besonders nützliche Elemente aus der Kultur der Ureinwohner.

Während des Winters 1898/99 ließen sich die Sauerteige etwa acht Kilometer von der Küste entfernt am Anvil Creek nieder, wo die glücklichen Schweden das Gold gefunden hatten. Im Sommer, als das Eis auf dem Beringmeer taute, kam per Schiff eine neue Welle von Goldsuchern aus den Vereinigten Staaten, und bis zum Ende des Sommers 1899 hatten weitere tausend Glücksritter ihre weißen Zelte in der Region aufgeschlagen. Die meisten Neuen waren sehr naiv. Kaum einer war zuvor schon einmal so weit im Norden gewesen, und keiner kannte die Schreckensherrschaft des Winters.

Im Frühsommer hatte John Hummel, ein älterer Goldsucher aus Idaho, beschlossen, sein Glück am Strand zu versuchen. Er überredete einen jüngeren Mann, die körperliche Arbeit zu übernehmen. Schon bald gab der Strand für die beiden jeden Tag hundert Dollar her. Nun verbreitete sich die Nachricht, die Strände von Nome bestünden aus Gold und es gebe dort genügend Nuggets für alle – man brauche nur hinzugehen und sie aufzusammeln. Es hieß, das Gold werde mit den Gezeiten angespült. Doch wie Geologen später herausfanden, hatte am Strand nur eine begrenzte Menge des „Hummel-Goldes" gelegen, uraltes, im Sand abgelagertes Erosionsmaterial. Das eigentliche Gold fand sich in den Bächen und Flüssen außerhalb der Stadt.

Bis die Nachricht von Hummels Glück im Spätherbst 1899 in die Staaten und darüber hinaus gedrungen war, hatte der Winter eingesetzt, und so dauerte es bis zum Sommer 1900 – als das Eis auf dem Beringmeer taute –, dass vor Nomes Küste über fünfzig Schiffe darauf warteten, Fracht und Passagiere zu entladen. Über zwanzigtausend Neuankömmlinge stellten ihre weißen Zelte entlang dem Strand auf. Es waren Norweger und Franzosen, Russen und Amerikaner – über der stampfenden Brandung erhob sich ein babylonisches Sprachengewirr. Entlang der Küste wurde eine Reihe hölzerner Schwingtröge aufgestellt. Diese großen, wackligen Geräte besaßen einen schmalen, mit Kupferplatten und Quecksilber ausgelegten Wasserkasten, in denen das Gold aufgefangen wurde. Andere, raffiniertere mechanische Apparate wiesen Zahnräder, Motoren und Seilrollen auf.

Oberhalb des Strands, in der Front Street, wurden Spielhallen und Saloons errichtet. Bis zum Spätsommer war schließlich eine Stadt aus der Tundra gewachsen. Entlang der Front Street gab es 16 Anwaltskanzleien für die Abwicklung von Geschäften, zwölf Gemischtwarenläden, vier Immobilienmakler, fünf Wäschereien, vier Badehäuser, drei Obst- und Tabakläden und ebenso viele Uhrmacher. Ein Abschnitt der Straße war den Bordellen vorbehalten. Hier machten die Goldgräber, die vom Strand oder von den Bächen in die Stadt kamen, als Erstes Station.

Nome lag nur zweihundertvierzig Kilometer südlich des Polarkreises und war rund um die Uhr lebendig. Die Sonne stand jeden Tag zwanzig Stunden am Himmel, und in den mehr als sechzig Bars, die aus dem Boden geschossen waren, wurde ununterbrochen getrunken und gelärmt. Die Leute hatten genug Geld und Zeit, um den Betrieb nie einschlafen zu lassen – so schien es zumindest. Kohle wurde für hundert Dollar pro Tonne verkauft, ein Dutzend Eier kostete vier Dollar. Die Goldgräber verteilten ihre Tütchen mit Goldstaub, ohne mit der Wimper zu zucken. Da nicht genügend Geld in Umlauf war, diente Goldstaub als Währung. Bars, Hotels und Läden maßen das Gold mittels Waagen und Gewichten – manchmal ehrlich, manchmal auch nicht.

Schon nach wenigen Wochen waren viele Goldgräber ruiniert und lungerten verzweifelt am Strand herum. Verbrechen waren an der Tagesordnung: An den Bächen überfielen Goldgräber mit Gewehren und Messern einzelne Claims, am Strand schlichen Diebe zu den Zelten, schoben mit Chloroform getränkte Lappen zwischen den Zeltbahnen hindurch und drückten sie den schlafenden Goldgräbern auf den Mund. Anschließend schnappten sie sich das Gold und verschwanden. „Die Habgier der Menschen war größer als an jedem anderen Ort, den ich kennen gelernt habe", berichtete ein Goldgräber.

Bundestruppen konnten zumindest den Anschein von Frieden herstellen, aber auch sie erlagen der großen Anzahl von Menschen – oder den Verlockungen des Goldes. Die Hälfte von ihnen desertierte und flüchtete mit Goldwaschtrögen die Bäche hinauf.

Nome steuerte geradewegs auf den Abgrund zu, als am Nachmittag des 12. September 1900 ein heftiger Südwind mit Geschwindigkeiten von hundertzehn Stundenkilometern das Meer auftürmte. Vierundzwanzig Stunden lang rollten riesige Wellen an die Küste. Es hieß, dass Goldgräber, die in ihren Zelten geblieben seien, ins Meer gespült worden seien, und als die Flut weiter anstieg, donnerte die Brandung bis in die Front Street und darüber hinaus. Der Sturm zerschmetterte Häuser, schleuderte Kähne und Boote in die Straße und zerstörte alles, was ihm im Weg stand.

Als das Meer sich zurückzog und sich an der Küste Trümmer auftürmten, hatten tausende von Goldgräbern nach Monaten der Gesetzlosigkeit, Trunksucht und Armut endgültig die Nase voll. Schweigend standen sie in langen Schlangen am Strand und warteten darauf, dass das nächste Schiff auslief. Sie erhielten den Spitznamen „kalte Füße“. Ende Oktober war die Mehrzahl der zwanzigtausend Männer und Frauen, die ein paar Monate zuvor angekommen waren, wieder abgereist. Später meinte jemand dazu, selbst Gott habe Nome mit dem letzten Schiff verlassen.

Mit dem Sturm war der Goldrausch von Nome zu Ende. Die Stadt verschwand aus den Schlagzeilen und hörte für die übrige Welt auf zu existieren. Als aber im Oktober 1900 das letzte Schiff ablegte, hatten sich etwa fünftausend Goldgräber zum Bleiben entschlossen. Sie wollten die Stadt wieder aufbauen. Einige hatten sich in den hohen Norden verliebt, andere genossen die unkomplizierten Umgangsformen in Alaska. Und wieder andere wussten einfach nicht, wohin sie sonst gehen sollten.

DER ANSTURM auf den Klondike und auf Nome veränderte Alaska. Da sich die Bevölkerung des Territoriums von 1890 bis 1900 fast verdoppelt hatte, wurden Wege neu angelegt oder bereits bestehende verbreitert und ausgebaut. Die Bundesregierung richtete in Nome und dem Tiefwasserhafen St. Michael nahe der Yukonmündung Militärstützpunkte ein, und die Soldaten verlegten Telegrafenleitungen, sodass die Stützpunkte und Städte untereinander wie auch mit den Staaten in Verbindung blieben. Schon 1903 gehörte Nome zu einem umfangreichen Telegrafennetz, das vom Fernmeldekorps der US-Armee betrieben wurde und die Abgeschiedenheit des Territoriums erheblich verminderte. Außerdem richtete die Bundesregierung einen Postdienst ein, der im Winter mit Hundegespannen betrieben wurde.

Die Ankunft der Post gehörte zum Aufregendsten, was sich in Nome abspielte. Nicht selten brachte der Fahrer mit zwei Schlitten, die von 25 Hunden gezogen wurden, eine Ladung von fast siebenhundert Kilo herbei. Kein anderes Tier als Hunde eignete sich so gut für Reisen im hohen Norden. Von Anfang an war man in Nome auf sie angewiesen. Hundegespanne dienten als Post- und Krankenwagen, Lasttransporte und Langstreckentaxis. Die Nachfrage nach Schlittenhunden war so groß, insbesondere während des Goldrauschs, dass das Angebot nicht Schritt halten konnte und in den Staaten ein Schwarzmarkt für die Tiere entstand. Jeder Hund, der so aussah, als könnte er einen Schlitten ziehen, wurde gestohlen und in den Norden verkauft, ganz gleich, ob er die Kälte überhaupt vertrug. „Auf den Straßen der Hafenstädte an der Westküste, so hieß es damals, sei kein Hund sicher, der größer als ein Spaniel sei“, schrieb ein Historiker und Schlittenhundexperte.

Die *Musher*, die Schlittenfahrer, arbeiteten gern mit großen Hunden, denn diese konnten häufig eine Ladung ziehen, die eineinhalbmal so schwer war wie das Gespann selbst. Beliebte Importrassen waren Neufundländer und Bernhardiner, die dann mit den einheimischen Hunden gekreuzt wurden – in Nome vor allem mit den Malamuten, die nach dem Eskimovolk der Mahlemuit benannt waren. Die Eskimos hatten ihre Hunde schon seit mehreren hundert Jahren so gezüchtet, dass sie schwere Lasten über relativ kurze Entfernungen ziehen konnten. Als die Goldgräber nun die einheimischen Hunde mit Neufundländern und Bernhardinern kreuzten, erzielten sie mitunter erstaunliche Ergebnisse: Die Mischlinge wogen bis zu siebzig Kilo. Der Malamut verschwand fast völlig, aber sein Name lebte weiter: Goldgräber aus Nome und dem Landesinneren nannten ihre Mischlinge oft Malamuten.

Die besten Hundeschlittenfahrer und -ausbilder waren in ganz Alaska bekannt. Scotty Allan aus Nome erwarb sich schon frühzeitig einen guten Ruf, weil er auch die widerspenstigsten Köter zur Raison bringen und zu fleißigen, treuen Schlittenhunden machen konnte. Mit seinem weichen schottischen Akzent und seiner Engelsgeduld „besänftigte er alles, was vier Beine hatte".

Ein gutes Gespann zusammenzustellen erforderte Zeit und Können. Man musste die Tiere nach ihrer jeweiligen Geschwindigkeit, Kraft und Gangart so auswählen, dass sie zu den anderen im Gespann passten. Sie mussten lernen, auf Befehle zu hören, sich im Einklang zu bewegen und einheitlich zu denken. Dabei besaß jeder Hund seinen eigenen Charakter, und alle unter einen Hut zu bringen war oftmals nicht einfach.

Die Gespanne wurden im Allgemeinen paarweise beiderseits der Hauptzugleine – oder *Gangline* – angeordnet, die vorn am Schlitten befestigt war. Das vorderste Tier, der Leithund, war das klügste des Gespanns. Dahinter kamen mehrere Paare von so genannten *Swing-Dogs*, und unmittelbar vor dem Schlitten folgten die *Wheel-Dogs*, die größten und kräftigsten im Gespann. Die Schlitten selbst waren in der Regel 2,70 bis 4,20 Meter lange Konstruktionen aus Nussbaum- oder Birkenholz. Die einzelnen Holzteile wurden mit Lederriemen zusammengehalten, die dem Schlitten Flexibilität verliehen, und ein als *Brushbow* bezeichnetes gebogenes Teil an der Vorderseite schützte ihn wie ein Puffer vor Büschen und Bäumen. Der Musher stand auf den zwei Kufen, die über das hintere Ende des Schlittens hinausragten, und wenn er eine besonders schwere Last zu transportieren hatte oder bergauf fuhr, konnte er sich zur Unterstützung der Hunde wie auf einem Tretroller mit einem Fuß abstoßen oder von hinten schieben.

Auf den Schlittenspuren, den *Trails*, durch Alaska wurden die Hunde zu Partnern im Überlebenskampf. Die Fahrer, die sich als Spediteure, Postboten und Trapper ihren Lebensunterhalt verdienten, waren auf die Tiere angewiesen; nur durch deren Fähigkeiten und Intelligenz konnten sie das raue, gefährliche Gelände unbeschadet durchqueren. Als Gegenleistung für ihre Anstrengung erhielten die Hunde Fürsorge und Schutz.

Die meisten Einwohner von Nome besaßen ein eigenes Gespann, und es hatte fast den Anschein, als wären die Hunde die eigentlichen Herrscher der Straßen. Irgendwann wurden sie zu einer solchen Gefahr, dass die Stadt eine Vorschrift erließ, wonach die Tiere Glocken tragen mussten. Es gab mehr Hunde als Menschen, und ihr Geheul – die Leute sprachen vom „Malamutenchor" – war die ganze Nacht über zu hören.

Die Hundebesitzer prahlten ständig mit ihren Gespannen und beschrieben in allen Einzelheiten die Fähigkeiten und den Mut ihrer Leithunde. Sie hätten sich mit jedem angelegt, der es gewagt hätte, Kritik an ihren treuen Gefährten zu üben, und wetteten darum, wer den stärksten, schnellsten und klügsten Hund besaß.

IM HERBST 1907 setzten sich Scotty Allan und ein paar Freunde mit dem Ziel zusammen, ein Hundeschlittenrennen zu veranstalten. Während der folgenden Wochen planten sie ein Langstreckenrennen, wie man es bis dahin noch nicht erlebt hatte. Der knapp sechshundertsechzig Kilometer lange Rundkurs führte durch alle nur denkbaren Geländeformen und sollte dazu dienen, den Mut, die Intelligenz und die Ausdauer von Hunden und Fahrern auf die Probe zu stellen. Die Route verlief zwischen den Eishügeln auf dem Beringmeer, über Berge, durch die Tundra und eine von Schneestürmen heimgesuchte Schlucht mit dem Namen „Tal des Todes".

Offiziell hieß die Veranstaltung „Großes Hundetoto von Alaska". In Nome wurde das Rennen begeistert aufgenommen. Die Bewohner waren der tödlichen Eintönigkeit des siebenmonatigen Winters überdrüssig und opferten sowohl Zeit als auch Geld für die Vorbereitung der ersten Wettfahrt. Sie fand im April 1908 statt und war ein so großer Erfolg, dass sie jedes Jahr ausgetragen wurde, bis der Erste Weltkrieg 1917 auch die USA erreichte.

Durch das Hundetoto wandelte sich die abgelegene Stadt. Jedes Jahr im April feierte Nome zum Start des Rennens ein ausgelassenes Volksfest. In den ersten Jahren gewann Scotty Allan die meisten Rennen. Aber Bergleute von der Seward-Halbinsel kamen in die Stadt, und bald träumte jeder Besitzer eines Hundegespanns davon, das Preisgeld von mehreren tausend Dollar zu gewinnen. Jahr für Jahr verbreiteten sich die Nachrichten über das Rennen rasch in ganz Alaska und den Staaten, und Nome, das man inzwischen als „Hundehauptstadt der Welt" bezeichnete, war wieder in den Schlagzeilen. Ein vergleichbares Rennen gab es damals nirgendwo; das Ereignis stand, wie die offizielle Veranstaltungsbroschüre es formulierte, „haushoch über allen anderen Wettbewerben für die körperliche Ausdauer von Mensch und Tier".

Mit dem Ende des Hundetotos kehrte in Nome wieder die gewohnte ruhige Routine ein. Die Einwohnerzahl lag 1925 erheblich niedriger als in den ersten Jahren nach der Flucht der „kalten Füße". Es hatte Unwetter und Brände gegeben, und die Kosten für den Bergbau hatten sich durch die kriegsbedingte Inflation verdreifacht. Die Bevölkerung von Nome schrumpfte auf 975 Weiße und 455 Eskimos oder Mischlinge.

Der Goldabbau war nach wie vor die wichtigste Branche, wurde inzwischen jedoch von der Firma Hammon Consolidated Gold Fields beherrscht, einem Konzern aus den Staaten. Er hatte alle Claims und Wassergräben von der Firma aufgekauft, die einst von den drei glücklichen Schweden gegründet worden war.

Aber die schillernden Tage des Goldrauschs waren nun ebenso Vergangenheit wie die aufregende Zeit des Hundetotos, und viele Häuser standen leer oder verfielen. Hier und da stieß man noch auf das verblichene Reklameschild eines Rechtsanwalts oder eines Saloons aus der Zeit des Goldrauschs. In der Tundra und am Strand rosteten verlassene Gerätschaften vor sich hin.

Rein aus der Sicht der Einwohner von Alaska betrachtet, war Nome dagegen ein eleganter, lebensprühender Vorposten. Als Lula Welch 1919 mit ihrem Mann aus der Bergbausiedlung Candle auf der Nordseite der Seward-Halbinsel hier eintraf, fand sie alles höchst aufregend. „Es war so groß und hell. Ich dachte, ich sei in New York", sagte sie.

Es war seit zwölf Jahren das erste Mal, dass das Ehepaar elektrisches Licht sah. Die beiden waren 1907 in Nome von Bord der *Victoria* gegangen und sofort in die Bergbausiedlung Council im Landesinneren weitergezogen, wo Welch eine Praxis gekauft hatte, nachdem das Krankenhaus in Oakland, das er bis dahin geleitet hatte, wenige Monate zuvor durch das große Erdbeben von San Francisco zerstört worden war. Ursprünglich wollten die Welchs nur ein Jahr bleiben, aber dann wohnten sie acht Jahre in Council. Der Arzt arbeitete an einem tragbaren Operationstisch in einer Praxis mit drei Krankenbetten, die durch eine Petroleumlampe erleuchtet wurde. Im Jahr 1915 zog das Ehepaar in das noch abgelegenere und primitivere Candle.

Nome bedeutete für sie einen Neubeginn im Luxus. Es gab eine eigene Wochenzeitung, den *Nome Nugget*, Bäckereien, zwei Restaurants, eine Bibliothek, einen Polizeiposten und ein Kino. Auch ein Juwelier und ein Schneider waren vor Ort. Trotz der Lage und des baufälligen Ambientes gab es also ein bemerkenswertes Angebot an Dienstleistungen, und es gelang den Bewohnern von Nome, eine Art windzerzaustes Weltbürgertum aufrechtzuerhalten. Fremde und Eigenbrötler wurden ohne weiteres integriert. Die Kinder erhielten Gesangsunterricht, und ihre Eltern führten in den beiden Stadthallen Theaterstücke und Tänze auf. Man lebte wie auf einer Insel in einer verschworenen Gemeinschaft.

Es herrschte ein Geist der Zusammenarbeit und des Gemeinsinns – ein erstaunlicher Wandel angesichts der schäbigen Vergangenheit der Stadt. Es war, als hätte jeder Bürger eine inoffizielle Pflicht übernommen, die er sehr ernst nahm. Die Trails wurden größtenteils von Freiwilligen instand gehalten, die dafür sorgten, dass die hölzernen Markierungspfosten stets an ihrem Platz waren. Ladenbesitzer heizten ihre Öfen immer gut ein, für den Fall, dass ein Fremder sich aufwärmen wollte, und Dr. Welch behandelte seine Patienten, ob sie ihn bezahlen konnten oder nicht.

Im Laufe der Jahre waren mehrere Menschen draußen in der Tundra erfroren, und deshalb errichteten die Stadtväter auf dem Turm der katholischen St.-Josephs-Kirche ein zweieinhalb Meter hohes, elektrisch beleuchtetes Kreuz, das verirrten Wanderern als Orientierung dienen sollte.

Trotz allem war es immer noch ein ungünstiger Ort für eine Stadt. Die Einwohner wussten zwar ganz genau, wie viel Kohle, Nahrungsmittel und medizinische Vorräte sie für den Winter brauchten und wie man den Arzt oder das Krankenhaus erreichte, wenn ein Kind krank wurde. Aber sie wiegten sich auch in einer trügerischen Sicherheit, denn bei der isolierten Lage der Stadt konnte eine durchschnittliche Krise sehr schnell zur Katastrophe werden.

Wenn das Wetter plötzlich umschlug, es brannte oder ein Frachtschiff sank, hätten sie sich ebenso gut auf der Rückseite des Mondes befinden können.

Epidemie

Welch erinnerte sich an die einzelnen Jahre, je nachdem wen er behandelt hatte und wie es den Betreffenden ergangen war. Manche Erinnerungen waren stärker als andere, und manche Jahre stachen hervor. In einem Sommer war durch Mücken eine Infektion hervorgerufen worden, in einem anderen hatte es in den Bergbausiedlungen mehrere kleinere Verletzungen gegeben. Und kein Arzt hätte je die Grippeepidemie von 1918/19 vergessen – obwohl Welch dankbar sein konnte, dass er in Nome nur die letzten Ausläufer davon mitbekommen hatte. Dennoch hatte er sich als Arzt völlig machtlos gefühlt und nicht verhindern können, dass viele Menschen der Krankheit zum Opfer gefallen waren.

Im Jahr 1924 nun gab es seit der Abfahrt der *Alameda* eine Mandelentzündung nach der anderen, einschließlich des sonderbaren Falls des Eskimojungen aus Holy Cross. Und am Morgen des 24. Dezember hatte Welch wieder ein krankes Kind vor sich: Margaret Solvey Eide, ein siebenjähriges Eskimomädchen, litt an einer schweren Halsentzündung und hatte leichtes Fieber. Welch vermutete eine follikuläre, also bläschenartige Mandelentzündung, aber ihre Mutter gestattete keine Untersuchung; vermutlich ließ sie sich von dem Aberglauben vieler Ureinwohner leiten. Ihr Mann befand sich außerhalb Alaskas auf einer Geschäftsreise.

Welch empfahl, Margaret solle über die Feiertage im Bett bleiben und sich ausruhen, dann ging er durch die Stadt nach Hause. Die Schaufenster der Geschäfte waren schon seit Wochen voller Weihnachtswaren – Schlittschuhe, Schlitten, Puppen und Metallbaukästen. Aber Welch empfand kaum Festtagsstimmung, denn er stand durch viele Hausbesuche schon seit Wochen unter Anspannung.

Andere Bewohner waren fröhlicher gelaunt. Immerhin war es eine besondere Zeit im Jahr, und den Höhepunkt bildete Mitte der Zwanzigerjahre stets die große Weihnachtsfeier in der Adlerhalle, einem höhlenartigen Holzgebäude, das in den wilden Jahren der Stadt als Schauplatz für Musikdarbietungen und Boxkämpfe gedient hatte. In Nome gab man sich alle Mühe, das Fest auf traditionelle Weise zu begehen, mit Weihnachtsbaum und allem, was noch dazugehörte – keine geringe Aufgabe angesichts der Tatsache, dass sich der nächste Nadelwald fast hundertfünfzig Kilometer entfernt im Südosten bei dem Dorf White Mountain befand, was mindestens zwei Tagesreisen bedeutete. Freiwillige machten sich von Nome aus mit Äxten und Sägen per Hundeschlitten auf den Weg und brachten einen kleinen Weihnachtsbaum für das Krankenhaus mit, einen weiteren für die Schule und einen dritten für den Stadtplatz. Der schönste war für die Gemeindeweihnachtsfeier in der Adlerhalle reserviert.

Wenn dann um Mitternacht die Glocken der St.-Josephs-Kirche läuteten, gingen alle durch den frisch gefallenen Schnee zum Gottesdienst. Anschließend zog man durch die Front Street nach Hause, in der sich Schneeverwehungen türmten, die vom Wind, dem ständigen Verkehr der Schlitten und den Mukluks hart geworden waren. Manche reichten bis zu den Wohnungen im ersten Stock über den Geschäften.

Am nächsten Tag verwandelte sich Nome in einen riesigen Spielplatz. Die Kinder zogen Schlittschuhe an und glitten hinaus auf den Snake River und das Beringmeer, oder sie rutschten auf Schlitten und Mukluks die steilen Böschungen der Front Street hinunter.

Aber ein Kind kam dieses Jahr um seine Festtagsfreude: Margarets Zustand verschlechterte sich immer mehr, und am 28. Dezember erhielt Welch die Nachricht, das kleine Mädchen sei gestorben. Er bat die Mutter, eine Obduktion vornehmen zu dürfen, aber sie verweigerte wiederum die Untersuchung. Der Fall bereitete dem Doktor Sorgen. „Mandelentzündung führt nur selten zum Tod, aber gelegentlich kommt es dennoch vor“, schrieb er.

Im Januar 1925 folgten neue Hiobsbotschaften: Draußen auf dem Sandspit waren zwei weitere Kinder der Ureinwohner gestorben. Allmählich beschlichen Welch die schlimmsten Befürchtungen.

Am Nachmittag des 20. Januar spitzte sich die Lage zu. Bei seiner Visite im Krankenhaus untersuchte Welch den dreijährigen Billy Barnett, den er fast zwei Wochen zuvor mit Halsschmerzen, geschwollenen Lymphknoten, Fieber und Abgeschlagenheit aufgenommen hatte. Innerhalb weniger Tage hatte sich bei Billy ein beunruhigendes neues Symptom entwickelt: dicke graue Wundstellen auf Nasen- und Rachenschleimhaut. Die blutigen Geschwüre waren das charakteristische Kennzeichen eines uralten, gefürchteten Krankheitserregers, der seit Jahrhunderten Kinder dahinraffte und zu Recht oft als „Ersticker“ bezeichnet wurde. Seine korrekte Bezeichnung lautete Diphtherie.

Obwohl Welch den Verdacht hatte, dass Billy an Diphtherie litt, behielt er seine Vermutung für sich. Er fürchtete, die vorläufige Diagnose könnte in der Stadt eine Panik auslösen.

Die Krankheit wird von in der Luft oder durch Tröpfcheninfektion übertragene Bakterien verursacht, die auf den feuchten Schleimhäuten von Rachen und Nase gedeihen. Der von ihnen freigesetzte hochwirksame Giftstoff macht den Betroffenen müde und teilnahmslos. Nach zwei bis fünf Tagen treten dann weitere Symptome auf. Der Patient bekommt leichtes Fieber, hinten in Rachen und Mund entwickeln sich rötliche Geschwüre. Da die Bakterien sich weiter vermehren und immer mehr Toxin abgeben, werden die Geschwüre dicker und größer, bis sich schließlich eine harte, fast lederartige Membran aus toten Zellen, Blutgerinnseln und abgestorbener Haut bildet. Diese Kruste bedeckt immer größere Teile von Mund und Rachen, und wenn sie schließlich keinen weiteren Platz zur Ausdehnung mehr hat, wandert sie in die Luftröhre, sodass das Opfer qualvoll erstickt.

Es war ein langsamer, schmerzhafter, schrecklicher Tod. Betroffen waren vorwiegend Kinder zwischen einem Jahr und zehn Jahren, und der – wie ein Mediziner es einmal beschrieb – „ängstliche, gequälte, Mitleid erregende Ausdruck des bevorstehenden Erstickens“, den bei einer Epidemie ein Kind nach dem anderen zeigte, war für jeden Doktor eine erschütternde Erfahrung. Bevor es um die Jahrhundertwende das erste Antitoxin gab, konnten die Ärzte über ihre Anwesenheit und Gebete hinaus kaum Trost spenden.

Das Antitoxin, das aus dem Blutserum immunisierter Pferde hergestellt wurde, war das einzig wirksame Gegenmittel. Mangels einer neuen Lieferung besaß Welch nur noch einen begrenzten Vorrat des Medikaments, und der war alt. Der Doktor fürchtete, es könnte durch die lange Lagerung verdorben sein. Tagelang überlegte er, ob er das Serum verabreichen sollte, fand es aber zu riskant, da in seinen Augen noch eine geringe Hoffnung bestand, dass Billy sich die Krankheit doch nicht zugezogen hatte. Er wollte alles tun, um den Jungen nicht noch weiter zu schwächen. Welch schrieb in seinen medizinischen Bericht:

> Nach meinem Gefühl war es nicht gerechtfertigt, das Antitoxin zu verabreichen. Ich hatte keine Ahnung, wie es wirken würde.

Stattdessen durchstöberte er seinen Medizinschrank und suchte Zuflucht bei Mitteln, die Ärzte vor der Erfindung des Antitoxins im Jahr 1891 angewandt hatten. Er gab Billy Stimulanzien, um das Herz gegen die mögliche Wirkung des Toxins zu stärken, das im Blut kreiste, und betupfte den Rachen des Jungen mit Eisenchlorid, einem zusammenziehenden Mittel, das die

Geschwüre aufbrechen ließ. Beides waren keine verlässlichen Heilungsmethoden, aber in Verbindung mit Billys körpereigenem Immunsystem boten sie immerhin die Aussicht auf eine erfolgreiche Bekämpfung der Krankheit.

Eine Zeit lang sah es so aus, als ob die Therapie wirkte: Nur wenige Stunden nachdem Billys Rachen betupft worden war, hatten sich die Geschwüre abgelöst, und der Junge war nicht mehr so blass. Er schlief ruhiger und schien von Stunde zu Stunde kräftiger zu werden.

Doch am Nachmittag ging es Billy wieder schlechter. Beim Anblick des kleinen Patienten wusste Welch, dass er mit seiner Vermutung Recht gehabt hatte. Es handelte sich um Diphtherie, nichts anderes. Der Junge zeigte wie im Lehrbuch alle Anzeichen für das fortgeschrittene Stadium der Krankheit: tief liegende Augen, einen Ausdruck grenzenloser Verzweiflung, Lippen in der dunklen Farbe wilder Beeren. Jedes Mal, wenn Billy Luft holte, hustete er Blut.

Um sechs Uhr abends wurde Welch von den Schwestern ans Bett des Jungen gerufen. Billy hatte sich durch den Sauerstoffmangel bläulich verfärbt und rang immer mehr nach Luft. Er befand sich im Zustand des Kollaps, und ohne Antitoxin konnte der Arzt nichts mehr tun. Angesichts der späten Diagnose und des fortgeschrittenen Krankheitsstadiums hätte wahrscheinlich nicht einmal eine Spritze mit frischem Serum das Kind noch retten können. Welch blieb nichts anderes übrig, als daneben zu stehen und den Jungen sterben zu sehen. Voller Angst starrte Billy ihn an. Als das Ende nahte, verschloss sich die Luftröhre endgültig, und man konnte ein leises, hohes Zischen hören, als ob jemand ganz langsam die Luft aus einem Ballon ließe.

Es war vorüber. Welch veranlasste alles Nötige für die Bestattung und ging nach Hause. An diesem Abend gab es nichts mehr zu tun, aber am nächsten Morgen musste er den Stadtvätern ausführlich Bericht erstatten.

DIE MEISTEN Ärzte verließen sich 1925 bei der Diagnose noch auf äußerliche Anzeichen, und nur wenn Zweifel bestanden, machte man einen Rachenabstrich und legte eine Bakterienkultur an, mit der sich die stäbchenförmigen Diphtheriebakterien eindeutig erkennen und das Toxin nachweisen ließen. Welch besaß kaum Erfahrung mit der Diagnose von Diphtherie oder dem Anlegen von Bakterienkulturen. Das Maynard Columbus Hospital mochte das bestausgerüstete Krankenhaus der Region sein, aber seine technische Ausstattung war sehr einfach, die Stromversorgung unzuverlässig, und es gab weder ein Labor noch einen Brutschrank für Bakterienkulturen. Welch hatte solche Arbeiten seit Jahren nicht mehr ausgeführt und räumte selbst ein: „Ich fühle mich eigentlich nicht dazu befähigt."

Aus seinen medizinischen Fachzeitschriften konnte er einiges über die Symptome der Diphtherie und ihre Epidemien in verschiedenen Teilen der Vereinigten Staaten erfahren. Bevor es das Antitoxin gab, war Diphtherie in den USA eine der häufigsten und bei Kleinkindern sogar die hauptsächliche Todesursache. Man probierte alle verfügbaren Heilmittel aus, aber meist verlängerten sie nur die Leiden des Patienten oder beschleunigten dessen Tod. Ungefähr ab 1820 versuchten die Ärzte es mit einem neuen Verfahren namens Tracheotomie, bei dem die Luftröhre mittels eines Schnitts durch die Halshaut freigelegt wurde. Der Eingriff war oft ebenso tödlich wie die Krankheit selbst, und in den Achtzigerjahren des 19. Jahrhunderts gab man ihn endgültig auf, nachdem der New Yorker Arzt Joseph O'Dwyer kleine Röhren entwickelt hatte, die man durch den Mund in die Luftröhre einführen konnte. Der O'Dwyer-Tubus verringerte die Sterblichkeitsrate bei der Kehlkopfdiphtherie, einer besonders schweren Form der Krankheit, von nahezu 100 auf 75 Prozent.

Eine solche Rate war freilich immer noch wenig tröstlich. Die Anwendung des Tubus war schwierig. Der Patient konnte nun zwar atmen, wegen des im Blut kreisenden Toxins versagten aber nach wie vor Nieren, Lunge und Kreislauf.

Schließlich entwickelte der preußische Stabsarzt Emil von Behring, der auf den Arbeiten des Pariser Pasteur-Instituts aufbaute, ein Antitoxin zur Neutralisierung des Diphtherietoxins. Es wurde 1891 erstmals an einem Kind angewandt und rettete ihm das Leben.

Die Krankheit brach auch in den Zwanzigerjahren des 20. Jahrhunderts immer wieder epidemisch aus, verbreitete sich jetzt allerdings langsamer. Dennoch befiel sie jährlich noch hundertfünfzigtausend Menschen und war für fünfzehntausend Todesfälle verantwortlich.

WELCH wusste, dass er ganz schlechte Karten hatte, wenn er kein frisches Serum bekam. Diphtherie war äußerst ansteckend. Die Bakterien waren widerstandsfähig und konnten auf einem Bonbon, einer Ladentheke oder einem Handschuh wochenlang überleben. Durch eine einzige Berührung wurden sie von einem warmen Körper auf einen anderen übertragen, ein Niesen oder Husten konnte die Krankheit durch die Luft verbreiten, und ein einziger Atemzug bedeutete unter Umständen den Tod.

Welch war sich auch darüber im Klaren, dass die Krankheit sich schnell über die Stadtgrenzen hinaus in den Dörfern an der Küste ausbreiten konnte. Als lokaler Vertreter der Gesundheitsbehörde von Alaska war er für das Wohlergehen von rund zehntausend Menschen im Nordwesten des Territoriums zuständig; sein Amtsbereich reichte im Norden bis zur Küste des Nordpolarmeers und im Süden bis zur Mündung des Yukon.

Die Bewohner Nordwestalaskas waren vorwiegend Eskimos, und diese waren ausnahmslos gefährdet. Gegen die Infektionen, die Seeleute und Goldgräber mitbrachten, besaßen sie kaum natürliche Abwehrkräfte, und in den vorangegangenen eineinhalb Jahrhunderten hatten seit den ersten Kontakten mit Weißen Masern, Tuberkulose und Grippe einen erstaunlich großen Teil der einheimischen Bevölkerung dahingerafft.

Welch hatte 1918/19 die große Grippeepidemie miterlebt, die auf der Seward-Halbinsel ganze Dörfer ausgelöscht hatte und der fünfzig Prozent der in Nome lebenden Ureinwohner zum Opfer gefallen waren. In der Vergangenheit hatten Pocken, Masern und Typhus die Stadt heimgesucht, und Welchs Vorgänger hatten mehr als einmal Quarantäne verhängt und Pesthäuser eingerichtet, um kranke Ureinwohner zu überwachen und zu pflegen. Die Eskimos hatten mit gutem Grund eine lähmende Angst vor Krankheiten. Sie glaubten an den Geist des Todes, und wenn in ihrem Haus jemand starb, hatten sie Angst, der Geist werde sie als Nächstes holen. Nach einem Todesfall flüchteten die Angehörigen häufig in panischer Angst, und das führte nur zur weiteren Ausbreitung der Krankheit.

Welch befürchtete, dass die einheimische Bevölkerung jetzt genauso reagieren und den Erreger in der ganzen Stadt sowie entlang der Küste verbreiten würde.

AM MITTWOCH, dem 21. Januar, wurde Welch schon vor dem Morgengrauen aus seinem sorgenschweren Schlaf gerüttelt. Die Tochter von Henry Stanley, einem Eskimo vom Sandspit, war schwer krank und musste sofort versorgt werden. Die Familie wohnte rund zweieinhalb Kilometer entfernt, und Welch war überzeugt, zu Fuß schneller zu sein, als wenn er erst die Hunde anspannte und mit dem Schlitten hinfuhr. Er raffte seinen Arztkoffer, den Parka aus Eichhörnchenfell sowie den weißen Baumwollanorak zusammen und lief eilig die Treppe hinunter und hinaus auf die Straße.

Der Sandspit war ein langer, schmaler Strandstreifen, der westlich der Stadt bis zur Mündung des Snake River reichte. Die meisten Ureinwohner lebten in Iglus mit nur einem Raum, die sie aus Treibholz, Walknochen,

Erde, Blechstücken und anderen Fundstücken vom Strand zusammengezimmert hatten. Erhellt wurden manche der Behausungen immer noch von Lampen, in denen Seehundstran brannte, und die Luft im Inneren war geschwängert vom Geruch von Robben, getrocknetem Lachs, Schweiß und feuchten Tierfellen.

Die siebenjährige Bessie lag an der Rückwand des Iglus. Die dunklen Augen blickten aus einem hohlwangigen Gesicht, und die Brust hob und senkte sich wie unter einer unsichtbaren Last. Welch maß die Temperatur und stellte fest, dass das Mädchen Fieber hatte. Als er ihm den Mund öffnete, nahm er einen Gestank wie von verrottendem Müll wahr. Das Innere von Bessies Mund war „eine Masse aus fauliger, stinkender Membran", und als Welch die Schicht berührte, begann sie heftig zu bluten.

Spät am Abend starb das Mädchen, und für Welch gab es nun keinen Zweifel mehr, dass er es mit einer katastrophalen Epidemie zu tun hatte. Die Stadt stand am Rande des Abgrunds.

Als er nach Hause kam, machte Lula gerade das Abendessen. Welch setzte sich und schlug die Hände vors Gesicht. Er brauchte ein wenig Zeit, um seine Gedanken zu sammeln und seine ärztliche Fassung wiederzugewinnen. Nachdem er Lula von dem Vorfall berichtet hatte, griff er zum Telefon und bat die Vermittlung, ihn so schnell wie möglich mit Bürgermeister George Maynard zu verbinden. Er forderte Maynard auf, unverzüglich den Stadtrat zusammenzutrommeln und sich auf den Weg zum Krankenhaus zu machen. Es gab keine Zeit zu verlieren.

Quarantäne

Für die Verhältnisse von Nome war es ein komfortables Büro: ein großes Erkerfenster, eine Reihe Topfpflanzen und Regale mit den abgegriffenen Bänden von Welchs medizinischer Bibliothek. Das Zimmer ging nach Süden zur Straße; der Doktor saß oft hier und sah zu, wie die ganze Stadt vorüberzog.

Er kannte sämtliche Mitglieder des Stadtrats, die er ebenso wie ihre Angehörigen alle schon behandelt hatte, und mehrmals hatten sie ihn und Lula zu sich nach Hause zum Abendessen eingeladen. Die meisten hatten Kinder, und keinem war klar, was jetzt bevorstand.

George Maynard war da, der stämmige Verleger des *Nome Nugget* und Bürgermeister der Stadt, ebenso Mark Summers, der Direktor von Hammond Consolidated Gold Fields, der Anwalt Hugh O'Neil und der Richter G. J. Lomen.

Welch holte tief Luft und erläuterte, was in den letzten Monaten geschehen war, angefangen bei den vielen Fällen von Halsschmerzen, die ihm schon kurz nach der Abfahrt der *Alameda* aufgefallen waren. Er berichtete auch von den Eskimojungen aus Holy Cross, dem Tod von Margaret Eide und seiner Schlussfolgerung, dass alle Kinder von Nome in Gefahr waren. Billy Barnett war an Diphtherie gestorben, und alle Anzeichen sprachen dafür, dass auch Bessie Stanley an derselben Krankheit litt. Für den Doktor gab es keinen Zweifel, dass in Nome eine Epidemie bevorstand.

Da es sich um eine sehr ansteckende Krankheit handelte, rechnete Welch fest damit, dass im Laufe der nächsten 24 Stunden neue Fälle auftreten würden. Er erklärte, es gebe bei Diphtherie nur eine einzige Behandlungsmöglichkeit, das Serum, und davon besitze er im besten Fall genug für sechs Patienten. Doch es komme noch schlimmer: Diese rund achtzigtausend Einheiten seien bereits sechs Jahre alt. Er habe zwar im Sommer einen frischen Vorrat bestellt, aber die *Alameda* habe das Medikament nicht mitgebracht; mit der Lieferung sei nicht vor dem Frühjahr zu rechnen. Um die Epidemie wirksam zu bekämpfen, brauche er aber mindestens eine Million Einheiten.

Welch musste nicht viele Worte machen. Im Stadtrat hatten alle die verheerenden Auswirkungen der Grippeepidemie von 1918/19 noch lebhaft vor Augen. Bürgermeister Maynard bat Welch sofort, die Leitung der weiteren Maßnahmen zu übernehmen. Doch der Arzt schlug stattdessen vor, man solle vorübergehend einen Gesundheitsausschuss einrichten, der befugt sei, unabhängig vom Stadtrat zu handeln. Der Rat stimmte zu, und Maynard, Welch sowie Mark Summers wurden zu ständigen Mitgliedern des neuen Gremiums ernannt. Ohne dass Welch noch viel sagen musste, einigten sie sich auf eine Vorgehensweise: Das Leben in der Stadt musste zum Stillstand kommen. Welch schlug vor, man solle alle Schulen, Kirchen, Fremdenzimmer und das Kino schließen; eindringlich sei davon abzuraten, die Stadt zu verlassen, und den Kindern solle man es völlig verbieten.

Um den Einwohnern die Nachricht schonend beizubringen und die Panik möglichst gering zu halten, entschloss sich Maynard, ein Rundschreiben zu drucken und darin die Tatsachen der Epidemie sowie die ersten Schritte zu einer völligen Quarantäne zu erläutern.

Damit war die Sitzung zu Ende. Die Ratsmitglieder erhoben sich, und der Gesundheitsausschuss verabredete, sich jeden Abend zu treffen, bis die Gefahr vorüber war. Als Welch das Krankenhaus verließ, war es später Nachmittag. Er ging zur Telegrafenstation und bat den Dienst habenden Offizier des Fernmeldekorps, zwei Notrufe abzusetzen. Der eine sollte an alle Stationen in Alaska gehen und sämtliche größere Ortschaften und Behörden einschließlich des Gouverneurs in Juneau darüber informieren, dass man in Nome dringend das Serum brauchte.

Der andere ging nach Washington an Welchs Kollegen bei der US-Gesundheitsbehörde, die für die Herstellung von Antitoxinen und Impfstoffen zuständig war.

> Diphtherieepidemie fast unvermeidlich. Brauche dringend eine Million Einheiten Diphtherie-Antitoxin. Post einziges Transportmittel. Habe bereits Antrag an die Gesundheitsbehörde des Territoriums gerichtet.

Knapp eine Woche später stand Welchs Hilferuf auf den Titelseiten nahezu aller Zeitungen in den Vereinigten Staaten.

DIE QUARANTÄNE begann fast augenblicklich. Das Kino wurde geschlossen, und alle gesellschaftlichen Ereignisse wurden abgesagt. Die Schulkinder schickte man nach Hause. Wie Jean Summers-Wolf, die Tochter des Stadtrats und Ausschussmitglieds Mark Summers, viel später berichtete, wussten sie und die anderen Kinder sofort, dass etwas ganz und gar nicht stimmte. „Ich kann mich erinnern, dass ich regelrecht die Luft anhielt und an allen Häusern vorüberrannte, an denen dieses große rote Schild hing: QUARANTÄNE – BETRETEN VERBOTEN."

Maynard stellte seine Bekanntmachung fertig und ließ sie überall in der Stadt aushängen. Dann begab er sich in sein Büro beim *Nome Nugget* und sorgte dafür, dass sie auch in die nächste Ausgabe der Zeitung kam.

> In Nome ist eine Diphtherieepidemie ausgebrochen. Sofern die richtigen Vorkehrungen getroffen werden, besteht kein Anlass zur Sorge. Falls jedoch Eltern ihre Kinder nicht von anderen Kindern getrennt halten, könnte die Epidemie ernst zu nehmende Ausmaße erreichen.

Die Versuche des Gesundheitsausschusses, die Krankheit einzudämmen, kamen dennoch zu spät. Kurz nach dem Tod von Bessie Stanley entwickelten sich auch bei Dora und Mary, zwei ihrer Schwestern, Membranen im Rachen, und bei den Eltern zeigten sich ähnliche Symptome. Welch behandelte alle „energisch mit dem alten Serum“.

Bis Samstag, den 24. Januar, den vierten Tag der Krise, hatte die Krankheit vier Opfer gefordert, und immer noch gab es weder aus Alaskas wichtigsten Städten Fairbanks, Anchorage und Juneau noch aus Washington die geringste Nachricht über verfügbares Serum.

Immer öfter klingelte jetzt in Welchs Büro das Telefon, weil Eltern ihn zu kranken Kindern oder Angehörigen riefen. So berichtete der junge Schulleiter Lars Rynning, er habe Halsschmerzen und erhöhte Temperatur und sei vor allem besorgt, weil sich in seinem Rachen ein Geschwür gebildet habe. Seine Frau klage ebenfalls über schlimme Halsschmerzen, und sie beide hätten Angst, das alles könne böse Folgen für ihren zwei Monate alten Sohn haben.

Welch ging zu ihnen, untersuchte den Säugling und erklärte den Rynnings, ihr Sohn sei, soweit er es beurteilen könne, bei guter Gesundheit. Muttermilch verleiht eine natürliche Immunität gegen Diphtherie, und sehr kleine Kinder können die Krankheit mit einer Wahrscheinlichkeit von neunzig Prozent ohne Medikamente abwehren. Welch war allerdings davon überzeugt, dass die Rynnings mit dem Erreger in Kontakt gekommen waren, und um den Sohn zu schützen, stellte er die Eltern unter Quarantäne. Er entschloss sich aber, ihnen nichts von dem Serum zu geben. Da sie jung und kräftig waren, hatten sie nach seiner Einschätzung bessere Überlebenschancen als die meisten anderen. Die Arznei musste er für die schlimmsten Fälle aufsparen, und von denen sollten noch viele folgen.

Eine Einzelheit im Zusammenhang mit Rynning machte ihm aber Sorgen: Der junge Mann war nicht nur Schulleiter, sondern auch Lehrer; höchstwahrscheinlich war er mit fast jedem Schulkind von Nome in Kontakt gekommen.

Welch fühlte sich schon jetzt überfordert und erschöpft, und es gab niemanden, der ihn hätte ersetzen können. Der nächste andere Arzt war sechshundertfünfzig Kilometer weit weg, zehn Tagesreisen mit dem Hundeschlitten. *Meine einzigen Berater sind die Krankenschwestern*, notierte Welch.

EMILY MORGAN war zweifellos die fleißigste und beste Schwester in Welchs Diensten. Sie war schon seit langem in der Krankenpflege tätig. Drei Jahre hatte sie in einem Feldlazarett des Roten Kreuzes an der Westfront in Frankreich gearbeitet, wo mitten im Bombenchaos die Toten und

Verwundeten eingeliefert worden waren. Als der Krieg zu Ende gewesen war, hatte sie in Wichita in Kansas ihre Tätigkeit fortgesetzt.

Nach Nome war die mittlerweile 47-Jährige im Herbst zuvor aus Unalaska auf den Aleuten gekommen, wo sie für die medizinische Versorgung der Ureinwohner gesorgt hatte. Sie war fast einen Kopf größer als Welch und bildete den fröhlichen, leutseligen Gegenpol zu ihrem Chef. Außerdem hatte sie die Diphtherie bereits hautnah kennen gelernt: In Wichita war sie selbst erkrankt und hatte drei Wochen das Bett hüten müssen. Nach ihrer Genesung kannte sie nun alle Windungen und Wendungen des schrecklichen Krankheitsverlaufs.

Der Gesundheitsausschuss hatte sie auf Welchs Vorschlag hin zur Quarantäneschwester ernannt. Mit ihrem schweren Wollpullover, dem Fellmantel und den kniehohen Pelzstiefeln zog sie los, um die schwersten Fälle zu versorgen. Schon bald musste sie immer häufiger über den Haustüren die rot-schwarzen Quarantäneschilder aufhängen, die sich markant von dem weißen Schnee abhoben.

Emily konzentrierte sich vor allem auf den Sandspit, wo Freiwillige Nahrung, Brennstoff und Wasser verteilten. Sie hatte gelernt, auch unter den einfachsten, ungesündesten Verhältnissen zu arbeiten, und machte sich wegen der Tätigkeit in der Kälte keine Sorgen. Dabei war es in Nome besonders hart. In Kansas, so berichtete sie, „hatten wir eine Menge Ärzte und Krankenhäuser". Hier dagegen arbeitete sie oft ganz allein, nur gelegentlich wurde sie von Welch unterstützt.

Sie hatte immer ihre Arzttasche dabei. Darin befanden sich ein Fieberthermometer, Zungenspatel, mehrere Röhrchen mit Antitoxin, ein paar Süßigkeiten zur Beruhigung der Kinder und eine Taschenlampe. Sie besuchte ihre Patienten regelmäßig und achtete genau darauf, ob das Antitoxin wirkte; oft musste sie allerdings feststellen, dass sie außer Mitgefühl nichts anzubieten hatte.

Auf einem ihrer Rundgänge kam sie wieder einmal zur Behausung einer Eskimofamilie, wo ihr vor allem der Zustand eines der fünf Kinder Sorgen bereitete. Bei dem kleinen Mädchen Mary waren die Symptome besonders stark: Die Rachenmandeln waren mit der dunkelsten Membran bedeckt, die Emily jemals gesehen hatte. Als sie sich jetzt dem Iglu näherte, kam ein junger Eskimo herausgeeilt.

„Sie kommen zu spät", sagte er. „Mary ist schon im Himmel."

Drinnen fand sie den Vater, der gerade aus rohen Brettern einen Sarg zimmerte. Seine beiden anderen Töchter sahen zu. Emily konnte kaum etwas tun, um die Trauer der Familie zu lindern. So kniete sie sich neben den Vater und „half so gut wie möglich, die einfache Kiste fertig zu stellen“. Anschließend legte der Mann den Kasten mit dem Parka seiner Tochter aus, bettete sie hinein, vernagelte den Sarg und begrub ihn in der Nähe unter einer Schneewehe. Eine ordnungsgemäße Bestattung musste bis zum Frühjahr warten, wenn der Boden auftaute.

Als Emily zu einem kleinen Mädchen namens Vivian Blackjack gerufen wurde, saßen die Eltern im Schneidersitz mitten im Zimmer und aßen Trockenfisch mit Robbentran, während die Tochter unter den Decken in ihrem Bett lag. „Ihre schwarzen Augen blickten mich scharf und herausfordernd an; die Lippen waren fest zusammengepresst. An der Röte ihres Gesichts erkannte ich, dass sie hohes Fieber hatte“, erzählte Emily. Sie versuchte, dem Mädchen den Mund zu öffnen, aber es wehrte sich. „Ich lächelte sie an und sagte leise zu der Mutter, ich würde sie nicht zwingen. Aber bei vierzig Grad Fieber müsse etwas geschehen. Da bat Vivian in flehendem Ton: ‚Mama, lass uns beten.‘“ Emily betete zusammen mit Mutter und Tochter. Als Vivian sie danach „geradeheraus ansah und den Mund öffnete, waren in ihrem Rachen alle Anzeichen von Diphtherie zu erkennen“.

Die Schwester gab dem Kind eine Spritze mit Serum. Am nächsten Tag ging es ihm besser. Doch Emily und Welch schätzten, dass ihr Serumvorrat bei der derzeitigen Infektionsrate nicht bis zum Ende der Woche reichen würde. Ohne Nachschub würde es viele weitere Tote geben.

Am späten Samstagabend trugen Emily und Welch dem Gesundheitsausschuss ihre Befunde vor. Insgesamt gab es mittlerweile zwanzig eindeutige Fälle, und mindestens fünfzig weitere Personen waren in Gefahr.

Der Ausschuss war bereits über Welchs verzweifelten Hilferuf nach Washington informiert, und wenngleich alle wussten, dass sie nichts tun konnten, um der Regierung dabei zu helfen, das Antitoxin aufzutreiben, gab es ein anderes Problem, das zu lösen war – wie sollte das Serum nach Nome gelangen? Eine Lieferung mit der normalen Post kam nicht infrage. Das Beringmeer war vereist, sodass der direkte Schiffsweg von Seattle aus versperrt war. In dieser Jahreszeit wurden Post und Waren aus den Staaten per Schiff in den eisfreien Hafen Seward im Südosten Alaskas gebracht und anschließend auf der einzigen großen Bahnlinie des Territoriums rund 680 Kilometer nach Nenana transportiert. Von dort benötigten die Hundeschlittengespanne der Post ungefähr 25 Tage, um die knapp elfhundert Kilometer nach Nordwesten bis Nome zu überwinden. Die Route war zwischen mehreren Fahrern in Abschnitte aufgeteilt, und Zeit für Übernachtungen war vorgesehen. Der Gesundheitsausschuss musste sich eine schnellere Alternative einfallen lassen.

Mark Summers hatte einen Plan: Sollte eine Sendung mit Serum nach Nenana gebracht werden, konnte ein Postbote sie den halben Weg nach Nome transportieren und dann einem schnellen Hundeschlittengespann übergeben, das ihm von der Stadt entgegenkam. Dazu brauchten sie allerdings jemanden, auf den sie sich verlassen konnten und der die Strecke in Rekordzeit zurücklegte. Summers kannte nur einen, der dazu in der Lage war: Leonhard Seppala, einen norwegischen Abenteurer.

Seppala arbeitete bei der Goldfirma als Cheffahrer. Er überwachte die hundertachtzig Kilometer langen Gräben, durch die Wasser zu den Goldminen geleitet wurde; außerdem transportierte er Nachschub sowie Passagiere zu den Bergbausiedlungen und brachte auch Geschäftsreisende und Behördenvertreter zu anderen Städten in Alaska. Seppala und sein Gespann kamen noch unter den unangenehmsten Bedingungen zurecht, und ihre legendären Leistungen auf den Schlittenrouten hatten ihm den Spitznamen „König der Trails“ eingebracht. Unermüdlich und diszipliniert, war Seppala ohne Zweifel der schnellste Musher in Alaska. Bei Schlittenrennen hatte er in den meisten Fällen gesiegt, und mit Togo, seinem Lieblingshund, der das Gespann auch anführte, hatte er eine ganze Reihe Langstreckenrekorde aufgestellt. Auf dem Weg von Nome nach Nenana kannte er jede Kurve, und einmal hatte er die gut hundertzehn Kilometer nordöstlich von Nenana im Landesinneren gelegene Hauptstadt Fairbanks mit dem zusätzlichen Gewicht eines Passagiers in dreizehneinhalb Tagen erreicht. Nach Nulato, das auf halbem Weg zwischen Nenana und Nome lag, hatte er nur vier Tage gebraucht und dabei im Durchschnitt unglaubliche hundertdreißig Kilometer am Tag zurückgelegt.

Nachdem der Gesundheitsausschuss sich Summers' Vorschlag aufmerksam angehört hatte, waren alle einer Meinung. Aber Maynard gab zu bedenken, man solle auch eine andere Möglichkeit in Erwägung ziehen: das Serum einfliegen zu lassen.

Der Bürgermeister war schon seit langem ein Befürworter der Luftfahrt in Alaska. Die Branche steckte hier noch in den Kinderschuhen, aber Maynard war überzeugt, dass Flugzeuge eines Tages der schrecklichen Einsamkeit vieler Orte in Alaska ein Ende machen und ihnen einen großen Aufschwung ermöglichen würden.

Das Serum per Flugzeug bringen zu lassen ginge zwar schneller, aber die Ausschussmitglieder zeigten sich skeptisch. Flüge waren im Winter äußerst gefährlich. Die Piloten saßen in offenen Cockpits, sodass es bei Wind und Kälte ein unangenehmer Flug war.

Erst ein Jahr zuvor war ein ehemaliger Heeresflieger zum ersten Mal im Winter in Alaska mit dem Flugzeug unterwegs gewesen. Seine Versuchsflüge, die der Luftpostbeförderung zwischen Fairbanks und McGrath gedient hatten, galten als großer Erfolg und hatten bewiesen, dass Flugverkehr in Alaska auch in der kalten Jahreszeit möglich war. Im Vergleich zu dem jetzt vorgeschlagenen Flug nach Nome waren sie allerdings relativ kurz gewesen, und außerdem hatten sie bei wesentlich wärmerem Wetter stattgefunden.

Der Gesundheitsausschuss war fast einhellig der Meinung, dass Nomes Schicksal in Seppalas Händen lag. Deshalb suchte Summers noch am selben Abend seinen Angestellten auf und bat ihn, sich auf die Fahrt seines Lebens vorzubereiten.

In der Zwischenzeit schickte Maynard ein Telegramm an den einzigen Mann, der genügend Macht und politischen Einfluss besaß, um eine Rettungsaktion aus der Luft möglich zu machen: Dan Sutherland, den Vertreter Alaskas im US-Kongress. In den letzten drei Jahren hatte er sich dafür stark gemacht, dass der Luftverkehr in Alaska eingeführt wurde, und sich energisch für die Versuchsflüge der Luftpost eingesetzt. Als der Abgeordnete jetzt unweit des Capitol Hill in seinem Büro das Telegramm des Bürgermeisters von Nome las, sah er darin eine ausgezeichnete Gelegenheit, sich wieder einmal für die Luftfahrt stark zu machen.

LEONHARD SEPPALA war 47 Jahre alt und hätte eigentlich langsam etwas kürzer treten sollen. Aber er war noch ebenso kräftig wie damals im Sommer 1900, als er zur Goldsuche nach Nome gekommen war. Obwohl er seit einem Vierteljahrhundert in der Kälte lebte und arbeitete, war er so beweglich und elegant wie ein Kunstturner. Bei einer Körpergröße von 1,60 Metern und einem Gewicht von 65 Kilo sah man dem König der Trails seine Fähigkeiten nicht unbedingt an. Er hatte ein kantiges, jugendliches Gesicht und dichte hellbraune Haare mit jungenhaften Wellen, die nach hinten abstanden, als würden sie ständig vom Nordwind zerzaust.

Seppala gehörte zu den seltenen Menschen, die von Natur aus athletisch gebaut sind, und verfügte über außergewöhnliche Kraft und Ausdauer. Für die Mehrzahl der Musher waren an die fünfzig Kilometer bereits eine anstrengende Tagesetappe, aber Seppala schaffte achtzig und manchmal, wenn das Wetter es zuließ, sogar hundertsechzig. Dann war er zwölf Stunden mit voller Ladung auf dem Trail unterwegs. In einem Winter legte er mit dem Hundeschlitten fast elftausend Kilometer zurück.

Seine Freunde nannten ihn Sepp. Er neigte ein wenig zur Prahlerei, und manchmal lief er zum Spaß auf den Händen die Front Street entlang, wobei er den Rücken so durchgebogen hatte, dass seine Füße fast den verwuschelten Haarschopf berührten. Die Schulkinder lachten darüber und klatschten in die Hände.

Seit Summers ihn um Hilfe gebeten hatte, trainierte Seppala mit seinem Gespann zwischen den baumlosen Hügeln, die sich bis zu den Sawtooth-Bergen erstreckten. Es hatte in diesem Jahr relativ wenig geschneit, und deshalb waren die Hunde nicht in der sonst üblichen Topform. Sollte das Serum geliefert werden, musste Seppala rund fünfhundert Kilometer nach Nulato fahren, das fast genau auf halber Strecke zwischen Nome und Nenana lag. Es würde eine lange Reise werden.

Seppala hatte sich entschlossen, mit zwanzig der 36 sibirischen Huskys aus seinem Zwinger zu trainieren. Es war ein relativ großes Gespann für eine so leichte Ladung, aber einige Hunde würden sich möglicherweise auf dem Weg nach Nulato die Pfoten wund laufen oder sogar ganz ausfallen. Seppala wollte einen Teil der Tiere in den Dörfern entlang der Strecke zurücklassen, sodass er auf dem Rückweg frischen Ersatz vorfand.

Der Trail von Nulato nach Nome gehörte zu den gefährlichsten in ganz Alaska. Er verlief zum größten Teil an der windumtosten, von Schneestürmen heimgesuchten Küste des Norton-Sunds entlang; der gefährlichste Abschnitt war die knapp siebzig Kilometer lange Überquerung der unberechenbaren Eisfläche des Sunds. Je nachdem, unter welchen Wetterbedingungen dieser zufror, war der Trail entweder eine lange Strecke aus spiegelglattem, von Wind und verwehtem Sand abgeschliffenem Eis, oder er war von riesigen Eisbrocken übersät, mit Spalten und langen Abschnitten voller winziger Eisnadeln, die die Pfoten eines Hundes in eine blutige Masse verwandeln konnten. Die größte Gefahr bestand aber darin, dass man plötzlich von der Küste getrennt wurde: Manchmal brach das Eis fast ohne Vorwarnung, und dann würde ein Gespann auf einer Scholle lautlos auf das Beringmeer hinausgetrieben werden.

Die Hunde brauchten zu Hause wie auch unterwegs ständig Aufmerksamkeit, und Seppala investierte in seine Huskys sowohl Zeit als auch Geld. Er hatte sie großgezogen, seit sie Welpen waren, und kannte sie ebenso gut wie seine Frau und seine Tochter.

Ein ständiges Problem für die Musher war das Futter. Damit die Hunde für ihren winterlichen Einsatz gesund und warm blieben, mussten sie ausreichend Protein und Fett zu sich nehmen, und die Fahrer mussten große Futtermengen einlagern. Am häufigsten wurde Lachsfleisch verfüttert. Aus Holz und Draht bauten die Schlittenfahrer Reusen, die sie in den Flüssen auslegten, um die wandernden Lachse zu fangen. Danach wurden die Fische aufgeschlitzt und auf Gestellen zum Trocknen aufgehängt. Die Arbeit nahm vielfach den ganzen Sommer in Anspruch; am Ende besaß der Musher einen Vorrat von rund zweieinhalb Tonnen des vitaminreichen Fleischs.

Das Schlittenfahren selbst war der einfachste Teil der Arbeit. Die Gesundheit der Hunde musste täglich überprüft werden, ob die Tiere nun unterwegs waren oder nicht. Ein Virus, das nicht entdeckt wurde, konnte sich schnell ausbreiten und einen ganzen Bestand auslöschen. Auf der Fahrt musste jede Pfote untersucht und – wenn nötig – behandelt werden. Ein guter Musher hatte die Bedürfnisse der Hunde über die eigenen zu stellen. Nach zehn Stunden auf dem Trail bekamen die Tiere als Erste zu fressen, auch wenn die Vorbereitungen zwei bis drei Stunden dauerten. Man musste Holz hacken und Löcher ins Eis klopfen, aus denen man dann einen Eimer Wasser nach dem anderen zog – rund vier Liter für jeden Hund. Gab es kein Wasser, musste der Fahrer die mühselige Arbeit auf sich nehmen, Schnee in einem Topf zu schmelzen: Vier Liter Schnee waren für einen Liter Wasser nötig.

Entlang der Küste fütterte der Fahrer seine Hunde mit Streifen getrocknetem Lachsfleisch, und wenn es genügend Holz gab, kochte er eine dicke Fischsuppe (manche Fahrer bevorzugten Biberfleisch, das ebenfalls viel Fett enthielt) mit Reis oder Haferflocken. Seppalas Hunde erhielten unterwegs täglich jeweils etwa ein halbes Kilo Lachs und rund hundertfünfzig Gramm Seehundtran.

Nach der Fütterung wurden die schmerzenden Muskeln der Hunde massiert, dann schnitt der Fahrer Fichtenzweige für das Nachtlager der Tiere. Die damit verbundenen Gerüche und Empfindungen waren angenehm für sie. Nach dem Fressen waren sie entspannt und ruhten sich aus. Jetzt folgte ein Ritual, das die Musher als „Dankeschön-Heulen“ bezeichneten.

Es begann damit, dass ein einzelner Hund ein hohes Jaulen anstimmte, das von einem zweiten und dritten aufgenommen wurde. Bald streckten alle Tiere die Nase in die Luft und beteiligten sich aus voller Kehle an der Kakophonie. Der Gesang endete ebenso plötzlich, wie er begonnen hatte, und dann bewegten sich die Hunde auf immer engeren Kreisbahnen auf ihrer Lagerstatt, bis sie es sich bequem gemacht hatten. Den Schwanz über die Nase gelegt, schliefen sie ein, und erst jetzt hatte der Fahrer ein wenig Zeit, sich um seine eigenen Bedürfnisse zu kümmern.

Seppala gefiel die Tätigkeit, seit er mit Anfang zwanzig, während seines ersten Winters in Nome, zum ersten Mal auf einem Hundeschlitten gestanden hatte. Einer der drei glücklichen Schweden hatte ihn nach Alaska gelockt; er sollte Gerüchten nachgehen, man sei rund hundertfünfzig Kilometer nördlich der Stadt auf Gold gestoßen.

An diese erste Fahrt konnte Seppala sich sehr gut erinnern: Er war vom Schwanken des Schlittens und dem Gefühl der durch den Schnee gleitenden Kufen wie hypnotisiert. „Die Birkenholzkufen meines Schlittens haben in meiner Erinnerung so tiefe Spuren hinterlassen, dass ich sie bis heute vor mir sehe", sagte er einmal über sein erstes Gespann.

Er gehörte in Alaska zu den wenigen Schlittenfahrern, die sich fast ausschließlich auf sibirische Huskys verließen. Aus seiner Sicht reichte kein anderer Hund in Schnelligkeit und Ausdauer an diese Rasse heran.

Die Huskys, Malamuten und anderen Hunde der Ureinwohner können nur deshalb in der Kälte überleben, weil sie eine ungewöhnliche Kombination körperlicher Eigenschaften besitzen. Sie haben zweierlei Fell: Das äußere besteht aus den langen, groben Deckhaaren und schützt die Haut gegen Wasser, Schnee und Sonne. Darunter liegt das wärmende Unterfell aus weichem, dichtem, wollähnlichem Pelz, das im Sommer abgeworfen wird. Die Schlittenhunde verfügen über eine beachtliche Fähigkeit, Wärme zu speichern: Da Hunde über die Sohlen ihrer Pfoten schwitzen, dringt so gut wie keine Wärmestrahlung durch die Haut und die beiden dicken Fellschichten. Auch der Schwanz ist mit dichtem, buschigem Fell besetzt, und im Schlaf legt der Hund ihn über die Nase, sodass auch sie vor der Kälte geschützt ist. Darüber hinaus schützt der Schwanz auch die Leistengegend, den einzigen Bereich, wo ein Husky wenig oder gar kein Fell besitzt. Die Augen sind in der Regel mandelförmig, weshalb sie Wind und Schnee ebenfalls weniger ausgesetzt sind, und die spitzen Ohren tragen innen einen weichen Pelz, der den Wärmeverlust vermindert. Die Pfoten haben eine leicht ovale Form; ihre widerstandsfähigen, kompakten Ballen beschränken die Vereisungsgefahr auf ein Minimum. Eis kann die Sohlen verletzen und den Hund außer Gefecht setzen. Huskys vertragen Temperaturen bis zu minus sechzig Grad.

Seppalas Leithund war ein sibirischer Husky namens Togo. Das zwölf Jahre alte schwarzgraue Tier war Seppalas Liebling. Ihre Beziehung war von Freundschaft, aber auch Partnerschaft und gegenseitiger Abhängigkeit geprägt. Sie waren, wie ein Freund es formulierte, „untrennbar verbunden. Man spricht nie von dem einen, ohne auch den anderen zu erwähnen.“

Als Seppala nun mit den Hunden das Trainingsprogramm absolvierte, war er froh, dass er Togo für den Weg nach Nulato und zurück bei sich hatte. Der Hund hatte seinen Herrn auf allen wichtigen Fahrten begleitet, und gemeinsam hatten sie an die neunzigtausend Kilometer zurückgelegt. Bei der Überquerung des zugefrorenen Norton-Sunds hatten sie sich gegenseitig viele Male das Leben gerettet, und trotz Togos fortgeschrittenem Alter empfand Seppala immer noch, dass er „mit einem Gefühl der Sicherheit“ reiste, wenn sie gemeinsam unterwegs waren.

Flugmaschinen

Am 26. Januar, sechs Tage nach dem Ausbruch der Krankheit, klopfte an einem klirrend kalten Montagmorgen ein Bote des örtlichen Fernmeldekorps im mehr als elfhundert Kilometer nordöstlich von Nome gelegenen Fairbanks an die Tür von William Thompson. Der Verleger und Redakteur des *Fairbanks Daily News-Miner* war gerade erst aufgestanden, als er die dringende Nachricht entgegennahm, die von Dan Sutherland, dem Abgeordneten für Alaska im US-Kongress, stammte.

> Könnte Flieger in Fairbanks binnen 48 Stunden ein Flugzeug startklar machen und Antitoxin nach Nome bringen, um dort eine Diphtherieepidemie zu bekämpfen? Antwort bitte schnell, auf Kosten des Empfängers.

Rasch kleidete Thompson sich an. Es war das erste Mal, dass er etwas von der Epidemie hörte, und im Geist schrieb er bereits an der Titelgeschichte für die Abendausgabe. Der Anfangsechziger hatte zeit seines Lebens als Journalist in wilden Gegenden gearbeitet. Er hatte zugesehen, wie die Goldgräberstädte im Yukon-Territorium und in Alaska aufgeblüht und wieder verfallen waren, als das Gold in den Bächen und Flüssen zur Neige gegangen war und die Glücksritter sich aus dem Staub gemacht hatten. In den letzten zehn Jahren war er außerdem Zeuge geworden, wie seine Heimatstadt Fairbanks auf ein ähnliches Schicksal zusteuerte – ein Zustand, den er nicht länger hinnehmen wollte.

Fairbanks war am Ufer des Chena, eines Nebenflusses des Tanana, erbaut und in den Jahren nach dem Goldfund von 1902 als „die größte Holzhüttenstadt der Welt“ bekannt geworden. Es war eine lebhafte Stadt und der wichtigste Handelsknotenpunkt im Landesinneren, der Schnittpunkt der Verbindungen der Trails und der Eisenbahn zwischen den Siedlungen und den eisfreien Häfen im Süden Alaskas. Als jedoch das Waschgold zur Neige ging und die Dörfer im Landesinneren sich leerten, schrumpfte auch die Bevölkerung von Fairbanks; 1925 war die Stadt bereits seit einigen Jahren bemüht, den ökonomischen Niedergang aufzuhalten. In der gleichen Situation befand sich auch Thompson. Seine Leserschaft war fast um die Hälfte zurückgegangen, und er schrieb, redigierte und publizierte jede Ausgabe des *News-Miner* nahezu allein. Er hatte es zu seinem persönlichen Ziel erklärt, seine Leser nicht nur zu informieren, sondern auch ihren „daniederliegenden Geist“ aufzurichten.

Ständig schmiedete und unterstützte Thompson Pläne, die nach seiner Ansicht Geld in die Stadt bringen konnten. So setzte er sich 1925 nachdrücklich für die im Entstehen begriffene Fairbanks Airplane Corporation ein. Als er nun das Telegramm des Abgeordneten in der Hand hielt, wurde ihm klar, dass eine erfolgreiche Luftrettungsaktion der jungen Fluggesellschaft auf die Beine helfen und neue Unternehmen in die Stadt locken konnte. Aber Thompson war kein reiner Opportunist: Er hatte den ehrlichen Wunsch, den Leuten in Nome zu helfen.

Mit Sutherlands Telegramm in der Hand lief er durch das Haus. Draußen herrschten minus 45 Grad, und auf der Straße waren nur wenige Menschen zu sehen. Er las das Telegramm noch einmal und dachte über die Nachricht aus Nome einschließlich aller Folgerungen nach. Es sollte sein letzter großer Feldzug werden.

In den vergangenen drei Jahren hatte Thompson sich wie besessen für die Entwicklung einer Luftfahrtindustrie in der Arktis eingesetzt. Nach dem Ende des Ersten Weltkriegs war Alaska zum Tummelplatz für abenteuerlustige frühere Militärpiloten geworden. Mit einigen weiteren Geschäftsleuten hatte Thompson bereits 1923 die Farthest-North Airplane Company gegründet und Carl Ben Eielson eingestellt, einen ehemaligen Piloten der Armee aus North Dakota.

Eielson freundete sich schnell mit Thompson an. Gemeinsam überredeten sie einen Bankier, das Geld für ein Flugzeug aufzutreiben, und wenig später verfügten sie über ausreichende Mittel, um eine einfache Landepiste zu bauen – einen dreihundertsechzig Meter langen, von Baumstümpfen befreiten Geländestreifen am Rand des örtlichen Baseballfelds. Das reichte aus: Im Sommer 1923 nahm Eielson erstmals Passagiere im einzigen Flugzeug der Gesellschaft mit. Wenige Monate später fusionierte die Farthest-North Airplane mit dem einzigen Konkurrenzunternehmen, der Alaska Aerial Transportation Company. Die neue Gesellschaft hieß Fairbanks Airplane Corporation.

Das Unternehmen verfügte jetzt über drei Flugzeuge und zwei Piloten, Eielson und einen früheren Wanderschauspieler namens Noel Wien. In den Jahren 1923 und 1924 liefen die Geschäfte gut; die Firma transportierte alles Mögliche, von Gold bis zu Lebensmitteln, und brachte Passagiere von einer Stadt zur anderen. Von wenigen Ausnahmen abgesehen, kamen alles und alle stets wohlbehalten an.

Die beiden Piloten erwarben sich schnell einen Ruf als mutige, fähige Männer. Wien flog in Nordamerika als Erster nördlich des Polarkreises, und Eielson unternahm im Februar 1924 den ersten Winterflug in Alaska. Die 420-Kilometer-Tour von Fairbanks nach McGrath war einer der zehn geplanten Versuchsflüge im Auftrag des US-Postdienstes. Bei zwei dieser Gelegenheiten hatte man eine provisorische Flugambulanz eingerichtet, und Eielson hatte zwei Patienten in das Krankenhaus von Fairbanks gebracht.

Thompson hatte großes Vertrauen in die Zukunft des Unternehmens. Er war überzeugt, dass Nome mit einem einzigen Flug von Fairbanks aus gerettet werden konnte. Sie brauchten nur einen Piloten. Und da lag das Problem. Eielson weilte in Washington, um sich bei der Regierung für den Ausbau des Luftverkehrs im Norden und die Einrichtung ständiger Luftpostverbindungen einzusetzen, und Wien war unterwegs, um ein neues Passagierflugzeug für die Firma aufzutreiben.

Daher zog Thompson andere Möglichkeiten in Erwägung. Ihm fiel ein, dass er ein paar Tage zuvor Roy Darling kennen gelernt hatte, einen Vertreter des Justizministeriums, der sich beruflich in Fairbanks aufhielt. Er schien ein besonnener, verantwortungsbewusster Bursche zu sein, und Thompson erinnerte sich daran, dass er Flugerfahrung besaß.

Bevor der 38-jährige Darling zum Justizministerium gekommen war, hatte er an der Königlichen Luftfahrtschule und der Königlichen Infanterieschule in Kanada das Fliegen und den Umgang mit Waffen gelernt. Im Jahr 1917 war er in die US-Marine eingetreten und schnell zum Kapitänleutnant aufgestiegen. Im Mai 1919 endete seine Karriere jedoch abrupt.

Auf dem Weg von Washington nach Indian Head hatte sein Wasserflugzeug einen Defekt, und er stürzte aus hundertfünfzig Metern ins Meer. Darling brach sich einen Oberschenkel, den Unterkiefer und die Mittelfußknochen beider Füße; außerdem wurde seine Unterlippe zerfetzt. Nach mehreren Operationen war ein Bein kürzer als das andere, sodass er stark hinkte. Er musste am Stock gehen, trug einen erhöhten Schuh und konnte ein Knie nur in sehr begrenztem Umfang bewegen.

Mit seiner Gehbehinderung und dem vernarbten Gesicht gab Darling selbst nach den Maßstäben Alaskas eine knorrige Figur ab. Thompson spürte, dass dieser Mann, der trotz aller Verletzungen nicht aufgegeben hatte, genau der Richtige für die Aufgabe war. Er war zäh, wagemutig und aus der Sicht eines altgedienten Journalisten wie Thompson ein richtiges Urgestein, ein Held, wie er im Buche stand.

KAUM hatte er seinen Kaffee ausgetrunken, ging Thompson quer durch die eisige Stadt zu Darling und erzählte ihm die traurige Geschichte über die Kinder von Nome. Viel Überzeugungsarbeit war nicht vonnöten: Trotz seines Unfalls vor sechs Jahren war Darling ganz erpicht darauf, wieder zu fliegen.

Allerdings knüpfte er daran einige Bedingungen. Er brauchte die Genehmigung des Justizministeriums und wollte außerdem die behördliche Zusage, dass seine Frau eine Pension erhielt, falls er abstürzte. Ansonsten war er bereit, nach Nome zu fliegen, „selbst wenn ich mich dafür an den Schwanz eines Drachens hängen müsste". Thompson bat ihn, die drei in einem Hangar auf der anderen Seite der Stadt abgestellten Flugzeuge der Firma zu besichtigen und ihm danach Bericht zu erstatten.

Am frühen Nachmittag des gleichen Tages ging Darling zusammen mit einem Mechaniker und dem Manager von Fairbanks Airplane hin. Gemeinsam schoben die drei das schwere Rolltor des Hangars auf. Mitten in der windigen Halle sahen sie die verwahrlosten Flugmaschinen, überzählige Ausbildungsflugzeuge aus dem Ersten Weltkrieg. Sie standen in dem provisorischen Hangar, seit im Oktober die Flugsaison zu Ende gegangen war, und von ihren Tragflächen war die Verkleidung entfernt worden. Die Stoffbespannung, die sich zuvor straff über das Holzgerippe gezogen hatte, war durch die harten Landungen bei Wind und Wetter brüchig geworden. Die Maschinen mussten dringend überholt werden.

Die Männer untersuchten alle drei Flugzeuge und waren sich schließlich einig, dass nur eine für die Aufgabe infrage kam: die *Anchorage*, ein

Doppeldecker. Der Name stand in roten und schwarzen Lettern auf dem Rumpf, und am Schwanz war noch das verblichene rot-weiß-blaue Zeichen der Luftstreitkräfte der US-Armee zu erkennen. Der Motor schien in relativ gutem Zustand zu sein, und in der Mitte unter der oberen Tragfläche war sogar ein zusätzlicher 130-Liter-Benzintank angebracht.

Die drei Männer begaben sich zu Thompson, um ihm umfassend Bericht zu erstatten. Die *Anchorage* könne innerhalb von drei Tagen flugfertig gemacht werden, um dann „nach Nome aufzubrechen, ob bei Regen oder Sonnenschein". Der Flug selbst werde höchstens sechs Stunden dauern. Das war alles, was Thompson wissen wollte. Als seine Besucher gegangen waren, eilte er zum Schreibtisch, und ein paar Stunden später hatte er seine Geschichte.

Am Abend berichtete der *News-Miner* über die Notlage in Nome. Der Artikel war wie ein dringender Hilferuf formuliert, und Roy Darling wurde darin als Nomes letzte Hoffnung beschrieben.

> Es ist nicht das richtige Wetter zum Fliegen, und kein Flieger würde sich an einem solchen Tag zum Spaß ans Steuer setzen. ALLES spricht GEGEN das „Spiel". Jetzt aber ist zweifellos ein Notfall eingetreten, Fairbanks ist in der Welt der Fliegerei bekannt, und Nome ist unser Nachbar und Freund. Was tut man da? Es gibt nur eine Antwort: STARTEN.

Bevor Thompson Feierabend machte, schickte er einen Bericht über den Zustand des Flugzeugs an Sutherland und bat ihn, für Darling die offizielle Flugerlaubnis einzuholen.

IM FÜNFTAUSEND Kilometer entfernten Washington machte der Abgeordnete sich an die Arbeit. Er war ein Befürworter der Selbstverwaltung Alaskas und setzte sich dafür ein, die Vorherrschaft der Geschäftsleute von der Westküste in den lukrativen Fischerei-, Schifffahrts-, Bergbau- und Holzindustrien des Territoriums zu brechen. Sutherland war eine hartnäckige Kämpfernatur. Das Schicksal von Nome lag ihm persönlich am Herzen: Er war dort im Sommer 1900 als einer der Ersten an Land gegangen. Nachdem die Glücksritter verschwunden waren, war er als Goldgräber und Miteigentümer eines Transportunternehmens in Nome geblieben. Den Winter in Alaska kannte er gut. Als er mit knapp vierzig in die Politik hatte gehen wollen, hatte er tausende von Kilometern im Landesinneren zu Fuß und mit dem Hundeschlitten zurückgelegt, um sich einen Sitz im ersten Parlament von Alaska zu sichern, das 1912 zum Territorium der USA geworden war. Er war als Abgeordneter beliebt, und 1921 war er als Vertreter Alaskas in den US-Kongress in Washington gewählt worden.

Gleich nachdem er die Nachricht erhalten hatte, wandte sich der mittlerweile 54-Jährige an Hugh Cumming, den Leiter der staatlichen Gesundheitsbehörde, und erklärte ihm, in Fairbanks sei man zu einer noch nie dagewesenen Luftrettungsaktion für Nome bereit. Ein Flug werde nur Stunden dauern, ein Hundeschlitten dagegen sei wochenlang unterwegs. Bis dahin wären viele Kinder bereits gestorben.

Cumming stand der Idee aufgeschlossen gegenüber. Daraufhin setzte Sutherland sofort ein Telegramm an Bürgermeister Maynard in Nome ab.

> Gesundheitsministerium wird sofort Maßnahmen ergreifen, um die Lage in Nome zu verbessern. Sie versuchen, ein Flugzeug zu bekommen. Halte Sie auf dem Laufenden.

Ein zweites Telegramm, das Sutherland an jenem 26. Januar frühmorgens an Thompson schickte, war durch eine höchst erfreuliche Entdeckung veranlasst worden. Am Tag zuvor war der 53-jährige Arzt John Bradley Beeson in Anchorage auf einen Vorrat von dreihunderttausend Einheiten Antitoxin gestoßen. Der Chefarzt am Anchorage Railroad Hospital hatte von der Epidemie in Nome gehört, war sofort zum Büro des Fernmeldekorps gelaufen und hatte ein Telegramm an Scott C. Bone geschickt, den Gouverneur von Alaska.

> Dreihunderttausend Einheiten Serum im hiesigen Krankenhaus der Eisenbahngesellschaft vorhanden. Sendung kann mit dem Zug nach Nenana gebracht werden. Könnten Postfahrer und Hundegespanne das Serum nach Nome transportieren?

Ungefähr zur gleichen Zeit hatte die staatliche Gesundheitsbehörde in verschiedenen Krankenhäusern entlang der Westküste insgesamt 1,1 Millionen Antitoxin-Einheiten ausfindig gemacht und angeordnet, sie nach Seattle zu schicken, von wo aus man sie nach Alaska bringen konnte. Aber das nächste verfügbare Schiff, das in nördlicher Richtung fahren sollte, die *Alameda*, befand sich noch auf hoher See und würde erst am Samstag, dem 31. Januar, eintreffen. Bis dahin waren es noch mehrere

Tage. Noch schlimmer war, dass das Schiff sechs oder sieben Tage bis zum Hafen von Seward brauchen würde, und bis das Serum dann in Nome wäre, würden viele weitere Kinder gestorben sein.

Mit Beesons Serum hatte man also zwei Wochen Vorsprung. Es reichte zwar nicht aus, um die Epidemie zu besiegen, aber man konnte sie damit wenigstens für einige Zeit in Schach halten.

Gouverneur Bone erteilte Beeson die Anweisung, das Serum unverzüglich zu verpacken und mit dem Zug nach Norden ins Landesinnere zu schicken. In den zwölf Stunden, bis die Sendung dort eintraf, würde Bone entscheiden, ob man das Medikament mit dem Flugzeug nach Nome bringen sollte.

Beeson war in Alaska eine Art Berühmtheit, denn vier Jahre zuvor hatte er in den Lokalzeitungen für Schlagzeilen gesorgt: Man hatte ihn zu einem Hausbesuch in das mehr als achthundert Kilometer von Anchorage entfernte Iditarod gerufen, wo ein Bankier dringend behandelt werden musste. Entlang der Strecke wurde eine improvisierte Stafette von Hundegespannen eingerichtet, um Beeson zu der Goldgräbersiedlung im Landesinneren zu bringen. Die Hunde liefen so schnell durch das unebene Gelände, dass die Fahrer den Arzt auf dem Schlitten festbinden mussten.

Einmal brach das Gefährt durch das Eis und versank mit Beeson im Wasser. Während der Arzt darum kämpfte, sich vom Schlitten zu befreien, konnte er nach oben durch die Wasseroberfläche als Zeuge seiner eigenen Bergung zusehen, wie die Hunde das Gefährt geschickt ans Ufer zogen und ihn auf diese Weise retteten.

Aber auf dem Weg gab es noch weitere Missgeschicke: Einem Fahrer erfroren die Zehen, und ein zweiter wurde verletzt, sodass Beeson zum allerersten Mal eigenhändig einen Schlitten lenken musste.

Im Nachhinein staunte er selbst, dass er die Strecke überhaupt bewältigte, und ebenso überrascht war er, dass der Patient bei seiner Ankunft noch lebte. Der Mann befand sich im fortgeschrittenen Stadium einer Lungentuberkulose. Beeson konnte kaum etwas für ihn tun; es blieb nur die Möglichkeit, den Patienten nach Anchorage zu bringen, wo er rund um die Uhr versorgt werden konnte.

Da für den Rückweg keine Stafette eingerichtet werden konnte, machte Beeson sich mit einem Fahrer und geringen Hoffnungen auf den Weg. Durch einen glücklichen Zufall traf er auf Leonhard Seppala, der mit zwei Beamten der Straßenbaubehörde nach Anchorage unterwegs war. Seppala hatte vier Gespanne mit insgesamt 43 Hunden bei sich und erklärte sich bereit, Beeson und dessen Patienten mitzunehmen. Seppala lenkte ein starkes, schnelles Gespann, und sie schafften es ohne schwerwiegende Zwischenfälle bis ins Krankenhaus. Von Anfang bis Ende hatte Beesons Hausbesuch einen Monat gedauert.

Als der Arzt jetzt im Krankenhaus von Anchorage die Ampullen mit dem bernsteinfarbenen Serum vor sich hatte, fiel ihm jeder Kilometer jener unerträglich kalten Fahrt und jedes Holpern des Schlittens wieder ein. Wenn die Sendung auf dem gesamten Weg bis Nome mit einem Hundeschlitten transportiert werden sollte, musste sie besonders geschützt werden. Deshalb polsterte der Arzt einen Behälter innen aus und legte dann die Ampullen hinein. Um den Behälter wickelte er eine dicke Decke, und das Ganze verstaute er in einer Holzkiste, die er mit dickem braunem Stoff umhüllte. Anschließend befestigte er an dem Stoff eine Notiz mit der Anweisung, das Serum bei jeder Rast auf dem Trail 15 Minuten lang zu erwärmen. Als alles fertig war, wog das Paket rund neun Kilo.

Beeson brachte es zum Bahnhof, wo die Lokomotive schon bereitstand und übergab es an den Zugführer. Dieser verstaute es in einem engen Winkel des Gepäckwagens, und als der Lokführer die Pfeife ertönen ließ, fuhr der Zug mit einem Ruck an. In einem Telegramm teilte Beeson Gouverneur Bone mit, das Serum werde am folgenden Abend – am Dienstag, dem 27. Januar – in Nenana eintreffen.

„Weiß Ihr schnelles Handeln zur Entlastung von Nome sehr zu schätzen“, kabelte der Gouverneur zurück.

In seinem Büro erwog Bone die Alternativen. Ihm oblag die Entscheidung, ob das Serum von einem Hundegespann oder mit dem Flugzeug transportiert werden sollte. Mit seinem kleinen Bäuchlein und den buschigen grauen Augenbrauen strahlte der 64-Jährige eine freundliche Herzlichkeit aus.

Das Amt des Gouverneurs, zu dem man vom US-Präsidenten ernannt wurde, war eine harte und in vielerlei Hinsicht undankbare Aufgabe. Das Gehalt war erbärmlich: Ein früherer Gouverneur hatte sich einmal beklagt, er müsse für sein Amt jedes Jahr zehntausend Dollar ausgeben, dreitausend mehr, als er verdiene. Außerdem ärgerten sich viele Bewohner Alaskas darüber, dass sie noch nicht einmal ihre eigene politische Führung wählen durften, und der Gouverneur galt vielfach als verlängerter Arm der überheblichen Bundesregierung.

Doch obwohl Bone der ranghöchste Beamte in einer Region von mehr als der doppelten Fläche von Texas war, dem größten Bundesstaat im

Kernland der USA, hatte er kaum Machtbefugnisse. Die meisten Entscheidungen über die Entwicklung des Territoriums sowie die Verteilung von Steuermitteln lagen in den Händen zerstrittener und häufig unwissender Bürokraten in Washington.

Vor nahezu jeder Entscheidung musste Bone sich durch den Morast der Bundesbürokratie kämpfen, und er wusste, dass die Frage nach dem Transport des Serums zum Spielball der Politik werden konnte. Der Abgeordnete Sutherland und *News-Miner*-Herausgeber Thompson drängten energisch auf eine Rettungsaktion aus der Luft, und während Bone dieser Idee nicht abgeneigt war, wollte er doch sichergehen, dass er eine verantwortungsbewusste Entscheidung traf. Er allein hatte das letzte Wort, und auch noch so viel politischer oder sonstiger Druck konnte ihn am Ende nicht umstimmen.

Bone hatte keinen Zweifel, dass die Fliegerei für die weitere Entwicklung Alaskas eine wichtige Rolle spielen würde. Dennoch wurde ein möglicher Rettungsflug nach Nome für ihn immer fragwürdiger.

Das Wetter hatte sich verschlechtert. Seit über einer Woche sorgte ein arktisches Hochdruckgebiet im Landesinneren für die niedrigsten Temperaturen seit fast zwanzig Jahren. Die Kälte nahm von Tag zu Tag zu und saugte die wenige gespeicherte Sonnenwärme aus dem Boden. Die niedrigen Temperaturen hatten in fast allen Lokalzeitungen für Schlagzeilen gesorgt. In Fairbanks hatte man das Postamt geschlossen, weil die Heizung nicht ausreichte, damit die Angestellten es warm hatten. Weiter östlich, im kanadischen Yukon-Territorium, hatten Temperaturen von minus 56 Grad die Post- und Wasserversorgung lahm gelegt.

Juneau und die anderen Städte im südöstlichen Teil Alaskas litten zur gleichen Zeit unter einem ganz anderen Wettersystem. Hier war es im Januar bei Temperaturen um den Gefrierpunkt im Vergleich zum Landesinneren relativ warm, aber es schneite viel, und über den Golf von Alaska zogen häufig Stürme heran. Von seinem Büro im Goldstein Building, dem bei weitem höchsten Gebäude in Juneau, konnte Bone zusehen, wie die Stadt freigeschaufelt wurde, nachdem ein Schneesturm die Straßen unter drei Meter hohen Schneewehen begraben hatte.

Die Schneestürme und der starke Wind der letzten Tage hatten auch in der Schifffahrt ein Chaos angerichtet. An diesem Vormittag schleppte sich der Dampfer *Admiral Watson* durch den Gastineau-Kanal in den Hafen; wegen der dicken Eisschichten auf Steuerhaus, Reling und Bug hatte das Schiff gefährliche Schlagseite. Es war die stürmischste Überfahrt seit

Menschengedenken gewesen. Wenn starker Wind und Temperaturen von minus zwölf Grad dem robustesten Schiff der Linie Seattle–Juneau bereits so zu schaffen machten, konnte man sich nur allzu gut ausmalen, welche Gefahren einem Flugzeug in einem Sturm drohten.

Alle drei Maschinen in Fairbanks hatten ein offenes Cockpit, und Bone fragte sich, ob überhaupt irgendein Pilot – von einem Versehrten wie Darling ganz zu schweigen – einen Flug bei minus 45 Grad überleben konnte. Eielsons Versuchsflüge waren zwar ein Erfolg gewesen, aber er war nie bei Temperaturen unter minus 23 Grad geflogen; das waren immer noch zwanzig Grad mehr als die Temperaturen, die diese Woche in Fairbanks herrschten.

Während der Postflüge, bei denen er insgesamt fünfzig Stunden in der Luft gewesen war, hatte Eielson mehrere Bruchlandungen hingelegt und sein Flugzeug dabei fast zerstört. Er hatte eine große Kiste mit Ersatzteilen verbraucht, aber die US-Postbehörde lehnte es ab, Nachschub zu liefern. Da in Fairbanks keine weiteren Teile zur Verfügung standen, hatte man die beiden restlichen Flüge abgesagt. Von den zehn geplanten hatte Eielson acht absolviert.

Er war mit einer von der Regierung gestellten De Havilland geflogen, die weitaus robuster war als die Doppeldecker von Fairbanks Airplane. Aber selbst wenn Darling mit Wind, Kälte und den technischen Beschränkungen jener Zeit fertig geworden wäre, gab es einen weiteren Faktor, den Thompson, Sutherland und Maynard übersehen hatten: Die Tage waren im Januar kürzer, und Darling hätte nur in den wenigen Tageslichtstunden gefahrlos fliegen können. Nachtflüge waren äußerst gefährlich, und die *Anchorage* verfügte über keinerlei Navigationsinstrumente außer einem Magnetkompass, der bei so geringer Entfernung vom Nordpol sehr unzuverlässig war. Ein Pilot, der von Fairbanks nach Nome aufbrach, tappte ganz buchstäblich im Dunkeln: Kein Licht zeigte ihm den richtigen Weg an, und kein Funk warnte ihn vor einem bevorstehenden Schneesturm.

Hinzu kam, dass das ganze Territorium nur sehr oberflächlich kartiert war. Als 1924 von der Post in Alaska die Versuchsflüge organisiert worden waren, hatte man drei Landkarten konsultieren müssen, weil jede für die Route andere topographische Verhältnisse gezeigt hatte.

Doch selbst wenn Darling die Überquerung des Landesinneren geschafft hätte, wäre ihm an der Küste des Beringmeers auch der größte Wagemut keine Hilfe mehr gewesen. Er kannte in der Gegend kein einziges Geländemerkmal, weder den großen Felsen der Besboro-Insel vor der Küste bei Unalakleet noch den asymmetrisch geformten Berg Topkok östlich des

Kap Nome – Orientierungspunkte, die ihm geholfen hätten, wenn er durch starken Wind vom Kurs abgekommen wäre. Außerdem war es für jedes Flugzeug und erst recht für die *Anchorage* äußerst schwierig, die plötzlichen Schneestürme und Böen an der Küste zu überstehen, die Windgeschwindigkeiten bis zu hundertzwanzig Stundenkilometern erreichen konnten.

Der Motor der *Anchorage* war zwar nach den Maßstäben der frühen Zwanzigerjahre durchaus modern, er glich aber in einem Punkt jeder anderen Maschine seiner Zeit: Er wurde mit Wasser gekühlt und war bei Kälte daher sehr unzuverlässig. Frostschutzmittel waren noch nicht erfunden. Die Piloten experimentierten mit verschiedenen Alkoholmischungen und hatten dabei sehr wechselnden Erfolg. Auch das Motoröl verfestigte sich bei ungefähr minus zwanzig Grad, und wenn ein Pilot gelandet war, musste er unter dem Motor in einem Kessel ein Feuer machen, um die Maschine warm zu halten. Währenddessen ließ der Passagier oder ein örtlicher Mechaniker das Öl in eine Schale laufen und wärmte es über den Kohlen.

Die wassergekühlten Motoren jener Zeit vibrierten in der Luft so stark, dass sich manchmal Schrauben und Muttern lockerten. Wasserleitungen gingen zu Bruch, aus den Ritzen strömte Dampf, Kühler wurden undicht, Zündkerzen versagten. Die Motoren stotterten und setzten aus, sodass plötzlich das leise, gespenstische Zischen des Windes in den Spanndrähten an die Stelle des Motorengedröhns trat. Ein Motorschaden bedeutete in den Zwanzigerjahren fast immer den Tod oder zumindest schwere Verletzungen. Ein Flugzeug, das an Geschwindigkeit verlor, geriet ins Trudeln und dann in einen unkontrollierten Sinkflug. Kam der Motor nicht wieder in Gang, gab es keine Rettung mehr.

Ein Flugzeug war einfach nicht für die Bedingungen in der Arktis konstruiert.

EIN FLUG nach Nome, so viel war Gouverneur Bone klar, wäre ein riskantes Unternehmen. Nach seiner Überzeugung reichte das vorhandene Gerät für die Anforderungen des Polarwinters nicht aus. Und obwohl es Darling an Mut nicht mangelte, hatte er nicht genügend Erfahrung. Wenn er abstürzte, war auch das Serum verloren – und mit ihm die Aussicht, die Epidemie in Nome zu bekämpfen.

Andererseits war auch eine Botenfahrt nicht ohne Gefahren. Hätte Bone die Postschlittenroute von Nenana nach Nome auf der Landkarte betrachtet, wäre sein Finger dem Verlauf des Tanana bis zu der Stelle gefolgt, wo sich der Fluss zweihundertzwanzig Kilometer in nordwestlicher Richtung beim Dorf Tanana mit dem Yukon vereinigte. Von dort ging es auf oder an dem Fluss entlang weitere dreihundertsiebzig Kilometer zu dem Dorf Kaltag. Der Tanana und der Yukon durchschnitten gleichsam das Herz Alaskas, ein Land, das Jack London einmal als „erbarmungslose Weite aus weißem Schweigen“ bezeichnet hatte. Im Landesinneren konnte man tagelang unterwegs sein, ohne einem anderen Menschen zu begegnen.

Ab Kaltag verließ der Trail den Yukon und stieg steil ins Gebirge. Dann ging es 145 Kilometer über eine Hochebene mit Wald und Flüssen, die schließlich zum Beringmeer abfiel. An der Küste herrschten häufig gefährliche Stürme, und im Vergleich zu dem klirrend kalten, fast windstillen Landesinneren war das Schlittenfahren hier ein völlig anderes Erlebnis. Der Schnee war hart gefroren, der Wind wehte ungehindert über viele Kilometer, und es gab kaum Bäume, hinter denen man Schutz suchen oder die man als Feuerholz fällen konnte.

Der Trail folgte der Küste des Beringmeers über 335 Kilometer am Norton-Sund entlang und verlief über dessen sich in Bewegung befindlichen Eisfelder. Er überquerte Lagunen und Flussmündungen und lief durch so genannte „Blaslöcher“, regelrechte Windkanäle. Bei Schneestürmen oder starkem Wind konnte man sich an der Küste nirgendwo unterstellen, und deshalb verkrochen sich die Schlittenführer in jeder Rasthütte am Weg, auf die sie stießen. Gelang das nicht, kauerten sie sich hinter einem Eishügel oder einem Felsblock zusammen, und wenn jeder natürliche Schutz fehlte, mussten sie den Schlitten zu diesem Zweck verwenden.

Insgesamt bargen die 1084 Kilometer von Nenana nach Nome alle nur erdenklichen Gefahren. Ein Schlittenfahrer, der sich dessen nicht bewusst war oder sich ungenügend vorbereitet hatte, riskierte schwere Verletzungen oder den Tod.

Roadhouses waren so etwas wie einfache Gasthöfe, kleine, mit Lehm und Moos abgedichtete Holzhütten oder – in abgelegenen Gegenden – auch einfache Segeltuchzelte mit einem großen Kanonenofen. Auf den belebteren Routen waren sie jeweils ungefähr eine Tagesreise – fünfzig bis achtzig Kilometer – voneinander entfernt und boten eine bescheidene Möglichkeit, etwas zu essen, auszuruhen und sich aufzuwärmen. Die Mahlzeiten kosteten in der Regel ein, zwei Dollar, und häufig gab es Wild. Frisch gebackenes Brot und Gemüse waren ebenfalls im Angebot, und mit etwas Glück fanden die Reisenden auch eine Schüssel mit Wasser und ein Handtuch vor, um sich das schmutzverkrustete Gesicht zu waschen.

Jedes Roadhouse hatte seinen eigenen Charakter. Die Inhaber waren meist robuste Burschen, die wussten, was sie wollten. Aber jedem von ihnen war klar, was eine Tasse Kaffee oder eine kostenlose Mahlzeit für jemanden bedeutete, der durchnässt und verfroren hereingestolpert kam. Mehr als einmal wagten sich Roadhouse-Inhaber mitten in der Nacht hinaus in die Kälte, um einen verirrten Reisenden aufzulesen. In Alaska war diese Art der „Gastfreundschaft in der Wildnis" unverzichtbar. Man wusste nie, ob man nicht schon morgen selbst auf Hilfe angewiesen sein würde.

AM SPÄTEN Nachmittag des 26. Januar hatte Gouverneur Bone seine Entscheidung getroffen. Er hatte die Risiken der alten und der neuen Technologie gegeneinander abgewogen und wusste jetzt, was zu tun war: Er würde auf die Hundegespanne setzen. Aber statt ein einziges Gespann loszuschicken, das sich auf halbem Weg mit Seppala, dem Fahrer aus Nome, traf, würde er eine Stafette aus den besten Postfahrern und Hundeführern des Landesinneren zusammenstellen. Die Gespanne sollten Tag und Nacht ununterbrochen unterwegs sein, bis das letzte mit dem Gespann aus Nome zusammentraf.

Bone schickte eine Nachricht an den Abgeordneten Sutherland und setzte ihn über seine Entscheidung in Kenntnis; eine weitere ging an Edward Wetzler, den Postinspektor in Nenana, der täglich mit den Fahrern in Verbindung stand.

> Bitte richten Sie Stafette aus Hundegespannen ein, um Antitoxin nach Tanana und von dort nach Ruby zu bringen, wo es ein Zusammentreffen mit einem Gespann aus Nome geben soll. Bitte schnell, Situation Berichten zufolge ernst. Kosten werden vom Territorium übernommen.

Dann diktierte der Gouverneur eine dritte Nachricht an Dr. Welch in Nome und informierte auch ihn über seine Entscheidung.

> Habe Inspektor Wetzler angewiesen, Hundegespanne für Stafette nach Ruby zu organisieren. Setzen Sie bitte sofort ein Hundegespann nach Ruby in Marsch. Diese Behörde tut ihr Möglichstes, um die Lieferung zu beschleunigen.

Das größte Handelsunternehmen in Alaska war die Northern Commercial Company (NCC), die in jeder Siedlung an den großen Flüssen des

Territoriums ihre Stützpunkte unterhielt. Sie war das Vertragsunternehmen für die Postbeförderung zwischen Fairbanks und Unalakleet und als Einzige in der Lage, derart kurzfristig Musher im Landesinneren ausfindig zu machen. Ed Wetzler begab sich zur Wohnung des örtlichen NCC-Vertreters und bat ihn, die besten Fahrer auf die Route zu schicken.

Die Anweisungen gingen per Telefon und Telegramm ins Landesinnere hinaus. Die Männer in den Hütten des Fernmeldekorps stellten ihre Kaffeebecher ab und zogen los, um die Leute der NCC zu suchen.

Im Roadhouse in Minto machte Edgar Kallands, ein 21-jähriger Athabasken-Indianer, nach einer langen Fahrt erschöpft Pause. Er war in das fünfzig Kilometer entfernte Nenana unterwegs, aber jetzt erhielt er die Anweisung, nach Tolovana zurückzufahren und sich dort auf eine Fahrt in das Dorf Manley Hot Springs vorzubereiten.

Gut hundertfünfzig Kilometer weiter westlich erhielt ein anderer Indianer namens Johnny Folger die Anweisung, das Serum nach Tanana zu bringen, in die geographische Mitte Alaskas. Von dort wurde die Nachricht den Yukon entlang in die Dörfer Kallands, Nine Mile Cabin, Kokrines und Ruby weitergeleitet, wo sich weitere Männer ebenfalls bereitmachen sollten. Harry Pitka, der in einem Zelt aus Fichtenzweigen geboren und von einem Medizinmann großgezogen worden war, hörte von der Stafette, als er seiner Frau gerade bei der Anfertigung eines neuen Paars Mokassins zusah. Er sollte das knapp fünfzig Kilometer lange Teilstück nach Ruby übernehmen, und so spannte er seine sieben Hunde ins Geschirr, ohne auch nur einen Augenblick zu zögern.

WÄHREND die Fahrer sich in aller Eile aufbruchfertig machten und sich auf ihre Posten begaben, erfuhr Thompson von Bones Entscheidung. Wütend stapfte er zu seiner Schreibmaschine und verfasste einen erbosten Leitartikel, der am 27. Januar im *News-Miner* zu lesen war.

> Gouverneur Bone hat offensichtlich das Heft in die Hand genommen. Fairbanks steht mit Luftfahrzeugen und Männern bereit, die Wartezeit für Nome auf die Hälfte zu verkürzen, sobald Washington das Startzeichen gibt. Doch Fairbanks, das auf dem Luftweg nur vier Stunden entfernt ist, muss untätig bleiben und zuschauen, wie die Babys von Nome und ihre vom Pioniergeist beseelten Eltern ersticken und einen grausamen Tod erleiden, ohne dass es Hilfe für sie gäbe. Da kann auch ein Pionier rotsehen.

Wenn Fairbanks Airplane nicht die erste Sendung mit den dreihunderttausend Einheiten aus Anchorage liefern durfte, würde man eben die zweite mit den 1,1 Millionen Einheiten übernehmen, schwor sich Thompson. Er stellte sich auf einen langwierigen Kampf ein und war entschlossen, alle Beamten und Politiker in die Knie zu zwingen. Insbesondere auf Bone hatte er es abgesehen: Der Gouverneur hatte in seinen Augen den Pioniergeist Alaskas verraten. Mit seinem Entschluss, Hundeschlittengespanne an Stelle eines Flugzeugs einzusetzen, hatte Bone sich gegen die moderne Zeit entschieden.

Die „Vierziger-Regel"

Im Landesinneren saß „Wild Bill" Shannon ungeduldig im Bahnhof von Nenana, einem Gebäude mit zwei Räumen. Es war Dienstag, der 27. Januar, kurz vor neun Uhr abends, und Shannon wartete auf das Serum von Dr. Beeson aus Anchorage. Die Lokomotive hatte die Hafenstadt mit dem Päckchen vor fast 24 Stunden verlassen und musste jeden Augenblick eintreffen.

Nenana war die vorletzte Station der knapp siebenhundertsechzig Kilometer langen Eisenbahnlinie, die im Süden in dem Hafen Seward am Golf von Alaska begann und in Fairbanks endete. Als Ausgangspunkt für den Schlittentransport des Serums hatte man Nenana ausgewählt, weil dort die Bahnlinie nach Fairbanks mit der Postroute nach Nome zusammentraf. Die gut vierhundertachtzig Kilometer lange Zugfahrt von Anchorage würde den Transport zwar um mehrere Tage verkürzen, doch waren es von Nenana nach Nome noch fast elfhundert Kilometer in westlicher Richtung quer durch Alaska.

Der schlanke blonde „Wild Bill" war ein Hansdampf in allen Gassen, und wie so viele andere in Alaska beherrschte er einige Dinge richtig gut. Er war Postfahrer, Goldgräber, Trapper und ein furchtloser Musher, der bekanntermaßen das schnellste Gespann der ganzen Gegend besaß. Seinen Spitznamen verdankte er seinen Fähigkeiten als Schlittenfahrer in Verbindung mit einer explosiven Mischung aus hitzigem Temperament, scharfem Verstand und der Bereitschaft, auf dem Trail Risiken einzugehen. An diesem Abend würden seine hart erarbeiteten Kenntnisse und Fähigkeiten auf die Probe gestellt werden wie vielleicht noch nie zuvor.

Auf dem Weg zum Bahnhof hatte Shannon gespürt, dass die Temperatur deutlich unter die minus 35 bis minus 40 Grad sank, die für diese Jahreszeit typisch waren. Bei dieser Kälte bildete die ausgeatmete Luft Eiskristalle, und beim Einatmen schmerzten die Nasenlöcher. Es fühlte sich an wie der Stich einer Biene, und die Schmerzen verhinderten jeden tiefen Atemzug. Selbst im Bahnhof behielt Shannon die warme Kleidung an; der Parka aus Bärenfell reichte ihm fast bis zu den Knien.

Wenn es nach dem vom Gouverneur mit der Aufsicht über die Transportstafette beauftragten Edward Wetzler gegangen wäre, hätte sich Shannon nicht vor Tagesanbruch auf den Weg gemacht. Bis dahin hätte die Sonne den Trail ein wenig erwärmt und für den Fahrer gute Sichtverhältnisse geschaffen. Ohnehin musste Shannon eine Überlebensregel verletzen, die viele Musher nur ungern – aber häufig – übertraten: die „Vierziger-Regel".

Danach sollte man ein Hundegespann nicht bei Temperaturen unter minus vierzig Grad Celsius oder über plus vierzig Grad Celsius einsetzen. Bei mehr als plus vierzig Grad Celsius kann ein Husky durch Überhitzung einen gefährlichen Flüssigkeitsmangel erleiden. Bei minus vierzig Grad Celsius bleibt für Fehler wenig Spielraum. Selbst die US-Armee verbot ihren Soldaten, die im Landesinneren in Tanana stationiert waren, bei derart niedrigen Temperaturen auf Patrouille zu gehen. In dieser Nacht zeigte das Thermometer minus fünfzig Grad Celsius.

Bei dieser Temperatur war Alaska eine fremde Welt mit eigenen physikalischen Gesetzen. Warf man beispielsweise kochendes Wasser aus einem Becher in die Luft, verwandelte es sich in eine geisterhafte Dampfwolke. Wenn man die Tür zu einer warmen Hütte öffnete, so war dies wie eine Einladung an die Gespenster. Wenn die kalte Luft hineinströmte, verwandelte sich die Feuchtigkeit an Wänden und Fußboden in eine Kette aus Eiskristallen, die an winzige Kronleuchter erinnerten. Draußen, wo die extrem kalte Luft jede Feuchtigkeit aufsaugte, nahm die Landschaft ein zerbrechliches gläsernes Aussehen an.

Vor Shannon lagen 84 Kilometer durch unebenes Gelände, über einen zugefrorenen Fluss und an steilen Ufern entlang zu dem Roadhouse in Tolovana, wo ein anderer Fahrer auf ihn warten sollte. Normalerweise benötigte man von Nenana nach Tolovana zwei Tage mit einer Übernachtung im Roadhouse von Johnny Campbell in Minto. Shannon aber sollte die Strecke an einem Stück bewältigen. Das wäre für jeden Fahrer auch unter normalen Umständen eine schwierige Aufgabe gewesen, doch in Shannons Fall war es besonders gefährlich, weil er mit einem Gespann aus relativ unerfahrenen Hunden arbeitete.

Der Leithund des neunköpfigen Gespanns war Blackie, ein fünf Jahre alter Husky mit einem weißen Kreuz auf der Brust. Shannon hatte ihn übernommen, nachdem er aus der Armee ausgeschieden war, bei der er im Landesinneren als Schmied gedient hatte. In den letzten Jahren hatte der Hund ihm geholfen, die Post zuzustellen, Lebensmittel und sonstigen Nachschub zu seinen Kupferclaims zu transportieren und die Tierfallen in den umliegenden Wäldern in Gang zu halten. Mittlerweile kannte Shannon die Launen, Stärken und Schwächen des Hundes ebenso gut wie Blackie die seinen.

Ganz anders die acht übrigen Tiere des Gespanns, die alle zwei Jahre alt waren. Alle waren gute, kräftige Hunde, die Shannon selbst aufgezogen und ausgebildet hatte, aber sie waren eben jung, und es würde ihre erste Zwölfstundenetappe bei derart niedrigen Temperaturen sein. Shannon wusste, dass sie sowohl für ihn als auch für sich selbst zu einer Gefahr werden konnten. Sie brauchten strenge Aufsicht.

Insbesondere angesichts der sinkenden Temperaturen wäre es klüger gewesen, wenn Shannon sich Wetzlers Meinung angeschlossen und mindestens bis zum Morgen gewartet hätte. In dieser Gegend aber hieß man nicht „Wild Bill“, wenn man sich den Namen nicht verdient hatte, und Shannon war bereit, alles zu riskieren. „Zum Teufel, Wetz“, hatte er zu dem Postinspektor gesagt. „Wenn die Leute doch sterben … Lass uns loslegen!“

Aus der Ferne war das Keuchen der Dampflokomotive schon geraume Zeit zu hören, bevor Shannon den Zug sah. Als dieser schließlich aus der Dunkelheit auftauchte, stieg Dampf von der Lokomotive auf. Auf dem Bahnsteig hatte sich eine kleine Menschenmenge versammelt, um den Musher zu verabschieden. Die Aufregung der Leute war ansteckend: Die Hunde hüpften in ihrem gepolsterten Ledergeschirr herum und zerrten an dem Schlitten. Noch ehe der Zug völlig zum Stillstand kam, sprang der Zugführer mit dem Serumpaket auf den Bahnsteig und lief zu Shannon hinüber.

Dieser nahm die kostbare Fracht in Empfang und zurrte sie auf seinem Schlitten fest. Dann überprüfte er Geschirre und Leinen doppelt und dreifach und vergewisserte sich, dass alle Notvorräte vorhanden waren. Zufrieden stieg er schließlich auf die Kufen und fuhr los. Entlang der Schlittenspuren verschwand er hinunter zum Ufer des Tanana und in das kalte, dunkle Landesinnere. Noch nie hatte er bei einem Aufbruch ein so großes Publikum gehabt, aber heute Abend konnte er an nichts anderes denken als an die Aufgabe, die vor ihm lag.

Hoch über den Spitzen der Fichten und Birken glitzerten kalt die Sterne, und der Mond, der sich noch nicht einmal zu einem Viertel gefüllt hatte, stand als dünne Sichel am Himmel.

DIE ROUTE führte in nördlicher Richtung am Tanana entlang in drei weit geschwungenen Kurven bis in das 48 Kilometer entfernte Athabaskendorf Minto und dann in einer scharfen Biegung gen Westen nach Tolovana. Als sie den Tanana überquerten und auf den Trail am Ostufer des Flusses zusteuerten, drängten die Hunde in ihrem Geschirr keuchend vorwärts. Der Trail war in einem entsetzlichen Zustand. Ein paar Tage zuvor hatte ein Pferdegespann mit einer schweren Last tiefe Löcher auf dem Weg hinterlassen. Schon seit Jahren waren die Pferdegespanne der Fluch der Hundeschlittenfahrer.

Shannon bemühte sich, in der Spur zu bleiben, aber schließlich musste er sich damit abfinden, dass der Trail unbenutzbar war. Mit einem lauten „Ho!“ befahl er Blackie, nach links abzubiegen und das Gespann wieder auf den Tanana zu führen. Auf dem zugefrorenen Fluss würde es zwar um mehrere Grad kälter sein als auf dem steilen Ufer, aber zumindest hatten dort keine Pferde den Weg aufgewühlt.

Shannon ging ein hohes Risiko ein. Das Fahren auf einem zugefrorenen Fluss ist bei jedem Wetter äußerst gefährlich. Das Eis dort ist in ständigem Wandel begriffen. Es kann auf einem Stück glatt sein und auf dem nächsten ein Gewirr zerklüfteter Formen bilden. Die großen gefrorenen Spitzen sind kräftig genug, um sogar einen Lastwagen zu tragen, doch in den schmalen Spalten dazwischen bricht man leicht ein.

Es war nahezu stockdunkel, und obwohl Shannon gegen die betäubende Kälte ankämpfen musste, blieb er aufmerksam und hielt entlang dem Fluss Ausschau nach möglichen Gefahren. Besondere Sorgen machte er sich wegen des *Overflow*, bei dem Wasser durch die Eisfläche bricht und sich darauf ergießt. Manchmal steht es unter so hohem Druck, dass es eine Fontäne von bis zu einem Meter Höhe bildet und sich mitunter über mehrere Kilometer auf dem Eis verteilt.

Bei Temperaturen unter null gefriert der Overflow sehr schnell und bildet dann eine zerbrechliche Schicht, die unter den Füßen laut knackt oder wie Gummi nachgibt – beides eindeutige Signale, dass man sich davon fern halten soll. Ist der Overflow endgültig zu einer harten, glänzenden Fläche gefroren, kann er so glatt wie Glas werden und bietet keinerlei Halt.

Die zweite Gefahr bei Fahrten auf zugefrorenen Flüssen, das *Drum Ice*, ist das Gegenteil des Overflow. Es entsteht, wenn sich das Wasser unter einer gefrorenen Oberfläche zurückzieht, sodass sich unter dem Eis ein Hohlraum bildet. Von oben sieht alles ganz normal aus, wenn aber das Gespann eine solche Stelle überquert, macht der Schlitten auf einmal ein dumpfes Geräusch wie bei einer Trommel. Verlässt das Gespann dann nicht sehr schnell das Eis, gibt dieses unter Umständen nach, und der Fahrer stürzt einige Meter tief in das trockene Flussbett.

Shannon hatte bisher Glück gehabt. Sein Gespann hatte Stellen mit Drum Ice und Overflow umgangen, und die jungen Hunde arbeiteten gut zusammen. Aber während die Stunden verstrichen, kroch die Kälte Shannon immer tiefer in die Knochen. Es fiel ihm zunehmend schwer, Arme und Beine warm zu halten. So begann er, die Arme heftig nach unten zu schwingen und sich mit den Füßen in immer kürzeren Abständen vom Boden abzustoßen, um wieder Blut in Finger und Zehen zu treiben. Seine Aufmerksamkeit richtete sich nun weniger auf die Strecke und die Hunde als vielmehr auf seine eigenen Schwierigkeiten, warm zu bleiben.

Plötzlich änderte Blackie abrupt die Richtung, und die Swing-Dogs folgten ihm mit einer einheitlichen Bewegung. Shannon verlor für kurze Zeit das Gleichgewicht, konnte sich aber an den Handgriffen festhalten und wieder festen Stand bekommen. Sein erster Gedanke war, dass Blackie sich sehr seltsam verhalten hatte, aber allmählich wurde ihm klar, was geschehen war. Der Leithund hatte ein schwarzes Loch umgegangen, eine Öffnung im Eis, die durch die darunter fließende Strömung gebildet worden und „so groß war, dass sie das ganze Gespann hätte verschlucken können". Blackie hatte entweder den vom Fluss aufsteigenden Dampf gesehen oder gehört, wie die Strömung gegen das dicht aufgeschichtete Eis rauschte. Jedenfalls hatte er schnell reagiert.

Aber mit vier der anderen Hunde stimmte etwas nicht. Bear, Cub, Jack und Jet liefen nicht mehr gleichmäßig. Sie waren ganz offensichtlich erschöpft. Das Einzige, was sie weiterziehen ließ, war ihr Charakter, der schiere Wille, mit den anderen Hunden mitzuhalten. Das Gespann war jetzt seit vier, fünf Stunden unterwegs. Die Temperatur sank noch immer, und je kälter es wurde, desto langsamer schien die Zeit zu vergehen.

Shannons eigene körperliche Probleme waren ebenfalls nicht beseitigt, und zu allem Unglück zeigten seine Versuche, Blut in Arme und Beine zu lenken, keine Wirkung mehr. Er wusste ganz genau, was geschehen würde, wenn er nicht schnell etwas unternahm, um sich aufzuwärmen: Er würde zusammen mit seinen Hunden sterben, und mit ihm würde auch jede Hoffnung begraben, das Serum nach Nome zu schaffen. Sein Körper gab die

Wärme einfach schneller ab, als er sie produzieren konnte, und um sich vor der Kälte zu schützen, leitete der Organismus das Blut aus den Gliedmaßen in die lebenswichtigen inneren Organe um. Shannons Gesicht fühlte sich bereits taub an, und ein großer Zeh war erfroren. Er fühlte sich erschöpft, aber dennoch wusste er, was zu tun war.

Er ließ das Gespann anhalten und eilte nach vorn, stellte sich vor Blackie und begann zu laufen. Die Hunde passten ihre Gangart der ihres Herrn an. Schließlich spürte Shannon, dass das Blut in Arme und Beine zurückkehrte und er sich genügend aufgewärmt hatte, um wieder seinen Platz auf den Schlittenkufen einzunehmen.

Das funktionierte, allerdings nur für eine Weile. Wieder wurde Shannon müde, und wie er später berichtete, machte die Kälte ihn „ziemlich benommen". Schon bald würde er sich kaum noch auf dem Schlitten festhalten können, vom Abstoßen von den Kufen ganz zu schweigen. Er wusste, dass er an Unterkühlung litt. Ein Mensch kann nur eine gewisse Zeit lang zittern. Dieser Vorgang ist körperlich sehr anstrengend und lässt die Muskeln durch Ansammlung von Milchsäure und Kohlendioxid steif werden. Während man die Kontrolle über sie verliert, wird die Haut blass, taub und wachsartig. Die unkontrollierbaren Anfälle von Schüttelfrost führen dazu, dass man stolpert, bald nur noch nuschelt und schließlich geistige Aussetzer zeigt: Einem unterkühlten Menschen wird manchmal scheinbar so warm, dass er seine Kleidung auszieht. Schließlich setzen Teilnahmslosigkeit und Erschöpfung ein. Man will nur noch schlafen. Dieses Gefühl quält einen mit jedem Schritt, bis man dem Wunsch schließlich nachgibt, sich wie ein Fötus zusammenkauert, die Augen schließt und in einen tödlichen Schlaf sinkt.

Während die Angst in ihm wuchs, beeilte Shannon sich umso mehr. Er wusste, dass er Minto erreichen musste, bevor er die Kontrolle über sich selbst und sein Gespann verlor.

Gegen drei Uhr morgens wurde die Tür von Johnny Campbells Roadhouse geöffnet. Ein Blick auf Shannon und seine Hunde genügte Campbell, um zu wissen, dass etwas Schreckliches geschehen war. Shannons Gesicht war an mehreren Stellen durch schwere Erfrierungen schwarz geworden. Bear, Cub, Jack und Jet hatten blutverschmierte Mäuler. Campbell half Shannon herein, setzte ihn neben den Ofen aus Eisenblech und schenkte ihm eine Tasse heißen schwarzen Kaffee ein. Shannon war so erschöpft und kalt, dass er nichts essen konnte. Als er mühsam den ersten Schluck genommen hatte, warf er einen Blick auf das Außenthermometer. Es zeigte minus 52 Grad.

Den Yukon entlang

Vier Stunden saß Shannon zusammengekauert in Campbells Roadhouse neben dem Ofen, trank Kaffee und ließ die Wärme in sich eindringen. Am Ende war er so weit, dass er ein wenig Nahrung zu sich nehmen konnte, die ihm Kraft für die Weiterfahrt geben sollte. Trotz allem, was hinter ihm lag, hatte er seine Entschlossenheit nicht verloren. Er würde auch die restlichen 35 Kilometer nach Tolovana schaffen. Das hatte er versprochen.

Gemäß den Anweisungen von Dr. Beeson hatte Shannon das Serum mit in die Hütte genommen und es aus seiner Pelz- und Segeltuchverpackung geholt. Jetzt hing der Behälter an den Dachbalken, damit er etwas von der Wärme des Ofens abbekam. In der Hütte herrschten höchstens plus zehn Grad, doch im Vergleich zu den Temperaturen draußen fühlte es sich geradezu tropisch an.

Kurz vor sieben nahm „Wild Bill“ einen letzten Schluck aus seiner sechsten Tasse Kaffee und ging nach draußen, um nach seinen Hunden zu sehen. Nach der Uhrzeit war es zwar früher Morgen, aber es würde noch mehrere Stunden dauern, bis die Dämmerung die Dunkelheit der Alaskanacht vertrieb.

Nachdem Campbell einige Stunden zuvor den unterkühlten Shannon im Roadhouse versorgt hatte, hatte er die Hunde in einen Anbau gebracht und gefüttert; anschließend hatten sie sich ausruhen können. Schon auf den ersten Blick war jedoch klar, dass sie weit mehr brauchten als eine Pause von ein oder zwei Stunden. Einige von ihnen litten an dem, was die Fahrer damals „Lungenbrand“ nannten, weil man glaubte, die Lungen der Hunde würden durch Erfrierungen so schwarz wie Kohle. Der Lungenbrand war eher eine Vermutung als eine bewiesene Tatsache. Schlittenfahrer obduzierten ihre Hunde nicht. Aus der modernen Tiermedizin wissen wir, dass ein Hund, der sich bei strenger Kälte überanstrengt, wahrscheinlich eher eine Lungenblutung bekommt. Bei starker Belastung in trockener Luft von minus 45 Grad können die kleinen Blutgefäße in den Atemwegen eines Hundes einfrieren und platzen. Die Folge sind Schäden in den empfindlichen Lungenbläschen, jenen winzigen Hohlräumen, in denen der Sauerstoff aus der Luft ins Blut übergeht. Die Lunge wird nicht schwarz, sondern füllt sich mit Blut. Obwohl dem Hund das Atmen immer schwerer fällt, läuft er weiter, weil seine Kameraden in dem Gespann ihn antreiben, bis er schließlich an seinem eigenen Blut zu ersticken droht oder wegen Sauerstoffmangel zusammenbricht. In beiden Fällen stirbt er kurz danach. Die ersten Warnzeichen sind Blutungen aus Maul und Nase, die entstehen, wenn die Schleimhäute in der Kälte spröde werden und reißen.

Als Shannon die Hunde untersuchte, kamen Cub, Jack und Jet kaum auf die Beine. Die Fahrt nach Tolovana würde noch einmal mindestens drei bis vier Stunden dauern, und Shannon wusste, dass diese Hunde die Strecke nicht überstehen würden. Er musste alle drei zurücklassen.

Nachdem ihm nur noch sechs Hunde zur Verfügung standen, konnte Shannon nur hoffen, dass ihm auf dem weiteren Weg kein Missgeschick mehr zustieß. Aber auch Bear wirkte noch immer geschwächt. Shannon entschloss sich, es dennoch für den Rest der Strecke mit ihm zu versuchen. Notfalls wollte er ihn aus dem Gespann nehmen und in den Ladekorb des Schlittens setzen. Nachdem er die Hunde eingespannt hatte, löste Shannon die Schneebremse und war wieder unterwegs nach Tolovana.

AM GLEICHEN Morgen klingelte fast tausend Kilometer entfernt in der Hütte von Leonhard Seppala in Little Creek bei Nome das Telefon. Es war der Anruf, auf den er die ganze Zeit gewartet hatte. Sein Vorgesetzter Mark Summers, der ihn für die westliche Etappe der Stafette vorgeschlagen hatte, war am Apparat. Es sei an der Zeit, sich auf den Weg zu machen.

Seppala war nicht der Typ, der Dinge bis zur letzten Minute hinausschob. Das Lachsfleisch für die Hunde war bereits gestapelt und auf dem Schlitten festgezurrt. Und Anfang der Woche hatte seine Frau gekochte Bohnen, Rinderhackfleisch und Zwieback in Einzelportionen eingefroren, die er unterwegs schnell auspacken und aufwärmen konnte. Insgesamt würde er mit leichtem Gepäck fahren – anders ging es nicht, wenn er schnell vorankommen wollte.

Nachdem Seppala den Telefonhörer aufgelegt hatte, zog er seinen Fellparka und die Mukluks an. Die Hunde draußen im Zwinger hatten das Telefon gehört, und als Seppala aus dem Haus trat, waren sie sichtlich angespannt. Als er auf sie zukam, brachen sie in hektisches Heulen und Bellen aus. Jetzt ging es los, das wussten sie.

Seppala hatte nicht nur die längste Etappe übernommen, sondern auch eine der schwierigsten: 507 Kilometer nach Nulato und 507 zurück, eine Strecke von etwa sechs Tagen, darunter ein Teilstück über das windumtoste

Eis des Norton-Sunds. Es bestand zudem die Möglichkeit, dass ein Schneesturm die Fahrt verzögerte oder, noch schlimmer, das Eis brach und mit dem Gespann aufs Meer trieb.

Der Aufruhr im Zwinger war kilometerweit zu hören, und als Seppala alle Hunde eingespannt hatte, war eine kleine Menschengruppe zusammengekommen, um ihm bei der Abfahrt zuzusehen. Er verabschiedete sich von seiner Frau und seiner Tochter, stieg auf die Schlittenkufen, löste die Schneebremse und schnalzte mit der Zunge. Bei minus 28 Grad und seltener Windstille herrschten optimale Bedingungen zum Schlittenfahren. Die Hunde jagten den Hauptpfad hinunter und machten sich auf den Weg in das fünf Kilometer entfernte Nome.

Hundegespanne waren in einer Stadt, in der die Post regelmäßig per Schlitten zugestellt wurde, nichts Besonderes, aber dieses Gespann von zwanzig Tieren bot dennoch einen außergewöhnlichen Anblick. Als sie mit ihrer leichten Ladung nach Nome stürmten, berührten die Hunde kaum den Schnee. Sie bewegten sich geschmeidig, alle Zugleinen waren straff gespannt, und die Gangline summte förmlich unter dem Zug.

Vom hinteren Ende des Schlittens rief Seppala seine Befehle. Bei zwanzig Hunden, die mit Höchstgeschwindigkeit liefen, konnte er leicht die Kontrolle über das Gespann verlieren, aber Togo reagierte auf die Anweisungen, als trüge er unsichtbare Zügel. In der Stadt hatte sich ebenfalls eine Menschenmenge versammelt, und die Leute brachen in Jubel aus, als das Gespann sich näherte. Als es um die scharfe Kurve in die Front Street einbog, hüpfte der Schlitten, und die Glocken an den Handgriffen klingelten. Als Togo am östlichen Ende der Straße angelangt war, schoss er durch eine Gasse aus Lagerschuppen hinaus auf den Trail am Strand. Bald schon verschwand Seppalas winzige Silhouette in der Ferne, und in der Kälte des Vormittags senkte sich Schweigen über die Menge.

Die Schwere dessen, was vor ihnen lag, war den Leuten nur zu bewusst.

ACHT Tage war es jetzt her, seit Billy Barnett gestorben war, und sowohl Dr. Welch als auch Emily Morgan hatten kaum Zeit zum Schlafen gefunden. Bei Billys fünfjähriger Schwester Katherine waren ebenfalls Symptome aufgetreten, und selbst nachdem sie fünfzehntausend Einheiten des alten Antitoxins erhalten hatte, waren kaum Anzeichen für eine Besserung zu erkennen. Drüben auf dem Sandspit bemühten sich derweil die Stanleys, die Familie nach dem tragischen Verlust von Bessie intakt zu halten. Den Eltern sowie Mary ging es nach der Injektion des Serums besser, Dora jedoch nicht. Außerdem war nun auch ihre Nachbarin Minnie Englestad erkrankt und benötigte zweitausend Serumeinheiten. In der Stadt klagten zudem zwei Männer über Halsschmerzen, aber Welch hielt es für klüger, nicht sofort auf seinen schrumpfenden Vorrat zurückzugreifen, sondern erst einmal abzuwarten, ob sich eine Besserung zeigte.

Der Arzt und die anderen Stadtväter wussten, dass es begründeten Anlass zur Hoffnung gab. Die Musher waren schon früher trotz schwierigster Umstände durchgekommen, und mit Seppalas Hilfe würden sie es sicher auch dieses Mal schaffen. Aber noch nie hatte so viel auf dem Spiel gestanden, und es fiel nicht leicht, die Zuversicht zu bewahren. Alle wussten, dass die niedrigsten Temperaturen seit zwanzig Jahren in Fairbanks und einigen Teilen des Yukon-Territoriums bereits zur Einstellung des regulären Postdienstes geführt hatten. Es war nur eine Frage der Zeit, bis das schlechte Wetter auch Nome erreichte.

FÜR SEPPALA und sein Gespann gab es bisher keine Verzögerungen. Nachdem sie nun unterwegs waren, tat das Adrenalin seine Wirkung, und die Energie, mit der die Hunde ans Werk gingen, würde nicht nachlassen, bis sie für die Nacht anhielten.

Am vierten Tag würde das Gespann Isaac's Point erreichen, und dort musste Seppala eine Entscheidung treffen, die sich als die wichtigste der ganzen Fahrt erweisen konnte: Sollten sie den Norton-Sund überqueren, sodass das Gespann über das gefährliche Meereis musste, oder lieber die vergleichsweise sichere Route entlang der Küste um die Norton-Bucht, den nordöstlichsten Ausläufer des Sunds, herum wählen, die aber mindestens doppelt so lang war? Beide Wege endeten in der Siedlung Shaktoolik südlich der Bucht. Dort würde Seppala auf den Posttrail nach Unalakleet einschwenken und über die Nulato-Berge zum Yukon fahren.

Zeit war ein wichtiger Faktor, Sicherheit aber auch. Der Sund war in ganz Alaska wegen seiner Gefahren bekannt, und viele Schlittenfahrer mieden ihn. Das Eis neigte dazu, plötzlich aufzubrechen, und hatte im Laufe der Jahre eine unverhältnismäßig große Zahl von Opfern gefordert. Mark Summers hatte davor gewarnt, die Überquerung zu riskieren.

Doch Seppala hatte seinem Vorgesetzten nichts versprochen. Sobald er am Isaac's Point ankam, musste er das Eis sorgfältig beobachten und dann seine Entscheidung treffen. Viel würde dabei auch von Togos Verhalten abhängen: Wenn es um Gefahren ging, hatte er wie viele Leithunde einen sechsten Sinn.

Ein guter Leithund ist das Gehirn eines Gespanns. Er ist das klügste Tier im Zwinger, aber auch eines der fleißigsten und schnellsten. Der Leithund gibt den Ton an. Er ist in der Lage, ein Gespann zu demoralisieren, indem er seine Zugleine schlaff herunterhängen lässt, und ebenso kann er es anspornen, indem er an einem gefährlichen Wegabschnitt kräftig und gleichmäßig zieht. Ein guter Leithund braucht ein gerüttelt Maß an Mut, Willensstärke und eine geradezu „Zen-buddhistische" Geisteshaltung. Er muss auf eintönigem Meereis, das keinen Horizont zu haben scheint, geraden Kurs halten oder einem Schneesturm ins Auge sehen. Ebenso muss er im Notfall die Entscheidung treffen und – was vielleicht am wichtigsten ist – wissen, wann er einem falschen Befehl nicht gehorchen darf, ganz gleich, wie nachdrücklich der Musher ihn erteilt.

In Alaska wurden trailerprobte Leithunde zur Legende. Eine solche lebende Legende war auch Togo. Im Jahr 1925 war er in Alaska ebenso bekannt wie Seppala. Er war seit sieben Jahren der Leithund seines Herrn und hatte mit ihm jedes nur erdenkliche Gelände durchquert.

Auf den ersten Blick wirkte Togo nicht wie eine Führungspersönlichkeit. Mit rund 22 Kilo war er recht klein und sah mit seinem schwarz-braungrauen Fell schmutzig aus. Aber er hatte mehrere Rennen gewonnen und das Gespann auf nahezu allen wichtigen Expeditionen Seppalas geführt. Trotz seiner zwölf Jahre war Togo überraschend schnell, kräftig und aufmerksam. Von allen Hunden Seppalas fand er sich auf Meereis am besten zurecht, und oft lief er an einer langen Leine ein ganzes Stück vor dem Gespann her, um den ungefährlichsten und einfachsten Weg über den Norton-Sund oder andere Teile des Beringmeers ausfindig zu machen.

Togo war im Oktober 1913 als einziges Junges eines Wurfes geboren worden, doch Seppala schenkte ihm zunächst kaum Aufmerksamkeit. Das Hündchen war klein und litt an einer Krankheit, durch die sein Hals angeschwollen war; deshalb verbrachte Togo sein Welpendasein zum größten Teil in den Armen von Seppalas Frau, die seine Schmerzen mit warmen Umschlägen linderte. Obwohl – oder vielleicht gerade weil – sie sich ständig um ihn kümmerte, wurde er zu einem schwierigen, verschlagenen Tier. Jedes Mal wenn Seppala dem Gespann das Geschirr anlegen wollte, mischte Togo sich ein und knabberte an den Ohren der Arbeitshunde, die darauf mit wütender Frustration reagierten. Alles sprach dafür, „dass er zu einem richtigen Hundebösewicht wurde", wie ein Journalist es einmal formulierte.

Als Togo ungefähr ein halbes Jahr alt war, gab Seppala ihn an eine Frau ab, die bald in die Staaten zurückkehren und ein Haustier mitnehmen wollte. Doch Togo rebellierte in der zivilisierten Umgebung und wurde immer reizbarer. Nach wenigen Wochen riss er aus: Er sprang durch eine Fensterscheibe und lief mehrere Kilometer zurück zu seinen Kameraden im Zwinger. Seppala nahm ihn wieder auf. „Ein Hund, der so an seinen ersten Freunden hängt, verdient Anerkennung“, erklärte er später.

Während der nächsten Wochen ärgerte Togo mit seinem frechen Verhalten weiterhin Seppalas Gespann, wenn sie unterwegs waren. Seppala war über seine Possen amüsiert, wütend und verblüfft. Ihm fiel auf, dass Togo, jedes Mal wenn ihnen auf dem Trail ein Gespann entgegenkam, auf dessen Leithund zuschoss und ihn ansprang, als wollte er für seinen Herrn den Weg frei machen. Dieses Verhalten hätte Togo fast das Leben gekostet. Eines Tages lief er auf ein Gespann altgedienter Malamuten zu, wurde übel zugerichtet und musste mit dem Hundeschlitten zurück nach Little Creek gebracht werden. Durch dieses Erlebnis wurde Togo zu einem noch wertvolleren Rennhund. Eines der schwierigsten Dinge, die man einem Leithund beibringen muss, ist es, ein anderes Gespann zu passieren, ohne sich ablenken und womöglich in einen Kampf verwickeln zu lassen. Für den Rest seines Lebens schlug Togo immer einen eindeutigen Kurs ein. Überholte er ein anderes Gespann, das in die gleiche Richtung fuhr, legte er sich ins Geschirr, kläffte und beeilte sich, bis er den Gegner hinter sich gelassen hatte. „Wie viele Menschen, so hat auch Togo aus harten Erfahrungen gelernt“, sagte Seppala.

Als Togo acht Monate alt war, erhielt er endlich die Gelegenheit, seinen Wert nicht nur als großartiger Schlitten-, sondern auch als Leithund unter Beweis zu stellen. Eines Morgens machte sich Seppala auf den Weg zu einer Bergbausiedlung außerhalb von Nome. Er band Togo fest und gab Anweisung, ihn nach seiner Abfahrt noch zwei Tage nicht von der Leine zu lassen. Er hatte es eilig. Rund zweihundertsechzig Kilometer von Nome entfernt war man auf Gold gestoßen, und ein Goldgräber hatte Seppala engagiert, damit er ihn schnell hinbrachte. Seppala konnte nicht riskieren, dass Togo sein Gespann durcheinander brachte.

Der Hund ließ sich nicht gern anbinden. Nachdem Seppala abgefahren war, befreite Togo sich noch am selben Abend von seinem Haltestrick und sprang über den zwei Meter hohen Zaun des Zwingers. Dabei verfing sich jedoch sein Hinterbein in den obersten Maschen des Drahtgeflechts. Nun hing Togo an einem Bein außen am Zaun und „quiekte wie ein kleines Schwein“, bis jemand aus dem Haus kam und ihn befreite. Togo fiel zu Boden, überschlug sich und rannte hinter Seppala her. Er lief die ganze Nacht hindurch und folgte seinem Herrn bis zum Roadhouse von Solomon; dort legte er sich im Freien leise zur Ruhe.

Als Seppala am nächsten Morgen aufbrechen wollte, stellte er fest, dass sein Gespann ungewöhnlich zügig loslegte. Er führte es auf den Geruch von Rentieren zurück, die irgendwo in der Nähe waren. Aber dann sah er weit vor sich auf dem Weg einen frei laufenden Hund. Es war Togo, der zu seinen üblichen Mätzchen aufgelegt war. Den ganzen Tag über jagte er hinter Rentieren her oder biss den Leithund spielerisch in die Ohren. Als Seppala ihn schließlich eingefangen hatte, blieb dem Musher keine andere Wahl, als ihn ganz hinten im Gespann festzubinden, sodass er ihn genau im Auge behalten konnte. Als er das Geschirr um Togos Hals legte, wurde der Hund ruhig und ernsthaft. Er hielt seine Zugleine straff und richtete die Aufmerksamkeit auf den Trail. Seppala war verblüfft. Endlich begriff er, was Togo während der ganzen Monate im Sinn gehabt hatte: Er wollte zum Gespann gehören.

Im Laufe des Tages ließ Seppala den Hund immer weiter nach vorne rücken. Gegen Abend teilte sich der acht Monate alte Togo die Position des Leithunds mit einem Veteranen namens Russky. Er war am ersten Tag im Geschirr über hundertzwanzig Kilometer weit gelaufen. Von einer solchen Leistung eines unerfahrenen jungen Hundes hatte man noch nie gehört. Er war kein Bösewicht, sondern ein „Wunderkind“, wie Seppala ihn jetzt nannte. „Ich hatte den geborenen Leithund gefunden, um dessen Züchtung ich mich jahrelang bemüht hatte.“

AM MITTWOCH, dem 28. Januar, ging über dem Roadhouse von Tolovana endlich die Sonne auf. Hier sollte Shannons Endstation sein, aber von dem Musher war nichts zu sehen. Unter den Gästen des Roadhouse, die sich an den drei großen Öfen wärmten, war der 21-jährige Halbindianer Edgar Kallands. Wie viele Schlittenfahrer war er von klein auf gezwungen gewesen, sich zum Überleben auf seine eigene Klugheit zu verlassen. Er würde das Serum von Shannon übernehmen, sobald dieser eintraf.

Kallands bezeichnete sich selbst als Einzelgänger. Hunde hatten in seinem Leben von jeher eine große Rolle gespielt. Er war in einem kleinen Dorf im Landesinneren aufgewachsen, und sein bester Freund war ein Welpe gewesen. Es hatte sonst einfach niemanden gegeben. „Er war mein Hund, oder ich war sein Hund. Das eine oder das andere“, sagte Kallands einmal. „Er ist mit mir zusammen aufgewachsen.“ Als er älter wurde, wuchs seine Zuneigung zu Hunden nur noch mehr. Die meisten Gespanne laufen in den

Wald, wenn man sie losmacht – Kallands' Hunde jedoch blieben immer in seiner Nähe, denn sie hatten die Gewissheit, dass er ihnen seine Zuneigung schenken würde. „Wenn ich weg bin und dann wiederkomme und sie warten auf mich, streichle ich sie alle sofort. Ich streichle nicht nur einen und gehe dann weiter. Ich streichle die ganze Meute. Jedes Mal, wenn ich zwischen ihnen aufgestanden bin, haben sie mich sofort umringt."

Gegen elf Uhr vormittags hörte Kallands endlich das Trappeln von Hundepfoten und das Zischen von durch den Schnee gleitenden Kufen. Es war Shannon. Als das Gespann näher kam, ging Kallands mit dem Inhaber des Roadhouse nach draußen, um zu helfen.

Shannons Gesicht war immer noch schwarz von den Erfrierungen, und seine Hunde wirkten endgültig erledigt. Die Temperatur war selbst bei Tagesanbruch kaum gestiegen und lag jetzt bei rund minus 49 Grad. Für „Wild Bill" war die Stafette vorüber. Unter widrigsten Umständen hatte er seinen Teil dazu beigetragen und seine Sache gut gemacht.

Nachdem sie das Serum im Roadhouse wieder aufgewärmt hatten, war Kallands bereit für die nächste Etappe. Er sprang auf seinen Postschlitten, löste die Schneebremse und fuhr davon. Sein Streckenabschnitt, die fünfzig Kilometer nach Manley Hot Springs, führte durch dichten Wald. Der Trail kürzte eine große Schleife des Tanana ab. Es war eine Etappe, wie sie schwieriger kaum sein konnte. Jahre später berichtete Kallands in einem Interview über seine Erinnerungen an jenen Tag und seine Motive: „Es waren 49 Grad unter null, aber das habe ich gar nicht gemerkt. Wir waren warm angezogen. Daunen hatten wir zwar nicht, aber ich hatte meinen Parka. Der reichte bis über die Knie, sodass die Wärme nicht rauskonnte. Man war ständig am Laufen oder sonst wie in Bewegung; kalte Füße bekam man nie. Aber was soll's? Was merkt man schon, wenn man zwanzig ist? Man merkt überhaupt nichts. Heute denke ich darüber nach. Wie habe ich damals überlebt?"

Hinter dem Roadhouse von Tolovana setzte der Posten des Fernmeldekorps eine Nachricht an Ed Wetzler in Nenana ab, den Beauftragten des Gouverneurs, der die Stafette beaufsichtigte: „Antitoxin hat Tolovana um elf Uhr verlassen." Die Stafette lief weiter.

SHANNON wollte sich in Tolovana eigentlich ausruhen, doch das Schicksal von Cub, Jack, Jet und nun auch Bear ging ihm nicht aus dem Kopf. Ein paar Tage später kehrte er mit den vier Hunden auf dem Schlitten nach Nenana zurück. Cub, Jack und Jet starben kurz darauf. Shannon selbst hatte so schwere Erfrierungen davongetragen, dass es Wochen dauerte, ehe er sich wieder rasieren konnte.

Einem Journalisten sagte er, er habe nicht mehr als seine Pflicht getan, und das Lob hätten ausschließlich seine Tiere verdient. „Was diese Hunde auf der Strecke nach Nome geleistet haben, entzieht sich jeder Bewertung. Für mich selbst nehme ich keinerlei Verdienst in Anspruch. Die wahren Helden dieser Fahrt waren die Hunde vor den Schlitten, Hunde wie Cub, Jack und Jet, die ihr Leben für einen humanitären Auftrag gegeben haben. Ob Bear noch zu retten ist, kann ich nicht sagen. Er ist in einem ziemlich schlimmen Zustand, und es sieht aus, als würde ich auch ihn verlieren."

Das weitere Schicksal von Bear ist nicht überliefert. Möglicherweise überlebte er, aber aller Wahrscheinlichkeit nach konnte er nie wieder einen Schlitten ziehen – ein entsetzliches Schicksal für ein Tier, das nur dafür lebte und atmete, um mit seinem Rudel über einen mondbeschienenen Trail zu laufen.

IN NOME lag die Temperatur bei minus 29 Grad, und der Wind wehte mit rund 18 Stundenkilometern aus nördlicher Richtung. Im rötlichen Dämmerlicht des arktischen Morgens konnten Emily Morgan und die anderen Krankenschwestern, die sich in der Frühstücksecke des Maynard Columbus Hospital versammelt hatten, das große Kreuz über der St.-Josephs-Kirche leuchten sehen. Normalerweise beendeten sie um diese Zeit das Frühstück und nahmen den Bericht der Nachtschwester entgegen, die Feierabend machte. An diesem Donnerstagmorgen aber, dem 29. Januar – es war der zweite Tag der Stafette –, blieb für Routine keine Zeit. Die Epidemie hatte sich dramatisch verschlimmert, und Dr. Welch war sowohl auf dem Sandspit als auch in der Stadt auf jede verfügbare Hilfe angewiesen.

Der Vortag war ebenfalls anstrengend gewesen, aber am Abend, als Welch und Emily ihre Befunde zusammengestellt und den täglichen Bericht an Bürgermeister Maynard geschrieben hatten, schien es ein wenig Hoffnung zu geben. Welch hatte dem Bürgermeister melden können, dass keine neuen Fälle aufgetreten waren. Das war eine überraschende Feststellung gewesen. Hatte die Stadt bereits ohne Serum den Höhepunkt der Krise hinter sich?

Leider nicht. Vom späten Mittwochabend bis Donnerstagmorgen war die Diphtherie bei mindestens zwei weiteren Kindern ausgebrochen. Eines davon war ein Eskimojunge auf dem Sandspit. Sein Rachen war beidseitig von Membranen bedeckt, und er hatte leichtes Fieber von 37,6 Grad. Auch ein Kind in der Stadt litt an Diphtherie, und mehrere andere klagten über

Halsschmerzen. Welch und Emily hatten jetzt etwa zwanzig bestätigte Fälle auf ihrer Liste, und bei fast doppelt so vielen bestand Krankheitsverdacht. Es gab Berichte, wonach mindestens eine Mutter am Rande eines Nervenzusammenbruchs stand.

Welch konnte überhaupt nicht voraussagen, mit wie vielen neuen Fällen bis zum Abend zu rechnen war und in welchem Stadtviertel sie auftreten würden. Es war nicht die Schuld der Leute; alle hatten die Quarantäne befolgt. Alle eindeutig Erkrankten, aber auch Patienten mit dem Verdacht auf die Krankheit wurden von der übrigen Bevölkerung fern gehalten. Gleichwohl war der Stamm des Diphtherieerregers, der sich in Nome breit gemacht hatte, derart ansteckend, dass solche grundlegenden Vorsichtsmaßnahmen nicht viel bewirkten, und der Mangel an moderner medizinischer Ausrüstung, mit der man die Krankheit hätte bekämpfen können, holte Welch nun endgültig ein.

Vor allem hatte er nicht die Mittel, um den Schick-Test vorzunehmen. Dieses nach seinem Erfinder, dem ungarisch-amerikanischen Kinderarzt Béla Schick, benannte Verfahren war 1913 entwickelt worden und diente zur Identifizierung von Personen, die von Natur aus immun gegen das Diphtherietoxin waren, wahrscheinlich weil sie früher einmal damit in Berührung gekommen waren und überlebt hatten. Es war ein einfacher Test, bei dem verdünntes Diphtherietoxin unter die Oberhaut injiziert wurde. Blieb eine Hautrötung aus, war der Betreffende durch die Krankheit nicht gefährdet. Mit solchen Befunden hätte Welch feststellen können, welche Bewohner gefährdet waren, um dann Maßnahmen zu ihrem Schutz zu ergreifen und alle anderen zu beruhigen.

Aber auch ohne den Schick-Test hätte er die Epidemie eindämmen und möglicherweise unter Kontrolle bringen können, wenn er über Hilfsmittel für Rachenabstriche, ein Mikroskop und einen Brutschrank zum Anlegen von Kulturen für den Nachweis der Bakterien verfügt hätte. Ein Mensch kann durchaus selbst immun gegen das von den Bakterien produzierte Toxin sein, den Erreger aber dennoch in sich tragen und andere damit anstecken. Außerdem dauert es bei manchen unter Umständen länger als bei anderen, bis die Symptome auftreten, oder diese sind so schwach, dass die Infektion tagelang unbemerkt bleibt. Welch war nicht in der Lage, bei einem Kind zuverlässig zwischen einer Diphtherie im Frühstadium und ganz normalen Halsschmerzen zu unterscheiden. Ebenso wenig konnte er gesunde Überträger identifizieren und daran hindern, dass sie sich frei bewegten und die Ansteckung sogar über die Stadtgrenzen hinaustrugen.

Ohne solche grundlegenden Hilfsmittel war die Aufgabe, der Epidemie etwas entgegenzusetzen, umso erdrückender. Jede laufende Nase, jeder Husten musste so behandelt werden, als wäre es der Beginn der Erkrankung. Und das einzige Mittel, das Welch besaß – das Antitoxin, das nach sechs Jahren nur noch schwach wirkte –, war bis auf einundzwanzigtausend Einheiten geschrumpft. Von nun an mussten Welch und Emily im Grunde Gott spielen und entscheiden, wer die lebensrettende Arznei erhielt und wer nicht.

An diesem Donnerstag teilte Welch dem Bürgermeister am frühen Nachmittag mit, seine vorherige optimistischere Einschätzung sei verfrüht gewesen. Wenn die Epidemie sich mit der aktuellen Geschwindigkeit weiter ausbreitete, konnte es noch mehrere Todesfälle geben, bevor die Musher mit den dreihunderttausend Einheiten in Nome eintrafen. „Die Lage ist schlecht", kabelte ein verschreckter Maynard an Thompson in Fairbanks und an Sutherland in Washington. „Die Zahl der Diphtheriefälle steigt stündlich."

Nach den Berichten der Posten des Fernmeldekorps befand sich das Serum mittlerweile knapp dreihundert Kilometer westlich von Nenana und wurde gegen acht Uhr abends in Ruby erwartet. Von dort nach Nome waren es immer noch fast sechshundertfünfzig Kilometer. Wenn alles gut lief, würde es mindestens acht weitere Tage dauern, bis das neue Antitoxin in Nome eintraf.

Wirklich? Maynard hatte die Idee eines Rettungsflugs nie aufgegeben. Zwar hatte Gouverneur Bone sich über ihn hinweggesetzt, ihn aber keineswegs überzeugt. Vor dem Hintergrund von Welchs letztem Bericht und angesichts gewisser Informationen, die er vor kurzem vom Gouverneur erhalten hatte, stellte Maynard sich nun die Frage, ob er nicht ein zweites Mal eine dramatische Rettung aus der Luft vorschlagen sollte.

Einen Tag zuvor hatte der Bürgermeister von Bone erfahren, dass man in mehreren Kleinstädten unweit von Juneau ebenfalls Serum ausfindig gemacht hatte, das nun für den Transport vorbereitet wurde. Diese Charge wog ungefähr fünfeinhalb Kilo. Bone wollte sie mit einem planmäßigen Schiff von Juneau in die Hafenstadt Seward schicken; von dort sollte sie mit der Bahn nach Nenana gebracht und dann von den normalen Postfahrern aufgenommen werden.

Noch gestern hatte es so ausgesehen, als wären die Einheiten in Juneau eine geringfügige Menge im Vergleich zu den dreihunderttausend Einheiten, die bereits unterwegs waren, und den 1,1 Millionen, die am folgenden Samstag mit dem Schiff von Seattle auf die Reise gehen sollten. Jetzt aber, da die Epidemie sich verschärfte, konnte schon die schnelle Lieferung eines Päckchens von fünfeinhalb Kilo für vier bis sechs Kinder, denen ein langsames Ersticken drohte, den Unterschied zwischen Leben und Tod bedeuten. Es war der richtige Augenblick, um sich bei Bone und den Bundesbehörden in Washington noch energischer für einen Rettungsflug einzusetzen, und Maynard wusste auch sofort, welche beiden Männer die Kugel ins Rollen bringen sollten: Thompson und Sutherland. Insbesondere der Journalist hatte begriffen, wie man sich am besten die ungeteilte Aufmerksamkeit der Politiker und Beamten in Washington sicherte: über die Presse.

Deren Interesse zu wecken war einfach gewesen, als die Geschichte publik wurde. Seit dem Tag, an dem die Nachrichtenagentur Associated Press zum ersten Mal über die Epidemie und den Mangel an Antitoxin berichtet hatte, hatten die Morgen- und Abendzeitungen von San Francisco bis New York umgehend und in immer dickeren Lettern darüber informiert. Innerhalb weniger Tage hatte Nome erneut in aller Welt die Fantasie beflügelt – dieses Mal durch den Kampf gegen die mörderische Seuche. WETTLAUF NACH NOME: HUNDE GEGEN DEN TOD titelte beispielsweise das *San Francisco Bulletin*.

Redakteure bombardierten Welch und Gouverneur Bone mit Telegrammen und baten um persönliche Berichte. Welch, der keine Zeit zu verlieren hatte, lehnte verärgert ab. „Ich bin Arzt und kein Journalist", blaffte er. Bone dagegen war zumindest früher einmal Reporter gewesen. Er verfasste wirkungsvolle Berichte für den *International News Service* und sang darin das Loblied auf die Schlittenfahrer, die auf ihrem Weg nach Nome „für die Leidenden litten".

Das Thema gelangte schnell in den Rundfunk. Schon bald stellten die Hörer im ganzen Land ihre Radios auf das „Rennen gegen den Tod" ein, das in den Weiten der riesigen Nordwestecke ihres Kontinents stattfand. Männer wie „Wild Bill" Shannon, Edgar Kallands und Curtis Welch wurden zu Symbolen für Amerikas Hunger nach Helden und Abenteuern.

Und dann, gerade als die Stafette startete, zogen Schneestürme und Starkwind, die zuvor tagelang in Juneau gewütet hatten, in Richtung USA. Sie suchten den Mittleren Westen sowie den Nordosten von Maine bis Georgia heim und ließen die Temperaturen in New York auf ein Rekordtief fallen. Dort herrschten außerhalb der warmen Wohnungen etwa minus zwanzig Grad, und jeder, der aus dem Fenster sah, erhielt einen kleinen Vorgeschmack auf das Leben in der Arktis. Ironischerweise war auch Manhattan vom Eis eingeschlossen. Der Hudson River war zugefroren, Boote und Fähren lagen zwischen den Eisschollen fest. Die New Yorker, denen bei minus zwanzig Grad schon nicht mehr richtig warm wurde, konnten sich somit eine ungefähre Vorstellung davon machen, was das Fahren mit dem Hundeschlitten bei minus fünfzig Grad bedeutete, noch dazu in der Einsamkeit und meist in dunkler Nacht. In den Wohnzimmern der ganzen Vereinigten Staaten verfassten Zeitungsleser nun Briefe und Gedichte zu Ehren der Männer und Hunde, die sich an der Stafette beteiligten.

Maynard begriff, welchen Reiz diese Geschichte vom Kampf des Menschen gegen die Natur barg. Er wusste, dass die Musher jedes Wort des Lobes und der Aufmerksamkeit verdienten, das ihnen im ganzen Land zuteil wurde. Er wusste aber auch, dass Alaska dringend den Schritt ins moderne Zeitalter tun musste. Es brauchte moderne Kommunikations- und Verkehrsmittel. Wenn das nächste Mal einer Stadt Gefahr drohte, würde man sich nicht mehr auf eine veraltete „Technologie“ der Ureinwohner verlassen müssen.

Maynard, Thompson und Sutherland hatten indes noch ein anderes Motiv. Sie waren es einfach leid, ständig von der Bundesregierung ignoriert zu werden. Schließlich konnte man mit Fug und Recht behaupten, dass die Behörden in Washington sich, seit die USA Alaska 1867 von Russland erworben hatte, kaum noch um das Territorium gekümmert hatten. Welch hatte Serum angefordert. Seine Bestellung war übergangen worden.

Wenn es erst in Nome zur Krise kommen musste, damit die Aufmerksamkeit des gesamten Landes sich auf die Notlage in ganz Alaska richtete, dann musste es eben so sein. Mit einer aggressiven Welle von Telegrammen und Exklusivberichten bedrängte Maynard Nachrichtenagenturen, Zeitungen und Institutionen überall in den Staaten. „Helfen Sie sofort!“, bettelte er in einem Telegramm an Associated Press.

> Was Nome jetzt braucht, ist Hilfe durch ein Flugzeug mit Antitoxinserum, nicht für Abenteurer, sondern insbesondere für Kinder, für das junge Amerika von morgen. Bitte veranlassen Sie Uncle Sam, ein Flugzeug von Fairbanks zu senden. Freiwillige haben sich bereit erklärt, in vier Stunden nach Nome zu fliegen und die dort herrschende gefährliche Lage zu lindern. Von Juneau aus losgeschicktes Antitoxin müsste am 3. Februar in Nenana eintreffen, und wenn man es von dort aus mit dem Flugzeug nach Nome transportiert, wird es den Hundegespannen um mehrere Tage zuvorkommen, was die Rettung vieler Menschenleben bedeuten kann. Gestern sah alles günstig aus, aber heute hat sich die Lage ins Gegenteil verkehrt. Dr. Welch verfügt nur noch über eine einzige vollständige Dosis Antitoxin, und die ist sechs Jahre alt.

Welch besaß zwar noch etwas mehr als eine Dosis, doch bald druckte fast jede amerikanische Zeitung Maynards Hilferuf ab, meist auf den Titelseiten und mit einer auffälligen Schlagzeile. Die *New York Sun* meinte, eine Rettungsaktion aus der Luft sei „der größte humanitäre Dienst, den ein Flieger jemals in Friedenszeiten geleistet hat".

In Washington begann man sofort, die Einstellung zu dem vorgeschlagenen Rettungsflug neu zu überdenken.

ALS ERSTER Politiker wurde wieder der Abgeordnete Sutherland tätig. Er bat das Justizministerium offiziell um die Genehmigung für Roy Darling, mit einem Flugzeug von Fairbanks aus zu starten. Die Erlaubnis wurde erteilt. Anschließend wandte er sich an die staatliche Gesundheitsbehörde und drängte sie, die Möglichkeit eines Rettungsflugs nach Nome zu prüfen. In der Behörde schien man der Idee aufgeschlossen gegenüberzustehen. Als Nächstes kabelte Sutherland die gute Nachricht an Thompson und Maynard.

Aber der Bürgermeister war durch die Nachrichten aus Washington nicht sonderlich beruhigt. Am folgenden Tag – es war Freitag, der 30. Januar – hatten sich Maynards Befürchtungen noch verschlimmert. In der Nacht hatte es einen weiteren Todesfall gegeben, sodass nun seit dem Ausbruch der Epidemie am 20. Januar fünf Opfer zu beklagen waren.

Dr. Welch und Emily Morgan betreuten jetzt insgesamt 22 Patienten und dreißig Verdachtsfälle. Nach den Aufzeichnungen des Arztes hatten mindestens 55 Personen engen Kontakt mit einem der Erkrankten gehabt. Zu den schwersten Fällen gehörte die kleine Tochter eines Bergarbeiters. Die Membran bedeckte bei ihr beide Seiten des Rachens, und sie hatte vierzig Grad Fieber. Welch gab ihr sechstausend Einheiten Serum, womit sein Vorrat auf dreizehntausend schrumpfte.

Nachdem Maynard von dem neuen Todesfall erfahren hatte, eilte er erneut in das Büro des Fernmeldekorps und richtete das nächste Telegramm an die Handelskammer von Seattle. Er wollte, dass die Geschäftsleute dieser Stadt ihren Einfluss in Washington geltend machten, damit in Seattle ein Flugzeug bereitgestellt wurde und die 1,1 Millionen Einheiten des Serums transportierte, die eigentlich am nächsten Tag mit der *Alameda* nach Seward auf den Weg gebracht werden sollten. Mit einem Flugzeug konnte das Serum innerhalb von 72 Stunden in Nome sein.

Die Geschäftsleute nahmen den Vorschlag auf und schickten ein Telegramm an den Vertreter ihrer Kammer in Washington. Darin baten sie ihn, sich einen Termin beim Leiter der US-Luftstreitkräfte zu verschaffen.

Diese hatten erst ein Jahr zuvor mithilfe der Marine den ersten erfolgreichen Flug rund um die Welt durchgeführt und dabei die Langstreckenflugzeuge Douglas World Cruisers mit einer Flügelspannweite von 15 Metern und einer Reisegeschwindigkeit von 145 Stundenkilometern verwendet.

Die Kammer forderte, einer der beteiligten Flieger, Leutnant Erik Nelson, solle das Serum nach Nome bringen. Nelson, der auch zu der Staffel gehört hatte, die 1920 von New York über Fairbanks nach Nome geflogen war, hatte in einem Douglas World Cruiser weit größere Erfolgschancen als Darling in einem mickrigen Flugzeug der Fairbanks Airplane.

Der vorgeschlagene Flug – Nelson sollte vom bundeseigenen Flugplatz Sand Point nördlich von Seattle starten – würde ein bahnbrechendes Ereignis darstellen: Es wäre ein Rettungsflug und gleichzeitig der längste Postflug in der Geschichte der Vereinigten Staaten.

Die Presse erkannte die große Bedeutung des Vorhabens und wandte sich sofort an Experten, die über die Durchführbarkeit diskutieren sollten. Zeitungen fragten beim Kommandanten von Sand Point nach. Er bestätigte den Journalisten gegenüber, ein entsprechend ausgerüstetes Flugzeug mit großer Reichweite könne Nome von Sand Point aus schneller erreichen als eine der kleineren Maschinen aus Fairbanks. „Dennoch wirft der Flug von Seattle nach Nome große Schwierigkeiten auf, da die Möglichkeit, Landungen durchzuführen und den Treibstoffvorrat aufzufüllen, auf dem Weg nach Norden praktisch gleich null ist."

Derweil setzte Sutherland seine Überzeugungsarbeit fort, das Serum von Juneau aus einfliegen zu lassen. Einen Trumpf hatte er noch im Ärmel behalten: William Thompson in Fairbanks. Für den Fall, dass das Kriegsministerium Maynards Bitte um ein Flugzeug ablehnte, hatte Sutherland bereits an den Journalisten telegrafiert, er solle Vorbereitungen für einen Flug treffen. „Ich schlage vor, Darling einen Alaska-Veteranen mitzugeben, der den Weg kennt", ließ er Thompson wissen.

Dieser versammelte eine Mannschaft freiwilliger Mechaniker um sich und gab ihnen die Anweisung, die *Anchorage* auf Vordermann zu bringen. Anschließend begab er sich auf die Suche nach einem Mechaniker, der Darling während des Flugs unterstützen sollte, und stieß dabei auf Ralph Mackie aus Anchorage, der bereits beim Königlichen Fliegerkorps in Kanada geflogen war.

Inzwischen hatte auch ein ehemaliger Kriegspilot, der im Landesinneren unterwegs war, von der Epidemie erfahren. In einem Telegramm teilte er Thompson mit, seine nächste Station sei die Kleinstadt Ruby an der Postroute und er werde dort warten, um Darling nach seiner Landung beim Auftanken zu helfen. In Ruby gab es einen Vorrat an Flugbenzin, den die Armee 1920 für die Piloten der Flugexpedition von New York nach Nome dort zurückgelassen hatte. Der frühere Kriegspilot konnte das Benzin in Kanister abfüllen und alles für einen schnellen Weiterflug vorbereiten.

Zum ersten Mal erschien der Flug als realistische Möglichkeit: Das Flugzeug wurde bereits überholt, und Darling hatte einen Kopiloten, der das Land kannte. Selbst die Temperatur war um fast sechs Grad angestiegen und lag jetzt bei minus 39 Grad. Noch aber musste man zuerst an das Serum herankommen, sonst waren alle Vorbereitungen vergeblich.

Thompson und Sutherland setzten Gouverneur Bone weiterhin unter Druck und drängten ihn, den Flug zu genehmigen. Doch er lehnte ab. Daraufhin wandten sie sich an Ed Wetzler, der in Nenana für den reibungslosen Ablauf der Stafette zuständig war, und verlangten von ihm, er solle die Einheiten aus Juneau übergeben, sobald sie mit dem Zug eintrafen. Wetzler weigerte sich entschieden. Er fühlte sich weiterhin dem Gouverneur verpflichtet. Und selbst die staatliche Gesundheitsbehörde, die Bones Entscheidung offensichtlich anzweifelte, wollte ihn nicht zurückpfeifen und verlangte nur, der Gouverneur solle „nach eigenem Ermessen handeln".

Der Redakteur des *News-Miner* war wieder einmal fuchsteufelswild.

> Nome erwartet aus Fairbanks das LEBEN, und wenn der Amtsschimmel nicht allzu sehr dazwischenkommt, wird Fairbanks fast ohne Verzögerung in Nome sein. Fairbanks steht bereit, aber es ist gefesselt. Es schlägt mit den Flügeln und will seinen Freunden zu Hilfe eilen, aber es wird daran gehindert.

BONE wollte sich nicht beugen. Trotz ungeheuren Drucks und immer zahlreicheren Forderungen seitens der Presse nach einer dramatischen Luftrettungsaktion blieb er bei seiner Entscheidung. In einem Telegramm wies er Wetzler an, das Päckchen mit dem Serum aus Juneau unter keinen Umständen irgendjemandem auszuhändigen. Es sollte in Nenana bleiben, bis ein Postgespann es mitnehmen konnte.

Aber wenn Bone als ehemaliger Reporter über etwas Bescheid wusste, dann über die öffentliche Meinung. Wenn er einfach nur weiter seinen Kurs verfolgte, würde er sich im besten Fall den Vorwurf der Halsstarrigkeit zuziehen, im schlimmsten Fall würde man ihn sogar der kaltschnäuzigen Missachtung menschlichen Lebens bezichtigen. Außerdem konnte Nichtstun in Nome großen Schaden anrichten. Wenn die Epidemie sich mit der Geschwindigkeit ausbreitete, von der Maynard berichtet hatte, musste die Stafette beschleunigt werden.

Der Gouverneur rief seinen Assistenten zu sich und teilte ihm mit, er wolle für den letzten Abschnitt der Strecke von Nulato nach Nome mit den dreihunderttausend Einheiten des Serums zusätzliche Fahrer einsetzen. Dazu brauchte er die Hilfe von Mark Summers, dem Direktor der Goldgesellschaft in Nome.

Es war eine gewagte Entscheidung. Letztlich riskierte Bone damit, den wichtigsten Mann der Stafette auszubooten: Seppala. Und Summers, dessen Vorgesetzter, sollte die unangenehme Aufgabe übernehmen, ihm das mitzuteilen.

Die Begründung für den Strategiewechsel war durchaus plausibel. Seppala war zwar der schnellste Schlittenfahrer in Alaska, aber nach dem ursprünglichen Plan sollte er hin und zurück jeweils über fünfhundert Kilometer zurücklegen. Trotz aller Fähigkeiten konnte er unmöglich so schnell sein wie frische Fahrer, die jeweils nur eine kurze Strecke zurücklegten und das Serum dann an jemand anders weitergaben.

Andererseits war Seppala nach wie vor der geeignetste Fahrer für eine Überquerung des Norton-Sunds, eine gefährliche Abkürzung, die aber mindestens einen Tag einsparte. Um diesen Teil des ursprünglichen Plans beizubehalten, musste Seppala benachrichtigt werden, dass er nicht den ganzen Weg nach Nulato zu fahren hatte, sondern irgendwo in der Nähe von Shaktoolik an der Südküste des Meeresarms auf den ihm entgegenkommenden Musher mit dem Serum warten sollte.

Das Problem dabei war die Tatsache, dass es keinerlei Möglichkeit mehr gab, mit Seppala in Verbindung zu treten. Die Telefonleitungen reichten von Nome nur bis nach Solomon, das etwa achtzig Kilometer östlich der Stadt lag. Außerdem waren die Dörfer entlang der Küste nicht an das System des Fernmeldekorps angeschlossen. Wenngleich der neue Plan immer noch davon ausging, dass Seppala die gefährliche Route über den Norton-Sund wählen würde, hing er doch davon ab, dass der nach Norden fahrende Musher Seppala auch traf. Bei Wind und Schneesturm konnten sich zwei in entgegengesetzter Richtung befindliche Gespanne leicht verpassen.

Trotz allem war Bones Befehl zu befolgen. Sofort machte Summers Ed Rohn ausfindig, der dadurch bekannt geworden war, dass er Seppala einmal in einem Schlittenrennen besiegt hatte, und wies ihn an, die 34 Kilometer nach Port Safety zu fahren und dort in dem Roadhouse auf weitere Anweisungen zu warten. Dann rief Summers bei den Hundezwingern in Little Creek an und ließ Gunnar Kaasen ans Telefon holen, einen weiteren Schlittenfahrer der Firma Hammon. Er sollte ebenfalls ein Gespann zusammenstellen und sich zu der Bergbausiedlung Bluff aufmachen, die rund fünfzig Kilometer östlich von Safety lag.

Kaasen eilte zu den Zwingern und fing an, den noch verbliebenen Hunden das Geschirr anzulegen. Seppala hatte vor seiner Abreise erklärt, falls Hammon für geschäftliche Zwecke ein Gespann brauche, solle man den Husky Fox als Leithund nehmen. Kaasen, der im Sommer auf den Goldfeldern eng mit Seppala zusammenarbeitete, hatte aber immer einen anderen Hund bewundert. Dieser war für einen sibirischen Husky recht stämmig und mit Ausnahme eines weißen rechten Vorderbeins schwarz wie die Nacht. Er hieß Balto.

Kaasen machte ein Tier nach dem anderen an der Gangline fest. Als es an der Zeit war, den Leithund einzuspannen, setzte er sich über Seppalas Anweisung hinweg und bestimmte Balto für diese Position. Es war eine Entscheidung, die das Verhältnis zwischen den beiden Kollegen von nun an für alle Zeiten belasten sollte.

Nach seiner Ankunft in Bluff sollte Kaasen den Inhaber des dortigen Roadhouse in das Vorhaben einbeziehen: Charles Olson, ein altgedienter Schürfer, sollte seine Hunde einspannen, vierzig Kilometer nach Osten zum Handelsstützpunkt Golovin fahren und dort auf das Serum warten.

Während die Fahrer sich bereitmachten, ihre Positionen einzunehmen, erreichte Summers über das Netz des Fernmeldekorps den Ladeninhaber in Unalakleet und sagte ihm, er solle „keinen Aufwand scheuen", um entlang dem Trail weitere Gespanne zu postieren. Daraufhin wurden zwei weitere Fahrer in Stellung gebracht, einer in Unalakleet und einer etwa sechzig Kilometer entfernt bei Shaktoolik an der Küste.

Insgesamt beteiligten sich jetzt zwanzig Männer und rund hundertfünfzig Hunde an dem Wettlauf zur Rettung von Nome. Was Seppala anging, so konnte man nichts anderes tun, als die neuen Musher auf der Strecke darauf aufmerksam zu machen, dass sie nicht nur das Serum in Richtung Nome transportieren, sondern auch nach dem Norweger und seinem Gespann Ausschau halten sollten. Wenn sie ihm begegneten, sollten sie ihn anhalten und ihm das Serum übergeben. Summers hatte bereits berechnet, dass die wahrscheinlichste Stelle für eine solche Übergabe irgendwo in der Nähe von Shaktoolik lag.

Nachdem die neuen Pläne umgesetzt waren, konnte Bone nicht viel mehr tun, als zu warten. Eines war ihm vermutlich klar: Sollten die Hunde ihre Aufgabe nicht erfüllen, würde er angesichts seiner hartnäckigen Weigerung, einen wagemutigen Rettungsflug zu genehmigen, teuer dafür bezahlen müssen.

ZWEI Tage zuvor, am Mittwoch, dem 28. Januar, hatte der junge Edgar Kallands seine Etappe hinter sich gebracht. Er hatte das Serum von dem erschöpften „Wild Bill" Shannon übernommen und mit relativ wenigen Pannen nach Manley Hot Springs transportiert. Die Temperatur lag bei entsetzlichen minus 49 Grad, und laut einem Zeitungsbericht waren Kallands' behandschuhte Finger am Griff des Schlittens festgefroren. Die Fahrt von Tolovana hatte mehr als fünf Stunden gedauert, und der Inhaber des Roadhouse musste heißes Wasser auf den Holm aus Birkenholz gießen, um Kallands loszueisen. Dieser übernachtete in Manley, sodass ihm und den Hunden endlich die dringend benötigte Ruhepause zuteil wurde. Anschließend machten sie sich auf den 87 Kilometer langen Heimweg nach Tanana. Dort wurden Kallands und die übrigen Bewohner der kleinen Siedlung telefonisch über das weitere Schicksal des Serums auf dem Laufenden gehalten, und zwar dank der alten Telegrafenleitungen zwischen Tanana und Ruby, die das Fernmeldekorps nach der Umstellung auf drahtlose Kommunikation aufgegeben hatte.

Im Verlauf der nächsten beiden Tage, an denen die Musher die Stafette durch das Landesinnere fortsetzten, hörte man die Namen weiterer Athabasken durch die Leitung knacken: Sam Joseph, Titus Nickolai, Dave Corning, Harry Pitka, George und Edgar Nollner.

AM FREITAG, dem 30. Januar, wartete der 22-jährige Charlie Evans, der zwölfte Fahrer der Stafette, gegen drei Uhr morgens in Bishop Mountain. Aus der Ferne hörte er, wie sich ein Hundegespann näherte. Der Musher war George Nollner, ein enger Freund von Evans; er summte ein Liebeslied der Athabasken und war mit den Gedanken bei der Frau, die er einige Tage zuvor geheiratet hatte. Er hatte sich die Etappe zwischen Whiskey Creek und Bishop Mountain mit seinem älteren Bruder Edgar geteilt, um das Serum noch schneller befördern zu können. Als er eintraf, wickelten die beiden Männer das Päckchen aus und gingen in die Hütte, um sich an den Ofen zu setzen und das Serum aufzuwärmen. Fast eine Stunde blieben sie in der Hütte, aus Sorge, die immer weiter sinkenden Temperaturen könnten die Arznei einfrieren lassen und nutzlos machen.

Im Laufe des vergangenen Tages war es geringfügig wärmer geworden, aber das war nur eine vorübergehende Milderung gewesen. In den frühen Morgenstunden hatte eine Besorgnis erregende Kälte eingesetzt. Wenn Evans vor der Hütte zum Himmel blickte, konnte er die grünen und weißen Nordlichter sehen, die in der Höhe ihren anmutigen, langsamen Tanz aufführten. Wie viele Musher, so war auch Evans mütterlicherseits ein halber Athabaske. Für viele Indianer waren Nordlichter die Fackeln von Geistern, die Reisenden auf ihrem Weg in den Himmel die Richtung wiesen. Demnach brauchte man nur zu pfeifen, und schon kamen einem die Geister vom Himmel herab zu Hilfe. Evans wusste freilich, dass er sich nicht in falscher Sicherheit wiegen durfte. Die Temperatur lag bei minus 52 Grad.

Evans' Etappe sollte in Bishop Mountain beginnen, einer Fischersiedlung am Nordufer des Yukon. Der Musher kannte jede Windung dieses Flussabschnitts, denn im Sommer steuerte er ein Boot, mit dem er neben dem Yukon auch den Koyukuk befuhr, einen Nebenfluss. Die beiden Flüsse vereinigten sich zehn Kilometer westlich von Bishop Mountain bei Koyukuk, Evans' Heimatdorf. Sein Vater betrieb in der kleinen Siedlung einen Laden, und im Winter half Charlie mit, Pelze und andere Waren mit dem Hundeschlitten zu transportieren.

Als er sich schließlich auf die rund fünfzig Kilometer lange Etappe nach Nulato begab, war es halb fünf Uhr morgens. Da er die ganze Nacht wach geblieben war und auf Nollner gewartet hatte, war Evans bereits ein wenig müde. Nach nur 16 Kilometern begannen die Schwierigkeiten. An der Stelle, wo der Koyukuk in den Yukon mündete, war das unter Druck stehende Wasser durch das Eis gebrochen, und der Trail war fast einen Kilometer weit von Overflow bedeckt. Den Hunden gelang es zwar, das offene Wasser zu meiden, aber der relativ warme Dampf, der vom Fluss aufstieg, ließ eine dichte, flauschige Wand aus Eisnebel entstehen. Er reichte dem Musher bis zur Hüfte und verschluckte sowohl die Hunde als auch den Schlitten.

Evans fuhr blind durch den Nebel und war dankbar, als dieser sich so weit senkte, dass er vor sich wenigstens die Schwanzspitzen der Hunde und ihre hüpfenden Köpfe sehen konnte. Ihm blieb nichts anderes übrig, als auf den Kufen stehen zu bleiben, sich bei Unebenheiten festzuhalten und „die Hunde laufen zu lassen". Viele Huskys hätten in dem blendenden Weiß vor Schreck angehalten, aber Evans' Tiere „hatten einen sechsten Sinn und wussten anscheinend ganz genau, was ich dachte". Eine leichte Brise war aufgekommen, die die Luft noch kälter erscheinen ließ, und Evans wurde allmählich steif von den Temperaturen. Der Wind wirbelte an den frei liegenden Stellen des steilen Ufers den Sand auf. Wenn ein Musher bei solchem Wetter die Sandkörner ins Gesicht bekam, fühlten sie sich an wie kleine Glasscherben.

Evans näherte sich dem Dorf Koyukuk, wo sein Vater angestrengt nach dem Geräusch des nahenden Schlittens lauschte. Als er das Knirschen der Kufen auf dem kalten Schnee hörte, lief er nach draußen ans Ufer und drängte seinen Sohn, er solle eine Pause machen, hereinkommen und sich aufwärmen.

„Ich kann nicht anhalten!“, rief Evans vom Fluss herauf. „Die Hunde wären kaum wieder aufzuwecken.“

Acht Kilometer hinter Koyukuk machte der Fluss eine Biegung von neunzig Grad nach Südsüdwesten und verlief dann an einem dicht bewaldeten Bergrücken entlang, der sich dreihundert Meter über dem Wasser erhob. Nach Nulato waren es noch 16 Kilometer.

Eine Weile, nachdem Evans seinen Vater hinter sich gelassen hatte, verfärbten sich die Hinterbeine seiner beiden Leithunde blau und schwollen dick an; an den Stellen, wo das Geschirr Fell und Haut durchgescheuert hatte, waren sie von der Kälte verbrannt. Beide hatten schwere Erfrierungen erlitten. Die Tiere stolperten weiter, bis einer der Leithunde plötzlich zu Boden fiel. Dann stürzte auch der zweite. Das Gespann blieb stehen, und der durchgefrorene Musher taumelte nach vorn. Beide Hunde waren schwer verletzt. Evans hatte keine andere Wahl, als sie in den Schlittenkorb zu setzen. Dann stellte er sich vor das Gespann, legte sich das Geschirr über die Schulter und half den übrigen Hunden, den Schlitten das letzte Wegstück bis nach Nulato zu ziehen.

Kurz vor zehn Uhr vormittags sah er vor sich mitten im Fluss die Silhouette der Nulato-Insel, und kurz dahinter lag rechts der Ort. Sobald er ihn erreicht hatte, trug Evans die Leithunde in das Roadhouse und legte sie neben dem Ofen ab. Beide waren tot. Als man ihn fünfzig Jahre später nach dieser Fahrt befragte, erwiderte Evans nur: „Es war wirklich kalt.“

DAS SERUM war inzwischen drei Tage per Schlitten unterwegs und hatte knapp sechshundert Kilometer zurückgelegt. Über fünfhundert lagen noch vor ihm, und die Aufgabe, es weitere sechzig Kilometer in Richtung Nome zu transportieren, lag nun bei dem Athabasken Tommy Patsy, der sich einige Jahre zuvor einen Namen gemacht hatte, weil er an einer der letzten Jagden auf Grislibären mit dem Speer teilgenommen hatte.

Etwa eine halbe Stunde nachdem Evans angekommen war, befestigte Patsy das Serumpaket auf seinem Schlitten und machte sich mit den besten Hunden des Dorfes auf den Weg. Die Route verlief entlang dem Fluss in südwestlicher Richtung nach Kaltag, das auf einem Steilufer oberhalb des Yukon lag. Dort verließ der Trail den Fluss und zog sich über das Gebirge, wo das Wetter schlechter wurde. Kaltag war Ausgangspunkt einer 146 Kilometer langen Bergstrecke vom Landesinneren zur Küste des Beringmeers. Am anderen Ende der Etappe, in der Eskimosiedlung Unalakleet, verließ die Stafette das Landesinnere mit seinem kalten, aber relativ ruhigen Wetter und hatte es nun mit den unberechenbaren Bedingungen an der Küste zu tun. Das Serum hatte die größte Bewährungsprobe noch vor sich: die Überquerung des Norton-Sunds.

Die Eisfabrik

Die Bewohner Alaskas bezeichneten ihn als „Eisfabrik“. Der Norton-Sund ist ein unwirtlicher Arm des Beringmeers, der rund zweihundertvierzig Kilometer lang und an der weitesten Stelle über zweihundert Kilometer breit ist. Aus der Ferne sieht er aus wie eine endlose Fläche aus festem, bis zum Horizont reichendem Eis. Aber dieser Eindruck täuscht: Je näher man kommt, desto stärker fällt auf, dass das Eis sich in einem Zustand der ständigen Veränderung befindet. Riesige Schollen brechen plötzlich ab und treiben hinaus aufs Meer, oder eine lange, schmale Wasserrinne öffnet sich und wird breiter. Je nach Temperatur, Wind und Strömung kann das Eis die verschiedensten Formen annehmen: eineinhalb Meter hohe Hügel, spiegelblanke Flächen oder eine ununterbrochene Linie aus Presswällen, die wie quer über den Meeresarm verlaufende Bergketten aussehen. Selbst bei jenen, die ihren Wagemut auf dem Eis bereits unter Beweis gestellt hatten, galt der Norton-Sund als das gefährlichste Gelände von allen.

Hinzu kam der Wind. Er heulte am Sund praktisch ununterbrochen, und das Leben an der Küste war ein ständiger Kampf gegen eine Kraft, die einem bei jedem Schritt und jeder Tätigkeit das Leben schwer machte. Wehte der Wind aus Osten, gaben die Menschen besonders Acht. Das Gelände bildete sehr wirkungsvolle Windkanäle, und die Böen pfiffen die Abhänge hinunter und durch die Flusstäler, bevor sie mit Geschwindigkeiten von über hundertzehn Stundenkilometern auf den Sund hinaustobten.

Sie konnten einen Schlitten umwehen, den Fahrer von den Kufen werfen und eine Kälte von bis zu minus 75 Grad entstehen lassen. Noch beängstigender war eine andere Wirkung des Ostwinds: Das Eis, das sich von der Küste auf das Wasser ausdehnte, brach häufig ab und wurde in großen Schollen aufs offene Meer getrieben.

AM FRÜHEN Morgen des 31. Januar – es war Samstag und der vierte Tag der Stafette – standen zwei Männer auf den entgegengesetzten Seiten des Norton-Sunds, ohne etwas voneinander zu wissen: der Eskimo Myles Gonangnan und Leonhard Seppala. Beide beobachteten das Eis und die Windverhältnisse. Und beide hatten eine Entscheidung zu treffen. Sie konnten die Strecke über den Sund nehmen und damit viel Zeit sparen oder aber sich an den sicheren Weg entlang der Küste halten, der sich um den ganzen Meeresarm herumzog. Für beide Männer hing die Entscheidung nicht von Mut oder Durchhaltevermögen ab, sondern einzig und allein von den Windverhältnissen.

Während der letzten Tage hatte auflandiger Wind geherrscht, der das Wasser des Beringmeers hereingedrückt und den Wasserspiegel im Sund hatte steigen lassen, sodass das Eis schwächer geworden war. Solange der Wind weiterhin aus dieser Richtung wehte, bestand kaum Grund zur Beunruhigung. Das Eis würde zwar weiterhin aufbrechen, wie immer, aber nur in Richtung Küste treiben. Irgendwann in der Nacht hatte der Wind jedoch gedreht. Er kam jetzt aus Nordosten von der Küste und frischte merklich auf.

Kurz vor fünf Uhr morgens hatte Gonangnan das Serum in Unalakleet von Victor Anagick übernommen, ebenfalls einem Eskimo, der die Etappe von der *Old-Woman*-Schutzhütte übernommen hatte. Während er es nun im Laden von Unalakleet neben dem eisernen Ofen aufwärmen ließ, untersuchte Gonangnan die Verhältnisse am Norton-Sund. Er würde entscheiden müssen, ob er den Trail in nordöstlicher Richtung in die Hügel oder die Abkürzung über das Eis nahm. Diese Route verlief mehrere Kilometer von der Küste entfernt im Schatten der Felseninsel Besboro.

Die kürzeste Strecke überhaupt wäre quer über den Sund gegangen, also nordwestlich in gerader Linie nach Nome. In der Mitte des Meeresarms befand sich jedoch eine große offene Wasserfläche, eine so genannte Polynya, die durch ständige Wasserwirbel nahezu das ganze Jahr über eisfrei war. Eis, das sich in ihrer Nähe bildete, wurde durch Wind und Strömung zur Kante getrieben, wo es sich verfestigte und sich anschließend mit dem nach

Süden treibenden Packeis des Beringmeers verband. Dabei entstand ein entsetzliches knirschendes Geräusch wie von riesigen Bulldozern, die ihre stählernen Schaufeln über Beton ziehen.

Gonangnan betrachtete das riesige Eisfeld, das krachte und stöhnte, und im Mondlicht konnte er sehen, wie die ganze Fläche sich ein wenig hob und senkte. Unter ihr rollten die Meereswellen. In der Ferne war offenes Wasser zu erkennen. Von weißen Wellenbergen sprühte die Gischt, Eisschollen rumpelten und zerbrachen. Vom düsteren Himmel blinzelten die Sterne ungewöhnlich klar. In Gonangnans Rücken wurde der Wind immer stärker, die Böen folgten nun häufiger aufeinander. Es waren eindeutige Vorzeichen: Ein Unwetter braute sich zusammen und konnte an der Küste innerhalb der nächsten 24 bis 48 Stunden mit voller Kraft losbrechen. Die Frage war nicht, ob das Eis aufbrechen würde, sondern nur, wann. Gonangnan würde es nicht riskieren, die Abkürzung zu nehmen.

Er ging wieder in den Laden, nahm das Serum und zurrte das Päckchen auf seinem Schlitten fest. Gegen halb sechs machte er sich in Richtung der Hügel hinter Unalakleet auf den Weg.

Ein paar Stunden später traf Seppala auf der anderen Seite des Meeresarms seine Entscheidung, ohne zu wissen, dass die Pläne für die Stafette sich geändert hatten: Er wollte den Sund überqueren.

AUF DEN ersten zwanzig Kilometern hinter Unalakleet verlief der Trail an Land parallel zur Küste über eine Reihe von Hügeln mit nackten Abhängen und scharfen Windungen, ehe er noch einmal kurz an die Küste zurückführte. Bei auffrischendem Wind überquerte Gonangnan die spiegelglatte Fläche der Lagune hinter Unalakleet. Dann wandte er sich landeinwärts in die Hügel, und es ging bis auf eine Höhe von knapp hundert Metern stetig bergauf. Beim steilen Anstieg musste Gonangnan den Schlitten abwechselnd im Laufen schieben und sich, auf den Kufen stehend, vom Boden abstoßen. Es hatte kurz zuvor geschneit, und infolge des Windes waren auf dem Trail große Schneeverwehungen entstanden, durch die sich die Hunde hindurchkämpfen mussten. Im tiefen Schnee ging es nur langsam voran. Die Tiere wühlten darin, ohne noch Zugkraft zu erzeugen. Gonangnan ließ das Gespann anhalten, befahl den Hunden, sich in den Schnee zu kauern, und schnallte seine Schneeschuhe an, um den Weg frei zu machen.

Das war eine langsame, mühsame Arbeit. Der Fahrer musste den Schlitten verankern, die Handschuhe ausziehen, die Schneeschuhe anlegen und dann auf dem Trail so lange hin- und herlaufen, bis er den Schnee ausreichend festgetreten hatte und die Hunde weiterkamen. Auf leichteren Streckenabschnitten stieg er auf die Schlittenkufen und ließ sich ziehen, um wieder zu Atem zu kommen. Auf einem schlechten Teilstück musste man häufig dreimal vor- und zurücklaufen, bevor der Boden für die Hunde hart genug war.

Gonangnan brauchte mehrere Stunden, bis er endlich zu der verlassenen Fischersiedlung an der Stelle kam, wo der Trail wieder die Küste erreichte. Er war jetzt fünf Stunden unterwegs und hatte erst knapp zwanzig Kilometer hinter sich – entsetzlich wenig. Nachdem er in einer der aufgegebenen Hütten ein kleines Feuer entzündet hatte, stellte er das Serum daneben. Das Schlimmste kam erst noch, das wusste er genau. Mit jeder Stunde, die verging, wurde der Wind draußen stärker.

Von der Fischersiedlung zog sich der Trail rund acht Kilometer auf und ab über steile Bergrücken, bis er schließlich die Blueberry Hills erreichte. Deren Gipfel ist dreihundert Meter hoch, und der Anstieg zu dieser exponierten höchsten Stelle galt als einer der schwierigsten auf dem ganzen Weg nach Nome. Er forderte von Hunden und Fahrer das letzte Quäntchen Energie. Am Ende des Bergrückens wandte der Trail sich scharf nach Westen und zog sich anschließend über rund fünf Kilometer steil bergab an den Strand, wo dann der letzte Abschnitt nach Shaktoolik folgte.

Nachdem er sich und das Serum rund eine Viertelstunde lang aufgewärmt hatte, machte Gonangnan sich wieder auf den Weg und nahm den beschwerlichen Aufstieg in Angriff. Während der nächsten Stunden wechselte er ständig die Position: Einmal lief er hinter dem Schlitten her, dann wieder stellte er sich auf die Kufen. In dem wechselnden Gelände musste er ständig in Bewegung bleiben und wachsam sein. Wenn ein Gespann bergauf fährt, rutscht der Schlitten ständig zur Seite und bergab. Der Fahrer muss ununterbrochen gegen die Schwerkraft ankämpfen. Mit gebeugten Knien, die Hände am Schlitten festgeklammert, stößt er sich mit den Füßen kräftig ab und versucht, das Gefährt hinter den Hunden in der Spur zu halten. Steht er auf dem Schlitten, verlagert er sein ganzes Gewicht auf die bergseitige Kufe, um dort ein wenig mehr Reibung zu erzeugen. Auch die Hunde kämpfen gegen das Abrutschen des Schlittens, und dabei fällt den Wheel-Dogs die Hauptlast zu. Jedes Mal, wenn der Schlitten abrutscht, reißt er sie fast um, und sie müssen sich mit den Pfoten in den Schnee stemmen, um wieder festen Stand zu gewinnen.

Als Gonangnan sich zum Gipfel hinaufkämpfte, blies ihm der Wind ins Gesicht, wirbelte Wände von Schnee auf und wehte sie quer über den Trail.

Wie Gonangnan sich später erinnerte, „wehte es so heftig, dass Wirbel aus Schneeflocken zwischen den Beinen und unter dem Bauch der Hunde kreisten, sodass es aussah, als durchquerten sie ein schnell fließendes Gewässer".

Plötzlich schloss sich die Welt um ihn. Es war ein so genannter *Whiteout*. Der Horizont schien zwischen dem bewölkten Himmel des herannahenden Unwetters und der endlosen weißen Hügelreihe zu verschwinden. Die durcheinander gewürfelten Eisbrocken auf dem Norton-Sund waren nicht mehr zu erkennen. Alle Orientierungspunkte waren verschwunden. Es war das Schwindelgefühl des Nordens, ein körperliches Erlebnis, das mit nichts anderem zu vergleichen ist: Da keinerlei Schattierungen und Umrisse mehr existieren, verliert man das Gleichgewicht. Der Schlittenfahrer kann auf dem Trail nicht mehr unterscheiden, ob ein Loch oder ein Buckel vor ihm liegt, und ebenso wenig weiß er, ob die Hunde vielleicht eine falsche Wendung gemacht haben und auf die Kante des Bergrückens zusteuern.

Das Gespann schwenkte scharf nach Westen, und der Schlitten beschleunigte. Die Abfahrt in Richtung Strand hatte begonnen. Auf dieser Wegstrecke war man zwar vor dem Wind geschützt, aber sie war wegen ihrer Vereisung berüchtigt, und die Fahrer trafen in der Regel besondere Vorbereitungen, bevor sie sich bergab in Bewegung setzten. Sie banden einige Hunde von den Zugleinen los und begannen die Abfahrt mit dem Fuß auf der Bremse. Manche wickelten auch Ketten um die Kufen, um zusätzliche Reibung zu erzeugen, und nötigenfalls fuhren sie die Böschung in kurzen Abschnitten mit geringer Geschwindigkeit hinunter, sodass sie jederzeit anhalten konnten, wenn der Schlitten zu schnell wurde.

Gonangnan hatte für derartige Vorbereitungen keine Zeit. Im Whiteout bemerkte er noch nicht einmal, dass er am Abhang angekommen war, bis der Schlitten wie eine außer Kontrolle geratene Lokomotive immer schneller wurde. An einem steilen Gefälle beschleunigt das Gefährt schneller als das Gespann, sodass es die Wheel-Dogs unter Umständen regelrecht überfährt. Bleiben die Kufen an einer Kante hängen, stürzt der Schlitten womöglich sogar um, sodass das ganze Gespann samt Ladung und Fahrer mehr als hundert Meter tief auf den Strand geschleudert werden.

An diesem Tag hatte Gonangnan Glück. Als er sich dem Norton-Sund näherte, verbesserten sich die Sichtbedingungen, und er konnte unter sich den Strand erkennen. Gleichzeitig spürte er, wie der Schlitten langsamer fuhr. Er hatte die Abfahrt unbeschadet überstanden. Ihm war freilich auch klar, dass die letzten Kilometer entlang der Küste eine zwar andere, aber ebenso nervenaufreibende Herausforderung darstellten. In dem offenen Gelände am Meer hielt nichts den Wind ab, der durch das Flusstal des Koyuk auf den Sund hinaustobte und mit lautem Donnern über die niedrig gelegene Landzunge von Shaktoolik fegte. Der Gegenwind konnte Geschwindigkeiten von über achtzig Stundenkilometern erreichen, in Böen sogar noch mehr.

Um elf Uhr vormittags hatte der Wind mit rund siebzig Stundenkilometern bereits Sturmstärke erreicht. Die dadurch entstandende gefühlte Temperatur, der so genannte *Windchill*, lag bei mindestens minus 56 Grad – die Luft, die den Böen Nachschub lieferte, kam unmittelbar aus der Arktis. Gonangnan und seine Hunde waren mittlerweile rund neun Stunden unterwegs, aber er fuhr weiter. Die umhertreibenden Schneeflocken und Sandkörner bauten sich vor ihm auf wie eine weiße Wand. Vier grausige Stunden später tauchte Shaktoolik am Horizont auf.

Gegen drei Uhr nachmittags erreichte Gonangnan den Ort, aber noch war von Seppala nichts zu sehen. Niemand wusste, wo er sich gerade befand. Er konnte sich verspätet haben, aber möglicherweise hatte er auch den Meeresarm bereits überquert, Shaktoolik ohne Pause hinter sich gelassen und war jetzt unterwegs nach Unalakleet. Allerdings hatte Gonangnan ihn auf dem Trail nicht gesehen.

Für diese Möglichkeit hatte Mark Summers Vorsorge getroffen: Er hatte Henry Ivanoff angesprochen, einen russischen Eskimo, der im Sommer einen Schoner auf dem Norton-Sund befehligte, und ihn gebeten, sich für die Übernahme des Serums bereitzuhalten. Ivanoff saß nun im Laden von Shaktoolik und wartete, dass das Serum sich erwärmte, während Gonangnan ihm letzte Einzelheiten über die Wetterverhältnisse berichtete. Der Russe war für die Aufgabe vielleicht nicht die Idealbesetzung, aber er würde sich größte Mühe geben. Und so brach er über das Küsteneis des Sunds nach Ungalik auf.

DR. WELCH und Emily Morgan waren an diesem Samstagnachmittag weiterhin wachsam. Seit elf Tagen beobachteten und versorgten sie nun eine immer größer werdende Zahl von Patienten. Heute war die Krankheit bei drei weiteren Kindern ausgebrochen, und damit lag die Gesamtzahl der Fälle bei 27. Bei dreißig weiteren Personen bestand Verdacht, und mindestens achtzig waren mit dem Erreger in Berührung gekommen. Das alte Antitoxin war mittlerweile aufgebraucht.

Bei Welch hatte sich mittlerweile eine neue Befürchtung breit gemacht. Eine seiner Patientinnen war Margaret Curran, deren Vater draußen bei Solomon das Roadhouse betrieb. Erst kürzlich war sie dort gewesen und hatte dem Vater geholfen, für die Gäste zu kochen. Hatte sie dabei die Krankheit auch außerhalb von Nome verbreitet? Welch wollte kein Risiko eingehen, und so kabelte er an die Behörden in Washington:

> Ich rate dringend, dass alle staatlichen Krankenschwestern auf ihrem Posten bleiben, denn sie sind die Einzigen, auf die ich mich außerhalb der Stadt verlassen kann, und es erscheint unausweichlich, dass die Diphtherie in naher Zukunft in einigen dieser Orte auftreten wird.

Ein freier Journalist, der in Nome für die Presseagentur Universal Service arbeitete, fing die Stimmung in der Stadt ein. In einem Bericht schrieb er:

> In dem von Diphtherie heimgesuchten Nome herrscht eine äußerst kritische Lage. Es gibt nichts mehr, womit man die verheerende Wirkung der Krankheit aufhalten könnte. Alle Hoffnung richtet sich auf die Hunde und ihre heldenhaften Fahrer.

Noch am gleichen Tag erfuhr Welch den aktuellen Stand der Stafette: Gonangnan war am frühen Morgen in Unalakleet aufgebrochen, und alle Musher auf der Strecke waren angewiesen, nach Seppala Ausschau zu halten. Ob mit ihm oder ohne ihn – man hoffte, das Serum werde schon am nächsten Tag in Nome eintreffen.

Als Welch das hörte, war er erleichtert. In einem Telegramm an die Gesundheitsbehörde schrieb er:

> Habe Informationen erhalten, dass dreihunderttausend Einheiten des Antitoxins morgen gegen Mittag eintreffen werden. Nur wenn Sie hier wären, könnten Sie begreifen, was das für mich bedeutet.

UNGEFÄHR zur gleichen Zeit empfand auch Seppala neue Zuversicht. Am Morgen, wenige Stunden nachdem Gonangnan auf dem Landweg aufgebrochen war, hatte der Norweger die Warnungen von Mark Summers in den Wind geschlagen und sich für die Abkürzung über den nördlichen Norton-Sund nach Ungalik entschieden. Es war ein guter Entschluss gewesen. Er hatte die Überquerung geschafft.

Der Wind kam jetzt von hinten, und dafür war Seppala dankbar. Es braute sich eindeutig ein Unwetter zusammen, und nach wie vor stürmte es heftig. In Wolken harter, feiner Kristalle stob der Schnee vom Boden hoch, aber da Seppala mit dem Wind fuhr, machte ihm das nicht viel aus. Im Gegenteil: Der Rückenwind hatte ihm am frühen Morgen eine schnelle Überquerung des Sunds ermöglicht. Nun hatte er gerade die Fischersiedlung Ungalik hinter sich gelassen, und die Hunde eilten über die letzten 37 Kilometer des Küsteneises nach Shaktoolik.

In den vergangenen drei Tagen hatte Seppala gut zweihundertsiebzig Kilometer hinter sich gebracht und bislang sowohl mit dem Wetter als auch mit dem Eis Glück gehabt. Durch den Schneeschleier konnte er zwar den Ort nicht sehen, aber er wusste, dass Shaktoolik nur noch wenige Minuten entfernt war.

Plötzlich steigerten Togo und die anderen Hunde das Tempo. Sie hatten es ganz offensichtlich eilig – aber warum? Dann sah Seppala es: Vor ihm tauchte ein anderes Gespann auf. Es bewegte sich aber nicht; vielmehr stand der Fahrer mitten zwischen seinen Hunden und schwenkte die Arme. Ein Rentier war auf dem Trail aufgetaucht, und die Hunde, die ihm hatten nachsetzen wollen, hatten sich in einem Gewirr aus Leinen verfangen. Jetzt beabsichtigten auch Seppalas Hunde, sich an der Jagd zu beteiligen, und legten noch einmal an Geschwindigkeit zu. Krampfhaft hielt Seppala sich fest.

Ivanoff sah die sibirischen Huskys auf sich zukommen und wusste sofort, dass es jetzt Wichtigeres gab, als seine Hunde von dem Rentier fern zu halten. Heute konnte nur einer mit einem sibirischen Gespann in Gegenrichtung auf dem Trail unterwegs sein. Hektisch wedelte Ivanoff mit den Armen. Er war fest entschlossen, Seppala auf sich aufmerksam zu machen. Doch der Norweger, der in dem tosenden Wind nicht hören konnte, was der andere Fahrer rief, hatte nicht die Absicht, anzuhalten und zu helfen. Eine Verspätung durfte er nicht in Kauf nehmen.

Togo kam dem Gespann des Russen schnell näher. Ivanoff unternahm einen letzten Versuch und lief auf Seppala zu, der gerade an ihm vorbeifahren wollte. „Das Serum! Das Serum! Ich habe es hier!“

Seppala wollte zunächst kaum glauben, was er da hörte. Dann sprang er auf die Bremse des Schlittens. Sie richtete in dem Schnee aber nur wenig aus, sodass der Musher erst ein gutes Stück weiter die Hunde anhalten und gegen den Wind drehen konnte. Als er wieder bei Ivanoff angelangt war, hatte dieser seine Tiere beruhigt. Er lief mit dem Serum zu Seppala hinüber und berichtete ihm von dem geänderten Plan. Seppala habe nun die Aufgabe, das Serum zurück über den Norton-Sund und zum Roadhouse von Golovin zu bringen, wo Charles Olson auf die Übergabe warte.

Beunruhigt durch die Nachricht, dass die Epidemie sich rapide ausgebreitet hatte, machte Seppala sich sofort auf den Rückweg nach Ungalik. Er musste sich entscheiden, wie er weiter vorgehen wollte. Der Rückweg über den Norton-Sund war seit dem Morgen wesentlich gefährlicher geworden. Der Wind frischte auf, und es wurde langsam dunkel, sodass das Eis weder zu sehen noch zu hören war. Seppala konnte den langen Weg entlang der Küste nehmen, aber ein zusätzlicher Tag auf dem Trail war weder ihm noch Nome zuzumuten. Er hatte selbst eine Tochter, um die er sich Sorgen machte. Sigrid war erst acht Jahre alt und sein einziges Kind. Er hatte keine Ahnung, ob nicht auch ihr Name schon auf Dr. Welchs immer länger werdenden Liste stand.

Seppala mochte wegen der nochmaligen Überquerung des Norton-Sunds an diesem Nachmittag seine Bedenken haben – die übrige Welt hatte sie nicht. In den gesamten Vereinigten Staaten schwelgten ehemalige Bewohner von Nome an diesem Samstag der Presse gegenüber in Berichten über den mutigen Musher, der die Stadt retten würde.

„Aufgeben kommt für ihn nicht infrage", sagte George Baldwin, ein ehemaliger Bürgermeister von Nome. „Übrigens für keinen dieser Burschen; das sind sie schon ihren Hunden schuldig."

Das gleiche Vertrauen, das diese alaskaerfahrenen Leute in Seppala setzten, setzte dieser in seinen Leithund Togo. Als der Musher die Hütten von Ungalik vor sich auftauchen sah, bog er ohne Zögern nach links ab und fuhr auf den Norton-Sund hinaus. Mittlerweile war es dunkel geworden. Die Temperatur, so schätzte er später, lag bei minus 34 Grad, und der stürmische Wind blies ihm direkt ins Gesicht. Den Windchill eingerechnet, herrschten entsetzliche minus 65 Grad. Seppala konnte nur eines tun: fahren, als wäre es ein großes Rennen.

Er war mit Togo schon einmal bei Sturm von Nordost auf dem Norton-Sund unterwegs gewesen. Damals war er ein paar Kilometer von der Küste entfernt, als er in der kurzen Windstille zwischen zwei Böen ein verdächtiges Knacken hörte. Er rief Togo ein „Ho!" zu, aber der Hund hatte den Riss bereits bemerkt und lief mit Höchstgeschwindigkeit auf die nächstgelegene Stelle an Land zu. Als sie der Küste schon recht nahe waren, bäumte Togo sich plötzlich ohne ersichtlichen Grund auf und landete mit einem Salto rückwärts zwischen seinen Kameraden. Seppala stieß einen verärgerten Ruf aus. Für Zirkusnummern war nun wirklich keine Zeit. Er lief zu Togo und wollte wissen, was los war – da sah er, warum der Hund so abrupt angehalten hatte. Keine zwei Meter vor ihnen lag eine offene Wasserrinne, und Seppala konnte zusehen, wie die Lücke immer größer wurde. Er befand sich auf einer Eisscholle, die aufs Meer hinaustrieb. Er musterte den Rand der Scholle und suchte nach einem Fluchtweg, doch es gab keinen. Er war um die Mittagszeit von der Küste aus aufgebrochen; jetzt aber brach die Nacht herein, und die Temperatur sank. Ihm blieb nichts anderes übrig, als sich mit seinen Hunden zusammenzukauern, Kräfte und Wärme zu sparen und darauf zu hoffen, dass der Wind drehte und sie wieder Richtung Küste trieb.

Als einige Stunden später nichts dergleichen geschehen war, wuchs Seppalas Angst. Die Hunde spürten, wie seine Stimmung sich veränderte, und ließen einen langen, tiefen Klagelaut hören. Dann jaulte Togo einmal kurz auf. Der Leithund hatte etwas bemerkt: Der Wind begann landeinwärts zu drehen.

Seppala spannte die Hunde wieder ein und wartete. Neun weitere Stunden trieb er auf der Scholle über das Wasser, ehe er wenige hundert Meter vor sich die Küste sah. Das Eisfloß näherte sich einer anderen Scholle, die sich am Küsteneis verkeilt hatte. Seppala fuhr mit dem Schlitten am Rand entlang und suchte eine Absprungstelle. Zwischen seiner und der anderen Scholle lagen an der schmalsten Stelle etwa eineinhalb Meter – so weit konnte er nicht springen. Wenn es ihm aber gelang, Togo auf die andere Seite zu bekommen, konnte der Hund die beiden Schollen dichter zueinander ziehen. Seppala befestigte eine lange Zugleine an Togos Geschirr, nahm den Hund auf den Arm und warf ihn über die offene Rinne.

Die meisten Hunde wären nach einer solchen Einlage weggelaufen, aber „Togo begriff offenbar, was jetzt zu tun war“, erinnerte sich Seppala später. Der Hund krallte sich auf der anderen Seite im Eis fest und zog die Leine in Richtung Küste. Doch sie riss. Togo wirbelte herum und sah seinen Herrn über die Lücke hinweg an. Die Leine glitt ins Wasser. Seppala war sprachlos. Er war gerade zum Tode verurteilt worden.

Tierpsychologen haben einen Ausdruck für die Fähigkeit, Problemlösungen zu finden. Sie sprechen von „adaptiver Intelligenz“. Der eisige Kanal, der Togo von Seppala trennte, verwehrte dem Hund seine Belohnung: wieder mit seinem Herrn und dem Gespann zusammen zu sein. Er sprang ins Wasser, packte die Leine mit dem Maul und kletterte wieder auf die verkeilte Scholle. Mit den Zähnen hielt er die Leine fest und rollte sich über sie, „bis sie zweimal um seine Schultern gewickelt war“. Dann begann er zu ziehen.

Die lose Scholle bewegte sich, und Togo zerrte so lange weiter, bis sein Herr und die anderen Hunde gefahrlos über die Lücke springen konnten.

Als Seppala an diesem 31. Januar spätnachmittags den Norton-Sund überquerte, hatte er keine andere Wahl, als sich wieder einmal auf seinen Leithund zu verlassen. Wie er befürchtet hatte, war es bereits so dunkel, dass er selbst nichts mehr sehen konnte. Der Wind war ohrenbetäubend. Gelegentlich beugte Seppala sich auf dem Schlitten nach vorn und lauschte, ob Geräusche das Brechen des Eises ankündigten. Doch es hielt, und es schien, als ob Togo sich von dem Wind nicht beirren ließ: Kilometer für Kilometer lief er in höchster Konzentration mit gesenktem Kopf und ruhiger Körperhaltung dahin. Obwohl ihm Hügel und glatte Eisflächen in die Quere kamen, hielt er einen schnurgeraden Kurs ein.

Gegen acht Uhr abends erklomm Seppalas Schlitten bei Isaac's Point auf der anderen Seite des Norton-Sunds das Ufer. Die Hunde hatten an diesem Tag unglaubliche 135 Kilometer zurückgelegt, die Hälfte davon bei Gegenwind. Das Gespann hatte eine Durchschnittsgeschwindigkeit von 13 Stundenkilometern erreicht. Jetzt waren die Hunde völlig erschöpft und hungrig; sie mussten sich ausruhen, bevor sie die nächsten achtzig Kilometer nach Golovin in Angriff nahmen. Nachdem Seppala sie losgemacht hatte, gab er ihnen Lachsfleisch und Robbenfett zu fressen. Ohne viel Zeit zu verlieren, legten sie sich danach den Schwanz über die Nase und schliefen ein.

Nachdem die Hunde versorgt waren, zog Seppala den Schlitten in das Roadhouse und holte das Serum hervor. Er entfernte die Fell- und Segeltuchumhüllung, bis er die Pappschachteln in der Hand hatte. Wie diese aussahen, musste das Serum in ihrem Innern nach Seppalas Überzeugung gefroren sein; also stellte er sie so nahe an den Ofen, wie er es wagte. Während das Serum sich erwärmte, kroch Seppala in seinen Schlafsack aus Rentierfell und ruhte sich ein paar Stunden aus. Jetzt blieb ihm nur noch die Hoffnung.

Kalte Pracht

Am Sonntag, dem 1. Februar – dem fünften Tag der Stafette –, rüttelte der Inhaber des Roadhouse Seppala um zwei Uhr morgens aus dem Schlaf. Der Sturm, der sich seit zwei Tagen von Süden her angekündigt hatte, war losgebrochen, und der Norweger musste sich auf den Weg machen. Er nahm das Serum von dessen Platz neben dem Ofen, wickelte es in seinen Schlafsack, deckte es mit einem

Robbenfell zu und zurrte es unter einer Decke auf seinem Schlitten fest. Als zusätzliche Vorsichtsmaßnahme packte er anschließend noch einmal Tierfelle darüber. Bei einem solchen Unwetter durfte er kein Risiko eingehen. Dann schob er den Schlitten zur Tür hinaus.

Der Wind heulte, und das Eis auf dem Norton-Sund zischte und krachte. Während Seppala die letzten Hunde an der Gangline festmachte, kam ein alter Eskimo aus dem Roadhouse auf ihn zugelaufen.

„Vielleicht du besser näher an Küste fahren“, empfahl er ruhig. Eskimos gingen auf dem Trail keine unnötigen Risiken ein, und dieses Mal begriff sogar Seppala, dass er vorsichtig sein musste.

Der Trail von Isaac's Point nach Golovin, wo Seppala das Serum nach dem neuen Plan an Charles Olson übergeben sollte, verlief einige Kilometer vor der Küste und umging so mehrere Landvorsprünge. Seppala entschloss sich, nur wenige hundert Meter vom Ufer entfernt zu fahren, auch wenn der Weg schwieriger sein würde.

Die Temperatur lag jetzt bei minus vierzig Grad, und als Seppala von Isaac's Point ans Ufer hinunterfuhr, konnte er spüren, wie der Wind an Stärke zunahm. Der Eskimo hatte Recht gehabt: Es war nicht der richtige Zeitpunkt, um sich draußen über dem Wasser aufzuhalten. Das Eis, das Seppala am Tag zuvor überquert hatte, war jetzt bereits aufgebrochen, und auch um sich herum sah er Schollen, die sich loszureißen drohten. Die Risse schienen näher zu kommen, und an manchen Stellen war das offene Wasser nur wenig mehr als einen Meter entfernt. Im Zickzack umging Togo die dünnen Stellen und nahm einige Male ganz plötzlich Tempo in Richtung Küste auf. Hin und wieder raubte der Schneesturm Seppala die Sicht. Nachdem sie die letzte Bucht überquert hatten, wandte sich das Gespann in Richtung Festland. Als sie die Eisschollen hinter sich ließen, atmete Seppala ein wenig auf.

Ein paar Stunden später löste sich die gesamte Eisfläche, über die sie gekommen waren, in einzelne Brocken auf und wurde aufs Meer hinausgetrieben.

Als sie wieder festen Boden unter den Füßen hatten, ließ Seppala das Gespann anhalten und rieb die Hunde ab. Er entfernte eine dicke Schicht aus Eis und Schnee, die sich über ihren Gesichtern gebildet hatte, trocknete ihnen die Pfoten und versorgte dort auch einige Verletzungen. Zwar lag der gefährlichste Teil der Fahrt jetzt hinter ihnen, aber der körperlich anstrengendste hatte gerade erst begonnen. Als Nächstes mussten sie über eine Reihe von Bergrücken zum dreihundertsechzig Meter hohen Gipfel des Little McKinley oberhalb der Golovin-Bucht aufsteigen.

Diesen Anstieg halten viele Musher für den schwierigsten Abschnitt der gesamten Strecke nach Nome. Die ausgesetzten Bergrücken ziehen sich über rund 13 Kilometer hin. An vielen Abhängen geht es steil hinunter, und sowohl die Hunde als auch der Fahrer haben kaum Zeit, sich von einem Anstieg zu erholen, da sie schon den nächsten in Angriff nehmen müssen. Wenn ein Gespann auf dem Gipfel des Little McKinley ankommt, hat es in der Summe einen Höhenunterschied von insgesamt fünfzehnhundert Metern überwunden. Seppalas Hunde sollten die Bergstrecke nach einer Ruhepause von noch nicht einmal fünf Stunden bewältigen – und das, nachdem sie zuvor bereits an viereinhalb Tagen rund vierhundertzwanzig Kilometer zurückgelegt hatten. Das Gespann besaß jetzt kaum noch Kraftreserven und begann unregelmäßig zu laufen. Aber die Hunde hielten nicht an, sondern quälten sich über den letzten Anstieg und rannten dann fünf Kilometer bergab zum Roadhouse in Golovin.

Gut 13 Stunden nachdem es in Isaac's Point aufgebrochen war, erreichte das Gespann seinen Bestimmungsort, und Seppala gab das Serum an Charles Olson weiter. Seit er es von Ivanoff auf dem Küsteneis des Sunds übernommen hatte, hatten er und seine Hunde fast zweihundertzwanzig Kilometer zurückgelegt – mit Höchstgeschwindigkeit, im Schneesturm und über brüchiges Eis. Das war zweieinhalbmal so viel, wie jeder der anderen Fahrer bewältigt hatte. Jetzt benötigten sie dringend eine Ruhepause.

Es war kurz vor 15 Uhr. Nun blieben noch knapp 126 Kilometer zwischen Golovin und Nome.

DER STURM machte sich auch noch hinter Golovin bemerkbar. An diesem Sonntag erwachten die Menschen in Nome durch den Lärm des auffrischenden Windes. Der Tod von Billy Barnett lag fast zwei Wochen zurück. Die Straßen waren wie ausgestorben. Kein einziger Kirchgänger war zum Sonntagsgottesdienst unterwegs, und auf dem Snake River fuhr kein Kind Schlittschuh. Anfang der Woche hatte man einigen Jungen gestattet, sich eine Schneeballschlacht zu liefern, allerdings nur aus sicherer Entfernung. Jetzt hatten auch sie sich in die Häuser zurückgezogen.

Draußen auf dem Sandspit kämpfte Emily Morgan gegen den Wind. Sie wollte so viele Familien wie möglich besuchen, bevor die Kälte unerträglich wurde. Seit dem Tod von Bessie Stanley, die als erstes Eskimokind an der Diphtherie gestorben war, herrschte auf dem Sandspit eine strenge Ausgangssperre.

Am anderen Ende der Stadt sah Dr. Welch Krankenakten durch, besuchte Patienten und gab sich größte Mühe, bei der Zahl der Opfer auf dem Laufenden zu bleiben. Ein neuer Fall war hinzugekommen. Es gab in Nome also mittlerweile 28 Fälle, und „selbst wenn die Hunde es schaffen, mit der Lieferung anzukommen, wird das Antitoxin nur für die Versorgung von dreißig Menschen ausreichen", so erklärte es der Arzt Robert McDowell, dem in der Stadt tätigen Reporter von United Press.

So bedrückend das klang, noch viel größer war die Besorgnis, die Schlittenfahrer würden es überhaupt nicht bis Nome schaffen. Das Unwetter erwies sich bereits als außergewöhnlich starker Schneesturm. Selbst erfahrene Musher würden das Schicksal unter diesen Bedingungen nicht herausfordern. Wenn nur ein Fahrer in der Stafette sich verirrte oder durch den Sturm vom Weg abkam und als Folge nicht rechtzeitig die Wärme eines Roadhouse erreichte, konnte das Serum gefrieren und sich ausdehnen, sodass die Ampullen platzten.

Einerseits wurde das Serum dringend gebraucht, andererseits bestand die Möglichkeit, dass ein heldenhafter Transportversuch durch den Sturm zum Verlust der gesamten Lieferung führte. In diesem Zwiespalt entschloss sich Welch, eine Sitzung des Gesundheitsausschusses einzuberufen und eine Unterbrechung der Stafette vorzuschlagen. Der Verlust einiger Stunden oder auch weniger Tage, so erklärte er, sei von geringerer Bedeutung als die sichere Lieferung. Mittlerweile hingen 28 Menschenleben davon ab, dass das Antitoxin unversehrt nach Nome gelangte. Die Ausschussmitglieder schlossen sich dieser Meinung an.

Nun musste Bürgermeister Maynard versuchen, die Musher zu erreichen. Er griff zum Telefon und bat die Vermittlung, ihn mit Pete Curran zu verbinden, dem Inhaber des Roadhouse in Solomon. Maynard erklärte ihm, Gunnar Kaasen solle, wenn er aus Bluff mit dem Serum eintreffe, in Solomon bleiben, bis das Unwetter abflaue und die Fahrt gefahrlos fortgesetzt werden könne.

Ein weiterer Anruf ging nach Port Safety und informierte Ed Rohn, den letzten Fahrer der Stafette, darüber, dass man den Rettungsversuch vorübergehend ausgesetzt hatte.

Keiner der Anwesenden wusste, ob die Anrufe etwas bewirken würden. Wo das Serum sich im Augenblick genau befand, war unbekannt. Das Letzte, was man gehört hatte, war, dass Gonangnan am Morgen des vorherigen Tages in Unalakleet aufgebrochen war. Man wusste noch nicht einmal, ob er mit Seppala zusammengetroffen war.

Im 34 Kilometer von Nome entfernten Port Safety war Rohn mit der Entscheidung des Gesundheitsausschusses voll und ganz einverstanden. Aus dem Fenster des Roadhouse sah er das Eis jenseits der Lagune, die den Ort vom Beringmeer trennte. Es war nach seinen Worten „durch die starken Unterströmungen ständig in Bewegung". Rohn machte die Hunde los, fütterte sie und stellte den Schlitten unter. Bevor er es sich für eine lange Ruhepause bequem machte, rief er noch einmal in Nome an und gab einen Wetterbericht durch: Der Wind wehe mit hundertdreißig Stundenkilometern „und wirbelt den Schnee so auf, dass weder Mensch noch Tier sich ihm entgegenstellen kann". An dieser Stelle knackte es im Hörer, dann war die Leitung tot. Nome hatte den letzten Kontakt zu den Fahrern verloren. Jetzt konnten die Einwohner nur noch beten, dass die Nachricht zu Kaasen gedrungen war.

ACHTZIG Kilometer weiter östlich, auf der anderen Seite des Kap Nome, saß Gunnar Kaasen im Roadhouse von Bluff. Er hatte keine Ahnung von der Entscheidung, die Stafette zu unterbrechen. Bluff war eine winzige Bergbausiedlung mit noch nicht einmal vierzig Einwohnern und verdankte seinen Namen den umliegenden grauen *Bluffs*, hohen Steilufern, die sich über der Küste auftürmten. Es lag ein ganzes Stück östlich der Telefonleitung nach Nome.

Kaasen war 16 Stunden zuvor in dem Roadhouse angekommen. Am Sonntagnachmittag um fünf saß er immer noch neben dem glühenden gusseisernen Ofen und lauschte, ob ein Geräusch Olsons Ankunft ankündigte. Hin und wieder öffnete er die Tür und blickte hinaus auf den Trail und den wirbelnden Schnee. Er hörte nichts außer dem Wind, der zwischen den seit dem Goldrausch verlassenen Gebäuden heulte. Einen derart heftigen Sturm hatte es seines Wissens schon seit Jahren nicht mehr gegeben, und einen Moment lang machte er sich Sorgen, Olson könnte irgendwo draußen auf dem Trail im Unwetter stecken geblieben sein. Er hatte keine Ahnung, ob oder wann Olson eintreffen würde, und somit musste er sich ständig bereithalten, jeden Augenblick aufzubrechen.

Die Hunde mussten gefüttert werden. Die 13 Tiere waren draußen nebeneinander angebunden. Nachdem Kaasen sich zur Tür hinausgekämpft hatte, gab er jedem von ihnen ein Stück Lachs und einen Brocken Robbenfett. Das lieferte die notwendigen Kalorien, mit denen die Hunde sich warm halten konnten.

Kaasen hatte Balto als Leithund ausgewählt. Dieser war noch relativ unerfahren, und Seppala hielt ihn für zweitklassig. Für die erste Garnitur war er zu langsam, und gewöhnlich wurde er eingesetzt, um Fracht über kurze Entfernungen zu transportieren. Aber Kaasen hatte von Balto eine höhere Meinung. Der Hund war vielleicht nicht so schnell wie andere, dafür aber ausdauernd und stark.

Kaasen und Seppala kümmerten sich schon jahrelang gemeinsam um das System der Wasserkanäle auf den Goldfeldern von Hammon Consolidated. Kaasen nutzte die Hunde häufig als Gesellschaft und für private Fahrten. Die beiden Männer kamen aus der gleichen Gegend Norwegens, hätten aber unterschiedlicher nicht sein können. Kaasen war ein hünenhafter, kräftiger Mann, mürrisch, in sich gekehrt und von einer ruhigen, nüchternen Art.

„Entweder man hörte ihm zu oder bekam eins auf die Nuss", sagte einer seiner Verwandten einmal liebevoll. Ja, liebevoll – denn der Musher hatte auch eine sanfte Seite, die sich mehr in freundlichen Taten als in Worten äußerte. Er aß leidenschaftlich gern Vanilleeis und teilte es mit jedem, der Appetit darauf hatte. Außerdem stand sein Haus jedem Kind offen, das Lust auf die berühmten Zimtbrötchen seiner Frau hatte.

Gegen sieben Uhr abends hörte er draußen einen leisen Ruf. Das musste Olson sein. Kaasen stieß die Tür auf. Unverkennbar hatte Olson einen schweren Weg hinter sich. Seine Hände waren durch Erfrierungen so betäubt, dass er das Serum nicht auspacken konnte, und seine sieben Hunde, die für Schlittenhunde ein sehr kurzes Fell hatten, waren in der Leistengegend völlig steif. Kaasen half dem Musher ins Haus zu kommen und sich hinzusetzen. Dann ging er wieder nach draußen, holte das Serum und brachte auch das Gespann nach drinnen. Olson hatte seinen Hunden Kaninchenfelldecken um die Leisten gebunden, aber das hatte als Schutz nicht ausgereicht. Alle sieben Tiere humpelten in die Hütte und legten sich unbeholfen auf den Fußboden. „Viel weiter hätten sie es nicht mehr geschafft", meinte Kaasen dazu.

Für die vierzig Kilometer nach Bluff hatte Olson fast viereinhalb Stunden gebraucht. Den Hunden die Decken überzuziehen hätte ihn fast die Finger gekostet, denn bei solchen Temperaturen kann man seine Hände nur dreißig Sekunden ununterbrochen der Luft aussetzen. Um seine sieben Hunde mit den Decken zu versorgen, hatte Olson aber natürlich viel länger gebraucht. In der warmen Hütte zog er nun die Handschuhe aus. Seine Finger waren weiß und steinhart – selbst im besten Fall würde es Tage dauern, bis er sie wieder richtig benutzen konnte.

Während sie zusammen im Roadhouse saßen, riet Olson Kaasen ab, loszufahren. Sosehr das Serum in Nome auch gebraucht wurde, dies war kein

Wetter zum Weiterfahren. Kaasen sah sich in dem kleinen Raum um: Olsons Finger brannten vor Schmerzen, die Hunde lagen verletzt, zerzaust und erschöpft auf dem Boden. Es war ein vernünftiger Ratschlag. Kaasen würde ihn befolgen, allerdings nur bis zu einem gewissen Punkt.

Zwei Stunden später war der Wind noch immer nicht abgeflaut. Er hatte eher noch zugenommen, und es wurde immer kälter. Es war jetzt zehn Uhr abends, und die Temperatur lag bei minus 33 Grad. Dichter Schnee rieselte herab und wurde vom Wind verweht. Wenn Kaasen nicht sofort aufbrach, würde der Trail in das 55 Kilometer entfernte Port Safety durch Schneeverwehungen unpassierbar werden. Kaasen trat vor die Tür. In den ganzen 24 Jahren, seit er in Nome wohnte, hatte er nie einen solchen Sturm erlebt. Einem Bericht zufolge lag die Windgeschwindigkeit bei über 115 Stundenkilometern. „Ich hatte Mukluks aus Robbenfell an den Füßen. Sie reichten bis zu den Hüften. Darüber trug ich eine Hose aus Robbenleder. Außerdem hatte ich eine Rentiermütze auf sowie einen Rentierparka und darüber einen Mantel aus Drillich an. Aber der Wind war so stark, dass er sogar durch diese Schichten drang."

Kaasen traf seine Entscheidung: Er würde sich auf den Weg machen.

Nachdem er alle 13 Hunde an der Gangline festgemacht hatte, ging er noch einmal nach drinnen und holte das Serum. Mit dem schweren, bis über die Hüften reichenden Parka und dem Gesicht, das hinter dem Pelzsaum der Kapuze verborgen war, stand er in der Tür wie ein Riese aus den Sagen des Nordens. Er verabschiedete sich von Olson, öffnete die Tür und trat wieder hinaus in die Nacht.

Nur die wenigsten Fahrer hatten den Mut, die Kenntnisse und die geeigneten Hunde, um einem Schneesturm die Stirn zu bieten. Unter solchen Bedingungen kann ein Musher sich auch mit noch so viel Bewegung nicht warm halten. Die meisten machen während eines Schneesturms Halt und richten sich ein Lager ein. Aber selbst das kann gefährlich werden, denn an dieser Küste gibt es nur wenige Bäume, die Feuerholz liefern könnten. Als Windschutz hat der Fahrer nichts als seinen Schlitten, und warm halten kann er sich nur mit Schlafsack, Fellmänteln und den Hunden.

Das Schlimmste, was ein Schneesturm beim Musher bewirkt, ist Verwirrung. Seine Augenlider frieren zu, der Schnee weht ihm ins Gesicht, ganz gleich, wohin er es dreht, und er verliert die Orientierung. Wenn man sich durch einen Schneesturm kämpft, „weiß man nicht, ob man beten, fluchen oder weinen soll. Meistens tut man alle drei Dinge gleichzeitig", sagte Scotty Allan einmal, der mehrfache Gewinner des Hundetotos. „Irgendwann aber wird der Schneesturm zu einem Wesen, das man hasst. Man hat das Gefühl, mit dem Rücken an der Wand zu stehen, und wie jemand mitten im Schlachtgetümmel vergisst man, dass man Angst hat. Man wächst im Kampf mit dem verdammten Ding über sich selbst hinaus."

Schon nach acht Kilometern wurden Kaasens schlimmste Befürchtungen Wirklichkeit. Seit dem Roadhouse hatte der Wind den Trail zu einer harten, festen Kruste abgeschmirgelt, doch hier, an einer Erhebung, war eine hohe Schneewehe entstanden, die den Weg blockierte. Balto versuchte geradewegs hindurchzulaufen, aber zusammen mit den anderen Hunden blieb er sehr schnell im Schnee stecken. Kaasen kämpfte sich zu ihnen durch und versuchte den Weg frei zu machen, doch als ihm der Schnee schließlich bis zur Brust reichte, musste auch er aufgeben. Es gab nur eine Möglichkeit, wie das Gespann auf die andere Seite der Schneewehe gelangen konnte: Sie mussten ein Stück zurückfahren und die Erhebung umgehen. Dazu musste Kaasen die Hunde wenden. Er griff nach Baltos Geschirr, und gemeinsam zogen sie das Gespann in einem engen Bogen durch die Schneewehe zurück auf den Weg, den sie gekommen waren. Die Erhebung zu umgehen würde schwierig werden. Balto hatte vorwiegend auf den Trails zu den verschiedenen Goldfeldern hinter Nome gearbeitet, und jetzt verlangte Kaasen von ihm, dass er in der pechschwarzen Dunkelheit des Schneesturms und in unbekanntem Gelände einen unbekannten Weg fand.

Kaasen konnte kaum dreißig Meter weit sehen. Balto tastete sich vorwärts und pflügte vorsichtig durch den Schnee auf der Rückseite der Erhebung. Er begriff, dass er den Trail wiederfinden sollte, dass er den schwachen Duft der Hunde aufnehmen musste, die dort vor ihm in diesem Winter schon entlanggelaufen waren. Er hatte die Nase beständig dicht über dem Boden, und seine Ohren lagen als Windschutz eng am Kopf. Langsam bewegte er sich über den Schnee.

Der Geruchssinn eines Hundes ist bis zu siebenhundertmal leistungsfähiger als der eines Menschen, und Balto konnte die Spuren, die seine Artgenossen hinterlassen hatten, noch durch einen Meter tiefen Schnee hindurch wahrnehmen. Auch die Pfoten eines Hundes sind sehr empfindlich; mit ihnen konnte Balto die hart getretene Oberfläche eines Trails finden, den der Neuschnee erst kürzlich unter sich begraben hatte. Die Minuten zogen sich hin wie Stunden. Sie hatten die Erhebung jetzt hinter sich, und noch immer suchte Balto. Plötzlich hob er den Kopf und fing an zu laufen. Sie waren wieder auf dem Trail.

Ein paar Kilometer weiter beschrieb dieser erneut eine scharfe Kurve, und sie kamen in ein Tal. Es war der Fluss Topkok. Der Wind hatte den Schnee weggeweht und die gefrorene Wasseroberfläche freigelegt. An Kaasens rechter Wange begann eine Erfrierung zu schmerzen. Als sie mitten auf dem Fluss waren und sich dem Westufer näherten, blieb Balto plötzlich stehen. Kaasen lief zur Spitze des Gespanns und sah, dass der Leithund auf eine große Fläche mit Overflow gelaufen war und sich nun weigerte, den Weg fortzusetzen. Das Wasser war zwar flach, aber immer noch so tief, dass der Hund nasse Pfoten bekommen hatte. Kaasen lenkte das Gespann ans Ufer, trocknete Baltos Pfoten ab und setzte die Fahrt fort.

Nachdem sie den Overflow hinter sich hatten, musste das Gespann eine Reihe von Bergrücken überwinden, die im rechten Winkel zur Küste verliefen. Sie fielen jeweils steil zu einem Bach ab, und Kaasen fand vorübergehend ein wenig Schutz vor dem Wind. Die letzte und höchste Erhebung war der Topkok mit einem schwierigen Anstieg von fast zweihundert Metern und einem lang gestreckten, ausgesetzten Gipfel. Als Kaasen am Fuß des Topkok angekommen war, hielt er ein paar Minuten inne. Nachdem er wieder zu Atem gekommen war, schob er kräftig von hinten und spornte so die Hunde an, den Berg zu erklimmen. Es war, als ob der Sturm sie für jeden Schritt nach vorn zwei Schritte zurückwarf. Fast auf dem Bauch liegend, kämpften sich die Hunde bergauf. Mittlerweile war Kaasens rechte Wange durch die Kälte gefühllos geworden. „Der Topkok ist bei Sturm die Hölle“, berichtete er später, „und als ich dort hinauffuhr, stürmte es ganz schön.“

Auf dem Gipfel angekommen, sprang Kaasen wieder auf den Schlitten und hielt sich fest, während die Hunde über den Bergrücken liefen. Angestrengt versuchte der Musher, in der Dunkelheit etwas zu erkennen, um sicherzugehen, dass die Tiere nicht zu nahe an die Kante kamen. Bei Tageslicht und ruhigem Wetter hätte er an der Küste entlang bis zum Kap Nome sehen können, aber jetzt war es weit nach Mitternacht, und der Sturm wütete ohne Pause. Am Ende des Bergrückens beschleunigte das Gespann und machte sich auf der Rückseite des Topkok an die Abfahrt. Hinter dem Berg lagen zehn Kilometer Flachland, und der Wind, der von den Sümpfen und Lagunen kam, wirbelte den Schnee in so dichten Schleiern auf, dass Kaasen kaum die Hand vor Augen sehen konnte. Nur wenn Balto eine Lagune oder einen Bach überquerte, konnte der Musher seine Position erahnen. Er hatte dem Leithund die Befehlsgewalt über das Gespann übertragen, und seine Aufgabe bestand jetzt nur noch darin, sich gut festzuhalten.

„Ich wusste nicht, wo ich war“, berichtete Kaasen später. „Ich konnte es nicht einmal erraten.“ In einem Augenblick der Windstille zwischen den Böen erkannte er in der Landschaft vor sich eine ausgedehnte Senke, den Bonanza-Sumpf. Er befand sich demnach schon jenseits von Solomon – der Ort lag gut drei Kilometer hinter ihm. Das Roadhouse, das nördlich des Trails stand, hatte er verpasst. So beschloss er weiterzufahren. Ausruhen konnte er sich später.

Bis Port Safety waren es noch rund 16 Kilometer, und von dort aus sollte Ed Rohn das Serum nach Nome bringen. Als Kaasen den Bonanza-Sumpf überquerte, geriet er in ein langes Blasloch, und der Sturm traf ihn mit voller Wucht. Um einen Schlitten umzuwerfen, muss der Wind eine Geschwindigkeit von bis zu hundertzehn Stundenkilometern erreichen. Bis dahin war es Kaasen auf der gesamten Strecke gelungen, sein Gefährt auf den Kufen zu halten, aber nun unterlag er den Elementen. In dem Blasloch reichten weder seine Kraft noch sein Gewicht aus, damit der Schlitten aufrecht stehen blieb. Er wurde mehrmals vom Trail gefegt und riss dabei die Hunde mit. Anschließend musste Kaasen jedes Mal die Handschuhe ausziehen, die Leinen des Gespanns entwirren und den Schlitten wieder aufrichten.

Bevor sie die andere Seite der Senke erreichten, traf eine letzte Bö den Schlitten, und Kaasen fand sich in einer Schneewehe wieder. In der Dunkelheit kroch er zum Schlitten, richtete ihn auf und nestelte an den Geschirren der Hunde herum. Dann tastete er den Schlitten ab, um sich zu vergewissern, dass das Serum noch an seinem Platz war. Erst systematisch, dann immer hektischer fuhr er mit den Händen im Schlittenkorb auf und ab. Das Paket war weg. Kaasens Magen krampfte sich zusammen. Das Schlimmste war geschehen. Er ließ sich auf den Boden fallen, kroch durch den Schnee und tastete im Dunkeln mit bloßen Händen nach dem Paket. Mit der rechten Hand spürte er etwas Hartes: das Serum. Er befestigte es wieder auf dem Schlitten, schlang ein paar zusätzliche Seilwindungen herum und flüchtete aus diesem teuflischen Gelände.

Die Bö, die den Schlitten umgeworfen hatte, war der Wendepunkt hin zum Guten. Am Ende der Senke beschrieb der Trail einen Bogen nach Südwesten, und von nun an hatte Kaasen den Wind im Rücken. Er kam jetzt besser voran und wurde in wenig mehr als einer Stunde über die letzten Kilometer zum Roadhouse von Port Safety „getrieben“, wie er es ausdrückte.

Als er ankam, war es gegen drei Uhr morgens, und im Roadhouse brannte kein Licht. Nachdem Ed Rohn am Abend die Sturmwarnung nach Nome durchgegeben hatte, war er zu Bett gegangen, da er angenommen hatte, dass Kaasen in Solomon abwartete, bis der Sturm sich gelegt hatte, und erst dann nach Port Safety aufbrach.

Kaasen starrte das Roadhouse vom Trail aus an und überlegte, ob er Rohn wecken sollte. Bis dieser jedoch seine Hunde angespannt hatte, würde einige Zeit vergehen. Der Wind schien nachzulassen. Kaasen und seinen Hunden war zwar kalt, aber sie waren auf dem Trail zuletzt schnell vorangekommen, und der Musher war davon überzeugt, dass er besser in der Zeit liegen würde, wenn er den Weg nach Nome selbst fortsetzte. Diese Entscheidung sollte später die umstrittenste der gesamten Stafette werden.

Auf den letzten 32 Kilometern verlief der Trail am Strand entlang. Der Wind flaute weiterhin ab, aber wegen hoher Schneeverwehungen ging es nur langsam und mühselig voran. Wenngleich seine Finger von Erfrierungen schmerzten und einige Hunde steif wurden, war Kaasen doch dankbar, dass er jetzt zumindest den Weg vor sich sehen konnte.

Am Montag, dem 2. Februar, machte er gegen halb sechs Uhr morgens das Kreuz auf der St.-Josephs-Kirche aus. Wenige Minuten später bog er in die Front Street ein. Erschöpft, mit vor Kälte und Trockenheit brennenden Augen, hielt er vor der Miner & Merchant's Bank von Nome.

Augenzeugen des dramatischen Augenblicks berichteten später, Kaasen sei vom Schlitten zu Balto getorkelt und dort zusammengebrochen, aber vorher habe er noch gemurmelt: „Verdammt guter Hund."

SCHON wenige Minuten nach Kaasens Ankunft wickelte Dr. Welch das Serum aus. Es war gefroren, aber die Ampullen schienen unversehrt zu sein, ein Beweis dafür, wie sorgfältig Dr. Beeson in Anchorage sie verpackt hatte. Bevor man das Serum verwenden konnte, musste es aufgetaut werden, und das würde eine Weile dauern. Welch brachte es ins Krankenhaus und stellte es in ein Zimmer, das mit plus acht Grad für die Verhältnisse in Alaska sehr warm war. Um neun Uhr morgens hatte sich das Serum teilweise verflüssigt, und keine einzige Ampulle war zu Bruch gegangen. Gegen elf Uhr war die Flüssigkeit durchsichtig und einsatzbereit.

Die Nachricht von der Ankunft des Serums hatte sich in Windeseile in der ganzen Stadt verbreitet, und die vordringlichste Aufgabe bestand nun darin, die schwersten Fälle zu versorgen. Als Erstes ging Welch zu den Familien Winters und McDowell. Mrs Winters ging es sehr schlecht. Sie hatte sich zwei Tage vorher bei ihrer kleinen Tochter angesteckt, und ihr Zustand hatte sich während der letzten Stunden verschlechtert. Mittlerweile war die Krankheit auch bei ihrem Mann ausgebrochen.

Auch bei Robert McDowell, dem Journalisten von United Press, waren Symptome aufgetreten. Sein Rachen war rot und geschwollen, und Welch erkannte die ersten Anzeichen einer Membran, weshalb er McDowell eine Injektion von fünftausend Einheiten verabreichte. Die Berichte des Reporters hatten maßgeblich dazu beigetragen, dass die Geschichte aus Nome in die Zeitungen der ganzen Welt gelangt war. Nun aber, da seine Frau und seine kleine Tochter mit Ansteckungsverdacht unter Quarantäne standen, war er selbst zur Schlagzeile geworden.

Emily Morgan eilte unterdessen hinüber zum Sandspit und verabreichte jedem Mitglied der Familie Stanley mehrere tausend Einheiten des Antitoxins. Anschließend suchte sie diverse weitere Familien auf und gab auch ihnen Spritzen.

Am frühen Nachmittag waren bereits mehr als zehn Prozent der dreihunderttausend Einheiten verbraucht. Und da viele Patienten eine zweite Injektion erhielten, war der Vorrat am späten Abend noch einmal um etliche tausend Einheiten geschrumpft. Das Serum würde zur Neige gehen, lange bevor die zweite Lieferung mit 1,1 Millionen Einheiten eintraf.

Von allen Fällen, die seit Beginn der Stafette aufgetreten waren, hatte der von Margaret Curran Welch am meisten Angst eingejagt. Sie hatte Anfang der Woche die ersten Symptome gezeigt, einige Tage nachdem sie vom Roadhouse ihres Vaters in Solomon zurückgekehrt war. Wenn sie sich tatsächlich Diphtherie zugezogen hatte, war auch jeder Reisende, der in dem Roadhouse Station gemacht hatte, mit der Krankheit in Berührung gekommen. Möglicherweise war es nur eine Frage von Tagen, bis aus den Gemeinden entlang der Küste erste Berichte über neue Fälle eintrafen. Die 1,1 Millionen Einheiten, die zu dem eisfreien Hafen Seward unterwegs waren, mussten viel schneller nach Nome gelangen, als die Behörden geplant hatten.

Die Lieferung hatte Seattle am Samstag mit dem Schiff verlassen und musste noch mit der Bahn von Seward nach Nenana transportiert werden, bevor der reguläre Postdienst sie mit Hundeschlitten nach Nome bringen konnte. Mit der Ankunft in Nenana war am achten des Monats zu rechnen, also in sechs Tagen. Und die reguläre Post von Nenana nach Nome brauchte in der Regel etwa 25 Tage. Die Zeit arbeitete gegen Nome, zumal dann, wenn sich Welchs schlimmste Befürchtungen über den Fall Curran als gerechtfertigt erweisen sollten.

Auf einer Sitzung des Gesundheitsausschusses am Montag äußerte der Doktor eine Meinung, die er bis dahin nicht vertreten hatte. Er räumte ein, es sei an der Zeit, mindestens die Hälfte der nächsten Serumlieferung mit dem Flugzeug transportieren zu lassen – ein gefährliches Pokerspiel. „Mir wäre viel wohler, wenn ich wüsste, dass ich spätestens in zehn Tagen eine weitere Lieferung erhalte", schrieb Welch in einem Telegramm, das dem Leiter der Gesundheitsbehörde in Washington vorgelegt wurde.

Als die Nachricht von Welchs Dilemma die Runde machte, sah es so aus, als teilten alle die Überlegung, die Hälfte der Lieferung mit der Bahn weiter bis nach Fairbanks zu bringen, wo ein Flugzeug warten sollte, um das Paket nach Nome zu transportieren. Alle – außer Gouverneur Bone.

Mit Welchs Zustimmung unterrichtete Bürgermeister Maynard sowohl Thompson als auch Sutherland über den neuesten Stand. Thompson ging daraufhin offenbar sofort an die Arbeit, denn schon am folgenden Tag saßen Darling und Mackie im Cockpit des Doppeldeckers und unternahmen bei minus 26 Grad und klarem Himmel einen Probeflug über der Hauptstraße von Fairbanks. Er war für alle in der Stadt ein ausreichender Beweis, dass Flugzeug und Besatzung bei Bedarf sofort starten konnten. Freiwillige beluden die Maschine mit Vorräten. In Fairbanks wuchs die Begeisterung, und in Nome nahm man die Nachricht mit Erleichterung auf.

Diese wurde noch größer, als sich in der Stadt herumsprach, dass die dreihunderttausend Einheiten, die mit der Stafette eingetroffen waren, offenbar keinen Schaden genommen hatten. Trotz des mehrmaligen Auftauens und Einfrierens war die Wirksamkeit des Serums anscheinend nicht beeinträchtigt, und am 3. Februar sah es so aus, als würden sogar die Schwerkranken wieder genesen.

Der Familie Winters ging es besser, und auch bei Robert McDowell waren schon wenige Stunden nach Anwendung der Arznei erste Anzeichen für eine Genesung zu erkennen. „Ich mache weiter", erklärte der Journalist in einem Telegramm an seine Kollegen in San Francisco. „Mein Fall gilt nicht als schwerwiegend." Die Nachricht musste er einem Bekannten diktieren, da er selbst noch unter Quarantäne stand.

Aber nicht alle Nachrichten waren gut. Am späten Nachmittag zeigte sich bei der Tochter von McDowell ein weißgrauer Fleck im Rachen, und auch seine Frau Vera wirkte krank. Um sieben Uhr abends tat sie ihren letzten Atemzug – damit war sie augenscheinlich das sechste Opfer der Epidemie.

Vera McDowell war in Nome eine bekannte Frau gewesen. Sie war im

März 1900 als erstes weißes Mädchen in den Tagen des Goldrauschs geboren worden, und ihr Tod ging vielen Stadtbewohnern nahe. Manche Zeitungen machten die Diphtherie verantwortlich, wohingegen die amtlichen Register von Nome eine venöse Luftembolie und eine Fehlgeburt als Ursache nannten (Vera war im vierten oder fünften Monat schwanger). Luftembolie ist eine seltene Komplikation bei Schwangerschaften, und da bei Vera keine Symptome im Rachen aufgetreten waren, hatte sie wahrscheinlich tatsächlich nicht an Diphtherie gelitten. Im Chaos der Epidemie wurde dennoch quer durch die Vereinigten Staaten über ihren Tod berichtet, und die Beamten in Washington erschauderten bei der Nachricht ebenso wie die Öffentlichkeit. Die Schlagzeile im *San Francisco Chronicle* lautete: SEUCHE NIMMT AN STÄRKE ZU: SECHS TOTE.

Am Freitag, dem 6. Februar, erhielten Veras Eltern und einige enge Freunde die Genehmigung, eine private Trauerfeier abzuhalten und mit einem von Pferden gezogenen Leichenwagen zum Friedhof zu ziehen. Dort wurde der Leichnam in eine Gruft gelegt, bis der Boden im Frühjahr auftaute und man den Sarg ordnungsgemäß bestatten konnte.

Am Freitagnachmittag war etwa ein Drittel des Serums aufgebraucht. Bürgermeister Maynard, Hammon-Direktor Summers und der Journalist Thompson bombardierten Gouverneur Bone erneut mit Telegrammen und verlangten, er solle den Flug von Fairbanks genehmigen. „Wenn es in diesem Tempo weitergeht, können Sie selbst erkennen, wie lange die erste Lieferung reichen wird", erklärte Summers in seinem Telegramm.

Bone nahm ihre Bedenken zur Kenntnis, blieb aber bei seiner Haltung. Maynard hatte den Eindruck, dass man in Juneau und Washington einfach nicht mitfühlend genug war, um entschieden zu handeln und eine solche kühne neue Maßnahme in Angriff zu nehmen. Er zögerte nicht lange und ging mit seiner Kritik an die Öffentlichkeit. In der *Washington Post* erschien an jenem Tag die Schlagzeile: BÜRGERMEISTER VON NOME KRITISIERT HAUPTSTADT WEGEN UNTÄTIGKEIT. In dem Artikel wurde Maynard folgendermaßen zitiert:

> Die Bürokratie sieht untätig zu, wie unsere Leute leiden und sterben, während kühne Männer bereit sind, uns mit Flugzeugen die Rettung zu bringen. Wenn Nome warten muss, bis der Gouverneur von Alaska zu der Einsicht gelangt ist, dass die Lage hier ernst ist, können wir unseren Gesundheitsausschuss ebenso gut auflösen und uns auf Leben oder Tod von Juneau regieren lassen.

Bones gesundheitspolitischer Berater reagierte auf den Angriff sehr unwirsch. „Die Kritik an den staatlichen Behörden in den aus Nome übermittelten Katastrophenmeldungen ist durch nichts gerechtfertigt“, erklärte er gegenüber Journalisten. „Die Behörden des Territoriums beobachten die Situation aufmerksam, und obwohl ich glaube, dass die Lieferung der größeren Menge aus Seattle mit Hundegespannen ungefährlicher ist als mit allen im Territorium zur Verfügung stehenden Flugzeugen, wird der Flug genehmigt werden, wenn eine Krise es verlangt.“

Parallel zu dieser öffentlichen Stellungnahme schickte der Gouverneur an Ed Wetzler die Anweisung, weitere Fahrer für eine zweite Stafette zu rekrutieren. Der Zug in Seward erhielt unterdessen die Order, im Bahnhof stehen zu bleiben und auf das Serum zu warten, das am nächsten Tag mit der *Admiral Watson* eintreffen sollte.

Trotz allem bereiteten sich Heer, Marine und die Verantwortlichen für die Flugzeuge in Fairbanks auf Initiative Maynards weiterhin auf den Flug vor. Der Gouverneur konnte nichts unternehmen, um sie aufzuhalten.

In Fairbanks montierten Mechaniker Skier an das Flugzeug und überholten den Motor. Darling und Mackie verstauten nicht nur einen Reservepropeller in der *Anchorage*, sondern auch „so viele Ersatzteile für den Motor, wie das Gewicht zulässt“, außerdem Schlafsäcke, Gewehre, Schneeschuhe und Lagerausrüstung. „Wenn wir notlanden müssen, werden wir auf dem Trail weiterwandern und uns mit den Hundegespannen der zweiten Stafette in Verbindung setzen“, erklärten sie in einem Zeitungsinterview. „Solange wir nicht erfrieren, gefriert auch das Antitoxin nicht. Wir werden es in Behältern unmittelbar am Körper tragen.“

Die beiden mochten sich mit Flugzeugen gut auskennen, aber nicht damit, wie man in der Wildnis Alaskas ohne Hunde auch nur kurze Entfernungen überwinden kann.

In Seattle erteilte der Kommandant des Marinehafens Bremerton auf Anweisung der Washingtoner Behörden dem Minensuchboot *Swallow* den Befehl, sich auf eine Fahrt zur Packeisgrenze vorzubereiten, damit es den Fliegern zu Hilfe kommen konnte, falls diese auf ihrem Weg nach Nome in Schwierigkeiten gerieten.

„Es ist sehr ritterlich von Darling“, äußerte sich der Leiter der Gesundheitsbehörde in Seattle, der den Transport der 1,1 Millionen Einheiten nach Alaska koordinierte. „Der Flug ist selbst unter günstigsten Bedingungen äußerst gefährlich. Mit einem alten Flugzeug und mitten im Winter ist es ein riskantes Unterfangen.“

Darüber hinaus erteilte die Armee den Männern des Fernmeldekorps den Befehl, entlang der Route Feuer zur Orientierung der Flieger zu entzünden, und in Nome begann die Mannschaft der US-Rettungswacht, auf dem Beringmeer vor der Stadt eine Landebahn zu präparieren. Aus der Sicht von Maynard, Sutherland und Thompson waren alle Voraussetzungen für den Flug gegeben – mit Ausnahme der Genehmigung von Gouverneur Bone.

Am Samstag, dem 7. Februar, an dem spätabends das Schiff mit dem Serum in Seward eintreffen sollte, vollzog Bone eine Kehrtwendung: In einer Nachricht an Wetzler autorisierte er diesen, die Hälfte der 1,1 Millionen Einheiten umzuleiten, wenn sie am nächsten Tag mit dem Zug ankämen. Diese Anweisung gab er eindeutig unter Druck, höchstwahrscheinlich weil kurz zuvor über einen weiteren Diphtheriefall berichtet worden war. In dem Telegramm an Wetzler erklärte Bone, die Zuständigen in Nome befänden sich im Zustand der „Hysterie. Es gibt keinen Notstand, der ein solches Risiko rechtfertigt. Dennoch hege ich die ehrliche Zuversicht, dass nichts schief gehen wird."

Am frühen Sonntagnachmittag, als die zweite Charge des Serums mit dem Zug nach Nenana und von dort aus weiter nach Fairbanks unterwegs war, begaben sich Darling und Mackie zu dem Hangar, wo die *Anchorage* stand, um letzte Vorbereitungen für den Flug zu treffen. Beide trugen Fellkleidung in mehreren Lagen, und das Gesicht hatten sie sich mit Schmierfett eingerieben, das sie vor der Kälte schützen sollte. Auf dem Kopf trugen sie eng anliegende Lederhelme mit Öffnungen für Augen und Nasenlöcher. Doch sie verfügten über nur einen Fallschirm – ein Problem, das sie im Notfall laut einem Zeitungsbericht „unter sich lösen" würden. Schließlich packten sie noch zwei Thermosflaschen mit heißem Wasser, eine Tafel Schokolade, Brühwürfel, Bohnen, Reis, Mehl, eine Axt und weitere Fellmäntel ein. Dann war es an der Zeit, den Motor anzuwerfen. Das Serum sollte demnächst eintreffen.

Darling und Mackie kletterten in das offene Cockpit. Um die Maschine hatten sich zahlreiche Zuschauer versammelt. Der Mechaniker Richard Lynch stellte sich vor das Flugzeug, um den Propeller anzuwerfen. Es herrschten minus vierzig Grad. Lynch trat zum Propeller und zog eines seiner Blätter energisch nach unten. Unerwarteterweise rastete der Propeller schon beim ersten Versuch ein, und der Motor sprang an.

Von seinem eigenen Erfolg überrascht, glitt Lynch beim Zurücktreten auf dem Schnee aus, und sein Mantel verfing sich bei der ersten Umdrehung in dem Propellerblatt. Der Mechaniker wurde drei Meter hoch in die Luft geschleudert. Glücklicherweise riss der Mantel, und Lynch stürzte zu Boden. Dabei verletzte er sich am Knie.

Der Motor knatterte weiter. Mackie versuchte mehrere Minuten lang, ihn zu drosseln, aber es gelang ihm nicht. Ein Mechaniker, der am Heck der Maschine stand und den Schwanz am Boden festhielt, während der Motor auf Hochtouren lief, erlitt im Gesicht die ersten Erfrierungen. Die von dem Propeller erzeugte Luftströmung ließ die Luft kondensieren, sodass sich nicht nur auf Rumpf und Schwanz des Flugzeugs, sondern auch auf dem Gesicht des Mechanikers eine Eisschicht bildete.

Im Cockpit wurden Darlings Füße allmählich taub, und Mackie, der mit dem Motor kämpfte, verlor das Gefühl in den Händen. Dass sie den Motor nicht regulieren konnten, lag an einem defekten Kühlerventil, das zur Überhitzung des Motors führte.

Sie mussten provisorisch ein anderes Ventil einbauen, aber das würde eine gewisse Zeit dauern, und allmählich setzte die Dämmerung ein. So fasste man den Entschluss, den Flug für diesen Tag abzusagen. Während Piloten und Mechaniker die Vorräte aus der Maschine luden und begannen, das Ventil auszutauschen, machte sich ein Musher gegen fünf Uhr nachmittags mit einem Gespann von Nenana nach Tolovana auf den Weg. Auf seinem Schlitten war die Hälfte der 1,1 Millionen Antitoxineinheiten verpackt.

Trotz des Fehlschlags blieben Darling und Mackie unbeirrt. Am Abend erklärten sie den Journalisten, sie seien am nächsten Tag zum Start bereit und würden noch vor Mittwoch in Nome landen.

Doch am Montagmorgen bereitete der Kühler erneut Probleme. Dem Kühlwasser war nicht genügend Alkohol und Glyzerin zugesetzt worden, sodass es eingefroren war. Aber Mackie blieb zuversichtlich. „Unser Flugzeug wird die Hunde überholen, noch bevor wir auch nur zwei Stunden in der Luft sind", prophezeite er. Doch auch am Dienstag kamen die Piloten nicht vom Boden weg.

Schließlich musste Thompson, dem ein Rettungsflug so viel bedeutet hatte, der Wahrheit ins Gesicht sehen. Es würde keine Rettung aus der Luft geben. Und mit dieser Entscheidung würde Gouverneur Bone sich bestätigt sehen. Nach der Niederlage zeigte sich Thompson gegenüber den Leistungen seiner Gegner weder trotzig noch abschätzig. Es spricht für ihn, dass er genau den richtigen Ton fand. In einem Leitartikel des *News-Miner* schrieb er an jenem Abend:

> Wir wissen, dass ein normales Luftfahrzeug in einer Stunde hundert Kilometer zurücklegen kann und dass ein Hund dazu nicht in der Lage ist. Dafür hat der Hund gegenüber dem Luftfahrzeug den Vorteil, dass er nichts über Horizont, Sichtverhältnisse, Temperaturen oder Benzin weiß – er weiß nur, dass er seinem Herrn gehorchen und laufen muss. Die Beweislast liegt heute beim Luftfahrzeug. Die Hunde laufen und kommen ihrem Ziel mit jeder Stunde näher. Das Luftfahrzeug wird fliegen, wenn es fliegen kann, aber der Hund scheint zu laufen, ob er kann oder nicht. Wir ziehen unseren Hut vor den Hunden.

Zu dem Zeitpunkt, als Thompsons Artikel erschien, hatte die zweite Stafette – an der sich auch viele Fahrer der ersten beteiligten – ohne Zwischenfälle bereits Ruby hinter sich gebracht und damit etwas mehr als ein Drittel der Strecke nach Nome zurückgelegt.

Auch dieser zweite Transport verlief wegen schwerer Schneestürme schwierig. Über weite Strecken mussten die Fahrer erst den Weg frei machen. Am 15. Februar und mitten in einem Schneesturm lieferte Ed Rohn die zweite Serumcharge nach einer Etappe von 145 Kilometern schließlich in Nome ab.

Thompson konnte in der Niederlage deshalb Großmut zeigen, weil er wusste, dass es nur ein vorübergehender Rückschlag war. Die Zeit der Hunde würde schon bald der Vergangenheit angehören. Der Wettlauf um die Rettung einer Stadt im hohen Norden tat für Alaska etwas, was Thompson mit all seinen Tiraden niemals hätte erreichen können: Er lenkte die Aufmerksamkeit des ganzen Landes auf das Territorium.

AM 2. FEBRUAR, dem Tag, als Gunnar Kaasen mit seinem Gespann in Nome eintraf, unterzeichnete Präsident Coolidge den *Airmail Act* von 1925. Danach sollte es von nun an privaten Fluggesellschaften gestattet sein, bei der Postbeförderung in Konkurrenz zu den Hundegespannen zu treten.

Nur ein Jahrzehnt nach der Serumstafette gab es mehrere ständige Luftpostrouten. Im Jahr 1941 wurden bereits 56 Routen von Flugzeugen bedient und nur noch zehn von Hunden. Anfang der Sechzigerjahre war in Alaska nur eine einzige Hunderoute übrig: auf der St.-Lawrence-Insel, rund zweihundertvierzig Kilometer vor der Küste im Beringmeer.

Der Todesstoß für die Hundeschlittentradition Alaskas erfolgte Ende der Fünfzigerjahre mit der Erfindung des modernen Schneemobils. Die Fahrzeuge erfreuten sich schon bald großer Beliebtheit, und Hundegespanne wurden in vielen Dörfern fast zu einer exotischen Erscheinung. In den Sechzigerjahren war die Zahl der Schlittenhunde in den meisten Orten Alaskas geringer als die der „eisernen Hunde“.

Um 1970 gehörten Reisen auf den meisten Trails der Vergangenheit an. Damals entschloss sich Dorothy Page, eine Historikerin aus der Region, zusammen mit dem Schlittenhundfan Joe Reddington, ein Rennen ins Leben zu rufen. Es sollte die Hunde ehren und an ihren Beitrag zur Entwicklung Alaskas erinnern.

Die erste Wettfahrt fand 1973 statt, und seitdem wird sie jedes Jahr am ersten Samstag im März veranstaltet. Sie ist unter dem Namen „Iditarod“ bekannt. Die Rennstrecke führt über die einst lebenswichtige Frachtroute zwischen Anchorage und Nome und durchquert dabei auch den alten Bergbaudistrikt Iditarod. Auch verläuft sie ein Stück weit auf dem westlichsten Teil der Transportroute für das Serum – in geraden Jahren von Ruby nach Nome, in ungeraden von Kaltag nach Nome.

Im Jahr 1975 demonstrierte Alaska seine Begeisterung für die Hundeschlitten dann mit einer Neuauflage des Serumtransports. An der Stafette beteiligten sich viele Söhne der ursprünglichen Fahrer, aber sie dauerte dieses Mal sechs Tage länger als 1925.

Heute ist das Iditarod-Rennen ein kommerzielles Unternehmen mit einem Budget von vier Millionen Dollar, das sich der Unterstützung zahlreicher Firmensponsoren erfreut. Mit Hightechausrüstung findet es auf einem Trail statt, der jedes Jahr von Freiwilligen mit Schneemobilen geräumt wird. Benötigte ein Spitzenfahrer früher drei Wochen, um nach Nome zu gelangen, so dauert es heute acht bis zehn Tage. Ein Gespann aus sibirischen Huskys würde dabei nicht einmal einen der vorderen Plätze belegen. Die Schlittenhunde, die beim Iditarod eingesetzt werden, sind überwiegend Alaska-Huskys, die noch kleiner und schneller als ihre sibirischen Vettern sind. Es ist keine anerkannte Rasse, sondern eine spezielle Linie von Rennhunden, ein Mischling, der gezielt auf Schnelligkeit hin gezüchtet wurde. Die Siegerhunde des Iditarod sind in der Regel Kreuzungen aus sibirischen Huskys, anderen einheimischen Hunden sowie den schnelleren irischen Settern, englischen Hühnerhunden und deutschen Kurzhaarhunden. Mit einem Schlitten samt Fahrer halten diese Tiere über fast vierzig Kilometer hinweg eine Geschwindigkeit von mehr als dreißig Stundenkilometern, und das in sehr abwechslungsreichem Gelände mit Hügeln, Kurven und Wald.

Epilog

Am Samstag, dem 21. Februar, zwei Wochen nachdem Kaasen mit dem Serum in Nome eingetroffen war, wurde die Quarantäne aufgehoben. Zur Feier des Tages gab das Kino für alle Stadtbewohner über zwölf Jahre eine kostenlose Doppelvorstellung. Allerdings wollte der Besitzer lieber noch ein paar Wochen abwarten, bevor er auch die kleineren Kinder wieder einließ.

Außerhalb von Nome begannen die Feierlichkeiten schon viel früher. Bereits wenige Stunden nach Kaasens Ankunft hatten die örtlichen Vertreter diverser Nachrichtenagenturen über Funk und Kabel gemeldet, Menschen und Hunde hätten das Schlimmste besiegt, was die Natur ihnen antun könne. Die *New York Sun* jubelte:

> Die Wissenschaft hat das Antitoxin gemacht, das heute in Nome ist, aber sie konnte es nicht dorthin schaffen. Vor den Elementen versagten alle technischen Wunder des Verkehrswesens unserer Zeit. Andere Motoren mögen einfrieren und den Dienst versagen, doch der älteste aller Motoren, das Herz, dessen Treibstoff das Blut und dessen Zündfunken der Mut ist, setzt bis auf das eine Mal nie aus.

Aus dem Weißen Haus kamen lobende Briefe von Präsident Coolidge, und auch der Senat unterbrach seine Arbeit und gedachte „jener heldenhaften Stafette mit Hundegespannen, die das lebensrettende Antitoxin zu den leidenden, sterbenden Menschen der Kleinstadt Nome brachte, weit draußen an der trostlosen Küste des Beringmeers", wie es im Sitzungsprotokoll hieß.

Ein Pharmaunternehmen verlieh zwanzig Goldmedaillen, für jeden Fahrer der ersten Stafette eine. Auch von der Regierung Alaskas erhielt jeder Musher 25 Dollar und eine lobende Erwähnung mit dem staatlichen Goldsiegel.

Die Reaktion der Öffentlichkeit war überwältigend. Die *Seattle Times* veranstaltete eine Spendenaktion für die Fahrer und ihre Hunde, und die eingegangenen Beträge wurden gleichmäßig unter ihnen aufgeteilt. Im Postamt von Nome trafen Dutzende von Briefen und Gedichten ein, die an Balto adressiert waren. Die Schulkinder der Stadt bemühten sich nach

Kräften, die meisten Zusendungen zu beantworten. Der *Nome Nugget* erhielt mehr Gedichte, als er abdrucken konnte.

Bei der Presse erkannte man, dass sich mit dem Mut anderer noch mehr Geld verdienen ließ. Eine Bildagentur sorgte für die ersten Fotos und Wochenschauaufnahmen von der Stafette. Dazu wurde Kaasens Ankunft in Nome allerdings noch einmal nachgestellt.

Schon wenige Tage nach dem Serumtransport kamen auch die ersten Angebote von Filmproduzenten und Showveranstaltern jeglicher Couleur. Da Kaasen als erster Fahrer nach Nome gelangt war, beschrieben die Zeitungen vor allem seine und Baltos Erfahrungen auf dem Trail. Kaasen und sein Gespann wurden zu Berühmtheiten – Ende Februar 1925 hatten sie einen Filmvertrag, und eine Tournee war organisiert. Mit den Hunden reisten Kaasen und seine Frau Anna südwärts nach Seward, und von dort fuhren sie mit der *Alameda* nach Seattle. Es war seit 21 Jahren das erste Mal, dass der zurückhaltende Musher Nome verließ. Als das Schiff in Seattle ankam, bereitete man ihm einen großen Bahnhof. Wenige Augenblicke später war er in der Menge verschwunden.

„Wir sind erst seit zehn Minuten hier, und schon habe ich meinen Mann verloren", klagte Anna. „Am liebsten würde ich sofort zurück nach Nome fahren, dann würde ich mich viel wohler fühlen."

Einige Wochen darauf begannen Kaasen und die Hunde ihre kurze Filmlaufbahn. Ein Hollywoodproduzent drehte einen 30-Minuten-Streifen mit dem Titel *Baltos Wettlauf nach Nome*. Natürlich zögerte er keine Sekunde, Kaasen und sein Gespann auch gleich als Werbeträger für den Film zu engagieren, und schon bald waren sie auf Tournee an der Westküste. In Los Angeles saß Balto auf den Stufen des Rathauses, und der Bürgermeister legte ihm einen Blumenkranz um den Hals.

Nachdem Kaasen seine Verpflichtungen in Hollywood erfüllt hatte, ging er unter der Ägide eines anderen Veranstalters neun Monate lang auf eine Varieteetournee durch die gesamten Vereinigten Staaten. Sie endete in New York, und dort nahm Kaasen am 16. Dezember, in einen Fellparka und Hosen aus Wolfsfell gekleidet, an der feierlichen Enthüllung einer Statue von Balto im Central Park teil.

Der Hund stand still neben ihm und zeigte keinerlei Interesse an den Feierlichkeiten, bis zwei aus dem Yukon-Territorium importierte Schlittenhunde sich aus der Menge befreiten und sich zu ihm gesellen wollten. Kaasen gelang es gerade noch, einen Kampf zwischen den Tieren zu verhindern.

Nach der Enthüllung ließ Kaasen seine Hunde widerwillig bei dem Veranstalter zurück, der das Gespann gekauft hatte, und reiste über Kanada zurück nach Alaska. Er traf mit dem Zug in Nenana ein und nahm sofort seinen alten Beruf als Frachtschlittenfahrer wieder auf.

Balto und die anderen Hunde des Gespanns wurden bei einem Umzug durch die Innenstadt von Cleveland wie Helden empfangen, als sie zu ihrem neuen Zuhause, dem Zoo der Stadt, marschierten. Allein am ersten Tag kamen fünfzehntausend Besucher, um sie zu sehen. Die Hunde verbrachten den Rest ihres Lebens im Zoo. Als Letzter starb Balto im März 1933 mit 14 Jahren. Er wurde konserviert und ist bis heute im Naturhistorischen Museum von Cleveland ausgestellt.

FAST ein Jahr war vergangen, seit Kaasen Nome verlassen hatte, und als er im Februar 1926 zurückkehrte, fand er die Stadt verändert vor. Während seiner Abwesenheit war es wegen des großen Presserummels um seine Person zu einem erbitterten Streit gekommen. Einige Bewohner beschuldigten ihn, er habe Ed Rohn, den vorgesehenen letzten Fahrer der ersten Stafette, absichtlich übergangen, um den Ruhm allein einzuheimsen.

Leonhard Seppala hielt sich aus den Streitigkeiten zunächst völlig heraus und lobte Kaasen dafür, dass er die harte Etappe bis nach Nome geschafft hatte. Weniger großzügig war er allerdings, als Togos Beitrag nicht im gleichen Umfang gewürdigt wurde wie der von Balto. Es empörte ihn, dass mehrere Zeitungen Togos Leistungen auf dem Trail Balto zuschrieben, und als er erfuhr, dass man in New York ein Bronzeabbild des falschen Hundes aufstellen wollte, war er am Boden zerstört.

„Für uns in Alaska bedeuten die Hunde viel mehr, als ein Außenstehender jemals begreifen kann, und wenn man ihnen Geringschätzung entgegenbringt, ist das für ihre Herren eine ebenso ernste Angelegenheit, als würde man die Leistungen eines Menschen übersehen", hatte Seppala einmal gesagt. Die Tatsache, dass man Togo so wenig Anerkennung zollte, war für ihn ein schwerer Schlag. Während der folgenden Jahre gab er sich große Mühe, um immer wieder öffentlich daran zu erinnern, dass er und Togo eine größere Strecke zurückgelegt hatten als jedes andere Gespann und dass ihre Etappe bei weitem die gefährlichste gewesen war.

Im Herbst 1926 hatte Seppala eigene Pläne: Er wollte mit seinen sibirischen Huskys auf Tournee gehen und zum Abschluss im Nordosten ein Rennen bestreiten. Im Oktober bestieg er mit Togo und 42 weiteren Hunden eines der letzten Schiffe, die Nome vor dem Winter verließen. Jetzt endlich sollte sein Leithund die verdiente landesweite Anerkennung erhalten. Seppala und seine Huskys absolvierten eine erstaunliche Anzahl von Auftritten. So posierte er mit Togo und dem ganzen Gespann in Kaufhäusern, ja, er war sogar in einer landesweiten Werbekampagne zu sehen.

In einer Stadt nach der anderen zog er mit seinem Gespann über die Hauptgeschäftsstraße. Wohin er auch kam, immer lockte er eine so große Menschenmenge an, dass oftmals die Polizei eingreifen musste, um die öffentliche Ordnung wieder herzustellen. Seltsamerweise erwies sich der Norweger, der einen großen Teil seines Lebens in der Gesellschaft von Hunden verbracht hatte, als geborener Redner, der über eine gewisse Lockerheit und schrägen Humor verfügte. Einmal erzählte er seinem Publikum, das Geheimnis seiner körperlichen Fitness mit Ende fünfzig bestehe darin, dass er weder rauche noch trinke. Als er anschließend Salti und Handstandüberschläge vorführte, fielen zwei Zigarren aus seiner Tasche. Die Menge johlte.

Die letzte Station der Tournee war New York. Mit Togo als Leithund, lenkte Seppala das Gespann auf die oberste Stufe des Rathauses, dann über die Fifth Avenue und schließlich auf einen Rundkurs durch den Central Park. Mehrmals traten sie auch im Madison Square Garden auf. Vor mehreren tausend Zuschauern fuhr Seppala mit seinem Gespann über die Eishockeyspielfläche, und dabei waren die Hunde so aufgeregt, dass sie mit Höchstgeschwindigkeit in die engen Kurven gingen und gegen die Abgrenzung krachten. In der Halbzeit eines Spiels betrat der Polarforscher Roald Amundsen das Eis, hielt eine Rede zu Ehren von Togo und verlieh dem Tier einen goldenen Orden. Die zwanzigtausend Zuschauer spendeten donnernden Applaus. Es war ein würdiges Ende für die Tournee, und als sie vorüber war, konnte Seppala zu seiner Lieblingsbeschäftigung zurückkehren: den Schlittenrennen.

Der Serumtransport war Togos letztes Langstreckenrennen gewesen. Er hatte dabei „hart gearbeitet und sein Bestes gegeben", und für seine letzten Lebensjahre wurde er aufs Altenteil geschickt. Er brauchte Ruhe. Er war teilweise erblindet und litt unter schlimmen Gelenkschmerzen. Am 5. Dezember 1929 fand Seppala endlich den Mut, ihn einschläfern zu lassen. Togo wurde 16 Jahre alt.

Noch Jahre nach dem Tod des Hundes hielt Seppala sein Andenken lebendig. Ein Journalist schrieb viele Jahre später in einem Artikel über den Musher: „In den Tiefen seiner wachen grauen Augen lebt ein Hund, der ihn nie verlassen wird." Und mit 81, acht Jahre vor seinem Tod, notierte Seppala in sein Tagebuch:

> Mein Trail war manchmal ganz schön schwierig, aber der letzte Streckenabschnitt scheint recht glatt zu verlaufen – es geht bergab, und das warme Roadhouse ist schon zu sehen. Und wenn ich am Ende des Trails angelangt bin, wird dort sicher neben meinen vielen Freunden auch Togo auf mich warten, und ich weiß, dass alles in Ordnung ist.

Togos Körper wurde konserviert. Er ist noch heute in einer gläsernen Vitrine des Iditarod-Museums vor den Toren von Anchorage zu sehen.

DIE ANDEREN Fahrer der Serumstafette kehrten größtenteils zu ihrem normalen Alltagsleben zurück, nachdem das Interesse der Öffentlichkeit abgeflaut war. „Wild Bill" Shannon beförderte weiterhin Post, jagte und stellte seine Fallen auf. Seine Hände und sein Gesicht waren von der Kälte immer noch schwarz und vernarbt, und bei einem Besuch in den Staaten sagte er einmal: „Dieses ganze Heldengetue ist ein großes Blabla. Ich will wieder nach Hause, wo die Leute einem die Hand schütteln und wissen, wie man ein Stück Speck brät." Einige Jahre später wurde er von einem Bären angegriffen und getötet.

Über die einheimischen Fahrer, die fast zwei Drittel der Transportstrecke bewältigten, ist vergleichsweise wenig bekannt. Für ihre Berichte interessierte sich kaum ein Reporter oder Filmemacher. Die Ureinwohner Alaskas galten in der Regel als Teil der Landschaft, obwohl sie sich der gleichen Sprache bedienten und mit ihrer Arbeit zur Wirtschaftsleistung beitrugen.

Vielen Einheimischen war ein einfaches Dankeschön bereits genug. „Ich habe von einer Frau in Nome mehr an Dankbarkeit erhalten, als ich an Geld durch das Rennen hätte gewinnen können", sagte Charlie Evans, der durch den Eisnebel gefahren war und im Endspurt von Bishop Mountain nach Nulato zwei Hunde verloren hatte.

Erst als in den Siebzigerjahren das Interesse aufflammte, die Geschichte Alaskas vor dem Vergessen zu bewahren, wurden auch Berichte über das Heldentum der einheimischen Fahrer bekannt. Viele von ihnen waren damals bereits verstorben, und bei denen, die noch lebten, waren die Erinnerungen verblasst. Dennoch wusste man jetzt ihre Rolle bei dem Transport zu schätzen, und ihnen wurde endlich die Anerkennung zuteil, die ihnen so viele Jahre versagt geblieben war.

Im Jahr 1985 schickte der damalige US-Präsident Ronald Reagan zum sechzigsten Jahrestag des Serumtransports jedem der drei noch lebenden Fahrer einen Anerkennungsbrief. Diese Ehrung erhielten Charlie Evans,

Edgar Nollner und Bill McCarthy, ein athabaskisch-irischer Fahrer, der die Strecke von Ruby nach Whiskey Creek übernommen hatte.

> Zusammen mit neunzehn anderen haben Sie einige der grausamsten Kilometer der Welt zurückgelegt, um das Unmögliche zu erreichen – und Sie haben es im Namen der Menschlichkeit getan.

Edgar Nollner, der sich die Etappe von Whiskey Creek nach Bishop Mountain mit seinem Bruder geteilt hatte, war der letzte überlebende Fahrer der ersten Serumstafette. Am 18. Januar 1999 erlag er mit 94 Jahren einem Herzinfarkt. Er hinterließ 23 Kinder und über zweihundert Enkel. Noch 1995 erklärte er, er wundere sich über die große Aufmerksamkeit und habe nie damit gerechnet, berühmt zu werden.

„Ich wollte nur helfen, das ist alles“, sagte er.

GAY UND LANEY SALISBURY

Foto: Margaret Peters

„Das Recherchieren und Schreiben des Buches war selbst schon ein riesengroßes Abenteuer."

„Viele Menschen finden das Gesicht eines freundlichen Hundes oder eine gute Hundegeschichte unwiderstehlich. Und die Serumstafette zur Rettung von Nome ist die größte Hundegeschichte aller Zeiten." So erklären Gay und Laney Salisbury ihren Entschluss, die dramatischen Ereignisse von 1925 in einem Buch zu schildern. Es war ihnen ein Anliegen, dass „diese Geschichte nicht in Vergessenheit geriet". Zumal die beiden Kusinen einen gewissen persönlichen Bezug zu dem Thema hatten: In New York aufgewachsen, gehörten auch sie zu den Kindern, die beim Spielen im Central Park liebend gerne auf der überlebensgroßen Bronzestatue von Balto herumkletterten.

Als sie dann als Erwachsene den Nachruf auf Edgar Nollner lasen, den letzten überlebenden Schlittenfahrer von einst, beeindruckte sie besonders, dass er zeit seines Lebens betont hatte, die 39 Kilometer, die er mit seinem Gespann im Schneesturm zurückgelegt habe, seien „einfach ein Arbeitstag" gewesen. „Wir reisten vier Jahre durch Alaska und die USA, gruben Tagebücher, Briefe und Fotos aus, befragten Zeitzeugen und blätterten uns durch alte Zeitungen, Telegramme und medizinische Berichte, um eine wahrheitsgetreue Darstellung der sechs schicksalsträchtigen Tage geben zu können."

Das notwendige handwerkliche Rüstzeug brachten die beiden Autorinnen mit: Gay arbeitet in der Verlagsbranche und lebt wechselweise in Alaska und New York, Laney studierte Journalistik und war als Reporterin in Afrika, dem Nahen Osten und den Vereinigten Staaten tätig.

DAS VERSPRECHEN DES OPALS
Originalausgabe: *Summer Lightning*
erschienen bei Judy Piatkus (Publishers) Ltd., London

UNBEKANNT VERZOGEN
Originalausgabe: *Chasing the Dime*
erschienen bei Little, Brown and Company, New York

STERNSCHNUPPENSOMMER

NORDWESTWÄRTS NACH NOME
Originalausgabe: *The Cruelest Miles*
erschienen bei W. W. Norton, New York

Übersetzer:
Das Versprechen des Opals: Rainer Schmidt
Unbekannt verzogen: Sepp Leeb
Nordwestwärts nach Nome: Sebastian Vogel

Illustrationen und Fotos:
Das Versprechen des Opals: S. 4 (links): Photodisc, S. 6/7/8: William A. Bake/The Image Bank/Getty Images
Unbekannt verzogen: S. 4 (rechts), 158/159/160: Porträt: zefa visual media gmbh; PC und Glühbirne: Veit Müller; Kapitelvignetten: zefa visual media gmbh
Sternschnuppensommer: S. 5 (links), 322/323/324: The Copyright Group/Mauritius Images
Nordwestwärts nach Nome: S. 5 (rechts), 482/483/484 und Kapitelvignetten: Reul Griffin Collection, Accession #59-845-783. Alaska and Polar Regions Dept., Ramuson Library

Die ungekürzten Ausgaben von *Das Versprechen des Opals, Unbekannt verzogen, Sternschnuppensommer* und *Nordwestwärts nach Nome* sind im Buchhandel erhältlich.